# SHAKESPEARE
## TEN GREAT PLAYS

otus mundus
agit
The
ACT IV
histrione
m
The
Tirin
house
Two Penny
Penny
Two
Two
Penny
Twelve
Penny
ONDINVM 1599

Globe Theatr
xes
Boxes
The Platform
Galleries
One Penny
Groundlings
MAGNAE BRITANNIAE
ELIZABETHA REGINA
he
Yard
The Entrance
A.
PROV

# 莎士比亚
# 十大经典戏剧

[英] 威廉 · 莎士比亚 著
朱生豪 译 苏福忠 校

（上）

中国友谊出版公司

**图书在版编目（CIP）数据**

莎士比亚十大经典戏剧 ：全2册 /（英）莎士比亚著；朱生豪译. -- 北京 ：中国友谊出版公司，2016.4（2018.8重印）
书名原文：Shakespeare ten great plays
ISBN 978-7-5057-3705-1

Ⅰ. ①莎… Ⅱ. ①莎… ②朱… Ⅲ. ①剧本－作品综合集－英国－中世纪 Ⅳ. ①I561.33

中国版本图书馆CIP数据核字(2016)第057683号

书名 莎士比亚十大经典戏剧
著者 [英] 莎士比亚
译者 朱生豪
校订 苏福忠
出版 中国友谊出版公司
发行 中国友谊出版公司
经销 新华书店
印刷 北京中科印刷有限公司
规格 710×1000毫米 16开
60.25印张 900千字
版次 2016年6月第1版
印次 2018年8月第2次印刷
书号 ISBN 978-7-5057-3705-1
定价 198.00元（全2册）
地址 北京市朝阳区西坝河南里17号楼
邮编 100028
电话 （010）64668676

# 目录

Come, Sweet Audrey:
We must be married, or we
must live in bawdry.
Farewell, Good Master Oliver:
not, O sweet Oliver!
O brave Oliver!
Go thou with me, and
let me counsel thee.
Exeunt Jaques
Touchstone and

# 前言

莎士比亚如果只是英国的国宝，其粉丝至今也就五千万，加上海外人的观看、阅读和研究，不过按比例扩充而已。莎士比亚是英国殖民的最大受益者，随着英语走出国门，走向殖民地，走向全世界。英语的拓展范围，就是莎士比亚观众、读者与影响力的拓展范围。如今世界上讲英语的国家有英国、美国、加拿大、澳大利亚、新西兰和南非等，约五亿人口；广泛使用英语的还有新加坡、印度、巴基斯坦、尼泊尔、孟加拉、尼日利亚、牙买加等前殖民地国家。说现在有十亿人讲英语，这个数字是可靠的。说十亿讲英语的人都知道莎士比亚或者至少知道莎士比亚这个单词，这一说法也是可靠的。这样的读者群与知名度，是世界上任何别的作家都无法比的。十几亿人讲一种语言，例如汉语，是一种优势；几十个国家累计十几亿人口讲一种语言，如英语，那就是绝对的优势了。莎士比亚是一个有福之人，因为继承并发扬他的第一个海外国家，是美国，至今仍是无可匹敌的政治、经济、文化和娱乐的超级大国。

莎士比亚崇拜在美国兴起后，在整个十九世纪美国人都对莎士比亚着魔。只举一个例子：一个名叫埃德温·布思(Edwin Booth,1833—1893)的演员，因为出演《理查三世》里的理查三世，和敌手里士满在舞台上打红了眼。剧情本该是里士满取胜，布思扮演的理查三世应该倒地而毙，可布思就是不愿意倒在舞台上，蛮不讲理地继续格斗，挥剑乱打，硬是把里士满赶下了舞台，可还是难解心头之恨：江山丢了，还要人头落地，为王一朝竟然是这样的下场吗？戏如人生，对敌人就是要赶尽杀绝，于是，扮演理查三世的布思把扮演里士满的演员赶进了乐池，随后仍穷追不舍，追进过道，逼进门厅，赶上了大街，杀得他的对手大喊投降，俯首称臣。演员布思这才罢休，扔掉手中的剑，溜进附近的酒店一醉方休！

尽管如此，莎士比亚之于美国人，还是一个外国人，所以，美国人就能心平气和地选出一本“莎士比亚十佳剧本”或者称为“莎士比亚最好的十部剧作”：

《罗密欧与朱丽叶》
《仲夏夜之梦》
《威尼斯商人》
《亨利五世》
《尤利乌斯·恺撒》
《皆大欢喜》
《哈姆雷特》
《李尔王》
《麦克白》
《暴风雨》

这个选目，或者说这样的选法，英国人无论如何是无法接受的。早在十六世纪末，英国学者亨利·切特尔就很自豪地声言：莎士比亚写出了十万行戏剧句子，其中至少有一千行是十全十美的。后来经过近四个世纪对莎士比亚的研究，莎士比亚的十万行戏剧句子，基本上句句都是十全十美的了。按照英国人唯莎士比亚独尊的思维逻辑，他们选取莎士比亚剧本至少应该是这样的：五大悲剧、五大喜剧、五大历史剧和五大罗马浪漫剧。莎士比亚的全集中，惯例是三十七个剧本；截止到二十世纪的新的研究成果，给莎士比亚的剧作增加到了四十个。大约按照这个比例，选取他的一半剧本，都是对莎士比亚的老大不敬了。莎士比亚是谁？用海涅的话说，是“文学皇帝”，仅仅选择他的十个剧本，即便冠以“最佳”和“最伟大的”，也太有点不好意思了吧？

因为这样那样的原因，人们随便谈起莎士比亚的剧本时，大体上还是习惯罗列出他的十个最好的剧本。尽管人们各有所爱，但是罗列出来的最好剧本的篇目差别却不是很大。然而，果真按照十个最好的剧本出一个选本的话，编者却难免犹豫再三了。这是一种很有意思的现象，实质上还是对莎士比亚的一种

'Tis no matter: ne'er a fantastical Knave of them all shall flout me out of my calling

崇拜。

尽管崇拜莎士比亚的人，把莎士比亚说成“文学皇帝”，或者“仅次于上帝的人”，其实莎士比亚的剧作总是有高下之分的，如同人生都有高潮和低潮，是一个道理。因此，从莎士比亚的剧本中选取十个最好的剧本，是完全可行的，关键是所选剧本是否有道理。

这个选本没有选择历来为各路专家学者津津乐道的《奥赛罗》，就很有一番道理：奥赛罗是一个“黑小子”，这在多种族移民组成的美国，就避免了“种族歧视”这个当今十分敏感的问题。莎士比亚笔下的奥赛罗是一根筋，仅仅因为一条轻飘飘的手绢儿，就妒火中烧，生生把一个美丽贤淑的美女苔丝狄蒙娜掐死，也确实让人感到不大好理解呢。

《亨利五世》在这里不只是代表莎士比亚的历史剧，也有美国人的历史自豪感，因为美国，追根溯源，是英国人开拓的殖民地，把祖先打败法国的历史很有尺度地夸耀一番，也在情理之中。

《暴风雨》是一种传统选择，它是莎士比亚仅有的原创，而且寓意多多，是莎士比亚隐退前的告别剧目，“整出戏都在比喻莎士比亚的生平”。

中国读者历来不容易喜欢上莎士比亚的喜剧，主要原因是在中国的传统戏剧里，没有西方意义上的纯正喜剧，人们首先对喜剧的概念就模糊不清。但是，美国的文化之根在欧洲，而《仲夏夜之梦》的神话背景，是渊源很深的。《皆大欢喜》中能看见莎士比亚家乡艾汶河畔斯特拉特福的根，剧中的森林氛围，是莎士比亚儿时的乐园，更何况莎士比亚在这出戏中别有洞见的人生七个阶段之说，已经成了经典中的精妙之论了。

剩下的六个剧本：《罗密欧与朱丽叶》《威尼斯商人》《尤利乌斯·恺撒》《哈姆雷特》《李尔王》《麦克白》，无一例外地遵从了文学最基本的因素——故事性，可以说是它们最明显的特色。把剧本写成故事，写成小说，古希腊以来的众多戏剧家，确实也只有莎士比亚做到了。莎士比亚的时代，舞台简陋，音乐粗糙，灯光效果无从谈起，各种道具因陋就简，除了演员的精彩表演，剧本的故事性是戏剧演出成功的关键因素。观众随着演员深入故事，跟着故事看完演出，是莎士比亚所有剧本的秘密所在。这六个剧本的故事性可以说做到了极致。随着莎剧从舞台进入书本，观众因为识字程度的提高，可以手捧一本几寸见方的书本，享受几十米见方的舞台空间，故事性更是让读者阅读欲罢不能的要因。《罗密欧与朱丽叶》里的“真假毒药”、《威尼斯商人》里的“一磅肉”、《尤里乌斯·恺撒》里的“阴谋刺杀”、《哈姆雷特》里的“装疯”、《李尔王》里的“老糊涂”以及《麦克白》里的“贪欲及嗜血”，都是剧本故事性引人入胜的因子，一旦把观众和读者引入剧情，他们就只能全神贯注地看下去，读下去，直到一场好戏落幕。

当然，这只是浮光掠影地说说；稍稍往深处探究，读者和观众都明白，莎士比亚所有剧本的根本魅力，还是他对人物性格的把握、窥探、挖掘和塑造。在这位“文学皇帝”身后四百年间，研究他的著作五花八门，汗牛充栋，然而历数众说，只有十八世纪的英国作家、词典编纂者、大学者塞缪尔·约翰逊博士研究和分析得最到位，最透彻，最接近莎士比亚写作的本质：

> 莎士比亚，在所有作家之上，至少在所有近代作家之上，是自然的诗人……他把自己获得的物象直接表达出来，没有通过另一个人的脑子，因而没有遭到削弱或歪曲；他的描述，在无知识的人来看是恰当的，在有学问的人看来是完整的。
>
> 他的戏剧是人生的镜子。
>
> 在其他诗人的作品里，一个人物往往只是一个人；在莎士比亚作品里，一个人物总是代表一个类型。
>
> 也许没有一个诗人，能像莎士比亚一样，把那么多人物都写得性格鲜明，各不相同。

当然，美国作为研究莎士比亚戏剧的最强有力的接棒者，美国文学起源的推手、美国伟大的哲学家、诗人和作家拉尔夫·沃尔多·爱默生对莎士比亚的赞叹也毫不逊色：

> 关于道德、关于行为举止、关于经济、关于哲学、关于宗教、关于趣味、关于生活的品行，哪点他没有说法？哪点揭秘没有显示出他博学的意义？什么职责，或者职能，或者人的工作区域，他不曾记得？哪位少女在他的笔下没有尽显娇弱？哪位圣哲逃脱了他的目光？

这里要说明的是，这个选本是美国人的眼光，包括书中别具特色的插图：线条为主、颜色为辅、漫画式的风格，让观众从舞台演员身上、读者从文字中得到的莎剧人物，多了一种形象和解读。

笔者尤其以为，欣赏《哈姆雷特》中的鬼魂插图和《李尔王》里李尔王的插图，简直就是一种视觉飨宴。

最后要说明的是，十个剧本的译文，有九个是朱生豪的[①]。中国文人学者绝大多数都认为朱生豪的译文很传神。其实这话还是没有说到位，到目前为止，莎士比亚剧本的诸多中国译者中，只有朱生豪几乎零距离地接近了莎士比亚，使得汉语和莎士比亚的文字达到了“朱莎合璧”的境界，如此的译文，恐怕是前无古人后无来者了。换句话说，一般读者如果不能阅读莎士比亚的原文，阅读朱生豪的译文，也完全可以和莎士比亚神交了。

因为有个朱生豪，莎士比亚与中文读者，幸甚！幸甚！

**苏福忠**

2015年12月20日于澳大利亚珀斯

① 苏福忠先生依据牛津版《莎士比亚全集》并参考其他英文版本，对朱生豪的译文进行了校订，所有订正的字句均以字下加点的方式标明。朱生豪译文中个别字词的用法与现行规范不同，本书尽量保持了朱译本的原貌。编者注

# 罗密欧与朱丽叶

朱生豪 译

苏福忠 校

## 背景与提要

一五九七年，《罗密欧与朱丽叶》首次付印，出了一个单行本，被誉为“构思新颖的悲剧”，“演出中观众掌声不断”。这话说得一点不过分，最有力的证据是一五九七年的单行本是一个海盗版，是因其演出成功，参加演出的演员根据背下来的台词，拼凑而成的。两年之后，第二个单行本印刷出版，剧本内容远远超过第一个，显然是根据莎士比亚的舞台用稿付印的。莎士比亚大约于一五九四或一五九五年写成此剧，是莎士比亚生前正式出版的为数不多的几个剧本之一。

剧中的爱情故事，在意大利、法国和英国，早已为人所知。莎士比亚的《罗密欧与朱丽叶》剧本问世之前，其同时代的翻译家亚瑟·布鲁克的长诗译本《罗密欧和朱丽叶的悲剧史》于一五六二年出版，他在致读者的序言中还提到舞台上已经上演过同样的故事。可惜没有剧本流传下来。莎士比亚把这个爱情故事写成戏剧，搬上舞台，无疑受了这首长诗的影响。

莎士比亚在剧本的开场诗里写道：“故事发生在维洛那名城，有两家门第相当的巨族，累世的宿怨激起了新争，鲜血把市民的白手污渎。是命运注定这两家仇敌，生下了一双不幸的恋人，他们的悲惨凄凉的殒灭，和解了他们交恶的尊亲。这一段生生死死的恋爱，还有那两家父母的嫌隙，把一对多情的儿女杀害，演成了今天这一本戏剧。”这段提纲挈领的速写，把剧中的情节交代得非常清楚。莎士比亚把他对爱情、友谊、封建家族的世仇和社会道德的全新理解，全部注入了罗密欧、朱丽叶、默库蒂奥、蒙塔古和卡普莱特等人物身上，使这些人物显得有血有肉，深深带着时代的烙印，成为世界文学史中不朽的形象。

《罗密欧与朱丽叶》虽是一出悲剧，但两个青年男、女主人公的爱情本身却不可悲。他们不仅彼此相爱，而且大胆追求他们的爱情，不惜以命拼争。他们的爱情力量使他们敢于面对家族的仇恨，敢于向生活中的障阻挑战。他们为了追求新的生活模式，不怕做赎罪的羔羊，因而他们的死亡虽是生命的终结，却在道德上取得了胜利，终于使两个敌对的家族言归于好。许多学者和评论家从这个意义上称这出戏是乐观主义的悲剧，也就是人们惯说的悲喜剧。

《罗密欧与朱丽叶》的结构十分完善，故事情节紧凑引人，语言机智而华丽，被认为是他第一创作期中最耀眼的高峰。《罗密欧与朱丽叶》自问世以来，不仅是剧院的永久的保留剧目，而且随着电影电视的兴起，走上了银幕，走上了屏幕，成为全世界人民了解历史、陶冶性情的文学精品。

苏福忠

Chorus; Three Musicians;
Citizens of Verona;
several Men and Women;
relations to both houses;
Maskers; Guards;
Watchmen and Attendants.
Nurse to Juliet
CAPULET
LADY CAPULET, his wife
JULIET, his daughter
PETER, servant to Juliet's nurse
ESCALUS, Prince of Verona
Page to Paris, Another Page, An Officer
An old man cousin to Capulet
SAMSON
GREGORY, sevants to Capulet
PARIS, a young nobleman, kinsman to the Prince
TYBALT, nephew to Lady Capulet

BALTHASAR, servant to Romeo
ABRAHAM. servant to Montague
MONTAGUE
LADY MONTAGUE, his wife
ROMEO, his son
BENVOLIO, Nephew to Montague, friend to Romeo
MERCUTIO, Kinsman to the Prince, friend to Romeo
FRIAR LAURENCE, FRIAR JOHN, Franciscans
An apothecary

## 剧中人物

埃斯卡勒斯　维洛那亲王

帕里斯　少年贵族，亲王的亲戚

蒙塔古<br>卡普莱特 } 互相敌视的两家家长

罗密欧　蒙塔古之子

默库蒂奥　亲王的亲戚<br>本沃里奥　蒙塔古之侄 } 罗密欧的朋友

泰博尔特　凯普莱特之侄

劳伦斯神父　法兰西斯派教士

约翰神父　与劳伦斯同门的教士

巴尔萨泽　罗密欧的仆人

桑普森<br>格雷戈里 } 卡普莱特的仆人

彼得　朱丽叶乳母的从仆

亚伯拉罕　蒙塔古的仆人

卖药人

乐工三人

默库蒂奥的侍童

帕里斯的侍童

蒙塔古夫人

卡普莱特夫人

朱丽叶　卡普莱特之女

朱丽叶的乳媪

维洛那市民　两家男女亲属　跳舞者、卫士、巡丁、侍从等

副末　说明剧情者

**地点**　维洛那；曼图亚

## 开场诗

【副末上念：

故事发生在维洛那名城，
　有两家门第相当的巨族，
累世的宿怨激起了新争，
　鲜血把市民的白手污渎。
是命运注定这两家仇敌，
　生下了一双不幸的恋人，
他们的悲惨凄凉的殒灭，
　和解了他们交恶的尊亲。
这一段生生死死的恋爱，
　还有那两家父母的嫌隙，
把一对多情的儿女杀害，
　演成了今天这一本戏剧。
交代过这几句挈领提纲，
　请诸位耐着心细听端详。（下）

# 第　一　幕

## 第一场　维洛那；广场

【桑普森及格雷戈里各持盾剑上。

**桑普森**　格雷戈里，咱们可真的不能让人家当做苦力一样欺侮。

**格雷戈里**　对了，咱们不是可以随便给人欺侮的。

**桑普森**　我说，咱们要是发起脾气来，就会拔刀子动武。

**格雷戈里**　对了，你可不要把脖子缩进领口里去。

**桑普森**　我一动性子，我的剑是不认人的。

**格雷戈里**　可是你不大容易动性子跟人家动刀子的。

**桑普森**　我见了蒙塔古家的狗子就生气。

**格雷戈里**　生气就会躁动；有胆量的，生了气就应当站住不动；所以，你要是生气了，一准开溜。

**桑普森**　我见了他们家里的狗子，就会站住不动；是男人我就把他们从墙边推出去，是女人我就把她们往墙壁摔过去。

**格雷戈里**　这正说明你是个软弱无能的奴才；只有最没出息的家伙，才去墙底下躲难。

**桑普森**　的确不错；所以生来软弱的女人，就老是被人逼到墙角不能动；因此我见了蒙塔古家里人来，是男人我就把他们从墙边推出去，是女人我就把她们往墙壁摔过去。

**格雷戈里**　吵架是咱们两家主仆男人们的事。

**桑普森**　那我不管，我要做一个杀人不眨眼的魔王；一面跟男人们打架，一面对娘儿们也不留情面，我要割掉她们的头。

**格雷戈里**　割掉娘儿们的头吗？

**桑普森**　对了，娘儿们的性命，或是她们视同生命的童贞，你爱怎么说就怎么说。

**格雷戈里**　那就要看对方怎样感觉了。

**桑普森**　只要我下手，她们就会尝到我的辣手：我是有名的一身横肉呢。

**格雷戈里**　幸而你还不是一身鱼肉；否则你便是一条可怜虫了。拔出你的家伙来，有两个蒙塔古的人来了。

【亚伯拉罕及巴尔萨泽上。

**桑普森**　我的刀子已经出鞘；你去跟他们吵起来，我就在你背后帮你的忙。

**格雷戈里**　怎么？你想转过背逃走吗？

**桑普森**　你放心吧，我不是那样的人。

**格雷戈里**　哼，我倒有点不放心！

**桑普森**　还是让他们先动手，打起官司来也是咱们的理直。

**格雷戈里**　我走过去向他们横个白眼，瞧他们怎么样。

**桑普森**　好，瞧他们有没有胆。我要向他们咬我的大拇指，瞧他们能不能忍受这样的侮辱。

**亚伯拉罕**　你向我们咬你的大拇指吗？

**桑普森** 我是咬我的大拇指。

**亚伯拉罕** 你是向我们咬你的大拇指吗？

**桑普森** (向格雷戈里旁白)要是我说是，那么打起官司来是谁的理直？

**格雷戈里** (向桑普森旁白)是他们的理直。

**桑普森** 不，我不是向你们咬我的大拇指；我只是咬我的大拇指。

**格雷戈里** 你是要向我们挑衅吗？

**亚伯拉罕** 挑衅，不，哪儿的话。

**桑普森** 你要是想跟我们吵架，那么我可以奉陪；你也是你家主子的奴才，我也是我家主子的奴才，难道我家的主子就比不上你家的主子？

**亚伯拉罕** 比不上。

**桑普森** 好。

**格雷戈里** (向桑普森旁白)说“比得上”；我家老爷的一个亲戚来了。

**桑普森** 比得上。

**亚伯拉罕** 你胡说。

**桑普森** 是汉子就拔出刀子来。格雷戈里，别忘了你的杀手剑。(双方互斗)

【本沃里奥上。

**本沃里奥** 分开，蠢才！收起你们的剑；你们不知道你们在干些什么事。(击下众仆的剑)

【泰博尔特上。

**泰博尔特** 怎么！你跟这些不中用的奴才吵架吗？过来，本沃里奥，让我结果你的性命。

**本沃里奥** 我不过维持和平；收起你的剑，或者设法帮我分开这些人。

**泰博尔特** 什么！你拔出了剑，还说什么和平？我痛恨这两个字，就跟我痛恨地狱，痛恨所有蒙塔古家的人和你一样。看剑，懦夫！(二人相斗)

【两家各有若干人上，加入争斗；一群市民持枪棍继上。

**众市民** 棍棒、钩枪、利戟！打！把他们打下来！打倒卡普莱特！打倒蒙塔古！

【卡普莱特穿长袍及卡普莱特夫人同上。

**卡普莱特** 什么事吵得这个样子？喂！把我的长剑拿来。

卡普莱特妻　拐杖，拐杖！你要剑做什么用？

卡普莱特　快拿剑来！蒙塔古那老东西来啦；他还挥着他的剑，明明在跟我寻事。

【蒙塔古及蒙塔古夫人上。

蒙塔古卡　普莱特，你这奸贼！——别拉住我；让我去。

蒙塔古妻　你要去跟人家吵架，我不让你走一步路。

【亲王率侍从上。

亲王　目无法纪的臣民，扰乱治安的罪人，你们的刀剑都被你们邻人的血玷污了；——他们不听我的话吗？喂，听着！你们这些人，你们这些畜生，你们为了扑灭你们怨毒的怒焰，不惜让殷红的流泉从你们的血管里喷涌出来；你们要是畏惧刑法，赶快给我把你们的凶器从你们血腥的手里丢下来，静听你们震怒的君王的判决。卡普莱特，蒙塔古，你们已经三次为了一句口头上的空言，引起了市民的械斗，扰乱了我们街道上的安宁，害得维洛那的年老公民，也不能不脱下他们尊严的装束，在他们习于安乐的苍老衰弱的手里掮起古旧的长枪来，分解你们溃烂的纷争。要是你们以后再在市街上闹事，就要把你们的生命作为扰乱治安的代价。现在别人都给我退下去；卡普莱特，你跟我来；蒙塔古，你今天下午到自由村的审判厅里来，听候我对于今天这一案的宣判。大家散开去，倘有逗留不去的，格杀勿论！（除蒙塔古夫妇及本沃里奥外皆下）

蒙塔古　谁把这一场宿怨重新挑起纷争？侄儿，对我说，他们动手的时候，你也在场吗？

本沃里奥　我还没有到这儿来，您的仇家的仆人跟你们家里的仆人已经打成一块了。我拔出剑来分开他们；就在这时候，那个性如烈火的泰博尔特提着剑来了，他向我口出不逊之言，把剑在他自己头上挥舞，那剑在风中发出咝咝的声音，就像风在那儿讥笑他的装腔作势一样，当我们正在剑来剑去的时候，人越来越多，有的帮这一面，有的帮那一面，乱哄哄地互相争斗，直等亲王来了，方才把两边的人喝开。

蒙塔古妻　啊，罗密欧呢？你今天见过他吗？我很高兴他没有参加这场争斗。

本沃里奥　伯母，在尊严的太阳开始从东方的黄金窗里探出头来的前一个时辰，我因为心中烦闷，到郊外去散步，在城西一丛枫树的下面，我看见你的

儿子一早在那儿走来走去。我正要向他走过去，他已经看见了我，就躲到树林深处去了。我因为自己也是心灰意懒，觉得连自己这一身也是多余的，只想找一处没有人迹的地方，所以凭着自己的心境推测别人的心境，也就不去多事追寻他，彼此互相避开了。

**蒙塔古**　好多天的早上曾经有人在那边看见过他，用眼泪洒为清晨的露水，用长叹嘘成天空的云雾；可是一等到鼓舞众生的太阳在东方的天边开始揭起黎明女神床上灰黑色的帐幕的时候，我那怀着一颗沉重的心的儿子，就逃避了光明，溜回到家里；一个人关起了门躲在房间里，闭紧了窗子，把大好的阳光锁在外面，为他自己造成了一个人工的黑夜。他这一种怪脾气恐怕不是好兆，除非良言劝告可以解除心头的烦恼。

**本沃里奥**　我尊贵的伯父，您知道他的烦恼的根源吗？

**蒙塔古**　我不知道，也没办法从他自己嘴里探听出来。

**本沃里奥**　您有没有设法探问过他？

**蒙塔古**　我自己以及许多其他的朋友都曾经探问过他，可是他把心事一起闷在自己肚里，总是绝口严守着秘密，不让人家试探出来，正像一朵初生的蓓蕾，还没有迎风舒展它的嫩瓣，向太阳献吐它的娇艳，就给妒嫉的蛀虫咬啮了一样。只要能够知道他的悲哀究竟是从什么地方来的，我们一定会尽心竭力替他找寻治疗的方案。

**本沃里奥**　瞧，他来了；请您站在一旁，等我去问问他究竟有些什么心事，看他理不理我。

**蒙塔古**　但愿你留在这儿，能够听到他的真情的吐露。来，夫人，我们去吧。(蒙塔古夫妇同下)

【罗密欧上。

**本沃里奥**　早安，兄弟。

**罗密欧**　天还是这样早吗？

**本沃里奥**　刚才敲过九点钟。

**罗密欧**　唉！在悲哀里度过的时间似乎是格外长的。急忙忙地走过去的那个人，不就是我的父亲吗？

**本沃里奥**　正是。什么悲哀使罗密欧的时间过得这样长？

**罗密欧**　因为我缺少了可以使时间变为短促的东西。

**本沃里奥**　你跌进爱河里了吗？

**罗密欧**　跌出——

**本沃里奥**　爱河吗？

**罗密欧**　我徘徊在爱河外，因为我不能得到我的意中人的欢心。

**本沃里奥**　唉！想不到爱神的外表这样温柔，实际上却是如此残暴！

**罗密欧**　唉！想不到爱神蒙着眼睛，没有眼力还会一直闯进了人们的心灵！我们在什么地方吃饭？嗳哟！又是谁在这儿打过架了？可是不必告诉我我早就知道了。这些都是怨恨造成的后果，可是爱情的力量比它还要大过许多。啊，吵吵闹闹的相爱，亲亲热热的怨恨！啊，无中生有的一切！啊，沉重的轻浮，严肃的狂妄，整齐的混乱，铅铸的羽毛，光明的烟雾，寒冷的火焰，憔悴的健康，永远觉醒的睡眠，否定的存在！我感觉到爱情正是这么一种东西，可是我并不喜爱这一种爱情。你不会笑我吗？

**本沃里奥**　不，兄弟，我倒是有点儿想哭。

**罗密欧**　好人，为什么呢？

**本沃里奥**　因为瞧着你善良的心受到这样的痛苦。

**罗密欧**　唉！这就是爱情的错误，我自己已经有太多的忧愁重压在我的心头，你对我表示的同情，徒然使我在太多的忧愁之上，再加上一重忧愁。爱情是叹息吹起的一阵烟；恋人的眼中有它净化了的火星；恋人的眼泪是它激起的

波涛。还会是什么？它又是最智慧的疯狂，哽喉的苦味，沁舌的蜜糖。再见，兄弟。（欲去）

**本沃里奥** 且慢，让我跟你一块儿去；要是你就这样丢下了我，未免太不给我面子啦。

**罗密欧** 嘿！我已经遗失了我自己；我不在这儿；这不是罗密欧，他在别的地方。

**本沃里奥** 老实告诉我，你所爱的是谁？

**罗密欧** 什么！你要我在痛苦呻吟中说出她的名字来吗？

**本沃里奥** 痛苦呻吟！不，你只要告诉我她是谁就得了。

**罗密欧** 叫一个病人郑重其事地立起遗嘱来！啊，对于一个病重的人，还有什么比这更刺痛他的心？老实对你说，兄弟，我是爱上了一个女人。

**本沃里奥** 我说你一定有了恋爱，果然猜得不错。

**罗密欧** 好一个每发必中的射手！我所爱的是一位美貌的姑娘。

**本沃里奥** 好兄弟，只要目标准确，不怕发而不中。

**罗密欧** 你这一箭就射岔了。丘比特的金箭不能射中她的心；她有黛安娜女神的巧智，不让爱情稚弱的弓矢损害她的坚不可破的贞操。爱神软弱的弓箭射不中她。她不愿听任深怜密爱的词句把她包围，也不愿让灼灼逼人的眼光向她进攻，更不愿接受可以使圣人动心的黄金的诱惑；啊！美貌便是她巨大的财富，尽管家贫，只可惜她一死以后，她的美貌也要化为黄土！

**本沃里奥** 那么她已经立誓终身守贞不嫁了吗？

**罗密欧** 她已经立下了这样的誓言，为了珍惜她自己，造成了莫大的浪费；因为她让美貌在无情的岁月中日渐枯萎，不知道替后世传留下她的绝世容华。她是个太美丽，太聪明的人儿，不应该剥夺她自身的幸福，这使我抱恨终天。她已经立誓割舍爱情，我现在活着也就等于死去一般。

**本沃里奥** 听我的劝告，别再想起她了。

**罗密欧** 啊！那么你教我怎样忘记吧。

**本沃里奥** 你可以放纵你的眼睛，让它们多看几个世间的美人。

**罗密欧** 那不过格外使我觉得她的美艳无双罢了。那些吻着美人娇额的幸运的面罩，因为它们是黑色的缘故，常常使我们想起被它们遮掩的面庞，不知应该多么娇丽。突然盲目的人，永远不会忘记存留在他消失了视觉中的宝贵的影象。给我看一个姿容绝代的美人，她的美貌除了使我记起世上有一个人比她更美以外，还有什么别的用处？再见，你不能教我怎样忘记。

本沃里奥　我一定要证明我的意见不错，否则死了也不瞑目。（各下）

## 第二场　同前；街道

【卡普莱特，帕里斯及仆人上。

卡普莱特　可是蒙塔古也负着跟我同样的责任；我想象我们这样有了年纪的人，维持和平还不是难事。

帕里斯　你们两家都是很有名望的大族，结下了这样不解的冤仇，真是一件不幸的事。可是老伯，您对于我的求婚有什么见教？

卡普莱特　我的意思早就对您表示过了。我的女儿今年还没有满十四岁，完全是一个不懂事的孩子；再过两个夏天，才可以谈到亲事。

帕里斯　比她年纪更小的人，都已经做了幸福的母亲了。

卡普莱特　早结果的树木一定早凋。我在这世上什么希望都已经没有了，只有她是我的唯一的安慰。可以向她求爱吧，善良的帕里斯，得到她的欢心；她同意了，我只用附和就是了；只要她愿意，她选择了，我的同意是没有问题的。今天晚上，我要按照旧例，举行一次宴会，邀请许多友好参加；您也是我所要邀请的一个，请您接受我的最诚意的欢迎。在我的寒舍里，今晚您可以见到灿烂的群星翩然而下降，照亮了黑暗的天空；在蓓蕾一样娇艳的女郎丛里，您可以充分享受青春的愉快，正像盛装的四月追随着残冬的足迹君临人世，在年轻人的心里充满着活跃的欢欣一样。您可以听一个痛快，看一个饱，从许多美貌的女郎中间，连我的女儿也在其内，拣一个最好的做您的意中人。来，跟我去。（以一纸交仆）你去到维洛那全城走一转，一个一个去找这单子上有名字的人，请他们到我的家里来。（卡普莱特、帕里斯下）

仆人　找这单子上有名字的人！人家说，鞋匠的针线，裁缝的钉锤，渔夫的笔，画师的网，各人有各人的职司；可是我们的老爷却叫我找这单子上有名字的人，我怎么知道写字的人在这上面写着些什么？我一定要找个识字的人。来得正好。

【本沃里奥及罗密欧上。

本沃里奥　不，兄弟，新的火焰可以把旧的火焰扑灭，大的苦痛可以使小的苦痛减轻；头晕目眩的时候，只要转身向后；一桩绝望的忧伤，也可以用另一桩烦恼把它驱除。给你的眼睛找一个新的迷惑，你的原来的痼疾就可以霍然脱体。

罗密欧　你的药草只能医治——

本沃里奥　医治什么？

罗密欧　医治你的跌伤的胫骨。

本沃里奥　怎么，罗密欧，你疯了吗？

罗密欧　我没有疯，可是比疯人更不自由；关在牢狱里，不进饮食，忍受着鞭挞和酷刑，——晚安，好朋友！

仆人　晚安！请问先生，您念过书吗？

罗密欧　是的，这是我的贫困的资产。

仆人　也许您会不看着书念；可是请问您会不会看着字一个儿一个儿的念？

罗密欧　是我认得的字，我就会念。

仆人　您说得很老实；上帝保佑您！（欲去）

罗密欧　等一等，朋友；我会念。“玛丁诺先生暨夫人及诸位令嫒；安赛尔美伯爵及诸位令妹；寡居之维特鲁维奥夫人；帕拉森西奥先生及诸位令侄女；默库蒂奥及其令弟瓦伦丁；卡普莱特叔父暨婶母及诸位贤妹；我的罗瑟琳贤侄女；丽维娅；瓦伦西奥先生及其令表弟泰博尔特；卢西奥及活泼之海伦娜。”好一群名士贤媛！请他们到什么地方去？

仆人　到我们家里吃饭去。

罗密欧　谁的家里？

仆人　我的主人的家里。

罗密欧　也是，早该问问清楚的。

仆人　那么好，您不用问我，我就告诉您吧。我的主人就是那个有财有势的卡普莱特；要是您不是蒙塔古家里的人，请您也来跟我们喝一杯酒，上帝保佑您！（下）

本沃里奥　在这个卡普莱特家里按照旧例举行的宴会中间，你所热恋的美人罗瑟琳也要跟着维洛那城里所有的绝色名媛一同去赴会。你也到那儿去吧，用着不带成见的眼光，把她的容貌跟别人比较比较，你就可以知道你的天鹅不过是一头乌鸦罢了。

罗密欧　要是我的虔敬的眼睛会相信这种谬误的幻象，那么让眼泪变成火焰，把这一双罪状昭著的异教邪徒烧成灰烬吧！比我的爱人还美！普照万物的太阳，自有天地以来也不会看见过一个可以和她媲美的人。

本沃里奥　嘿！你看见她的时候，因为没有别人在旁边，你的两只眼睛里只有她一个人，所以你以为她是美丽的；可是在你那水晶的天平里，要是把你的恋人跟另外一个我可以在这宴会里指点给你看的美貌的姑娘同时较量起来，那么她现在虽然仪态万方，那时候就要自惭形秽了。

罗密欧　我倒要去这一次；不是去看你所说的美人，只要看看我自己的爱人怎样大放光彩，我就心满意足了。（同下）

## 第三场　同前；卡普莱特家中一室

【卡普莱特夫人及乳媪上。

卡普莱特夫人　奶妈，我的女儿呢？叫她出来见我。

乳媪　凭着我十二岁时候的童贞发誓，我早就叫过她了。喂，小绵羊！喂，小鸟儿！上帝保佑！这孩子到什么地方去啦？喂，朱丽叶！

【朱丽叶上。

朱丽叶　什么事？谁叫我？

乳媪　你的母亲。

朱丽叶　母亲，我来了。您有什么吩咐？

卡普莱特夫人　是这么一件事。奶妈，你出去一会儿。我们要谈些秘密的话。——奶妈，你回来吧；我想起来了，你也应当听听我们的谈话。你知道我的女儿年纪也不算怎么小啦。

乳媪　对啊，我把她的时辰八字记得清清楚楚的。

卡普莱特夫人　她现在还不满十四岁。

乳媪　我可以用我的十四颗牙齿打赌，——唉，说来伤心，我的牙齿掉得只剩四颗啦！——她还没有满十四岁呢。现在离收获节还有多久？

卡普莱特夫人　两个星期多一点。

乳媪　不多不少，不先不后，到收获节的晚上她才满十四岁。苏珊跟她同年，——上帝安息一切基督徒的灵魂！唉！苏珊是跟上帝在一起啦，我命里不该有这样一个孩子。可是我说过的，到收获节的晚上，她就要满十四岁啦；正是，一点不错，我记得清清楚楚的。自从地震那一年到现在，已经十一年啦；那时候她已经断了奶，我永远不会忘记，不先不后，刚巧在那一天；因为我在那时候用艾叶涂在奶头上，坐在鸽棚下面晒着太阳；老爷跟您那时候都在曼图亚。瞧，我的记性可不算坏。可是我说的，她一尝到我奶头上的艾叶的味道，觉得变苦啦，嗳哟这可爱的小傻瓜！她就发起脾气来，把奶头摔开啦。这时鸽棚就摇起来了；我看我也用不着人家辞退我：说来话长，算来也有十一年啦；后来她就慢慢儿会一个人站得直挺挺的，还会摇呀摆的到处乱跑，就是在她跌破额角的那一天，我那去世的丈夫——上帝安息他的灵魂！他是个喜欢说说笑笑的人，——把这孩子抱了起来，"啊！"他说，"你扑在地上了吗？再等你有心思了，你就要仰在床上了；是不是呀，朱丽？"谁知道这个可爱的坏东西忽然停住了哭声，说"嗯。"嗳哟，这笑话眼看就要成为事实了！要是我活到一千岁，我也再不会忘记这句话。"是不是呀，朱丽？"他说；这可爱的小傻瓜就停住了哭声，说"嗯。"

卡普莱特夫人　得了得了，请你别说下去了吧。

乳媪　是，太太。可是我一想她会停住了哭说"嗯"，就禁不住笑起来。不说假话，她额角上肿起了像小雄鸡的睾丸那么大的一个块哩；她痛得放声大哭；"啊！"我的丈夫说，"你扑在地上了吗？等你年纪一大，你就要仰在床上了；是不是呀，朱丽？"她就停住了哭声，说"嗯。"

朱丽叶　我说，奶妈，你真可以停嘴了。

乳媪　好，我不说啦，我不说啦。上帝保佑你！你是在我手里抚养长大的一个最可爱的小宝贝；要是我能够活到有一天瞧着你嫁了出去，也算了结我的一桩心愿啦。

卡普莱特夫人　是呀，我现在就是要谈起她的亲事。朱丽叶我的孩子，告诉我，要是现在把你嫁了出去，你觉得怎么样？

朱丽叶　这是我做梦也没有想到过的一件荣誉。

乳媪　一件荣誉！倘不是你只有我这一个奶妈，我一定要说你的聪明是从奶头上得来的。

卡普莱特夫人　好，现在你把婚姻问题考虑考虑吧。在这儿维洛那城里，比你再年轻点儿的千金小姐们，都已经做了母亲啦。就拿我来说吧，我在你现在这样的年纪，也已经生下了你。废话用不到多说，少年英俊的帕里斯已经来向你求过婚啦。

乳媪　真是一位好官人，小姐！像这样的一个男人，小姐，真是天下少有。嗳哟！他才是一位十全十美的好郎君。

卡普莱特夫人　维洛那的夏天找不到这样一朵好花。

乳媪　是啊，他是一朵花，真是朵好花。

卡普莱特夫人　你怎么说？你能不能够欢喜这个绅士？今晚上在我们家里的宴会中间，你就可以看见他。从年轻的帕里斯的脸上，你可以读到用秀美的笔写成的迷人的字句；一根根齐整的线条，交织成整个的一幅和谐的图画；要是你想探索这一卷美好的书中的奥秘，在他的眼角上可以找到微妙的诠注。这本珍贵的恋爱的经典，只缺少一帧可以使它相得益彰的封面；正像海中游鱼需要活水，美妙的内容也少不了美妙的外表陪衬。记载着金科玉律的宝籍，锁合在金漆的封面里，它的辉煌富丽为众目所共见；要是你做了他的封面，那么他所有的一切都属于你所有了。

乳媪　不止这个！我们女人嫁了男人就富有了。

卡普莱特夫人　简简单单回答我，你能够接受帕里斯的爱吗？

朱丽叶　要是我看见了他以后，能够发生好感，那么我是准备着欢喜他的。可是我的眼光的飞箭，倘然没有得到您的允许，是不敢大胆发射出去的呢。

【一仆人上。

仆人　太太，客人都来了，餐席已经摆好了，请您跟小姐快些出去。大家在厨房里埋怨着奶妈，什么都乱成一团糟。我要伺候客人去；请您马上就来。

卡普莱特夫人　我们就来了。朱丽叶，那伯爵在等着哩。

乳媪　去，孩子，快去找天天欢乐，夜夜良宵。（同下）

## 第四场　同前；街道

【罗密欧，默库蒂奥，本沃里奥及五六人或戴假面或持火炬上。

罗密欧　怎么！我们就用这一番话作为我们的进身之阶，还是就这么昂然直入，不说一句道歉的话？

本沃里奥　这种虚文俗套，现在早就不时兴了。我们用不着蒙着眼睛的丘比特，背着一张花漆的木弓，像个稻草人似的去吓那些娘儿们；也用不到跟着提示的人一句一句念那从书上默诵出来的登场白；凭他们把我们认做什么人，我们只要跳完一回舞，走了就完啦。

罗密欧　给我一个火炬，我不高兴跳舞。我的阴沉的心需要着光明。

默库蒂奥　不，好罗密欧，我们一定要你陪着我们跳舞。

罗密欧　我实在不能跳。你们都有轻快的舞鞋；我只有一个铅一样重的灵魂，把我的身体紧紧地钉在地上，使我的脚步也不能移动。

默库蒂奥　你是一个恋人，你就借着丘比特的翅膀，高高地飞起来吧。

罗密欧　他的羽镞已经穿透我的胸膛，我不能借着他的羽翼高翔；他束缚住了我整个的灵魂，爱的重担压得我向下坠沉，跳不出烦恼去。

默库蒂奥　爱是一件温柔的东西，要是你拖着它一起沉下去，那未免太难为它了。

罗密欧　爱是温柔的吗？它是太粗暴太专横太野蛮了；它像荆棘一样刺人。

默库蒂奥　要是爱情虐待了你，你也可以虐待爱情；它刺痛了你，你也可以刺痛它；这样你就可以战胜爱情。给我一个面具，让我把我的尊容藏起来；（戴假面）嗳哟，好难看的鬼脸！再给我拿一个面具来把它罩住了吧。也罢，就让人家笑我丑，也有这一张鬼脸儿替我遮羞。

本沃里奥　来，敲门进去；大家一进门，就跳起舞来。

罗密欧　拿一个火炬给我。让那些无忧无虑的公子哥儿们去卖弄他们的舞步吧；莫怪我说句老气横秋的话，我对于这种玩意儿实在敬谢不敏，还是作个壁上旁观的人吧。

默库蒂奥　胡说！要是你已经没头没脑深陷在恋爱的泥沼里，——恕我说这样的话，——那么我们一定要拉你出来。来来来，别白天点灯浪费光阴啦！

罗密欧　我们并没有白天点灯。

默库蒂奥　我的意思是说，我们浪费时光，和白日点灯一样。我们别无恶意，我们还有五个官能，具备五倍的观察能力呢。

罗密欧　我们去参加他们的舞会，实在不是一件聪明的事。

默库蒂奥　为什么？请问。

罗密欧　昨天晚上我做了一个梦。

默库蒂奥　我也做了一个梦。

罗密欧　好，你做了什么梦？

默库蒂奥　我梦见做梦的人老是说谎。

罗密欧　一个人在睡梦里往往可以见到真实的事情。

默库蒂奥　啊！那么一定春梦婆来望过你了。

本沃里奥　春梦婆！她是谁？

默库蒂奥　她是精灵们的稳婆；她的身体只有郡吏手指上的一颗玛瑙那么大；几匹蚂蚁大小的细马替她拖着车子，越过酣睡的人们的鼻梁。她的车辐是用蜘蛛的长脚作成的；车篷是蚱蜢的翅膀；挽索是如水的月光；马鞭是蟋蟀的骨头；缰绳是天际的游丝。替她驾车的是一头小小的灰色的蚊虫，它的大小还不及从一个贪懒丫头的指尖上挑出来的懒虫的一半。她的车子是野蚕用一个榛子的空壳替她造成，它们从古以来，就是精灵们的车匠。她每夜驱着这样的车子，穿过情人们的脑中，他们就会在梦里谈情说爱；经过官员们的膝上，他们就会在梦里打恭作揖；经过律师们的手指，他们就会在梦里伸手讨讼费；经过娘儿们的嘴唇，她们就会在梦里跟人家接吻，可是因为春梦婆讨厌她们嘴里吐出来的口香糖的气息，往往罚她们满嘴长着水泡。有时她从捐献给教会的猪身上拔下它的尾巴来，撩拨着一个牧师的鼻孔，他就会梦见他自己又领到一份俸禄；有时她绕过一个兵士的颈项，他就会梦见杀敌人的头，进攻，埋伏，锐利的剑锋，淋漓的痛饮，忽然被耳边的鼓声惊醒，咒骂了几句，又翻了个身睡去了。就是这一个春梦婆在夜里把马鬣打成了辫子，把懒女人的龌龊的乱发烘成一处处胶黏的硬块，倘然把它们梳通了就要遭逢祸事；就是这个婆子在人家女孩子们仰面睡觉的时候，压在她们的身上，教会她们怎样养儿子；就是她——

罗密欧　得啦，得啦，默库蒂奥，别说啦！你全然在那儿痴人说梦。

默库蒂奥　对了，梦本来是痴人脑中的胡思乱想；它的本质像空气一样稀薄；它的变化莫测，就像一阵风，刚才还在向着冰雪的北方求爱，忽然发起恼来，一转身又到雨露的南方来了。

本沃里奥　你讲起的这一阵风，把我们自己不知吹到哪儿去了。人家晚饭都用过了，我们进去怕要太晚啦。

罗密欧　我怕也许是太早了；我觉得仿佛有一种不可知的命运，将要从我们今天晚上的狂欢开始它的恐怖的统治，我这可憎恨的生命，将要遭遇残酷的夭折而告一结束。可是让支配我的前途的上帝指导我的行动吧！前进，勇敢的朋友们！

本沃里奥　来，把鼓擂起来。（同下）

## 第五场　同前；卡普莱特家中厅堂

【乐工各持乐器等候；众仆上。

仆人甲　波特潘呢？他怎么不来帮忙把这些盘子拿下去？他不愿意摆碟子！他不愿意揩砧板！

仆人乙　自己没有洗净手，却怪人家不懂规矩，这才糟糕！

仆人甲　把折凳拿进去，把食器架搬开，留心打碎盘子。好兄弟，留一块杏仁酥给我；谢谢你去叫那管门的让苏珊·格林斯通跟奈儿进来。安东尼！波特潘！

仆人乙　噢，兄弟，我在这儿。

仆人甲　大厅里头在找着你，叫着你，问着你，到处寻着你。

仆人丙　咱们可不能把一个身子分在两处呀。

仆人乙　来，孩儿们，大家出力，谁命长谁包圆儿！（众仆退后）

【卡普莱特，朱丽叶，泰博尔特及其家族等自一方上；众宾客及假面跳舞者等自另一方上，相遇。

卡普莱特　诸位朋友，欢迎欢迎！足趾上不生茧的小姐太太们要跟你们跳一回儿舞呢。啊哈！我的小姐们，你们中间现在有什么人不愿意跳舞？我可以

发誓，谁要是推三阻四的，一定脚上长着老大的茧；果然给我猜中了吗？诸位朋友，欢迎欢迎！我从前也曾经戴过假面，在一个标致姑娘的耳朵旁边讲些使得她心花怒放的话儿；这种时代现在是过去了，过去了，过去了。诸位朋友，欢迎欢迎！来，乐工们，奏起音乐来吧。站开些！站开些！让出地方来。姑娘们，跳起来吧。(奏乐；众人开始跳舞)混蛋，把灯点亮一点，把桌子一起搬掉，把火炉熄了，这屋子里太热啦。啊，好小子！这才玩得有兴。啊！请坐，请坐，好兄弟，我们两人现在是跳不起来的了；您还记得我们最后一次戴着假面跳舞是在什么时候？

**卡普莱特族人**　这句话说来也有三十年啦。

**卡普莱特**　什么，兄弟！没有这么久，没有这么久；那是在卢森蒂奥结婚的那年，大概离开现在有二十五年模样，我们曾经跳过一次。

**族人**　不止了，不止了；大哥，他的儿子也有三十岁啦。

**卡普莱特**　我难道不知道吗？他的儿子两年以前还没有成年哩。

**罗密欧**　挽着那位武士的手的那一位小姐是谁？

**仆人**　我不知道，先生。

**罗密欧**　　啊！火炬远不及她的明亮；
她皎然照耀在暮天颊上，
像黑奴耳边璀璨的珠环；
她是天上明珠降落人间！
瞧她随着女伴进退周旋，
像鸦群中一头白鸽翩跹。
我要等舞阑后追随左右，
握一握她那纤纤的素手。
我从前的恋爱是假非真，
今晚才遇见绝世的佳人！

**泰博尔特**　听这个人的声音，好像是一个蒙塔古家里的人。孩儿，拿我的剑来。哼！这不知死活的奴才，竟敢套着一个鬼脸，到这儿来嘲笑我们的盛会吗？为了保持卡普莱特家族的光荣，我把他杀死了也不算是罪过。

**卡普莱特**　嗳哟，怎么，侄儿！你怎么动起怒来啦？

**泰博尔特**　伯父，这是我们的仇家蒙塔古家里的人；这贼子今天晚上到这儿来，一定不怀好意，存心来捣乱我们的盛会。

**卡普莱特** 他是罗密欧那小子吗？

**泰博尔特** 正是他，正是罗密欧这小杂种。

**卡普莱特** 别生气，好侄儿，让他去吧。瞧他的举动倒也规规矩矩；说句老实话，在维洛那城里，他也算得一个品行很好的青年。我无论如何不愿意在我自己的家里跟他闹事。你还是耐着性子，别理他吧。我的意思就是这样，你要听我的话，赶快收下了怒容，和和气气的，不要打断了大家的兴致。

**泰博莱特** 这样一个贼子也来做我们的宾客，我怎么不生气？我不能容他在这儿放肆。

**卡普莱特** 不容也得容；哼，目无尊长的孩子！我偏要容他。嘿！谁是这里的主人？是你还是我？嘿！你容不得他！什么话！你要当着这些客人的面前吵闹吗？你不服气！你要充好汉！

**泰博莱特** 伯父，咱们不能忍受这样的耻辱。

**卡普莱特** 得啦，得啦，你真是一点规矩都不懂。——是真的吗？您也许

不欢喜这个调调儿。——我知道你一定要跟我闹别扭！——说得很好，我的好人儿！——你是个放肆的孩子；去，别闹！不然的话——把灯再点亮些！把灯再点亮些！——不害臊的！我要叫你闭嘴。——啊！痛痛快快玩一下，我的好人儿们！

泰博莱特　我这满腔怒火偏给他浇下一盆冷水，好教我气得浑身起了哆嗦。我且退下去；可是今天由他闯进了咱们的屋子，看他不会有一天得意翻成了后悔。（下）

罗密欧　（向朱丽叶）

要是我这俗手上的尘污
亵渎了你的神圣的庙宇，
这两片嘴唇，含羞的信徒，
愿意用一吻乞求你宥恕。

朱丽叶　信徒，莫把你的手儿侮辱，
这样才是最虔诚的礼敬；
神明的手本许信徒接触，
掌心的密合远胜如亲吻。

罗密欧　信徒和香客难道没有嘴唇？

朱丽叶　信徒的嘴唇要祷告神明。

罗密欧　那么我要祷求你的允许，
让手的工作交给了嘴唇。

朱丽叶　你的祷告已蒙神明允准。

罗密欧　神明，请容我把殊恩受领。（吻朱丽叶）
这一吻涤清了我的罪孽。

朱丽叶　你的罪却沾上我的唇间。

罗密欧　啊！请原谅我无心的过失，
这一次我要把罪恶收还。

乳媪　小姐，你妈要跟你说话。

罗密欧　谁是她的母亲？

乳媪　小官人，她的母亲就是这儿府上的太太，她是个好太太，又聪明，又贤德；我替她抚养她的女儿，就是刚才跟您说话的那个；告诉您吧，谁要是娶了她去，才发财啦。

**罗密欧** 她是卡普莱特家里的人吗？嗳哟！我的生死现在操在我的仇人的手里了！

**本沃里奥** 去吧，跳舞快要完啦。

**罗密欧** 是的，我只怕盛筵易散，良会难逢。

**卡普莱特** 不，列位，请慢点儿去；我们还要请你们稍微用一点茶点。真的吗？那么谢谢你们；各位朋友，谢谢谢谢，再会再会！再拿几个火把来！来，我们去睡吧。啊，好小子！天真的不早了；我要去休息一会儿。（除朱丽叶及乳媪外俱下）

**朱丽叶** 过来，奶妈。那边的那位绅士是谁？

**乳媪** 蒂伯里奥那老头儿的儿子。

**朱丽叶** 现在跑出去的那个人是谁？

**乳媪** 呃，我想他就是那个年轻的皮特鲁乔。

**朱丽叶** 那个跟在人家后面不跳舞的人是谁？

**乳媪** 我不认识。

**朱丽叶** 去问他叫什么名字。——要是他已经结过婚，那么婚床便是我的新坟。

**乳媪** 他的名字叫罗密欧，是蒙塔古家里的人，咱们仇家的独子。

**朱丽叶**

恨灰中燃起了爱火融融，
要是不该相识，何必相逢！
昨天的仇敌，今日的情人，
这场恋爱怕要种下祸根。

**乳媪** 你在说什么？你在说什么？

**朱丽叶** 那是刚才一个陪我跳舞的人教给我的几句诗。（内呼“朱叶丽！”）

**乳媪** 就来，就来！——来，咱们去吧；客人们都已经散了。（同下）

## 开场诗

【副末上念：

旧日的温情已尽付东流，
新生的爱恋正如日初上；
为了朱丽叶的绝世温柔，
忘却了曾为谁魂思梦想。
罗密欧爱着她媚人容貌，
把一片痴心呈献给仇雠；
朱丽叶恋着他风流才调，
甘愿被香饵钓上了金钩。
只恨解不开的世仇宿怨，
这段山海深情向谁申诉？
幽闺中锁住了桃花人面，
要相见除非是梦魂来去。
可是热情总会战胜辛艰，
苦味中间才有无限甘甜。(下)

# 第　二　幕

## 第一场　维洛那；卡普莱特花园墙外的小巷

【罗密欧上。

罗密欧　我的心还逗留在这里，我能够就这样掉头前去吗？缩回去吧，无情的土地，让我回到这世界的中心。（攀登墙上，跳入墙内）

【本沃里奥及默库蒂奥上。

本沃里奥　罗密欧！罗密欧兄弟！

默库蒂奥　他是个乖巧的家伙；我说他一定溜回家去睡了。

本沃里奥　他往这条路上跑，一定跳进这花园的墙里去了。好默库蒂奥，你叫叫他吧。

默库蒂奥　不，我还要念咒喊他出来呢。罗密欧！痴人！疯子！恋人！情郎！快快化做一声叹息出来吧！我不要你多说什么，只要你念一行诗，叹一口气；只要喊一声"哎呀"，说"爱情"和"鸽子"能入诗，[①]把咱们那位维纳斯奶奶恭维两句，替她的瞎眼儿子丘比特少爷，就是那年轻的亚当·丘比特那时科菲图亚王爱上了乞丐姑娘，取个绰号就行啦。他没有听见，他没有作声，他没有动静；这猴儿崽子难道死了吗？待我咒他的鬼魂出来。凭着罗瑟琳的光明的眼睛，凭着她的高额角，她的红嘴唇，她的玲珑的脚，挺直的小腿，弹性的大腿，和大腿附近的那一部分，凭着这一切的名义，赶快给我现出真形来吧！

本沃里奥　他要是听见了，一定会生气的。

默库蒂奥　这还不致让他生气；如果他生气，只怕是因为他在情人的圈儿里唤起一个奇怪的妖精，由它在那里矗着，等她降伏了它，让它低头；那样的

---

① 类似绕口的话，朱译有略译的现象，估计译者认为与主旨关系不大，从说话口气上看，有了更生动活泼。原文分别是love和dove，发音几乎一样，意思也都有"温和可爱"的含义。

话，才是怀了恶意；我的咒语没错，只是凭他情人的名字叫他出来。

**本沃里奥** 来，他已经躲到树丛里，跟那多露水的黑夜做伴去了；爱情本来是盲目的，让他在黑暗里摸索去吧。

**默库蒂奥** 爱情若是盲目的，那就中不了的。此刻他该坐在枇杷树下，希望他的情人就是他口中的枇杷，而姑娘们在浪笑着叫喊枇杷。——啊，罗密欧，但愿，但愿她真成了你口边的枇杷，你是一个酸梨！罗密欧，晚安！我要上床睡觉去；这儿草地上太冷啦，我可受不了。来，咱们去吧。

**本沃里奥** 好，去吧；他要避着我们，找他也是白费辛勤。（同下）

## 第二场 同前；卡普莱特家的花园

【罗密欧上。

**罗密欧** 没有受过伤的人才会讥笑别人身上的创痕。（朱丽叶自上方窗户中出现）轻声！那边窗子里亮起来的是什么光？那就是东方，朱丽叶就是太阳！起来吧，美丽的太阳！赶走那妒嫉的月亮，她因为她的女弟子比她美得多，已经气得面色惨白了。既然她这样妒嫉着你，你不要皈依她吧；脱下她给你的这一身惨绿色的贞女的道服，它是只配给愚人穿着的。那是我的意中人；啊！那是我的爱；唉，但愿她知道我在爱着她！她欲言又止，可是她的眼睛已经道出了她的心事。待我去回答她吧；不，我不要太卤莽，她不是对我说话。天上两颗最灿烂的星，因为有事他去，请求她的眼睛代替它们在空中闪耀，要是她的眼睛变成了天上的星，天上的星变成了她的眼睛，那便怎样呢？她脸上的光辉会掩盖了星星的明亮，正像灯光在朝阳下黯然失色一样；在天上的她的眼睛，会在太空中大放光明，使鸟儿们误认为黑夜已经过去而展开它们的歌声。瞧！她用纤手托住了脸庞，那姿态是多么美妙！啊，但愿我是那一只手上的手套，好让我亲一亲她脸上的香泽！

**朱丽叶** 唉！

**罗密欧** 她说话了。啊！再说下去吧，光明的天使！因为我在这夜色之中仰视着你，就像一个尘世的凡人，张大了出神的眼睛，瞻望着一个生着翅膀的天使，驾着白云缓缓地驶过了天空一样。

朱丽叶　罗密欧啊，罗密欧！为什么你偏偏是罗密欧呢？否认你的父亲，抛弃你的姓名吧；也许你不愿意这样做，那么只要你宣誓做我的爱人，我也不愿再姓卡普莱特了。

罗密欧　(旁白)我还是继续听下去呢？还是现在就对她说话？

朱丽叶　只有你的名字才是我的仇敌；你即使不姓蒙塔古，仍然是这样的一个你。姓不姓蒙塔古又有什么关系呢？它又不是手，又不是脚，又不是手臂，又不是脸孔，又不是身体上任何其他的部分。啊！换一个姓名吧！姓名本来是没有意义的；我们叫做玫瑰的这一种花，要是换了个名字，它的香味还是同样的芬芳；罗密欧要是换了别的名字，他的可爱的完美也决不会有丝毫改变。罗密欧，抛弃了你的名字吧；我愿意把我整个的心灵，赔偿你这一个身外的空名。

罗密欧　那么我就听你的话，你只要叫我做爱，我就有了一个新的名字；从今以后，永远不再叫罗密欧了。

朱丽叶　你是什么人，在黑夜里躲躲闪闪地偷听人家的说话？

罗密欧　我没法告诉你我叫什么名字。敬爱的神明，我痛恨我自己的名字，因为它是你的仇敌；要是把它写在纸上，我一定把这几个字撕得粉碎。

朱丽叶　我的耳朵里还没有灌进从你嘴里吐出来的一百个字，可是我认识你的声音；你不是罗密欧，蒙塔古家里的人吗？

罗密欧　不是，美人，要是你不喜欢这两个名字。

朱丽叶　告诉我，你怎么会到这儿来，为什么到这儿来？花园的墙这么高，不是容易爬得上的；要是我家里的人瞧见你在这儿，他们一定不让你活命。

罗密欧　我借着爱的轻翼飞过园墙，因为瓦石的墙垣是不能把爱情阻隔的；爱情的力量所能够做到的事，它都会冒险尝试，所以我不怕你家里人的干涉。

朱丽叶　要是他们瞧见了你，一定会把你杀死的。

罗密欧　唉！你的眼睛比他们二十柄刀剑还利害；只要你用温柔的眼光看着我，他们就不能伤害我的身体。

朱丽叶　我怎么也不愿让他们瞧见你在这儿。

罗密欧　朦胧的夜色可以替我遮过他们的眼睛。只要你爱我，就让他们

瞧见我吧；与其因为得不到你的爱情而在这世上捱命，还不如在仇人的刀剑下丧生。

**朱丽叶** 谁教你找到这儿来的？

**罗密欧** 爱情怂恿我探听出这一个地方；他替我出主意，我借给他眼睛。我不会操舟驾舵，可是倘使你在辽远辽远的海滨，我也会冒着风波把你寻访。

**朱丽叶** 幸亏黑夜替我罩上了一重面幕，否则为了我刚才被你听去的话，你一定可以看见我脸上羞愧的红晕。我真想遵守礼法，否认已经说过的言语，可是这些虚文俗礼，现在只好一切置之不顾了！你爱我吗？我知道你一定会说“是的”；我也一定会相信你的话；可是也许你起的誓只是一个谎，人家说，对于恋人们的寒盟背信，上帝是一笑置之的。温柔的罗密欧啊！你要是真的爱我，就请你诚意告诉我；你要是嫌我太容易降心相从，我也会堆起怒容，装出倔强的神气，拒绝你的好意，好让你向我婉转求情，否则我是无论如何不会拒绝你的。俊秀的蒙塔古啊，我真的太痴心了，所以也许你会觉得我的举动有点轻浮；可是相信我，朋友，总有一天你会知道我的忠心远胜过那些善于矜持作态的人。我必须承认，倘不是你乘我不备的时候偷听去了我的真情的表白，我一定会更加矜持一点的；所以原谅我吧，是黑夜泄漏了我心底的秘密，不要把我的允诺看作了无耻的轻狂。

**罗密欧** 姑娘，凭着这一轮皎洁的月亮，它的银光涂染着这些果树的梢端，我发誓——

**朱丽叶** 啊！不要指着月亮起誓，它是变化无常的，每个月亮都有盈亏圆缺；你要是指着它起誓，也许你的爱情也会像它一样无常。

**罗密欧** 那么我指着什么起誓呢？

**朱丽叶** 不用起誓吧；或者要是你愿意的话，就凭着你优美的自身起誓，那是我所崇拜的偶像，我一定会相信你的。

**罗密欧** 要是我的出自深心的爱情——

**朱丽叶** 好，别起誓啦。我虽然喜欢你，却不喜欢今天晚上的密约；它是太仓卒，太轻率，太出人意外了，正像一闪电光，等不及人家开一声口，已经消隐了下去。好人，再会吧！这一朵爱的蓓蕾，靠着夏天的暖风的吹嘘，也许会在我们下次相见的时候，开出鲜艳的花来。晚安，晚安！但愿恬静的安息同样降临到你我两人的心头！

罗密欧　啊！你就这样离我而去，不给我一点满足吗？

朱丽叶　你今夜还要什么满足呢？

罗密欧　你还没有把你的爱情的忠实的盟誓跟我交换。

朱丽叶　在你没有要求以前，我已经把我的爱给了你了；可是我很愿意再把它重新收回转来。

罗密欧　你要把它收回去吗？为什么呢，爱人？

朱丽叶　为了表示我的慷慨，我要把它重新给你。可是这样等于希望得到自己已经有的东西：我的慷慨像海一样浩渺，我的爱情也像海一样深沉；我给你的越多，我自己也越是富有，因为这两者都是没有穷尽的。（乳媪在内呼唤）我听见里面在叫；亲爱的，再会吧！——就来了，好奶妈！——亲爱的蒙塔古，愿你不要负心。再等一会儿，我就会来的。（自上方下）

罗密欧　幸福的，幸福的夜啊！我怕我只是在晚上做了一个梦，这样美满的事不曾是真实的。

【朱丽叶自上方重上。

朱丽叶　亲爱的罗密欧，再说三句话，我们真的要再会了。要是你的爱情的确是光明正大，你的目的是在于婚姻，那么明天我会叫一个人到你的地方来，请你叫他带一个信给我，告诉我你愿意在什么地方什么时候举行婚礼；我就会把我的整个命运交托给你，把你当作我的主人，跟随你到世界的尽头。

乳媪　（在内）小姐！

朱丽叶　就来。——可是你要是没有诚意，那么我请求你，——

乳媪　（在内）小姐！

朱丽叶　等一等，我来了。——停止你的求爱，让我一个人独自伤心吧。明天我就叫人来看你。

罗密欧　凭着我的灵魂——

朱丽叶　一千次的晚安！（自上方下）

罗密欧　晚上没有你的光，我只有一千次的心伤！恋爱的人去赴他情人的约会，像一个放学归来的儿童；可是当他和情人分别的时候，却像上学去一般满脸懊丧。（退后）

【朱丽叶自上方重上。

朱丽叶　嘘！罗密欧！嘘！唉！我希望我会发出呼鹰的声音，招这头鹰儿回来。我不能高声说话，否则我要捣毁爱科[1]的洞穴，让她的无形的喉咙因为反复叫喊着我的罗密欧的名字而变得嘶哑。

罗密欧　那是我的灵魂在叫喊着我的名字。恋人的声音在晚间多么清婉，听上去就像最柔和的音乐！

朱丽叶　罗密欧！

罗密欧　我的爱！

朱丽叶　明天我应该在什么时候叫人来看你？

罗密欧　就在九点钟吧。

朱丽叶　我一定不失信；挨到那个时候，该有二十年那么长久！我记不起为什么要叫你回来？

罗密欧　让我站在这儿，等你记起来告诉我。

朱丽叶　你这样站在我的面前，我一心想着多么爱跟你在一块儿，一定永远记不起来了。

罗密欧　那么我就永远等在这儿，让你永远记不起来，忘记除了这里以外还有什么家。

朱丽叶　天快要亮了；我希望你快去；可是我就好比一个淘气的女孩子，像放松一个囚犯似的让她心爱的鸟儿暂时跳出她的掌心，又用一根丝线把它拉了回来，爱的私心使她不愿意给它自由。

罗密欧　我但愿我是你的鸟儿。

朱丽叶　好人，我也但愿这样；可是我怕你会死在我的过分的抚爱里。晚安！晚安！离别是这样甜蜜的凄清，我真要向你道晚安直到天明！（下）

罗密欧　　但愿睡眠合上你的眼睛！
　　　　　但愿平和安息我的心灵！
　　　　　我如今要去向神父求教，
　　　　　把今宵的艳遇诉他知晓。（下）

① 爱科（Echo），希腊神话中的山林女神，司掌山谷中的回声。

## 第三场　同前；劳伦斯神父的庵院

【劳伦斯神父携篮上。

**劳伦斯**　　黎明笑向着含愠的残宵，
金鳞浮上了东方的天梢；
看赤轮驱走了片片乌云，
像一群醉汉向四处狂奔。
趁太阳还没有睁开火眼，
晒干深夜里的涔涔露点，
我待要采摘下满箧盈筐
毒草灵葩充实我的青囊。
大地是生化万类的慈母，
她又是掩藏群生的坟墓，
试看她无所不载的胸怀，
乳哺着多少的姹女婴孩！
天生下的万物没有弃掷，
什么都有它各自的特色，
石块的冥顽，草木的无知，
都含着玄妙的造化生机。
莫看那蠢蠢的恶木莠蔓，
对世间都有它特殊贡献；
即使最纯良的美谷嘉禾，
用得失当也会害性戕躯；
美德的误用会变成罪过，
罪恶有时反会造成善果。
这一朵有毒的弱蕊纤苞，
也会把淹煎的痼疾医疗；
它的香味可以祛除百病，

吃下腹中却会昏迷不醒。
草木和人心并没有不同，
各自有善意和恶念争雄；
恶的势力倘然占了上风，
死便会蛀蚀进它的心中。

【罗密欧上。

罗密欧　早安，神父。

劳伦斯　上帝祝福你！是谁的温柔的声音这么早就在叫我？孩子，你一早起身，一定有什么心事。老年人因为多忧多虑，往往容易失眠，可是身心壮健的青年，一上了床就应该酣然入睡；所以你的早起，倘不是因为有什么烦恼，我们的罗密欧一定是昨夜没有睡过觉。

罗密欧　你的第二个猜测是对的；我昨夜享受到比睡眠更甜蜜的安息。

劳伦斯　上帝饶恕我们的罪恶！你是跟罗瑟琳在一起吗？

罗密欧　跟罗瑟琳在一起，我的神父？不，我已经忘记那一个名字，那是个使人不快的名字。

劳伦斯　那才是我的好孩子；可是你究竟在什么地方呢？

罗密欧　我愿意在你没有问我第二遍以前告诉你。昨天晚上我跟我的仇敌在一起宴会，突然有一个人伤害了我，同时她也被我伤害了；只有你的帮助和你的圣药，才会医治我们两人的重伤。神父，我并不怨恨我的敌人，因为瞧，我来向你请求的事，不单为了我自己，也同样为了她。

劳伦斯　好孩子，说明白一点，把你的意思老老实实告诉我，别打着哑谜了。

罗密欧　那么老实告诉你吧，我心底的一往深情，已经完全倾注在卡普莱特的美丽的女儿身上了。她也是同样爱着我；一切都完全定当了，只要你肯替我们主持神圣的婚礼。我们在什么时候遇见，在什么地方求爱，怎样彼此交换着盟誓，这一切我都可以慢慢儿告诉你；可是无论如何，请你一定答应就在今天替我们成婚。

劳伦斯　圣弗朗西斯啊！多么快的变化！难道你所深爱着的罗瑟琳，就这样一下子被你抛弃了吗？这样看来，年轻人的爱情，都是见异思迁，不是发于真心的。耶稣，玛丽亚！你为了罗瑟琳的缘故，曾经用多少的眼泪洗过你消瘦的脸庞！为了替无味的爱情添加一点辛酸的味道，曾经浪费掉多少的咸水！太阳还没有扫清你吐向穹苍的怨气，我这龙钟的耳朵里还留着你往日的呻吟；瞧！就在你自己的颊上，还剩着一丝不曾揩去的旧时的泪痕。要是你不曾变了一个人，这些悲哀都是你真实的情感，那么你是罗瑟琳的，这些悲哀也是为罗瑟琳而发；难道你现在已经变心了吗？男人既然这样没有恒心，那就莫怪女人家朝秦暮楚了。

罗密欧　你常常因为我爱罗瑟琳而责备我。

劳伦斯　我的学生，我不是说你不该恋爱，我只叫你不要因为恋爱而发痴。

罗密欧　你又叫我把爱情埋葬在坟墓里。

劳伦斯　我没有叫你把旧的爱情埋葬了，再去另找新欢。

罗密欧　请你不要责备我；我现在所爱的她，跟我心心相印，不像前回那个一样。

劳伦斯　啊，罗瑟琳知道你对她的爱情完全抄着人云亦云的老调，你还没有读过恋爱入门的一课哩。可是来吧，朝三暮四的青年，跟我来；为了一个理由，我愿意帮助你一臂之力：因为你们的结合也许会使你们两家释嫌修好，那就是天大的幸事了。

罗密欧　啊！我们就去吧，我巴不得越快越好。

劳伦斯　凡事三思而行；跑得太快是会滑跌的。（同下）

## 第四场　同前；街道

【本沃里奥及默库蒂奥上。

默库蒂奥　见鬼的，这罗密欧究竟到哪儿去了？他昨天晚上没有回家吗？

本沃里奥　没有回到他父亲的家中，我问过他的用人了。

默库蒂奥　嗳哟！那个白脸孔狠心肠的女人，那个罗瑟琳，把他虐待得一定要发疯了。

本沃里奥　泰博尔特，卡普莱特那老头子的亲戚，有一封信送在他父亲那里。

默库蒂奥　一定是一封挑战书。

**本沃里奥** 罗密欧一定会给他一个答复。

**默库蒂奥** 只要会写几个字，谁都会写一封复信。

**本沃里奥** 不，我说他一定会接受那个写信的人，被挑战了，就要应战才是。

**默库蒂奥** 唉！可怜的罗密欧！他已经死了：一个白女人的黑眼睛戳破了他的心；一支恋歌穿过了他的耳朵；瞎眼的丘比特的箭把他当胸射中；他现在还能够抵得住泰博尔特吗？

**本沃里奥** 泰博尔特是个什么人？

**默库蒂奥** 我可以告诉你，他不是个平常的阿猫阿狗。啊！他是个顶懂得礼节的人。他跟人打起架来，就像照着乐谱唱歌一样，一板一眼都不放松，一秒钟的停顿，然后一，二，三，刺进了人家的胸膛；他全然是个穿礼服的屠夫，一个决斗的专家。啊！那了不得的侧击！那反击！那直中要害的一剑！

**本沃里奥** 那什么？

**默库蒂奥** 见他的鬼！这种怪模怪样扭扭捏捏的装腔作势，说起话来怪声怪气的，"耶稣哪，好一柄锋利的刀子！——好一个高大的汉子，好一个风流的婊子！"嘿，老爹，咱们中间有这么一群不知从哪儿飞来的苍蝇，这一群满嘴法国话的时髦人，他们因为趋新好异，坐在一张旧凳子上也会不舒服，这不是一件可以痛哭流涕的事吗？

【罗密欧上。

**本沃里奥** 罗密欧来了，罗密欧来了。

**默库蒂奥** 瞧他孤零零的神气，倒像一条风干的咸鱼。现在他又要念起彼特拉克[1]的诗句来了：罗拉比起他的情人来不过是个灶下的丫头，虽然她有一个会做诗的爱人；迪多是个蓬头垢面的村妇；克莉奥佩特拉是个吉卜赛姑娘；海伦和希罗都是下流的娼妓；提斯柏也许有一双美丽的灰色眼睛，可是也不配相提并论。早安，罗密欧先生！你穿了法国式灯笼裤，就对你说句法国问安的话。你昨晚把我们害苦了。

**罗密欧** 两位大哥早安！

**默库蒂奥** 你昨天晚上逃走了，你不觉得不妥吗？

**罗密欧** 对不起，好默库蒂奥，我因为有一件很重要的事情，所以只好失

---

① 彼特拉克 (Petrarch)，14 世纪意大利诗人，他的作品多是写他终身的爱人罗拉的

礼了。

**默库蒂奥** 这是说，那样的话，你只得屈一屈膝了。

**罗密欧** 你是说，赔个礼罢。

**默库蒂奥** 你回答得正是。

**罗密欧** 正是十分有礼的说法。

**默库蒂奥** 有过之，因我讲礼讲到头了。

**罗密欧** 像是花儿鞋的尖头。

**默库蒂奥** 说得正是。

**罗密欧** 那我的鞋全是花的洞口了。

**默库蒂奥** 讲得好；跟着我把这趣话说到底吧，直追得你的鞋磨破了，只剩了鞋底，让笑话变成了又钝又痴。

**罗密欧** 啊，好一个又钝又痴的笑话，正配傻子说的。

**默库蒂奥** 快来帮一把，好本沃里奥，我的脑子跟不上了。

**罗密欧** 要来就紧赶着来，要不我就宣告胜利了。

**默库蒂奥** 不，若是比精明如同赛马，我认输了；我的马儿哪有你的野？论野呢，我的五官加在一起也不及你的一个。可是你撒野的时候，我多时跟你在过一起？

**罗密欧** 哪次撒野没有你这呆头鹅？

**默库蒂奥** 你这话有趣，我恨不得咬你一口才是。

**罗密欧** 唔，好鹅儿，别啄我。

**默库蒂奥** 你的笑话又甜又辣；简直是辣酱油。

**罗密欧** 美鹅蘸酱油，妙不可言？

**默库蒂奥** 嗬，妙语连珠，越连越妙！

**罗密欧** 妙啊；我要在大肥鹅上再加个肥，让你这呆头鹅变成一只大大的肥胖鹅了。

**默库蒂奥** 呀，我们这样逗嘴岂不比呻吟求爱好？此时你多么和气，多像罗密欧；不管怎样，这时才是你的真面目；为了爱，急得泪淋淋，像天生的傻瓜，跑上跑下，找洞儿藏他的棍子。

**本沃里奥** 行了，行了。

**默库蒂奥** 你不让我把话说尽，留着尾巴好不入眼呢。

**本沃里奥**　不住口，你的尾巴更长了。

**默库蒂奥**　哎，你错了；我的尾巴早缩小了；我的话讲完了，不想老占地儿了。

**罗密欧**　看，好把戏来了！

【乳媪及彼得上。

**默库蒂奥**　一只帆船！一只帆船！

**本沃里奥**　两条呢！一公一母。

**乳媪**　彼得！

**彼得**　有！

**乳媪**　彼得，我的扇子。

**默库蒂奥**　好彼得，替她把脸孔遮了；因为她的扇子比她的脸孔好看一点。

**乳媪**　早安，列位先生。

**默库蒂奥**　晚安，好太太。

**乳媪**　是说晚安的时候吗？

**默库蒂奥**　我跟你说，没错；那日规上的指针正指着中午呢。

**乳媪**　你说什么！你是什么人！

**罗密欧**　好太太，上帝造了他，他偏不知好歹。

**乳媪**　说得好：你说他不知好歹？列位先生，你们有谁能够告诉我年轻的罗密欧在什么地方？

**罗密欧**　我可以告诉你；可是等你找到他的时候，年轻的罗密欧已经比你寻访他的时候老了点儿了。我因为取不到一个好一点的名字，所以就叫做罗密欧；在取这一个名字的人们中间，我是最年轻的一个。

**乳媪**　您真会说话，先生。

**默库蒂奥**　哎，这样一个坏透的家伙，你也说他好？想得周到；有理，有理。

**乳媪**　先生，您要是就是罗密欧，我跟您说句心腹话儿。

**本沃里奥**　她要拉他吃晚饭去。

**默库蒂奥**　一个老虔婆，哼！有了！有了！

**罗密欧**　你有什么了？

**默库蒂奥**　不是野兔子；要说兔子的话，不过是斋节做的兔肉饼，没吃完

就发霉了。（唱）

老兔肉，长了霉，
老兔肉，长了霉，
本是斋节好点心：
可长霉的兔肉饼，
二十汉子吃不清，
吃不清呀霉肉饼。

罗密欧，你去不去你父亲那里？我们要在那里吃饭。

罗密欧　我就来。

默库蒂奥　再见，老太太；（唱）

再见，我的好姑娘！（默库蒂奥、本沃里奥下）

乳媪　好，再见！先生，这个满嘴胡说八道的放肆的家伙是什么人？

罗密欧　奶妈，这位先生最喜欢听他自己讲话；他在一分钟里所说的话，比他在一个月里听人家讲的话还多。

乳媪　要是他对我说了一句不客气的话，尽管他力气再大一点，我也要给他一顿教训；这种家伙二十个我都对付得了，要是对付不了，我会叫那些对付得了他们的人来。混帐东西！他把老娘看做什么人啦？我不是那些烂污婊子，由得他随便取笑的。（向彼得）你也是个好东西，看着人家把我欺侮，站在旁边一动也不动！

彼得　我没有看见什么人欺侮你；要是我看见了，一定会立刻拔出刀子来的，你放宽心吧。碰到吵架的事，只要理直气壮，打起官司来不怕人家，我是从来不肯落在人家后头的。

乳媪　嗳哟！真把我气得浑身发抖。混帐的东西！对不起，先生，让我跟您说句话儿。我刚才说过的，我家小姐叫我来找您；她叫我说些什么话我可不能告诉您；可是我要先明白对您说一句，要是正像人家说的，您想骗她做一场春梦，那可真是人家说的一件顶坏的行为；因为这位姑娘年纪还小，所以您要是欺骗了她，实在是一桩对无论哪一位好人家的姑娘都是对不起的事情，而且也是一桩顶不应该的举动。

罗密欧　奶妈，请你替我向你家小姐致意。我可以对你发誓，——

乳媪　很好，我就这样告诉她。主啊！主啊！她听见了一定会非常欢

喜的。

罗密欧　奶妈，你去告诉她什么话呢？你没有听我说呀。

乳媪　我就对她说您发过誓了，那可以证明您是一位正人君子。

罗密欧　你请她今天下午想个法子出来，到劳伦斯神父的庵院里忏悔，就在那个地方举行婚礼。这几个钱是给你的酬劳。

乳媪　不，真的，先生，我一个钱也不要。

罗密欧　别客气了，你还是拿着吧。

乳媪　今天下午吗，先生？好，她一定会去的。

罗密欧　好奶妈，请你在这寺墙后面等一等，就在这一点钟之内，我要叫我的仆人去拿一捆扎得像船上的软梯一样的绳子来给你带去；在秘密的夜里，我要凭着它攀拿我的幸福的尖端。再会！愿你对我们忠心，我一定不会有负你的辛劳。再会！替我向你的小姐致意。

乳媪　天上的上帝保佑您！先生，我对您说。

罗密欧　你有什么话说，我的好奶妈？

乳媪　您那仆人靠得住吗？您不听见老古话说，两个人知道是秘密，三个人知道就不是秘密吗？

罗密欧　你放心吧，我的仆人是再可靠不过的。

乳媪　好先生，我那小姐是个最可爱的姑娘，——主啊！主啊！——那时候她还是个咿咿呀呀刚会说话的小东西，——啊！本地有一位叫做帕里斯的贵人，他巴不得把我家小姐抢到手里；可是她，好人儿，瞧他比瞧一只蛤蟆还讨厌。我有时候对她说帕里斯人品不错，你才不知道哩，她一听见这样的话，就会气得面如土色。请问罗迭香婚礼花和罗密欧是不是同一字开头？

罗密欧　是呀，奶妈，怎么样？都是罗字开头的。

乳媪　唔，你说笑话！那是狗儿的名字呢；阿罗就是那个——不对；我知道一定是另一个字开头的——她还把你同罗迭香花连在一起，我也不懂，反正你听了一定喜欢的。

罗密欧　替我向你小姐致意。

乳媪　一定一定。（罗密欧下）彼得！

彼得　有！

乳媪　给我带路，快些走。（同下）

## 第五场　同前；卡普莱特家花园

【朱丽叶上。

朱丽叶　我在九点钟差奶妈去；她答应在半小时以内回来。也许她碰不见他；那是不会的。啊！她的脚走起路来不大方便。恋爱的使者应当是思想，因为它比驱散山坡上的阴影的太阳光还要快过十倍；所以维纳斯的云车是用白鸽驾驶的，所以凌风而飞的丘比特生着翅膀。现在太阳已经升上中天，从九点钟到十二点钟是三个长长的钟点，可是她还没有回来。要是她是个有感情有温暖的青春的血液的人，她的行动一定会像球儿一样敏捷，我用一句话就可以把她抛到我的心爱的情人那里，他也可以用一句话把她抛回到我这里；可是上年纪的人，大多像死人一般，手脚迟钝，呼唤不灵，慢吞吞地没有一点精神。

【乳媪及彼得上。

朱丽叶　啊上帝！她来了。啊，好心肝奶妈！什么消息？你碰到了他吗？叫那个人出去。

乳媪　彼得到门口去等着。（彼得下）

朱丽叶　亲爱的好奶妈，——嗳呀！你怎么一脸孔的懊恼？即使是坏消息，你也应该装着笑容说；如果是好消息，你就不该用这副难看的脸孔奏出美妙的音乐来。

乳媪　我累死了，让我歇一会儿吧。嗳呀，我的骨头好痛！我赶了多少的路！

朱丽叶　我但愿把我的骨头给你，你的消息给我。得，求求你，快说呀；好奶妈，说呀。

乳媪　耶稣哪！你忙着什么？你不能等一下子吗？你不见我气都喘不过来吗？

朱丽叶　你既然气都喘不过来，那么你会告诉我说你气都喘不过来？你费了这么久的时间推三阻四的，要是干脆告诉我了，还不是几句话就完了。我只要你回答我，你的消息是好的还是坏的？只要先回答我一个字，详细的话儿慢慢再说好了。快让我知道了吧，是好消息还是坏消息？

乳媪　好，你是个傻孩子，选中了这么一个人；你不知道怎样选一个男人。罗密欧！不，他不行，虽然他的脸孔长得比人家漂亮一点；可是他的腿才长得有样子；讲到他的手，他的脚，他的身体，虽然这种话是不大好出口，可是的确谁也比不上他。他不是顶懂得礼貌，可是温柔得就像一头羔羊。好，看你的运气吧，姑娘；好好敬奉上帝。怎么，你在家里吃过饭了吗？

朱丽叶　没有，没有。你这些话我都早就知道了。他对于结婚的事情怎么说？

乳媪　主啊！我的头痛死了！我害了多厉害的头痛！痛得好像要裂成二十块似的。还有我那一边的背痛；嗳哟，我的背！我的背！你的心肠真好，叫我到外边东奔西走去寻死。

朱丽叶　害你这样不舒服，我真是说不出的抱歉。亲爱的，亲爱的，亲爱的奶妈，告诉我，我的爱人说些什么话？

乳媪　你的爱人说，——他说得很像个老老实实的绅士，很有礼貌，很和气，很漂亮，而且也很规矩，——你的妈呢？

朱丽叶　我的妈！她就在里面；她还会在什么地方？你回答得多么古怪："你的爱人说，他说得很像个老老实实的绅士，你的妈呢？"

乳媪　嗳哟，圣母娘娘！你这样性急吗？哼！反了反了，这就是你瞧着我筋骨酸痛替我涂上的药膏吗？以后还是你自己去送信吧。

朱丽叶　别缠下去啦！快些，罗密欧怎么说？

乳媪　你已经得到准许今天去忏悔吗？

朱丽叶　我已经得到了。

乳媪　那么你快到劳伦斯神父的庵院里去，有一个丈夫在那边等着你去做他的妻子。现在你的脸孔红起来啦。你到教堂里去吧，我还要到别处去搬一张梯子来，等到天黑的时候，你的爱人就可以凭着它爬进鸟窠里。为了你开心，我吃尽苦头，但是今晚你要负重担了。去吧，我要吃饭去，你快到庵院去吧。

朱丽叶　我要找寻我的幸运去！好奶妈，再会。（各下）

## 第六场　同前；劳伦斯神父的庵院

【劳伦斯神父及罗密欧上。

劳伦斯　愿上天祝福这神圣的结合，不要让日后的懊恨把我们谴责。

罗密欧　阿门，阿门！可是无论将来会发生什么悲哀的后果，都抵不过我在看见她这短短一分钟内的欢乐。不管侵蚀爱情的死亡怎样伸展它的魔手，只要你用神圣的言语，把我们的灵魂结为一体，随后吞食爱情的死神喜欢怎么样都成，让我能够称她一声我的人，我也就不再有什么遗恨了。

劳伦斯　这种狂暴的快乐将会产生狂暴的结局，正像火和火药的亲吻，就在最得意的一刹那烟消云散。最甜的蜜糖可以使味觉麻木；不太热烈的爱情才会维持久远；太快和太慢，结果都不会圆满。

【朱丽叶上。

劳伦斯　这位小姐来了。啊！这样轻盈的脚步，是永远不会踹破神龛前的砖石的；一个恋爱中的人，可以踏在随风飘荡的蛛网上而不会跌下，幻妄的幸福使他灵魂飘然轻举。

朱丽叶　晚安，神父。

劳伦斯　孩子，罗密欧会替我们两人感谢你的。

朱丽叶　我也向他问了好，他何必再来多余的客套。

罗密欧　啊，朱丽叶！要是你感觉到像我一样多的快乐，要是你的灵唇慧舌，能够宣述你衷心的快乐，那么让空气中满布着从你嘴里吐出来的芳香，用无比的妙乐，把这一次会晤中我们两人给与彼此的无限欢欣倾吐出来吧。

朱丽叶　充实的思想不在于语言的富丽；只有乞儿才能够计数他的家私。

真诚的爱情充溢在我的心里，我无法估计自己享有的财富。

**劳伦斯**　来，跟我来，我们要把这件事情早点办好；因为在神圣的教会没有把你们两人结合以前，你们两人是不能在一起的。（同下）

# 第三幕

## 第一场　维洛那；广场

【默库蒂奥，本沃里奥，侍童及若干仆人上。

本沃里奥　好默库蒂奥，咱们还是回去吧。天这么热，卡普莱特家里的人满街都是，要是碰到了他们，又免不了一场吵架；因为在这种热的天气，一个人的脾气最容易暴躁起来。

默库蒂奥　你就像这么一种家伙，他们跑进了酒店的门，把剑在桌子上一放，说“上帝保佑我不要用到你！”等到两杯喝罢，他就无缘无故拿起剑来跟酒保吵架。

本沃里奥　我难道是这样一种人吗？

默库蒂奥　得啦得啦，你的坏脾气比得上意大利无论哪一个人；动不动就要生气，一生气就要乱动。

本沃里奥　再以后怎样呢？

默库蒂奥　哼！要是有两个像你这样的人碰在一起，结果总会一个也没有，因为大家都要把对方杀死了方肯甘休。你！嘿，你会跟人家吵架，因为他比你多一根或是少一根胡须。瞧见人家咬栗子，你也会跟他闹翻，你的理由只是因为有一双栗色的眼睛。除了生着这样一双眼睛的人以外，谁还会像这样吹毛求疵地去跟人家寻事？你的脑袋里装满了惹是招非的念头，正像鸡蛋里装满了蛋黄蛋白，虽然为了惹是招非的缘故，你的脑袋曾经给人打得像个坏蛋一样。你曾经为了有人在街上咳了一声嗽而跟他吵架，因为他咳醒了你那条在太阳底下睡觉的狗。不是有一次你因为看见一个裁缝在复活节以前穿起他的新背心来，所以跟他大闹吗？不是还有一次因为人家用旧带子结他的新鞋子，所以又跟他大闹吗？现在你却要教我不要跟人家吵架！

本沃里奥　要是我像你一样爱吵架，不消一时半刻，我的性命早就卖给人家了。

**默库蒂奥** 性命卖给人家！哼，算了吧！

**本沃里奥** 嗳哟！卡普莱特家里的人来了。

**默库蒂奥** 我可不把他们放在我的脚跟上。

【泰博尔特及余人等上。

**泰博尔特** 你们跟着我不要走开，等我去向他们说话。两位晚安！我要跟你们中间无论哪一位说句话儿。

**默库蒂奥** 您只要跟我们两人中间的一个人讲一句话吗？那未免太不成意思了。要是您愿意在一句话以外，再跟我们较量一两手，那我们倒愿意奉陪。

**泰博尔特** 只要您给我一个理由，您就会知道我也不是个怕事的人。

**默库蒂奥** 您不会自己想出一个什么理由来吗？

**泰博尔特** 默库蒂奥，你陪着罗密欧到处乱闯，——

**默库蒂奥** 到处拉唱！怎么！你把我们当作一群沿街卖唱的人吗？你要是把我们当作沿街卖唱的人，那么我们倒要请你听一点儿不大好听的声音；这就是我的胡琴上的拉弓，拉一拉就要叫你跳起舞来。他妈的！到处拉唱！

**本沃里奥** 这儿来往的人太多，讲话不大方便，最好还是找个清静一点的地方去谈谈；要不然大家别闹意气，有什么过不去的事平心静气理论理论；否则各走各的路，也就完了，别让这么许多人的眼睛瞧着我们。

**默库蒂奥** 人们生着眼睛总要瞧，让他们瞧去好了；我可不能因为别人的高兴瞧而离开。

【罗密欧上。

**泰博尔特** 好，我的人来了；我不跟你吵。

**默库蒂奥** 以命来打赌好了，他又不吃你的饭不穿你的衣服，怎么是你的人？可是他虽然不是你的跟班，要是你逃走起来，他倒一定会紧紧跟住你的。大人物，从这点上讲，你倒可以说你的“人”。

**泰博尔特** 罗密欧，我对你的仇恨，使我只能用一个名字称呼你，——你是一个恶贼！

**罗密欧** 泰博尔特，我跟你无冤无恨，你这样无端挑衅，本来我是不能容忍的，可是因为我有必须爱你的理由，所以也不愿跟你计较了。我不是恶贼；再见，我看你还不知道我是个什么人。

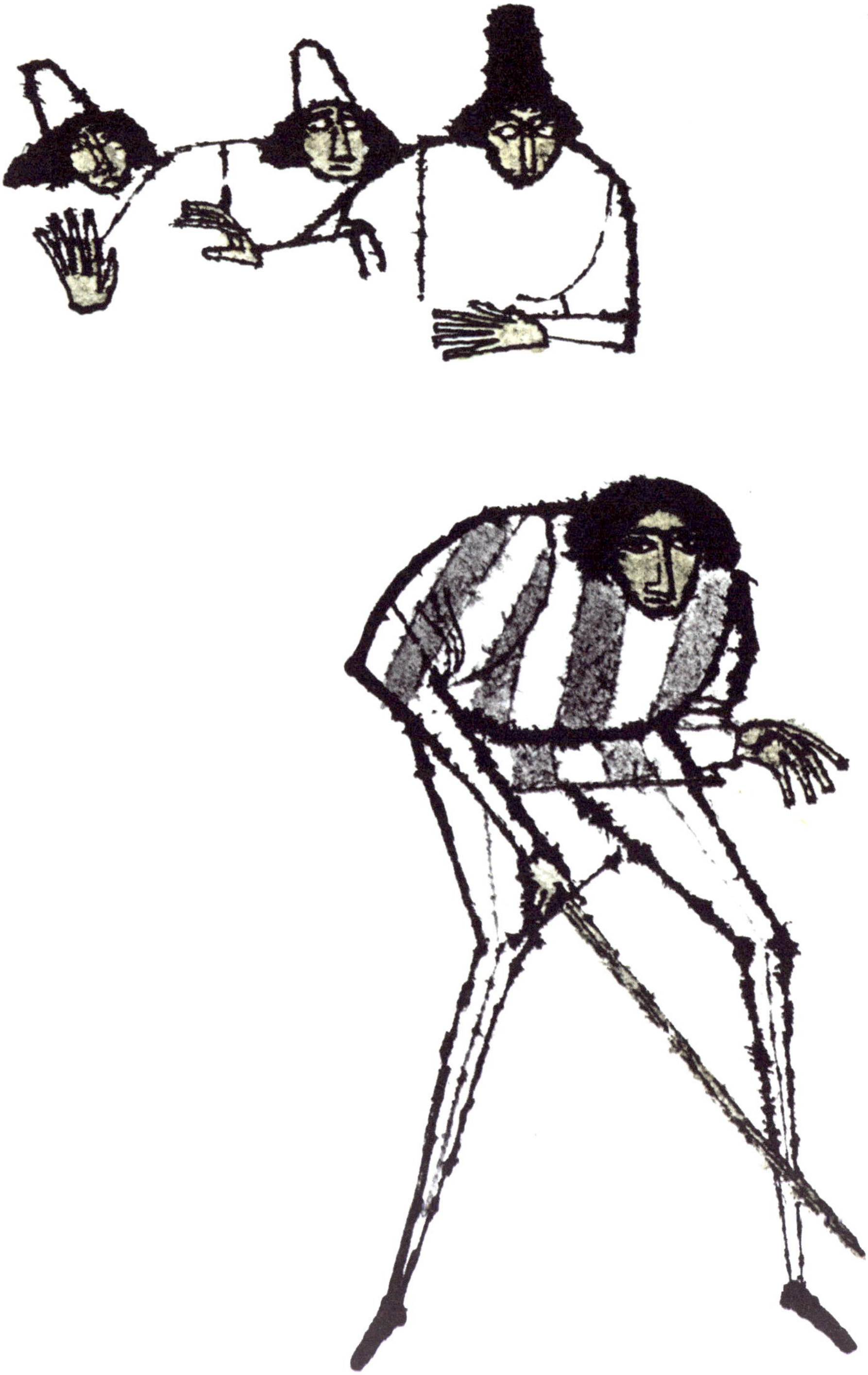

泰博尔特　小子，你冒犯了我，现在可不能用这种花言巧语掩饰过去；赶快回过身子，拔出剑来吧。

罗密欧　我可以郑重声明，我从来没有冒犯过你，而且你想不到我是怎样爱你，除非你知道了我所以爱你的理由。所以，好卡普莱特，——我尊重这一个姓氏，就像尊重我自己的姓氏一样，——咱们还是讲和了吧。

默库蒂奥　哼，好丢脸的屈服！只有武力才可以洗去这种耻辱。(拔剑)泰博尔特，你这捉耗子的猫儿，你愿意跟我决斗吗？

泰博尔特　你要我跟你干嘛？

默库蒂奥　好猫儿精，听说你有九条性命，我只要取你一条命，留下那另外八条，等以后再跟你算账。快快拔出你的剑来，否则莫怪我无情，我的剑就要临到你的耳朵边了。

泰博尔特　(拔剑)好，我愿意奉陪。

罗密欧　好默库蒂奥，收起你的剑。

默库蒂奥　来，来，来，我倒要领教领教你的剑法。(二人互斗)

罗密欧　本沃里奥，拔出剑来，把他们的武器打下来。两位老兄，这算什么？快别闹啦！泰博尔特，默库蒂奥，亲王已经明令禁止在维洛那的街道上斗殴。住手，泰博尔特！好默库蒂奥！(泰博尔特及其党徒下)

默库蒂奥　我受伤了。你们这两家倒霉的人家！我已经完啦。他不带一点伤就去了吗？

本沃里奥　啊！你受伤了吗？

默库蒂奥　嗯，嗯，擦破了一点儿皮；可是伤得很利害。我的童儿呢？狗才，快去找个外科医生来。(童下)

罗密欧　放心吧，老兄；这伤口不会十分利害的。

默库蒂奥　是的，它没有一口井那么深，也没有一扇门那么阔，可是这一点点儿伤也就够要命了；要是你明天找我，就到坟墓里来看我吧。我清楚，我这一生是完了。你们这两家倒霉的人家！他妈的！狗，耗子，猫儿，都咬得死人！这个说人话的家伙，这个混帐东西，打起架来也要按照着数学的公式！谁叫你把身子插了进来？都是你把我拉住了我才中了剑。

罗密欧　我完全是出于好意。

默库蒂奥　本沃里奥，快把我扶进什么屋子里去。不然我就要晕过去了。

你们这两家倒霉的人家！我已经死在你们手里了。——你们这两家人家！（默库蒂奥、本沃里奥同下）

**罗密欧** 他是亲王的近亲，也是我的好友；如今他为了我的缘故受到了致命的重伤。泰博尔特杀死了我的朋友，又毁谤了我的名誉，虽然他在一小时以前还是我的亲人。亲爱的朱丽叶啊！你的美丽使我变成懦弱，磨钝了我的勇气的锋刃！

【本沃里奥重上。

**本沃里奥** 啊，罗密欧，罗密欧！勇敢的默库蒂奥死了；他已经撒手离开尘世，他的英魂已经升上天庭了！

**罗密欧** 今天这一场意外的变故，怕要引起日后的灾祸。

【泰博尔特重上。

**本沃里奥** 暴怒的泰博尔特又来了。

**罗密欧** 默库蒂奥死了，他却耀武扬威活在人世！现在我只好抛弃了一切顾忌，不怕伤了亲戚的情分，让眼睛里喷出火焰的愤怒支配着我的行动了！泰博尔特，你刚才骂我恶贼，我要你把这两个字收回去；默库蒂奥的阴魂就在我们头上，他在等着你去跟他做伴；我们两个人中间必须有一个人去陪陪他，要不然就是两人一起死。

**泰博尔特** 你这该死的小子，你生前跟他做朋友，死后也去陪着他吧！

**罗密欧** 这柄剑可以替我们决定谁死谁生。（二人互斗；泰博尔特倒下）

**本沃里奥** 罗密欧，快走！市民们都已经被这场争吵惊动了，泰博尔特又死在这儿。别站着发怔；要是你给他们捉住了，亲王就要判你死刑。快去吧！快去吧！

**罗密欧** 唉！我是受命运玩弄的人。

**本沃里奥** 你为什么还不走？（罗密欧下）

【市民等上。

**市民甲** 杀死默库里奥的那个人逃到哪儿去了？那凶手泰博尔特逃到什么地方去了？

**本沃里奥** 躺在那边的就是泰博尔特。

**市民甲** 先生，请你跟我去。我用亲王的名义命令你服从。

【亲王率侍从；蒙塔古夫妇，卡普莱特夫妇及余人等上。

亲王　这一场争吵的肇祸的罪魁在什么地方？

本沃里奥　啊，尊贵的亲王！我可以把这场流血的争吵的不幸经过向您从头禀告。躺在那边的那个人，就是把您的亲戚，勇敢的默库蒂奥杀死的人，他现在已经被年轻的罗密欧杀死了。

卡普莱特夫人　泰博尔特，我的侄儿！啊，我的哥哥的孩子！亲王啊！侄儿啊！丈夫啊！嗳哟！我的亲爱的侄儿给人杀死了！殿下，您是正直无私的，我们家里流的血，应当用蒙塔古家里流的血来报偿。嗳哟，侄儿啊！侄儿啊！

亲王　本沃里奥，谁开始这一场流血的争斗？

本沃里奥　死在这儿的泰博尔特，他是被罗密欧杀死的。罗密欧很诚恳地劝告他，叫他想一想这种争吵多么没意思，并且也提起您的森严的禁令。他用温和的语调，谦恭的态度，陪着笑脸向他反复劝解，可是泰博尔特充耳不闻，一味逞着他的骄强，拔出剑来就向勇敢的默库蒂奥胸前刺了过去；默库蒂奥也动了怒气，就和他两下交锋起来，自恃着本领高强，满不在乎地一手挡开了敌人致命的剑锋，一手向泰博尔特刺过去，泰博尔特眼明手快，也把它挡开了。那个时候罗密欧就高声喊叫，"住手，朋友；两下分开！"说时迟，那时快，他的敏捷的腕臂已经打下了他们的利剑，他就插身在他们两人中间；谁料泰博尔特怀着毒心，冷不防打罗密欧的手臂下面刺了一剑过去，竟中了结实的默库蒂奥的要害，于是他就逃走了。等了一会儿他又回来找罗密欧，罗密欧这时候正是满腔怒火，就像闪电似的跟他打起来，我还来不及拔剑阻止他们，勇猛的泰博尔特已经中剑而死，罗密欧见他倒在地上，也就转身逃走了。我所说的句句都是真话，倘有虚言，我本沃里奥愿受死刑。

卡普莱特夫人　他是蒙塔古家的亲戚，他说的话都是徇着私情，完全是假的。他们一共有二十来个人参加这场残酷的斗争，二十个人合力谋害了一个人的生命。殿下，我要请您主持公道，罗密欧杀死了泰博尔特，罗密欧必须抵命。

亲王　罗密欧杀了他，他杀了默库蒂奥；默库蒂奥的生命应当由谁抵偿？

蒙塔古　殿下，罗密欧不应该偿他的命；他是默库蒂奥的朋友，他的过失不过是执行了泰博尔特依法应处的死刑。

亲王　为了这一个过失，我现在宣布把他立刻放逐出境。你们双方的憎恨已经牵涉到我的身上，在你们残暴的争斗中，已经流下了我的亲人的血；可是我要给你们一个重重的惩罚，儆戒你们的将来。我不要听任何的请求辩护，哭泣和祈祷都不能使我枉法徇情，所以不用想什么挽回的办法，赶快把罗密欧遣送出境吧；不然的话，他在什么时候被我们发现，就在什么时候把他处死。把这尸体扛去，不许违抗我的命令；对杀人的凶手不能讲慈悲，否则就是鼓励杀人了。（同下）

## 第二场　同前；卡普莱特家的花园

【朱丽叶上。

朱丽叶　快快跑过去吧，踏着火云的骏马，把太阳拖回到它的安息的所在；但愿驾车的法厄同[1]鞭策你们飞驰到西方，让阴沉的暮夜赶快降临。展开你密密的帷幕吧，成全恋爱的黑夜！遮住夜行人的眼睛，让罗密欧悄悄地投入我的怀里，不被人家看见也不被人家谈论！恋人们可以在他们自身美貌的光辉里互相缱绻；即使恋爱是盲目的，那也正好和黑夜相称。来吧，温文的夜，你朴素的黑衣妇人，教会我怎样在一场全胜的赌博中失败，把各人纯洁的童贞互为赌注。用你黑色的罩巾遮住我脸上羞怯的红潮，等我深藏内心的爱情慢慢儿胆大起来，不再因为在行动上流露真情而惭愧，来吧，黑夜！来吧，罗密欧！来吧，你黑夜中的白昼！因为你将要睡在黑夜的翼上，比乌鸦背上的新雪还要皎白。来吧，柔和的黑夜！来吧，可爱的黑色的夜，把我的罗密欧给我！等他死了以后，你再把他带去，分散成无数的星星，把天空装饰得如此美丽，使全世界都恋爱着黑夜，不再崇拜眩目的太阳。啊！我已经买下了一所恋爱的华厦，可是它还不曾属我所有；虽然我已经把自己出卖，可是还没有被买主领去。这日子长得真叫人厌烦，正像一个做好了新衣服的小孩，在节日的前夜焦躁地等着天明一样。啊！我的奶妈来了。

【乳媪携绳上。

朱丽叶　她带着消息来了。谁的舌头上只要说出了罗密欧的名字，谁就在吐露着天上的仙音。奶妈，什么消息？你带着些什么来了？那就是罗密欧叫你去拿的绳子吗？

---

① 法厄同 (Phaethon)，太阳神赫利俄斯的儿子，为其父驾御日车。

乳媪　是的，是的，这绳子。（将绳掷下）

朱丽叶　嗳哟！什么事？你为什么扭绞你的手？

乳媪　唉！唉！唉！他死了，他死了，他死了！我们完了，小姐，我们完了！唉！他去了，他给人杀了，他死了！

朱丽叶　天道竟会这样狠毒吗？

乳媪　不是天道狠毒，罗密欧才下得了这样狠毒的手。啊！罗密欧，罗密欧！谁想得到会有这样的事情？罗密欧！

朱丽叶　你是个什么鬼，这样煎熬着我？这简直就是地狱里的酷刑。罗密欧把他自己杀死了吗？你只要回答我一个“是”字，这一个“是”字就比毒龙眼里射放的死光更会致人死命。要是我就这样致死，那我也就不是我了；要是他闭上了眼睛，那你就回答“是”。要是他死了，你就说“是”；要是他没有死，你就说“不”；这两个简单的字就可以决定我的终身祸福。

乳媪　我看见他的伤口，我亲眼看见他的伤口，慈悲的上帝！就在他的勇敢的胸前。一个可怜的尸体，一个可怜的流血的尸体，像灰一样苍白，满身都是血，满身都是一块块的血；我一瞧见就晕过去了。

朱丽叶　啊，我的心要碎了！——可怜的破产者，你已经丧失了一切，还是赶快碎裂了吧！失去了光明的眼睛，你从此不能再见天日了！你这俗恶的泥土之躯，赶快停止了呼吸，复归于泥土，去和罗密欧同眠在一个圹穴里吧！

乳媪　啊！泰博尔特，泰博尔特！我的顶好的朋友！啊，温文的泰博尔特，正直的绅士！想不到我活到今天，却会看见你死去！

朱丽叶　这是一阵什么风暴，一会儿又换了方向！罗密欧给人杀了，泰博尔特又死了吗？一个是我的最亲爱的哥哥，一个是我的更亲爱的夫君？那么，可怕的号角，宣布世界末日的来临吧！要是这样两个人都可以死去，谁还应该活在这世上？

乳媪　泰博尔特死了，罗密欧放逐了；罗密欧杀了泰博尔特，他现在被放逐了。

朱丽叶　上帝啊！泰博尔特是死在罗密欧的手里吗？

乳媪　是的，是的；唉！是的。

朱丽叶　啊，花一样的脸庞里藏着蛇一样的心！那一条恶龙曾经栖息在这样清雅的洞府里？美丽的暴君！天使般的魔鬼！披着白鸽羽毛的乌鸦！豺狼一样贪残的羔羊！圣洁的外表包覆着丑恶的实质！你的内心刚巧和你的形状相反，一个万恶的圣人，一个庄严的奸徒！造物主啊！你为什么要从地狱里提出这一个恶魔的灵魂，把它安放在这样可爱的一座肉体的天堂里？那一本邪恶的书籍曾经装订得这样美观？啊！谁想得到这样一座富丽的宫殿里，会容纳着欺人的虚伪！

乳媪　男人都是靠不住，没有良心，没有真心的；谁都是三心二意，反复无常，奸恶多端，净是些骗子。啊！我的人呢？快给我倒点酒来；这些悲伤烦恼，已经使我老起来了。愿耻辱降临到罗密欧的头上！

朱丽叶　你说出这样的愿望，你的舌头上就应该长起水疱来！耻辱从来不曾和他在一起；它不敢侵上他的眉宇，因为那是君临天下的荣誉的宝座。啊！我刚才把他这样辱骂，我真是个畜生！

乳媪　杀死了你的族兄的人，你还说他好话吗？

朱丽叶　他是我的丈夫，我应当说他坏话吗？啊！我的可怜的丈夫！你的三小时的妻子都这样凌辱你的名字，谁还会对它说一句温情的慰藉呢？可是你这恶人，你为什么杀死我的哥哥？他要是不杀死我的哥哥，我的凶恶的哥哥就会杀死我的丈夫。回去吧，愚蠢的眼泪，流回到你的源头；你那滴滴的细流，本来是悲哀的倾注，可是你却错把它呈献给喜悦。我的丈夫活着；他没有被泰博尔特杀死；泰博尔特死了，他想要杀死我的丈夫！这明明是喜讯，我为什么要哭泣呢？还有两个字比泰博尔特的死更使我痛心，像一柄利刃刺进了我的胸中；我但愿忘了它们，可是唉！它们紧紧牢附在我的记忆里，就像萦回在罪人脑中的不可宥恕的罪恶。“泰博尔特死了，罗密欧放逐了！”放逐了！这“放逐”两个字，就等于杀死了一万个泰博尔特。单单泰博尔特的死，已经令人伤心了；即使祸不单行，必须在“泰博尔特死了”这一句话以后，再接上一句不幸的消息，为什么不说你的父亲，或是你的母亲，或是父母两人都死了，那也可以引起一点人情之常的哀悼？可是在泰博尔特的噩耗以后，再接连一记更大的打击，“罗密欧放逐了！”这句话简直等于说，父亲，母亲，泰博尔特，罗密欧，朱丽叶，一起被杀，一起死了。“罗密欧放逐了！”这一句话里面包含着无穷无际无极无限的死亡，没有字句能够形容出这里面蕴蓄着的悲伤。——奶妈，我的父亲我的母亲呢？

乳媪　他们正在抚着泰博尔特的尸体痛哭。你要去看他们吗？让我带着你去。

朱丽叶　让他们用眼泪洗涤他的伤口，我的眼泪是要留着为罗密欧的放逐而哀哭的。拾起那些绳子来。可怜的绳子，你是失望了，我们两人都失望了，因为罗密欧已经被放逐；他要借着你做接引相思的温床的通衢，可是我却要做一个独守空闺的怨女而死去。来，绳儿；来，奶妈。我要去睡上我的婚床，把我的童贞奉献给死亡！

乳媪　那么你快到房里去吧；我去找罗密欧来安慰你，我知道他在什么地方。听着，你的罗密欧今天晚上一定会来看你；他现在躲在劳伦斯神父的庵里，我就去找他。

朱丽叶　啊！你快去找他；把这指环拿去给我的忠心的武士，叫他来作一次最后的诀别。（各下）

## 第三场　同前；劳伦斯神父的庵院

【劳伦斯神父上。

劳伦斯　罗密欧，跑出来；出来吧，你受惊的人，你已经和坎坷的命运结下了不解之缘。

【罗密欧上。

罗密欧　神父，什么消息？亲王的判决怎样？还有什么我所没有知道的不幸的事情将要来找到我？

劳伦斯　我的好孩子，你已经遭逢到太多的不幸了。我来报告你亲王的判决。

罗密欧　除了死罪以外，还会有什么判决？

劳伦斯　他的判决是很温和的；他并不判你死罪，只宣布把你放逐。

罗密欧　嘿！放逐！慈悲一点，还是说“死”吧！不要说“放逐”，因为放逐比死还要可怕。

劳伦斯　你必须立刻离开维洛那境内。不要懊恼，这是一个广大的世界。

罗密欧　在维洛那城以外没有别的世界，只有地狱的苦难；所以从维洛那放逐，就是从这世界上放逐，也就是死。明明是死，你却说是放逐，这就等于用一柄利斧斫下我的头，反因为自己为人杀害而洋洋得意。

劳伦斯　嗳哟，罪过罪过！你怎么可以这样不知恩德！你所犯的过失，按照法律本来应该处死，幸亏亲王仁慈，特别对你开恩，才把可怕的死罪改成了放逐；这明明是莫大的恩典，你却不知道。

罗密欧　这是酷刑，不是恩典。朱丽叶所在的地方就是天堂；这儿的每一只猫，每一只狗，每一只小小的老鼠，都生活在天堂里，每样不值分文的东西，都可以瞻仰到她的容颜，可是罗密欧却看不见她。尸体上的苍蝇都比罗密欧享有更多的尊荣、更可贵的地位、更多的取悦的活动，可以接触亲爱的朱丽叶的皎洁的玉手，从她的嘴唇上偷取天堂中的幸福，那两片嘴唇是这样的纯洁贞淑，永远含着娇羞，好像觉得它们自身的相吻也是一种罪恶一样；苍蝇可以这样做，我罗密欧却必须远走高飞，它们是自由人，我却是一个放逐的流徒。你还说放逐不是死吗？难道你没有配好的毒药，锋锐的刀子，无论什么致命的利器，不管多么卑贱，而必须用“放逐”两个字把我杀害吗？放逐！啊神父！只有沉沦在地狱里的鬼魂才会用到这两个字，伴着凄厉的呼号；你是一个教士，一个替人忏罪的神父，又是我的朋友，怎么忍心用这两个字，“放逐”，来寸磔我呢？

劳伦斯　你这痴心的疯子，听我说一句话。

罗密欧　啊！你又要对我说起放逐了。

劳伦斯　我要教给你怎样抵御这两个字的方法，用哲学的甘乳安慰你的逆运，让你忘却被放逐的痛苦。

罗密欧　又是“放逐”吗？我不要听什么哲学！除非哲学能够制造一个朱丽叶，迁徙一个城市，撤销一个亲王的判决，否则它就没有什么用处。别再多说了吧。

劳伦斯　啊！那么我看疯人是不生耳朵的。

罗密欧　聪明人不生眼睛，疯人何必生耳朵呢？

劳伦斯　让我跟你讨论讨论你现在的处境。

罗密欧　你不能谈论你所没有感觉到的事情；要是你也像我一样年轻，朱丽叶是你的爱人，才结婚了一个小时，就把泰博尔特杀了；要是你也像我一样热恋，像我一样被放逐，那时你才可以讲话，那时你才会像我现在一样扯着你的头发，倒在地上，替你自己量一个葬身的墓穴。（内叩门声）

劳伦斯　快起来，有人在敲门；好罗密欧，躲起来吧。

罗密欧　我不要躲，除非我心底里发出来的痛苦呻吟的气息，会像一重云雾一样把我掩过了追寻者的眼睛。（叩门声）

劳伦斯　听！门打得多么响！——是谁在外面？——罗密欧，快起来，你要给他们捉住了。——等一等！——站起来；（叩门声）跑到我的书斋里去。——就来了！——上帝啊！瞧你多么不听话！——来了，来了！（叩门声）谁把门敲得这么响？你是什么地方来的？你有什么事？

乳媪　（在内）让我进来，你就可以知道我的来意；我是从朱丽叶小姐那里来的。

劳伦斯　那好极了，欢迎欢迎！

【乳媪上。

乳媪　啊神父！啊，告诉我，神父，我的小姐的姑爷呢？罗密欧呢？

劳伦斯　在那边地上哭得如醉如痴的就是他。

乳媪　啊！他正像我的小姐一样，正像她一样！唉！真是同病相怜，一般的伤心！她也是这样躺在地上，一头唠叨一头哭，一头哭一头唠叨。起来，起来；您是个男子汉，就该起来；为了朱丽叶的缘故，为了她的缘故，站起来吧。为什么您要伤心到这个样子呢？

罗密欧　奶妈！

乳媪　唉，姑爷！唉，姑爷！一个人到头来总是要死的。

罗密欧　你刚才不是说起朱丽叶吗？她现在怎么样？我现在已经用她近亲的血液玷污了我们的新欢，她不会把我当作一个杀人的凶犯吗？她在什么地方？她怎么样？我这位秘密的新妇对于我们这一段中断的情缘说些什么话？

乳媪　啊，她没有说什么话，姑爷，只是哭呀哭的哭个不停；一会儿倒在床上，一会儿跳了起来；一会儿叫一声泰博尔特，一会儿哭一声罗密欧；然后又倒了下去。

罗密欧　好像那一个名字是从枪口里瞄准了射出来似的，一弹出去就把她杀死，正像我这一双该死的手杀死了她的亲人一样。啊！告诉我，神父，告诉我，我的名字是在我身上哪一处万恶的地方？告诉我，好让我捣毁这可恨的巢穴。（拔剑）

劳伦斯　放下你的卤莽的手！你是一个男子吗？你的形状是一个男子，你

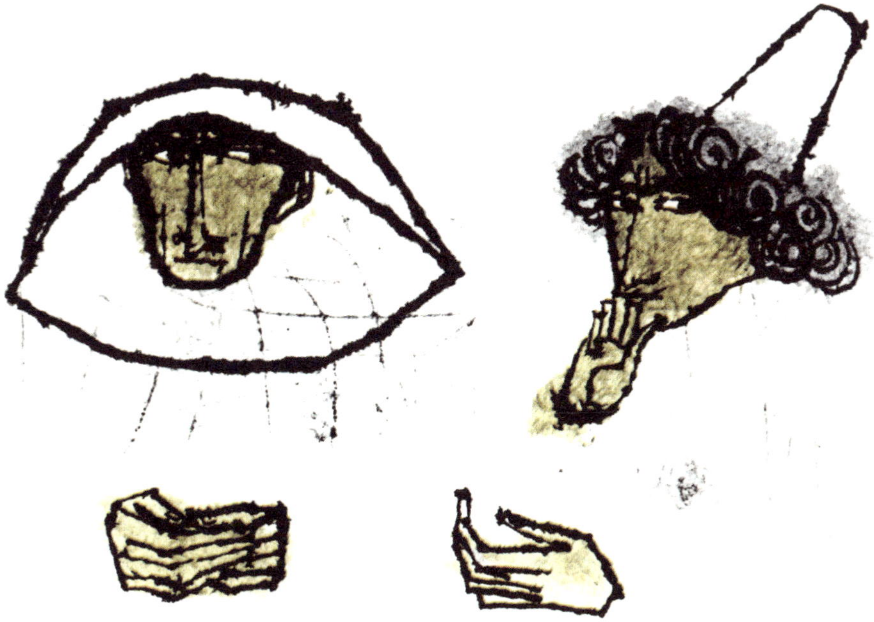

却流着妇人的眼泪；你的狂暴的举动，简直是一头野兽的无可理喻的咆哮。你这须眉的贱妇，你这人头的畜类！我真想不到你的性情竟会这样毫无涵养。你已经杀死了泰博尔特，你还要杀死你自己吗？你没想到你对自己采取了这种万劫不赦的暴行，不也就是杀死与你相依为命的你的妻子吗？为什么你要怨恨天地，怨恨你自己的生不逢辰？天地好容易生下你这一个人来，你却要亲手把你自己摧毁！呸！呸！呸！你有的是一副堂堂的七尺之躯，有的是热情和智慧，你却不知道把它们好好利用，这岂不是辜负了你的七尺之躯，辜负了你的热情和智慧？你的堂堂的仪表不过是一尊蜡塑的形像，没有一点男子汉的血气；你的山盟海誓都是些空虚的谎言，杀害你所发誓珍爱的情人；你的智慧不知道指示你的行动，驾御你的感情，它已经变成了愚妄的谬见，正像装在一个笨拙的军士枪膛里的火药，本来是自卫的武器，因为不懂得怎样点燃的方法，反而毁损了自己的肢体。怎么！起来吧，孩子！你刚才几乎要为了你的朱丽叶而自杀，可是她现在好好活着，这是你的第一件幸事。泰博尔特要把你杀死，可是你却杀死了泰博尔特，这是你的第二件幸事。法律上本来规定杀人抵命，可是它对你特别留情，减成了放逐的处分，这是你的第三件幸事。这许多幸事照顾着你，幸福穿着盛装向你献媚，你却像一个倔强乖僻的女孩，向你的命运和爱情撅起了嘴唇。留心，留心，像这样不知足的人是不得好死的。去，快去会见你的情人，按照预定的计划，到她的寝室里去，安慰安慰她；可是在逻骑没有出发以前，你必须及早离开，否则你就不能到曼图亚去。你可以暂时在曼图亚住下，等我们觑着机会，把你们的婚姻宣布出来，和解了你们两家的亲族，向亲王请求特赦，那时我们就可以用超过你现在离别的悲痛二百万倍的欢乐招呼你回来。奶妈，你先去，替我向你家小姐致意；叫她设法催促她家里的人早早安睡，他们在遭到这样重大的悲伤以后，这是很容易办到的。你对她说，罗密欧就要来了。

乳媪　主啊！像这样好的教训，我就是在这儿听上一整夜都愿意；啊！真是有学问的人说话！姑爷，我就去对小姐说您就要来了。

罗密欧　很好，请你再叫我的爱人预备好一顿责骂。

乳媪　姑爷，这一个戒指小姐叫我拿来送给您，请您赶快就去，天色已经很晚了。（下）

罗密欧　现在我又重新得到了多大的安慰！

劳伦斯　去吧，晚安！你的运命在此一举：你必须在巡逻者没有开始查缉以前脱身，否则就得在黎明时候化装逃走。你就在曼图亚安身下来；我可以找到你的仆人，倘使这儿有什么关于你的好消息，我会叫他随时通知你。把你的手给我。时候不早了，再会吧。

罗密欧　倘不是一个超乎一切喜悦的喜悦在招呼着我，像这样匆匆的离别，一定会使我黯然神伤。再会！（各下）

## 第四场　同前；卡普莱特家中一室

【卡普莱特，卡普莱特夫人及帕里斯上。

卡普莱特　伯爵，舍间因为遭逢变故，我们还没有时间去开导小女；您知道她跟她那小族兄泰博尔特是友爱很笃的，我也是非常喜欢他；唉！人生不免一死，也不必再去说他了。现在时间已经很晚，她今夜不会再下来了；不瞒您说，倘不是您大驾光临，我也早在一小时以前上了床啦。

帕里斯　我在你们正在伤心的时候来此求婚，实在是太冒昧了。晚安，伯母；请您替我向令嫒致意。

**卡普莱特夫人** 好，我明天一早就去探听她的意思；今夜她已经抱着满腔的悲哀关上门睡了。

**卡普莱特** 帕里斯伯爵，我可以大胆替我的孩子作主，我想她一定会绝对服从我的意志；是的，我对于这一点可以断定。夫人，你在临睡以前先去看看她，把这位帕里斯伯爵向她求爱的意思告诉她知道；你再对她说，听好我的话，叫她在星期三——且慢！今天星期几？

**帕里斯** 星期一，老伯。

**卡普莱特** 星期一！哈哈！星期三是太快了点儿，那么就是星期四吧。对她说，在这个星期四，她就要嫁给这位尊贵的伯爵。您预备起来吗？您不嫌太匆促吗？咱们也不必十分铺张，略微请几位亲友就够了；因为，听我说，泰博尔特才死不久，他是我们自己家里的人，要是我们大开欢宴，人家也许会说我们对去世的人太没有情分。所以我们只要请五六个亲友，把仪式举行一下就算了。您说星期四怎样？

**帕里斯** 老伯，我但愿星期四便是明天。

**卡普莱特** 好，你去吧；那么就是星期四。夫人，你在临睡前先去看看朱丽叶，叫她预备预备，好作起新嫁娘来啦。再见，伯爵。喂！掌灯！时候已经很晚，等一会儿我们就要说它很早了。晚安！（各下）

## 第五场 同前；朱丽叶的卧室

【罗密欧与朱丽叶上。

**朱丽叶** 你现在就要去了吗？天亮还有一会儿呢。那刺进你惊恐的耳膜中的，不是云雀，是夜莺的声音；它每天晚上在那边石榴树上歌唱。相信我，爱人，那是夜莺的歌声。

**罗密欧** 那是报晓的云雀，不是夜莺。瞧，爱人，不作美的晨熹已经在东天的云朵上镶起了金线，夜晚的星光已经烧尽，愉快的白昼蹑足踏上了迷雾的山巅，我必须到别处去找寻生路，或者留在这儿束手待死。

**朱丽叶** 那光明不是晨熹，我知道；那是从太阳中吐射出来的流星，要在今夜替你拿着火炬，照亮你到曼图亚去。所以你不必急着要去，再耽搁一会吧。

罗密欧　让我被他们捉住，让我被他们处死；只要是你的意思，我就毫无怨恨。我愿意说那边灰白色的云彩不是黎明睁开它的睡眼，那不过是从月亮的眉宇间反映出来的微光；那响彻云霄的歌声，也不是出于云雀的喉中。我巴不得留在这里，永远不要离开。来吧，死，我欢迎你！因为这是朱丽叶的意思。怎么，我的灵魂？让我们谈谈；天还没有亮哩。

朱丽叶　天已经亮了，天已经亮了；快去吧，快去吧！那唱得这样刺耳，嘶着粗涩的噪声和讨厌的锐音的，正是天际的云雀。有人说云雀会发出千变万化的甜蜜的歌声，这句话一点不对，因为它只使我们彼此分离；有人说云雀曾经和丑恶的蟾蜍交换眼睛，啊！我但愿他们也交换了声音，因为那声音使你离开了我的怀抱，用催醒的晨歌催促你登程。啊！现在你快去吧；天越来越亮了。

罗密欧　天越来越亮，我们悲哀的心却越来越黑暗。

【乳媪上。

乳媪　小姐！

朱丽叶　奶妈！

乳媪　你的母亲就要到你房里来了。天已经亮啦，留点儿心。（下）

朱丽叶　那么窗啊，让白昼进来，让生命出去。

罗密欧　再会，再会！给我一个吻，我就下去。（由窗口下降）

朱丽叶　你就这样去了吗？我的夫君，我的爱人，我的朋友！我必须在每一小时内的每一天听到你的消息，因为一分钟就等于许多日子。啊！照这样计算起来，等我再看见我的罗密欧的时候，我不知道已经老到怎样了。

罗密欧　再会！我决不放弃任何的机会，爱人，向你传达我的衷忱。

朱丽叶　啊！你想我们会不会再有见面的日子？

罗密欧　一定会的；我们现在这一切悲哀痛苦，到将来便是牵手谈心的资料。

朱丽叶　上帝啊！我有一颗预感不祥的灵魂；你现在站在下面，我仿佛望见你像一具坟墓底下的尸骸。也许是我的眼光昏花，否则就是你的面容太惨白了。

**罗密欧**　相信我，爱人，在我的眼中你也是这样；忧伤吸干了我们的血液。再会！再会！（下）

**朱丽叶**　命运啊命运！谁都说你反复无常；要是你真的反复无常，那么你怎样对待一个忠贞不二的人呢？愿你不要改变你的轻浮的天性，因为这样也许你会厌倦于把他玩弄，早早打发他回来。

**卡普莱特夫人**　（*在内*）喂，女儿！你起来了吗？

**朱丽叶**　谁在叫我？是我的母亲吗？——难道她这么晚还没有睡觉？还是这么早就起来了？什么特殊的原因使她到这儿来？

【卡普莱特夫人上。

**卡普莱特夫人**　啊！怎么，朱丽叶！

**朱丽叶**　母亲，我不大舒服。

**卡普莱特夫人**　老是为了你族兄的死而掉泪吗？什么！你想用眼泪把他从坟墓里冲出来吗？就是冲得出来，你也没法子叫他复活；所以还是算了吧。适当的悲哀可以表示感情的深切，过度的伤心却可以证明智慧的欠缺。

**朱丽叶**　可是让我为了这样一个痛心的损失而流泪吧。

**卡普莱特夫人**　损失固然痛心，可是一个失去的亲人，不是可以用眼泪哭得回来的。

**朱丽叶**　因为这损失是如此痛心，我不能不为了失去的亲人而痛哭。

**卡普莱特夫人**　好，孩子，人已经死了，你也不用多哭他了；顶可恨的是那杀死他的恶人仍旧活在世上。

**朱丽叶**　什么恶人，母亲？

**卡普莱特夫人**　就是罗密欧那个恶人。

**朱丽叶**　（*旁白*）恶人跟他相去着不知多少距离呢。——上帝饶恕他！我愿意全心饶恕他；没有谁能像他这样让我伤心。

**卡普莱特夫人**　那是因为这个万恶的凶手还活在世上。

**朱丽叶**　是的，母亲，我恨不得把他抓住在我的手里。但愿我能够独自报复这一段杀兄之仇！

**卡普莱特夫人**　我们一定要报仇的，你放心吧；别再哭了。这个亡命的流徒现在到曼图亚去了，我要差一个人到那边去，用一种稀有的毒药把他毒死，让他早点儿跟泰博尔特做伴儿去；那时候我想你一定可以满足了。

**朱丽叶** 真的，我心里永远不会对罗密欧感到满足，除非我看见他在我的面前——死去；我这颗可怜的心是这样为了一个亲人而痛楚！母亲，要是您能够找到一个愿意带毒药去的人，让我亲手把它调好，好叫那罗密欧服下以后，就会安然睡去。唉！我心里多么难过，只听到他的名字，却不能赶到他的面前，让他知道我是多么爱着我的——泰博尔特哥哥。

**卡普莱特夫人** 你去想办法，我一定可以找到这样一个人。可是，孩子，现在我要告诉你好消息。

**朱丽叶** 在这样不愉快的时候，好消息来得真是再适当没有了。请问母亲，是什么好消息呢？

**卡普莱特夫人** 哈哈，孩子，你有一个体贴你的好爸爸哩；他为了替你排解愁闷，已经为你选定了一个大吉的日子，不但你想不到，就是我也没有想到。

**朱丽叶** 母亲，快告诉我，是什么日子？

**卡普莱特夫人** 哈哈，我的孩子，星期四的早晨，那位风流年少的贵人，帕里斯伯爵，就要在圣彼得教堂里娶你做他的幸福的新娘了。

朱丽叶　凭着圣彼得教堂和圣彼得的名字起誓，我决不让他娶我做他的幸福的新娘。世间哪有这样匆促的事情，人家还没有来向我求过婚，我倒先做了他的妻子了！母亲，请您对我的父亲说，我现在不愿意就出嫁；就是要出嫁，我可以发誓，我也宁愿嫁给我所痛恨的罗密欧，不愿嫁给帕里斯。真是些好消息！

卡普莱特夫人　你爸爸来啦；你自己对他说去，看他会不会接受你的话。

【卡普莱特及乳媪上。

卡普莱特　太阳西下的时候，天空中散下了浓浓的细露；可是我的侄儿死了，却有倾盆的大雨送着他下葬。怎么！装起喷水管来了吗，孩子？咦！还在哭吗？雨到现在还没有停吗？你这小小的身体里面，也有船，也有海，也有风；因为你的眼睛就是海，永远有泪潮在那儿涨退；你的身体是一艘船，在这泪海上面航行；你的叹气是海上的狂风；你的身体经不起风浪的吹打，是会在这汹涌的怒海中覆没的。怎么，妻子！你没有把我们的主张告诉她吗？

卡普莱特夫人　我告诉她了；可是她说谢谢你，她不要嫁人。我希望这傻丫头还是死了干净！

卡普莱特　且慢！讲明白点儿，讲明白点儿，妻子。怎么！她不要嫁人吗？她不谢谢我们吗？她不称心吗？像她这样一个贱丫头，我们替他找到了这么一位高贵的绅士做她的新郎，她还不想想这是多大的福气吗？

朱丽叶　我没有欢喜，只有感激；你们不能勉强我喜欢一个我对他没有好感的人，可是我感激你们爱我的一片好心。

卡普莱特　怎么！怎么！胡说八道！这是什么话？什么喜欢不喜欢，感激不感激！好丫头，我也不要你感谢，我也不要你喜欢，只要你预备好星期四到圣彼得教堂里去跟帕里斯结婚；你要不愿意，我就把你装在木笼里拖了去。不要脸的死丫头，贱东西，你这蜡黄脸的东西！

卡普莱特夫人　嗳哟！嗳哟！你疯了吗？

朱丽叶　好爸爸，我跪下来求求您，请您耐心听我说一句话。

卡普莱特　该死的小贱妇！不孝的畜生！我告诉你，星期四给我到教堂里去，不然以后再也不要见我的面。不许说话，不要回答我；我的手指儿痒着呢。——夫人，我们常常怨叹自己福薄，只生下这一个孩子；可是现在我才知道就是这一个已经太多了，总是家门不幸，出了这一个冤孽！不要脸的贱货！

乳媪　上帝祝福她！老爷，您不该这样骂她。

卡普莱特　为什么不该！我的聪明的老太太？你就别多嘴了，我的好大娘；你去跟你那些婆婆妈妈们谈天去吧，去！

乳媪　我又没有说过一句冒犯您的话。

卡普莱特　行了，再会。

乳媪　不准人说话吗？

卡普莱特　闭嘴，你这叽哩咕噜的蠢婆娘！我们不要听你的教训。

卡普莱特夫人　你的脾气太躁了。

卡普莱特　圣餐的面包啊！我气都气疯啦，每天每夜，时时刻刻，不论忙着空着，独自一个人或是跟别人在一起，我心里总是在盘算着怎样替她配一个好好的人家；现在好容易找到一位出身高贵的绅士，又有家私，又年轻，又受过高尚的教育，正是人家说的十二分的人才，好到没得说的了；偏偏这个不懂事的傻丫头，放着送上门来的好福气不要，说什么“我不要结婚”，“我不懂恋爱”，“我年纪太小”，“请你原谅我”；好，你要是不愿意嫁人，我可以放你自由，尽你的意思到什么地方去，我这屋子里可容不得你了。你给我想想明白，我是一向说到哪里就做到哪里的。星期四就在眼前；自己仔细考虑考虑。你倘然是我的女儿，就得听我的话嫁给我的朋友；你倘然不是我的女儿，那么你去上吊也好，做叫化子也好，挨饿也好，死在街路上也好，我都不管，因为凭着我的灵魂起誓，我是再也不会认你这个女儿的，你也别想我会分一点什么给你。我不会骗你，你想一想吧；我誓也发过了，一定要把它做到的。（下）

朱丽叶　天知道我心里是多么难过，难道它竟会不给我一点慈悲吗？啊，我的亲爱的母亲！不要丢弃我！把这头亲事延期一个月或者一个星期也好；或者要是您不答应我，那么请您把我的新妆安放在泰博尔特长眠的幽暗的坟墓里吧！

卡普莱特夫人　不要对我讲话，我没有什么话好对你说。随你的便吧，我是不管你的啦。（下）

朱丽叶　上帝啊！啊，奶妈！这件事情怎么避过去呢？我的丈夫还在世间，我的誓言已经上达天庭；倘使我的誓言可以收回，那么除非我的丈夫已经

脱离人世，从天上把它送还给我安慰安慰我，替我想想办法吧。唉！唉！想不到天也会作弄像我这样一个柔弱的人！你怎么说？难道你没有一句可以使我快乐的话吗？奶妈，给我一点安慰吧！

乳媪　好，那么你听我说。罗密欧是已经放逐了；我可以打赌无论什么东西，他再也不敢回来责问你，除非他偷偷儿溜了回来。事情既然这样，那么我想你最好还是跟那伯爵结婚。啊！他真是个可爱的绅士！罗密欧比起他来只好算是一块抹布；小姐，一头鹰也没有像帕里斯那样一双又是碧绿得好看，又是锐利的眼睛。说句该死的话，我想你这第二个丈夫，比第一个丈夫好得多啦；话也许不是这么说，可是你的第一个丈夫虽然还在世上，对你已经没有什么用处，也就跟死了差不多啦。

朱丽叶　你这些话是从心里说出来的吗？

乳媪　那不但是我心里的话，也是我灵魂里的话；倘有虚假，让我的灵魂下地狱。

朱丽叶　阿门！

乳媪　为什么？

朱丽叶　好，你已经给了我很大的安慰。你进去吧；告诉我的母亲说我出去了，因为得罪了我的父亲，要到劳伦斯的庵院里去忏悔我的罪过。

乳媪　很好，我就这样告诉她；这才是聪明的办法哩。（下）

朱丽叶　老而不死的魔鬼！顶丑恶的妖精！她希望我背弃我的盟誓；她几千次向我夸奖我的丈夫，说他比谁都好，现在却又用同一条舌头说他的坏话吗？去，我的顾问；从此以后，我再也不把你当作心腹看待了。我要到神父那儿去向他求救；要是一切办法都已穷尽，我唯有一死了之。（下）

# 第　四　幕

## 第一场　维洛那；劳伦斯神父的庵院

【劳伦斯神父及帕里斯上。

劳伦斯　在星期四吗，伯爵？时间未免太局促了。

帕里斯　这是我的岳父卡普莱特的意思；他既然这样性急，我也不愿把时间延迟下去。

劳伦斯　您说您还不知道那小姐的心思；我不赞成这种片面决定的事情。

帕里斯　她为了泰博尔特的死流着过度的眼泪，所以我没有多跟她谈恋爱，因为在一间哭哭啼啼的屋子里，维纳斯也是露不起笑容来的。神父，她的父亲因为瞧她这样一味伤心，恐怕会发生什么意外，所以他才决定替我们提早完婚，免得她一天到晚哭得像个泪人儿一般；一个人在房间里最容易触绪兴怀，要是有了伴侣，也许可以替她排去悲哀。现在您可以知道我这次匆促结婚的理由了。

**劳伦斯** （旁白）我希望我不知道它为什么必须延迟的理由。——瞧，伯爵，这位小姐到我庵里来了。

【朱丽叶上。

**帕里斯** 您来得正好，我的小姐和爱妻。

**朱丽叶** 伯爵，等我做了妻子以后，也许您可以这样叫我。

**帕里斯** 爱人，这个也许到星期四就会成为事实了。

**朱丽叶** 事实是无可避免的。

**劳伦斯** 那是当然的道理。

**帕里斯** 您是来向这位神父忏悔吗？

**朱丽叶** 回答您这一个问题，我必须向您忏悔了。

**帕里斯** 不要在他的面前否认您爱我。

**朱丽叶** 我愿意在您的面前承认我爱他。

**帕里斯** 我相信您也一定愿意在我的面前承认您爱我。

**朱丽叶** 要是我必须承认，那么在您的背后承认，比在您的面前承认好得多啦。

**帕里斯** 可怜的人儿！眼泪已经毁损了你的美貌。

**朱丽叶** 眼泪并没有得到多大的胜利；因为我这副容貌在没有被眼泪毁损以前，已经够丑了。

**帕里斯** 你不该说这样的话诽谤你的美貌，比眼泪还狠。

**朱丽叶** 这不是诽谤，伯爵，这是实在的话，我当着我自己的脸说的。

**帕里斯** 你的脸是我的，你不该侮辱它。

**朱丽叶** 也许是的，因为它不是我自己的，神父您现在有空吗？还是让我在晚祷的时候再来？

**劳伦斯** 我还是现在有空，多愁的女儿。伯爵，我们现在必须请您离开我们。

**帕里斯** 我不敢打扰你们的祈祷。朱丽叶，星期四一早我就来叫醒你；现在我们再会吧，请你保留下这一个神圣的吻。（下）

**朱丽叶** 啊！把门关了！关了门，再来陪着我哭吧。没有希望，没有补救，没有挽回了！

**劳伦斯** 啊，朱丽叶！我早已知道你的悲哀，实在想不出一个万全的计策。我听说你在星期四必须跟这伯爵结婚，而且毫无拖延的可能了。

**朱丽叶** 神父，不要对我说你已经听见这件事情，除非你能够告诉我怎样避免它；要是你的智慧不能帮助我，那么只要你赞同我的决心，我就可以立刻用这把刀解决一切。上帝把我的心和罗密欧的心结合在一起，我们两人的手是你替我们结合的；要是我这一只已经由你证明和罗密欧缔盟的手，再去和别人缔结新盟，或是我的忠贞的心起了叛变，投进别人的怀里，那么这把刀可以割下这背盟的手，诛戮这叛变的心。所以，神父，凭着你的丰富的见识阅历，请你赶快给我一些指教；否则瞧吧，这把血腥气的刀，就可以在我跟我的困难之间做一个公正人，替我解决你的经验和才能所不能替我觅得一个光荣解决的难题。不要老是不说话；要是你不能指教我一个补救的办法，那么我除了一死以外没有别的希冀。

**劳伦斯** 住手，女儿；我已经望见一线希望，可是那必须用一种非常的手段，方才能够毅然抵御这一种非常的变故。要是你因为不愿跟帕里斯伯爵结婚，能够立下视死如归的决心，那么你也一定愿意采取一种和死差不多的办法，来避免这种耻辱；倘然你敢冒险一试，我就可以把办法告诉你。

**朱丽叶** 啊！只要不嫁给帕里斯，你可以叫我从那边塔顶的雉堞上跳下来；你可以叫我在盗贼出没，毒蛇潜迹的路上匍匐行走；把我和咆哮的怒熊锁禁在一起；或者在夜间把我关在堆积尸骨的地窟里，用许多陈死的白骨，霉臭的腿胴，和失去下颚的焦黄的骷髅掩盖着我的身体；或者叫我跑进一座新坟里，去把我隐匿在死人的殓衾里；无论什么使我听了战栗的事，只要可以让我活着对我的爱人做一个纯洁无瑕的妻子，我都愿意毫不恐惧毫不迟疑地做去。

**劳伦斯** 好，那么放下你的刀；快快乐乐地回家去，答应嫁给帕里斯。明天就是星期三了；明天晚上你必须一人独睡，别让你的奶妈睡在你的房间里；这一个药瓶你拿去，等你上床以后，就把这里面炼就的汁液一口喝下，那时就会有一阵昏昏沉沉的寒气通过你全身的血管，跟着脉搏就会停止下来；没有一丝温暖和呼吸可以证明你还活着；你的嘴唇和颊上的红色都会变成灰白；你的眼帘闭下，就像死神的手关闭了生命的白昼；你身上的每一部分失去了灵活的控制，都像死一样僵硬寒冷；在这种与死无异的状态中，你必须经过四十二小时，然后你就仿佛从一场酣睡中醒了过来。当那新郎在早晨来催你起身的时候，他们会发现你已经死了；然后，照着我们国里的规矩，他们就要替你穿起了盛装，用柩车载着你到卡普莱特族中祖先的坟茔里，一方面我这里因为要预备你醒来，我可以写信给罗密欧，告诉他我们的计划，叫他立刻到这儿来；我跟他两个人就守在你身边，等你一醒过来，当夜就叫罗密欧带 着你到曼图亚去。只要你不临时变卦，不中途气馁 ，这一个办法一定可以使你避免这一场眼前的耻辱。

朱丽叶 给我！给我！啊，不要对我说起害怕两个字！

劳伦斯 拿着；你去吧，愿你立志坚强，前途顺利！我就叫一个弟兄飞快到曼图亚，带我的信去送给你的丈夫。

朱丽叶 爱情啊，给我力量吧！只有力量可以搭救我。再会，亲爱的神父！（各下）

## 第二场 同前；卡普莱特家中厅堂

【卡普莱特，卡普莱特夫人，乳媪及众仆上。

卡普莱特 这单子上写了名字的，都是要去邀请的客人。（仆人甲下）来人，给我去雇二十个有本领的厨子来。

仆人乙 老爷，您请放心，绝不会有无能的，我一定要挑选能舔手指头的厨子来做菜。

卡普莱特 你怎么知道他们能舔手指头呢？

仆人乙 呀，老爷，不能舔手指头的就不能做菜；这样的厨子我就不要。

卡普莱特 好，去吧。咱们这一次实在有点儿措手不及。什么！我的女儿到劳伦斯神父那里去了吗？

乳媪 正是。

卡普莱特 好，也许他可以劝告劝告她；真是个乖僻不听话的浪蹄子！

乳媪 瞧她已经忏悔完毕，高高兴兴地回来啦。

【朱丽叶上。

卡普莱特 啊，我的倔强的丫头！你荡到什么地方去啦？

朱丽叶 我因为自知忤逆不孝，违抗了您的命令，所以特地前去忏悔我的罪过。现在我听从劳伦斯神父的指教，跪在这儿请您宽恕。爸爸，请您宽恕我吧！从此以后，我永远听您的话了。

**卡普莱特**　去请伯爵来，对他说：我要把婚礼改在明天早上举行。

**朱丽叶**　我在劳伦斯庵里见过这位少年伯爵；我已经在不超过礼法的范围以内，向他表示过我的爱情了。

**卡普莱特**　啊，那很好，我很高兴。站起来吧；这样才对。让我见见这伯爵；喂，快去请他过来。多谢上帝，把这位可尊敬的神父赐给我们！我们全城的人都感戴他的好处。

**朱丽叶**　奶妈，请你陪我到我的房间里去，帮我检点检点衣饰，看有哪几件可以在明天穿戴。

**卡普莱特夫人**　不，还是到星期四再说吧，急什么呢？

**卡普莱特**　去，奶妈，陪她去。我们一准明天上教堂。（朱丽叶及乳媪下）

**卡普莱特夫人**　我们现在预备起来怕来不及；天已经快黑了。

**卡普莱特**　胡说！我现在就动手起来，你瞧着吧，太太，到明天一定什么都安排得好好的。你快去帮朱丽叶打扮打扮；我今天晚上不睡了，让我一个人在这儿做一次管家妇。喂！喂！这些人一个都不在。好，让我自己跑到帕里斯那里去，叫他准备明天做新郎。这个倔强的孩子现在回心转意，真叫我高兴得了不得。（各下）

## 第三场　朱丽叶的卧室

【朱丽叶及乳媪上。

**朱丽叶**　嗯，那些衣服都很好。可是，好奶妈，今天晚上请你不用陪我，因为我还要念许多祷告，求上天宥恕我过去的罪恶，默佑我将来的幸福。

【卡普莱特夫人上。

**卡普莱特夫人**　啊！你正在忙着吗？要不要我帮你？

**朱丽叶**　不，母亲；我们已经选择好了明天需用的一切，所以现在请您让我一个人在这儿吧；让奶妈今天晚上陪着您熬夜吧，因为我相信这次事情办得太匆促了，您一定忙得不可开交。

**卡普莱特夫人**　晚安！早点睡觉，你应该好好休息。（卡普莱特夫人及乳

媪下）

**朱丽叶**　再会！上帝知道我们将在什么时候相见。我觉得仿佛有一阵寒颤刺激着我的血液，简直要把生命的热流冻结起来似的；待我叫她们回来安慰安慰我。奶妈！——要她到这儿来干么？这凄惨的场面必须让我一个人扮演。来，药瓶。要是这药水不发生效力呢？那么我明天早上就必须结婚吗？不，不，这把刀会阻止我；你躺在那儿吧。（将匕首置枕边）也许这瓶里是毒药？那神父因为已经替我和罗密欧证婚，现在我再跟别人结婚，恐怕损害他的名誉，所以有意骗我服下去毒死我吧；我怕果然会有这样的事；可是他一向是众人公认为道高德重的人，我想大概不至于；我不能抱着这样卑劣的思想。要是我在坟墓里醒了过来，罗密欧还没有到来把我救出去呢？这倒是很可怕的一点！那时我不是要在终年透不进一丝新鲜空气的地窟里活活闷死，等不及我的罗密欧到来吗？即使不闷死，那死亡和长夜的恐怖，那古墓中阴森的气象，几百年来，我祖先的尸骨都堆积在那里，入土未久的泰博尔特蒙着他的殓衾，正在那里腐烂；人家说，一到晚上，鬼魂便会归返他的墓穴；唉！唉！要是我太早醒来，这些恶臭的气味，这些使人听了会发疯的凄厉的叫声；啊！要是我醒来，周围都是这种吓人的东西，我不会心神迷乱，疯狂地抚弄着我的祖宗的骨骼，把肢体溃烂的泰博尔特拖出了他的殓衾吗？在这样疯狂的状态中，我不会拾起一根老祖宗的骨头来，当作一根棍子，打破我的发昏的头颅吗？啊，瞧！那不是泰博尔特的鬼魂，正在那里追赶罗密欧，报复他的一剑之仇吗？等一等，泰博尔特，等一等！罗密欧，我来了！我为你干了这一杯！（倒在幕内的床上）

## 第四场　同前；卡普莱脱家中厅堂

【卡普莱特夫人及乳媪上。

**卡普莱特夫人**　奶妈，把这串钥匙拿去，再拿一点香料来。

**乳媪**　点心房里在喊着要枣子和榅桲呢。

【卡普莱特上。

**卡普莱特**　来，赶紧点儿，赶紧点！鸡已经叫了第二次，熄灯钟已经打过，三点钟到了。好安吉丽加，当心看看肉饼有没有烘焦。多花费几个钱没有

关系。

乳媪　走开，走开，女人家的事用不到您多管；快去睡吧，今天吵了一个晚上，明天又要害病了。

卡普莱特　不，哪儿的话！嘿，我为了没要紧的事也曾经整夜不睡，几曾害过病来？

卡普莱特夫人　对啦，你从前也是顶惯偷女人的夜猫儿，可是现在我却不放你出去胡闹啦。（卡普莱特夫人及乳媪下）

卡普莱特　真是个醋娘子！真是个醋娘子！

【三四仆人持炙叉，木柴及篮上。

卡普莱特　喂，这是什么东西？

仆人甲　老爷，这些都是拿去给厨子的，我也不知道是什么东西。

卡普莱特　赶紧点儿，赶紧点儿。（仆人甲下）喂，木头要拣干燥点儿的，你去问彼得，他可以告诉你什么地方有。

仆人乙　老爷，我自己也长着眼睛会拣木头，用不到麻烦彼得。（下）

卡普莱特　嘿，倒说得有理，这个淘气的小杂种！嗳哟！天已经亮了；伯爵就要带着乐工来了，他说过的。（内乐声）我听见他已经走近。奶妈！妻子！喂，喂！喂，奶妈呢？

【乳媪重上。

卡普莱特　快去叫朱丽叶起来，把她打扮打扮；我要去跟帕里斯谈天去了。快去，快去，赶紧点儿；新郎已经来了；赶紧点儿！（各下）

## 第五场　同前；朱丽叶卧室

【乳媪上。

乳媪　小姐！喂，小姐！朱丽叶！她准是睡熟了。喂，小羊！喂，小姐！哼，你这懒丫头！喂，亲亲！小姐！心肝！喂，新娘！怎么！一声也不响？现在尽你睡去，尽你睡一个星期，到今天晚上，听我说，帕里斯伯爵可不让你安安静静休息一会儿了。上帝饶恕我，阿门，她睡得多熟！我必须叫她醒来。小姐！小姐！小姐！好，让那伯爵自己到你床上来吧，那时你可要吓得跳起来了，是不是？怎么！衣服都穿好了，又重新睡下去吗？我必须把你叫醒。小姐！小姐！ 嗳哟！嗳哟！救命！我的小姐死了！嗳哟！我还活着做什么！喂，拿一点酒来！老爷！太太！

【卡普莱特夫人上。

卡普莱特夫人 吵些什么？

乳媪 嗳哟，好伤心的日子啊！

卡普莱特夫人 什么事？

乳媪 瞧，瞧！嗳哟，好伤心啊！

卡普莱特夫人 嗳哟，嗳哟！我的孩子，我的唯一的生命！醒醒！睁开你的眼睛来！你死了，叫我怎么活得下去？救命！救命！大家来啊！

【卡普莱特上。

卡普莱特 丢人，还不送朱丽叶出来，她的新郎已经来啦。

乳媪 她死了，死了，她死了！嗳哟，伤心啊！

卡普莱特夫人 唉！她死了，她死了，她死了！

卡普莱特 嘿！让我瞧瞧。嗳哟！她身上冰冷的；她的血液已经停止不流，她的手脚都硬了；她的嘴唇里已经没有了生命的气息；死像一阵未秋先降的寒霜，摧残了这一朵最鲜嫩的娇花。

乳媪 嗳哟，好伤心的日子啊！

卡普莱特夫人 嗳哟，好苦啊！

卡普莱特 死神夺去了我的孩子，他使我悲伤得说不出话来。

【劳伦斯神父，帕里斯及乐工等上。

劳伦斯 来，新娘有没有预备好上教堂去？

卡普莱特 她已经预备动身，可是这一去再不回来了。啊，贤婿！死神已经在你新婚的前夜降临到你妻子的身上。她躺在那里，像一朵被他摧残了的鲜花。死神是我的新婿，是我的后嗣，他已经娶去了我的女儿。我也快要死了，把我的一切都传给他；我的生命财产，一切都是死神的！

帕里斯 难道我眼巴巴望到天明，却让我看见这一个凄惨的情景吗？

卡普莱特夫人 倒霉的，不幸的，可恨的日子！永无休止的时间运行中的一个顶悲惨的时辰！我就生了这一个孩子，这一个可怜的疼爱的孩子，她是我唯一的欢喜和安慰，现在却被残酷的死神从我眼前夺了去啦！

**乳媪** 好苦啊！好苦的，好苦的，好苦的日子啊！我这一生一世里顶伤心的日子，顶凄凉的日子！嗳哟，这个日子！这个可恨的日子！从来不曾见过这样倒霉的日子！好苦的，好苦的日子啊！

**帕里斯** 最可恨的死，你欺骗了我，杀害了她，拆散了我们的良缘，一切都被残酷的残酷的你破坏了！啊，爱人！啊，我的生命！没有生命，只有被死亡吞噬了的爱情！

**卡普莱特** 轻视的、伤害的、忌恨的、献祭的、残杀的、悲痛的命运，为什么你要来打破，打破了我们的盛礼？儿啊！儿啊！我的灵魂，你死了！你已经不是我的孩子！死了！唉！我的孩子死了，我的快乐也随着我的孩子埋葬了！

**劳伦斯** 静下来！不害羞吗？你们这样乱哭乱叫是无济于事的。上天和你们共有着这一个好女儿；现在她已经完全属于上天所有，这是她的幸福，因为你们拥有她的一部分，不能使她的肉体避免死亡，上天却能使她的灵魂得到永生。你们竭力替她找寻一个美满的前途，因为你们的幸福是寄托在她的身上；现在她高高地升上云中去了，你们却为她哭泣吗？啊！你们瞧着她享受最大的幸福，却这样发疯一样号啕叫喊，这种爱，你们也爱得太病态了；活着结婚厮守到老也未必就是美满婚姻，年轻结婚不幸早逝未见得不是天赐良缘。揩干你们的眼泪，把你们的香花散布在这美丽的尸体上，按照着习惯，把她穿着盛装抬到教堂里去。愚痴的天性虽然使我们伤心痛哭，可是在理智眼中，这些天性的眼泪却是可笑的。

**卡普莱特** 我们本来为了喜庆预备好的一切，现在都要变成悲哀的殡礼；我们的乐器要变成忧郁的丧钟，我们的婚筵要变成凄凉的丧席，我们的歌诗要变成沉痛的挽曲，我们新娘手里的鲜花要放在坟墓中殉葬，一切都要相反而行。

**劳伦斯** 卡普莱特先生，您进去吧；夫人，您陪他进去；帕里斯伯爵，您也去吧；大家准备送这具美丽的尸体下葬。上天的愤怒已经降临在你们身上，不要再违逆他的意志，招致更大的灾祸。（卡普莱特夫妇、帕里斯、劳伦斯同下）

**乐工甲** 真的，咱们也可以收起笛子来走啦。

**乳媪** 啊！好兄弟们，收起来吧，收起来吧；这真是一场伤心的横祸！（下）

乐工甲　是的，要我说，横祸也能成为竖祸。

【彼得上。

彼得　乐工！啊！乐工，“心里的安乐”，“心里的安乐”！啊！替我奏一曲“心里的安乐”，否则我要活不下去了。

乐工甲　为什么要奏“心里的安乐”呢？

彼得　啊！乐工，因为我的心在那里唱着“我心里充满了忧伤”。啊！替我奏一支快活的歌儿，安慰安慰我吧。

乐工乙　不奏不奏，现在不是奏乐的时候。

彼得　那么你不奏吗？

众乐工　不奏。

彼得　那么我就给你们——

乐工甲　你给我们什么？

彼得　我可不给你们钱，哼！我要给你们一顿骂；我骂你们是一群卖唱的叫化子。

乐工甲　那么我就骂你是个下贱的奴才。

彼得　那么我就把奴才的刀搁在你们的头颅上。我不能忍气吞声，我要在你头上弹出音符；你们听见没有？

乐工乙　且慢，君子动口，小人动手。

彼得　好，那么让我用舌剑唇枪杀得你们抱头鼠窜。有本领的，回答我这一个问题：

悲哀伤痛着心灵
忧郁萦绕在胸怀，
惟有音乐的银声——

为什么说“银声？”为什么说“音乐的银声”？西门·凯特林，你怎么说？

乐工甲　因为银子的声音很好听。

彼得　说得好！休·利培克，你怎么说？

乐工乙　因为乐工演奏出“音乐的银声”，是想人家赏他几两银子。

彼得　说得好！詹姆士·桑特普斯特，你怎么说？

乐工丙　不瞒你说，我可不知道应当怎么说？

彼得　啊！对不起，你是只会唱唱歌的；我替你说了吧：因为乐工尽管奏乐奏到老死，也换不到一些金子。

惟有音乐的银声，

可以把烦闷推开。

乐工甲　真是个讨厌的家伙！

乐工乙　该死的奴才！来，咱们且慢回去，等吊客来的时候吹奏两声，吃他们一顿饭再去。(同下)

# 第　五　幕

## 第一场　曼图亚；街道

【罗密欧上。

**罗密欧**　要是梦寐中的美景果然可以成为事实，那么我的梦预兆着将有好消息到来；我觉得心君宁恬地坐在御座上，整日里有一种向来所没有的精神，用快乐的思想把我从地面上飘扬起来。我梦见我的爱人来看见我死了——奇怪的梦，一个死人也会思想！——她吻着我，把生命吐进了我的嘴唇里，于是我复活了，并且成为一个君王。唉！仅仅是爱的影子，已经给人这样丰富的欢乐，要是占有了爱的本身，那该是多少的甜蜜！

【巴尔萨泽上。

**罗密欧**　从维洛那来的消息！啊，巴尔萨泽！不是神父叫你带信来给我吗？我的爱人怎样？我父亲好吗？我再问你一遍，我的朱丽叶安好吗？因为只要她安好，一定什么都是好好儿的。

**巴尔萨泽**　那么她是安好的，什么都是好好儿的；她的身体长眠在卡普莱特家的坟茔里，她的不死的灵魂和天使们在一起。我看见她下葬在她亲族的墓穴里，所以立刻飞马前来告诉您。啊，少爷！恕我带了这恶消息来，因为这是您吩咐我做的事。

**罗密欧**　有这样的事吗？命运，我咒诅你！——你知道我的住处；给我买些纸笔，雇下两匹快马，我今天晚上就要动身。

**巴尔萨泽**　少爷，请您宽心一下；您的脸色惨白而仓皇，恐怕是不吉之兆。

**罗密欧**　胡说，你看错了。快去，把我叫你做的事赶快办好。神父没有叫你带信给我吗？

**巴尔萨泽**　没有，我的好少爷。

**罗密欧**　算了，你去吧，把马匹雇好了；我就来找你。（巴尔萨泽下）好，朱丽叶，今晚我要睡在你的身旁。让我想个办法。啊，罪恶的念头！你会多么快钻进一个绝望者的心里！我想起了一个卖药的人，他的铺子就开设在附近，我曾经看见他穿着一身破烂的衣服，皱着眉头在那儿拣药草；他的形状十分消瘦，贫苦把他煎熬得只剩一把骨头；他的寒伧的铺子里挂着一头乌龟，一头剥制的鳄鱼，还有几张形状丑陋的鱼皮；他的架子上稀疏地散放着几只空匣子，绿色的瓦罐，一些胞囊和发霉的种子，几段包扎的麻绳，还有几块陈年的干玫瑰花，作为聊胜于无的点缀。看到这一种寒酸的样子，我就对自己说，在曼图亚城里，谁出卖了毒药是会立刻处死的，可是倘有谁现在需要毒药，这儿有一个可怜的奴才会卖给他。啊！不料我这一个思想，竟会预兆着我自己的需要，这个穷汉的毒药却要卖给我。我记得这里就是他的铺子；今天是假日，所以这叫化子的铺子没有开门。喂！卖药的！

【卖药人上。

**罗密欧**　过来，朋友。我瞧你很穷，这儿是四十块钱，请你给我一点能够迅速致命的毒药，厌倦于生命的人一服下去便会散入全身的血管，立刻停止呼吸而死去，就像火药从炮膛里放射出

去一样快。

卖药人　这种致命的毒药我是有的；可是曼图亚的法律严禁发卖，出卖的人是要处死刑的。

罗密欧　难道你这样穷苦，还怕死吗？饥寒的痕迹刻在你的脸颊上，贫乏和迫害在你的眼睛里射出了饿火，轻蔑和卑贱重压在你的背上；这世间不是你的朋友，这世间的法律也保护不到你，没有人为你定下一条法律使你富有；那么你就不必苦耐着贫穷，违犯了法律，把这些钱拿下了吧。

卖药人　我的贫穷答应了你，可是那是违反我的心愿的。

罗密欧　我的钱是给你的贫穷的，不是给你的心愿的。

卖药人　把这一服药放在无论什么饮料里面喝了下去，即使你有二十个人的气力，也会立刻送命。

罗密欧　这儿是你的钱，那才是害人灵魂的更坏的毒药，在这万恶的世界上，它比你那些不准贩卖的微贱的药品更会杀人；你没有把毒药卖给我，是我把毒药卖给你。再见；买些吃的东西，把你自己喂得胖一点。——来，你不是毒药，你是替我解除痛苦的仙丹，我要带着你到朱丽叶的坟上去，少不得要借重你一下哩。（各下）

## 第二场　维洛那；劳伦斯神父的庵院

【约翰神父上。

约翰　喂！师兄哪里？

【劳伦斯神父上。

劳伦斯　这是约翰师弟的声音。欢迎你从曼图亚回来！罗密欧怎么说？要是他的意思在信里写明，那么把他的信给我吧。

约翰　我在临走的时候，因为要找寻一个赤足同伴，去看一个同门的师弟，他正在这城里访问病人，不料给本地巡逻的人看见了，疑心我们走进了一家染着瘟疫的人家，把门封锁住了，不让我们出来，所以耽误了我的曼图亚之行。

劳伦斯　那么谁把我的信送给罗密欧呢？

约翰　我没有法子把它送出去，现在我又把它带回来了；因为他们害怕瘟疫传染，也没有人愿意把它送还给你。

劳伦斯　不幸的命运，糟了！这封信不是等闲的，性质十分重要，把它耽误下来，也许会引起极大的灾祸。约翰师弟，你快去给我找一柄铁锄，立刻带到这儿来。

约翰　好师兄，我去给你拿来。（下）

劳伦斯　现在我必须独自到墓地里去；大约三小时之内，美丽的朱丽叶就会醒来，她因为罗密欧不曾知道这些事情，一定会责怪我。我现在再要写一封信到曼图亚去，让她留在我的庵里，直等罗密欧到来。可怜的没有死的尸体，幽闭在一座死人的坟墓里！（下）

## 第三场　同前；卡普莱特家坟茔所在的墓地

【帕里斯及侍童携鲜花火炬上。

帕里斯　孩子，把你的火把给我；走开，站在远远的地方；还是熄了吧，我不愿给人看见。你去到那边的紫杉树底下直躺下来，把你的耳朵贴着中空的地面，听听有没有跟跄的脚步走到坟地上来发掘坟墓；要是听见了什么声息，便吹一个唿哨通知我。把那些花给我。照我的话做去，走吧。

侍童　（旁白）我简直不敢独个儿站在这墓地上，可是我要硬着头皮试一下。（退后）

帕里斯　这些鲜花替你铺盖新床；
惨啊，一朵娇红永委沙尘！
我要用沉痛的热泪淋浪，
和着香水浇溉你的芳坟；
夜夜到你墓前散花哀泣，
这一段相思啊，
永无消歇！（侍童吹口哨）

这孩子在警告我有人来了。哪一个该死的家伙在这晚上到这儿来打扰我在爱人墓前的凭吊？什么！还拿着火把来吗？——让我躲在一旁看看他的动静。

（退后）

【罗密欧及巴尔萨泽持火炬锹锄等上。

**罗密欧** 把那锄头跟铁钳给我。且慢，拿着这封信；等天一亮，你就把它送去给我的父亲。把火把给我。听好我的吩咐，无论你听见什么瞧见什么，都只好远远地站着不许动，免得妨碍了我的事情；要是动一动我就要你的命。我所以要下到这个坟墓里去，一部分的原因是要探望探望我的爱人，可是主要的理由却是要从她的手指上取下一个宝贵的指环，因为我有一个很重要的用途。所以你赶快给我走开吧；要是你不相信我的话，胆敢回来窥伺我的行动，那么，我可以对天发誓，我要把你的骨骼一节一节扯下来，让这饥饿的墓地上散满了你的肢体。我现在的心境非常狂野，比饿虎或是咆哮的怒海都要凶猛无情，你可不要惹我性起。

**巴尔萨泽** 少爷，我去就是了，决不来打扰您。

**罗密欧** 这才像个朋友。这些钱给你拿去，愿你一生幸福。再会，好朋友。

**巴尔萨泽** （旁白）虽然这么说，我还是要躲在附近的地方看着他；他的脸色使我害怕，我不知道他究竟打算做些什么出来。（退后）

**罗密欧** 你无情的泥土，吞噬了世上最可爱的人儿，我要擘开你的馋吻，（将墓门掘开）索性让你再吃一个饱！

**帕里斯** 这就是那个已经放逐出去的骄横的蒙塔古，他杀死了我爱人的族兄，据说她就是因为伤心他的惨死而夭亡的。现在这家伙又要来盗尸发墓了，待我去抓住他。（上前）万恶的蒙塔古！停止你的罪恶的工作，难道你杀了他们还不够，还要在死人身上发泄你的仇恨吗？该死的凶徒，赶快束手就捕，跟我见官去！

**罗密欧** 我果然该死，所以才到这儿来。好小伙，不要激怒一个不顾死活的人，快快离开我走吧；想想这些死了的人，你也该胆寒了。小伙，请你不要激动我的怒气，使我再犯一次罪；啊，去吧！我可以对天发誓，我爱你远过于爱我自己，因为我来此的目的，就是要跟自己作对。别留在这儿，去吧；好好儿留着你的生命，以后也可以对人家说，一个疯子发了慈悲，叫你逃走的。

**帕里斯** 我不听你这种鬼话；你是一个罪犯，我要逮捕你。

**罗密欧** 你一定要激怒我吗？那么好，来，孩子！（二人格斗）

**侍童** 嗳哟，主啊！他们打起来了，我去叫巡逻的人来！（下）

**帕里斯** （倒下）啊，我死了！——你倘有几分仁慈，打开墓门来，把我放在朱丽叶的身旁吧！（死）

**罗密欧** 好，我愿意成全你的志愿。让我瞧瞧他的脸孔；啊，默库蒂奥的亲戚，尊贵的帕里斯伯爵！当我们一路上骑马而来的时候，我的仆人曾经对我说过几句话，那时我因为心绪烦乱，没有听得进去，他说什么？好像他告诉我说帕里斯本来预备娶朱丽叶为妻；他不是这样说吗？还是我做过这样的梦？或者还是我神经错乱，听见他说起朱丽叶的名字，所以发生了这一种幻想？啊！把你的手给我，你我都是登录在厄运的黑册上的人，我要把你葬在一个胜利的坟墓里；一个坟墓吗？啊，不！被杀害的少年，这是一个灯塔，因为朱丽叶睡在这里，她的美貌使这一个墓窟变成一座充满着光明的欢宴的华堂。死了的人，躺在那儿吧，一个死了的人把你安葬了。（将帕里斯放下墓中）人们在临死的时候，往往反会觉得心中愉快，旁观的人便说这是死前的一阵回光返照；啊！这也就是我的回光返照吗？啊，我的爱人！我的妻子！死虽然已经吸去了你呼吸中的芳蜜，却还没有力量摧残你的美貌；你还没有被他征服，你的嘴唇上，脸庞上，依然呈显着红润的美艳不曾让灰白的死亡进占。泰博尔特，你也裹着你的血淋淋的殓衾躺在那儿吗？啊！你的青春葬送在你仇人的手里，现在我来替你报仇了，我要亲手杀死害你的人。原谅我吧，兄弟！啊！亲爱的朱丽叶，你为什么仍然是这样美丽？难道那虚无的死亡，那枯瘦可憎的妖魔，也是个多情种子，所以把你藏匿在这幽暗的洞府里做他的情妇吗？为了防止这样的事情，我要永远陪伴着你，再不离开这漫漫长夜的幽宫；我要留在这儿，跟你的侍婢，那些蛆虫们在一起；啊！我要在这儿永久安息下来，从我这厌倦人世的凡躯上挣脱厄运的束缚。眼睛，瞧你的最后一眼吧！手臂，作你最后一次的拥抱吧！嘴唇，啊！你呼吸的门户，用一个合法的吻，跟网罗一切的死亡订立一个永久的契约吧！来，苦味的向导，你绝望的领港人，现在赶快把你的厌倦于风涛的船舶向那岩上冲撞过去吧！为了我的爱人，我干了这一杯！（饮药）啊！卖药的人果然没有骗我，药性很快地发作了。在这一吻中我死去。（死）

【劳伦斯神父持灯笼、锄、锹自墓地另一端上。

**劳伦斯** 圣芳济保佑我！我这双老脚今天晚上怎么老是在坟堆里绊来跌去的！那边是谁？

巴尔萨泽　是一个朋友，也是一个跟您熟识的人。

劳伦斯　祝福你！告诉我，我的好朋友，那边是什么火把，对蛆虫和没有眼睛的骷髅浪费着它的光明？照我辨认起来，那火把亮着的地方，似乎是卡普莱特家里的坟茔。

巴尔萨泽　正是，神父；我的主人，他是您的好朋友，就在那儿。

劳伦斯　他是谁？

巴尔萨泽　罗密欧。

劳伦斯　他来了多久了？

巴尔萨泽　足足半点钟。

劳伦斯　陪我到墓穴里去。

巴尔萨泽　我不敢，神父，我的主人不知道我还没有走；他曾经对我严辞恐吓，说要是我留在这儿窥伺他的动静，就要把我杀死。

劳伦斯　那么你留在这儿，让我一个人去吧。恐惧临到我的身上；啊！我怕会有什么不幸的祸事发生。

巴尔萨泽　当我在这株紫杉树底下睡了过去的时候，我梦见我的主人跟另外一个人打架，那个人被我的主人杀了。

劳伦斯　(趋前)罗密欧！嗳哟！嗳哟！这坟墓的石门上染着些什么血迹？在这安静的地方，怎么横放着这两柄无主的血污的刀剑？(进墓)罗密欧！啊，他的脸色这么惨白！还有谁？什么！帕

里斯也躺在这儿？浑身浸在血泊里？啊！多么残酷的时辰，造成了这场凄惨的意外！那小姐醒了。（朱丽叶醒）

**朱丽叶** 啊，善心的神父！我的夫君呢？我记得很清楚我应当在什么地方，现在我正在这地方。我的罗密欧呢？（内喧声）

**劳伦斯** 我听见有什么声音。小姐，赶快离开这个密布着毒氛腐臭的死亡的巢穴吧；一种我们所不能反抗的力量已经阻挠了我们的计划。来，出去吧。你的丈夫已经在你的怀中死去；帕里斯也死了。来，我可以替你找一处地方出家做尼姑。不要耽误时间盘问我，巡夜的人就要来了。来，好朱丽叶，去吧。（内喧声又起）我不敢再等下去了。

**朱丽叶** 去，你去吧！我不愿意走。（劳伦斯下）这是什么？一只杯子，紧紧地握住在我的忠心的爱人的手里？我知道了，一定是毒药结果了他的生命。唉，冤家！你一起喝干了，不留下一滴给我吗？我要吻着你的嘴唇，也许这上面还留着一些毒液，可以让我当作兴奋剂服下而死去。（吻罗密欧）你的嘴唇还是温暖的！

**巡丁甲** （在内）孩子，带路；在哪一个方向？

**朱丽叶** 啊，人声吗？那么我必须快一点了结。啊，好刀子！（攫住罗密欧的匕首）这就是你的鞘子；（以匕首自刺）你插了进去，让我死了吧。（扑在罗密欧身上死去）

【巡丁及帕里斯侍童上。

**侍童** 就是这儿，那火把亮着的地方。

**巡丁甲** 地上都是血；你们几个人去把墓地四周搜查一下，看见什么人就抓起来。（若干巡丁下）好惨！伯爵被人杀了躺在这儿；朱丽叶胸口流着血，身上还是热热的好像死得不久，虽然她已经葬在这里两天了。去，报告亲王，通知卡普莱特家里，再去把蒙塔古家里的人也叫醒了，剩下的人各处搜搜（若干巡丁续下）我们看见这些惨事发生在这个地方，可是在没有得到人证以前，却无法明了这些惨事的真相。

【若干巡丁率巴尔萨泽上。

**巡丁乙** 这是罗密欧的仆人；我们看见他躲在墓地里。

**巡丁甲** 把他好生押起来，等亲王来审问。

【若干巡丁率劳伦斯神父上。

巡丁丙　我们看见这个教士从墓地旁边跑出来，神色慌张，一边叹气一边流着眼泪，他手里还拿着锄头铁锹，都给我们拿下来了。

巡丁甲　他有很重大的嫌疑；把这教士也看押起来。

【亲王及侍从上。

亲王　什么祸事在这样早的时候发生，打断了我的清晨的安睡？

【卡普莱特，卡普莱特夫人及余人等上。

卡普莱特　外边这样乱叫乱喊，是怎么一回事？

卡普莱特夫人　街上的人们有的喊着罗密欧，有的喊着朱丽叶，有的喊着帕里斯；大家沸沸扬扬地向我们家里的坟上奔去。

亲王　这么许多人为什么发出这样惊人的叫喊？

巡丁甲　王爷，帕里斯伯爵被人杀死了躺在这儿；罗密欧也死了；已经死了两天的朱丽叶，身上还热着，又被人重新杀死了。

亲王　用心搜寻，把这场万恶的杀人命案的真相调查出来。

巡丁甲　这儿有一个教士，还有一个已被杀的罗密欧的仆人，他们都拿着掘墓的器具。

卡普莱特　天啊！——啊，妻子！瞧，我们的女儿流着这么多的血！这把刀弄错了地方了！瞧，它的空鞘子还在蒙塔古家小子的背上，它却插进了我的女儿的胸前！

卡普莱特夫人　嗳哟！这些死的惨象就像惊心动魄的钟声，警告我这风烛残年，快要不久于人世了。

【蒙塔古及余人等上。

亲王　蒙塔古，你起来得虽然很早，可是你的儿子倒下得更早。

蒙塔古　唉！殿下，我的妻子因为悲伤小儿的远逐，已经在昨天晚上去世了；还有什么祸事要来跟我这老头子作对呢？

亲王　瞧吧，你就可以看见。

蒙塔古　啊，你这不孝的东西！你怎么可以抢在你父亲的前面，自己先钻到坟墓里去呢？

亲王　暂时停止你们的悲恸，让我把这些可疑的事实讯问明白，知道了详细的原委以后，再来领导你们放声一哭吧；不惜一死领导你们报仇：目前别哀痛，面对不幸要镇静。嫌疑人犯带上来。

劳伦斯　时间和地点都可以作不利于我的证人；在这场悲惨的血案中，我虽然是一个能力最薄弱的人，但却是嫌疑最重的人。我现在站在殿下的面前，一方面是要供认我自己的罪过，一方面也要为自己辩解。

亲王　那快把你知道的一切说出来。

劳伦斯　我要把经过的情形尽量简单地叙述出来，因为我的短促的残生还不及一段冗烦的故事那么长。死了的罗密欧是死了的朱丽叶的丈夫，她是罗密欧的忠心的妻子，他们的婚礼是由我主持的。就在他们秘密结婚的那天，泰博尔特死于非命，这位才做的新郎也从这城里被放逐出去；朱丽叶是为了他，不是为了泰博尔特，才那样伤心憔悴的。你们因为要替她解除烦恼，把她许婚给帕里斯伯爵，还要强迫她嫁给他，她就跑来见我，神色慌张地要我替她想个办法避免这第二次的结婚，否则她要在我的斋里自杀。所以我就根据我的医药方面的学识，给她一服安眠的药水；它果然发生了我所预期的效力，她一服下去就像死了一样昏沉过去。同时我写信给罗密欧，叫他就在这一个悲惨的晚上到这儿来，帮助把她搬出她的寄寓的坟墓，因为药性一到时候便会过去。可是替我带信的约翰神父却因遭到意外，不能脱身，昨天晚上才把我的信依然带了回来。那时候我只好按照着预先算定她醒来的时间，一个人前去把她从她家族的墓茔里带出来，预备把她藏匿在我的庵里，等有方便再去叫罗密欧来；不料我在她醒来以前几分钟到这儿来的时候，尊贵的帕里斯和忠诚的罗密欧已经双双惨死了。她一醒过来，我就请她出去，劝她安心忍受这一种出自天意的变故；可是那时我听见了纷纷的人声，吓得逃出了墓穴，她在万分绝望之中不肯跟我去，看样子她是自杀了。这是我所知道的一切。至于他们两人的结婚，那么她的乳母也是与闻的。要是这一场不幸的惨祸，是由我的疏忽所造成，那么我这条老命愿受最严厉的法律的制裁，请您让它提早几点钟牺牲了吧。

亲王　我一向知道你是一个道行高尚的人。罗密欧的仆人呢？他有些什么话说？

巴尔萨泽　我把朱丽叶的死讯通知了我的主人，因此他从曼图亚急急地赶到这里，到了这座坟堂的前面。这封信他叫我一早送去给我家老爷；当他走进墓穴里的时候，他还恐吓我，说要是我不赶快走开，让他一个人在哪儿，他就要杀死我。

亲王　把那封信给我，我要看看。叫巡丁来的那个伯爵的童儿呢？喂，你的主人到这地方来做什么？

**侍僮** 他带了花来散在他夫人的坟上，他叫我站得远远的，我就听他的话；不多一会儿工夫，来了一个拿着火把的人把坟墓打开了。后来我的主人就拔剑跟他打了起来，我就奔去叫巡丁来。

**亲王** 这封信证实了这个神父的话，讲起他们恋爱的经过，和她的去世的消息；他还写着说他从一个穷苦的卖药人手里买到一种毒药，要把它带到墓穴里来准备和朱丽叶长眠在一起。这两家仇人在哪里？——卡普莱特！蒙塔古！瞧你们的仇恨已经受到了多大的惩罚，上天借手于爱情，夺去了你们心爱的人；我因为忽视你们的争执，也已经丧失了一双亲戚，大家都受到惩罚了。

**卡普莱特** 啊，蒙塔古大哥！把你的手给我；这就是你给我女儿的一份聘礼，我不能再作更大的要求了。

**蒙塔古** 但是我可以给你更多的；我要用纯金替她铸一座像，只要维洛那一天不改变它的名称，任何塑像都不会比忠贞的朱丽叶那一座更为卓越。

**卡普莱特** 罗密欧也要有一座同样富丽的金像卧在他情人的身旁，这两个在我们的仇恨下惨遭牺牲的可怜虫！

**亲王** 清晨带来了凄凉的和解，
太阳也惨得在云中躲闪。
大家先回去发几声感慨，
该恕的该罚的再听宣判。
古往今来多少离合悲欢，
谁曾见像这样哀怨辛酸！（同下）

# 仲夏夜之梦

朱生豪 译

苏福忠 校

## 背景与提要

《仲夏夜之梦》于一六〇〇年首次出版，常被认为是莎士比亚为一次贵族婚礼而写的剧本。对这种说法，至今也没有找到充分的证据。一六〇〇年首次出版的剧本扉页有这样的宣传文字：此剧由宫廷大臣剧团多次上演。一五九四年起莎士比亚的剧团受宫廷大臣的庇护，称为“宫廷大臣”。这说明此剧是他为自己的剧团写的。此剧在文辞上极近似《爱的徒劳》，大约写作于一五九四年或一五九五年，与《罗密欧与朱丽叶》的写作时间差不多。

这是一个爱情故事，地点是雅典。莎士比亚要写古代典雅的青年男女欢爱，其素材自然离不开古典戏剧、传说和民间故事，当然还有作者本人的丰富想象和对生活的细微观察。

剧中的主要活动是雅典公爵特修斯准备婚娶阿玛宗女王希波莱特以及婚礼庆祝。主要情节是莱山德和赫米娅的恋爱过程。这些素材得益于乔叟的《夜间的故事》。不同的是，在乔叟的《夜间的故事》里，莱山德和狄米特律斯同恋着赫米娅，是一个古典式三角恋爱故事。莎士比亚则在剧中又让另一女主角海丽娜苦恋着狄米特律斯，构成了四角恋爱，增添了浓厚的喜剧气氛。

剧中有一部分“戏中戏”——为雅典公爵的婚礼而演出——的内容，是一伙手工工人，如织工波顿、木工昆斯、补锅匠斯诺特和裁缝斯特佛林等。这部分戏与其说是莎士比亚对古雅典社会的想象，不如说是莎士比亚对他所处的伊丽莎白时代的观察。

剧中有关神仙们的戏，莎士比亚汲取了民间文学的丰富内容，比如“好人儿罗宾”就是当时流行于民间的一个很有名的人物。至于仙王奥布朗和仙后蒂泰妮娅还会吵架、奥布朗的侍从“好人儿罗宾”喜欢在恋人们中间和工匠们的排演中恶作剧，那就是莎士比亚的丰富想象了。

的确，《仲夏夜之梦》是莎士比亚充分发挥人类想象力的杰作，亦是将喜剧特点发挥极致的杰作，处处体现出了莎士比亚非凡的才智、创造力和继承精神。此剧从上演以来，早已成为莎士比亚最受观众，尤其青年观众欢迎的喜剧之一。

**苏福忠**

SCENE: ATHENS, AND A WOOD NEAR IT

PUCK, or
Robin Goodfellow
OBERON,
King of the fairies
TITANIA,
Queen of the fairies
PEASEBLOSSOM,
COBWEB,
MOTH,
MUSTARDSEED
and
Other fairies
attending their
King and Queen
HESEUS
e of Athens
QUINCE, a carpenter SNUG, a joiner
BOTTOM, a weaver FLUTE, a bellows-mender
SNOUT, a tinker STARVELING, a tailor

## 剧中人物

特修斯　雅典公爵

伊吉斯　赫米娅之父

莱山德<br>狄米特律斯　｝同恋赫米娅

菲劳斯特莱特　特修斯的掌戏乐之官

昆斯　木匠

斯纳格　细工木匠

波顿　织工

弗鲁特　修风箱者

斯诺特　补锅匠

斯塔佛林　裁缝

希波莱特　阿玛宗女王，特修斯之未婚妻

赫米娅　伊吉斯之女，恋莱山德

海丽娜　恋狄米特律斯

奥布朗　仙王

蒂泰妮娅　仙后

迫克　又名好人儿罗宾

豆花<br>蛛网<br>飞蛾<br>芥子　｝小神仙

其他侍奉仙王仙后的小仙人们

特修斯及希波莱特的侍从

**地点**　雅典及附近的森林

# 第　一　幕

## 第一场　雅典；特修斯宫中

【特修斯，希波莱特，菲劳斯特莱特及侍从等上。

**特修斯**　美丽的希波莱特，现在我们的婚期已快要临近了，再过四天幸福的日子，新月便将出来；但是唉！这个旧的月亮消逝得多么慢，她耽延了我的希望，像一个老而不死的后母或寡妇，尽是消耗着年轻人的财产。

**希波莱特**　四个白昼很快地便将成为黑夜，四个黑夜很快地可以在梦中消度过去，那时月亮便将像新弯的银弓一样，在天上临视我们的良宵。

**特修斯**　去，菲劳斯特莱特，激起雅典青年们的欢笑的心情，唤醒了活泼泼的快乐精神，把忧愁驱到坟墓里去；那个脸色惨白的家伙，是不应该让他参加在我们的结婚行列中的。（菲劳斯特莱特下）希波莱特，我用我的剑向你求婚，用威力的侵凌赢得了你的芳心；①但这次我要换一个调子，我将用豪华、夸耀和狂欢来举行我们的婚礼。

【伊吉斯，赫米娅，莱山德，狄米特律斯上。

**伊吉斯**　威名远播的特修斯公爵，祝您幸福！

**特修斯**　谢谢你，善良的伊吉斯。你有什么事情？

**伊吉斯**　我怀着满心的气恼，来控诉我的孩子，我的女儿赫米娅。走上前来，狄米特律斯。殿下，这个人，是我答应把我女儿嫁给他的。走上前来，莱山德。殿下，这个人引诱坏了我的孩子。你，你，莱山德，你写诗句给我的孩子，和她交换着爱情的纪念物；你在月夜到她的窗前用做作的声调歌唱着假作多情的诗篇；你用头发编成的腕环、戒指、虚华的饰物、琐碎的玩具、花束、糖果——这些可以强烈地骗诱一个稚嫩的少女之心的“信使”来偷得她的痴

---

① 特修斯 (Theseus) 是希腊神话里的英雄，曾远征阿玛宗 (Amazon)，克之，娶其女王希波莱特 (Hippolyta)。

情；你用诡计盗取了我女儿的心，煽惑她使她对我的顺从变成倔强的顽抗。殿下，假如她现在当着您的面仍旧不肯嫁给狄米特律斯，我就要要求雅典自古相传的权利，因为她是我的女儿，我可以随意处置她；按照我们的法律，逢到这样的情况，她要是不嫁给这位绅士，便应当立时处死。

特修斯　你有什么话说，赫米娅？当心一点吧，美貌的姑娘！你的父亲对于你应当是一尊神明；你的美貌是他给予的，你就像在他手中捏成的一块蜡像，他可以保全你，也可以毁灭你。狄米特律斯是一个很好的绅士呢。

赫米娅　莱山德也很好啊。

特修斯　他本人当然很好；但是要做你的丈夫，如果不能得到你父亲的同意，那么比起来另一位就要差一截儿了。

赫米娅　我真希望我的父亲和我有同样的看法。

特修斯　实在还是你应该依从你父亲的看法才对。

赫米娅　请殿下宽恕我！我不知道是什么一种力量使我如此大胆，也不知道在这里披诉我的心思将会怎样影响到我的美名，但是我要敬问殿下，要是我拒绝嫁给狄米特律斯，就会有什么最恶的命运临到我的头上？

特修斯　不是受死刑，便是永远和男人的社会隔绝。因此，美丽的赫米娅，仔细问一问你自己的心愿吧！考虑一下你的青春，好好地估量一下你血脉中的搏动；倘然不肯服从你父亲的选择，想想看能不能披上尼姑的道服，终生幽闭在阴沉的庵院中，向着凄凉寂寞的明月唱着暗淡的圣歌，做一个孤寂的修道女了此一生？她们能这样抑制热情，到老保持处女的贞洁，自然应当格外受到上天的眷宠；但是结婚的女子有如被采下炼制过的玫瑰，香气留存不散，比之孤独地自开自谢，奄然朽腐的花儿，在尘俗的眼光看来，总是要幸福得多了。

赫米娅　就让我这样自开自谢吧，殿下，我不愿意把我的贞操奉献给我心里并不敬服的大人物。

特修斯　回去仔细考虑一下。等到新月初生的时候——我和我的爱人缔结永久的婚约的一天——你必须作出决定，倘不是因为违抗你父亲的意志而准备一死，便是听从他而嫁给狄米特律斯；否则就得在狄安娜的神坛前立誓严守戒律，终生不嫁。

狄米特律斯　悔悟吧，可爱的赫米娅！莱山德，放弃你那没有理由的要求，不要再跟确定了的权利抗争吧！

莱山德　你已经得到她父亲的爱，狄米特律斯，让我保有着赫米娅的爱吧；你去跟她的父亲结婚好了。

伊吉斯　无礼的莱山德！一点不错，我欢喜他，我愿意把属于我所有的给他；她是我的，我要把我在她身上的一切权利都授给狄米特律斯。

莱山德　殿下，我和他出身一样好；我和他一样有钱；我的爱情比他深得多；我的财产即使不比狄米特律斯更多，也决不会比他少；比起这些来更值得夸耀的是，美丽的赫米娅爱的是我。那么为什么我不能享有我的权利呢？讲到狄米特律斯，我可以当他的面宣布，他曾经向奈达的女儿海丽娜调过情，把她弄得神魂颠倒；那位可爱的姑娘还痴心地恋着他，把这个缺德的负心汉当偶像一样崇拜。

特修斯　的确我也听到过不少闲话，曾经想和狄米特律斯谈谈这件事；但是因为自己的事情太多，所以忘了。来，狄米特律斯；来，伊吉斯；你们两人跟我来，我有些私人的话要开导你们。你呢，美丽的赫米娅，好好准备着，丢开你的情思，依从你父亲的意志，否则雅典的法律将要把你处死，或者使你宣誓独身；我们没有法子变更这条法律。来，希波莱特；怎样，我的爱人？狄米特律斯和伊吉斯，走吧；我必须差你们为我们的婚礼办些事，还要跟你们商量一些和你们有点关系的事。

伊吉斯　我们敢不欣然跟从殿下。（除莱山德、赫米娅外均下）

莱山德　怎么啦，我的爱人！为什么你的脸颊这样惨白？你脸上的蔷薇怎么会凋谢得这样快？

赫米娅　多半是因为缺少雨露，但我眼中的泪涛可以灌溉它们。

莱山德　唉！我在书上读到的，在传说或历史中听到的，真正的爱情，所走的道路永远是崎岖多阻；不是因为血统的差异——

赫米娅　不幸啊，尊贵的要向微贱者屈节臣服！

莱山德　便是因为年龄上的悬殊——

赫米娅　可憎啊，年老的要和年轻人发生关系！

莱山德　或者因为信从了亲友们的选择——

赫米娅　倒霉啊，选择爱人要依赖他人的眼光！

莱山德　或者，即使彼此两情悦服，但战争、死亡或疾病却侵害着它，使它像一个声音、一片影子、一段梦、黑夜中的一道闪电那样短促，在一刹那间展现了天堂和地狱，但还来不及说一声“瞧啊！”黑暗早已张开口把它吞噬了。光明的事物，总是那样很快地变成了混沌。

**赫米娅** 既然真心的恋人们永远要受磨折似乎已是一条命运的定律，那么让我们练习着忍耐吧；因为这种磨折，正和忆念、幻梦、叹息、希望和哭泣一样，都是可怜的爱情缺不了的随从者。

**莱山德** 你说得对。听我吧，赫米娅。我有一个寡居的伯母，很有钱，却没有儿女，她的家离开雅典二十里路；她看待我却像亲生的独子一样。温柔的赫米娅，我可以在那边和你结婚，雅典法律的利爪不能追及我们。要是你爱我，请你在明天晚上溜出你父亲的屋子，走到郊外三里路地方的森林里——我就是在那边遇见你和海丽娜一同庆祝五月节[①]的——我将在那面等你。

**赫米娅** 我的好莱山德！凭着丘比特的最坚强的弓，凭着他的金镞的箭，凭着维纳斯的鸽子的纯洁，凭着那结合灵魂、祐佑爱情的神力，凭着古代迦太基女王焚身的烈火，当她看见她那负心的特洛伊人扬帆而去的时候，凭着一切男子所毁弃的约誓——那数目是远超过于女子所曾说过的，我向你发誓，明天一定会到你所指定的那地方和你相会。

**莱山德** 愿你不要失约，情人。瞧，海丽娜来了。

【海丽娜上。

**赫米娅** 上帝保佑美丽的海丽娜！你到哪里去？

**海丽娜** 你称我“美丽”吗？请你把美丽两个字收回吧！狄米特律斯爱着你的美丽；幸福的美丽啊！你的眼睛是两颗明星，你的甜蜜的声音比之小麦青青、山楂蓓蕾的时节送入牧人耳中的云雀之歌还要动听。疾病是能染人的；唉！要是美貌也能传染的话，美丽的赫米娅，我但愿染上你的美丽：我要用我的耳朵捕获你的声音，用我的眼睛捕获你的睇视，用我的舌头捕获你那柔美的旋律。要是除了狄米特律斯之外，整个世界都是属于我所有，我愿意把一切捐弃，但求化身为你。啊！教给我怎样流转眼波，用怎么一种魔力操纵着狄米特律斯的心？

**赫米娅** 我向他皱着眉头，但是他仍旧爱我。

**海丽娜** 唉，要是你的颦蹙能把那种本领传授给我的微笑就好了！

---

① 西方旧俗于五月一日早起以露洗身，采花而歌。

赫米娅　我给他咒骂，但他给我爱情。

海丽娜　唉，要是我的祈祷也能这样引动他的爱情就好了！

赫米娅　我越是恨他，他越跟随着我。

海丽娜　我越是爱他，他越是讨厌我。

赫米娅　海丽娜，他的傻并不是我的错。

海丽娜　但那是你的美貌的错处；要是那错处是我的就好了！

赫米娅　宽心吧，他不会再见我的脸了；莱山德和我将要逃开此地。在我不曾遇见莱山德之前，雅典对于我就像是一座天堂；啊，我的爱人身上，存在着一种多么神奇的力量，竟能把天堂变成一座地狱！

莱山德　海丽娜，我们不愿瞒你。明天夜里，当月亮在镜波中反映她的银色的容颜、晶莹的露珠点缀在草叶尖上的时候——那往往是情奔最适当的时候，我们预备溜出雅典的城门。

赫米娅　我的莱山德和我将要相会在林中，就是你我常常在那边淡雅的樱草花的花坛上躺着彼此吐露柔情的衷曲的所在，从那里我们便将离别雅典，去访寻新的朋友，和陌生人做伴了。再会吧，亲爱的游侣！请你为我们祈祷；愿你重新得到狄米特律斯的心！不要失约，莱山德；我们现在必须暂时忍受一下离别的痛苦，到明晚夜深时再见吧！

莱山德　一定的，我的赫米娅。（赫米娅下）海丽娜，别了；如同您恋着他一样，但愿狄米特律斯也恋着你！（下）

海丽娜　有些人与其他人相比是多么幸福！在全雅典大家都认为我跟她一样美；但那有什么相干呢？狄米特律斯是不这么认为的；除了他一个人之外大家都知道的事情，他不会知道。正如他那错误地迷恋着赫米娅的秋波一样，我也是只知道爱慕他的才智；一切卑劣的弱点，在恋爱中都成为无足重轻，而变成美满和庄严。爱情是不用眼睛而用心灵看着的，因此生着翅膀的丘比特常被描成盲目；而且爱情的判断全然没有理性，光有翅膀，不生眼睛，一味表示出卤莽的急躁，因此爱神便据说是一个孩儿，因为在选择方面他常会弄错。正如顽皮的孩子惯爱发假誓一样，可爱情的小儿也到处赌着口不应心的咒。狄米特律斯在没有看见赫米娅之前，也曾像下冰雹一样发着誓，说他是完全属于我的，但这阵冰雹一感到身上的一丝热力，便立刻溶解了，无数的盟言都化为乌有。我要去告诉他美丽的赫米娅的出奔；他知道了以后，明夜一定会到林中去

追寻她。如果为着这次的通报消息，我能得到一些酬谢，我的代价也一定不小；但我的目的是要补报我的苦痛，使我能再一次聆接他的音容。（下）

## 第二场　雅典；昆斯家中

【昆斯，斯纳格，波顿，弗鲁特，斯诺特及斯塔佛林上。

**昆斯**　咱们一伙人都到了吗？

**波顿**　你最好照着名单一个儿一个儿拢总地点一下名。

**昆斯**　这儿是每个人名字都在上头的名单，整个雅典都承认，在公爵跟公爵夫人结婚那晚上当着他们的面前扮演咱们这一出插戏，这张名单上的弟兄们是再合适也没有的了。

**波顿**　第一，好彼得·昆斯，说出来这出戏讲的是什么，然后再把扮戏的人名字念出来，好有个头脑。

**昆斯**　好，咱们的戏名是“最可悲的喜剧以及皮拉摩斯和提斯柏[1]的最残酷的死”。

**波顿**　那一定是篇出色的东西，咱可以担保，而且是挺有趣的。现在，好彼得·昆斯，照着名单把你的角儿们的名字念出来吧。列位，大家站开。

**昆斯**　咱一叫谁的名字，谁就答应。尼克·波顿，织布的。

**波顿**　有。先说咱应该扮哪一个角儿，然后再挨次叫下去。

**昆斯**　你，尼克·波顿，就扮演皮拉摩斯。

**波顿**　皮拉摩斯是谁呀？一个情郎呢，还是一个霸王？

**昆斯**　是一个情郎，为着爱情的缘故，他挺勇敢地把自己毁了。

**波顿**　要是演得活灵活现，那还得掉下几滴泪来。要是咱演起来的话，让看客们大家留心着自个儿的眼睛吧；咱要叫全场痛哭流涕，管保风云失色。把其余的人叫下去吧。但是扮霸王挺适合咱的胃口了。咱会把海格立斯扮得非常好，或者什么吹牛的角色，管保吓破了人的胆。

山岳狂怒的震动，
　裂开了牢狱的门

---

① 皮拉摩斯 (Pyramus) 和提斯柏 (Thisbe) 的故事见奥维德《变形记》第四章。

太阳在远方高升，

慑服了神灵的魂。

那真是了不得！现在把其余的名字念下去吧。这是海格立斯的神气，霸王的神气；情郎还得忧愁一点。

**昆斯** 法兰西斯·弗鲁特，修风箱的。

**弗鲁特** 有，彼得·昆斯。

**昆斯** 你得扮提斯柏。

**弗鲁特** 提斯柏是谁呀？一个游行的侠客吗？

**昆斯** 那是皮拉摩斯必须爱上的姑娘。

**弗鲁特** 噢，真的，别叫咱扮一个娘儿们；咱的胡子已经长起来啦。

**昆斯** 那没有问题；你得套上假脸扮演，你可以细着声音讲话。

**波顿** 咱也可以把脸孔罩住，提斯柏也让咱来扮吧。咱会细声细气地说话，“提斯妮！提斯妮！”“啊呀！皮拉摩斯，奴的情哥哥，是你的提斯柏，你的亲亲爱爱的姑娘！”

**昆斯** 不行，不行，你必须扮皮拉摩斯。弗鲁特，你必须扮提斯柏。

**波顿** 好吧，叫下去。

**昆斯** 罗宾·斯塔佛林，当裁缝的。

**斯塔佛林** 有，彼得·昆斯。

**昆斯罗宾** 斯塔佛林，你扮提斯柏的母亲。汤姆·斯诺特，补锅子的。

**斯诺特** 有，彼得·昆斯。

**昆斯** 你扮皮拉摩斯的父亲；咱自己扮提斯柏的父亲；斯纳格，做细木工的，你扮一只狮子：咱想这本戏就此分配好了。

**斯纳格** 你有没有把狮子的台词写下？要是有的话，请你给我，因为我记性不大好。

**昆斯** 你不用预备，你只要吼就算了。

**波顿** 让咱也扮狮子吧。咱会吼，叫每一个人听见了都非常高兴：咱会吼着吼着，连公爵都传下谕旨来说，“让他再吼下去吧！让他再吼下去吧！”

**昆斯** 你要吼得那么可怕，吓坏了公爵夫人和各位太太小姐们，吓得她们尖声叫起来；那准可以把咱们一起给吊死了。

**众人** 那准会把咱们一起给吊死，每一个母亲的儿子都逃不了。

**波顿**　朋友们，你们说的很是：要是你把太太们吓昏了头，她们一定会不顾三七二十一把咱们给吊死。但是咱可以把声音压得高一些，不，提得低一些；咱会吼得就像一只吃奶的小鸽子那么的温柔，吼得就像一只夜莺。

**昆斯**　你只能扮皮拉摩斯；因为皮拉摩斯是一个讨人欢喜的小白脸，一个体面人，就像你可以在夏天看到的那种人；他又是一个可爱的堂堂绅士模样的人；因此你必须扮皮拉摩斯。

**波顿**　行，咱就扮皮拉摩斯。顶好咱挂什么须？

**昆斯**　那随你便吧。

**波顿**　咱可以挂你那稻草色的须，你那橙黄色的须，你那紫红色的须，或者你那法国金洋钱色的须，纯黄色的须。

**昆斯**　你扮演的一些法国王上根本就没长须毛，你还是光着脸蛋吧。列位，这儿是你们的台词。咱请求你们，恳求你们，要求你们，在明儿夜里念熟，趁着月光，在郊外一里路地方的禁林里咱们碰头，在那边咱们要排练排练；因为要是咱们在城里排练，就会有人跟着咱们，咱们的玩意儿就要泄漏出去。同时，咱要开一张咱们演戏所需要的东西的单子。请你们大家不要误事啊。

**波顿**　咱们一定在那边碰头；咱们在那边排练起来可以像样点儿，胆大点儿。大家辛苦干一下，要干得非常好。再会吧。

**昆斯**　咱们在公爵的橡树底下再见。

**波顿**　好了，可不许失约。（同下）

ACT II

# 第　二　幕

## 第一场　雅典附近的森林

【一小仙及迫克自相对方向上。

迫克　喂，精灵！你飘流到哪里去？

小仙　　　越过了溪谷和山陵，
　穿过了荆棘和丛薮，
越过了围场和园庭，
　穿过了激流和爝火：
我在各地漂游流浪，
轻快得像是月亮光；
我给仙后奔走服务，
草环[1]上缀满轻轻露。
亭亭的莲馨花是她的近侍，
黄金的衣上饰着点点斑痣；
那些是仙人们投赠的红玉，
中藏着一缕缕的芳香馥郁；
我要在这里访寻几滴露水，
给每朵花挂上珍珠的耳坠。
再会，再会吧，你粗野的精灵！
因为仙后的大驾快要来临。

迫克　　　今夜大王在这里大开欢宴，
千万不要让他俩彼此相见；
奥布朗的脾气可不是顶好，

[1] 野地上有时发现环形的茂草，传谓仙人夜间在此跳舞所成。

为着王后的固执十分着恼；
她偷到了一个印度小王子，
就像心肝一样怜爱和珍视；
奥布朗看见了有些儿眼红，
想要把他充作自己的侍童；
可是她哪里便肯把他割爱，
满头花朵她为他亲手插戴。
从此林中、草上、泉畔和月下，
他们一见面便要破口相骂；
小妖们往往吓得胆战心慌，
没命地钻向橡实中间躲藏。

**小仙** 要是我没有把你认错，你大概便是名叫罗宾好人儿的狡狯的、淘气的精灵了。你就是惯爱吓唬乡村的女郎，在人家的牛乳上撮去了乳脂，使那气喘吁吁的主妇整天也搅不出奶油来；有时你暗中替人家磨谷，有时弄坏了酒使它不能发酵；夜里走路的人，你把他们引入了迷路，自己却躲在一旁窃笑；谁叫你“大仙”或是“好迫克”的，你就给他幸运，帮他做工：那就是你吗？

**迫克** 仙人，你说得正是；我就是那个快活的夜游者。我在奥布朗跟前想出种种笑话来逗他发笑，看见一头肥胖精壮的马儿，我就学着雌马的嘶声把它迷昏了头；有时我化作一颗焙热的野苹果，躲在老太婆的酒碗里，等她举起碗想喝的时候，我就拍的弹到她嘴唇上，把一碗麦酒都倒在她那皱瘪的喉皮上；有时我化作三脚的凳子，满肚皮人情世故的婶婶刚要坐下来一本正经讲她无比悲惨的故事，我便从她的屁股底滑走，把她翻了一个大元宝，一头喊“好家伙！”一头咳呛个不住，于是周围的人大家笑得前仰后合，他们越想越好笑，鼻涕眼泪都笑了出来，发誓说从来不曾逢到过比这更有趣的事。但是让开路来，仙人，奥布朗来了。

**小仙** 娘娘也来了。他要是走开了才好！

【奥布朗及蒂泰妮娅各带侍从自相对方向上。

**奥布朗** 真不巧又在月光下碰见你，骄傲的提泰妮娅！

**蒂泰妮娅** 嘿，嫉妒的奥布朗！神仙们，快快走开；我已经发誓不和他同游同寝了。

**奥布朗**　等一等，坏脾气的女人！我不是你的夫君吗？

**蒂泰妮娅**　那么我也一定是你的尊夫人了。但是你从前溜出了仙境，扮作牧人的样子，整天吹着麦笛，唱着情歌，向风骚的牧女调情，这种事我全知道。今番你为什么要从迢迢的印度平原上赶到这里来呢？无非是为着那位身材高大的阿玛宗女王，你的穿靴子的情人，你武士般的爱人，要嫁给特修斯了，所以你得来向他们道贺床第之欢，良缘之喜。

**奥布朗**　你怎么好意思说出这种话来，蒂泰妮娅，把我的名字和希波莱特牵涉在一起侮蔑我？你自己知道你和特修斯的私情瞒不过我。不是你在朦胧的夜里引导他离开被他所俘虏的佩丽古娜？不是你使他负心地遗弃了美丽的伊葛尔、爱丽亚邓和安提奥巴？

**蒂泰妮娅**　这些都是因为嫉妒而捏造出来的谎话。自从仲夏之初，我们每次在山上、谷中、树林里、草场上、细石铺底的泉底或是海滨的沙滩上聚集，预备和着鸣啸的风声跳环舞的时候，总是被你吵断我们的兴致。风因为我们不理会他的吹奏，生了气，便从海中吸起了毒雾；毒雾化成瘴雨下降地上，使每一条小小的溪河都耀武扬威地泛滥到岸上：因此牛儿白白牵着轭，农夫枉费了他的血汗，青青的嫩禾还没有长上须便腐烂了；空了的羊栏露出在一片汪洋的田中，乌鸦饱啖着瘟死了的羊群的尸体；跳舞作乐的草泥坂上满是湿泥，杂草乱生的曲径因为没有人行走，已经无法辨认。人们在五月天要穿冬季的衣服；晚上再听不到欢乐的颂歌。执掌潮汐的月亮，因为再也听不见夜间颂神的歌声，气得脸孔发白，在空气中播满了湿气，人一沾染上就要害风湿症。因为天时不正，季候也反了常：白头的寒霜倾倒在红颜的蔷薇的怀里，年迈的冬神却在薄薄的冰冠上嘲讽似的缀上了夏天芬芳的蓓蕾的花环。春季、夏季、丰收的秋季、暴怒的冬季，都改换了他们素来的装束，惊愕的世界不能再凭着他们的出产辨别出谁是谁来。这都因为我们的不和所致，我们是一切灾祸的根源。

**奥布朗**　那么你就该设法补救；这全然在你的手中。为什么蒂泰妮娅要违拗她的奥布朗呢？我所要求的，不过是一个小小的换儿[①]做我的侍童罢了。

**蒂泰妮娅**　请你死了心吧，拿整个仙境也不能从我手里换得这个孩子。他的母亲是我神坛前的一个信徒，在芬芳的印度的夜里，她常常在我身旁闲谈，陪我坐在海边的黄沙上，凝望着海上的商船；我们一起笑着，看那些船帆因狂

① 传说仙人常于夜间将人家美丽小儿窃去，以愚蠢的妖童换置其处。

荡的风而怀孕，一个个凸起了肚皮；她那时正也怀孕着这个小宝贝，便学着船帆的样子，美妙而轻快地凌风而行，为我往岸上寻取各种杂物，回来时就像航海而归，带来了无数的商品。但她因为是一个凡人，所以在产下这孩子时便死了。为着她的缘故我才抚养她的孩子，也为着她的缘故我不愿舍弃他。

奥布朗　你预备在这林中耽搁多少时候？

蒂泰妮娅　也许要到特修斯的婚礼以后。要是你肯耐心地和我们一起跳舞，看看我们月光下的游戏，那么跟我们一块儿走吧；不然的话，请你不要见我，我也决不到你的地方来。

奥布朗　把那个孩子给我，我就和你一块儿走。

蒂泰妮娅　把你的仙国跟我掉换都别想。神仙们，去吧！要是我再多留一刻，我们就要吵起来了。（率侍从等下）

奥布朗　好，去你的吧！为着这次的侮辱，我一定要在你离开这座林子之前给你一些惩罚。我的好迫克，过来。你记不记得有一次我坐在一个海岬上，望见一个美人鱼骑在海豚的背上，她的歌声是这样婉转而谐美，镇静了狂暴的怒海，好几个星星都疯狂地跳出了它们的轨道，为了听这海女的音乐？

迫克　我记得。

奥布朗　就在那个时候，你看不见，但我能看见持着弓箭的丘比特在冷月和地球之间飞翔；他瞄准了坐在西方宝座上的一个美好的童贞女，很灵巧地从他的弓上射出他的爱情之箭，好像它能刺透十万颗心的样子。可是只见小丘比特的火箭在如水的冷洁的月光中熄灭，那位童贞的女王心中一尘不染，沉浸在纯洁的思念中安然无恙；但是我看见那支箭却落在西方一朵小小的花上，那花本来是乳白色的，现在已因爱情的创伤而被染成紫色，少女们把它称作“爱懒花”。去给我把那花采来。我曾经给你看过它的样子；它的汁液如果滴在睡着的人的眼皮上，无论男女，醒来一眼看见什么生物，都会发疯似的对它恋爱。给我采这种花来；在鲸鱼还不曾游过三里路之前，必须回来复命。

迫克　我可以在四十分钟内环绕世界一周。（下）

奥布朗　这种花汁一到了手，我便留心着等蒂泰妮娅睡了的时候把它滴在她的眼皮上；她一醒来第一眼看见的东西，无论是狮子也好，熊也好，狼也好，公牛也好，或者好事的弥猴、忙碌的无尾猿也好，她都会用最强烈的爱情追求它。我可以用另一种草解去这种魔力，但第一我先要叫她把那个孩子让给我。可是谁到这儿来啦？凡人看不见我，让我听听他们的谈话。

【狄米特律斯上，海丽娜随其后。

**狄米特律斯** 我不爱你，所以别跟着我。莱山德和美丽的赫米娅在哪儿？我要把莱山德杀死，但我的命却悬在赫米娅手中。你对我说他们私奔到这座林子里，因此我赶到这儿来；可是因为遇不见我的赫米娅，我简直要在这林子里发疯啦。滚一边去！快走，不许再跟着我！

**海丽娜** 是你吸引我跟着你的，你这硬心肠的磁石！可是你所吸的却不是铁，因为我的心像钢一样坚贞。要是你去掉你的吸引力，那么我也就没有力量再跟着你了。

**狄米特律斯** 是我引诱你吗？我曾经向你说过好话吗？我不是曾经明明白白地告诉过你，我不爱你，而且也不能爱你吗？

**海丽娜** 即使那样，也只是使我爱你爱得更加厉害。我是你的一条狗，狄米特律斯；你越是打我，我越是向你献媚。请你就像对待你的狗一样对待我吧，踢我、打我、冷淡我、不理我，都好，只容许我跟随着你就行，虽然我是这么不好。在你的爱情里我要求的地位还能比一条狗都不如吗？但那对于我已经是十分可贵了。

**狄米特律斯** 不要过分惹起我的厌恨吧；我一看见你就头痛。

**海丽娜** 可是我不看见你就心痛。

**狄米特律斯** 你太不顾虑你自己的体面了，竟擅自离开城中，把你自己交托在一个不爱你的人手里；你也不想想你的贞操多么值钱，就在黑夜中这么一个荒凉的所在盲目地听从着不可知的命运。

**海丽娜** 你的德行使我安心这样做：因为当我看见你的面孔的时候，黑夜也变成了白昼，因此我并不觉得现在是在夜里；你在我的眼里是整个世界，因此在这座林中我也不愁缺少伴侣：要是整个世界都在这么瞧着我，我怎么还是单身独自一人呢？

**狄米特律斯** 我要逃开你，躲在丛林之中，任凭野兽把你怎样处置。

**海丽娜** 最凶恶的野兽也不像你那样心狠。你要逃开我就逃开吧；从此以后，古来的故事要改过了：逃走的是阿波罗，追赶的是达芙妮[1]；鸽子追逐着鹰隼；温柔的牝鹿追捕着猛虎；然而弱者追求勇者，结果总是徒劳无益的。

---

[1] 希腊罗马神话中日神阿波罗 (Apollo) 爱仙女达芙妮 (Daphne)，达芙妮避之而化为月桂树。

**狄米特律斯** 我不高兴听你再唠叨下去。让我走吧；要是你再跟着我，相信我，在这座林中你要被我欺负的。

**海丽娜** 嗯，在神庙中，在市镇上，在乡野里，你到处欺负我。唉，狄米特律斯！你虐待我，已经使我们女子蒙上了耻辱。我们是不会像男人一样为爱情而争斗的；我们应该被人家求爱，而不是向人家求爱。(狄米特律斯下)我要立意跟随你；我愿死在我所深爱的人的手中，好让地狱化为天宫。(下)

**奥布朗** 再会吧，女郎！当他还没有离开这座树林，你将逃避他，他将追求你的爱情。

【迫克重上。

**奥布朗** 你已经把花采来了吗？欢迎啊，浪游者！

**迫克** 是的，它就在这儿。

**奥布朗** 请你把它给我。

我知道一处茴香盛开的水滩，
长满着樱草和盈盈的紫罗兰，
馥郁的金银花，芗泽的野蔷薇，
漫天张起了一幅芬芳的锦帷。
有时蒂泰妮娅在群花中酣醉，
柔舞清歌低低地抚着她安睡；
小花蛇在那里丢下发亮的皮，
小仙人拿来当做合身的外衣。
我要洒一点花汁在她的眼上，
让她充满了各种可憎的幻象。
其余的你带了去在林中访寻，
一个娇好的少女见弃于情人；
倘见那薄幸的青年在她近前，
就把它轻轻地点上他的眼边。
他的身上穿着雅典人的装束，
你须仔细辨认清楚，不许弄错；
小心地执行着我谆谆的吩咐，
让他无限的柔情都向她倾吐。

等第一声雄鸡啼时我们再见。

**迫克** 放心吧，主人，一切如你的意念。（各下）

## 第二场 林中的另一处

【蒂泰妮娅及其小仙侍从等上。

**蒂泰妮娅** 来，跳一回舞，唱一曲神仙歌，然后在一分钟内余下来的三分之一的时间里，大家散开去；有的去杀死麝香玫瑰嫩苞中的蛀虫；有的去和蝙蝠作战，剥下它们的翼革来为我的小妖儿们做外衣；剩下的去驱逐每夜啼叫、看见我们这些伶俐的小精灵们而惊骇的猫头鹰。现在唱歌给我催眠吧；唱罢之后，大家各做各的事，让我休息一会儿。

**小仙们** （唱：）

一

两舌的花蛇，多刺的猬，
　不要打扰着她的安睡；
蝾螈和蜥蜴，不要行近，
　仔细毒害了她的宁静。
　夜莺，鼓起你的清弦，
　为我们唱一曲催眠：
睡啦，睡啦，睡睡吧！睡啦，睡啦，睡睡吧！
　一切害物远走高扬，
　不要行近她的身旁；
　晚安，睡睡吧！

二

织网的蜘蛛，不要过来；
　长脚的蛛儿快快走开！
黑背的蜣螂，不许走近；
　不许莽撞，蜗牛和蚯蚓。
　夜莺，鼓起你的清弦，

为我们唱一曲催眠：
睡啦，睡啦，睡睡吧！睡啦，睡啦，睡睡吧！
一切害物远走高扬，
不要行近她的身旁；
晚安，睡睡吧！

**一小仙** 去吧！现在一切都已完成，
只须留着一个人作哨兵。（众小仙下，蒂泰妮娅睡）

【奥布朗上，挤花汁滴在蒂泰妮娅眼皮上。

**奥布朗** 等你眼睛一睁开，
你就看见你的爱，
为他担起相思债：
山猫、豹子、大狗熊，
野猪身上毛蓬蓬；
等你醒来一看见
丑东西在你身边，
芳心可可为他恋。（下）

【莱山德及赫米娅上。

**莱山德** 好人，你在林中东奔西走，疲乏得快要昏倒了。说老实话，我已经忘记了我们的路。要是你同意，赫米娅，让我们休息一下，等待到天亮再说。

**赫米娅** 就照你的意思吧，莱山德。你去给你自己找一处睡眠的所在，因为我要在这花坛安息我的形骸。

**莱山德** 一块草地可以作我们两人枕首的地方；两个胸膛一条心，应该合睡一个眠床。

**赫米娅** 哎，不要，亲爱的莱山德；为着我的缘故，我的亲亲，再躺远一些，不要挨得那么近。

**莱山德** 啊，爱人！不要误会了我的无邪的本意，恋人们原是能够领会彼此所说的话的。我是说我的心和你的心连结在一起，已经打成一片，分不开来；两个心胸彼此用盟誓连系，共有着一片忠贞。因此不要拒绝我睡在你的身旁，赫米娅，我一点没有坏心肠。

**赫米娅**　莱山德真会说话。要是赫米娅疑心莱山德有坏心肠，愿她从此不能堂堂做人。但是好朋友，为着爱情和礼貌的缘故，请睡得远一些；在人间的礼法上，保持这样的距离对于束身自好的未婚男女，是最为合适的。这么远就行了。晚安，亲爱的朋友！愿爱情永无更改，直到你生命的尽头！

**莱山德**　依着你那美好的祈祷，我应和着阿门！阿门！我将失去我的生命，如其我失去我的忠贞！（略就远处退卧）这里是我的眠床了；但愿睡眠给与你充分的休养！

**赫米娅**　那愿望我愿意和你分享！（二人入睡）

【迫克上。

**迫克**
我已经在森林中间走遍，
但雅典人可还不曾瞧见，
我要把这花液在他眼上
试一试激动爱情的力量。
静寂的深宵！啊，谁在这厢？
他身上穿着雅典的衣裳。
我那主人所说的正是他，
狠心地欺负那美貌娇娃；
她正在这一旁睡得酣熟，
不顾到地上的潮湿龌龊：
美丽的人儿！她竟然不敢
睡近这没有心肝的恶汉。（挤花汁滴莱山德眼上）
我已在你眼睛上，坏东西！
倾注着魔术的力量神奇；
等你醒来的时候，让爱情
从此扰乱你睡眠的安宁！
别了，你醒来我早已去远，
奥布朗在盼我和他见面。（下）

【狄米特律斯及海丽娜奔上。

**海丽娜**　你杀死了我也好，但是请你停步吧，亲爱的狄米特律斯！

**狄米特律斯**　我命令你走开，不要这样缠扰着我！

海丽娜　啊！你要把我丢在黑暗中吗？请不要这样！

狄米特律斯　站住！否则叫你活不成。我要独自走我的路。（下）

海丽娜　唉！这痴心的追赶使我乏得透不过气来。我越是千求万告，越是惹他憎恶。赫米娅无论在什么地方都是那么幸福，因为她有一双天赐的迷人的眼睛。她的眼睛怎么会这样明亮呢？不是为着泪水的缘故，因为我的眼睛被眼泪洗着的时候比她更多。不，不，我是像一头熊那么难看，就是野兽看见我也会因害怕而逃走；因此难怪狄米特律斯会这样逃避我，就像逃避一个丑妖怪一样。哪一面欺人的坏镜子使我居然敢把自己跟赫米娅的明星一样的眼睛相比呢？但是谁在这里？莱山德！躺在地上！死了吗，还是睡了？我看不见有血，也没有伤处。莱山德，要是你没有死，好朋友，醒醒吧！

莱山德　（醒）我愿为你的冰清玉洁而赴汤蹈火，玲珑剔透的海丽娜！上天在你身上显出他的本领，使我能在你的胸前看透你的心。狄米特律斯在哪里？嘿！那个难听的名字让他死在我的剑下多么合适！

海丽娜　不要这样说，莱山德！不要这样说！即使他爱你的赫米娅又有什么关系？上帝！那又有什么关系？赫米娅仍旧是爱着你的，所以你应该心满意足了。

莱山德　跟赫米娅心满意足吗？不，我真悔恨和她在一起度过的那些可厌的时辰。我不爱赫米娅，我爱的是海丽娜；谁不愿意把一只乌鸦换一只白鸽呢？男人的意志是被理性所支配的，理性告诉我你比她更值得敬爱。凡是生长的东西，不到季节，总不会成熟：我过去由于年轻，我的理性也不曾成熟；但是现在我的智慧已经充分成长，理性指挥着我的意志，把我引到了你的眼前；在你的眼睛里我可以读到写在最丰美的爱情的经典上的故事。

海丽娜　我怎么忍受得下这种尖刻的嘲笑呢？我什么时候得罪了你，使你这样讥讽我呢？我从来不曾得到过、也永远不会得到狄米特律斯的一瞥爱怜的眼光，难道那还不够，难道那还不够，年轻人，你必须再这样挖苦我的短处吗？真的，你侮辱了我；真的，用这种卑鄙的样子向我献假殷勤。但是再会吧！我还以为你是个较有教养的上流人哩。唉！一个女子受到了这一个男人的摈拒，还得忍受那一个男子的揶揄。（下）

莱山德　她没有看见赫米娅。赫米娅，睡你的吧，再不要走近莱山德的身边了！一个人吃饱了太多的甜食，能使胸胃中发生强烈的厌恶，改信正教的人

最是痛心疾首于以往欺骗他的异端邪说；你就是我的甜食和异端邪说，让你被一切的人所憎恶吧，但没有别人比我更憎恶你了。我的一切生命之力啊，用爱和力来尊崇海丽娜，做她的忠实的骑士吧！（下）

**赫米娅** （醒）救救我，莱山德！救救我！用出你全身力量来，替我在胸口上撵掉这条蠕动的蛇。哎呀，天哪！做了怎样的梦！莱山德，瞧我怎样因害怕而颤抖着。我觉得仿佛一条蛇在嚼食我的心，而你坐在一旁，瞧着它的残酷的肆虐微笑。莱山德！怎么！换了地方了？莱山德！好人！怎么！听不见？去了？没有声音，不说一句话？唉！你在哪儿？要是你听见我，答应一声呀！凭着一切爱情的名义，说话呀！我害怕得差不多要晕倒了。仍旧一声不响！我明白你已不在近旁了；要是我寻不到你，我定将一命丧亡！（下）

# 第 三 幕

## 第一场 场林中；蒂泰妮娅熟睡未醒

【昆斯，斯纳格，波顿，弗鲁特，斯诺特及斯塔佛林上。

**波顿** 咱们都会齐了吗？

**昆斯** 妙极了，妙极了，这儿真是给咱们练戏用的一块再方便也没有的地方了。这块草地可以做咱们的戏台，这一丛山楂树便是咱们的后台。咱们可以认真扮演一下；就像当着公爵殿下的面前一样。

**波顿** 彼得·昆斯，——

**昆斯** 你说什么，波顿好家伙？

**波顿** 在这本《皮拉摩斯和提斯柏》的喜剧里，有几个地方准难叫人家满意。第一，皮拉摩斯应该拔出剑来结果自己的性命，这是太太小姐们受不了的。你说可对不对？

**斯诺特** 凭着圣母娘娘的名字，这可真的不是玩儿的事。

**斯塔佛林** 我说咱们把什么都演完了之后，这一段自杀可不用表演。

**波顿** 不必，咱有一个好法子。给咱写一段开场诗，让这段开场诗大概这么说：咱们的剑是不会伤人的；实实在在皮拉摩斯并不真的把自己干掉了；顶好再那么声明一下，咱扮着皮拉摩斯的，并不是皮拉摩斯，实在是织工波顿：这么一下她们就不会受惊了。

**昆斯** 好吧，就让咱们有这么一段开场诗，咱可以把它写成八六体八音节六音节相间的诗体。

**波顿** 把它再加上两个字，让它是八个字八个字那么的吧。

**斯诺特太太** 小姐们见了狮子不会哆嗦吗？

**斯塔佛林** 咱担保她们一定会害怕。

**波顿** 列位，你们得好好想一想：把一头狮子——老天爷保佑咱们！——

带到太太小姐们的中间，还有比这更荒唐得可怕的事吗？在野兽中间，狮子是再凶恶不过的。咱们可得考虑考虑。

**斯诺特** 那么说，就得再写一段开场诗，说他并不是真狮子。

**波顿** 不，你应当把他的名字说出来，他的脸蛋的一半要露在狮子头颈的外边；他自己就该说着这样或者诸如此类的话：“太太小姐们，”或者说，“尊贵的太太小姐们，咱要求你们，”或者说，“咱请求你们，”或者说，“咱恳求你们，不用害怕，不用发抖；咱可以用生命给你们担保。要是你们想咱真是一头狮子，那咱才真是倒霉啦！不，咱完全不是这种东西；咱是跟别人一样的人。”这么着让他说出自己的名字来，明明白白地告诉她们，他是细工木匠斯纳格。

**昆斯** 好吧，就这么办。但是还有两件难事：第一，咱们要把月亮光搬进屋子里来；你们知道皮拉摩斯和提斯柏是在月亮底下相见的。

**斯纳格** 咱们演戏的那天可有月亮吗？

**波顿** 拿历本来，拿历本来！瞧历本上有没有月亮，有没有月亮。

**昆斯** 有的，那晚上有好月亮。

**波顿** 啊，那么你就可以把咱们演戏的大厅上的一扇窗打开，月亮就会从窗子里照进来啦。

**昆斯** 对了；否则就得叫一个人一手拿着柴枝，一手举起灯笼，登场说他是假扮或是代表着月亮。现在还有一件事，咱们在大厅里应该有一堵墙；因为故事上说，皮拉摩斯和提斯柏是彼此凑着一条墙缝讲话的。

**斯纳格** 你可不能把一堵墙搬进来。你怎么说，波顿？

**波顿** 让什么人扮做墙头；让他身上涂着些灰泥粘土之类，表明他是墙头；让他把手指举起作成那个样儿，皮拉摩斯和提斯柏就可以在手指缝里低声谈话了。

**昆斯** 那样的话，一切就都已齐全了。来，每个老娘的儿子都坐下来，念着你们的台词。皮拉摩斯，你开头；你说完了之后，就走进那簇树后；这样大家可以按着尾白尾白，指一句特定的台词。第一个演员念到尾白时，第二个演员便开始接着讲下去。挨次说下去。

【迫克自后上。

**迫克** 那一群伧夫俗子胆敢在仙后卧榻之旁鼓唇弄舌？哈，在那儿演戏！

让我做一个听戏的吧；要是看到机会的话，也许我还要做一个演员哩。

**昆斯** 说吧，皮拉摩斯。提斯柏，站出来。

**波顿** 提斯柏，花儿开得十分腥——

**昆斯** 十分香，十分香。

**波顿** ——开得十分香；

你的气息，好人儿，也是一个样。
听，那边有一个声音，你且等一等，
一会儿咱再来和你诉衷情。（下）

**迫克** 请看皮拉摩斯变成了怪妖精。（下）

**弗鲁特** 现在该咱说了吧？

**昆斯** 是的，该你说。你得弄清楚，他是去瞧瞧什么声音去的，等一会儿就要回来。

**弗鲁特** 最俊美的皮拉摩斯，脸孔红如红玫瑰，
肌肤白得赛过纯白的百合花，
活泼的青年，最可爱的宝贝，
忠心耿耿像一匹顶好的马。
皮拉摩斯，咱们在宁尼①的坟头相会。

**昆斯** “尼纳斯的坟头”，老兄。你不要就把这句说出来，那是要你答应皮拉摩斯的；你把要你说的话不管什么尾白不尾白都一古脑儿说出来啦。皮拉摩斯，进来；你的尾白已经说过了，是“顶好的马”。

**弗鲁特** 噢。——忠心耿耿像一匹顶好的马。

【迫克重上；波顿戴驴头随上。

**波顿** 美丽的提斯柏，咱是整个儿属于你的！

**昆斯** 怪事！怪事！咱们见了鬼啦！列位，快逃！快逃！救命哪！（众下）

**迫克** 我要把你们带领得团团乱转，
经过一处处沼地、草莽和林薮；
有时我化作马，有时化作猎犬，
化作野猪、没头的熊或是磷火；
我要学马样嘶，犬样吠，猪样嗥，

① 宁尼(Ninny)是尼纳斯(Ninus)之讹，古代尼尼微城的建立者。宁尼照字面讲有“傻子”之意。

熊一样的咆哮，野火一样燃烧。（下）

**波顿**　他们干么都跑走了呢？这准是他们的恶计，要把咱吓一跳。

【斯诺特重上。

**斯诺特**　啊，波顿！你变了样子啦！你头上是什么东西呀？

**波顿**　是什么东西？你瞧见你自己变成了一头蠢驴啦，是不是？（斯诺特下）

【昆斯重上。

**昆斯**　天哪！波顿！天哪！你变啦！（下）

**波顿**　咱看透他们的鬼把戏；他们要把咱当作一头蠢驴，想出法子来吓咱。可是咱决不离开这块地方，瞧他们怎么办。咱要在这儿跑来跑去；咱要唱个歌儿，让他们听见了知道咱可一点不怕。（唱）

　　山乌嘴巴黄沉沉，
　　　浑身长满黑羽毛，
　　画眉唱得顶认真，
　　　声音尖细是欧鸲。

**蒂泰妮娅**　（醒）什么天使使我从百花的卧榻上醒来呢？

**波顿** 鹡鸰，麻雀，百灵鸟，

还有杜鹃爱骂人，

大家听了心头恼，

可是谁也不回声。①

真的，谁耐烦跟这么一头蠢鸟斗口舌呢？即使它骂你是乌龟，谁又高兴跟他争辩呢？

**蒂泰妮娅** 温柔的凡人，请你唱下去吧！我的耳朵沉醉在你的歌声里，我的眼睛又为你的状貌所迷惑；在第一次见面的时候，你的美姿已使我不禁说出而且矢誓着我爱你了。

**波顿** 咱想，奶奶，您这可太没有理由。不过说老实话，现今世界上理性可真难得跟爱情碰头；也没有哪位正直的邻居大叔给他俩撮合撮合做朋友，真是抱歉得很。哈，我有时也会说说笑话。

**蒂泰妮娅** 你真是又聪明又美丽。

**波顿** 不见得，不见得。可是咱要是有本事跑出这座林子，那已经很够了。

**蒂泰妮娅** 请不要跑出这座林子！不论你愿不愿，你一定要留在这里。我不是一个平常的精灵，夏天永远听从我的命令；我真是爱你，因此跟我去吧。我将使神仙们侍候你，他们会从海底里捞起珍宝献给你；当你在花茵上睡去的时候，他们会给你歌唱；而且我要给你洗涤去俗体的污垢，使你身轻得像个精灵一样。豆花！蛛网！飞蛾！芥子！

【四神仙上。

**豆花** 有。

**蛛网** 有。

**飞蛾** 有。

**芥子** 有。

**四仙** (合)差我们到什么地方去？

**蒂泰妮娅** 恭恭敬敬地侍候这先生，

① 杜鹃下卵于他鸟的巢中，故用以喻奸夫，但其后cuckold（由cuckoo化出）一字却用作奸妇本夫的代名词。杜鹃的鸣声即为cuckoo，不啻骂人为“乌龟”；但因闻者不能知其妻子是否贞洁，故虽恼而不敢作声。

窜窜跳跳地追随他前行；
给他吃杏子、鹅莓和桑椹，
紫葡萄和无花果儿青青。
去把野蜂的蜜囊儿偷取，
剪下蜂股的蜂蜡做烛炬，
在流萤的火睛里点了火，
照着我的爱人晨兴夜卧；
再摘下彩蝶儿粉翼娇红，
扇去他眼上的月光融融。
来，向他鞠一个深深的躬。

豆花　万福，凡人！

蛛网　万福！

飞蛾　万福！

芥子　万福！

波顿　请你们列位先生多多担待担待在下。请教大号是——？

蛛网　蛛网。

波顿　很希望跟您交个朋友，好蛛网先生；要是咱指头儿割破了的话，咱要大胆用您裹上。俗云蛛丝能止血。善良的先生，您的尊号是——？

豆花　豆花。

波顿　啊，请多多给咱向您令堂豆荚奶奶和令尊豆壳先生致意。好豆花先生，咱也很希望跟您交个朋友。先生，您的雅号是——？

芥子　芥子。

波顿　好芥子先生，咱知道您是个饱历艰辛的人；那块庞大无比的牛肉曾经把您家里好多人都吞去了。不瞒您说，您的亲戚们方才还害得我掉下几滴苦泪呢。咱希望跟您交个朋友，好芥子先生。

蒂泰妮娅　来，侍候着他，引路到我的闺房。
月亮今夜有一颗多泪的眼睛；
小花们也都陪着她眼泪汪汪，
悲悼横遭强暴而失去的童贞。
吩咐那好人静静走不许作声。（同下）

## 第二场　林中的另一处

【奥布朗上。

**奥布朗**　不知道蒂泰妮娅有没有醒来；她一醒来，就要热烈地爱上了她第一眼看到的无论什么东西了。这边来的是我的使者。

【迫克上。

**奥布朗**　啊，疯狂的精灵！在这座夜的魔林里现在有什么事情发生？

**迫克**　姑娘爱上了一个怪物了。当她昏昏睡熟的时候，在她的隐秘的神圣的卧室之旁，来了一群村汉；他们都是在雅典市集上做工过活的粗鲁的手艺人，聚集在一起练着戏，预备在特修斯结婚的那天表演。在这一群蠢货的中间，一个最蠢的蠢材扮演着皮拉摩斯；当他退场走进一簇丛林里去的时候，我就抓住了这个好机会，给他的头上罩上一只死驴的头壳。一会儿为了答应他的提斯柏，这位好伶人又出来了。他们一看见了他，就像雁子望见了蹑足行近的猎人，又像一大群灰鸦听见了枪声轰然飞起乱叫，四散着横扫过天空一样，大家没命逃走了；又因为我们的跳舞震动了地面，一个个横仆竖倒，雅典城乱喊着救命。他们本来就是那么糊涂，这回吓得完全丧失了神智，没有知觉的东西也都来欺侮他们了：野茨和荆棘抓破了他们的衣服；有的失去了袖子，有的落掉了帽子，败军之将，无论什么东西都是予取予求的。在这种惊惶中我领着他们走去，把变了样子的可爱的皮拉摩斯孤单单地留下；就在那时候，蒂泰妮娅醒了转来，立刻爱上了一头驴子了。

奥布朗　这比我所能想得到的计策还好。但是你没有依照我的吩咐，把那爱汁滴在那个雅典人的眼上呢？

迫克　那我也已经乘他睡熟的时候办好了。那个雅典女人就在他的身边，因此他一醒来，一定便会看见她。

【狄米特律斯及赫米娅上。

奥布朗　站过来些，这就是那个雅典人。

迫克　这女人一点不错；那男人可不是。

狄米特律斯　唉！为什么你这样骂着深爱你的人呢？那种毒骂是应该加在你仇敌身上的。

赫米娅　现在我不过把你数说数说罢了；我应该更厉害地对付你，因为我相信你是可咒诅的。要是你已经乘着莱山德睡着的时候把他杀了，那么把我也杀了吧；已经两脚踏在血泊中，索性让杀人的血淹没你的膝盖吧。太阳对于白昼，也没有像他对于我那样的忠心。当赫米娅睡熟的时候，他会悄悄地离开她吗？我宁愿相信地球的中心可以穿成孔道，月亮会从里面钻了过去，在地球的那一端跟她的兄长白昼捣乱。一定是你已经把他杀死了；因为只有杀人的凶徒，脸上才会这样惨白而可怖。

狄米特律斯　被杀者的脸色应该是这样的，你的残酷已经洞穿我的心，因此我应该有那样的脸色；但是你这杀人的，瞧上去却仍然是那么辉煌莹洁，就像那边天上闪耀着的金星一样。

赫米娅　你这种话跟我的莱山德有什么关系？他在哪里呀？啊，好狄米特律斯，把他还给了我吧！

狄米特律斯　我宁愿把他的尸体喂我的猎犬。

赫米娅　滚开，贱狗！滚开，恶狗！你使我失去姑娘家的柔顺，再也忍不住了。你真的把他杀了吗？从此之后，别再把你算作人吧！啊，看在我的面上，老老实实告诉我，告诉我，你，一个清醒的人，看见他睡着，而把他杀了吗？嗳唷，真勇敢！一条蛇、一条毒蛇，都比不上你；因为它的分叉的毒舌，还不及你的毒心更毒！

狄米特律斯　你的脾气发得好没来由。我并没有杀死莱山德，他也并没有死，照我所知道的。

赫米娅　那么请你告诉我他很安全。

狄米特律斯　要是我告诉你，我将得到什么好处呢？

赫米娅　你可以得到永远不再看见我的权利。我从此离开你那可憎的脸；无论他死也罢活也罢，你再不要和我相见。（下）

狄米特律斯　在她这样盛怒之中，我还是不要跟着她。让我在这儿暂时停留一会儿。

睡眠欠下了沉忧的债，
心头加重了沉忧的担；
我且把黑甜乡暂时寻访，
还了些还不尽的糊涂帐。（卧下睡去）

奥布朗　你干了些什么事呢？你已经大大地弄错了，把爱汁去滴在一个真心的恋人的眼上。为了这次错误，本来忠实的将要改变心肠，而不忠实的仍旧和以前一样。

迫克　一切都是命运在作主；保持着忠心的不过一个人；变心的，把盟誓起了一个毁一个的，却有百万个人。

奥布朗　比风还快地到林中各处去访寻名叫海丽娜的雅典女郎吧。她是全然为爱情而憔悴的，痴心的叹息耗去了她脸上的血色。用一些幻象把她引到这儿来：我将在这个人的眼睛上施上魔法，准备让他们去见面。

迫克　我去，我去，瞧我一会儿便失了踪迹；
鞑靼人的飞箭都赶不上我的迅疾。（下）

奥布朗　这一朵紫色的小花，
尚留着爱神的箭疤，
让它那灵液的力量，
渗进他眸子的中央。

当他看见她的时光，
让她显出庄严妙相，
如同金星照亮天庭，
让他向她婉转求情。

【迫克重上。

**迫克** 报告神仙界的头脑，
海丽娜已被我带到，
她后面随着那少年，
正在哀求着她眷怜。
瞧瞧那痴愚的形状，
世人真蠢得没法想！

**奥布朗** 站开些；他们的声音
将要惊醒睡着的人。

**迫克** 两男合爱着一女，
这把戏真够有趣；
最妙是颠颠倒倒，
看着才叫人发笑。

【莱山德及海丽娜上。

**莱山德** 为什么你要以为我的求爱不过是向你嘲笑呢？嘲笑和戏谑是永不会伴着眼泪而来的；瞧，我在起誓的时候是怎样感泣着！这样的誓言是不会被人认作虚诳的。明明有着可以证明是千真万确的表记，为什么你会以为我这一切都是出于讪笑呢。

**海丽娜** 你越来越俏皮了。要是人们所说的真话都是互相矛盾的，那么神圣的真话将成了一篇鬼话。这些誓言都是应当向赫米娅说的；难道你把她丢弃了吗？把你对她和对我的誓言放在两个秤盘里，一定称不出轻重来，因为都是像空话那样虚浮。

**莱山德** 当我向她起誓的时候，我实在一点见识都没有。

**海丽娜** 照我想起来，你现在把她丢弃了，也不像是有见识的。

**莱山德** 狄米特律斯爱着她，但他不爱你。

**狄米特律斯** (醒)啊，海伦[1]！完美的女神！圣洁的仙子！我要用什么来比并你的秀眼呢，我的爱人？水晶是太昏暗了。啊，你的嘴唇，那吻人的樱桃，瞧上去是多么成熟，多么诱人！你一举起你那洁白的妙手，被东风吹着的陶洛斯高山上的积雪，就显得像乌鸦那么黯黑了。让我吻一吻那纯白的女王，这幸福的象征吧！

**海丽娜** 唉，倒霉！该死！我明白你们都在拿我取笑；假如你们是懂得礼貌和有教养的人，一定不会这样侮辱我。我知道你们都讨厌着我，那么就讨厌我好了，可为什么还要联合起来讥讽我呢？你们瞧上去都像堂堂男子，如果真是堂堂男子，就不该这样对待一个有身分的妇女：发着誓，赌着咒，过誉着我的好处，但我可以断定你们的心里却在讨厌我。你们两人是情敌，一同爱着赫米娅，现在转过身来一同把海丽娜嘲笑，真是大丈夫的行为，干得真漂亮，为着取笑的缘故逼一个可怜的女人流泪！高尚的人决不会这样轻侮一个闺女，逼到她忍无可忍，只是因为给你们寻寻开心。

**莱山德** 你太残忍，狄米特律斯，不要这样；因为你爱着赫米娅，这你知道我是十分明白的。现在我用全心和好意把我在赫米娅的爱情中的地位让给你；但你也得把海丽娜的爱情让给我，因为我爱她，并且将要爱她到死。

**海丽娜** 从来不曾有过嘲笑者浪费过这样无聊的口舌。

**狄米特律斯** 莱山德，保留着你的赫米娅吧，我不要；要是我曾经爱过她，那爱情现在也已经消失了。我的爱不过像过客一样暂时驻留在她的身上，现在它已经回到它的永远的家，海丽娜的身边，再不到别处去了。

**莱山德** 海伦，他的话是假的。

**狄米特律斯** 不要侮蔑你所不知道的真理，否则你将以生命的危险重重补偿你的过失。瞧！你的爱人来了；那边才是你的爱人。

【赫米娅上。

**赫米娅** 黑夜使眼睛失去它的作用，但却使耳朵的听觉更为灵敏；它虽然妨碍了视觉的活动，却给予听觉加倍的补偿。我的眼睛不能寻到你，莱山德；但多谢我的耳朵，使我能听见你的声音。你为什么那样忍心地离开了我呢？

**莱山德** 爱情驱着一个人走的时候，为什么他要滞留呢？

**赫米娅** 哪一种爱情能把莱山德驱开我的身边？

---

[1] 海伦是海丽娜的爱称。

**莱山德** 莱山德的爱情使他一刻也不能停留；美丽的海丽娜，她照耀着夜天，使一切明亮的繁星黯然无色。为什么你要来寻找我呢？难道这还不能使你知道我因为厌恶你的缘故，才这样离开你吗？

**赫米娅** 你说的不是真话；那不会是真的。

**海丽娜** 瞧！她也是他们的一党。现在我明白了他们三个人一起联合了用这种恶戏欺凌我。欺人的赫米娅！最没有良心的丫头！你竟然和这种人一同算计着和我开这种卑鄙的玩笑作弄我吗？我们两人从前的种种推心置腹、约为姊妹的盟誓，在一起怨恨疾足的时间这样快便把我们拆分的那种时光，啊！你难道都已经忘记了吗？我们在同学时的那种情谊，一切童年的天真，你都已经完全丢在脑后了吗？赫米娅，我们两人曾经像两个巧手的神匠，用银针在一起绣着同一朵花，描着同一个图样，我们同坐在一个椅垫上，齐声曼吟着同一个歌儿，就像我们的手、我们的身体、我们的声音、我们的思想，都是连在一起不可分的样子。我们这样生长在一起，正如并蒂的樱桃，看似两个，其实却连生在一起；我们是结在同一茎上的两颗可爱的果实，我们的身体看似两个，我们的心却只有一个——原来我们的身子好比两个互通婚姻的名门，我们的心好比男家女家的纹章合而为一。难道你竟把我们从前的友好丢弃不顾，而和男人们联合着嘲弄你的可怜的朋友吗？这种行为太没有朋友的情谊，而且也不合一个少女的身分。不单是我，我们全体女人都可以攻击你，虽然受到委屈的只是我一个。

**赫米娅** 你这种愤激的话真使我惊奇。我并没有嘲弄你；似乎你倒在嘲弄我哩。

**海丽娜** 你不曾唆使莱山德跟随我，假意称赞我的眼睛和面孔吗？你那另一个爱人，狄米特律斯，不久之前还曾要用他的脚踢开我，你不曾使他称我为女神、仙子，神圣而稀有的、珍贵的、超乎一切的人吗？为什么他要向他所讨厌的人说这种话呢？莱山德的灵魂里是充满了你的爱的，为什么他反而要摈斥你，却要把他的热情奉献给我，倘不是因为你的指使，因为你们曾经预先商量好？即使我不像你那样有人爱怜，那样被人追求不舍，那样走好运，即使我是那样倒霉，得不到我所爱的人的爱情，那和你又有什么关系呢？你应该可怜我才是，不应该反而来侮蔑我。

**赫米娅** 我不懂你说这种话的意思。

**海丽娜**　好，尽管装腔下去，扮着这副苦脸，等我一转背，就要向我作嘴脸了；大家彼此闪闪眼睛，把这个绝妙的玩笑尽管开下去吧，将来会记载在历史上的。假如你们是有同情心，懂得礼貌的，就不该把我当作这样的笑柄。再会吧；一半也是我自己不好，死别或生离不久便可以补赎我的错误。

**莱山德**　不要走，温柔的海丽娜！听我解释。我的爱！我的生命！我的灵魂！美丽的海丽娜！

**海丽娜**　多好听的话！

**赫米娅**　亲爱的，不要那样嘲笑她。

**狄米特律斯**　要是她的恳求不能使你不说那种话，我将强迫你闭住你的嘴。

**莱山德**　她想恳求我，你想强迫我，可是都无济于事。你的威胁正和她的软弱的祈告同样没有力量。海伦，我爱你！凭着我的生命起誓，我爱你！谁说我不爱你的，我愿意用我的生命证明他说谎；为了你我是乐意把生命捐弃的。

**狄米特律斯**　我说我比他更要爱你得多。

**莱山德**　要是你这样说，那么把剑拔出来证明一下吧。

**狄米特律斯**　好，快些，来！

**赫米娅**　莱山德，这一切究竟是怎么一回事呢？

**莱山德**　走开，你这黑鬼[①]！

**狄米特律斯**　不，不——你可不能骗我而自己逃走；假意说着来来，却在准备乘机溜去。你是个不中用的汉子，来吧！

**莱山德**　（向赫米娅）放开手，你这猫！你这牛蒡子！贱东西，放开手！否则我要像甩掉身上一条蛇那样甩掉你了。

**赫米娅**　为什么你变得这样凶暴？究竟是什么缘故呢，爱人？

**莱山德**　你的爱人！走开，黑鞑子！走开！可厌的毒物，叫人恶心的东西，给我滚吧！

**赫米娅**　你还是在开玩笑吗？

**海丽娜**　是的，你也是在开玩笑。

**莱山德**　狄米特律斯，我一定不失信于你。

---

① 因赫米娅肤色微黑，故云。第二幕中有“把一只乌鸦换一头白鸽”之语，亦此意；海丽娜肤色白皙，故云白鸽也。

**狄米特律斯** 你的话可有些不能算数，因为人家的柔情在牵系住你。我可信不过你的话。

**莱山德** 什么！难道要我伤害她、打她、杀死她吗？虽然我厌恨她，我还不至于这样残忍。

**赫米娅** 啊！还有什么事情比之你厌恨我更残忍呢？厌恨我！为什么呢？天哪！究竟是怎么一回事呢，我的好人？难道我不是赫米娅了吗？难道你不是莱山德了吗？我现在生得仍旧跟以前一个样子。就在这一夜里你还曾爱过我；但就在这一夜里你离开了我。那么你真的——唉，天哪，老天不容！——要存心离开我吗？

**莱山德** 一点不错，而且再不要看见你了；因此你可以断了念头，不必疑心，我的话是千真万确的：我厌恨你，我爱海丽娜，一点不是开玩笑。

**赫米娅** 天啊！你这骗子！你这花中的蛀虫！你这爱情的贼！哼！你乘着黑夜，悄悄地把我的爱人的心偷了去吗？

**海丽娜** 真好！难道你一点女人家的羞耻都没有，一点不晓得难为情，不晓得自重了吗？哼！你一定要引得我破口说出难听的话来吗？哼！哼！你这装腔作势的人！你这给人家愚弄的小玩偶！

**赫米娅** 小玩偶！噢，原来如此。现在我才明白了她为什么把她的身材跟我的比较；她自夸她生得高，用她那身材，那高高的身材，赢得了他的心。因为我生得矮小，所以他便把你看得高不可及了吗？我是怎样一个矮法？你这涂脂抹粉的花棒儿！请你说，我是怎样矮法？矮虽矮，我的指甲还挖得着你的眼珠哩！

**海丽娜** 先生们，虽然你们都在嘲弄我，但我求你们别让她伤害我。我从来不曾使过性子；我也完全不懂得怎样跟人家要手段；我是一个胆小怕事的女子。不要让她打我。也许因为她比我矮些，你们就以为我打得过她吧。

**赫米娅** 生得矮些！听，又来了！

**海丽娜** 好赫米娅，不要对我这样凶！我一直是爱你的，赫米娅，有什么事总跟你商量，从来不曾对你作过欺心的事；除了这次，为了对于狄米特律斯的爱情的缘故，我把你私奔到这座林中的事告诉了他。他追踪着你；为了爱，我又追踪着他；但他一直是斥骂着我，威吓着我，说要打我、踢我，甚至于要杀死我。现在你让我悄悄地走了吧；我愿带着我的愚蠢回到雅典去，不再跟着你们了。让我走；你瞧我是多么傻多么痴心！

**赫米娅** 好，你走就走吧，谁在拦你？

**海丽娜** 一颗发痴的心，但我把它丢弃在这里了。

**赫米娅** 噢，给了莱山德了是不是？

**海丽娜** 不，给了狄米特律斯。

**莱山德** 不要怕，她不会伤害你的，海丽娜。

**狄米特律斯** 当然不会的，先生；即使你帮着她也不要紧。

**海丽娜** 啊，她一发起怒来，真是又凶又狠。在学校里她就是出名的雌老虎；很小的时候便那么凶了。

**赫米娅** 又是"很小"！老是矮啊小啊的说个不住！为什么你让她这样讥笑我呢？让我跟她拚命去。

**莱山德** 滚开，你这矮子！你这发育不全的三寸丁！你这小珠子！你这小青豆！

**狄米特律斯** 她用不着你帮忙，因此不必那样乱献殷勤。让她去；不许你嘴里再提到海丽娜，不要你来给她撑腰。要是你再向她略献殷勤，就请你当心着吧！

**莱山德** 现在她已经不再拉住我了；你要是有胆子，跟我来吧，我们倒要试试看究竟海丽娜该属于谁。

**狄米特律斯** 跟你来！嘿，我要和你并着肩走呢。（莱山德、狄米特律斯二人下）

**赫米娅** 你，小姐，这一切的纷扰都是因为你的缘故。嗳，别逃啊！

**海丽娜** 我怕你，我不敢跟脾气这么大的你在一起。打起架来，你的手比我快得多；但我的腿比你长些，逃起来你追不上我。（下）

**赫米娅** 我简直莫名其妙，不知道说些什么话好。（下）

**奥布朗** 这是你的大意所致；要不是你弄错了，一定是你故意在捣乱。

**迫克** 相信我，仙王，是我弄错了。你不是对我说只要认清楚那人穿着雅典的衣裳？照这样说起来我完全不曾错，因为我是把花汁滴在一个雅典人的眼上。事情会弄到这样我是满快活的，因为他们的吵闹看着怪有趣味。

**奥布朗** 你瞧这两个恋人找地方决斗去了，因此，罗宾，快去把夜天遮暗了；你就去用像冥河的水一样黑的浓雾盖住了星空，再引这两个声势汹汹的仇人迷失了路，不要让他们碰在一起。有时你学着莱山德的声音痛骂狄米特律斯，叫他气得直跳，有时学狄米特律斯的样子斥责莱山德：用这种法子把他们两个分开，直到他们奔波得精疲力竭，死一样的睡眠拖着铅一样沉重的腿和蝙蝠的翅膀爬上了他们的额上；然后你把这草挤出汁来涂在莱山德的眼睛上，它能够解去一切的错误，使他的眼睛恢复从前的眼光。等他们醒来之后，这一切的戏谑，就会像是一场梦景或是空虚的幻象；这一班恋人们便将回到雅典去，而且将订下白头到老、永无尽期的盟约。在我差遣你去做这件事的时候，我要去访问我的王后，向她讨那个印度孩子；然后我要解除她眼中所见的怪物的幻觉，一切事情都将和平解决。

迫克　　这事我们必须赶早办好，主公，
因为黑夜已经驾起他的飞龙；
晨星，黎明的先驱，已照亮苍穹；
一个个鬼魂四散地奔返殡宫：
还有那横死的幽灵抱恨长终，
道旁水底有他们的白骨成丛，
为怕白昼揭露了丑恶的形容，
早已向重泉归寝，相伴着蛆虫；
他们永远见不到日光的融融，
只每夜在暗野里凭吊着凄风。

奥布朗　　但你我可完全不能比并他们；
晨光中我惯和猎人一起游巡，
如同林居人一样踏访着丛林：
即使东方开启了火红的天门，
大海上照耀万道灿烂的光针，
青碧的大海化成了一片黄金。
但我们应该早早办好这事情，
最好别把它迁延着直到天明。（下）

迫克　　奔到这边来，奔过那边去；
我要领他们，奔来又奔去。
林间和市上，无人不怕我；

我要领他们，走尽林中路。

这儿来了一个。

【莱山德重上。

**莱山德** 你在哪里，骄傲的狄米特律斯？有种说呀！

**迫克** 在这儿，恶徒！把你的剑拔出来准备着吧。你在哪里？

**莱山德** 我立刻就过来。

**迫克** 那么跟我来吧，到平坦一点的地方。（莱山德随声音下）

【狄米特律斯重上。

**狄米特律斯** 莱山德，有种你也开口啊！你逃走了，你这懦夫！你逃走了吗？说话呀！躲在那一堆树丛里吗？你躲在哪里呀？

**迫克** 你这懦夫！你在向星星们夸口，向树林子挑战，但是却不敢过来吗？来，卑怯汉！来呀，你这小孩子！我要好好抽你一顿。谁要跟你比剑才真倒霉！

**狄米特律斯** 呀，你在那边吗？

**迫克** 跟我的声音来吧；这儿不是适宜我们战斗的地方。（同下）

【莱山德重上。

**莱山德** 他走在我的前头，老是挑拨着我上前；一等我走到他叫喊着的地方，他又早已不在。这个坏蛋比我脚步快得多，我追得快，他可逃得更快，使我在黑暗崎岖的路上绊了一交。让我在这儿休息一下吧。（躺下）来吧，你仁心的白昼！只要你一露出你的灰白的微光，我就可以看见狄米特律斯而洗雪这次仇恨了。（睡去）

【迫克及狄米特律斯重上。

**迫克** 哈！哈！哈！懦夫！你为什么不来？

**狄米特律斯** 要是你有胆量的话，等着我吧；我全然明白你跑在我前面，从这儿窜到那儿，不敢站住，也不敢见我的面。你现在是在什么地方？

**迫克** 过来，我在这儿。

**狄米特律斯** 哼，你在摆布我。要是天亮了我看见你的面孔，你好好地留点儿神；现在，去你的吧！疲乏逼着我倒下在这寒冷的地上，等候着白天的降临。（躺下睡去）

【海丽娜重上。

**海丽娜** 疲乏的夜啊！冗长的夜啊！减少一些你的时辰吧！从东方出来的安慰，快照耀起来吧！好让我借着晨光回到雅典去，离开这群人，他们大家都讨厌着可怜的我。慈悲的睡眠，有时你闭上了悲伤的眼睛，求你暂时让我忘却了自己的存在吧！（躺下睡去）

**迫克** 两男加两女，四个无错误；
三人已在此，一人在何处？

哈哈她来了，满脸愁云罩；
爱神真不好，惯惹人烦恼！

【赫米娅重上。

**赫米娅**　从来不曾这样疲乏过，从来不曾这样伤心过！我的身上沾满了露水，我的衣裳被荆棘刷破；我跑也跑不动，爬也爬不动了；我的两条腿再也不能听从我的心愿。让我在这儿休息一下以待天明。要是他们真要决斗的话，愿天保佑莱山德吧！（躺下睡去）

**迫克**　梦将残，睡方酣，
神仙药，祛幻觉，
百般迷梦全消却。（挤草汁于莱山德眼上）
醒眼见，旧人脸，
乐满心，情不禁，
从此欢爱复深深。
一句俗语说得好。
各人各有各的宝，
等你醒来就知道：
　哥儿爱姐儿，
　两两无参差；
　失马复得马，
　一场大笑话！（下）

# 第 四 幕

## 第一场 林中；莱山德、狄米特律斯、海丽娜、赫米娅酣睡未醒

【蒂泰妮娅及波顿上，豆花、蛛网、飞蛾、芥子及其他仙随侍；奥布朗潜随其后。

**蒂泰妮娅** 来，坐在这花床上。我要爱抚你的可爱的脸颊；我要把麝香玫瑰插在你柔软光滑的头颅上；我要吻你的美丽的大耳朵，我的温柔的宝贝！

**波顿** 豆花呢？

**豆花**　有。

**波顿**　替咱把头搔搔，豆花儿。蛛网先生在哪儿？

**蛛网**　有。

**波顿**　蛛网先生，好先生，把您的刀拿好，替咱把那蓟草叶尖上的红屁股的野蜂儿杀了；然后，好先生，替咱把蜜囊儿拿来。干那事的时候可别太性急，先生；而且，好先生，当心别把蜜囊儿给弄破了；要是您在蜜囊里头淹死了，那咱可不很乐意，先生。芥子先生在哪儿？

**芥子**　有。

**波顿**　把您的小手儿给我，芥子先生。请您不要多礼吧，好先生。

**芥子**　你有什么吩咐？

**波顿**　没有什么，好先生，只是帮蛛网骑士替咱搔搔痒。咱一定得理发去，先生，因为咱觉得脸上毛得很。咱是一头感觉非常灵敏的驴子，要是一根毛把咱触痒了，咱就非得搔一下子不可。

**蒂泰妮娅**　你要不要听一些音乐，我的好人？

**波顿**　咱很懂得一点儿音乐。咱们来一下子锣鼓吧。

**蒂泰妮娅**　好人，你要吃些什么呢？

**波顿**　真的，来一堆刍秣吧；您要是有好的干麦秆，也可以给咱大嚼一顿。咱想，咱怪想吃那一捆干草；好干草，美味的干草，什么也比不上它。

**蒂泰妮娅**　我有一个善于冒险的小神仙，可以给你到松鼠的仓里取些新鲜的榛栗来。

**波顿**　咱宁可吃一把两把干豌豆。但是谢谢您，吩咐您那些人们别惊动咱吧，咱想要睡他妈的一觉。

**蒂泰妮娅**　睡吧，我要把你抱在我的臂中。神仙们，往各处散开去吧。（众仙下）菟丝也正是这样温柔地缠附着芬芳的金银花；女萝也正是这样缱绻着榆树的皱折的臂枝。啊，我是多么爱你！我是多么热恋着你！（同睡去）

【迫克上。

**奥布朗**　（上前）欢迎，好罗宾！你见没见这种可爱的情景？我对于她的痴恋开始有点不忍了。刚才我在树林后面遇见她正在为这个可憎的蠢货找寻爱情的礼物，我就谴责她，跟她争吵起来，因为那时她把芬芳的鲜花制成花环，环绕着他那毛茸茸的额角；原来在嫩蕊上晶莹饱满、如同东方的明珠一样的露水，如今却含在那一朵朵美艳的小花的眼中，像是盈盈欲泣的眼泪，痛心着它们所受的耻辱。我把她尽情嘲骂一番之后，她低声下气地请求我息怒，于是我便乘机向她索讨那个换儿；她立刻把他给了我，差她的仙侍把他送到了我的寝宫。现在我已经把这个孩子弄到手，我将解去她眼中这种可憎的迷惑。好迫克，你去把这雅典村夫头上的变形的头盖揭下，等他和大家一同醒来的时候，好让他回到雅典去，把这晚间发生的一切事情只当作一场梦魇。但是先让我给仙后解去了魔法吧。（以草触她的眼睛）

回复你原来的本性，
解去你眼前的幻景；
这一朵女贞花采自月姊园庭，
它会使爱情的小卉失去功能。

喂，我的蒂泰妮娅，醒醒吧，我的好王后！

**蒂泰妮娅** 我的奥布朗！我看见了怎样的幻景！好像我爱上了一头驴子啦。

**奥布朗** 那边就是你的爱人。

**蒂泰妮娅** 这一切事情怎么会发生的呢？啊，现在我看见他的样子是多么惹气！

**奥布朗** 静一会儿。罗宾，把他的头壳揭下来。蒂泰妮娅，叫他们奏起音乐来吧，让这五个人睡得全然失去了知觉。

**蒂泰妮娅** 来，奏起催眠的乐声柔婉！（音乐）

**迫克** 等你一觉醒来，蠢汉，
用你的傻眼睛瞧看。

**奥布朗** 奏下去，音乐！来，我的王后，让我们携手同行，让我们的舞蹈震动这些人睡着的地面。现在我们已经言归于好，明天夜半将要一同到特修斯公爵的府中跳着庄严的欢舞，祝福他家繁荣昌盛。这两对忠心的恋人也将在那里和特修斯同时举行婚礼，大家心中充满了喜乐。

**迫克** 仙王，仙王，留心听，
我听见云雀歌吟。

**奥布朗** 王后，让我们静静
追随着夜的踪影；

我们环绕着地球，
快过明月的光流。

**蒂泰妮娅** 夫君，请你在一路
告诉我一切缘故，
这些人来自何方，
当我熟睡的时光。（同下。幕内号角声）

【特修斯，希波莱特、伊吉斯及侍从等上。

**特修斯** 你们中间谁去把猎奴唤来。我们已把五月节的仪式遵行，现在才只是清晨，我的爱人应当听一听猎犬的音乐。把它们放在西面的山谷里；快去把猎奴唤来。（一侍从下）美丽的王后，让我们到山顶上去，领略着猎犬们的吠叫和山谷中的回声应和在一起的妙乐吧。

**希波莱特** 我曾经同海格立斯和卡德摩斯①一起在克里特林中行猎，他们用斯巴达的猎犬追赶着巨熊，那种雄壮的吠声我真是第一次听到；除了丛林之外，天空和群山，以及一切附近的区域，似乎混成了一片交互的呐喊。我从来不曾听见过那样谐美的喧声，那种悦耳的雷鸣。

**特修斯** 我的猎犬也是斯巴达种，一样的颊肉下垂，一样的黄沙的毛色；它们的头上垂着两片挥拂晨露的耳朵；它们的膝骨是弯曲的，并且像特萨利亚种的公牛一样喉头长着垂肉。它们在追逐时不很迅速，但它们的吠声彼此高下相应，就像钟声那样合调。无论在克里特斯、斯巴达或是特萨利亚，都不曾有过这么一队猎狗，应和着猎人的号角和呼召，叫得这样好听；你听见了之后便可以自己判断。但是且慢！这些都是什么仙女？

**伊吉斯** 殿下，这儿躺着的是我的女儿；这是莱山德；这是狄米特律斯；这是海丽娜，奈达老人的女儿。我不知道他们怎么都在这儿。

**特修斯** 他们一定早起守五月节，因为闻知了我们的意旨，所以赶到这儿来参加我们的典礼。但是，伊吉斯，今天不是赫米娅应该决定好的选择的日子吗？

**伊吉斯** 是的，殿下。

**特修斯** 去，叫猎奴们吹起号角来惊醒他们。（幕内号角及内喊声；莱山德、狄米特律斯、赫米娅、海丽娜四人惊醒跳起）早安，朋友们！情人节早已

---

① 卡德摩斯(Cadmus)是希腊神话里特拜城的建立者。

过去了，你们这一辈林鸟到现在才配起对来吗？[1]

**莱山德** 请殿下恕罪！（偕余人并跪下）

**特修斯** 请你们站起来吧。我知道你们两人是对头冤家，怎么会变得这样和气，大家睡在一块儿，没有一点猜忌，再不怕敌人了呢？

**莱山德** 殿下，我现在还是糊里糊涂，不知道应当怎样回答您的问话；但是我敢发誓说我真的不知道怎么会在这儿；但是我想——我要说老实话，我现在记起来了，一点不错，我是和赫米娅一同到这儿来的；我们想要逃出雅典，避过了雅典的法律的峻严，我们便可以——

**伊吉斯** 够了，够了，殿下；话已经说得够了。我要求依法，依法惩办他。他们打算，他们打算逃走，狄米特律斯，他们打算用那种手段欺弄我们，使你的妻子落空，使我给你的允许也落空。

**狄米特律斯** 殿下，海丽娜告诉了我他们的出奔，告诉了我他们到这儿林中来的目的；我在盛怒之下追踪他们，同时，美丽的海丽娜因为痴心的缘故也追踪着我。但是，我的好殿下，我不知道什么一种力量——但一定是有一种力量——使对于赫米娅的爱情会像霜雪一样溶解，现在想起来，就像回忆一段童年时所爱好的一件玩物一样；我一切的忠信、一切的心思、一切乐意的眼光，都是属于海丽娜一个人了。我在没有认识赫米娅之前，殿下，就已经和她订过盟约；但正如一个人在生病的时候一样，我厌弃着这一道珍馐，等到健康恢复，就会回复正常的胃口。现在我希求着她，珍爱着她，思慕着她，将要永远忠心于她。

**特修斯** 俊美的恋人们，我们相遇得很巧；等会儿我们便可以再听你们把这段话讲下去。伊吉斯，你的意志只好屈服一下了；这两对少年不久便将跟我们一起在神庙中缔结永久的鸳盟。现在清晨快将过去，我们本来准备的行猎只好中止。跟我们一起到雅典去吧；三三成对地，我们将要大张盛宴。来，希波莱特。（特修斯、希波莱特、伊吉斯及侍从下）

**狄米特律斯** 这些事情似乎微细而无从捉摸，好像化为云雾的远山一样。

**赫米娅** 我觉得好像这些事情我都用昏花的眼睛看着，一切都化作了层叠的两重似的。

**海丽娜** 我也是这样想。我得到了狄米特律斯，像是得到了一颗宝石，好

---

① 情人节 (St.Valentine'sDay) 在二月十四日，据说众鸟于是日择偶。

像是我自己的，又好像不是我自己的。

**狄米特律斯** 你们真能断定我们现在是醒着吗？我觉得我们还是在睡着做梦。你们是不是以为公爵方才在这儿，叫我们跟他走吗？

**赫米娅** 是的，我的父亲也在。

**海丽娜** 还有希波莱特。

**莱山德** 他确曾叫我们跟他到神庙里去。

**狄米特律斯** 那么我们真的已经醒了。让我们跟着他走；一路上讲着我们的梦。（同下）

**波顿** （醒）轮到咱说尾白的时候，请你们叫咱一声，咱就会答应；咱下面的一句是，“最美丽的皮拉摩斯。”喂！喂！彼得·昆斯！弗鲁特，修风箱的！斯诺特，补锅子的！斯塔佛林！他妈的！悄悄地溜走了，把咱撇在这儿一个人睡觉吗？咱看见了一个奇怪得了不得的幻象，咱做了一个梦。没有人说得出那是怎样的一个梦；要是谁想把这个梦解释一下，那他一定是一头驴子。咱好像是——没有人说得出那是什么东西；咱好像是——咱好像有——但要是谁敢说出来咱好像有什么东西，那他一定是一个蠢材。咱那个梦啊，人们的眼睛从来没有听到过，人们的耳朵从来没有看见过，人们的手也尝不出来是什么味道，人们的舌头也想不出来是什么道理，人们的心也说不出来究竟那是怎样的一个梦。咱要叫彼得·昆斯给咱写一首歌儿咏一下这个梦，题目就叫做“波顿的梦”，因为这个梦可没有个底儿[1]；咱要在演完戏之后当着公爵大人的面前唱这个歌——或者更好些，还是等咱死了之后再唱吧。（下）

## 第二场　雅典；昆斯家中

【昆斯，弗鲁特，斯诺特及斯塔佛林上。

**昆斯** 你们差人到波顿家里去过了吗？他还没有回家吗？

**斯塔佛林** 一点消息都没有。他准是给妖精拐了去了。

**弗鲁特** 要是他不回来，那么咱们的戏就要搁起来啦；它不能再演下去，是不是？

---

① 波顿，原文 Bottom，意为“底”；所以这里是一句双关语。

**昆斯** 那当然演不下去罗；整个雅典城里除了他之外就没有第二个人可以演皮拉摩斯。

**弗鲁特** 谁也演不了；他在雅典手艺人中间简直是最聪明的一个。

**昆斯** 对，而且也是顶好的人儿；他有一副好喉咙，吊起膀子来真是顶呱呱的。

**弗鲁特** 你说错了，你应当说“吊嗓子”。吊膀子，老天爷！那是一件难为情的事。

【斯纳格上。

**斯纳格** 列位，公爵大人刚从神庙里出来，还有两三位贵人和小姐们也在同时结了婚。要是咱们的玩意儿能够干下去，咱们一定大家都有好处。

**弗鲁特** 哎呀，可爱的波顿好家伙！他从此就不能再拿到六便士一天的恩俸了。他准可以拿到六便士一天的。咱可以赌咒公爵大人见了他扮演皮拉摩斯，一定会赏给他六便士一天。他应该可以拿到六便士一天的；扮演了皮拉摩斯，应该拿六便士一天，少一个子儿都不行。

【波顿上。

**波顿** 孩儿们在什么地方？心肝们在什么地方？

**昆斯** 波顿！哎呀，顶好顶好的日子，顶吉利顶吉利的时辰！

**波顿** 列位，咱要讲古怪事儿给你们听，可不许问咱什么事；要是咱对你们说了，咱不算是真的雅典人。咱要把一切全都告诉你们，一个字也不漏掉。

**昆斯** 讲给咱们听吧，好波顿。

**波顿** 关于咱自己的事可一个字也不能告诉你们。咱要报告给你们的是，公爵大人已经用过正餐了。把你们的行头收拾起来，胡须上要用坚牢的穿绳，舞靴上要结簇新的缎带；立刻在宫门前集合；各人温熟了自己的台词；总而言之一句话，咱们的戏已经送上去了。无论如何，可得叫提斯柏穿一件干净一点的衬衫；还有扮演狮子的那位别把指甲铰掉，因为那是要露出在外面当作狮子的脚爪的。顶要紧的，列位老板们，别吃洋葱和大蒜，因为咱们可不能把人家熏倒胃口；咱一定会听见他们说，“这是一出香甜的喜剧”。完了，去吧！去吧！（同下）

# 第　五　幕

## 第一场　雅典；特修斯宫中

【特修斯、希波莱特、菲劳斯特莱特及大臣侍从等上。

**希波莱特**　特修斯，这些恋人们所说的话真是奇怪得很。

**特修斯**　奇怪得不像会是真的。我永不相信这种古怪的传说和胡扯的神话。情人们和疯子们都富于纷乱的思想和成形的幻觉，他们所理会到的永远不是冷静的理智所能充分了解。疯子、情人和诗人，都是幻想的产儿：疯子眼中所见的鬼，多过于广大的地狱所能容纳；情人，同样是那么疯狂，能从埃及人的黑脸上看见海伦[①]的美貌；诗人的眼睛在神奇的狂放的一转中，便能从天上看到地下，从地下看到天上。想象会把不知名的事物用一种形式呈现出来，诗人的笔再使它们具有如实的形象，空虚的无物也会有了居处和名字。强烈的想象往往具有这种本领，只要一领略到一些快乐，就会相信那种快乐的背后有一个赐予的人；夜间一转到恐惧的念头，一株灌木一下子便会变成一头熊！

**希波莱特**　但他们所说的一夜间全部的经历，以及他们大家心理上都受到同样影响的一件事实，可以证明那不会是幻想。虽然那故事是怪异而惊人，却并不令人不能置信。

**特修斯**　这一班恋人们高高兴兴地来了。

【莱山德、狄米特律斯、赫米娅、海丽娜上。

**特修斯**　恭喜，好朋友们！恭喜！愿你们心灵里永远享受着没有阴翳的爱情日子！

**莱山德**　愿更大的幸福永远跟随着殿下的起居！

**特修斯**　来，我们应当用什么假面剧或是舞蹈来消磨在尾餐和就寝之间的三点钟悠长的岁月呢？我们一向掌管戏乐的人在哪里？有哪几种余兴准备

---

① 海伦 (Helen) 是希腊神话里著名的美人，特洛伊战争因她引起。参见 143 页注①。

着？有没有一出戏剧可以祛除难挨的时辰里按捺不住的焦灼呢？叫菲劳斯特莱特过来。

**菲劳斯特莱特** 有，伟大的特修斯。

**特修斯** 说，你有些什么可以缩短这黄昏的节目？有些什么假面剧？有些什么音乐？要是一点娱乐都没有，我们怎么把这迟迟的时间消度过去呢？

**菲劳斯特莱特** 这儿是一张预备好的各种戏目的单子，请殿下自己拣选哪一项先来。（呈上单子。）

**特修斯** “与马人①作战，由一个雅典太监和竖琴而唱”，那个我们不要听；我已经告诉过我的爱人这一段表彰我的姻兄海立格斯武功的故事了。（读）“醉酒者之狂暴，色雷斯歌人惨遭肢裂的始末②”。那是老调，当我上次征服特拜凯旋回来的时候就已经表演过了。（读）“九缪斯神③痛悼学术的沦亡”。那是一段犀利尖刻的讽刺，不适合于婚礼时的表演。（读）“关于年轻的皮拉摩斯及其爱人提斯柏的冗长的短戏，非常悲哀的趣剧。”悲哀的趣剧！冗长的短戏！那简直是说灼热的冰，发烧的怪雪。这种矛盾怎么能调和起来呢？

**菲劳斯特莱特** 殿下，一出一共只有十来个字那么长的戏，当然是再短没有了；然而即使只有十个字，也会嫌太长，叫人看了厌倦；因为在全剧之中，没有一个字是用得恰当的，没有一个演员是支配得适如其份的。那本戏的确很悲哀，殿下，因为皮拉摩斯在戏里要把自己杀死。可是我看他们预演那一场的时候，我得承认确曾使我的眼中充满了眼泪；但那些泪都是在纵声大笑的时候忍俊不住而流下来的，再没有人流过比那更开心的泪水了。

**特修斯** 扮演这戏的是些什么人呢？

**菲劳斯特莱特** 都是在这儿雅典城里作工过活的胼手胝足的汉子。他们从来不曾用过头脑，今番为了准备参加殿下的婚礼，才辛辛苦苦地把这本戏记诵起来。

**特修斯** 好，就让我们听一下吧。

**菲劳斯特莱特** 不，殿下，那是不配烦渎您的耳朵的。我已经听过他们一

① 马人 (Centaurs)，是希腊神话中一种半人半马的怪物，海格立斯曾战而胜之。

② 色雷斯歌人系指希腊神话中的著名歌手俄耳甫斯，其歌声能感动百兽草木，后被酗酒妇人肢裂而死。

③ 九缪斯神 (Nine Muses) 即司文学艺术的九女神。

次，简直一无足取；除非你嘉纳他们的一片诚心和苦苦背诵的辛勤。

**特修斯** 我要把那本戏听一次，因为纯朴和忠诚所呈献的礼物，总是可取的。去把他们带来。各位夫人女士们，大家请坐下。（菲劳斯特莱特下）

**希波莱特** 我不欢喜看见微贱的人做他们力量所不及的事，忠诚因为努力的狂妄而变成毫无价值。

**特修斯** 啊，亲爱的，你不会看见他们糟到那地步。

**希波莱特** 他说他们根本不会演戏。

**特修斯** 那更显得我们的宽宏大度，虽然他们的劳力毫无价值，他们仍能得到我们的嘉纳。我们可以把他们的错误作为取笑的资料。我们不必计较他们那可怜的忠诚所不能达到的成就，而该重视他们的辛勤。凡是我所到的地方，那些有学问的人都预先准备好欢迎辞迎接我；但是一看见了我，便发抖、脸色变白，句子没有说完便中途顿住，背熟了话梗在喉中，吓得说不出来，结果是一句欢迎我的话都没有说。相信我，亲爱的，从这种无言中我却领受了他们一片欢迎的诚意；在诚惶诚恐的忠诚的畏怯上表示出来的意味，并不少于一条娓娓动听的辩舌和无所忌惮的口才。因此，爱人，照我所能观察到的，无言的纯朴所表示的情感，才是最丰富的。

【菲劳斯特莱特重上。

**菲劳斯特莱特** 请殿下吩咐，念开场诗的预备登场了。

**特修斯** 让他上来吧。（喇叭奏花腔）

【昆斯上，念开场诗。

**昆斯** 要是咱们，得罪了请原谅。

　咱们本来是，一片的好意，

想要显一显、薄薄的伎俩，

　那才是咱们原来的本意。

因此列位咱们到这儿来。

　为的要让列位欢笑欢笑，

否则就是不曾。到这儿来，

　如果咱们。惹动列位气恼。

一个个演员，都将，要登场，

你们可以仔细听个端详。①

**特修斯** 这家伙简直乱来。

**莱山德** 他念他的开场诗就像骑一头顽劣的小马一样，乱冲乱撞，该停的地方不停，不该停的地方偏偏停下。殿下，这是一个好教训：单是会讲话不能算数，要讲话总该讲得像个路数。

**希波莱特** 真的，他就像一个小孩子学吹笛，呜哩呜哩了一下，可是全不入调。

**特修斯** 他的话像是一段纠缠在一起的链索，并没有欠缺，可是全弄乱了。跟着是谁登场呢？

【皮拉摩斯及提斯柏，墙，月光及狮子上。

**昆斯** 列位大人，也许你们会奇怪这一班人跑出来干么。尽管奇怪吧，自然而然地你们总会明白过来。这个人是皮拉摩斯，要是你们想要知道的话；这位美丽的姑娘不用说便是提斯柏啦。这个人身上涂着石灰和粘土，是代表墙头的，那堵隔开这两个情人的坏墙头；他们这两个可怜的人只好在墙缝里低声谈话，这是要请大家明白的。这个人提着灯笼，牵着犬，拿着柴枝，是代表月亮；因为你们要知道，这两个情人觉得在月光底下到尼纳斯的坟头见面谈情倒也不坏。这一头可怕的畜生名叫狮子，那晚上忠实的提斯柏先到约会的地方，给它吓跑了，或者不如说是被它惊走了；她在逃走的时候脱落了她的外套，那件外套因为给那恶狮子咬住在它那张血嘴里，所以沾满了血斑。隔了不久，皮拉摩斯，那个高个儿的美少年，也来了，一见他那忠实的提斯柏的外套摊在地上死了，便赤楞楞地一声拔出一把血淋淋的该死的剑来，对准他那热辣辣的胸脯里豁拉拉地刺了进去。那时提斯柏却躲在桑树的树荫里，等到她发现了这回事，便把他身上的剑拔出来，结果了她自己的性命。至于其余的一切，可以让狮子、月光、墙头和两个情人详详细细地告诉你们，当他们上场的时候。（昆斯及皮拉摩斯、提斯柏、狮子、月光同下）

**特修斯** 我不知道狮子要不要说话。

**狄米特律斯** 殿下，这可不用怀疑，要是一班驴子都会讲人话，狮子当然也会说话啦。

**墙** 小子斯诺特是也，在这本戏文里扮做墙头；须知此墙不是他墙，乃是

① 此段句读完全错误。

一堵有裂缝的墙，凑着那条裂缝，皮拉摩斯和提斯柏两个情人常常偷偷地低声谈话。这一把石灰、这一撮粘土、这一块砖头，表明咱是一堵真正的墙头，并非滑头冒牌之流。这便是那条从右到左的缝儿，这两个胆小的情人就在那儿谈着知心话儿。

**特修斯** 石灰的泥土筑成的东西，居然这样会说话，难得难得！

**狄米特律斯** 殿下，我从来也不曾听见过一堵墙居然能说出这样俏皮的话来。

**特修斯** 皮拉摩斯走近墙边来了。静听！

【皮拉摩斯重上。

**皮拉摩斯** 板着脸孔的夜啊！漆黑的夜啊！

夜啊，白天一去，你就来啦！

夜啊！夜啊！唉呀！唉呀！唉呀！

咱担心咱的提斯柏要失约啦！

墙啊！亲爱的、可爱的墙啊！

你硬生生地隔开了咱们两人的家！
墙啊！亲爱的，可爱的墙啊！
露出你的裂缝，让咱向里头瞧瞧吧！
(墙举手叠指作裂缝状)
谢谢你，殷勤的墙！主神大大保佑你！
　但是咱瞧见些什么呢？咱瞧不见伊。
　刁恶的墙啊！不让咱瞧见可爱的伊；
　愿你倒霉吧，因为你竟这样把咱欺！

**特修斯**　这墙并不是没有知觉的，我想他应当反骂一下。

**皮拉摩斯**　没有的事，殿下，真的，他不能。“把咱欺”是该提斯柏接下去的尾白；她现在就要上场啦，咱就要在墙缝里看她。你们瞧着吧，下面做下去正跟咱告诉你们的完全一样。那边她来啦。

【提斯柏重上。

**提斯柏**　墙啊！你常常听得见咱的呻吟，
　怨你生生把咱共他两两分拆！
咱的樱唇常跟你的砖石亲吻，
　你那用泥泥胶得紧紧的砖石。

**皮拉摩斯**　咱瞧见一个声音；让咱去望望，
　不知可能听见提斯柏的脸庞。
　提斯柏！

**提斯柏**　你是咱的好人儿，咱想。

**皮拉摩斯**　尽你想吧，咱是你风流的情郎。
　好像里芒德[1]，咱此心永无变更。

**提斯柏**　咱就像海伦，到死也决不变心。

**皮拉摩斯**　沙发勒斯[2]对待普洛克勒斯不过如此。

**提斯柏**　你就是普洛克勒斯，咱就是沙发勒斯。

**皮拉摩斯**　啊，在这堵万恶的墙缝中请给咱一吻！

① 里芒德是里昂德之讹，爱恋少女希罗，游泳过河时淹死。下行扮演提斯柏的弗鲁特误以海伦为希罗。

② 沙发勒斯为塞发勒斯 (Cephalus) 之讹，为黎明女神所恋，但彼卒忠于其妻普洛克里斯 (Procris)，此处误为普洛克勒斯。

**提斯柏**　咱吻着墙缝，可全然吻不到你的嘴唇。

**皮拉摩斯**　你肯不肯到尼纳斯的坟头去跟咱相聚？

**提斯柏**　活也好，死也好，咱一准立刻动身前去。（二人下）

**墙**　现在咱已把墙头扮好，

因此咱便要拔脚跑了。（下）

**特修斯**　现在隔在这两份人家之间的墙头已经倒下了。

**狄米特律斯**　殿下，墙头要是都像这样随随便便偷听人家的谈话，可真没法好想。

**希波莱特**　我从来没有听到过比这再蠢的东西。

**特修斯**　最好的戏剧也不过是人生的一个缩影；最坏的只要用想象补足一下，也就不会坏到什么地方去。

**希波莱特**　那该是靠你的想象，而不是靠他们的想象。

**特修斯**　要是他们在我们的想象里并不比在他们自己的想象里更坏，那么他们也可以算得顶好的人了。两个好东西登场了，一个是人，一个是狮子。

【狮子及月光重上。

**狮子**　各位太太小姐们，你们那柔弱的心一见了地板上爬着的一头顶小的老鼠就会害怕，现在看见一头凶暴的狮子发狂地怒吼，多少要发起抖来吧？但是请你们放心，咱实在是细木工匠斯纳格，既不是凶猛的公狮，也不是一头母狮；要是咱真的是一头狮子冲到了这儿，那咱才大倒其霉！

**特修斯**　一头非常善良的畜生，有一颗好良心。

**狄米特律斯**　殿下，这是我所看见过的最好的畜生了。

**莱山德**　这头狮子按勇气说只好算是一只狐狸。

**特修斯**　对了，而且按他那小心翼翼的样子说起来倒像是一头鹅。

**狄米特律斯**　可不能那么说，殿下；因为他的“勇气”还敌不过他的“小心”，可是一头狐狸却能把一头鹅拖了走。

**特修斯**　我肯定说，他的“小心”带不动他的“勇气”，就像一头鹅拖不动一头狐狸。好，别管他吧，让我们听月亮说话。

**月光**　这盏灯笼代表着角儿弯弯的新月；——

**狄米特律斯**　他应当把角装在头上。

**特修斯**　他并不是新月，圆圆的月儿哪里长个角儿？

**月光**　这盏灯笼代表着角儿弯弯的新月；咱好像就是月亮里的仙人。

**特修斯**　这该是最大的错误了。应该把这个人放进灯笼里去；否则他怎么会是月亮里的仙人呢？

**狄米特律斯**　他因为怕烛火要恼火，所以不敢进去。因为，瞧瞧，烛火早亮了。

**希波莱特**　这月亮真使我厌倦；他应该变化变化才好！

**特修斯**　照他那昏昏沉沉的样子看起来，他大概是一个残月；但是为着礼貌和一切的理由，我们得忍耐一下。

**莱山德**　说下去，月亮。

**月光**　总而言之，咱要告诉你们的是，这灯笼便是月亮；咱便是月亮里的仙人；这柴枝是咱的柴枝；这狗是咱的狗。

**狄米特律斯**　嗨，这些都应该放进灯笼里去才对，因为他们都是在月亮里的。但是静些，提斯柏来了。

【提斯柏重上。

**提斯柏**　这是尼纳斯老人的坟。咱的好人儿呢？

**狮子**　(吼)呜！——(提斯柏奔下)

**狄米特律斯**　吼得好，狮子！

**特修斯**　奔得好，提斯柏！

**希波莱特**　照得好，月亮！真的，月亮照的姿势很好。(狮子撕破提斯柏的外套后下)

**特修斯**　撕得好，狮子！

**莱山德**　于是狮子不见了。

**狄米特律斯**　随后皮拉摩斯来了。

【皮拉摩斯重上。

**皮拉摩斯**　可爱的月亮，咱多谢你的阳光；
　　谢谢你，因为你照得这么皎洁！
可着你那慈和的闪烁的金光，
　　咱将要饱餐着提斯柏的秀色。
　　但是且住，啊该死！
　　瞧哪，可怜的骑士，

这是一场什么惨景！
　眼睛，你看不看见？
　这种事怎会出现？
可爱的宝贝啊，亲亲！
　你的好外套一件，
　怎么全都是血点？
过来吧，狰狞的凶神！
　快把生命的羁缠
　从此后一刀割断；
今朝咱了结了残生！

**特修斯**　这一种情感再加上一个好朋友的死，很可以使一个人脸带愁容。

**希波莱特**　该死！我倒真有点可怜这个人。

**皮拉摩斯**　苍天啊！你为什么要造下狮子，
　让它在这里蹂躏了咱的爱人？
她在一切活着爱着的人中，是
　一个最美最美最最美的美人。
　淋漓地流吧，眼泪！
　咱要把宝剑一挥，
当着咱的胸头划破：
　一剑刺过了左胸，
　叫心儿莫再跳动，
这样咱就死罗死罗！（以剑自刺）
现在咱已经身死，
　现在咱已经去世，
咱灵魂儿升到天堂；
　太阳，不要再照耀！
　月亮，给咱拔脚跑！（月光下）
咱已一命、一命丧亡。（死）

**狄米特律斯**　不是双亡，是单亡，因为他是孤零零地死去。

**莱山德**　他现在死去，不但成不了双，而且成不了单；他已经变成“没有”啦。

**特修斯** 要是就去请外科医生来，也许还可以把他医活转来，叫他做一头驴子。

**希波莱特** 提斯柏还要回来找她的情人，月亮怎么这样性急，这会儿就走了呢？

**特修斯** 她可以在星光底下看见他的，现在她来了。她再痛哭流涕一下子，戏文也就完了。

【提斯柏重上。

**希波莱特** 我想对于这样一个宝货皮拉摩斯，她可以不必浪费口舌；我希望她说得短一点儿。

**狄米特律斯** 她跟皮拉摩斯较量起来真是半斤八两。上帝保佑我们不要嫁到这种男人，也保佑我们不要娶着这种妻子！

**莱山德** 她那秋波已经看见他了。

**狄米特律斯** 于是悲声而言曰：——

**提斯柏**

睡着了吗，好人儿？
啊！死了，咱的鸽子？
皮拉摩斯　啊，快醒醒！
说呀！说呀！哑了吗？
唉，死了！一堆黄沙
将要盖住你的美睛。
嘴唇像百合花开，
鼻子像樱桃可爱，
黄花像是你的脸孔，
一齐消失、消失了，
有情人同声哀悼！
他眼睛绿得像青葱。
命运女神三姊妹，
快快到我这里来，
伸出你玉手像白面，
伸进血里泡一泡——

既然咔嚓一剪刀，
你割断他的生命线。
舌头，不许再多言！
凭着这一柄好剑，
赶快把咱胸膛刺穿。（以剑自刺）
再会，我的朋友们！
提斯柏已经毕命；
再见吧，再见吧，再见！（死）

**特修斯** 他们的葬事要让月亮和狮子来料理了吧？

**狄米特律斯** 是的，还有墙头。

**波顿** （跳起）不，咱对你们说，那堵隔开他们两家的墙早已经倒了。你们要不要瞧瞧收场诗，或者听一场咱们两个伙计的贝加莫[1]舞？

**特修斯** 请把收场诗免了吧，因为你们的戏剧无须再请求人家原谅；扮戏的人一个个死了，我们还能责怪谁不成？真的，要是写那本戏的人自己来扮皮拉摩斯，把他自己吊死在提斯柏的袜带上，那倒真是一出绝妙的悲剧。实在你们这次演得很不错。现在把你们的收场诗搁在一旁，还是跳起你们的贝加莫舞来吧。（跳舞）夜钟已经敲过了十二点；恋人们，睡觉去吧，现在已经差不多是神仙们游戏的时间了。我担心我们明天早晨会起不来，因为今天晚上睡得太迟。这出粗劣的戏剧却使我们不觉把冗长的时间打发走了。好朋友们，去睡吧。我们要用半月工夫把这喜庆延续，夜夜有不同的欢乐。（众下）

## 第二场　同前

【迫克上。

**迫克**
饿狮在高声咆哮；
豺狼在向月长嗥；
农夫们鼾息沉沉，
完毕一天的辛勤。

---

① 贝加莫（Bergamo）为米兰（Milan）东北地名，以出小丑著名。

火把还留着残红，
　鸱鸮鸟叫得人胆战，
传进愁人的耳中，
　仿佛见殓衾飘。
现在夜已经深深，
　坟墓都裂开大口，
吐出了百千幽灵，
　荒野里四散奔走。
我们跟着海克提[1]，
　离开了阳光赫奕，
像一场梦景幽凄，
　追随黑暗的踪迹。
且把这吉屋打扫，
供大家一场欢闹；
驱走扰人的小鼠，
还得揩干净门户。

【奥布朗，蒂泰妮娅及侍从等上。

**奥布朗**　屋中消沉的火星
　微微地尚在闪耀；
跳跃着每个精灵
　像花枝上的小鸟；
随我唱一支曲调，
　一齐轻轻地舞蹈。

**蒂泰妮娅**　先要把歌儿练熟，
　每个字玉润珠圆；
然后齐声唱祝福，
　手携手缥缈回旋。（歌舞）

---

① 海克提 (Hecate) 为下界的女神。原文作“Triple Hecate”，其像有时为三个身体三个头，有时为一个身体三个头，相背而立。

**奥布朗**　　趁东方尚未发白，
让我们满屋溜达；
先去看一看新床，
祝福它吉利祯祥。
这三对新婚伉俪，
愿他们永无离贰；
生下男孩和女娃，
无妄无灾福气大；
一个个相貌堂堂，
没有一点儿破相；
不生黑痣不缺唇，
更没有半点瘢痕。
凡是不祥的胎记，
不会在身上发现。
用这神圣的野露，
你们去浇洒门户，
祝福屋子的主人，
永享着福禄康宁。
快快去，莫犹豫；
天明时我们重聚。(除迫克外皆下)

**迫克**　(向观众)
要是我们这辈影子
有拂了诸位的尊意，
就请你们这样思量，
一切便可得到补偿；
这种种幻景的显现，
不过是梦中的妄念；
这一段无聊的情节，
真同诞梦一样无力。
先生们，请不要见笑！

倘蒙原宥，定当补报。
万一我们幸而免脱
这一遭嘘嘘的指斥，
我们决不忘记大恩，
迫克生平不会骗人。
否则尽管骂我混蛋。
我迫克祝大家晚安。
再会了！肯赏个脸儿的话，
就请拍两下手，多谢多谢！（下）

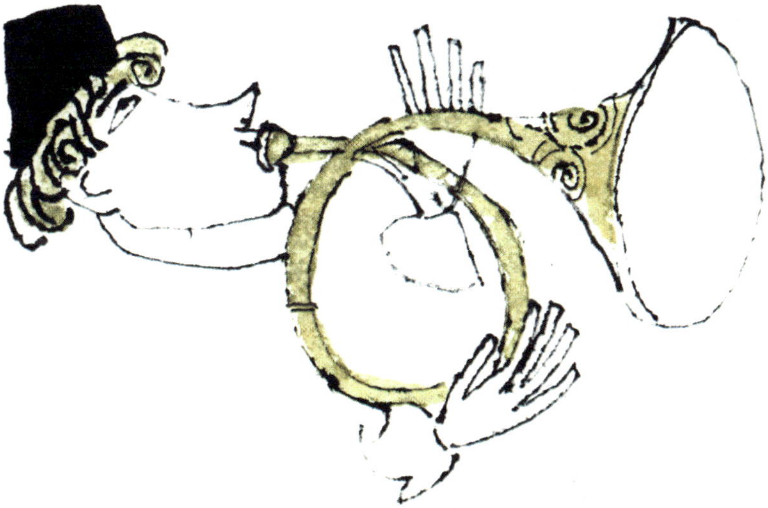

# 威尼斯商人

朱生豪 译

苏福忠 校

## 背景与提要

《威尼斯商人》写于一六〇〇年，并于当年就出版了对开本。在莎士比亚所有的剧本中，得到这种待遇的屈指可数；这表明《威尼斯商人》一出版就受到了观众和读者的广泛欢迎。

《威尼斯商人》是一个既有故事性又有戏剧性的剧本：巴萨尼奥是一个出身高贵的威尼斯商人，因要向富有的鲍西娅求婚，去向朋友安东尼奥借三千金币。安东尼奥因把钱投资国外，只好向高利贷者夏洛克借了这笔钱，成全朋友。夏洛克同意借钱，但到期必须归还；如果到期不还，安东尼奥只好用自己身上的一磅鲜肉抵上。巴萨尼奥求婚成功，但消息传来，安东尼奥的船在海上出事，三千金币无法如期归还。夏洛克逼债，官司打到了公爵那里。鲍西娅扮成辩护律师走上法庭，没有让丈夫知道。鲍西娅请求夏洛克给予通融，遭到拒绝；她答应按夏洛克的条件执行条约，但是夏洛克只能割安东尼奥一磅肉，不能带一滴血。夏洛克无法做到割肉而不流血，鲍西娅得理不让人，告夏洛克威胁他人生命，应以命reated偿。公爵判夏洛克活命，但必须以财产赎条活命。剧终时消息传来，安东尼奥的船安全归来。

《威尼斯商人》取材于意大利的两则童话故事：贾恩特科的故事(即莎士比亚的巴萨尼奥)和贝尔蒙特夫人的故事(即莎士比亚的鲍西娅)。贾恩特科的故事是莎士比亚构思主要情节和主要人物的依据。如同所有的童话一样，贾恩特科的故事颇有浪漫气氛，但它的寓意却正是莎士比亚时代会经常遇上的，那就是即将发生巨大变化的封建社会如何对待经商和商人的问题。应该说，莎士比亚在这个问题上颇有些发言权，因他父亲是个羊毛商，他也曾帮助父亲经营过一段时间生意。同封建社会以物换物为基础的小宗交易绝然不同，资本主义的经商以金钱借贷为主。金钱作为货物的票据，在交易过程中很容易出问题，比如任何一方来个携款逃走，就会让另一方受不了。因此，在资本主义的经商活动中，金钱借贷的期约、合同等条件，便显得十分重要。《威尼斯商人》批判了夏洛克的苛刻和残忍，维持了传统观念，但在对如何信守合同的是非问题上，莎士比亚却留给观众和后人去思考。这也是作者的高明之处了。

贝尔蒙特夫人的故事是讲她向她的求婚者挑战，让他们引诱她，条件是一旦失败就没收他们的财产；她用往酒里掺麻醉药的办法取得了胜利。这个故事除了娱乐性，别的更多的意义似乎不大。莎士比亚在《威尼斯商人》里也正是这样利用这一素材的。

当然这两则童话的共同特点是赞扬人的智慧，莎士比亚明白这点，在剧中充分利用，使犹太商人夏洛克成了一个精明反被精明误的可悲形象。

《威尼斯商人》从它诞生那日起，一直受到观众和读者的热烈欢迎。它不仅是舞台上的保留节目，而且是莎士比亚剧本中最受读者欢迎的作品之一。有趣的是，尽管当今之日金钱在全世界做了霸主，但当代的读者和观众仍认为夏洛克是奸商，咎由自取！极少有人为他毫无道理地损失了全部家当而产生同情！从这种现象也不难看出，在任何社会里，中庸之道——既赚到钱又维护道德准则——是最可取的。

**苏福忠**

LAUNCELOT GOBBO, the clown, servant to Shylock
OLD GOBBO, father to Launcelot
LORENZO, in love with Jessica
JESSICA, daughter to Shylock
TUBAL, a Jew, friend to Shylock
SHYLOCK, a rich Jew
BASSANIO, suitor to Portia, friend to Antonio
LEONARDO, servant to Bassanio
ANTONIO, a merchant of Venice

SCENE:

PARTLY AT VENICE, AND PARTLY AT BELMONT, *the seat of Portia, on the Continent.*

## 剧中人物

威尼斯公爵

摩洛哥亲王 } 鲍西娅的求婚者
阿拉贡亲王 }

安东尼奥　威尼斯商人

巴萨尼奥　安东尼奥的朋友

格雷西安诺 }
索拉尼奥 } 安东尼奥和巴萨尼奥的朋友
萨拉林诺 }

洛伦佐　杰西卡的恋人

夏洛克　犹太富翁

杜巴尔　犹太人，夏洛克的朋友

朗斯洛特·戈博　小丑，夏洛克的仆人

老戈博　朗斯洛特的父亲

伦那多　巴萨尼奥的仆人

巴尔萨泽 } 鲍西娅的仆人
斯蒂芬诺 }

鲍西娅　富家嗣女

尼莉莎　鲍西亚的侍女

杰西卡　夏洛克的女儿

威尼斯众士绅，法庭官吏，狱吏，鲍西娅家中的仆人，及其他侍从

**地点**　威尼斯；贝尔蒙特及鲍西娅邸宅所在地

# 第　一　幕

## 第一场　威尼斯；街道

【安东尼奥，萨拉林诺及索拉尼奥上。

安东尼奥　真的，我不知道我为什么这样闷闷不乐，它真叫我厌烦；你们说你们见我这样子，也觉得很厌烦；可是我怎样会让忧愁沾上了身，怎样找到的，这种忧愁究竟是怎么一种东西，它是从什么地方产生的，我却全不知道；忧愁已经使我变成了一个傻子，我简直有点自己也懂不得自己起来了。

萨拉林诺　您的心是跟着您那扯着满帆的大船，在海洋上簸荡着呢；它们就像水上的达官富绅，炫示着它们的豪华，那些小商船向它们点头敬礼，它们却睬也不睬地凌风直驶。

索拉尼奥　相信我，老兄，要是我也有这么一笔买卖在外洋，我一定要用大部分的心思牵记它；我一定常常拔草观测风吹的方向，在地图上查看港口码头的名字；凡是足以使我担心我的货物的命运的一切事情，不用说都会引起我的忧愁。

萨拉林诺　吹凉我的粥的一口气，也会吹痛了我的心，当我想到海面上的一阵暴风，将会造成怎样一场灾祸的时候。一看见沙漏的时计，我就会想起海边的沙滩，仿佛看见我那艘富丽的商船倒插在沙里，船底向天，它的高高的桅樯吻着它的葬身之地。要是我到教堂里去，看见那用石块筑成的神圣的殿堂，我怎么会不立刻想起那些危险的礁石，它们只要略微碰一碰我那艘好船的船舷，就会把满船的香料倾泻在水里，让汹涌的波涛披戴着我的绸缎绫罗；一句话，方才还是价值连城的，一转瞬间尽归乌有！要是我想到了这种情形，我怎么会不担心这种情形也许果然会发生而忧愁起来呢？不用对我说，我知道安东尼奥是因为想到他的货物而忧愁。

安东尼奥　不，相信我；感谢我的命运，我的买卖的成败，并不完全寄托在一艘船上，更不是依赖着一处地方；我的全部财产，也不会因为这一年的盈亏而受到影响，所以我的货物并不能使我忧愁。

萨拉林诺　啊，那么您是在恋爱了。

安东尼奥　得了！哪儿的话！

萨拉林诺　也不是在恋爱吗？那让我们说，您因为不快乐，所以忧愁；这就像瞧您笑笑跳跳，就说您因为不忧愁，所以快乐一样，再便当没有了。老天造下人来，真是无奇不有：有的人老是眯着眼睛笑，好像鹦鹉见了一个吹风笛的人一样；有的人终日皱着眉头，即使涅斯托耳①发誓说那笑话很可笑，他也不肯露一露他的牙齿，装出一个笑容来。

【巴萨尼奥，洛伦佐及格雷西安诺上。

索拉尼奥　您的一位最尊贵的朋友，巴萨尼奥，跟格雷西安诺、洛伦佐都来了。再见；您现在有了更好的同伴，我们可以少陪啦。

萨拉林诺　倘不是因为您的好朋友来了，我一定要叫您快乐了才走。

安东尼奥　你们的友谊我是十分看重的。照我看来，恐怕还是你们自己有事，所以借着这个机会想抽身出去吧？

萨拉林诺　两位早安。

巴萨尼奥　两位先生，咱们什么时候再聚在一起谈谈笑笑？你们近来跟我十分疏远，这是为了什么呢？

萨拉林诺　您什么时候有空，我们一定奉陪。（萨拉林诺、索拉尼奥下）

洛伦佐　巴萨尼奥大爷，您现在已经找到安东尼奥，我们也要少陪啦；可是请您千万别忘记吃饭的时候咱们在什么地方会面。

巴萨尼奥　我一定不失约。

格雷西安诺　安东尼奥先生，您的脸色不大好；您把世间的事情看得太认真了。相信我，您近来真的大大地变了一个人啦。

安东尼奥　格雷西安诺，我把这世界不过看作一个世界；每一个人必须在这舞台上扮演一个角色，我扮演的是一个悲哀的角色。

格雷西安诺　让我扮演一个小丑吧。让我在嘻嘻哈哈的欢笑声中不知不觉地老去；宁可用酒温暖我的肠胃，不要用折磨自己的呻吟冰冷我的心。为什么一个身体里面流着热血的人，要那么正襟危坐，就像他祖宗爷爷的石膏像一样

① 涅斯托耳 (Nestor)，荷马史诗《伊利亚特》(Iliad) 中的希腊将领，以严肃著名。

呢？明明醒着的时候，为什么偏要像睡去了一般？为什么动不动翻脸生气，把自己气出了一场黄疸病来？我告诉你吧，安东尼奥——因为我爱你，所以我才对你说这样的话：世界上有一种人，他们的脸上装出一副心如止水的神气，故意表示他们的冷静，好让人家称赞他们一声智慧深沉，思想渊博；他们的神气之间，好像说，“我说的话都是伦音天语，我要是一张开嘴唇来，不许有一头狗乱叫！”啊，我的安东尼奥，我看透这一种人，他们只是因为不说话，博得了智慧的名声；可是我可以确定说一句，要是他们说起话来，听见的人谁都会骂他们是傻瓜的。等有机会的时候，我再告诉你关于这种人的笑话吧；可是请你千万别再用悲哀做钓饵，去钓这种无聊的名誉了。来，好洛伦佐。回头见；等我吃完了饭，再来向你结束我的劝告。

洛伦佐　好，咱们在吃饭的时候再见吧。我大概也就是他所说的那种以不说话为聪明的人，因为格雷西安诺不让我有说话的机会。

格雷西安诺　嘿，你只要再跟我两年，就会连你自己说话的声音也听不出来。

安东尼奥　再见，我会把自己慢慢儿训练得多说一点话的。

格雷西安诺　那就再好没有；只有干牛舌和没有人要的老处女，才是应该沉默的。（格雷西安诺、洛伦佐下）

安东尼奥　他说的这一番话有些什么意思？

巴萨尼奥　格雷西安诺比全威尼斯城里无论哪一个人都更会拉上一大堆废话。他的道理就像藏在两桶砻糠里的两粒麦子，你必须费去整天功夫方才能够把它们找到，可是找到了它们以后，你会觉得费这许多气力找它们出来，是一点不值得的。

安东尼奥　好，您今天答应告诉我您立誓要去秘密拜访的那位姑娘的名字，现在请您告诉我吧。

巴萨尼奥　安东尼奥，我怎样为了维持我的外强中干的体面，把一份微薄的资产消耗殆尽的情形，您是知道得很明白的；对于因为家道中落而感到的生活上的紧缩，现在我倒也不以为意；　我的最大的烦恼，是怎样可以解脱我背上这一重重由于浪费而积欠下来的债务。无论在钱财方面或是友谊方面，安东尼奥，我欠您的债都是顶多的；因为你我交情深厚，我才敢大胆把心里所打算的怎样了清这一切债务的计划全部告诉您知道。

**安东尼奥**　好巴萨尼奥，请您告诉我吧。只要您的计划跟您向来的立身行事一样光明正大，那么我的钱囊可以让您任意取用，我自己也可以供您驱使；我愿意用我所有的力量，帮助您达到目的。

**巴萨尼奥**　我在学校里练习射箭的时候，每次把一支箭射得不知去向，便用另一支箭向着同一方向射了过去，眼睛看准了它掉在什么地方，这样往往可以把那失去的箭也找了回来。我提起这一件儿童时代的往事作为譬喻，因为我将要对您说的话，完全是一种很天真的思想。我欠了您很多的债，而且像一个不听话的孩子一样，把借来的钱一起挥霍完了；可是您要是愿意向着您放射第一支箭的方向，再把您的第二支箭射了过去，那么这一回我一定会把目标看准，即使不把两支箭一起找回来，至少也可以把第二支箭交还给您，让我仍旧对于您先前给我的援助做一个知恩图报的负债者。

**安东尼奥**　您是知道我的为人的，现在您用这种譬喻的话来试探我的友谊，不过是浪费时间罢了；要是您怀疑我不肯尽力相助，那就要比把我所有的钱一起花掉还要对不起我。所以您只要对我说我应该怎么做，如果您知道那件事是我的力量所能办到的，我一定会给您办到。您说吧。

**巴萨尼奥**　在贝尔蒙特有一位富家的嗣女，她生得非常美貌，尤其值得称道的，她有非常卓越的德性；从她的眼睛里，我有时接到她的脉脉含情的流盼。她的名字叫做鲍西娅，比起古代凯图的女儿，布鲁特斯[①]的贤妻鲍西娅来，毫无逊色。这广大的世界也没有漠视了她的好处，四方的风从每一处海岸上带来了声名赫赫的求婚者；她的光亮的长发就像是传说中的金羊毛，引诱着无数的伊阿宋[②]前来向她追求。啊，我的安东尼奥！只要我有相当的财力，可以和他们中间无论哪一个人匹敌，那么我觉得我有充分的把握，一定会达到愿望的。

**安东尼奥**　你知道我的全部财产都在海上；我现在既没有钱，也没有可以变换做一笔现款的货物。所以我们还是去试一试我的信用，看它在威尼斯城里有些什么效力吧；我一定凭着我这一点面子，尽力供给你到贝尔蒙特去见那位美貌的鲍西娅。去，我们两人就去分头打听什么地方可以借得到钱，我就用我

---

① 布鲁特斯 (Brutus)，参见莎士比亚历史剧《尤利乌斯·恺撒》。

② 伊阿宋 (Jason) 希腊神话中的英雄，曾远征黑海东面的喀尔科斯取金羊毛，历经艰险，终于成功。

的信用做担保，或者用我自己的名誉给你借下来。（同下）

## 第二场　贝尔蒙特；鲍西娅家中一室

【鲍西娅及尼莉莎上。

鲍西娅　真的，尼莉莎，我这小小的身体已经厌倦了这个广大的世界了。

尼莉莎　好小姐，您的不幸要是跟您的好运气一样大，那么无怪您会厌倦这个世界的；可是照我的愚见看来，吃得太饱的人，跟挨着饿不吃东西的人，一样是会害病的。所以中庸之道才是最大的幸福：富贵催人生白发，布衣蔬食易长年。

鲍西娅　很好的句子。

尼莉莎　要是能够照着它做去，那就更好了。

鲍西娅　倘使做一件事情，就跟知道什么事情是应该做的一样容易，那么小教堂都要变成大礼拜堂，穷人的草屋都要变成王侯的宫殿了。一个好的说教师才会遵从他自己的训诲；我可以教训二十个人，吩咐他们应该做些什么事，可是要我做这二十个人中间的一个，履行我自己的教训，我就要敬谢不敏了。理智可以制定法律来约束感情，可是热情激动起来，就会把冷酷的法令蔑弃不顾；年轻人是一头不受拘束的野兔，它会跳过老年人所设立的理智的藩篱。可是我这样大发议论，是不会帮助我选择一个丈夫的。唉，说什么选择！我既不能选择我所中意的人，又不能拒绝我所憎厌的人；一个活着的女儿的意志，却要被一个死了的父亲的遗嘱所箝制。尼莉莎，像我这样不能选择也不能拒绝，不是太叫人难堪了吗？

尼莉莎　老太爷生前道高德重，大凡有道君子，临终之时，必有神悟；他既然定下这抽签取决的方法，叫谁能够在这金银铅三匣之中选中了他的预定的一只，便可以跟您匹配成亲，那么能够选中的人，一定是值得您倾心相爱的。可是在这些已经到来向您求婚的王孙公子中间，您对于哪一个最有好感呢？

鲍西娅　请你列举他们的名字，当你提到什么人的时候，我就对他下几句评语；凭着我的评语，你就可以知道我对于他们各人的印象。

尼莉莎　第一个是那不勒斯的亲王。

**鲍西娅** 嗯，他真是一匹小马；他不讲话则已，讲起话来，老是说他的马怎么怎么；他因为能够自己替他的马装上蹄铁，算是一件天大的本领。我很有点儿疑心他的令堂太太是跟铁匠有过勾搭的。

**尼莉莎** 还有那位巴拉廷伯爵[1]呢？

**鲍西娅** 他一天到晚皱着眉头，好像说，“你要是不要我，随你的便。”他听见笑话也不露一丝笑容。我看他年纪轻轻，就这么愁眉苦脸，到老来只好做一天到晚痛哭流涕的哲学家了。我宁愿嫁给一个嘴有根枯骨的骷髅，也不愿嫁给这两人中间的任何一个；上帝保佑我，不要落在这两个人手里！

**尼莉莎** 您说那位法国贵族勒·邦先生怎样？

**鲍西娅** 既然上帝造下他来，就算他是个人吧。凭良心说，我知道讥笑人家是一桩罪过，可是，他！吓！他的马比那不勒斯亲王那一头好一点，他的皱眉头的坏脾气也胜过那位巴拉廷伯爵。什么人的坏处他都有一点，可是一点没有自己的特色；听见画眉鸟唱歌，他就会手舞足蹈；见了自己的影子，也会跟它比剑。我倘然嫁给他，等于嫁给二十个丈夫。要是他瞧不起我，我会原谅他，因为即使他爱我爱到发狂，我也是永远不会报答他的。

**尼莉莎** 那么您说那个英国的少年男爵，福尔肯布里奇呢？

**鲍西娅** 你知道我没有对他说过一句话，因为我的话他听不懂，他的话我也听不懂；他不会说拉丁话，法国话，意大利话，至于我的英国话程度的高明，你是可以替我出席法庭作证的。他的模样倒还长得不错，可是唉！谁高兴跟一个哑巴子做手势谈话呀？他的装束多么古怪！我想他的紧身衣是在意大利买的，他的长统袜是在法国买的，他的软帽是在德国买的，至于他的行为举止，那是他从四方八处学得来的。

**尼莉莎** 您觉得他的邻居，那位苏格兰贵族怎样？

**鲍西娅** 他很懂得礼尚往来的睦邻之道，因为那个英国人曾经赏给他一记耳刮子，他就发誓说，一有机会，立即奉还；我想那法国人是他的保人，他已经签署契约，声明将来加倍报偿哩。

**尼莉莎** 您看那位德国少爷，撒克逊公爵的侄子怎样？

**鲍西娅** 他在早上清醒的时候，就已经很坏了，一到下午喝醉了酒，尤其

---

① 巴拉廷伯爵，原文作County Palatine；意为在其封邑内享有君权的伯爵，因无适当译名，故译音以代。

坏透；当他顶好的时候，叫他是个人还有点不够资格，当他顶坏的时候，他简直比畜生好不了多少。要是最不幸的祸事降临到我身上，我也希望永远不要跟他在一起。

尼莉莎　要是他要求选择，结果居然给他选中了预定的匣子，那时候您倘然拒绝嫁给他，那不是违背了老太爷的遗命了吗？

鲍西娅　为了预防万一起见，所以我要请你替我在错误的匣子上放好一杯满满的莱因河葡萄酒；要是魔鬼在他的心里，诱惑在他的面前，我相信他一定会选了那一只匣子的。什么事情我都愿意做，尼莉莎，只要不让我嫁给一个酒鬼。

尼莉莎　小姐，您放心吧，您再也不会嫁给这些贵人中间的任何一个的。他们已经把他们的决心告诉了我，说除了您父亲所规定的用选择匣子决定取舍的办法以外，要是他们不能用别的方法取得您的应允，那么他们决定动身回国，不再麻烦您了。

鲍西娅　要是我活到西比拉①的寿数，我会像狄安娜②一样贞洁地死去，除非按照我父亲的遗命把我嫁出去。我很高兴这一群求婚者都是这么懂事，因为他们中间没有一个人我不是唯望其速去的；求上帝赐给他们一路顺风吧！

尼莉莎　小姐，您还记不记得，当老太爷在世的时候，有一个跟着蒙特费拉侯爵到这儿来的才兼文武的威尼斯人？

鲍西娅　是的，是的，那是巴萨尼奥；我想这是他的名字。

尼莉莎　正是，小姐；照我这双痴人的眼睛看起来，他是一切男子中间最值得匹配一位佳人的。

鲍西娅　我很记得他，他果然值得你的夸奖。

【一仆人上。

鲍西娅　啊！什么事？

仆人　小姐，那四位客人要来向您告别；另外还有第五位客人，摩洛哥亲王，差了一个人先来报信，说他的主人亲王殿下今天晚上就要到这儿来了。

鲍西娅　要是我能够竭诚欢迎这第五位客人，就像我竭诚欢送那四位客人一样，那就好了。假如他有圣人般的德性，偏偏生着一副魔鬼样的面貌，那么

① 西比拉（Sibylla），《圣经》中的女预言家，活了上千岁。

② 希腊神话中的月神。

与其让他做我的丈夫，还不如让他听我的忏悔。来，尼莉莎。正是——

垂翅狂蜂方出户，寻芳浪蝶又登门。（同下）

## 第三场 威尼斯；广场

【巴萨尼奥及夏洛克上。

夏洛克 三千块钱，唔。

巴萨尼奥 是的，大叔，三个月为期。

夏洛克 三个月为期，唔。

巴萨尼奥 我已经对你说过了，这一笔钱可以由安东尼奥签立借据。

夏洛克 安东尼奥签立借据，唔。

巴萨尼奥 你愿意帮助我吗？你愿意应承我吗？可不可以让我知道你的答复？

夏洛克 三千块钱，借三个月，安东尼奥签立借据。

巴萨尼奥 就等你的答复了。

夏洛克 安东尼奥是个好人。

巴萨尼奥 你有没有听见人家说过他不是个好人？

夏洛克 啊，不，不，不，不；我说他是个好人，我的意思是说他是个有身家的人。可是他的财产却还有些问题：他有一艘商船开到特里波利斯，另外一艘开到印度群岛，我在交易所里还听人说起，他有第三艘船在墨西哥，第四艘到英国去了，此外还有遍布在海外各国的买卖；可是船不过是几块木板钉起来的东西，水手也不过是些血肉之躯，岸上有旱老鼠，水里也有水老鼠，有陆地的强盗，也有海上的强盗，还有风波礁石各种的危险。不过虽然这么说，他这个人是靠得住的。三千块，我想我可以接受他的契约。

巴萨尼奥 你放心吧，不会有错的。

夏洛克 我一定要放了心才敢把债放出去，所以还是让我再考虑考虑吧。我可不可以跟安东尼奥谈谈？

巴萨尼奥 不知道你愿不愿意陪我们吃一顿饭？

夏洛克　是的，叫我去闻猪肉的味道，吃你们那拿撒拉先知[①]把魔鬼赶进去的脏东西的身体！我可以跟你们做买卖，讲交易，谈天散步，以及诸如此类的事情，可是我不能陪你们吃东西喝酒做祷告。交易所里有些什么消息？那边来的是谁？

【安东尼奥上。

巴萨尼奥　这位就是安东尼奥先生。

夏洛克　（旁白）他的样子多么像一个摇尾乞怜的税吏！我恨他因为他是个基督徒，可是尤其因为他是个傻子，借钱给人不取利钱，把咱们在威尼斯城里放债的这一行的利息都压低了。要是我有一天抓住他的把柄，一定要痛痛快快地向他报复我的深仇宿怨。他憎恶我们神圣的民族，甚至在商人会集的地方当众辱骂我，辱骂我的交易，辱骂我辛辛苦苦赚下来的钱，说那些都是盘剥得来的肮脏钱。要是我饶过了他，让我们的民族永远没有翻身的日子！

巴萨尼奥　夏洛克，你听见吗？

夏洛克　我正在估计我手头的现款，照我大概记得起来的数目，要一时凑足三千块钱，恐怕办不到。可是那没有关系，我们族里有一个犹太富翁杜巴尔，可以供给我必要的数目。且慢！您打算借几个月？（向安东尼奥）您好，好

① 拿撒拉先知 (Nazarite)，即耶稣。

先生；哪一阵好风把尊驾吹了来啦？

**安东尼奥** 夏洛克，虽然我跟人家互通有无，从来不讲利息，可是为了我的朋友的急需，这回我要破一次例。（向巴萨尼奥）他有没有知道你需要多少？

**夏洛克** 嗯，嗯，三千块钱。

**安东尼奥** 三个月为期。

**夏洛克** 我倒忘了，正是三个月，您对我说过的。好，您的借据呢？让我瞧一瞧。可是听着，好像您说您从来借钱不讲利息。

**安东尼奥** 我从来不讲利息。

**夏洛克** 当雅各替他的舅父拉班牧羊的时候[①]——这个雅各是我们圣祖亚伯兰的后裔，他的聪明的母亲设计使他做第三代的族长，是的；他是第三代，——

**安东尼奥** 为什么说起他呢？他也是取利息的吗？

**夏洛克** 不，不是取利息，不是像你们所说的那样直接取利息。听好雅各用些什么手段：拉班跟他约定，生下来的小羊凡是有条纹斑点的，都归雅各所有，作为他的牧羊的酬劳；到晚秋的时候，那些母羊因为淫情发动，跟公羊交合，这个狡猾的牧人就乘着这些毛畜正在进行传种工作的当儿，削好了几根木棒，插在淫浪的母羊的面前，它们这样怀下了孕，一到生产的时候，产下的小羊都是有斑纹的，所以都归雅各所有。这是致富的妙法，上帝也祝福他；只要不是偷窃，会打算盘总是好事。

**安东尼奥** 雅各虽然幸而获中，可是这也是他按约应得的酬报；上天的意旨成全了他，却不是出于他自己的力量。你提起这一件事，是不是要证明取利息是一件好事？还是说金子银子就是你的公羊母羊？

**夏洛克** 这我倒不能说；我只是叫它像母羊生小羊一样地快快生利息。可是先生，您听我说。

**安东尼奥** 你听，巴萨尼奥，魔鬼也会引证《圣经》来替自己辩护哩。一个指着神圣的名字作证的恶人，就像一个脸带笑容的奸徒，又像一只外观美好中心腐烂的苹果。唉，奸伪的表面是多么动人！

**夏洛克** 三千块钱，这是一笔可观的整数。一年除去三个月，让我看看利钱应该有多少。

---

① 见《旧约·创世记》。

**安东尼奥** 好，夏洛克，我们可不可以仰仗你这一次？

**夏洛克** 安东尼奥先生，好多次您在交易所里骂我，说我盘剥取利，我总是忍气吞声，耸耸肩膀，没有跟您争辩，因为忍受迫害，本来是我们民族的特色。您骂我异教徒，杀人的狗，把唾沫吐在我的犹太长袍上，只因为我用我自己的钱博取几个利息。好，看来现在是您要来向我求助了；您跑来见我，您说，“夏洛克，我们要几个钱；”您这样对我说。您把唾沫吐在我的胡子上，用您的脚踢我，好像我是您门口的一条野狗一样；现在您却来问我要钱，我应该怎样对您说呢？我要不要这样说，“一条狗会有钱吗？一条恶狗能够借人三千块钱吗？”或者我应不应该弯下身子，像一个奴才似的低声下气，恭恭敬敬地说，“好先生，您在上星期三用唾沫吐在我身上；有一天您用脚踢我；还有一天您骂我狗；为了报答您的这许多恩典，所以我应该借给您这么些钱吗？”

**安东尼奥** 我巴不得再这样骂你唾你踢你。要是你愿意把这钱借给我，不要把它当作借给你的朋友——哪有朋友之间通融几个臭钱也要斤斤较量地计算利息的道理？——你就把它当作借给你的仇人吧；倘使我失了信用，你尽管拉下脸来照约处罚就是了。

**夏洛克** 嗳哟，瞧您生这么大的气！我愿意跟您交个朋友，大家和和气气的；您从前加在我身上的种种羞辱，我愿意完全忘掉；您现在需要多少钱，我愿意如数供给您，而且不要您一个子儿的利息；可是您却不愿意听我说下去。我这完全是一片好心哩。

**安东尼奥** 这倒果然是一片好心。

**夏洛克** 我要叫你们看看我到底是不是一片好心。跟我去找一个公证人，就在那儿签好了约；我们不妨开个玩笑，在约里载明要是您不能按照约中所规定的条件，在什么日子什么地点，还给我一笔什么数目的钱，就得随我的意思，在您身上的任何部分割下一磅白肉，作为处罚。

**安东尼奥** 很好，就是这么办吧；我愿意签下这样一张约，还要对人家说这个犹太人的心肠倒不坏呢。

**巴萨尼奥** 我宁愿安守贫困，不能让你为了我的缘故签这样的约。

**安东尼奥** 老兄，你怕什么；我决不会受罚的。在这两个月之内，离开这约的满期还有一个月，我就可以有十倍这借款的数目进门。

**夏洛克** 亚伯兰老祖宗啊！瞧这些基督徒因为自己待人刻薄，所以疑心人家对他们不怀好意。请您告诉我，要是他到期不还，我照着约上规定的条款向他执行处罚了，那对我又有什么好处？从人身上割下来的一磅肉，它的价值可以比得上一磅羊肉，牛肉，或是山羊肉吗？我为了要博得他的好感，所以才向他买这样一个交情；要是他愿意接受我的条件，很好，否则也就算了。千万请你们不要误会了我这一番诚意。

**安东尼奥** 好，夏洛克，我愿意签约。

**夏洛克** 那么就请您先到公证人的地方等我，告诉他这一张游戏的契约怎样写法；我就去马上把钱凑起来，还要回到家里去瞧瞧，让一个靠不住的奴才看守着门户，有点放心不下；然后我立刻就来瞧您。

**安东尼奥** 那么你去吧，善良的犹太人。(夏洛克下)这犹太人快要变做基督徒了，他的心肠变得好多啦。

**巴萨尼奥** 我不喜欢口蜜腹剑的人。

**安东尼奥** 好了好了，这又有什么要紧？再过两个月，我的船就要回来了。(同下)

# 第　二　幕

## 第一场　贝尔蒙特；鲍西娅家中一室

【喇叭吹花腔。摩洛哥亲王率侍从；鲍西娅，尼莉莎及婢仆等同上。

**摩洛哥亲王**　不要因为我的肤色而憎厌我；我是骄阳的近邻，我这一身黝黑的制服，便是它的威焰的赐予。给我到终年不见阳光，冰山雪柱的极北，找一个最白皙姣好的人来，让我们刺血察验对您的爱情，看看究竟是他的血红还是我的血红。我告诉你，小姐，我这副容貌曾经吓破了勇士的肝胆；可是凭着我的爱情起誓，我们国土里最有声誉的少女也曾为它害过相思。我不愿更变我的肤色，除非为了取得您的欢心，我的温柔的女王！

**鲍西娅**　讲到选择这一件事，我倒并不单单凭信一双善于挑剔的少女的眼睛；而且我的命运由抽签决定，自己也没有任意取舍的权力；可是我的父亲倘不曾用他的远见把我束缚住了，使我只能委身于按照他所规定的方法赢得我的男子，那么您，声名卓著的王子，您的容貌在我的心目之中，并不比我所已经看到的那些求婚者有什么逊色。

**摩洛哥亲王**　单是您这一番美意，已经使我万分感激了；所以请您带我去瞧瞧那几个匣子，试一试我的命运吧。凭着这一柄曾经手刃波斯王，并且使一个三次战败苏里曼苏丹的波斯王子授首的宝剑起誓，我要瞪眼吓退世间最狰狞的猛汉，跟全世界最勇武的壮士比赛胆量，从母熊的胸前夺下哺乳的小熊；当一头饿狮咆哮攫食的时候，我要向它揶揄侮弄，为了要博得你的垂青，小姐。可是唉！即使像赫拉克勒斯[①]那样的盖世英雄，要是跟他的奴仆赌起骰子来，也许他的运气还不如一个下贱之人；我现在听从着盲目的命运的指挥，也许结果终于失望，眼看着一个不如我的人把我的意中人挟走，而

① 赫拉克勒斯(Heracles)，即海格立斯，罗马神话中的盖世英雄，从其侍从手里穿上一件染有毒血的长袍，自焚而死。

自己在悲哀中死去。

**鲍西娅** 您必须信任命运，或者死了心放弃选择的尝试，或者当您开始选择以前，先立下一个誓言，要是选得不对，终身不再向任何女子求婚；所以还是请您考虑考虑吧。

**摩洛哥亲王** 我的主意已决，不必考虑了；来，带我去试我的运气吧。

**鲍西娅** 第一先到教堂里去；吃过了饭，您就可以试试您的命运。

**摩洛哥亲王** 好，成功失败，在此一举！正是：不挟美人归，壮士无颜色。(吹喇叭；众下)

## 第二场 威尼斯；街道

【朗斯洛特·戈博上。

**朗斯洛特** 要是我从我的主人这个犹太人的家里逃走，我的良心是一定要责备我的。可是魔鬼拉着我的臂膀，引诱着我，对我说，“戈博，朗斯洛特·戈博，好朗斯洛特，拔起你的腿来，开步，走！”我的良心说，“不，留心，老实的朗斯洛特；留心，老实的戈博；”或者就是这么说，“老实的朗斯洛特·戈博别逃跑；用你的脚跟把逃跑的念头踢得远远的。”好，那个大胆的魔鬼却劝我卷起铺盖滚蛋；“去呀！”魔鬼说，“去呀！看在老天的面上，提起勇气来，跑吧！”好，我的良心挽住我的心里的脖子，很聪明地对我说，“朗斯洛特我的老实朋友，你是一个老实人的儿子，”——或者还不如说一个老实妇人的儿子，因为我的父亲的确有点儿不大那个，有点儿很丢脸的坏脾气——好，我的良心说，“朗斯洛特，别动！”魔鬼说，“动！”我的良心说，“别动！”“良心，”我说，“你说得不错；”“魔鬼，”我说，“你说得有理。”要是听良心的话，我就应该留在我的主人那犹太人家里，上帝恕我这样说，他也是一个魔鬼；要是从犹太人的地方逃走，那么我就要听从魔鬼的话，对不住，他本身就是魔鬼。可是我说，那犹太人一定就是魔鬼的化身；凭良心说话，我的良心劝我留在犹太人地方，未免良心太狠。还是魔鬼的话说得像个朋友。我要跑，魔鬼；我的脚跟听从着你的指挥；我一定要逃跑。

【老戈博携篮上。

**戈博**　年轻的先生，请问一声，到犹太老爷的家里是怎么去的？

**朗斯洛特**　（旁白）天啊！这是我的亲生的父亲，他的眼睛因为有八九分盲，所以不认识我。待我把他戏弄一下。

**戈博**　年轻的少爷先生，请问一声，到犹太老爷的家里是怎么去的？

**朗斯洛特**　你在转下一个弯的时候，望右手转过去；临了一次转弯的时候，望左手转过去；再下一次转弯的时候，什么手也不用转，曲曲弯弯的转下去，就转到那犹太人的家里了。

**戈博**　嗳哟，这条路可不容易走哩！您知道不知道有一个住在他家里的朗斯洛特，现在还在不在他家里？

**朗斯洛特**　你说的是朗斯洛特少爷吗？（旁白）瞧着我吧，现在我要诱他流起眼泪来了。——你说的是朗斯洛特少爷吗？

**戈博**　不是什么少爷，先生，他是一个穷人的儿子；他的父亲，不是我说一句，是个老老实实的穷光蛋，多谢上帝，他还活得好好儿的。

**朗斯洛特**　好，不要管他的父亲是个什么人，咱们讲的是朗斯洛特少爷。

**戈博**　他是您少爷的朋友，他就是叫朗斯洛特。

**朗斯洛特**　对不住，老人家，所以我要问你，你说的是朗斯洛特少爷吗？

戈博　是朗斯洛特，少爷。

朗斯洛特　所以就是朗斯洛特少爷。老人家，你别提起朗斯洛特少爷啦；因为这位年轻的少爷，根据天命气数鬼神这一类阴阳怪气的说法，是已经去世啦，或者说得明白一点，是已经归天啦。

戈博　嗳哟，天哪！这孩子是我老年的拐杖，我的唯一的靠傍哩。

朗斯洛特　（旁白）我难道像一根棒儿，或是一根柱子吗？——爸爸，您不认识我吗？

戈博　唉，我不认识您，年轻的少爷；可是请您告诉我，我的孩子——上帝安息他的灵魂！——究竟是活着还是死了？

朗斯洛特　您不认识我吗，爸爸？

戈博　唉，少爷，我是个瞎子；我不认识您。

朗斯洛特　噢，真的，您就是眼睛明亮，也许会不认识我，只有聪明的父亲才会知道他自己的儿子。好，老人家，让我告诉您关于您儿子的消息吧。请您给我祝福；真理总会显露出来，杀人的凶手总会给人捉住；儿子虽然会暂时躲了过去，事实到临了总是瞒不过的。

戈博　少爷，请您站起来。我相信您一定不会是朗斯洛特，我的孩子。

朗斯洛特　废话少说，请您给我祝福：我是朗斯洛特，从前是您的孩子，现在是您的儿子，将来也还是您的小子。

戈博　我不能想象您是我的儿子。

朗斯洛特　那我倒不知道应该怎样想法；可是我的确是在犹太人家里当仆人的朗斯洛特，我也相信您的妻子玛杰里就是我的母亲。

戈博　她的名字果真是玛杰里。你倘然真的就是朗斯洛特，那么你是我的亲生血肉了。上帝果然灵圣！你长了多长的一把胡子啦！你脸上的毛，比我那拖车子的马儿道平尾巴上的毛还多呐！

朗斯洛特　这样看起来，那么道平的尾巴一定是越长越短的；我还清楚记得，上一次我看见它的时候，它尾巴上的毛比我脸上的毛多得多哩。

戈博　上帝啊！你真是变了样子啦！你跟主人合得来吗？我给他带了点儿礼物来了。你们现在合得来吗？

朗斯洛特　合得来，合得来；可是从我自己这一方面讲，我既然已经决定逃跑，那么非到跑走了一程路之后，我是决不会停止下来的。我的主人是个十足的犹太人；给他礼物！还是给他一根上吊的绳子吧。我替他做事情，把个身体都饿瘦了；您可以用我的肋骨摸出我的每一条手指来。爸爸，您来了我很高兴。把您的礼物送给一位巴萨尼奥大爷吧，他是会赏漂亮的新衣服给佣人穿的。我要是不能服侍他，我宁愿跑到地球的尽头去。啊，运气真好！正是他来了。到他跟前去，爸爸。我要是再继续服侍这个犹太人，连我自己都要变做犹太人了。

【巴萨尼奥率伦那多及其他从者上。

**巴萨尼奥**　你们就这样做吧，可是要赶快点儿，晚饭顶迟必须在五点钟预备好。这几封信替我分别送出；叫裁缝把制服做起来；回头再请格雷西安诺立刻到我的寓所里来。（一仆下）

**朗斯洛特**　上去，爸爸。

**戈博**　上帝保佑大爷！

**巴萨尼奥**　谢谢你，有什么事？

**戈博**　大爷，这一个是我的儿子，一个苦命的孩子——

**朗斯洛特**　不是苦命的孩子，大爷，我是犹太富翁的跟班；不瞒大爷说，我想要——我的父亲可以给我证明——

**戈博**　大爷，正像人家说的，他一心一意想要伺候——

**朗斯洛特**　总而言之一句话，我本来是伺候那个犹太人的，可是我很想要——我的父亲可以给我证明——

**戈博**　不瞒大爷说，他的主人跟他有点儿意见不合——

**朗斯洛特**　干脆一句话，实实在在说，这犹太人欺侮了我，他叫我——我的父亲是个老头子，我希望他可以替我向您证明——

**戈博**　我这儿有一盘烹好的鸽子送给大爷，我要请求大爷一件事——

**朗斯洛特**　废话少说，这请求是关于我的事情，这位老实的老人家可以告诉您；不是我说一句，我这父亲虽然是个老头子，却是个苦人儿。

**巴萨尼奥**　让一个人说话。你们究竟要什么？

**朗斯洛特**　伺候您，大爷。

**戈博**　正是这一件事，大爷。

**巴萨尼奥**　我认识你；我可以答应你的要求；你的主人夏洛克今天曾经向我说起，要把你举荐给我。可是你不去伺候一个有钱的犹太人，反要来做一个

穷绅士的跟班，恐怕没有什么好处吧。

**朗斯洛特** 大爷，一句老古话刚好说着我的主人夏洛克跟您：他有的是钱，您有的是上帝的恩惠。

**巴萨尼奥** 你说得很好。老人家，你带着你的儿子，先去向他的旧主人告别，然后再来打听我的住址。（向从者）给他做一身比别人格外鲜艳一点的制服，不可有误。

**朗斯洛特** 爸爸，进去吧。我不能得到一个好差使吗？我生了嘴不会说话吗？好，（视手掌）要是在意大利有谁生得一手比我还要好的掌纹，我一定会交好运的。好，这儿是一条笔直的寿命线；这儿有不多几个老婆；唉！十五个老婆算得什么，十一个寡妇，再加上九个黄花闺女，对于一个男人也不算太多啊，还要三次溺水不死，有一次几几乎在一张天鹅绒的床边送了性命，好险呀好险！好，要是命运之神是个女的，她倒是个很好的娘儿。爸爸，来，我要用一霎眼的工夫向那犹太人告别。（朗斯洛特及老戈博下）

**巴萨尼奥** 好伦那多，请你记好，这些东西买到以后，把它们安排停当，就赶紧回来，因为我今晚要宴请我的最有名望的相识；快去吧。

**伦那多** 我一定给您尽力办去。

【格雷西安诺上。

**格雷西安诺** 你家主人呢？

**伦那多** 他就在那边走着，先生。（下）

**格雷西安诺** 巴萨尼奥大爷！

**巴萨尼奥** 格雷西安诺！

**格雷西安诺** 我要向您提出一个要求。

**巴萨尼奥** 我答应你。

**格雷西安诺** 您不能拒绝我；我一定要跟您到贝尔蒙特去。

**巴萨尼奥** 啊，那么我只好让你去了。可是听着，格雷西安诺，你这个人太随便，太不拘礼节，太爱高声说话了；这几点本来对于你是再合适不过的，在我们的眼睛里也不以为嫌，可是在陌生人的地方，那就好像有点儿放肆啦。请你千万留心在你的活泼的天性里尽力放进几分冷静进去，否则人家见了你这样狂放的行为，也许会对我发生误会，害我不能实现我的希望。

**格雷西安诺** 巴萨尼奥大爷，听我说。我一定会装出一副安详的态度，说起话来恭而敬之，难得赌一两句咒，口袋里放一本祈祷书，脸孔上堆满了庄严；不但如此，在念食前祈祷的时候，我还要把帽子拉下来遮住我的眼睛，叹一口气，说一句“阿门”；我一定遵守一切礼仪，就像人家有意装得循规蹈矩，去讨他老祖母的欢喜一样。要是我不照这样的话去做，您以后不用相信我好了。

**巴萨尼奥**　好，我们倒要瞧瞧你装得像不像。

**格雷西安诺**　今天晚上可不算；您不能按照我今天晚上的行动来判断我。

**巴萨尼奥**　不，那未免太煞风景了。我倒要请你今天晚上痛痛快快地欢畅一下，因为我已经跟几个朋友约定，大家都要尽兴狂欢。现在我还有点事情，等会儿见。

**格雷西安诺**　我也要去找洛伦佐，还有那些人；晚饭的时候我们一定来看您。(各下)

## 第三场　同前；夏洛克家中一室

【杰西卡及朗斯洛特上。

**杰西卡**　你这样离开我的父亲，使我很不高兴；我们这个家是一座地狱，幸亏有你这淘气的小鬼，多少解除了几分闷气。可是再会吧，朗斯洛特，这一块钱你且拿了去；在晚饭的时候，可以看见一位叫做洛伦佐的，是你新主人的客人，这封信你替我交给他，留心别让旁人看见。现在你快去吧，我不敢让我的父亲瞧见我跟你谈话。

**朗斯洛特**　再见！眼泪哽住了我的舌头。顶美丽的异教徒，顶温柔的犹太人！倘不是一个基督徒跟你母亲私通，生了你下来，就算我有眼无珠。再会吧！这些傻气的泪点，快要把我的男子气概都淹沉啦。再见！

**杰西卡**　再见，好朗斯洛特。(朗斯洛特下)唉，我真是罪恶深重，竟会羞了做我父亲的孩子！可是虽然我在血统上是他的女儿，在行为上却不是他的女儿。洛伦佐啊！你要是能够守信不渝，我将要结束我的内心的冲突，皈依基督教，做你的亲爱的妻子。(下)

## 第四场　同前；街道

【格雷西安诺，洛伦佐，萨拉林诺，索拉尼奥同上。

**洛伦佐**　不，咱们就在吃晚饭的时候溜了出去，在我的寓所里化装好了，只消一点钟工夫就可以把事情办好回来。

**格雷西安诺**　咱们还没有好好儿准备过呢。

**萨拉林诺**　咱们还没有提到过拿火炬的人。

**索拉尼奥**　那一定要经过一番训练，否则叫人瞧着笑话；依我看来，还是不用了吧。

**洛伦佐**　现在还不过四点钟；咱们还有两个钟点可以准备起来。

【朗斯洛特上。

**洛伦佐**　朗斯洛特朋友，你带了什么消息来了？

**朗斯洛特**　请您把这封信拆开来，好像它会告诉您的。

**洛伦佐**　我认识这笔迹；这几个字写得真好看；写这封信的那只手，是比这信纸还要洁白的。

**格雷西安诺**　一定是情书。

**朗斯洛特**　大爷，小的告辞了。

**洛伦佐**　你还要到哪儿去？

**朗斯洛特**　呃，大爷，我要去请我的旧主人犹太人今天晚上陪我的新主人基督徒吃饭。

**洛伦佐**　慢着，这几个钱赏给你；你去回复温柔的杰西卡，我不会误她的约；留心说话的时候别给旁人听见。各位，去吧。（朗斯洛特下）你们愿意去准备今天晚上的假面跳舞会吗？我已经有了一个拿火炬的人了。

**萨拉林诺**　是，我立刻就去准备起来。

**索拉尼奥**　我也就去。

**洛伦佐**　再过一点钟左右，咱们大家在格雷西安诺的寓所里相会。

**萨拉林诺**　很好。（萨拉林诺，索拉尼奥同下）

**格雷西安诺**　那封信不是杰西卡写给你的吗？

**洛伦佐**　我必须把一切都告诉你。她已经教我怎样带着她逃出她父亲的家里，告诉我她随身带了多少金银珠宝，已经准备好怎样一身小童的服装。要是她的父亲那个犹太人有一天会上天堂，那一定因为上帝看在他善良的女儿面上特别开恩；厄运再也不敢侵犯她，除非因为她的父亲是一个奸诈的犹太人。来，跟我一块儿去，你可以一边走一边读这封信。美丽的杰西卡将要替我拿着火炬。（同下）

## 第五场　同前；夏洛克家门前

【夏洛克及朗斯洛特上。

**夏洛克**　好，你就可以知道，你就可以亲眼瞧瞧夏洛克老头子跟巴萨尼奥有什么不同啦。——喂，杰西卡！——我家里容得你狼吞虎咽，别人家里是不许你这样放肆的；——喂，杰西卡！——还让你睡觉打鼾，把衣服胡乱撕破；——喂，杰西卡！

**朗斯洛特**　喂，杰西卡！

**夏洛克**　谁叫你喊的？我没有叫你喊呀。

**朗斯洛特**　您老人家不是常常怪我一定要等人家吩咐了才会做事吗？

【杰西卡上。

**杰西卡**　您叫我吗？有什么吩咐？

**夏洛克**　杰西卡，人家请我去吃晚饭；这儿是我的钥匙，你好生收管着。可是我去干么呢？人家又不是真心邀请我，他们不过拍拍我的马屁而已。可是我因为恨他们，倒要去这一趟，受用受用这个浪子基督徒的酒食。杰西卡，我的孩子，留心照看门户。我实在有点不愿意去；昨天晚上我做梦看见钱袋，恐怕不是个吉兆，心中很不安。

**朗斯洛特**　老爷，请您一定去；我家少爷在等着您赏光呢。

**夏洛克**　我也在等着他赏我一记耳光哩。

**朗斯洛特**　他们已经商量好了；我并不说您可以看到一场假面跳舞，可是您要是果然看到了，那就怪不得我在上一个黑曜日早上六点钟会流起鼻血来啦，那一年正是在圣灰节星期三第四年的下午。

**夏洛克** 怎么！还有假面跳舞吗？听好，杰西卡，把家里的门锁上了；听见鼓声和弯笛子的怪叫声音，不许爬到窗木鬲子上张望，也不要伸出头去，瞧那些脸上涂得花花绿绿的傻基督徒们打街道上走过。所有的窗都给我关起来，别让那些无聊的胡闹的声音钻进我的清静的屋子里。凭着雅各的牧羊杖发誓，我今晚真有点不想出去参加什么宴会。可是就去这一次吧。小子，你先回去，说我就来了。

**朗斯洛特** 那么我先去了，老爷。小姐，留心看好窗外；"跑来一个基督徒，不要错过好姻缘。"（下）

**夏洛克** 嘿，那个夏甲的傻瓜后裔[①]说些什么？

**杰西卡** 没有说什么，他只是说，"再会，小姐。"

**夏洛克** 这蠢才人倒还好，就是食量太大；做起事来，慢吞吞像条蜗牛一般；白天睡觉的本领，比野猫还胜过几分；我家里可容不得懒惰的黄蜂 ，所以才打发他走了，让他去跟着那个靠借债过日子的败家精，正好帮他消费。好，杰西卡，进去吧；也许我一会儿就回来。记住我的话，把门儿随手关了。"缚得牢，跑不了。"这是一句千古不灭的至理名言。（下）

**杰西卡** 再会；要是我的命运不跟我作梗，那么我将要失去一个父亲，你也要失去一个女儿了。（下）

## 第六场 同前

【格雷西安诺及萨拉林诺戴假面同上。

**格雷西安诺** 这儿屋檐下便是洛伦佐叫我们守望的地方。

**萨拉林诺** 他约定的时间快要过去了。

**格雷西安诺** 他会迟到真是件怪事，因为恋人们总是赶在时钟的前面的。

**萨拉林诺** 啊！维纳斯的鸽子飞去缔结新欢的盟约，比之履行旧日的诺言，总是要快上十倍。

---

① 夏甲 (Hagar)，为犹太人始祖亚伯拉罕正妻撒拉的婢女，撒拉无子，劝亚伯拉罕纳夏甲为次妻；夏甲生子后，遭撒拉之妒，与其子并遭斥逐。见《圣经·旧约·创世记》。此处所云"夏甲后裔"，表"贱种"之意。

**格雷西安诺** 那是一定的道理。谁在席终人散以后，他的食欲还像初入座时候那么强烈？哪一匹马在冗长的归途上，会像它起程时那么长驱疾驰？世间的任何事物，追求时候的兴致总要比享用时候的兴致浓烈。一艘新下水的船只扬帆出港的当儿，多么像一个娇养的少年 ，给那轻狂的风儿爱抚搂抱！可是等到它回来的时候，船身已遭风日的侵蚀，船帆也变成了百结的破衲，它又多么像一个落魄的浪子，给那轻狂的风儿肆意欺凌！

**萨拉林诺** 洛伦佐来啦；这些话你留着以后再说吧。

【洛伦佐上。

**洛伦佐** 两位好朋友，累你们久等了，对不起得很；实在是因为我有点事情，急切里抽身不出。等你们将来也要偷妻子的时候，我一定也替你们守这么些时候。过来，这儿就是我的犹太岳父所住的地方。喂！里面有人吗？

【杰西卡男装自上方上。

**杰西卡** 你是哪一个？我虽然认识你的声音，可是为了免得错认了人，请你把名字告诉我。

**洛伦佐** 我是洛伦佐，你的爱人。

**杰西卡** 你果然是洛伦佐，也的确是我的爱人，除了你，谁会使我爱得像这样呢？洛伦佐，除了你之外，谁还知道我究竟是不是属于你的？

**洛伦佐** 上天和你的思想，都可以证明你是属于我的。

**杰西卡** 来，把这匣子接住了，你拿了去大有好处的。幸亏在夜里，你瞧不见我，我改扮成这个怪样子，怪不好意思哩。可是恋爱是盲目的，恋人们瞧不见他们自己所干的傻事；要是他们瞧得见的话，那么丘比特瞧见我变成一个男孩子，也会脸红起来哩。

**洛伦佐** 下来吧，你必须替我拿着火炬。

**杰西卡** 怎么！我必须拿着烛火，照亮自己的羞耻吗？像我这样子，已经太轻狂了，应该遮掩遮掩才是，怎么反而要在别人面前露脸？

**洛伦佐** 亲爱的，你穿上这一身漂亮的男孩子衣服，人家不会认出你来的。快来吧，夜色已经在不知不觉中深了起来，巴萨尼奥在等着我们去赴宴呢。

**杰西卡** 让我把门窗关好，再收拾些银钱带在身边，然后立刻就来。（自上方下）

**格雷西安诺** 凭着我头巾发誓，她真是个基督徒，不是个犹太人。

**洛伦佐** 我从心底里爱着她。要是我有判断的能力，那么她是聪明的；要是我的眼睛没有欺骗我，那么她是美貌的；她已经替自己证明她是忠诚的；像她这样又聪明，又美丽，又忠诚，怎么不叫我把她永远放在自己的灵魂里呢？

【杰西卡上。

**洛伦佐** 啊，你来了吗？朋友们，走吧！我们的舞侣们现在一定在那儿等着我们了。（洛伦佐、杰西卡、萨拉林诺同下）

【安东尼奥上。

**安东尼奥** 那边是谁？

**格雷西安诺** 安东尼奥先生！

**安东尼奥** 咦，格雷西安诺！还有那些人呢？现在已经九点钟啦，我们的朋友们大家在那儿等着你们。今天晚上的假面跳舞会取消了；风势已转，巴萨尼奥就要立刻上船。我已经差了二十个人来找你们了。

**格雷西安诺** 那好极了；我巴不得今天晚上就开船出发。（同下）

## 第七场　贝尔蒙特；鲍西娅家中一室

【喇叭吹花腔；鲍西娅及摩洛哥亲王各率侍从上。

鲍西娅　去把帐幕揭开，让这位尊贵的王子瞧瞧那几个匣子。现在请殿下自己选择吧。

摩洛哥亲王　第一只匣子是金的，上面刻着这几个字："谁选择了我，将要得到众人所希求的东西。"第二只匣子是银的，上面刻着这样的约许："谁选择了我，将要得到他所应得的东西。"第三只匣子是用沉重的铅打成的，上面刻着像铅一样冷酷的警告："谁选择了我，必须准备把他所有的一切作为牺牲。"我怎么可以知道我选得错不错呢？

鲍西娅　这三只匣子中间，有一只里面藏着我的小像；您要是选中了那一只，我就是属于您的了。

摩洛哥亲王　求神明指示我！让我看；我且先把匣子上面刻着的字句再推敲一遍。这一个铅匣子上面说些什么？"谁选择了我，必须准备把他所有的一切作为牺牲。"必须准备牺牲；为什么？为了铅吗？为了铅而牺牲一切吗？这匣子说的话倒有些吓人。人们为了希望得到重大的利益，才会不惜牺牲一切；一颗贵重的心，决不会屈躬俯就鄙贱的外表；我不愿为了铅的缘故而作任何的牺牲。那个色泽皎洁的银匣子上面说些什么？"谁选择了我，将要得到他所应得的东西。"得到他所应得的东西！且慢，摩洛哥，把你自己的价值作一下公正的估计吧。照你自己判断起来，你应该得到很高的评价，可是也许凭着你这几分长处，还不配娶到这样一位小姐；然而我要是疑心我自己不够资格，那未免太小看自己了。得到我所应得的东西！当然那就是指这位小姐而说的；讲到家世，财产，人品，教养，我在哪一点上配不上她？可是超乎这一切之上，凭着我这一片深情，也就应该配得上她了。那么我不必迟疑，就选了这一个匣子吧。让我再瞧瞧那金匣子上说些什么话："谁选择了我，将要得到众人所希求的东西。"啊，那正是这位小姐了；整个儿的世界都希求着她，从地球的四角他们迢迢而来，顶礼这位尘世的仙姬：赫堪尼亚的沙漠和广大的阿拉伯的辽阔的荒野，现在已经成为各国王子们前来瞻仰美貌的鲍西娅的通衢大道；把唾沫吐在天庭面上的傲慢不逊的海洋，也不能阻止外邦的远客，他们越过汹涌的波涛，就像跨过一条小河一样，为了要看一看鲍西娅的绝世姿容。在这三只匣子中间，有一只里面藏着她的天仙似的小像。难道那铅匣子里会藏着她吗？想起这样一个卑劣的思想，就是一种亵渎。它太粗糙，甚至不配装着她的寿衣放在黑暗的坟墓里。那么她是会藏在那价值只及纯金十分之一的银匣子里面吗？啊，罪恶的思想！这样一颗珍贵的珠宝，决不会装在比金子低贱的匣子里。他们在英国有一种金币，上面刻着天使的形象；这里一位天使躺在金子做的床上，却被关在黑暗里。把钥匙交给我；我已经选定了，但愿我的希望能够成就！

**鲍西娅**　亲王，请你拿着这钥匙；要是这里边有我的小像，我就是您的了。（摩洛哥亲王开金匣）

**摩洛哥亲王**　嗳哟，该死！这是什么？一个死人的骷髅，那空空的眼眶里藏着一张有字的纸卷。让我读一读上面写着什么。

发闪光的不全是黄金，
古人的说话没有骗人；
多少世人出卖了一生，
不过看到了我的外形，
蛆虫占据着镀金的坟。
你要是又大胆又聪明，
手脚壮健，见识却老成，
就不会得到这样回音：
再见，劝你冷却这片心。

冷却这片心；真的是枉费辛劳！
永别了，热情！欢迎，凛冽的寒飚！
再见，鲍西娅；悲伤塞满了心胸，
莫怪我这败军之将去得匆匆。（率侍从下；喇叭吹花腔）

**鲍西娅**　他去得倒还知趣。把帐幕拉下。但愿像他一样肤色的人，都像他一样选不中。（同下）

## 第八场　威尼斯；街道

【萨拉林诺及索拉尼奥上。

萨拉林诺　啊，朋友，我看见巴萨尼奥开船，格雷西安诺也跟他同船去；我相信洛伦佐一定不在他们船里。

索拉尼奥　那个恶犹太人大呼小叫地吵到公爵那儿去，公爵已经跟着他去搜巴萨尼奥的船了。

萨拉林诺　他去迟了一步，船已经开出。可是有人告诉公爵，说他们曾经看见洛伦佐跟他的多情的杰西卡在一艘平底船里；而且安东尼奥也向公爵证明他们并不在巴萨尼奥的船上。

索拉尼奥　我从来没有见过那犹太狗在街上一路上如此乱叫乱喊，怪异，野调，或高或低："我的女儿！啊，我的银钱！啊，我的女儿！跟一个基督徒逃走啦！啊，我的基督徒的银钱！公道啊！法律啊！我的银钱，我的女儿！一袋封好的，两袋封好的银钱，给我的女儿偷去了！还有珠宝！两颗宝石，两颗珍贵的宝石，都给我的女儿偷去了！公道啊！把那女孩子找出来！她身边带着宝石，还有银钱。"

萨拉林诺　威尼斯城里所有的小孩子们，都跟在他背后，喊着他的宝石，他的女儿，他的银钱。

索拉尼奥　安东尼奥应该留心那笔债款不要误了期，否则他要在他身上报复的。

萨拉林诺　对了，你想得不错。昨天我跟一个法国人谈天，他对我说起，在英、法二国之间的狭隘的海面上，有一艘从咱们国里开出去的满载着货物的船只出了事了。我一听这句话，就想起安东尼奥，但愿那艘船不是他的才好。

索拉尼奥　你最好把你听见的消息告诉安东尼奥；可是你要轻描淡写地说，免得累他着急。

萨拉林诺　世上没有一个比他更仁厚的君子。我看见巴萨尼奥跟安东尼奥分别，巴萨尼奥对他说他一定尽早回来，他就回答说，"不必，巴萨尼奥，不要为了我的缘故而误了你的正事，你等到一切事情圆满完成以后再回来吧；至于我在那犹太人那里签下的约，你不必放在心上，你只管高高兴兴，一心一意地进行着你的好事，施展你的全副精神，去博得美人的欢心吧。”说到这里，他的眼睛里已经噙着一包眼泪，他就回转身去，把他的手伸到背后，亲亲热热地握着巴萨尼奥的手；他们就这样分别了。

索拉尼奥　我看他只是为了他的缘故才爱这世界的。咱们现在就去找他，想些开心的事儿替他解解愁闷，你看好不好？

萨拉林诺　很好很好。（同下）

## 第九场　贝尔蒙特；鲍西娅家中一室

【尼莉莎及一仆人上。

尼莉莎　赶快，赶快，扯开那帐幕；阿拉贡亲王已经宣过誓就要来选匣子啦。

【喇叭吹花腔；阿拉贡亲王及鲍西娅各率侍从上。

鲍西娅　瞧，尊贵的王子，那三个匣子就在这儿；您要是选中了有我的小像藏在里头的那一只，我们就可以立刻举行婚礼；可是您要是失败了的话，那么殿下，您必须立刻离开这儿。

阿拉贡亲王　我已经宣誓遵守三项条件：第一，不得告诉任何人我所选的是哪一只匣子；第二，要是我选错了匣子，终身不得再向任何女子求婚；第三，要是我选不中，必须立刻离开此地。

鲍西娅　为了我这微贱的身子来此冒险的人，没有一个不曾立誓遵守这几个条件。

阿拉贡亲王　我也是这样宣誓过了。但愿命运满足我的心愿！一只是金的，一只是银的，还有一只是下贱的铅的。“谁选择了我，必须准备把他所有的一切作为牺牲。”你要我为你牺牲，应该再好看一点才是。那个金匣子上面说的什么？“谁选择了我，将要得到众人所希求的东西。”众人所希求的东西！那“众人”也许是指那无知的群众，他们只知道凭着外表取人，信赖着一双愚妄的眼睛，不知道窥察到内心，就像暴风雨中的燕子，把巢筑在屋外的墙壁上，自以为可保万全，不想到灾祸就会接踵而至。我不愿选择众人所希求的东西，因为我不愿随波逐流，与庸俗的群众为伍。那么还是让我瞧瞧你吧，你这白银的宝库；待我再看一遍刻在你上面的字句：“谁选择了我，将要得到他所应得的东西。”说得好，一个人要是自己没有几分长处，怎么可以妄图非分？尊荣显贵，原来不是无德之人所可以忝窃的。唉！要是世间的爵禄官职，都能够因功授赏，不藉钻营，那么多少脱帽侍立的人将会高冠盛服，多少发号施令的人将会唯唯听命，多少卑劣鄙贱的渣滓可以从高贵的种子中间筛分出来，多少隐阍不彰的贤才异能，可以从世俗的糠秕中间剔选出来，大放它们的光泽！闲话少说，还是让我考虑考虑怎样选择吧。“谁选择了我，将要得到他所应得的东西。”那么我有擅了。把这匣子上的钥匙给我，让我立刻打开藏在这里面的我的命运。（开银匣）

**鲍西娅**　您在这里面瞧见些什么？怎么呆住了一声也不响？

**阿拉贡亲王**　这是什么？一个眯着眼睛的傻瓜的画像，上面还写着字句！让我读一下看。唉！你跟鲍西娅相去得多么远！你跟我的希望又相去得多么远！难道我只配得到你这样一个东西吗？“谁选择了我，将要得到他所应得的东西。”难道我只应该得到一副傻瓜的嘴脸吗？那便是我的奖品吗？我不该得到好一点的东西吗？

**鲍西娅**　毁谤和评判，是两件作用不同、性质相反的事。

**阿拉贡亲王**　这儿写着什么？

这银子在火里烧过七遍；
那永远不会错误的判断，
也必须经过七次的试炼。
有的人终身向幻影追逐，
只好在幻影里寻求满足。
我知道世上尽有些呆鸟，
空有着一个镀银的外表；
随你娶一个怎样的妻房，
摆脱不了这傻瓜的皮囊，
去吧，先生，莫再耽搁时光！

我要是再留在这儿发呆，
愈显得是个十足的蠢才；

顶一颗傻脑袋来此求婚，

带两个蠢头颅回转家门。

别了，美人，我愿遵守誓言，

默忍着心头愤怒的熬煎。（阿拉贡亲王率侍从下）

**鲍西娅**　正像飞蛾在烛火里伤身，

这些傻瓜们自恃着聪明，

免不了被聪明误了前程。

**尼莉莎**　古话说得好，上吊娶媳妇，

都是一个人注定的天数。

**鲍西娅**　来，尼莉莎，把帐幕拉下了。

【一仆人上。

**仆人**　小姐呢？

**鲍西娅**　在这儿；尊驾有什么见教？

**仆人**　小姐，门口有一个年轻的威尼斯人，说是来通知一声，他的主人就要来啦；他说他的主人叫他先来向小姐致意，除了一大堆恭维的客套以外，还带来了几件很贵重的礼物。小的从来没有见过这么一位体面的爱神的使者；预报繁茂的夏季快要来临的四月的天气，也不及这个为主人先驱的俊仆温雅。

**鲍西娅**　请你别说下去了吧；你把他称赞得这样天花乱坠，我怕你就要说他是你的亲戚了。来，来，尼莉莎，我倒很想瞧瞧这一位爱神差来的体面的使者。

**尼莉莎**　爱神啊，但愿来的是巴萨尼奥！（同下）

# 第　三　幕

## 第一场　威尼斯；街道

【索拉尼奥及萨拉林诺上。

索拉尼奥　交易所里有什么消息？

萨拉林诺　他们都在那里说安东尼奥有一艘满装着货物的船在海峡里倾覆了；那地方的名字好像是古德温，是一处很危险的沙滩，听说有许多大船的残骸埋葬在那里，要是那些传闻之辞是确实可靠的话。

索拉尼奥　我但愿那些谣言就像那些吃饱了饭没事做，嚼嚼生姜，或者一把鼻涕一把眼泪地假装为了她第三个丈夫死去而痛哭的那些婆子们所说的鬼话一样靠不住。可是那的确是事实——不说啰哩啰唆的废话，也不说枝枝节节的闲话——这位善良的安东尼奥，正直的安东尼奥——啊，我希望我有一个可以充分形容他的好处的字眼！——

萨拉林诺　好了好了，别说下去了吧。

索拉尼奥　吓！你说什么！总结一句话，他损失了一艘船。

萨拉林诺　但愿这是他最末一次的损失。

索拉尼奥　让我赶快喊“阿门”，免得给魔鬼打断了我的祷告，因为他已经扮成一个犹太人的样子来啦。

【夏洛克上。

索拉尼奥　啊，夏洛克！商人中间有什么消息？

夏洛克　有什么消息！我的女儿逃走啦，这件事情是你比谁都格外知道得详细的。

萨拉林诺　那当然啦，就是我也知道她飞走的那对翅膀是哪一个裁缝替她做的。

索拉尼奥　夏洛克自己也何尝不知道，她羽毛已长，当然要离开娘家啦。

夏洛克　她干出这种不要脸的事来，死了一定要下地狱。

萨拉林诺　倘然魔鬼做她的判官，那是当然的事情。

夏洛克　我自己的血肉向我造反！

萨拉林诺　你说什么，老家伙？你这么大年纪，还向自己造反？

夏洛克　我是说我女儿是我自己的血肉。

萨拉林诺　你的肉跟她的肉比起来，比黑炭和象牙还差得远；你的血跟她的血比起来，比红葡萄酒和白葡萄酒还差得远。可是告诉我们，你听不听见人家说起安东尼奥在海上遭到了损失？

夏洛克　说起他，又是我的一桩倒霉事情。这个败家精，这个破落户，他不敢在交易所里露一露脸；他平常到市场上来，穿着得多么齐整，现在可变成一个叫化子啦。让他留心他的借约吧；他老是骂我盘剥取利；让他留心他的借约吧；他是本着基督徒的精神，放债从来不取利息的；让他留心他的借约吧。

萨拉林诺　我相信要是他不能按约偿还借款，你一定不会要他的肉的；那有什么用处呢？

夏洛克　拿来钓鱼也好；即使他的肉不中吃，至少也可以出出我这一口气。他曾经羞辱过我，夺去我几十万块钱的生意，讥笑着我的亏蚀，挖苦着我的盈余，侮蔑我的民族，破坏我的买卖，离间我的朋友，煽动我的仇敌；他的理由是什么？只因为我是一个犹太人。难道犹太人没有眼睛吗？难道犹太人没有五官四肢，没有知觉，没有感情，没有血气吗？他不是吃着同样的食物，同样的武器可以伤害他，同样的医药可以疗治他，冬天同样会冷，夏天同样会热，就像一个基督徒一样吗？你们要是用刀剑刺我们，我们不是也会出血的吗？你们要是搔我们的痒，我们不是也会笑起来吗？你们要是用毒药谋害我们，我们不是也会死的吗？那么要是你们欺侮了我们，我们难道不会复仇吗？要是在别的地方我们都跟你们一样，那么在这一点上也是彼此相同的。要是一个犹太人欺侮了一个基督徒，那基督徒应该怎样？报仇呀。要是一个基督徒欺侮了一个犹太人，那么照着基督徒的榜样，那犹太人应该怎样？报仇呀。你们已经把残虐的手段教给我，我一定会照着你们的教训实行，而且还要加倍奉敬哩。

【一仆人上。

仆人　两位先生，我家主人安东尼奥在家里，要请两位过去谈谈。

萨拉林诺　我们正在到处找他呢。

【杜巴尔上。

索拉尼奥　又是一个他的族中人来啦；世上再也找不到第三个像他们这样的人，除非魔鬼自己也变成了犹太人。（索拉尼奥、萨拉林诺及仆人下）

夏洛克　啊，杜巴尔！热那亚有什么消息？你有没有找到我的女儿？

杜巴尔　我所到的地方，往往听见人家说起她，可是总找不到她。

夏洛克　哎呀，糟糕！糟糕！糟糕！我在法兰克福出两千块钱买来的那颗金刚钻也丢啦！咒诅到现在才降落到咱们民族头上；我到现在才觉得它的利害。那一颗金刚钻就是两千块钱，还有别的贵重的贵重的珠宝。我希望我的女儿死在我的脚下，那些珠宝都挂在她的耳朵上；我希望她就在我的脚下入土安葬，那些银钱都放在她的棺材里！不知道他们的下落吗？哼，我不知道为了寻访他们，又花去了多少钱。你这你这——损失上再加损失！贼子偷了这么多走了，还要花这么多去访寻贼子，结果仍旧是一无所得，出不了这一口怨气。只有我一个人倒霉，只有我一个人叹气，只有我一个人流眼泪！

杜巴尔　倒霉的不单是你一个人。我在热那亚听人家说，安东尼奥——

夏洛克　什么？什么？什么？他也倒了霉吗？他也倒了霉吗？

杜巴尔　——有一艘从特里波利斯来的大船，在途中触礁。

夏洛克　谢谢上帝！谢谢上帝！是真的吗？是真的吗？

杜巴尔　我曾经跟几个从那船上出险的水手谈过话。

夏洛克　谢谢你，好杜巴尔。好消息，好消息！哈哈！什么地方？在热那亚吗？

杜巴尔　听说你的女儿在热那亚一个晚上花去八十块钱。

夏洛克　你把一把刀戳进我的心里！我再也瞧不见我的银子啦！一下子就是八十块钱！八十块钱！

杜巴尔　有几个安东尼奥的债主跟我同路到威尼斯来，他们肯定地说他这次一定要破产。

夏洛克　我很高兴。我要摆布摆布他；我要叫他知道些利害。我很高兴。

杜巴尔　有一个人给我看一个指环，说是你女儿拿它向他买一头猴子的。

夏洛克　该死该死！杜巴尔，你提起这件事，真叫我心里难过；那是我的绿玉指环，是我的妻子莉娅在我没有结婚的时候送给我的；即使人家把一大群猴子来向我交换，我也不愿把它给人。

**杜巴尔** 可是安东尼奥这次一定完了。

**夏洛克** 对了，这是真的，一点不错。去，杜巴尔，现在离开借约满期还有半个月，你先给我到衙门里走动走动，花费几个钱，要是他愆了约，我要挖出他的心来；即使他不在威尼斯，我也不怕他逃出我的掌心。去，去，杜巴尔，咱们在会堂里见面。好杜巴尔，去吧；会堂里再见，杜巴尔。（各下）

## 第二场　贝尔蒙特；鲍西娅家中一室

【巴萨尼奥，鲍西娅，格雷西安诺，尼莉莎及侍从等上。

**鲍西娅** 请您不要太急，停一两天再选吧；因为要是您选得不对，咱们就不能再在一块儿，所以请您暂时缓一下吧。我心里仿佛有一种什么感觉，可是那不是爱情，告诉我我不愿失去您；您一定也知道，嫌憎是不会向人说这种话的。一个女孩儿家本来不该信口说话，可是唯恐您不能懂得我的意思，我真想留您在这儿住上一两个月，然后再让您为我而冒险一试。我可以教您怎样选才不会有错；可是这样我就要违犯了誓言，那是断断不可的；然而那样您也许会选错；要是您选错了，您一定会使我起了一个有罪的愿望，懊悔我不该为了不敢背誓而忍心让您失望。顶可恼的是您这一双眼睛，它们已经瞧透了我的心，把我分成两半：半个我是您的，还有那半个我也是您的——不，我的意思是说那半个我是我的，可是既然是我的，也就是您的，所以整个儿的我都是您的。唉！都是这些无聊的世俗的礼法，使人们不能享受他们合法的权利；所以我虽然是您的，却又不是您的。我说得太啰唆了，可是我的目的是要尽量拖延时间，不放您马上就去选择。

**巴萨尼奥** 让我选吧；我现在提心吊胆，才像给人拷问一样受罪呢。

**鲍西娅** 给人拷问，巴萨尼奥！那么您给我招认出来，在您的爱情之中，隐藏着什么奸谋？

**巴萨尼奥** 没有什么奸谋，我只是有点怀疑忧惧，但恐我的痴心化为徒劳；奸谋跟我的爱情正像冰炭一样，是无法相容的。

**鲍西娅** 嗯，可是我怕您是因为受不住拷问的痛苦，才说这样的话。人受了拷问，还有什么不肯说？

**巴萨尼奥** 您要是答应赦我一死，我愿意招认真情。

**鲍西娅** 好，赦你一死，你招认吧。

**巴萨尼奥** “爱”便是我所能招认的一切。多谢我的刑官，您教给我怎样免罪的答话了！可是让我去瞧瞧那几个匣子，试试我的运气吧。

**鲍西娅** 那么去吧！在那三个匣子中间，有一个里面锁着我的小像；您要是真的爱我，您会把我找出来的。尼莉莎，你跟其余的人都站开些。在他选择的时候，把音乐奏起来，要是他失败了，好让他像天鹅一样在音乐声中死去；把这譬喻说得更确当一些，我的眼睛就是他葬身的清流。也许会胜利的；那么那音乐又像什么呢？那时候音乐就像忠心的臣子俯伏迎迓新加冕的君王的时候所吹奏的号角，又像是黎明时分送进正在做着好梦的新郎的耳中，催他起来举行婚礼的甜柔的琴韵。现在他去了，他的沉毅的姿态，就像少年海格立斯奋身前去在特洛伊人的呼叫声中，把他们祭献给海怪的处女拯救出来一样，可是他心里却藏着更多的爱情；我站在这儿做牺牲，她们站在旁边，就像泪眼模糊的达达尼尔妇女们，出来看这场争斗的结果。去吧，海格立斯！我的生命悬在你手里，但愿你安然生还；我这观战的人心中，比你上场作战的人还要惊恐万倍！（巴萨尼奥独白时，乐队奏乐，唱歌）

歌

告诉我爱情生长在何方？
还是在脑海？还是在心房？
它怎样发生？它怎样成长？
回答我，回答我。
爱情的火在眼睛里点亮，
凝视是爱情生活的滋养，
它的摇篮便是它的坟堂。
让我们把爱的丧钟鸣响，
叮当！叮当！
(众和)叮当！叮当！

**巴萨尼奥** 外观往往和事物的本身完全不符，世人却容易为表面的装饰所欺骗。在法律上，哪一件卑鄙邪恶的陈诉，不可以用娓娓动听的言词掩饰它的

罪状？在宗教上，哪一桩罪大恶极的过失，不可以引经据典，文过饰非，证明它的确上合天心？任何彰明昭著的罪恶，都可以在外表上装出一副道貌岸然的样子。多少没有胆量的懦夫，他们的颊上却长着海格力斯和皱眉的马尔斯一样威武的须髯，剖开内部看肝脏白得像奶，可人家只看着他们的外表，也就居然把他们当作英雄一样看待！再看那些世间所谓美貌吧，那是完全靠着脂粉装点出来的，愈是轻浮的女人，所涂的脂粉也愈重；至于那些随风飘扬，像蛇一样的金丝卷发，看上去果然漂亮，不知道却是从坟墓中死人的骷髅上借下来的。所以装饰不过是一道把船只诱进凶涛险浪的怒海中去的陷人的海岸，又像是遮掩着一个黑丑蛮女的一道美丽的面纱；总而言之，它是狡诈的世人用来欺诱智士的似是而非的真理。所以，你炫目的黄金，米达斯王的坚硬的食物，我不要你；你惨白的银子，在人们手里来来去去的下贱的奴才，我也不要你；可是你，寒伧的铅，你的形状只能使人退走，一点没有吸引人的力量，然而你的质朴却比巧妙的言辞更能打动我的心，我就选了你吧，但愿结果美满！

**鲍西娅**　（旁白）一切纷杂的思绪，多心的疑虑，卤莽的绝望，战栗的恐惧，酸性的猜嫉，多么快地烟消云散了！爱情啊！把你的狂喜节制一下，不要让你的欢乐溢出界限，让你的情绪越过分寸；你使我感觉到太多的幸福，请你把它减轻几分吧，我怕我快要给快乐窒息而死了！

**巴萨尼奥**　这里面是什么？（开铅匣）美丽的鲍西娅的副本！这是谁的神来之笔，描画出这样一位绝世的美人？这双眼睛是在转动吗？还是因为我的眼球在转动，所以仿佛它们也在随着转动？她的微启的双唇，是因为她嘴里吐出来的甘美芳香的气息而分裂了；无论怎样亲密的朋友，受到了这样的麻醉，都会变成路人的。画师在描画她的头发的时候，一定曾经化身为蜘蛛，织下了这么一个金丝的发网，来诱捉男子们的心；哪一个男子见了它，不会比飞蛾投入蛛网还快地陷进网罗呢？可是她的眼睛！他怎么能够睁了眼睛把它们画出来呢？他在画了一只眼睛以后，我想它的逼人的光芒，一定会使他自己目眩神夺，再也描画不成其余的一只。可是瞧，我用尽一切赞美的字句，还不能充分形容出这一个画中幻影的美妙；然而这幻影跟它的实体比较起来，又是多么望尘莫及！这儿是一纸手卷，宣判着我的命运。

你选择不凭着外表，
果然给你直中鹄心！

胜利既已入你怀抱，
你莫再往别处追寻。
这结果倘使你满意，
就请接受你的幸运，
赶快回转你的身体，
给你的爱深深一吻。

温柔的伦音！美人，请恕我大胆，（吻鲍西娅）
我奉命来把彼此的深情交换。
像一个夺标的健儿驰骋身手，
耳旁只听见沸扬的人声如吼，
虽然明知道胜利已在他手掌，
却不敢相信人们在向他赞赏。
绝世的美人，我现在神眩目晕，
仿佛闯进了一场离奇的梦境；
除非你亲口证明这一切是真，
我再也不相信我自己的眼睛。

**鲍西娅** 巴萨尼奥公子，您瞧我站在这儿，不过是这样的一个人。虽然为了我自己的缘故，我不愿妄想自己比现在的我更好一点；可是为了您的缘故，我希望我能够六十倍胜过我的本身，再加上一千倍的美丽，一万倍的富有；我但愿我有无比的贤德，美貌，财产和亲友，好让我在您的心目中占据一个很高的位置。可是我这一身却是一无所有，我只是一个不学无术，没有教养的女子；幸亏她的年纪还不是顶大，来得及发愤学习；她的天资也不是顶笨，可以加以教导；尤其大幸的，她有一颗柔顺的心灵，愿意把它奉献给您，听从您的指导，把您当作她的主人，她的统治者，和她的君王。我自己以及我所有的一切，现在都变成您的所有了；刚才我还拥有着这一座华丽的大厦，我的仆人都听从着我的指挥，我是支配我自己的女王，可是就在现在，这屋子，这些仆人，和这一个我，都是属于您的了，我的夫君。凭着这一个指环，我把这一切完全呈献给您；要是您让这指环离开您的身边，或者把它丢了，或者把它送给别人，那就预示着您的爱情的毁灭，我可以因此责怪您的。

**巴萨尼奥** 小姐，您使我说不出一句话来，只有我的热血在我的血管里跳动着向您陈诉。我的精神是在一种恍惚的状态中，正像喜悦的群众在听到他们所爱戴的君王的一篇美妙的演辞以后那种心灵眩惑的神情，除了口头的赞叹和内心的欢乐以外，一切的一切都混和起来，化成白茫茫的一片模糊。可是这指环要是有一天离开这手指，那么我的生命也一定已经终结；那时候您可以放胆地说，巴萨尼奥已经死了。

**尼莉莎** 姑爷，小姐，我们站在旁边，眼看我们的愿望成为事实，现在该让我们来道喜了。恭喜姑爷！恭喜小姐！

**格雷西安诺** 巴萨尼奥大爷和我的温柔的夫人，愿你们享受一切的快乐！我还有一个请求，要是你们决定在什么时候举行嘉礼，我也想跟你们一起结婚。

**巴萨尼奥** 很好，只要你能够找到一个妻子。

**格雷西安诺** 谢谢大爷，您已经替我找到一个了。不瞒大爷说，我这一双眼睛瞧起人来，并不比您大爷慢；您瞧见了小姐，我也瞧见了使女；您发生了爱情，我也发生了爱情。您的命运靠那几个匣子决定，我也是一样；因为我在这儿千求万告，身上的汗出了一身又是一身，指天誓日地说到唇干舌燥，才算得到这位好姑娘的一句回音，答应要是您能够得到她的小姐，我也可以得到她的爱情。

**鲍西娅** 这是真的吗，尼莉莎？

**尼莉莎** 是真的，小姐，要是您赞成的话。

**巴萨尼奥** 格雷西安诺，你也是出于真心吗？

**格雷西安诺** 是的，大爷。

**巴萨尼奥** 我们的喜筵有你们的婚礼添兴，那真是喜上加喜了。

**格雷西安诺** 我们要跟他们打赌一千块钱，看谁先养儿子。

**尼莉莎** 怎么，还要赌钱？

**格雷西安诺** 算了，我们怕是赢不了，还是不下赌注了吧。可是谁来啦？洛伦佐和他的异教徒吗？什么！还有我那威尼斯老朋友索拉尼奥？

【洛伦佐，杰西卡及索拉尼奥上。

**巴萨尼奥** 洛伦佐，索拉尼奥，虽然我也是初履此地，让我僭用着这里主人的名义，欢迎你们的到来。亲爱的鲍西娅，请您允许我接待我这几个同乡朋友。

**鲍西娅** 我也是竭诚欢迎他们。

**洛伦佐** 谢谢。巴萨尼奥大爷，我本来并没有想到要到这儿来看您，因为在路上碰见索拉尼奥，给他不由分说地硬拉着一块儿来啦。

**索拉尼奥** 是我拉他来，大爷，我是有理由的。安东尼奥先生叫我替他向您致意。(给巴萨尼奥一信)

**巴萨尼奥** 在我没有拆开这信以前，请你告诉我，我的好朋友近来好吗？

**索拉尼奥** 他没有病，除非有点儿心病；您看了他的信，就可以知道他的近况。

**格雷西安诺** 尼莉莎，招待招待那位客人。把你的手给我，索拉尼奥，威尼斯有些什么消息？那位善良的商人安东尼奥怎样？我知道他听见了我们的成功，一定会十分高兴；我们是两个伊阿宋，把金羊毛取了来啦。

**索拉尼奥** 我希望你们能够把他失去的金羊毛取了回来，那就好了。

**鲍西娅** 那信里一定有些什么坏消息，巴萨尼奥的脸色都变白了；多半是一个什么好朋友死了，否则不会有别的事情会把一个堂堂男子激动到这个样子的。怎么，还有更坏的事情吗？恕我冒渎，巴萨尼奥，我是您自身的一半，这封信所带给您的任何不幸的消息，也必须让我分一半去。

**巴萨尼奥** 啊，亲爱的鲍西娅！这信里所写的，是自有纸墨以来最悲惨的字句。好小姐，当我初次向您倾吐我的爱慕之忱的时候，我坦白地告诉您，我的高贵的家世是我仅有的财产，那时我并没有向您说谎；可是，亲爱的小姐，单单把我说成一个两袖清风的寒士，还未免夸张过分，因为我不但一无所有，而且还负着一身的债务；不但欠了我的一个好朋友许多钱，还累他为了我的缘故，欠了他仇家的钱。这一封信，小姐，那信纸就像是我朋友的身体，上面的每一个字，都是一处血淋淋的创伤。可是，索拉尼奥，那是真的吗？难道他的船舶都一起遭难了？竟没有一艘平安到港吗？从特里波利斯，从墨西哥，英国，里斯本，巴巴里，和印度来的船只，没有一艘能够逃过那些毁害商船的礁石的可怕的撞击吗？

**索拉尼奥** 一艘也没有逃过。而且即使他现在有钱还那犹太人，那犹太人也不肯收。我从来没有见过这样一个样子像人的家伙，一心一意只想残害他的同类；他不分昼夜地向公爵絮叨，说是他们倘不给他主持公道，那么威尼斯根本不成其为一个自由之邦。二十个商人，公爵自己，还有那些最有名望的士绅，都曾劝过他，可是谁也不能叫他回心转意，放弃他的狠毒的控诉；他一口咬定，要求按照约文的规定，处罚安东尼奥的违约。

杰西卡　我在家里的时候，曾经听见他向杜巴尔和丘斯，他的两个同族的人谈起，说他宁可取安东尼奥身上的肉，不愿收受比他的欠款多二十倍的钱。要是法律和权威不能拒绝他，那么可怜的安东尼奥恐怕难逃一劫了。

鲍西娅　遭到这样危难的人，是不是您的好朋友？

巴萨尼奥　我的最亲密的朋友，一个心肠最仁慈的人，热心为善，多情尚义，在他身上存留着比任何意大利人更多的古代罗马的仁侠精神。

鲍西娅　他欠那犹太人多少钱？

巴萨尼奥　他为了我的缘故，向他借了三千块钱。

鲍西娅　什么，只有这一点数目吗？还他六千块钱，把那借约毁了；两倍六千块钱，或者照这数目再加三倍都可以，可是万万不能因为巴萨尼奥的过失，害这样一位好朋友损伤一根毛发。先陪我到教堂里去结为夫妇，然后你就到威尼斯去看你的朋友；鲍西娅决不让你抱着一颗不安宁的良心睡在她的身旁。你可以带上偿还这笔小小借款的二十倍那么多的钱去；债务清了以后，就带你的忠心的朋友到这儿来。我的侍女尼莉莎陪着我在家里，仍旧像未嫁的时候一样，守候着你们的归来。来，今天就是你结婚的日子，大家快快乐乐，好好招待你的朋友们。你既然是用这么大的代价买来的，我一定格外珍爱你。可是让我听听你朋友的信。

巴萨尼奥　“巴萨尼奥挚友如握：弟船只悉数遇难，债主煎迫，家业荡然。犹太人之约，业已愆期；履行罚则，殆无生望。足下前此欠弟债项，一切勾销，惟盼及弟未死之前，来相临视。或足下燕婉情浓，不忍遽别，则亦不复相强，此信置之可也。”

鲍西娅　啊，亲爱的，快把一切事情办好，立刻就去吧！

巴萨尼奥　既然蒙您允许，我就赶快收拾动身；可是——

此去经宵应少睡，长留魂魄系相思。（同下）

## 第三场　威尼斯；街道

【夏洛克，萨拉林诺，安东尼奥及狱吏上。

**夏洛克**　狱官，留心看住他；不要对我讲什么慈悲。这就是那个放债不取利息的傻瓜。狱官，留心看住他。

**安东尼奥**　再听我说句话，好夏洛克。

**夏洛克**　我一定要照约实行；你倘然想推翻这一张契约，那还是请你免开尊口的好。我已经发过誓，非得照约实行不可。你曾经无缘无故骂我狗，既然我是狗，那么你可留心着我的狗牙齿吧。公爵一定会给我主持公道的。你这糊涂的狱官，我真不懂你老是会答应他的请求，陪着他到外边来。

**安东尼奥**　请你听我说。

**夏洛克**　我一定要照约实行，不要听你讲什么鬼话；我一定要照约实行，所以请你闭嘴吧。我不像那些软心肠流眼泪的傻瓜们一样，听了基督徒的几句劝告，就会摇头叹气，懊悔屈服。别跟着我，我不要听你说话，我要照约实行。（下）

**萨拉林诺**　这是人世间一头最顽固的恶狗。

**安东尼奥**　别理他；我也不愿再费无益的唇舌向他哀求了。他要的是我的命，我也知道他的原因。常常有许多人因为不堪他的剥削，向我诉苦，是我帮助他们脱离他的压迫，所以他才恨我。

**萨拉林诺**　我相信公爵一定不会允许他执行这一种处罚。

**安东尼奥**　公爵不能变更法律的规定，因为威尼斯的繁荣，完全倚赖着各国人民的来往通商，要是剥夺了异邦人应享的权利，一定会使人对威尼斯的法治精神发生重大的怀疑。去吧，这些不如意的事情，已经把我搅得心力交瘁，我怕到明天身上也许割不下一磅肉来，偿还我这位不怕血腥气的债主了。狱官，走吧。求上帝，让巴萨尼奥来亲眼看见我替他还债，我就死而无怨了！（同下）

## 第四场　贝尔蒙特；鲍西娅家中一室

【鲍西娅，尼莉莎，洛伦佐，杰西卡及巴尔萨泽上。

**洛伦佐**　夫人，不是我当面恭维您，您的确有一颗高贵真诚，不同凡俗的仁爱的心；尤其像这次敦促尊夫就道，宁愿割舍儿女的私情，这一种精神毅力，真令人万分钦佩。可是您倘使知道受到您这种好意的是个什么人，您所救援的是怎样一个正直的君子，他对于尊夫的交情又是怎样深挚，我相信您一定会格外因为做了这一件好事而自豪，不仅仅认为这是在人道上一件不得不尽的义务而已。

**鲍西娅**　我做了好事从来不后悔，现在也当然不会。因为凡是常在一块儿谈心游戏的朋友，彼此之间都有一重相互的友爱，他们在容貌上，风度上，习性上，也必定相去不远；所以在我想来，这位安东尼奥既然是我的丈夫的心腹好友，他的为人一定很像我的丈夫。要是我的猜想果然不错，那么我把一个跟我的灵魂相仿的人从残暴的迫害下救赎出来，花了这一点儿代价，算得什么！可是这样的话，太近于自吹自擂了，所以别说了吧，还是谈些其他的事情。洛伦佐，在我的丈夫没有回来以前，我要劳驾您替我照管家里；我自己已经向天许下密誓，要在祈祷和默念中过着生活，只让尼莉莎一个人陪着我，直到我们两人的丈夫回来。在两哩路之外有一所修道院，我们就预备住在那儿。我向您提出这一个请求，不只是为了个人的私情，还有其他事实上的必要，请您不要拒绝我。

**洛伦佐**　夫人，您有什么吩咐，我无不乐于遵命。

**鲍西娅**　我的仆人们都已知道我的决心，他们会把您和杰西卡当作巴萨尼奥和我自己一样看待。后会有期，再见了。

**洛伦佐**　但愿美妙的思想和安乐的时光追随在您的身旁！

**杰西卡**　愿夫人一切如意！

**鲍西娅**　谢谢你们的好意，我也愿意用同样的愿望祝福你们。再见，杰西卡。（杰西卡、洛伦佐下）巴尔萨泽，我一向知道你诚实可靠，希望你永远做一个诚实可靠的人。这一封信你给我火速送到帕度亚，交给我的表兄贝拉里奥博士亲手收拆；要是他有什么回信和衣服交给你，你就赶快带着它们到码头上，乘公共渡船到威尼斯去。不要多说话，去吧；我会在威尼斯等你。

巴尔萨泽　小姐，我尽快去就是了。（下）

鲍西娅　来，尼莉莎，我现在还要干一些你没有知道的事情；我们要在我们的丈夫还没有想到我们之前去跟他们相会。

尼莉莎　我们要让他们看见我们吗？

鲍西娅　他们将会看见我们，尼莉莎，可是我们要打扮得叫他们认不出我们的本来面目。我可以跟你打赌无论什么东西，要是我们都扮成了少年男子，我一定比你漂亮点儿，带起刀子来也比你格外神气点儿；我会沙着喉咙讲话，就像一个正在发育的男孩子一样；我会把两个姗姗细步并成一个男人家的阔步；我会学着那些爱吹牛的哥儿们的样子，谈论一些击剑比武的玩意儿，再随口编造些巧妙谎话，什么谁家的千金小姐爱上了我啦，我不接受她的好意，她害起病来死啦，我怎么心中不忍，后悔不该害了人家的性命啦，以及二十个诸如此类的无关重要的谎话，人家听见了，一定以为我走出学校的门还不满一年。这些爱吹牛的娃娃们的鬼花样儿我有一千种在脑袋里，都可以搬出来应用。

尼莉莎　怎么，我们要扮成男人吗？

鲍西娅　为什么不？来，车子在门口等着我们；我们上了车，我可以把我的整个计划一路告诉你。快去吧，今天我们要赶二十英里路呢。（同下）

## 第五场　同前；花园

【朗斯洛特及杰西卡上。

朗斯洛特　真的，不骗您，父亲的罪恶是要子女承当的，所以我倒真的在替您捏着一把汗呢。我一向喜欢对您说老实话，所以现在我也老老实实地把我心里所担心的事情告诉您；您放心吧，我想您总免不了下地狱。只有一个希望也许可以帮帮您的忙，可是那也是个不大高妙的希望。

杰西卡　请问你，是什么希望呢？

朗斯洛特　嗯，您可以存着一半儿的希望，希望您不是您的父亲所生，不是这个犹太人的女儿。

**杰西卡** 这个希望可真的太不高妙啦；这样说来，我的母亲的罪恶又要降到我的身上来了。

**朗斯洛特** 那倒也是真的，您不是为您的父亲下地狱，就是为您的母亲下地狱；逃过了凶恶的西拉礁石，逃不过危险的卡里布迪斯崖。[1]好，您下地狱是下定了。

**杰西卡** 我可以靠着我的丈夫得救；他已经使我变成一个基督徒。

**朗斯洛特** 这就是他大大的不该。咱们本来已经有很多的基督徒，简直快要挤都挤不下啦；要是再这样把基督徒一批一批制造出来，猪肉的价钱一定会飞涨，大家吃起猪肉来，恐怕每人花钱也只好分到一片薄薄的咸肉了。

**杰西卡** 朗斯洛特，你这样胡说八道，我一定要告诉我的丈夫。他来啦。

【洛伦佐上。

**洛伦佐** 朗斯洛特，你要是再拉着我的妻子在壁角里说话，我真的要吃起醋来了。

**杰西卡** 不，洛伦佐，你放心好了，我已经跟朗斯洛特翻脸啦。他老实不客气地告诉我，上天不会对我发慈悲，因为我是一个犹太人的女儿；他又说你不是国家的好公民，因为你把犹太人变成了基督徒，提高了猪肉的价钱。

**洛伦佐** 要是政府向我质问起来。我自有话说。可是，朗斯洛特，你把那黑人的女儿弄大了肚子，这该是什么罪名呢？

**朗斯洛特** 如果那个摩尔姑娘自己昏头昏脑给弄大了肚子，就严重了；但是如果她不是个规矩女人，我就真是看错人了。

**洛伦佐** 现在连傻瓜也个个会说俏皮话了！我想以后口才最好的人只好不说话，光听八哥叽叽喳喳地说长道短！给我进去，小鬼，叫他们好预备吃饭了。

**朗斯洛特** 先生，他们早已预备好了；他们都是有肚子的呢。

**洛伦佐** 老天爷，你的嘴真尖利！吩咐他们准备饭菜。

**朗斯洛特** 都准备好了；只等您吩咐开饭。

**洛伦佐** 那就劳驾你吩咐开饭吧。

**朗斯洛特** 小的不敢当；我知道自己的本分。

---

① 西拉和卡里布迪斯崖是意大利两个地名，以礁岩奇谲著称。

**洛伦佐**　怎么越绕越乱！你是不是想把你的机智一下子卖弄光？求求你，我是个老实人，不会跟你歪扯。去对你那些伙伴们说，桌子可以铺起来，饭菜可以端上来，我们要进来吃饭啦。

**朗斯洛特**　是，先生，我就去叫他们把饭菜铺起来，桌子端上来；至于您进不进来吃饭，那可悉听尊便。（下）

**洛伦佐**　哦，这个鬼灵精，他说的话多么合适！这个傻瓜，往脑子里塞了一大堆花花词藻；我认识一些傻瓜比他的地位高，也跟他一样，说话卖弄词藻，为了句把俏皮话，把正事儿撇在一边。你好吗，杰西卡？亲爱的好人儿，现在告诉我，你对巴萨尼奥夫人有什么意见？

**杰西卡**　好到没有话说。巴萨尼奥大爷娶到这样一位好夫人，享尽了人世天堂的幸福，自然应该不会走上邪路了。要是有两个天神打赌，各自拿一个人间的女子做赌注，如其一个是鲍西娅，那么还有一个必须另外加上些什么，才可以彼此相抵，因为这一个寒伧的世界还不能产生一个跟她同样好的人来。

**洛伦佐**　他娶到了她这么一个好妻子，你也嫁着了我这么一个好丈夫。

**杰西卡**　那可要先问问我的意见。

**洛伦佐**　可以可以，可是先让我们吃了饭再说。

**杰西卡**　不，让我趁着胃口没有倒之前，先把你恭维两句。

**洛伦佐**　不，你有话还是留到吃饭的时候说吧；那么不论你说得好说得坏，我都可以连着饭菜一起吞下去。

**杰西卡**　好，你且等着听我怎样说你吧。（同下）

# 第　四　幕

## 第一场　威尼斯；法庭

【公爵，众绅士，安东尼奥，巴萨尼奥，格雷西安诺，萨拉林诺，索拉尼奥及余人等同上。

**公爵**　安东尼奥有没有来？

**安东尼奥**　有，殿下。

**公爵**　我很替你不快乐；你是来跟一个心如铁石的对手当庭质对，一个不懂得怜悯，没有一丝慈悲心的不近人情的恶汉。

**安东尼奥**　听说殿下曾经用尽力量，劝他不要过为已甚，可是他一味坚执，不肯略作让步。既然没有合法的手段可以使我脱离他的怨毒的掌握，我只有用默忍迎受他的愤怒，安心等待着他的残暴的处置。

**公爵**　来人，传那犹太人到庭。

**萨拉林诺**　他在门口等着；他来了，殿下。

【夏洛克上。

**公爵**　大家让开些，让他站在我的面前。夏洛克，人家都以为你不过故意装出这一副凶恶的姿态，到了最后关头，就会显出你的仁慈恻隐来，比你现在这种表面上的残酷更加出人意料。现在你虽然坚持着照约处罚，一定要从这个不幸的商人身上割下一磅肉来，到了那时候，你不但愿意放弃这一种处罚，而且因为受到良心上的感动，说不定还会豁免他一部分的欠款。人家都是这样说，我也是这样猜想着。你看他最近接连遭逢的巨大损失，足以使无论怎样富有的商人倾家荡产，即使铁石一样的心肠，冥顽的土耳其人或鞑靼人尽管从来不知道人类同情的野蛮人，也不能不对他的境遇发生怜悯。犹太人，我们都在等候你一句温和的回答。

**夏洛克**　我的意思已经向殿下告禀过了；我也已经指着我们的圣安息日起

誓，一定要照约执行处罚；要是殿下不准许我的请求，那就是蔑视宪章，我要到京城里上告去，要求撤销贵邦的特权。您要是问我为什么不愿接受三千块的钱，宁愿拿一块腐烂的臭肉，那我可没有什么理由可以回答您，我只能说我欢喜这样，这是不是一个回答？要是我的屋子里有了耗子，我高兴出一万块钱叫把它们赶掉，谁管得了我？这不是回答了您吗？有的人不爱看张开嘴的猪，有的人瞧见一头猫就要发脾气，还有人听见人家吹风笛的声音，就忍不住要小便；因为一个人的感情完全受着喜恶的支配，谁也做不了自己的主。现在我就这样回答您：为什么有人受不住一头张开嘴的猪，有人受不住一头有益无害的猫，还有人受不住咿咿唔唔吹风笛的声音，这些都是毫无充分的理由的，只是因为天生的癖性，使他们一受到感触，就会情不自禁地现出丑相来；所以我不能举什么理由，也不愿举什么理由，除了因为我对于安东尼奥抱着久积的仇恨和深刻的反感，所以才会向他进行这一场对于我自己并没有好处的诉讼。现在您不是已经得到我的回答了吗？

巴萨尼奥　你这冷酷无情的家伙，这样的回答可不能作为你的残忍的辩解。

夏洛克　我的回答本来不是为要讨你的欢喜。

巴萨尼奥　难道人们对于他们所不喜欢的东西，都一定要置之死地吗？

夏洛克　哪一个人会恨他所不愿意杀死的东西？

巴萨尼奥　初次的冒犯，不应该就引为仇恨。

夏洛克　什么！你愿意给毒蛇咬两次吗？

安东尼奥　请你想一想，你现在跟这个犹太人讲理，就像站在海滩上，叫那大海的怒涛减低它的奔腾的威力，责问豺狼为什么害母羊为了失去它的羔羊而哀啼，或是叫那山上的松柏，在受到天风吹拂的时候，不要摇头摆脑，发出谡谡的声音。要是你能够叫这个犹太人的心变软，——世上还有什么东西比它更硬呢？——那么还有什么难事不可以做到？所以我请你不用再跟他商量什么条件，也不用替我想什么办法，让我爽爽快快受到判决，满足这犹太人的心愿吧。

巴萨尼奥　借了你三千块钱，现在拿六千块钱还你好不好？

夏洛克　即使这六千块钱中间的每一块钱都可以分做六分，每一分都可以变成一块钱，我也不要它们；我只要照约处罚。

**公爵** 你这样一点没有慈悲之心，将来怎么能够希望人家对你慈悲呢？

**夏洛克** 我又不干错事，怕什么刑罚？你们买了许多奴隶，把他们当作驴狗骡马一样看待，叫他做种种卑贱的工作，因为他们是你们出钱买来的。我可不可以对你们说，让他们自由，叫他们跟你们的子女结婚吧；为什么他们要在重担之下流着血汗呢？让他们的床铺得跟你们的床同样柔软，让他们的舌头也尝尝你们所吃的东西吧。你们会回答说："这些奴隶是我们所有的。"所以我也可以回答你们：我向他要求的这一磅肉，是我出了很大的代价买来的；它是我的所有，我一定要把它拿到手里。您要是拒绝了我，那么你们的法律根本就是骗人的东西！我现在等候着判决，请快些回答我，我可不可以拿到这一磅肉？

**公爵** 我已经差人去请贝拉里奥，一位有学问的博士，来替我们审判这件案子了；要是他今天不来，我可以有权宣布延期判决。

**萨拉林诺**　殿下，外面有一个使者刚从帕度亚来，带着这位博士的书信，等候着殿下的召唤。

**公爵**　把信拿来给我；叫那使者进来。

**巴萨尼奥**　高兴起来吧，安东尼奥！喂，老兄，不要灰心！这犹太人可以把我的肉，我的血，我的骨头，我的一切都拿去，可是我决不让你为了我的缘故流一滴血。

**安东尼奥**　我是羊群里一头不中用的病羊，死是我的应分；最软弱的果子最先落到地上，让我也就这样结束了我的一生吧。你应当继续活下去，巴萨尼奥；我的墓志铭除了你以外，是没有人写得好的。

【尼莉莎扮律师书记上。

**公爵**　你是从帕度亚的贝拉里奥那里来的吗？

**尼莉莎**　是，殿下。贝拉里奥叫我向殿下致意。（呈上一信）

**巴萨尼奥**　你这样使劲儿磨着刀干么？

**夏洛克**　从那破产的家伙身上割下那磅肉来。

**格雷西安诺**　狠心的犹太人，你的刀不应该放在你的靴底磨，应该放在你的灵魂里磨，才可以磨得锐利；就是刽子手的钢斧，也及不上你的刻毒的心肠利害。难道什么恳求都不能打动你吗？

**夏洛克**　不能，无论你说得多么婉转动听，都没有用。

**格雷西安诺**　万恶不赦的狗，看你死后不下地狱！让你这种东西活在世上，真是公道不生眼睛。你简直使我的信仰发生动摇，相信起毕达哥拉斯[①]所说畜生的灵魂可以转生人体的议论来了；你的前生一定是一头豺狼，因为吃了人给人捉住吊死，它那凶恶的灵魂就从绞架上逃了出来，钻进了你那老娘的肮脏的胎里，因为你的性情正像豺狼一样残暴贪婪。

**夏洛克**　除非你能够把我这一张契约上的印章骂掉，否则像你这样拉开了喉咙直嚷，不过白白伤了你的肺，何苦来呢？好兄弟，我劝你还是修养修养你的聪明吧，免得它将来一起毁坏得不可收拾。我在这儿要求法律的裁判。

**公爵**　贝拉里奥在这封信上介绍一位年轻有学问的博士出席我们的法庭。他在什么地方？

**尼莉莎**　他就在这儿附近等着您的答复，不知道殿下准不准许他进来？

---

① 毕达哥拉斯（Pythagoras），古希腊哲学家，主张灵魂轮回说。

**公爵** 非常欢迎。来，你们去三四个人，恭恭敬敬领他到这儿来。现在让我们把贝拉里奥的来信当庭宣读。

**书记** （读）“尊翰到时，鄙人抱疾方剧；适有一青年博士巴尔萨泽君自罗马来此，致其慰问，因与详讨犹太人与安东尼奥一案，遍稽群籍，折衷是非，遂恳其为鄙人疱代，以应殿下之召。凡鄙人对此案所具意见，此君已深悉无遗；其学问才识，虽穷极赞辞，亦不足道其万一，务希勿以其年少而忽之，盖如此少年老成之士，实鄙人生平所仅见也。倘蒙延纳，必能不辱使命。敬祈钧裁。”

**公爵** 你们已经听到了博学的贝拉里奥的来信。这儿来的大概就是那位博士了。

【鲍西娅扮律师上。

**公爵** 把您的手给我。足下是从贝拉里奥老前辈那儿来的吗？

**鲍西娅** 正是，殿下。

**公爵** 欢迎欢迎；请上坐。您有没有明了今天我们在这儿审理的这件案子的两方面的争点？

**鲍西娅** 我对于这件案子的详细情形已经完全知道了。这儿哪一个是那商人，哪一个是犹太人？

**公爵** 安东尼奥，夏洛克，你们两人都上来。

**鲍西娅** 你的名字就叫夏洛克吗？

**夏洛克** 夏洛克是我的名字。

**鲍西娅** 你这场官司打得倒也奇怪，可是按照威尼斯的法律，你的控诉是可以成立的。（向安东尼奥）你的生死现在操在他的手里，是不是？

**安东尼奥** 他是这样说的。

**鲍西娅** 你承认这借约吗？

**安东尼奥** 我承认。

**鲍西娅** 那么犹太人应该慈悲一点。

**夏洛克** 为什么我应该慈悲一点？把您的理由告诉我。

**鲍西娅** 慈悲不是出于勉强，它是像甘霖一样从天上降下尘世；它不但给幸福于受施的人，也同样给幸福于施与的人；它有超乎一切的无上威力，比皇冠更足以显出一个帝王的高贵：御杖不过象征着俗世的威权，使人民对于君上的尊严凛然生畏；慈悲的力量却高出于权力之上，它深藏在帝王的内心，是一种属于上帝的德性，执法的人倘能把慈悲调剂着公道，人间的权力就和上帝的神力没有差别。所以，犹太人，虽然你所要求的是公道，可是请你想一想，要是真的按照公道执行起赏罚来，谁也没有死后得救的希望；我们既然祈祷着上帝的慈悲，就应该自己做一些慈悲的事。我说了这一番话，为的是希望你能够从你的法律的立场上作几分让步；可是如果你坚持着原来的要求，那么威尼斯的法庭是执法无私的，只好把那商人宣判定罪了。

夏洛克　我自己的事情由我自己决定。我只要求法律允许我照约执行处罚。

鲍西娅　他是不是不能清还你的债款？

巴萨尼奥　不，我愿意替他当庭还清；照原数加倍也可以；要是这样他还不满足，那么我愿意签署契约，还他十倍的数目，倘然不能如约，他可以割我的手，砍我的头，挖我的心；要是这样还不能使他满足，那就是存心害人，不顾天理了。请堂上运用权力，把法律稍为变通一下，犯一次小小的错误，干一次大大的功德，别让这个残忍的恶魔逞他杀人的兽欲。

鲍西娅　那可不行，在威尼斯谁也没有权力变更既成的法律；要是开了这一个恶例，以后谁都可以借口有例可援，什么坏事情都可以干了。这是不行的。

夏洛克　一个但尼尔[1]来做法官了！真的是但尼尔再世！聪明的青年法官啊，我真佩服你！

鲍西娅　请你让我瞧一瞧那借约。

夏洛克　在这儿，可尊敬的博士，请看吧。

鲍西娅　夏洛克，他们愿意出三倍的钱还你呢。

夏洛克　不行，不行，我已经对天发过誓啦，难道我可以让我的灵魂背上毁誓的罪名吗？不，把整个儿的威尼斯给我我都不能答应。

鲍西娅　好，那么就应该照约处罚；根据法律，这犹太人有权要求从这商人的胸口割下一磅肉来。还是慈悲一点，把三倍原数的钱拿去，让我撕了这张约吧。

夏洛克　等他按照约中所载条款受罚以后，再撕不迟。您瞧上去像是一个

---

① 但尼尔(Daniel)，以色列人的著名士师，以善于折狱著称。

很好的法官；您懂得法律，您讲的话也很有道理，不愧是法律界的中流砥柱，所以现在我就用法律的名义，请您立刻进行宣判。凭着我的灵魂起誓，谁也不能用他的口舌改变我的决心。我现在但等着执行原约。

安东尼奥　我也诚心请求堂上从速宣判。

鲍西娅　好，那么就是这样：你必须准备让他的刀子刺进你的胸膛。

夏洛克　啊，尊严的法官！好一位优秀的青年！

鲍西娅　因为这约上所订定的惩罚，对于法律条文的涵义并无抵触。

夏洛克　很对很对！啊，聪明正直的法官！想不到你瞧上去这样年轻，见识却这么老练！

鲍西娅　所以你应该把你的胸膛袒露出来。

夏洛克　对了，“他的胸部”，约上是这么说的；——不是吗？尊严的法官？——“附近心口的所在”，约上写得明明白白的。

鲍西娅　不错，称肉的天平有没有预备好？

夏洛克　我已经带来了。

鲍西娅　夏洛克，你应该自己拿出钱来，请一位外科医生替他堵住伤口，免得他流血而死。

夏洛克　约上有这样的规定吗？

鲍西娅　约上并没有这样的规定；可是那又有什么相干呢？为了人道起见，你应该这样做的。

夏洛克　我找不到；约上没有这一条。

鲍西娅　商人，你还有什么话说吗？

安东尼奥　我没有多少话要说；我已经准备好了。把你的手给我，巴萨尼奥，再会吧！不要因为我为了你的缘故遭到这种结局而悲伤，因为命运对我已经特别照顾了：她往往让一个不幸的人在家产荡尽以后继续活下去，用他凹陷的眼睛和满是皱纹的额角去挨受贫困的暮年；这一种拖延时日的刑罚，她已经把我豁免了。替我向尊夫人致意，告诉她安东尼奥的结局；对她说我怎样爱你，替我在死后说几句好话；等到你把这一段故事讲完以后，再请她判断一句，巴萨尼奥是不是曾经有过一个真心爱他的朋友。不要因为你将要失去一个朋友而懊恨，替你还债的人是死而无怨的；只要那犹太人的刀刺得深一点，我就可以在一刹那的时间把那笔债完全还清。

**巴萨尼奥** 安东尼奥，我爱我的妻子，就像我自己的生命一样；可是我的生命，我的妻子，以及整个的世界，在我的眼中都不比你的生命更为贵重；我愿意丧失一切，把它们献给这恶魔做牺牲，来救出你的生命。

**鲍西娅** 尊夫人要是就在这儿听见您这样说话，恐怕不见得会感谢您吧。

**格雷西安诺** 我有一个妻子，我可以发誓我是爱她的；可是我希望她马上归天，好去求告上帝改变这恶狗一样的犹太人的心。

**尼莉莎** 幸亏尊驾在她的背后说这样的话，否则府上一定要吵得鸡犬不宁了。

**夏洛克** 这些便是相信基督教的丈夫！我有一个女儿，我宁愿她嫁给强盗的子孙，不愿她嫁给一个基督徒！别再浪费光阴了；请快些儿宣判吧。

**鲍西娅** 那商人身上的一磅肉是你的；法庭判给你，法律许可你。

**夏洛克** 公平正直的法官！

**鲍西娅** 你必须从他的胸前割下这磅肉来；法律许可你，法庭判给你。

**夏洛克** 博学多才的法官！判得好！来，预备！

**鲍西娅** 且慢，还有别的话哩。这约上并没有允许你取他的一滴血，只是写明着"一磅肉"；所以你可以照约拿一磅肉去，可是在割肉的时候，要是流下一滴基督徒的血，你的土地财产按照威尼斯的法律，就要全部充公。

**格雷西安诺** 啊，公平正直的法官！听着，犹太人；啊，博学多才的法官！

**夏洛克** 法律上这样说吗？

**鲍西娅** 你自己可以去查查明白。既然你要求公道，我就给你公道，不管这公道是不是你所希望的。

**格雷西安诺** 啊，博学多才的法官！听着，犹太人，好一个博学多才的法官！

**夏洛克** 那么我愿意接受还款；照约上的数目三倍还我，放了那基督徒吧。

**巴萨尼奥** 钱在这儿。

**鲍西娅** 别忙！这犹太人必须得到绝对的公道。别忙！他除了照约处罚以外，不能接受其他的赔偿。

**格雷西安诺** 啊，犹太人！一个公平正直的法官，一个博学多才的法官！

**鲍西娅** 所以你准备着动手割肉吧。不准流一滴血，也不准割得超过或是不足一磅的重量；要是你割下来的肉，比一磅略微轻一点或是重一点，即使相差只有一丝一毫，或者仅仅一根汗毛之微，就要把你抵命，你的财产全部充公。

**格雷西安诺** 一个再世的但尼尔，一个但尼尔，犹太人！现在你可掉在我的手里了，你这异教徒！

**鲍西娅** 那犹太人为什么还不动手？

**夏洛克** 把我的本钱还我，放我去吧。

**巴萨尼奥** 钱我已经预备好在这儿，你拿去吧。

**鲍西娅** 他已经当庭拒绝过了；我们现在只能给他公道，让他履行原约。

**格雷西安诺** 好一个但尼尔，一个再世的但尼尔！谢谢你，犹太人，你教会我说这句话。

**夏洛克** 难道我不能单单拿回我的本钱吗？

**鲍西娅** 犹太人，除了冒着你自己生命的危险，割下那一磅肉以外，你不能拿一个钱。

**夏洛克** 好，那么魔鬼保佑他去享用吧！我不要打这场官司了。

**鲍西娅** 等一等，犹太人，法律上还有一点牵涉你。威尼斯的法律规定凡是一个异邦人企图用直接或间接手段，谋害任何公民，查明确有实据者，他的财产的半数应当归被企图谋害的一方所有，其余的半数没入公库；犯罪者的生命悉听公爵处置，他人不得过问。你现在刚巧陷入这一条法网，因为根据事实的发展，已经足以证明你确有运用直接间接手段，危害被告生命的企图，所以你已经遭逢着我刚才所说起的那种危险了。快快跪下来，请公爵开恩吧。

**格雷西安诺** 求公爵开恩，让你自己去寻死；可是你的财产现在充了公，一根绳子也买不起啦，所以还是要让公家破费把你吊死。

**公爵** 让你瞧瞧我们基督徒的精神，你虽然没有向我开口，我自动饶恕了你的死罪。你的财产一半划归安东尼奥，还有一半没入公库；要是你能够诚心悔过，也许还可以减处你一笔较轻的罚款。

**鲍西娅** 这是说没入公库的一部分，不是说划归安东尼奥的一部分。

**夏洛克** 不，把我的生命连着财产一起拿了去吧，我不要你们的宽恕。你们夺去了我的养家活命的根本，就是夺去了我的家，活活的要了我的命。

**鲍西娅**　安东尼奥，你能不能够给他一点慈悲？

**格雷西安诺**　白送给他一根上吊的绳子吧；看在上帝的面上，不要给他别的东西！

**安东尼奥**　要是殿下和堂上愿意从宽发落，免予没收他的财产的一半，我就十分满足了；只要他能够让我接管他的另外一半的财产，等他死了以后，把它交给最近和他的女儿私奔的那位绅士；可是还要有两个附带的条件：第一，他接受了这样的恩典，必须立刻改信基督教；第二，他必须当庭写下一张文契，声明他死了以后，他的全部财产传给他的女婿洛伦佐和他的女儿。

**公爵**　他必须办到这两个条件，否则我就撤销刚才所宣布的赦令。

**鲍西娅**　犹太人，你满意吗？你有什么话说？

**夏洛克**　我满意。

**鲍西娅**　书记，写下一张授赠产业的文契。

**夏洛克**　请你们允许我退庭，我身子不大舒服。文契写好了送到我家里，我在上面签名就是了。

**公爵**　去吧，可是临时变卦是不成的。

**格雷西安诺**　你在受洗礼的时候，可以有两个教父；要是我做了法官，我一定给你请十二个教父，不是领你去受洗，是送你上绞架。（夏洛克下）

**公爵**　先生，我想请您到舍间去用餐。

**鲍西娅**　请殿下多多原谅，我今天晚上要回帕度亚去，必须现在就动身，恕不奉陪了。

**公爵**　您这样贵忙，不能容我略尽寸心，真是抱歉得很。安东尼奥，谢谢这位先生，你这回全亏了他。（公爵，众士绅及侍从等下）

**巴萨尼奥**　最可尊敬的先生，我跟我这位敝友今天多赖您的智慧，免去了一场无妄之灾；为了表示我们的敬意，这三千块钱本来是预备还那犹太人的，现在就奉送给先生，聊以报答您的辛苦。

**安东尼奥**　您的大恩大德，我们是永远不忘记的。

**鲍西娅**　一个人做了心安理得的事，就是得到了最大的酬报；我这次帮了两位的忙，总算没有失败，已经引为十分满足，用不到再谈什么酬谢了。但愿咱们下次见面的时候，两位仍旧认识我。现在我就此告辞了。

**巴萨尼奥**　好先生，我不能不再向您提出一个请求，请您随便从我们身上拿些什么东西去，不算是酬谢，只好算是留个纪念。请您答应接受我两件礼物，赏我这一个面子，原谅我的礼轻意重。

**鲍西娅** 你们这样殷勤，我只好却之不恭了。（向安东尼奥）把您的手套送给我，让我戴在手上留个纪念吧；（向巴萨尼奥）为了纪念您的盛情，让我拿了这戒指去。不要缩回您的手，我不再向您要什么了；您既然是一片诚意，想来总也不会拒绝我吧。

**巴萨尼奥** 这指环吗，好先生？唉！它是个不值钱的玩意儿；我不好意思把这东西送给您。

**鲍西娅** 我什么都不要，就是要这指环；现在我想我非得把它要了来不可。

**巴萨尼奥** 这指环的本身并没有什么价值，可是因为有其他的关系，我不能把它送人。我愿意搜访威尼斯最贵重的一枚指环来送给您，可是这一枚却只好请您原谅了。

**鲍西娅** 先生，您原来是个口头上慷慨的人；您先教我怎样伸手求讨，然后再告诉我一个叫化子会得到怎样的回答。

**巴萨尼奥** 好先生，这指环是我的妻子给我的；她把它套上我的手指的时候，曾经叫我发誓永远不把它出卖、送人或是遗失。

**鲍西娅** 人们在吝惜他们的礼物的时候，都可以用这样的话做推托的。要是尊夫人不是一个疯婆子，她知道了我对于这指环是多么受之无愧，一定不会因为您把它送掉了而跟您长久反目的。好，愿你们平安！（鲍西娅、尼莉莎同下）

**安东尼奥** 我的巴萨尼奥少爷，让他把那指环拿去吧；看在他的功劳和我的交情分上，违犯一次尊夫人的命令，想来不会有什么要紧。

**巴萨尼奥** 格雷西安诺，你快追上他们，把这指环送给他；要是可能的话，领他到安东尼奥的家里去。去，赶快！（格雷西安诺下）来，我就陪着你到你府上；明天一早咱们两人就飞到贝尔蒙特去。来，安东尼奥。（同下）

## 第二场　同前；街道

【鲍西娅及尼莉莎上。

**鲍西娅**　打听打听这犹太人住在什么地方，把这文契交给他，叫他签了字。我们要比我们的丈夫先一天到家，所以一定得在今天晚上动身。洛伦佐拿到了这一张文契，一定高兴得不得了。

【格雷西安诺上。

**格雷西安诺**　好先生，我好容易追上了您。我家大爷巴萨尼奥再三考虑之下，决定叫我把这指环拿来送给您，还要请您赏光陪他吃一顿饭。

**鲍西娅**　那可没法应命；他的指环我受下了，请你替我谢谢他。我还要请你给我这小兄弟带路到夏洛克老头的家里。

**格雷西安诺**　可以可以。

**尼莉莎**　大哥，我要向您说句话儿。（向鲍西娅旁白）我要试一试我能不能把我丈夫的指环拿下来。我曾经叫他发誓永远不去手。

**鲍西娅**　你一定能够。我们回家以后，一定可以听听他们指天誓日，说他们把指环送给了男人；可是我们要压倒他们，比他们发更利害的誓。你快去吧，你知道我会在什么地方等你。

**尼莉莎**　来，大哥，请您给我带路。（各下）

# 第　五　幕

## 第一场　贝尔蒙特；通至鲍西娅住宅的林荫路

【洛伦佐及杰西卡上。

**洛伦佐**　好皎洁的月色！微风轻轻地吻着树枝，不发出一点声响；我想正是在这样一个夜里，特洛伊罗斯登上了特洛亚的城墙，遥望着克瑞西达所寄身的希腊人的营幕，发出他的深心中的悲叹。

**杰西卡**　正是在这样一个夜里，提斯比心惊胆颤地踹着霜露，去赴她情人的约会，因为看见了一头狮子的影子，吓得远远逃走。

**洛伦佐**　正是在这样一个夜里，狄多手里执着柳枝，站在辽阔的海滨，招她的爱人回到迦太基来。

**杰西卡**　正是在这样一个夜里，美狄亚采集了灵芝仙草，使衰迈的埃宋返老还童。

**洛伦佐**　正是在这样一个夜里，杰西卡从犹太富翁的家里逃走出来，跟着一个不中用的情郎从威尼斯一直走到贝尔蒙特。

**杰西卡**　正是在这样一个夜里，年轻的洛伦佐发誓说他爱她，用许多忠诚的盟言偷去了她的灵魂，可是没有一句话是真的。

**洛伦佐**　正是在这样一个夜里，可爱的杰西卡像一个小泼妇似的，信口毁谤她的情人，可是他饶恕了她。

**杰西卡**　倘不是有人来了，我可以搬弄出比你所知道得更多的夜的典故来。可是听！这不是一个人的脚步声吗？

【斯蒂芬诺上。

**洛伦佐**　谁在这静悄悄的深夜里跑得这么快？

**斯蒂芬诺**　一个朋友。

**洛伦佐**　一个朋友！什么朋友？请问朋友尊姓大名？

**斯蒂芬诺**　我的名字是斯蒂芬诺，我来向你们报个信，我家女主人在天明以前，就要到贝尔蒙特来了；她一路上看见圣十字架，便停步下来，长跪祷告，祈求着婚姻的美满。

**洛伦佐**　谁陪她一起来？

**斯蒂芬诺**　没有什么人，就是一个修道的隐士和她的侍女。请问我家主人有没有回来？

**洛伦佐**　他没有回来，我们也没有听到他的消息。可是，杰西卡，我们进去吧；让我们按照着礼节，准备一些欢迎这屋子的女主人的仪式。

【朗斯洛特上。

**朗斯洛特**　索拉！索拉！哦哈呵！索拉！索拉！

**洛伦佐**　谁在那儿嚷？

**朗斯洛特**　索拉！你看见洛伦佐大爷吗？洛伦佐大爷！索拉！索拉！

**洛伦佐**　别嚷啦，朋友，他就在这儿。

**朗斯洛特**　索拉！哪儿？哪儿？

**洛伦佐**　这儿。

**朗斯洛特**　对他说我家主人差一个人带了许多好消息来了；他在天明以前就要回家来啦。(下)

**洛伦佐**　亲爱的，我们进去，等着他们回来吧。不，还是不用进去。我的朋友斯蒂芬诺，请你进去通知家里的人，你们的女主人就要来啦，叫他们准备好乐器到门外来迎接。(斯蒂芬诺下)月光多么恬静地睡在山坡上！我们就在这儿坐下来，让音乐的声音悄悄送进我们的耳边；柔和的静寂和夜色，是最足以衬托出音乐的甜美的。坐下来，杰西卡。瞧，天宇中嵌满了多少灿烂的金钹；你所看见的每一颗微小的天体，在转动的时候都会发出天使般的歌声，永远应和着嫩眼的天婴的妙唱。在永生的灵魂里也有这一种音乐，可是当它套上这一具泥土制成的俗恶易朽的皮囊以后，我们便再也听不见了。

【众乐工上。

**洛伦佐**　来啊！奏起一支圣歌来唤醒黛安娜女神；用最温柔的节奏倾注到你们女主人的耳中，让她被乐声吸引着回来。(音乐)

**杰西卡**　我听见了柔和的音乐，总觉得有些惆怅。

**洛伦佐**　这是因为你有一颗敏感的灵魂。你只要看一群野性未驯的小马，

逞着它们奔放的血气，乱跳狂奔，高声嘶叫，倘然偶尔听到一声喇叭，或是任何乐调，就会一齐立定，它们狂野的眼光，因为中了音乐的魅力，变成温和的注视。所以诗人会造出俄耳甫斯用音乐感动木石，平息风浪的故事，因为无论怎样坚硬顽固狂暴的事物，音乐都可以立刻改变它们的性质。灵魂里没有音乐，或是听了甜蜜和谐的乐声而不会感动的人，都是擅长为非作恶，使奸弄诈的；他们的灵魂像黑夜一样昏沉，他们的感情像鬼蜮一样幽暗；这种人是不可信任的。听这音乐！

【鲍西娅及尼莉莎自远处上。

**鲍西娅** 那灯光是从我家里发出来的。一支小小的蜡烛，它的光照耀得多么远！一件善事也正像这支蜡烛一样，在这罪恶的世界上发出广大的光辉。

**尼莉莎** 月光明亮的时候，我们就瞧不见灯光。

**鲍西娅** 小小的荣耀也正是这样给更大的光荣所掩盖。国王出巡的时候，摄政的威权未尝不就像一个君主，可是一等国王回来，他的威权就归于无有，正像溪涧中的细流注入大海一样。音乐！听！

**尼莉莎** 小姐，这是我们家里的音乐。

**鲍西娅** 依我之见，没有比较，就显不出长处；我觉得它比在白天好听得多哪。

**尼莉莎** 小姐，那是因为晚上比白天静寂的缘故。

**鲍西娅** 没有欣赏的人，乌鸦的歌声也就和云雀一样；要是夜莺在白天杂在群鹅的聒噪里歌唱，人家决不以为它比鹪鹩唱得更美。多少事情因为逢到有利的环境，才能够达到尽善的境界，博得一声恰当的赞赏！喂，静下来！月亮正在拥着她的情郎[1]酣睡，不肯就醒来呢。（音乐停止）

**洛伦佐** 要是我没有听错，这分明是鲍西娅的声音。

**鲍西娅** 我的声音太难听，所以一下子就给他听出来了，正像瞎子能够辨认杜鹃一样。

**洛伦佐** 好夫人，欢迎您回家来！

**鲍西娅** 我们在外边为我们的丈夫祈祷平安，希望他们能够因我们的祈祷而多福。他们已经回来了吗？

**洛伦佐** 夫人，他们还没有来；可是刚才有人来送过信，说他们就要

---

① 月亮的情郎，原文作恩底弥翁 (Endymion)，神话中的美少年，为黛安娜女神所钟爱。

来了。

**鲍西娅** 进去，尼莉莎，吩咐我的仆人们，叫他们就当我们两人没有出去过一样；洛伦佐，您也给我保守秘密；杰西卡，您也不要多说。(喇叭声)

**洛伦佐** 您的丈夫来啦，我听见他的喇叭的声音。我们不是搬嘴弄舌的人，夫人，您放心好了。

**鲍西娅** 这样的夜色就像一个昏沉的白昼，不过略微惨淡点儿；没有太阳的白天，瞧上去也不过如此。

【巴萨尼奥，安东尼奥，格雷西安诺及从者等上。

**巴萨尼奥** 要是您在没有太阳的地方走路，我们就可以和地球那面的人共同享有着白昼。

**鲍西娅** 让我发出光辉，可是不要让我像光一样轻浮；因为一个轻浮的妻子，是会使丈夫的心头沉重的，我决不愿意巴萨尼奥为了我而心头沉重。可是一切都是上帝作主！欢迎您回家来，夫君！

**巴萨尼奥** 谢谢您，夫人。请您欢迎我这位朋友；这就是安东尼奥，我曾经受过他无穷的恩惠。

**鲍西娅** 他的确使您受惠无穷，因为我听说您曾经使他受累无穷呢。

**安东尼奥** 没有什么，现在一切都已经圆满解决了。

**鲍西娅** 先生，我们非常欢迎您的光临；可是口头的空言不能表示诚意，所以一切客套的话，我都不说了。

**格雷西安诺** (向尼莉莎)我凭着那边的月亮起誓，你冤枉了我；我真的把它送给了那法官的书记。好人，你既然把这件事情看得这么重，那么我但愿拿了去的人是个割掉了鸡巴的。

**鲍西娅** 啊！已经在吵架了吗？为了什么事？

**格雷西安诺** 为了一个金圈圈儿，她给我的一个不值钱的指环，上面刻着的诗句，就是跟那些刀匠刻在刀子上的差不多，什么“爱我毋相弃”。

**尼莉莎** 你管它什么诗句，什么值钱不值钱？我当初给你的时候，你曾经向我发誓，说你要戴着它直到死去，死了就跟你一起葬在坟墓里；即使不为我，为了你所发的重誓，你也应该把它看重，好好儿的保存着。送给一个法官的书记！呸！上帝可以替我判断，拿这指环去的那个书记，一定是个脸上永远不会出毛的。

**格雷西安诺** 他年纪长大起来，自然会出胡子的。

**尼莉莎** 一个女人也会长成男人吗？

**格雷西安诺** 我举手起誓，我的确把它送给一个少年人，一个年纪小小，发育不全的孩子；他的个儿并不比你高，这个法官的书记。他是个多话的孩子，一定要我把指环给他做酬劳，我实在不好意思不给他。

**鲍西娅** 恕我说句不客气的话，这是你的不对；你怎么可以把你妻子的第一件礼物随随便便给了人？你已经发过誓把它套在你的手指上，它就是你身体上不可分的一部分。我也曾经送给我的爱人一个指环，使他发誓永不把它抛弃；他现在就在这儿，我敢代他发誓，即使把世间所有的财富向他交换，他也不肯丢掉它或是把它从他的手指上取下来。真的，格雷西安诺，你太对不起你的妻子了；倘然是我的话，我早就发起脾气来啦。

**巴萨尼奥** （旁白）嗳哟，我应该把我的左手砍掉了，就可以发誓说，因为强盗要我的指环，我不肯给他，所以连手都给砍下来了。

**格雷西安诺** 巴萨尼奥大爷也把他的指环给了那法官了，因为那法官一定要向他讨那指环；其实他就是拿了那指环去，也一点不算过分。那个孩子，那法官的书记，因为写了几个字，也就讨了我的指环去做酬劳。他们主仆两人什么都不要，就是要这两个指环。

**鲍西娅** 我的爷，您把什么指环送了人哪？我想不会是我给您的那一个吧？

**巴萨尼奥** 要是我可以用说谎来加重我的过失，那么我会否认的；可是您瞧我的手指上没有指环；它已经没有了。

**鲍西娅** 正像你的虚伪的心里没有一丝真情。我对天发誓，除非等我见了这指环，我再也不跟你同床共枕。

**尼莉莎** 要是我看不见我的指环，我也再不跟你同床共枕。

**巴萨尼奥** 亲爱的鲍西娅，要是您知道我把这指环送给什么人，要是您知道我为了谁的缘故把这指环送人，要是您能够想到为了什么理由我把这指环送人，我又是多么舍不下这个指环，可是人家偏偏什么也不要，一定要这个指环，那时候您就不会生这么大的气了。

**鲍西娅** 要是你知道这指环的价值，或是把这指环给你的那人的一半好处，或是你自己保存着这指环的光荣，你就不会把这指环抛弃。只要你用诚恳的话向他好好解释，世上哪有这样不讲理的人，会好意思硬要人家留作纪念品的东西？尼莉莎讲的话一点不错；我可以用我的生命赌咒，一定是什么女人把这指环拿了去了。

巴萨尼奥　不，夫人，我用我的名誉，我的灵魂起誓，并不是什么女人拿去，的确是送给那位法学博士的；他不接受我送给他的三千块钱，一定要讨这指环，我不答应，他就老大不高兴地去了。就是他救了我的好朋友的性命；我应该怎么说呢，好太太？我没有法子，只好叫人追上去送给他；人情和礼貌逼着我这样做，我不能让我的名誉上沾上忘恩负义的污点。原谅我，好夫人；凭着天上的明灯起誓，要是那时候您也在那儿，我想您一定会恳求我把这指环送给这位贤能的博士的。

鲍西娅　让那博士再也不要走近我的屋子。他既然拿去了我所珍爱的宝物，又是你所发誓永远为我保存的东西，那么我也会像你一样慷慨；我会把我所有的一切都给他，即使他要我的身体，或是我的丈夫的眠床，我都不会拒绝他。我总有一天会认识他的；你还是一夜也不要离开家里，像个阿尔格斯[1]那样看守着我吧；否则我可以凭着我的尚未失去的贞操起誓，要是你让我一个人在家里，我一定要跟这个博士睡在一床的。

尼莉莎　我也要跟他的书记睡在一床；所以你还是留心不要走开我的身边。

格雷西安诺　好，随你的便，只要不让我碰到他；要是他给我捉住了，我就弯断这个少年书记的那支笔。

安东尼奥　都是我的不是，引出你们这一场吵闹。

鲍西娅　先生，这跟您没有关系；您来我们是很欢迎的。

巴萨尼奥　鲍西娅，饶恕我这一次出于不得已的错误；当着这许多朋友们的面前，我向你发誓，凭着你的这一双美丽的眼睛，在它们里面我可以看见我自己——

鲍西娅　你们听他的话！我的左眼里也有一个他，我的右眼里也有一个他；你用你的两重人格发誓，我还能够相信你吗？

巴萨尼奥　不，听我说。原谅我这一次错误，凭着我的灵魂起誓，我以后再不违犯对你所作的誓言。

---

① 阿尔格斯（Argus），希腊神话中的百眼巨人。

安东尼奥　我曾经为了他的幸福，把我自己的身体向人抵押，倘不是幸亏那个把您丈夫的指环拿去的人，几乎送了性命；现在我敢再立一张契约，把我的灵魂作为担保，保证您的丈夫决不会再有故意背信的行为。

鲍西娅　那么就请您做他的保证人，把这个给他，叫他比上回那一个保存得牢一些。

安东尼奥　拿着，巴萨尼奥；请你发誓永远保存这一个指环。

巴萨尼奥　天哪！这就是我给那博士的那一个！

鲍西娅　我就是从他手里拿来的。原谅我，巴萨尼奥，因为凭着这个指环，那博士已经跟我睡过觉了。

尼莉莎　原谅我，我的好格雷西安诺；就是那个发育不全的孩子，那个博士的书记，因为我问他讨这个指环，昨天晚上已经跟我睡在一起了。

格雷西安诺　嗳哟，这就像是在夏天把铺得好好的道路重新翻造。嘿！我们就这样冤冤枉枉地做起忘八来了吗？

鲍西娅　不要说得那么难听。你们大家都有点莫明其妙；这儿有一封信，拿去慢慢地念吧，它是贝拉里奥从帕度亚寄来的，你们从这封信里，就可以知道那位博士就是鲍西娅，她的书记便是这位尼莉莎。洛伦佐可以向你们证明，当你们出发以后，我就立刻动身；我回家来还没有多少时候，连大门也没有进去过呢。安东尼奥，我们非常欢迎您到这儿来；我还带着一个您所意料不到的好消息给您，请您拆开这封信，您就可以知道您有三艘商船，已经满载而归，快要进港了。您再也想不出这封信怎么会巧巧儿的到了我的手里。

安东尼奥　我没有话说。

巴萨尼奥　你就是那个博士，我却不认识你吗？

格雷西安诺　你就是要叫我当忘八的那个书记吗？

尼莉莎　是的，可是除非那书记会长成一个男子，他再也不能叫你当忘八。

巴萨尼奥　好博士，你今晚就陪着我睡觉吧；当我不在的时候，你可以睡在我妻子的床上。

安东尼奥　好夫人，您救了我的命，又给了我一条活路；我从这封信里得到了确实的消息，我的船只已经平安到港了。

鲍西娅　喂，洛伦佐！我的书记也有一件好东西要给您哩。

**尼莉莎**　是的，我可以免费送给他。这儿是那犹太富翁亲笔签署的一张授赠产业的文契，声明他死了以后，全部遗产都传给您和杰西卡，请你们收下了。

**洛伦佐**　两位好夫人，你们像是散布吗哪[1]的天使，救济着饥饿的人们。

**鲍西娅**　天已经差不多亮了，可是我知道你们还想把这些事情知道得详细一点。我们大家进去吧；你们还有什么疑惑的地方，尽管再向我们发问，我们一定老老实实地回答一切的问题。

**格雷西安诺**　很好，我要我的尼莉莎宣誓答复的第一个问题，是现在离白昼只有两小时了，我们还是就去睡觉呢，还是等明天晚上再睡？正是——

不惧黄昏近，但愁白日长；
翩翩书记俊，今夕喜同床。
金环束指间，灿烂自生光，
为恐娇妻骂，莫将弃道旁。（众下）

① 吗哪（manna），天粮，见《旧约·创世记》。

# 亨利五世

苏福忠 译

## 背景与提要

本剧第五幕的致辞中，有一段极有参考价值的话：

> 我们那贤明的女王陛下的大将军，
> 一路声势赫赫从爱尔兰归还，
> 一支利剑征服了那里的叛乱，
> 安静的伦敦城于是倾城出动
> 欢迎他凯旋！

这里的“大将军”毫无疑问是爱塞克斯伯爵了，“女王陛下”则当是伊丽莎白女王。爱塞克斯伯爵于一五九九年三月二十七日受命出征爱尔兰，九月二十八日很不光彩地归来了。但是早在头一年的十一月，有关他出征爱尔兰的各种说法却传得沸沸扬扬，人们便以为他会大胜而归。据此看来，莎士比亚是在一五九九年春天把这个剧本写成的，否则莎士比亚不会写出这段颂扬爱塞克斯伯爵的词句。虽然这个剧本早在一六〇〇年就已经正式付印，但是最权威的仍是一六二三年的对开本。另外，一六〇〇年根据莎士比亚剧团演出本而刊印的四开本已经很接近莎剧原著。四开本和对开本的主要不同之处是剧中的波旁公爵取代了法国皇太子；在这点上，四开本比对开本更符合其后剧中人物命运的发展。

如同《亨利四世》上、下篇一样，莎士比亚的《亨利五世》主要取材于《亨利五世的著名胜利》一书。另外，伊丽莎白时代其他写亨利五世的剧本，现在虽已佚失，但当时对莎士比亚肯定发生过影响。他肯定还参考了历史学家爱德华·霍尔和霍林舍德所撰写的历史书籍。

此前，莎士比亚的历史剧主要写“内乱”，而《亨利五世》则主要写英国作为一个国家与法国作战。每一幕都由一篇致辞先导，交代剧情的发展以及历史背景。亨利五世，“英国之星”，是莎士比亚笔下最威武的英雄国王，但他仍有反省的性格，对他的父亲为登王座而犯下的罪过感到愧疚。作者在剧中提到了他放荡不羁的岁月，也通过他人之口提到了他抛弃故友约翰·福斯塔夫爵士一事。不过这个剧本的最明显的特点是，莎士比亚在喜剧中驾轻就熟的叙事手法，在这个历史剧里充分发挥出来了。福斯塔夫的老朋友毕斯托尔、巴道夫、尼姆以及快嘴桂嫂重现剧中，和亨利王及其将士的英勇壮举相映成趣。作者还塑造了另一些喜剧角色，如英格兰人高厄，威尔士人弗吕林，爱尔兰人麦克莫里斯以及苏格兰人杰米。另外，剧中也有很浓的浪漫情调，例如大战前的气氛渲染、亨利王微服和士兵打赌，还有他向凯瑟琳求婚的场景。总之，剧中的浪漫情调和英勇壮举的描写，是十分成功的，战争的残酷性也揭示得深刻而生动。在收场白中，我们可以看到亨利五世英年早逝，其子亨利六世幼年继位后使“法国沦丧，英国流血”，英国开始了另一段内乱的历史。

苏福忠

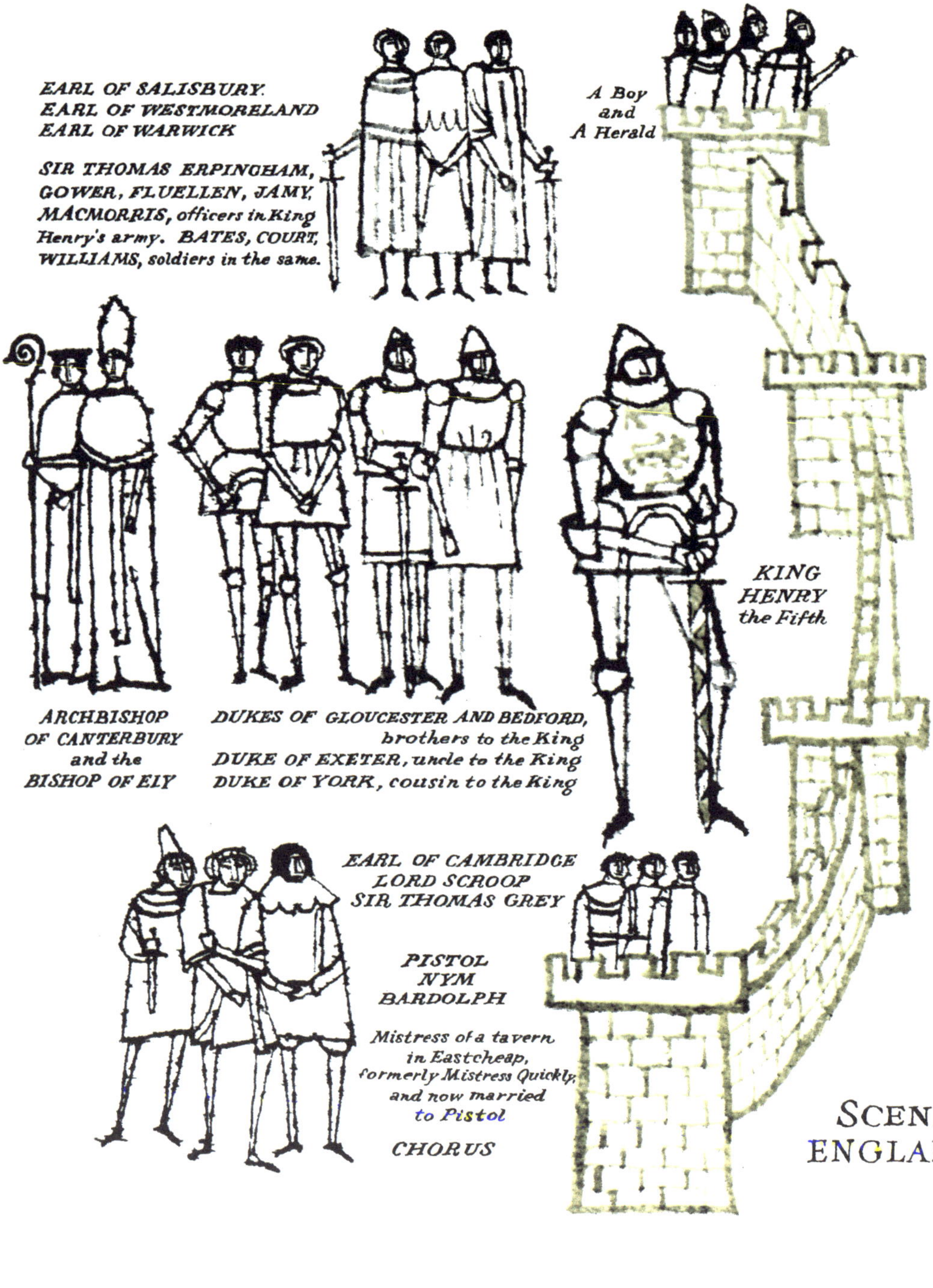


SCENE:
ENGLANI

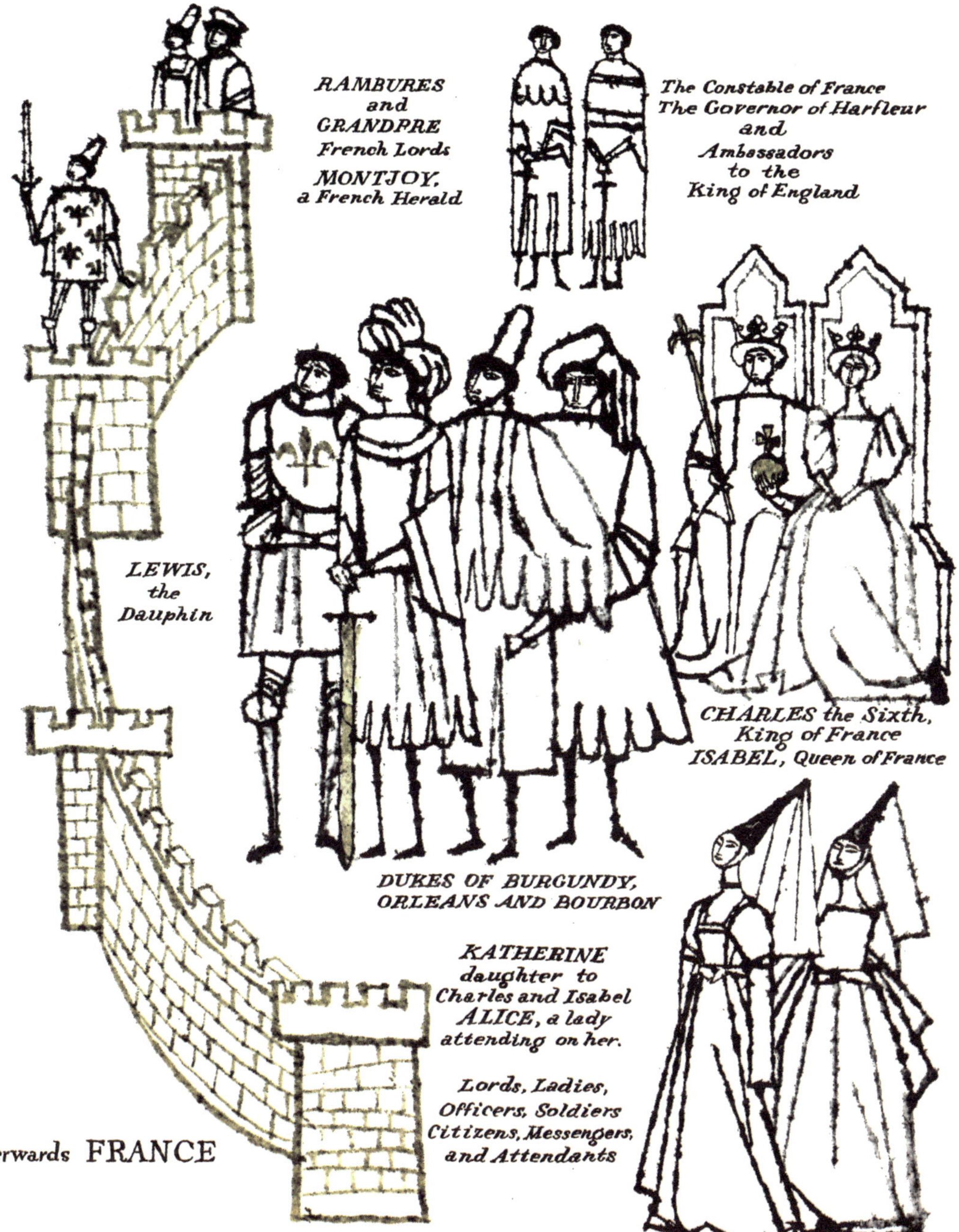


terwards FRANCE

## 剧中人物

亨利五世　英国国王

葛罗斯特公<br>爵克莱伦斯公爵　}国王之弟

爱克塞特公爵　国王之叔

约克公爵　国王之族叔

萨立斯伯里伯爵

威斯摩兰伯爵

沃里克伯爵

坎特伯雷大主教

伊利主教

理查<br>剑桥伯爵<br>亨利·斯克鲁普勋爵<br>托马斯·格雷爵士　}叛贼

毕斯托尔<br>尼姆<br>巴道夫<br>侍童　}福斯塔夫的伙伴

老板娘　前快嘴桂嫂，现毕斯托尔之妻

高厄上尉　一英国人

弗吕林上尉　一威尔士人

麦克莫里斯上尉　一爱尔兰人

杰米上尉　一苏格兰人

托马斯·厄平汉姆爵士

约翰·贝茨
亚历山大·考特
迈克尔·威廉斯
（以上三人：英国士兵）
传令官

查理王六世　法国国王
伊莎贝尔王后　法国王后
皇太子　法国国王之子
凯瑟琳　法国国王之女儿
艾丽丝　一老淑女

法军统帅
波旁公爵
奥尔良公爵
贝里公爵
朗贝尔勋爵
戈兰皮尔勋爵
（以上六人：法国贵族）

勃良第公爵
蒙乔　法国传令官
哈佛洛总督
法驻英使臣若干

**地点**　英国；法国

## 开场白

【致辞人上。

*致辞人* 司管战火的缪斯啊，你总会登上那无比辉煌的创造之天庭：看吧，赫赫王国成为区区舞台，王公爵爷纷纷登场表演，帝王君主争相观望那渐进壮大的场景。于是，威风凛凛的亨利显露本色，扮演战神的角色，在他的身后，饥饿、战剑和炮火，像三只牵拉的猎犬，就地作势，随时听候调遣。但是，诸位先生们，一群挤扁的压矮的小人物，竟然敢在这个七拼八凑的舞台上演出如此声势浩大的历史剧，还请大家多多包涵哪。 这样一个斗鸡场能容得下法兰西的一个个壮观的战场吗？或者我们能让这木头搭成的圆圈子里，挤下震慑阿金科特的天空的无数头盔吗？哦，请大家包涵 ：既然一个圆圈儿画在最不起眼的地方便能构成一个百万，那么不妨让我们这些构成百万的零们，充分调动你们大家的想象的威力吧。请设想在这些墙壁围成的圈子里，现在装下了两个地广物博的大王国，它们陡峻而毗邻的海岸，被那条狭窄却惊险的海流分隔开了。凭藉你们的思绪把我们的小小不言的作用拼凑在一块儿：把一个人分割成一千份，视作一种想象的大势力。当我们谈及马匹，你们就想到你们看见万马奔腾，铁蹄疾驰，卷起滚滚尘烟；你们一定要凭藉你们的思绪，把我们扮演的君王变得活灵活现，带着他们纵横来去，跳越时代，把朝朝代代的演绎凝聚在一只更漏里——也正是借助这种手段，才请你们容许我对这个历史剧致几句辞儿，也就是所谓的开场白，恭请诸位多点涵养耐着性儿，对我们的演出仔细听去，好生品味。（下）

# 第　一　幕

## 第一场　伦敦；王宫前厅

【坎特伯雷大主教和伊利主教上。

坎特伯雷　我的大人，听我跟你说。这个议案早在先王治下的第十一年就准备通过，而且也确实不顾我们的反对通过了，只是当时动刀动兵，政局不安，将它耽搁了，没有进一步再议。如今它不过是旧案新提罢了。

伊利　可是，我的大人，我们眼下怎么抗拒它呢？

坎特伯雷　我们一定得好好想想。如果此案不顾我们反对得以通过，我们拥有的多半东西就都丢了，主要是他们会从我们手里把信徒们留给教会的所有土地遗产全部夺走——其价值是这样的：王上可以体面地以此来供养十五位爵爷，一千五百名骑士，六千两百名乡绅；还可以为一百所救济院提供足够的给养，赈济那些老残体弱者和因劳累过度而丧失劳动力的人；另外，王上还能借此往国库每年收缴一千个金镑。此案情况就是这样的。

伊利　这可会让人家狠狠生吞一口的。

坎特伯雷　连杯子带酒统统吞掉了。

伊利　不过怎么阻止一下呢？

坎特伯雷　王上倒是心地慈悲，通情达理。

伊利　对神圣的教会也一心不二。

坎特伯雷　他年轻时的行迹倒显示不出他会有今日。他父亲的尸骨未寒，他痛不欲生，他身上的那股野性似乎也绝迹了。是呀，在这关键时刻，他对父亲的尊敬像天使一样来到了，把他身上那个惹是生非的亚当驱逐出去，让他的躯体成了一座乐园，留下神圣的精灵在里面修养生息。像这样一夜之间就弃恶从善的哲人还从来没有过；像一股洪水，一往无前的波涛冲刷着污泥浊物，这样的变化也从来不曾发生；像九头蛇那样的痼习全部根除——干净彻底——如咱们的王上那样，这事更是罕见。

伊利　这样的变化是我们的福气。

坎特伯雷　听他说话，你会肃然起敬，五体投地，暗生祝愿，恨不得王上成为一名主教才称心；听他宏论国家大事，你会说那是他最擅长的学问；听他剖析战争，你会听见刀光剑影的战争变成了你耳旁的美妙音乐；不管什么方针政策，只要他过问，再难解的疙瘩他也能松开，易如反掌，好像解开他的吊袜带。只要他开口讲话，就是浪子一样不受约束的空气，也会静止不动，人们的耳际悄然生出无声的惊叹，贪婪地聆听他那美妙的辞句：那一定是艺术和实际生活抚育了这种高谈阔论。这是奇迹，陛下是怎么修炼到这一步的，因为他一贯醉心于浮华世界，整日价和那些不学无术粗俗浅薄之徒厮混，把光阴都虚度在纸醉金迷灯红酒绿之间，从未见他窗下苦读，也从未见他躲开喧闹和人群静心修身养性。

伊利　草莓总是在荨麻之下茁壮生长，好种子在次果子旁边往往生机勃勃，果实累累；由此看来，王上做亲王时只是因他放浪形骸而掩盖了他的沉思练达——毫无疑问，它像夏天的青草，最喜爱在夜里生长，没人看得见，却一直不停地拔节。

坎特伯雷　事情一定是这样了，因为奇迹不再发生，因此我们不得不承认那些让万物尽善尽美的因素。

伊利　可是，我的好大人，下院提出的这项议案怎么平息呢？陛下究竟赞同不赞同？

坎特伯雷　他似乎介于两者之间，或者应该说他更向着我们，对反对我们的提案者没有偏向；因为我已经根据我们教会的会议精神和目前的局势，向陛下提出意图，其大概内容是这样的：鉴于法兰西的问题，我们将拿出一笔大钱，其数目之大，是宗教界捐献给历代先王的款项都没法比的。

伊利　王上对这一意图反应如何，我的大人？

坎特伯雷　陛下反应甚好，只是他没有足够的时间把我的提议听完，不过我觉得出他是愿意听完的，因为那寥寥数段是讲他曾祖爱德华曾征服过的一些公国和法兰西的王冠与宝座，他是完全有权享有的。

伊利　是什么事把这话打断了？

坎特伯雷　法兰西大使这时要求谒见——噢，对了，我想召见他的时刻到了。现在已是四点钟了吧？

伊利　正是。

坎特伯雷　那我们就进去吧，看看他有什么使命在身——唉，其实这个法国人用不着开口，我也能马上猜到他要说什么。

伊利　我愿为你作陪，正好解解耳馋。（同下）

## 第二场　同前；王宫议事厅

【亨利王，葛罗斯特公爵，爱克塞特公爵，沃里克伯爵和威斯摩兰伯爵上。

亨利王　我慈悲的坎特伯雷大人在哪里？

爱克塞特　他不在场。

亨利王　命人去叫他，好叔公。

威斯摩兰　我们要把那位大使叫进来吗，陛下？

亨利王　先别叫，我的姑丈。我国和法国之间有些重大事情，我们已考虑多时，我应该先拿定主意，然后再听听他说什么。

【坎特伯雷大主教和伊利主教上

坎特伯雷　愿上帝和众天使护佑王上神圣的宝座，愿王上帝祚永存。

亨利王　多谢你的祝福。我的博学的大人，我请你首先公正而虔诚地讲一讲法国实行的塞利克族法律[1]，该不该禁止我们的合法要求。我亲爱的忠诚的大人，上帝在上，你切不可窜改、歪曲和滥用你的学识，也不必违心地让你那宽容的灵魂承担种种冠冕堂皇却误编误造的称号，你的陈辞别带本国色彩，要言之有据，光明正大。因为上帝知道，多少现在好好活着的人，会因为你主教大人一番左右我们决策的陈辞，抛洒热血。所以你定要注意掌握分寸，如何拿我们的身家性命作赌注，如何唤醒我们安睡的战刀；我以上帝的名义望你慎重再慎重。因为这样两个王国一旦动刀动兵，决不会不死人不流血，将士们每一滴无辜鲜血都会引来一声声哀泣，谁在厉兵秣马上出了过失，谁让百姓无谓死

① 弗兰克人的一族，此法律规定女性不得继承王位，为的是让男性占有土地，有利于征兵服役。

Charles
THE GREAT
Charles
Duke
Lewis
Emperor
Charlemain
Isobel
Lady Ermengare
Lady Lingare
Capet
Louis X

伤，都会引起愤怒的指责。明白了我这番祈求的苦心，我的大人，你就讲吧，我们会认真听，认真记，从心里相信你所讲的话发自你的良心，如同受过洗礼的罪名一样清白纯洁。

坎特伯雷　仁慈的陛下，诸位对这帝国宝座鞠躬尽瘁死而后已的大臣们，那就请听我说说吧。这中间没有什么条文阻止陛下对法国提出合法要求，只有法拉蒙德时期定下这样一条法律：In terram Salicam mulieres ne succedant，意思是“女人在塞利克族的土地上没有继承权”，法国便借此把“塞利克族的土地”不公正地曲解为法国的疆域，还把法拉蒙德误认为是这条法律的制定人和女人继承的障碍。但是他们自己的作家却忠实地认定塞利克族土地在德国境内，位于萨勒河和易北河之间，查理大帝把撒克逊族征服后，一部分法国人便留在那里安家落户，由于看不惯德国妇女某些不诚实的生活方式，在那里规定了这条法律，就是：女人在塞利克族土地上没有继承权。如我刚才说过的，塞利克族在易北河和萨勒河之间，只是目前在德国才叫它迈森。由此不难看出，塞利克法律不是在法国境内实行的法律。直到法拉蒙德王去世四百二十一年后，法国才兼并了这块塞利克族土地，并且想当然地把法拉蒙德王认定是这一条文的制定者，而法拉蒙德是耶稣纪元四百二十六年死的；查理大帝征服撒克逊族并把法国扩展到萨勒河以外，则是八百零五年的事了。此外，他们的作家还说，废除奇尔德里王的佩平王只是克洛泰尔王之女布丽西尔德的子嗣，并非正统，却终于谋取了法国的王冠。篡夺洛兰公爵查理的王位的休·凯佩特在谋取他的宝座时也耍了类似把戏，因为只有洛兰公爵是查理大帝正宗嫡系的唯一男性子嗣；尽管休·凯佩特事实上是谋权篡位，他却极力把自己说成是查理曼的女儿林加德夫人的子嗣，因为查理曼是路易皇帝之子，路易皇帝又是查理大帝之子。还有，路易王九世虽是篡位者凯佩特的唯一继承人，并且戴上了法国王冠，良心上却总不安宁，直到弄清楚他的祖母伊莎贝尔王后是前边提过的洛兰公爵理查之女厄门加德夫人的千金，心里才平衡起来，因为这门亲事使查理大帝这一正宗家族又和法国的王冠联系起来了。这样，如同夏日的太阳一目了然。佩平王称帝和休·凯佩特登位，以及路易王找回平衡，全部是按着母系方面的权利和名分得到的；法国的一代代国王就是这样沿袭至今，可是他们却宁愿藏在一张网子后面，绝不会拱手让出他们从你和你的祖先手里篡夺的权利，反倒会凭藉这个塞利克族法律来阻止陛下从母亲方面要求王位。

亨利王　我提出这样的要求，符合公理和良心吗？

坎特伯雷　敬畏的陛下，有罪记在我的头上好了。《民数记》里写道：如有人没有儿子死了，他的女儿可以继承他的产业。[①]英明的王上，捍卫自己的权利，展开你的血染的旗帜；回顾一下你的非凡的祖先们吧。去吧，我敬畏的王上，到你曾祖父的墓前祭奠一次，从那里要回你的权利，乞求得到他的英勇顽强的精神；也到你的叔祖黑亲王爱德华的坟前祭奠，想想他在法国的土地上演出了一幕什么样的悲剧，竟把法国最精良的军队打得落花流水，这时他的父亲却神采飞扬地站在一座山头上，笑看他的狮崽儿在法国贵族的血泊里肆意劫掠。啊，高贵的英国人，只要用一半的兵力就能对付了法国的全部精兵，而另一半人马只须谈笑风生地从旁观战，静候胜利，大有高处不胜寒的惬意。

伊利　让关于那些英勇的死者的记忆醒来吧，用你横扫千军的臂膀，重演他们的辉煌业绩。你是他们的继承人，坐在他们的王位上，他们名垂千古的血气和勇气正在你的脉络里流淌——我的陛下好似三头六臂，血气方刚，又似五月的早晨，正好开创一番轰轰烈烈的大事业。

爱克塞特　世界上的兄弟君王都期望你崛起，像你家族的前辈雄狮们一样有所作为。

威斯摩兰　他们都深知陛下具备这样的理由、物力和兵力，而且王上也的确名不虚传。英国的任何一位君主都不如现在这样将相和睦，臣民忠顺，他们身在英国，心早在法国的战地上安营扎寨了。

坎特伯雷　噢，让他们的身躯也跟去吧，我的陛下，用鲜血、战剑和炮火去争取你的权利。为了援助陛下，我们神职人员将募捐一大笔款项，一定超过宗教界以往每次为你的祖先所贡献的数目。

亨利王　我们切不可只兴兵讨伐法国，还必须留下适当兵力对付苏格兰，因为他们也许会趁机袭击我。

坎特伯雷　北方边境线上的军队足以对付来犯我们领土的小股兵力，贤明的陛下。

亨利王　我们还不是只指那些流窜的散兵游勇，主要是担心苏格兰大举进犯，因为他们一直是亡我之心不死的邻邦。你不难从书中了解到，每当我的曾祖父率兵进攻法国，苏格兰就大举进犯曾祖父兵员不足的王国，其声势如同潮

---

① 参见《圣经·旧约·民数记》第二十七章。

水涌向豁口一样浩大，急不可待地掳掠贫瘠的土地，攻占城堡和村镇，无恶不作，英国则由于国防空虚，在这种偷袭面前显得无可奈何，胆战心惊。

坎特伯雷　她当时是受了惊，但未伤筋骨，我的陛下。因为谁都知道她自己为自己树立了榜样：当她的所有勇士骁将在法国征战，她只是一个为高贵的烈士哀泣的寡妇时，她不仅奋起保卫自己，还把苏格兰王当作迷途的禽兽活擒关押，送到了法国，因为他是君王俘虏，着实为爱德华王增添了威名，也使你的史册平添光辉记载，如同海底深处布满了沉船和无数宝物。

威斯摩兰　不过有一句古话说得好：欲擒法国，先获苏格兰。因为一旦英国这只苍鹰出猎，苏格兰这只黄鼠狼就会偷袭她的空虚的窝儿，把她的高贵的新蛋吮吸干净，如同狸猫不在场，灰鼠称大王一样，虽不能连窝端去，但造成一场浩劫就不划算了。

爱克塞特　听这话的意思，猫务必要守在家里罗。可见这只是抱残守缺的多虑，因为我们早有高墙大锁防范种种不测，设下暗道机关对付小偷小摸。当武装起来的手掌在海外征战时，足智多谋的头脑足以在家保卫自己。尽管治国理政有高、中、低之分，但这部机器协调一致，像一支乐曲，浑然天成。

坎特伯雷　一点没错。所以嘛，苍天便让人体早有分工，各司其职，努力配合，演出一串连续的动作；它固定不变，有始有终，往复不断。蜜蜂亦是如此活动，这种生灵按天规把臣民拥挤的王国管理得井然有序。它们有蜂王，有各种各样的蜂臣，其中一些像管理人员，专在家里司职，另一些则像商人，在海外贸易经商，还有一些像士兵，以蜂刺为武器，在夏季的绒绒花蕊里忙着采集，满载而归，嗡嗡嘤嘤地把战利品带回它们的君王的皇帐中；运筹帷幄的君主又正在忙着视察，哼着曲儿的石匠在修建黄金屋顶，文明的市民们在装载蜂蜜，可怜而忙碌的搬运工肩扛背负地拥挤在门前，眼色无奈的法官阴森森地哼了一声，便把懒洋洋的雄蜂交给脸色阴沉的刽子手。我这番话的意思是说，许多事情只要具备共同的认可，是可以分头进行的。许多支箭可以从不 同的方位射向一个目标；许多条路可以通往一座城市，许多条溪流可以汇聚于一片咸海，许多条刻度线集中在日晷的中心，由此可见，成千上万的行动只要最终为了一个目的，便会一帆风顺地进行到底。因此，陛下，进军法国吧。把你的乐土英国一分为四，你只消带上其中的一份杀向法国，就会把高卢人治得服服贴贴。我们剩下的三份留守国内，定能把紧门户，拒野狗于室外，要不然我们活该吃苦，还会让我们的民族枉担不屈不挠深谋远虑的名声。

亨利王 去把法国皇太子派来的使臣叫来。(数人下)我们如今就算打定主意了，凭着上帝的护佑，凭着你们诸位大臣的大力帮助，法国既然是我们的，我们就要让它治于我们的国威之下，否则就让它支离破碎。要么我们稳坐法国，统治那里的大好河山和众多为王一方的公国，要么我们就让我们葬身黄土，连个土庵和墓碑也不配享有。要么我们的历史有口皆碑，每页都写着我们的伟业，要么我们的坟头连块蜡制墓志铭都没有，如同土耳其的哑巴，空有一张没有舌头的嘴。

【法国使节携大桶上。

亨利王 我们现在洗耳恭听我的表兄法国皇太子的高见，因我听说你们是他派来的，不是王上派来的。

使臣 陛下是恩准我们畅所欲言，把我们此番肩负的全部责任尽述呢，还是只许我们只把皇太子的意思和我们的使命略作交待？

亨利王 我不是暴君，而是一个基督教国王，有神恩指拨，我的情绪一向有节制，如同那些可怜的人关在牢里。所以，请你快言快语，直截了当告诉我们皇太子的想法。

使臣 那我就说几句：陛下最近派人到法国，以你的伟大先王爱德华三世的名分，要求得到某些公国。对于陛下的要求，我们的皇太子说你太有点血气方刚，意气用事，嘱咐你理智为好，仅凭一阵轻松活泼的双人舞，你从法国赢不到任何东西。你不能到那里的公国去狂喝滥饮。因此他为了满足你的精神气儿，特意送上这桶宝贝儿，望你得到满足，别再对公国提什么要求了。皇太子就讲了这些。

亨利王 什么宝贝，叔公？

爱克塞特 (打开大桶)网球，陛下。

亨利王 我们很高兴皇太子和我演这样的雅戏。对他的礼物和你的辛苦，我们很感激。我们挥拍打这些网球时，我们定是在法国打对局，管保把他父亲的王冠打得摇摇欲坠。回去告诉他，他算是找到了一个不依不饶的对手，不把法国所有的球场搅得天昏地暗，绝不认输。我们对他了如指掌，他这是冲着我们那些放荡不羁的日子来的，却万没想到我们在那些日子里有什么收获。我从来没有把英国这可怜的王座放在眼里，所以我不在这王位时就尽情地胡作非为，放荡不羁——人之常情呀，人一离开家，得快活就快活嘛。不过告诉皇太子，身为一国之君，我会维护我的王位，一旦坐上了我在法国的王位，我更会让你们看看我的伟大航行。尽管我曾在我的君王庇护下坐享其成，像一个干重活儿的人一样消极怠工，但是我将会在法国傲然屹立，干出一番惊天动地的业绩 ，定让法国人眼花缭乱，也让皇太子对我们刮目相看。告诉这位还算有趣的王子，他的这场嘲笑把他送的网球变成炮弹了，他的灵魂将会因为炮弹酿出的无谓的报复不得安宁——因为千百个寡妇将会因为他的嘲笑白白葬送了她们的亲爱夫君，无数母亲会痛失儿子，许多城堡会夷为平地；哦，一些还未怀上和出生的后人也会诅咒皇太子的这次嘲笑。不过这一切都取决于上帝的意志，我祈求上帝并以上帝的名义告诉你们，我迟早要找皇太子算账，举起正义之手干出一番神圣的事业。你们平平安安地回法国去吧。你们告诉皇太子他的嘲弄虽不乏风趣却失之浅薄，成千上万的人对它只会哭不会笑。——好生把他们护送出境——再见吧，二位。（二使臣下）

爱克塞特　这是一番快活的祝词。

亨利王　我们只愿送网球的人听了脸红。所以，诸位贤卿，别失去了我们出征的天赐良机；现在我们除了法国，别无他图，感谢上帝垂青，快把我们眼前的事情干起来吧。立即把参战的这部分人马集中起来，该想的一定想到，只要我们做到兵贵神速，我们就如虎添翼；上帝在前，我们要在皇太子的老子的家门口，把皇太子训斥一顿。望各位大人各尽其职，让这次公正的行动立即得以贯彻。（喇叭奏花腔。同下）

# 第　二　幕

## 序曲

【致辞者上。

*致辞者*　现在英国的所有青年都群情激昂，长袍短褂统统锁进了衣橱里；眼下盛行戴盔穿甲，在每个男儿的胸中只想到了荣誉。他们卖掉牧场买来了坐骑，纷纷仿效所有脚下添翼的基督教国王，个个都像是英国的墨丘利。空气中到处弥漫着热切的期冀，他们把利剑深藏于剑鞘之中，向亨利王和他的辅臣许诺王冠、官爵和饰衣。法国人听知情人说了这场扩军备战的行动，吓得胆战心惊，为了敦促英国人改变初衷而使出苍白的计议。啊，英格兰！——你是具有内在的非凡气魄的典范，如同小小身躯装着一颗勃勃雄心，只要你所有的孩子通情达理，不管你决心干什么，有哪种荣誉不会垂青于你？但是你知道，法国在你身上已经找到了漏洞：那是一群胸腔空洞的家伙，法国往里面填充了背叛的金币；有三个被腐蚀的家伙——一个是牛津伯爵理查，第二个是马山的斯克鲁普勋爵亨利，第三个是诺森伯兰的骑士托马斯·格雷爵士——为了法国亮光闪闪的金钱，啊，不惜罪孽深重，和惊慌失措的法国勾结成奸，设下圈套；倘若地狱的逆贼逆臣从中作祟，亨利王在南安普敦登上进军法国的船只之前，他们打算用自己的手置王上于死地。请观众耐着性儿，我们好把距离这荒谬东西制服，努力演出一幕好戏。收买的金钱已经支付，叛贼们沆瀣一气，王上开始从伦敦出发，场景现在转移到了南安普敦，先生们。剧院现在就在那里，你们务必坐下看戏，我们会把你们从那里安全地带往法国，然后再带回来，靠魔力降住那狭窄的海峡，好让你们平安往来——因为只要我们办得到，我们定不会把戏演砸，让哪位看客倒胃口。不过咱们得等亨利王登场，在这之前，我们正好把场景转移到南安普敦。（下）

## 第一场　伦敦；街道

【下士尼姆和中尉巴道夫上

**巴道夫**　幸会呀，尼姆下士。

**尼姆**　早安，巴道夫中尉。

**巴道夫**　怎么，毕斯托尔旗官和你交成朋友了吗？

**尼姆**　就我说来，我不在乎。少说为佳，不过时间成熟了，微笑自然会出现——但这只是一厢情愿。我不怕决斗，却又不敢正视对方，只会把我的钢剑往外捅。这事一点不复杂，可是那又怎么样？它可以用来化乳酪，也不怕天寒地冻，和别人的剑没有什么两样——就这么回事。

**巴道夫**　我来请一顿早餐，为你俩说合说合，然后我们仨盟誓结拜兄弟，一起去法国，这样说定了，好尼姆下士。

**尼姆**　老实说，我能活多久就活多久，好死不如赖活着嘛，等到实在活不下去了，我就一了百了。那就是我的住处，那也是约会的地方。

**巴道夫**　一点没错，下士，他把快嘴桂嫂娶到手了，快嘴桂嫂对你的确不公平，因为你是跟她有约在先的。

**尼姆**　我也说不清了。许多事情也只好顺其自然。人要睡觉，而且睡觉时脖子还好好地长着，有些人却说刀子该在那里试试刀刃才好。凡事都有一定规则。尽管耐性是一匹累垮的牝马，可她还得慢慢地走啊。凡事总会有个结果。哦，反正我说不清楚。

【旗官毕斯托尔和快嘴桂嫂上。

**巴道夫**　早上好，毕斯托尔旗官。（对尼姆）毕斯托尔旗官和他老婆来了。好下士，在这里耐心呆着。

**尼姆**　日子怎么样，我的毕斯托尔店主？

**毕斯托尔**　下流的虱子，你还叫我什么店主？上帝鉴听，我发誓我讨厌这个称呼。我的奈儿以后不收留房客了。

**老板娘**　对，我发誓，马上就不收了，因为我们分明收留了十三、四个娘儿们，规规矩矩靠做针线活儿谋生，可是人家会以为我们在开窑子，太不上

算。(尼姆拔剑)哎呀，不好！要他不被一剑砍倒，我们眼看着就要发生谋夫奸杀的血案了。(毕斯托尔抽刀)

**巴道夫** 好中尉，好下士，这里不是比武的地方。

**尼姆** 呸。

**毕斯托尔** 呸你自己吧，长毛狗。你这竖起耳朵的长毛狗。

**老板娘** 好尼姆下士，拿出你的气量，把剑收起来吧。（二人把剑收。）

**尼姆** 你敢找个地方吗？我和你一对一试个高下。

**毕斯托尔** “一对一”吗，你这只恶狗？嚯，无耻的毒蛇！在你这张无与伦比的脸上“一对一”，在你的牙齿和嗓子里“一对一”，在你的脏心烂肺，对，一定在你的臭肚子——最不济也在你的臭嘴里“一对一”。我一定在你的五脏六腑里“一对一”地教训你一顿，这一套我是行家，毕斯托尔的枪已上膛，一道火光嗖地就会射出来。

**尼姆** 我不是巴巴森恶魔，你没法用咒语降服我。我有勇气公公平平地把你撂倒。要是你跟我作对到底，毕斯托尔，我会用我的剑教训你，只要条件公平，我做得到。如果你跟我走，我定会按平等原则把你的肠子挑出来，这就是我的勇气。

**毕斯托尔** 嚯，你这吹牛不犯死罪的下流无耻的贱货！坟墓裂开大口，你的死期不远了。你就快抽刀吧。

二人又抽剑。

**巴道夫** 听我说，听我说几句吧。(抽剑)谁敢先抽出剑，我就立刻把他捅穿，也算我是个正儿八经的军人。

**毕斯托尔** 这话掷地有声，把人的气儿都吓掉了。(二人收剑。对尼姆)把你的拳头伸过来，把你的前爪伸过来。你的精气神儿旺盛着呢。

**尼姆** 公公正正地比试比试，我迟早会把你的喉咙割断，我就有这个勇气。

**毕斯托尔** Coupe la gorge[1]，这话说得带劲儿。可我压根儿不把你放在眼里。唔，克里特岛的猎狗，你想把我的娘儿叼去吗？不行，想得倒美，去麻风病院找一找那只臭哄哄的药水桶，闻一闻克瑞西达之类的麻风女人，她的芳名是多尔·蒂尔西特，把她娶过来吧。过去的快嘴桂嫂是我的了，我以后也会牢

---

① 法文，意为割断喉咙。

牢占住她，只认她这一个——话够多了，长话短说了。一边去吧。

【侍童跑上。

**侍童** 我的毕斯托尔店主，你得快去看我的主人，还有你，老板娘。他病得很厉害，快卧床不起了。——好巴道夫，把你的脸偎在他的被单里，替他暖暖床吧。——真的，他病得好凶。

**巴道夫** 躲开，你这小无赖。

**老板娘** 听我说没错，说不定哪天他就给乌鸦当布丁吃了。王上把他的心伤透了。好夫婿，尽早回家来啊。(与侍童下)

**巴道夫** 喂，我可以让你俩言归于好吗？我们一定要一起去法国。为什么我们非拿着刀子相互割喉咙呢？

**毕斯托尔** 洪水要泛滥，饿鬼叫食吃，随它去！

**尼姆** 你给我打赌赢你的八个先令吧。

**毕斯托尔** 谁还钱谁就是贱胚。

**尼姆** 我现在还非要不可。我就这点脾气。

**毕斯托尔** 男子汉应该这样解决争端。看剑。

【毕斯托尔和尼姆拔剑。

**巴道夫** (拔剑)凭这把剑起誓，谁先动手，我就把谁杀了。就凭这把剑，我决不手软。

**毕斯托尔** 剑就是誓言，誓言可不能当儿戏。(收剑)

**巴道夫** 尼姆下士，你们和解吧，交朋友为好嘛。你要是不干，那你可就也和我为敌了。求你一回，把剑收了吧。

**尼姆** 我的八先令怎么办？

**毕斯托尔** 还你六先令八便士，马上就给，我再请你喝酒，不要你掏钱，然后我们重叙友谊，结拜为兄弟。我离不开你尼姆，你尼姆也离不开我。这样公道不公道？因为我要到军营里做小贩，利益很可观。把你的手给我。

**尼姆** 我的六先令八便士呢？

**毕斯托尔** 现钱，这就给你。

**尼姆** 那么好吧，我也就这点脾气。(二人收剑)

【老板娘上

**老板娘** 你们都是女人生养的，快来看看约翰爵士吧。啊，可怜的人哪，他浑身烧得抽动不止，得了间日疟，让人看着心里难受。几个好心人，来看看他吧。

**尼姆**　王上对这位骑士发了脾气，这就是症结啊。

**毕斯托尔**　尼姆，你说得对。他的心给伤透了，没治了。

**尼姆**　王上倒是好王上，可是王上就是王上。他发发脾气使使性子，常有的事。

**毕斯托尔**　我们去安慰安慰这位骑士吧——因为，孩子们，我们要活着啊。（同下）

## 第二场　南安普敦；会议厅

【爱克塞特公爵，葛罗斯特公爵和威斯摩兰上。

**葛罗斯特**　上帝，陛下真也好粗心，竟听信了这些叛徒。

**爱克塞特**　有他们害怕的日子，等着瞧。

**威斯摩兰**　看他们平日表现得多么从容，多么稳妥，仿佛他们心里只有忠诚，处处标榜信义和始终如一的忠心。

**葛罗斯特**　王上对他的一切良苦用心这下就明白了，因为我们截获了他们做梦也想不到的东西。

**爱克塞特**　是呀，可是王上对这个人恩宠有加，和他是形影不离的朋友，他却为了得到外国的金钱，竟把王上背叛，出卖了他的性命。

【喇叭声响。亨利王，斯克鲁普勋爵，剑桥伯爵和托马斯·格雷爵士上。

**亨利王**　现在风向正顺，我们登船启航吧。我的剑桥大人，我的马山大人，还有你，我温和的骑士，把你们的想法和我说说。你们不认为我们现有的兵力会杀退法国的军队，完成这次出征的行动，达到我们劳师动众的目的吗？

**斯克鲁普**　毫无疑问，我的陛下，如果每个人都竭尽全力的话。

**亨利王**　我对此也深信不疑，因为我们完全相信我们队伍中的每个人都和我们心心相印协调一致，而留守国内的人又都一心希望我们出师大捷，所向披靡。

**剑桥**　从来没有哪个君王像陛下一样深受敬畏和爱戴。我认为，在你的福荫下，每个臣民都心情舒畅，怡然自得。

格雷　一点没错。连那些和先王为敌的人也早释前怨，心悦诚服，为陛下全心全意地恪尽职守。

亨利王　所以我们就应该知恩必报，哪怕忘了如何使用我们的手，也不能不论功行赏，诚谢将士臣民的贡献和功劳。

斯克鲁普　那么将士以后会坚定不移斗志昂扬地效忠王上，因为他们满怀希望而有使不完的力量。

亨利王　我也这样看。——爱克塞特叔公，把昨天骂我的那个人放了吧。我忖度是过量的酒给他壮了胆儿，多指拨他几句，原谅他算了。

斯克鲁普　此举仁慈，只是过分宽厚了吧。陛下，让他受点惩罚，吃些苦头，免得像他这样的人得寸进尺，跟着学坏。

亨利王　噢，我们还是慈悲为怀吧。

剑桥　陛下可以仁治天下，不过也得施以惩戒。

格雷　王上，你宽大为怀，让他活命，可是该先好好教训他一番。

亨利王　哎呀，你们只知爱戴我，关心我，却大大苦了那个可怜的人。如果一时糊涂犯下的小过失我们都不会睁只眼闭只眼对待，那我们要是遇上蓄谋已久的滔天大罪，我们将会怎么瞪着眼睛对待呢？尽管剑桥、斯克鲁普和格雷你们几个善意关怀我，费心说服我，主张惩罚他，可是我还是要原谅那个人。我们现在还是议议法国的大事吧。近期的专员都有谁？

剑桥　我是一个，王上。今天你刚吩咐过我。

斯克鲁普　你也跟我打了招呼，陛下。

格雷　还有我，我尊贵的陛下。

亨利王　那么剑桥伯爵理查，拿着这个；这是你的，马山的斯克鲁普勋爵，还有诺森伯兰的格雷爵士，你也有一份。请把它们念一下，你们就明白了我对你们的身价是心中有数的。我的威斯摩兰勋爵和爱克塞特叔公，我们今晚就登船了。——嗨，你们几位怎么回事？在这些文件中你们看到了什么，脸色竟变得那么难看？——你们快看他们变成什么模样了：脸色像纸一样煞白。——喂，你们到底看见上面写了什么，竟会变得胆战心惊，脸上的血色都没有了？

剑桥　我的确有罪，请求陛下垂恩。

格雷
斯克鲁普　我们都有罪，都请陛下开恩。

亨利王　我本来满怀慈悲，后来你们三番五次地劝说我，慈悲之心也就被压制被扼杀了。你们应该懂得廉耻，再别提什么垂恩开恩的话，因为你们亲口讲出的种种理由堵住了你们的心胸，像狗反咬它们的主子，你们自食苦果好了。我的诸位王爷和贵臣们，你们好生看见这几个英国魔鬼了吗？我身边的剑桥勋爵，你们都很清楚我待他不薄，他名分上应得的所有权利，我都给他了；可是这个卑鄙小人为几文小钱却背信弃义，发誓为法国效劳，要在南安普敦把我杀了。这位爵士，我给他的好处一点不比剑桥少，为了几个小钱也发下了同样的誓言。唉，让我对你说什么好呢，斯克鲁普勋爵，你这个心黑负义、野蛮无道的东西？你参与了我的所有决策，对我的心理了如指掌，只差把我铸成金币供你花销了：外国的小钱真的可能魔力无边，把你可以伤害我的一丝丝邪恶都引诱出来吗？真相如同黑与白一样分明，我却一点看不出来，这真让人感到奇怪。背叛和谋杀从来臭味相投，如同一对拉套的魔鬼发誓要沆瀣一气，配合得天衣无缝，用不着赞叹和惊诧；可是你却违反所有的常规，为背叛和谋杀这两种行径带来了令人费解的东西。不管这个狡猾无比的魔鬼是谁，能让你表现得如此乖戾反常，必定已在地狱赢得了手段非凡的喝彩。别的魔鬼从事变节投身的蛊惑勾当，还会从闪光的虔诚外衣上撕下一些五颜六色的布头，拼接成各种形状，为背叛行径打掩护；可是引诱你的那个魔鬼，直截了当地让你挺直身子，根本不告诉你卖身求荣的理由，便把你直呼其名为叛贼了。如果勾引你的同一个魔鬼迈着雄狮的步态走遍世界，他还会返回众多的同伙身边，并和他们讲：“我从来没有像勾引那个英国人一样，那么轻而易举地赢得过灵魂。”哎，你把人间信赖的纯洁关系毁坏到了令人眼红的地步啊。人们不都是一副恪尽职守的样子吗？你也曾是这样的。人们看样子又庄重又博学吗？你何曾不是这样的。人们出身于高贵的家族吗？你何曾不是这样呢。人们笃信宗教吗？你何曾不是这样。人们不贪食，不纵情，不贪欢，不生气，总是精神勃勃，不为血气左右，举止文雅，节制有度，为人处事用眼用耳，唯有经过深思熟虑才信赖于人吗？你过去看起来也曾是这样全面发展，要什么有什么的人哪。你这样甘居堕落，为那种十全十美的正人君子留下了让人怀疑的奇耻大辱啊。我为你哭泣，因为你的这种背叛在我看来像是人类的又一次堕落。——他们的罪恶显

而易见。把他们逮起来交付法律处置，但愿上帝能为他们的行径原谅他们。

**爱克塞特** 我以剑桥伯爵理查这个名字 ，因你犯下重大叛国罪而逮捕你。——我以马山的斯克鲁普勋爵亨利这个名字，因你犯下重大叛国罪而逮捕你。——我以诺森伯兰的骑士托马斯·格雷这个名字，因你犯下重大叛国罪而逮捕你。

**斯克鲁普** 上帝明鉴，公正地揭露了我们的险恶用心，我宁愿一死也难抵消我的罪过，尽管我要用性命来抵罪，却仍恳求陛下宽恕我的罪孽。

**剑桥** 法国的金钱并没有诱惑了我，尽管我承认这笔钱立即成了我叛国的动机。但是我感谢上帝阻止了我，我为此死而无憾，唯求上帝和陛下宽恕我。

**格雷** 忠诚的臣民对打击罪大恶极的叛国罪一向欢欣鼓舞，但是我此刻的心情更觉高兴愉快，因为我终于被阻止了，不再坠向罪恶的深渊。陛下，请宽恕我的罪过，别宽恕我的性命。

**亨利王** 愿上帝宽恕你们。等候你们的判决吧。你们阴谋弑杀一国之君，和交战的死敌私下勾结，从敌人的国库领取我的索命钱，将你们的王上出卖了任人宰割，将其王公大臣出卖了任人奴役，将其臣民出卖了任其压迫和践踏，将其整个王国出卖了任其破坏劫掠。害我一条命，我可以不和你们算账，但是我的王国的安危，我们却要不得半点马虎，你如今一心要毁掉她，我们只得把你交给她的法律。所以你们只好去吧，可怜多难的人儿，去等死吧；愿上帝慈悲，保佑你们心平气静地忍受等死的滋味，保佑你们真心忏悔你们犯下的所有大罪。——将他们押下去。(押下叛徒)诸位赴法的大臣们，现在出征法国的大事就光荣地落在了你们的头上，也光荣地落在了我的头上。我相信这是一次吉星高照的征战，因为上帝大慈大悲，及时揭露了这次潜伏在我们征途、妄图阻止我们开拔的阴谋诡计。我相信现在我们的征途已经铲除暗障，一马平川。前进吧，亲爱的同胞们。让我们把我们的征战大军交给上帝之手，保佑我们征战勇往直前。精神百倍地下海登船，高高扬起出征的旗帜：倘若做不了法国国王，甘愿走下英国王位。(喇叭奏花腔。同下)

## 第三场　伦敦；伊斯特奇普街头客店

【旗官毕斯托尔，下士尼姆，中尉巴道夫，侍童及快嘴老板娘上。

**老板娘**　我亲爱的好夫君，我来把你带到斯坦斯去吧。

**毕斯托尔**　不，因我这男子汉心里充满悲伤。巴道夫，高兴起来吧；尼姆，打起精神吹几句牛吧；侍童，拿出点气概来嘛。福斯塔夫他已经死了，我们得赚钱活命呀。

**巴道夫**　我要是跟他一起走了多好啊，不管他在哪里，在天堂还是地狱。

**老板娘**　不会，他一定不在地狱。他在亚瑟①的怀抱里，如果有人曾走进了亚瑟的怀抱的话。他死得很安静，临走那会儿，简直就是一个不曾满月的婴儿。他是在十二点和一点之间断气儿的，正好落潮的时候——我看见他摸索了一阵儿被子，托弄着上面的花儿，对着他的指尖儿笑起来，这时我知道他只有通往黄泉这一条道了。他的鼻子像一支笔那样尖，嘴里嘟嘟哝哝像绿色田野一样热闹。“怎么样了，约翰爵士？”我问道。“喂，汉子！好好儿打起精神。”他这时大声叫道：“上帝，上帝，上帝”，连着这么嚷了三四遍。我赶紧安慰他，告诉他不应总想到上帝；我希望他别在这种时候总让这样的念头纠缠着。他于是要我往他的脚头多盖些衣服什么的。我把手伸进被窝摸了摸他的脚，那双脚竟冰冷得像石头。我接着摸他的膝盖，接着又往上摸又往上摸，哪儿哪儿都冷冰冰的像石头了。

**尼姆**　听说他嚷叫白葡萄酒什么的。

---

① 指古不列颠传说中之国王，为圆桌武士之领袖。

**老板娘**　是的，他喊叫了。

**巴道夫**　还喊叫女人了。

**老板娘**　不，他没叫喊女人。

**侍童**　不，他叫来着，说女人是什么魔鬼的化身。

**老板娘**　那是他从来受不了花色，只是他向来不喜欢的一种颜色。

**侍童**　他有一回说了，魔鬼要他走是为了女人。

**老板娘**　这倒是实话，他是说了一些对付女人的话——不过那时他患了风湿病，净提巴比伦的妓女。

**侍童**　你难道不记得了吗？他看见一只跳蚤趴在巴道夫的鼻子上，说那是黑色灵魂在地狱之火上焚烧。

**巴道夫**　唔，供大火的燃料这下全完了。我侍候了他一回就得到了这么多东西。

**尼姆**　我们该开路了吧？国王快要离开南安普敦了。

**毕斯托尔**　好吧，我们上路吧。——我亲爱的，过来跟我亲亲嘴儿呀。（*吻她*）看好我的这些家产。办事要讲个规矩。有句话说得好：“高声叫卖，看紧钱财。”别轻信任何人，赌咒发誓轻于稻草，男人们的忠诚像脆饼，抓到手里的东西才是货真价实的，我的宝贝儿。所以，“多留心眼儿”应该是你的座右铭。去吧，把你的那对玻璃眼珠儿擦一擦。——同生死共患难的战友们，让我们前去法国，伙计们，像蚂蟥一样，吸呀，吸呀，把法国人的血吸个痛快！

**侍童**　（*旁白*）听说那才是让人讨厌的食物呢。

**毕斯托尔**　跟她的软嘴儿亲一亲，上路。

**巴道夫**　别了，老板娘。（*吻她*）

**尼姆**　我不可能亲嘴儿，亲嘴是有分寸的，不过再见吧。

**毕斯托尔**　（*对老板娘*）严守妇道。守紧门户，我就告诫你这些。

**老板娘**　别了！再见啦！（*各下*）

## 第四场　法国王宫

【喇叭奏花腔。法王六世查理王，皇太子，统帅，贝里公爵及波旁公爵上。

**查理王**　英国军队果然大兵压境，我们务必加倍小心，奋起反击。所以，贝里公爵、波旁公爵、布拉班特公爵和奥尔良公爵，准备率军出发。皇太子，你赶快前往战略重镇去设防，挑选精兵强将，准备防卫工事。英国人来势凶猛，像大水冲击海湾一样汹涌。我们务必做到深谋远虑，小心谨慎，再别像过去那样因轻视英国人，在我们的战场上遭到致命的打击。

**皇太子**　我的最受尊敬的父王，我们的当务之急就是武装起来，迎击敌人；和平不应该使一个王国变得麻木。尽管战争没有发生，也没有直接冲突，但是各种防御工事、兵马粮草以及种种准备却需要加强、募集和进行，权当一场战争一触即发才是。所以，我说，我们当紧去把法国的那些不堪一击的地方视察一下。我们该做的做起来，但用不着惊慌失措，不，真的用不着，只当是我们听说英国人正忙着跳一次降灵节化装舞好了。因为，我仁慈的陛下，英国是由一个游手好闲的国王统治着，其权杖说来令人难以置信，竟是由一个自负、轻率、浅薄、嘻嘻哈哈的小青年儿执掌着，这样的国家不必害怕。

**统帅**　噢，可别这么说，皇太子。你大大错看了这个国王了。殿下可以问一问最近出使的两个使臣，英王召见他们时多么仪表不凡，身边有多少资历练故的谋臣，多么善于表示异议，杀伐决断又多么寒气逼人，你就会明白他过去的种种纨绔之风只不过是如同古罗马布鲁特斯的外表，装傻充愣的外衣下隐藏着的谨慎明智，仿佛园丁用粪土掩盖那些最先发芽的最娇嫩的根须。

**皇太子**　唔，不会像你说的这样吧，我的大总管大人。不过我们早有思想准备，这总归是好事。在设防诸事上，最好把敌方给予最充分的估计。这样，防务的方方面面才可管理周全——万万不可拆东墙补西墙马虎从事，像小气鬼一样在布料上节省尺寸，把衣服做坏了。

**查理王**　我们不妨把亨利王想得十分强大。王公大臣们，你们好好地厉兵秣马去对付他吧。他的祖先曾经把我们当作肥肉吃，他就是那些血腥家族的后人，他的祖先在我们的土地上阴魂未散。克雷西战役使我一败涂地，这种刻骨铭心的耻辱犹在眼前，因为当时我们所有的王公大臣都没有逃出黑色的威尔士亲王、黑色的名字爱德华的魔掌；他那像大山一样的父亲站在山上，耸天立地，在金灿灿的太阳照射下，欣赏他的英勇剽悍的龙种，看到他儿子残害苍生，把上帝和法国的父亲们二十年养育的后生毁掉，油然开心地笑了。这个英王就是那个所向无敌的家族的一支，我们还是对他与生俱来的凶悍和红运怀几分畏惧为好。

【一使臣上。

**使臣**　英王亨利派来的使者求见陛下。

**查理王**　我现在就召见他们。快去把他们带进来吧。(使臣下)朋友们，你们看这是对我穷追不舍呀。

**皇太子**　返回身来，阻止追击。胆小的狗叫喊得最凶的时候，大都是它们看似要威胁到眼前逃跑的目标。我的好陛下，给英国人迎头反击，让他们领教一下你统率的帝国的厉害。我的陛下，自尊比自卑更算不上什么可恶的罪过吧。

【爱克塞特公爵由人陪上。

**查理王**　是王兄从英国派你来的吗？

**爱克塞特**　是奉吾王圣旨而来，他向陛下致以问候：以万能的上帝的名义，他要求你让位，把那些借去的荣耀一一归还，因为它们本来按苍天的恩赐，造化出民族的法律，应属于他和他的后嗣；也就是说，把王冠和一切沿袭已久、按习俗和惯例加在法国王冠上的荣誉，统统归还于他。为了让你知道他的要求并非无事生非，无理取闹，更不是毫无缘由地在算陈年旧账，他特地送给你这份明细易记的家谱，其中的每一分支都有详尽说明，愿你细心认真地阅读一番；当你弄明白他确系著名先人中最显赫的爱德华三世的嫡系后嗣后，他嘱咐你把你拐弯抹角从他手里索去的王冠和王国，归还他这位名正言顺的挑战者。

**查理王**　要是不归还那又会怎么样？

**爱克塞特**　以血讨还。哪怕你把王冠藏进你的内心，他也会强行弄到手。为此他像狂怒的暴风一样前来讨伐，挟鸣雷，撼动地，如朱庇特发怒，一旦索要不成，他就武力征服；他按上帝的仁慈心肠，嘱咐你好生把王冠交出来，多为那些会被恶战无情吞噬的可怜灵魂着想；因为他会让寡妇往你头上洒泪，让孤儿向你哭喊，让死者往你身上流血，让伤心的姑娘冲你呜咽，因为丈夫们、父亲们和订婚的情郎都会在这场浩劫中丧生。这就是他的要求、他的威胁和我的使命——如果皇太子在这里，我也有几句话特地和他讲一讲。

**查理王**　在我们这方面，我们会对这件事进一步考虑，明天你会把我们的全部意见带回英国，转告我的王兄。

**皇太子**　你方才说到皇太子，我正代他站在这里呢。你从英国给带来了什么话？

**爱克塞特**　无非是一些嘲弄、蔑视、廉价的问候和轻蔑，不管什么话都不会让至尊至贵的捎话人降低身分，这便是他对你的抬举。我的王上这样说：如果你的父王不接受方才讲的所有要求，他便会因为你对他的恶意嘲笑，以牙还牙，加倍还击，让法国的洞穴隆隆作响，斥责你的无礼，学着他的口吻回敬你的嘲笑。

**皇太子**　就说我的父王给予满足的回答，我也不会同意，因为我这人生来爱跟英国找碴儿惹事。正因为此，为了和他年幼贪欢的脾气相配，我才呈送给他那么多巴黎网球。

**爱克塞特**　他会为此让你们巴黎的罗浮宫发抖的，哪怕它是强大欧洲的中心堡垒。你放心好了，你准会像我们做其臣民一样惊讶地发现，风华正茂时和执政掌权时的他简直判若两人：现在他把时间看得十分珍贵。等他在法国住下，你会从你自己的种种损失中恍然大悟的。

**查理王**　(起身)明日你就知道我们的全部想法了。(喇叭奏花腔)

**爱克塞特**　尽快把我们打发走吧，免得我们王上亲自来这里质问我们为什么办事拖泥带水——因为他已经踏上这块土地了。

**查理王**　我们会让你们顺利上路的。一夜之间只是片刻的喘息，眨眼的工夫，这个结局的问题却要一一作答。(同下)

# 第　三　幕

【致辞者上。

**致辞者**　就这样，我们的转眼即逝的场景凭藉想象的翅膀，翻飞得比我们的思想还迅猛。假想你们看见全副武装的国王在多佛尔码头登上了御船，他统率的英勇的舰队打起锦旗，在初升的太阳下哗啦啦飘扬。让你们的想象活跃起来，想象中你们看见水手们正在帆索上攀上攀下；你们听见那尖厉的哨声，吵吵嚷嚷的声音立时有了秩序；你们看见那结实的船帆鼓满了无踪无影而徐徐吹来的风，带动着巨大的船只劈波斩浪，冲向了大海。啊，你只管想到你们站在海岸上，看到一座城市突现在滚滚不尽的海涛中，上下颠簸——却原来正是这支浩浩荡荡的舰队正在驶往哈佛洛。追上去，追上去吧！让你们的心儿悬在这支海军的舰杆上，你却仍留在英格兰，周围如同万籁俱寂的午夜一样安静，守卫国土的是老头儿、小婴儿和老妪们，他们要么已过人生鼎盛，要么远未到达。因为，只要人们的下巴颏儿生起哪怕一根根预预的须毛，谁不甘愿跟随这些精选的壮士远征法兰西？让你们的思绪转起来，转起来，仿佛看见了一场围攻战。你们看见他们的辎重中间的大炮，致命的炮口正冲着被围的哈佛洛。你假想出使法国的使臣回来了，告诉亨利王，法国国王愿把自己的千金许配与他，连同几个无利可图的小公国作为她的嫁资。这条件太不像话，于是眼疾手快的炮手用导火杆点燃了魔鬼般的大炮。(号响，炮声隆隆)大炮无坚不摧，顿时墙倒屋塌。不过望你多发善心，让我们的演出在你的想象中演下去吧。(下)

## 第一场　法国；哈佛洛城前

【号响。亨利王率英军上，登城。

**亨利王**　亲爱的朋友们，冲锋啊，前仆后继，冲向缺口，要么以我们英国

人的死接近城墙。在和平岁月，只要为人谦恭，通情达理，就算得上一个男子汉，可是当战争的号角在我们耳边吹响时，做男人的就应该像老虎一样虎虎生风。抖擞精神，鼓足血气，暂时隐去美好的本性，迅即使出凶强侠气。让眼睛露出森森凶光，像铜管炮口一样凸出额头去寻找猎物；让眉头紧蹙，像激荡的悬崖从崖脚突兀横空，随着奔放多变的海洋，发出摇摇欲坠的震撼。此刻，望你们咬紧牙关，张开鼻孔，屏住呼吸，竭尽全力，鼓足勇气。冲啊，冲啊，你们这些最高贵的英国人，你们的血管里流淌着久经沙场的父辈的热血，你们的父辈像一个个亚历山大大帝，曾在这一带从早晨厮杀到黄昏，直杀得敌军覆灭才收起利剑。别给你们的母亲丢人现眼；此刻你们要血战到底，证明你们的确是你们称之为父亲的先辈生养的。你们此刻要为血质不纯的人做出榜样，让他们明白如何打仗。还有你们，善良的庄稼汉，在英格兰养育了你们的身躯，在这里向我们展示一下你们务农的精神；让我们发誓说，你们无愧于你们的出身——我对此毫不怀疑，因为你们无人猥琐下流，个个眼中放射着高贵的目光。我看见你们像拴了皮带的猎狗，就地作势，如箭上弦。狩猎正在进行。气可鼓而不可泄，高呼口号冲锋吧：“上帝保佑亨利！英格兰和圣乔治！”（号响，炮声隆隆。同下）

## 第二场　同前

【尼姆，巴道夫，毕斯托尔和侍童上。

**巴道夫**　冲，冲，冲，冲，冲！冲向缺口，冲向缺口啊！

**尼姆**　求求你，下士，缓缓气儿吧。挨敲的人可太多了，就我自己来说我也没有多少条命。让人没脾气的是挨敲太多了，真像一支无伴奏合唱。

**毕斯托尔**　“无伴奏合唱”才是最公道，各种脾气全往一齐凑。挨敲有去就有来，上帝的奴仆有生亦有死。

（唱）

剑呀，盾呀，

在血染的沙场挥呀，

赢得不朽的名声呀。

**侍童**　我要是坐在伦敦的酒馆多好。我会用我所有的名声换取一壶酒和安全。

**毕斯托尔**　我也一样。

（唱）

如果我能称心如意，

我就定要达到目的，

马不停蹄赶往那里。

**侍童**　（唱）

赶倒是赶得到，

只怕是要徒劳，

不像枝头吟唱的鸟。

【弗吕林上尉上，击打他们。

**弗吕林**　上帝的懒汉！快向缺口冲去，你们这些懒狗！快去，你们这些废物！

**毕斯托尔**　手下留情，伟大的公爵，别跟咱们这些小人物过不去。请您息怒，请您把男子汉的怒气暂且息一息，请您息怒哪，伟大的公爵。好好人儿，请您息怒。大慈大悲吧，亲爱的兄弟。

尼姆　本该脾气好些才对头嘛！（弗吕林打尼姆）您阁下脾气真是糟透了。（除侍童，余下）

侍童　我虽年纪轻轻的，却把这三个咋呼鬼看穿了。我虽是他们三个人的童仆，可是他们三个人在我看来全然算不上男子汉，哪怕他们都来伺候我；因为他们这三个小丑的确顶不上一个男子汉。拿巴道夫来说，他这人胆子小却是红脸汉，仅凭这点脾气他从来不吃亏，可是打仗却是个大软蛋。毕斯托尔呢，他长就一张刀子嘴，使起战剑可钝得很，所以大话说尽，好剑藏匿。尼姆嘛，他听信这话：好汉寡言，因此他连祈祷词都很少说出口，生怕人家把他当成胆小鬼。不过他坏话说得少，好事也干得不多——他从来没有打破过别人的头，除了他自己的例外，不过那还是因他酒醉后撞在了柱子上。他们什么东西都敢偷，还把这称为什么“信手拈来”。巴道夫曾经偷了一只琴盒儿，带着走出几十哩路后，转手卖了一个半便士。尼姆和巴道夫是一对海誓山盟的梁上君子，在卡莱斯他们偷了一把火铲。我知道人们只是用这种工具铲铲煤而已。他们想让我在人家的口袋边练就一套功夫，像熟知人家的手套或手绢什么的——我要是习惯了从别人口袋往自己口袋弄东西，这哪是咱男子汉所为？因为这种行为实在是错上加错呀。我一定得离开他们，另谋一份更好的差事。他们的卑鄙行为让我这弱胃受不了，因此我必须溜之大吉。（下）

## 第三场　同前

【高厄上尉上，与弗吕林上尉相遇。

高厄　弗吕林上尉，你必须马上去地道那边。葛罗斯特公爵有话要跟你说。

弗吕林　到地道那边？你告诉公爵，地道那边没有什么好去的。因为你看看，地道不可能适合打仗这套规律。地道的深度又不够。你看看嘛，敌方也在挖地道，你可以和公爵谈谈这事，他们还比我们深挖四码。上帝哪，我认为要是拿不出更好的法子，地道会给打通的。

高厄　葛罗斯特公爵是这次围城的指挥，可指挥他的却是一个爱尔兰人，一个非常勇敢的绅士，一点没错。

弗吕林　此人是麦克莫里斯上尉，对不？

高厄　我想是吧。

弗吕林　上帝呀，他是一个笨蛋，天字第一号大笨蛋。我敢当着他的面这样说话。他对打仗这套根本一窍不通，你看看吧——就是关于古罗马的那一套——连只叭狗都不如。

【麦克莫里斯上尉和杰米上尉上。

高厄　瞧他来了，还有苏格兰人杰米上尉和他一起来了。

弗吕林　杰米上尉是一个了不起的上等人，一点没错，对古代打仗很有研究，很有造诣，我对他这方面是了如指掌的。上帝呀，他对古罗马人打仗那一套说起来头头是道，天下没有第二个军人敢跟他较真。

杰米　日子过得好啊，弗吕林上尉。

弗吕林　您好啊阁下，好詹姆斯上尉。

高厄　怎么样，麦克莫里斯上尉，你撤出地道了？工兵们不干了？

麦克莫里斯　老天爷啊，那事糟透了。地道不得不放弃，吹响了撤军号。凭着我的手和我老爹的灵魂起誓，这工作干得太差劲，只好放弃算了。我本可以在一个小时之内把那座城毁掉的，上帝救了我啊。哎，这事糟透了，糟透了啊，我举手起誓，这事干得太坏了。

弗吕林　麦克莫里斯上尉，我现在请求你，允许我跟你辩论几句，你看看，差不多是有关或关于打仗那一套的，古罗马打仗那一套咱们采用争辩的方式，你看看，自然是客客气气你一句我一句进行了？这一部分是证实一下我的看法，一方面是满足满足我的心理，你看看。咱就从军事规律说起吧，就从这点。

杰米　这当然很好，很乐意，好上尉们，我是很愿意奉陪你们的，只要我有机会。我会的，真的。

麦克莫里斯　没时间闲扯了，上帝保佑我。这天很热，还有天气、战争、国王和爵爷们也够火热的。没有时间闲扯了。这座城仍在包围之中。军号要我们到那个缺口去，我们走吧，天哪，什么也没干成，让我们大家把脸丢尽了。上帝拯救了我，站着不动更丢人，凭我的手起誓，这事真丢人。有敌人该打，有事情该做，我们却一无所成，哎，愿上帝保佑我。

杰米　天哪，只要我的这两只眼睛没有闭上，我还要好好效力呢，或者为效力累倒累死。上帝给了我一条命，我得英英武武地用一用，我保证能做到，长短就是这句话。是啦，我很想听听你们俩怎么说。

弗吕林　麦克莫里斯上尉，我认为，你看看，话说得不妥你纠正，这世界上没有多少民族像你的民族——

麦克莫里斯　关于我的民族？我的民族怎么啦？它是个恶棍是个杂种是个无赖是个流氓？我的民族怎么啦？谁对我们的民族说三道四了？

弗吕林　你看看，你要是把这话从另一个意思去听，麦克莫里斯上尉，那我或许会认为你这是对我不友好，没有以你应该对我的审慎态度对待我，你看，你自己是个好人，精通兵法，出身高贵，其他方面也很不坏。

麦克莫里斯　我只知道你自己不如我这样好。上帝保佑我，我会把你的头割下来。

高厄　二位先生，你们彼此误会了。

杰米　啊，那可真是大错特错了。

【谈判号吹响。

高厄　城里吹响谈判号了。

弗吕林　麦克莫里斯上尉，等有了比这更好的机会，你看看，我完全有胆量告诉你我精通战争那一套。这会儿就不多啰唆了。（退）

【喇叭奏花腔。亨利王及群臣来至城门前

亨利王　这城的总督究竟什么主意？这是我们接受的最后一次谈判了。所以你们最好接受我们的宽限，要不就别管我们太无情，充当一回英勇去死的人好了。我身为一名士兵，我认为这名字和我很般配，所以一旦我再次开始攻城，我不让这快要攻破的哈佛洛城倒在废墟中，我就不离开这里。到那时，每扇怜悯的大门都会关上，我这个杀红眼的士兵心会又狠又毒，手会嗜血如命，良心会像地狱一样阴森森的，把你们的娇艳的俏女和健壮的婴儿，像割草一样纷纷放倒在地。倘若邪恶的战争的硝烟四起，像魔鬼的魁首那般面目狰狞，无恶不作，极尽洗劫毁灭之能事，那与我还有什么相干吗？倘若你们的洁女落入火热强暴的奸淫者之手，直接原因又是你们自己，我又奈何得了？一股邪恶势力如山崩之势锐不可当，什么缆绳能够缚住？杀红眼的士兵为所欲为，我只能徒然下令，如同严禁海中巨兽靠岸那样白费力气。所以哈佛洛城的人们，你们还是趁我能控制我的士兵，凉爽柔和之风尚可驱散杀戮、劫掠和奸淫的滚滚乌云之际，多为你们的城池和人民想一想吧。要不然——哎，眨眼之间，你们就会看到某个凶残嗜血的士兵抓紧了你们的惊叫不已的女儿；你们的父亲会被揪住苍白的胡子，他们最受人尊敬的头会撞上城墙；你们的裸体的婴儿会被挑在枪尖，而那些发疯的母亲则会哀叫不已，叫声冲破云霄，如同希律王的凶手们捕杀的犹太妻子们一样可悲。你们怎么说？你们是屈服了事，避免这样的灾难呢？还是遭罪抵抗，惹出杀身之祸？

【总督上(立城头)

总督　我们期待至今算是死心了。我们一直向皇太子求援，如今他却回复我们说，围攻如此猛烈，他的队伍目前还没有力量解围。所以，敬畏的国王，我们全城愿意投降，接受您仁慈 的怜悯。请你们进城吧，我们以及我们的一切听凭你发落，因为我们再没有抵抗的能力了。(总督下)

亨利王　打开城门吧。来吧，爱克塞特叔公，你率军队开进哈佛洛城。你们就驻扎在城里，加固防御工事，防止法国人攻城。一定要善待所有的居民。因为，亲爱的叔公，严冬步步逼近，我们将士的伤病人员在增多，不得不暂退加来。今天夜里我们在哈佛洛城是你们的客人；明天我们就开拔上路。(城门大开。喇叭奏花腔，入城)

## 第四场　鲁昂；宫中一室

【凯瑟琳公主及老淑女艾丽丝上。

凯瑟琳　艾丽丝，你去过英国，一定会讲英语了。

艾丽丝　会说一点，公主。

凯瑟琳　我想请你教教我英语。我应该学一学。在英语里，手怎么讲？

艾丽丝　手？应该念作“汉德”。

凯瑟琳　“汉德”。那么手指怎么说？

艾丽丝　“手指”吗？我一时竟记不得它怎么发音了，不过我相信我还能记起来。手指的发音——好像是“分格”，对了对了，就是念“分格”。

凯瑟琳　手念作“汉德”。手指呢，念作“分格”。我这小学生好像还当

得不错。我这么一会儿就学会了两个英语字了。“手指甲”怎么说呢？

艾丽丝　“内尔”。

凯瑟琳　“内尔”。你从头听一遍，看我念得对不对：“汉德”、“分格”、“内尔”。

艾丽丝　你念得很好，公主。发音很像英语。

凯瑟琳　英语的手臂怎么念？

艾丽丝　“阿姆”，公主。

凯瑟琳　胳膊肘呢？

艾丽丝　“埃尔包”。

凯瑟琳　“埃尔包”。我把你刚刚教我的几个单词从头念一遍。

艾丽丝　我看这有些难为你了，公主。

凯瑟琳　试试吧，艾丽丝，你听好啊：“汉德”、“分格”、“内尔”、“阿姆”、“贝尔包”。

艾丽丝　应念“埃尔包”，公主。

凯瑟琳　天哪，我竟忘了！“埃尔包”。你说英语里的脖子叫什么？

艾丽丝　“耐克”。下巴怎么说？

艾丽丝　“琛尼”。

凯瑟琳　“琛尼”。脖子叫“耐克”。下巴是“琛尼”。

艾丽丝　很对。坦率地说，你的单词发音念得和英国人一样好。

凯瑟琳　上帝保佑，我很愿意学，而且要在很短的时间里学好它。

艾丽丝　你还记得我刚教过的单词吗？

凯瑟琳　记不全了。不过我给你背一遍吧：“汉德”、“分格”、“梅尔”——

艾丽丝　应念“内尔”，公主。

凯瑟琳　“内尔”、“阿姆”、“伊尔包”——

艾丽丝　请原谅，应念“埃尔包”。

凯瑟琳　我就是这样念的。“埃尔包”、“耐克”、“琛尼”。你怎么念脚和外套呢？

艾丽丝　脚念作“夫特”，公主，外套念作“钢尼”。

凯瑟琳　“夫特”、“钢尼”？老天爷！这些单词的发音又难听又陈腐，很生硬，又不雅，不是上层贵妇们随便用的。我才不愿意在法国贵族面前用这样的腔调说话呢。你听听这叫什么嘛！“夫特”、“钢尼”！不过，我还想把我刚学的几个词儿从头再念一遍：“汉德”、“分格”、“内尔”、“阿姆”、“埃尔包、“耐克”、“琛尼”、“夫特”、“钢尼”。

艾丽丝　太好了，公主。

凯瑟琳　一次学这些就够了，再多记不住。我们一起用餐去吧。

## 第五场　同前；宫中另一室

【法王查理六世，皇太子，统帅，波旁公爵及余人上。

查理王　他确实过了索姆河了。

统帅　如果我们无法扼制他的攻势，我的君王，我们在法国就无法安身了；我们都得撤离，把我们的美好家园让给一群野蛮人了。

皇太子　啊，神灵常在！我们王室的几个小分杈儿，我祖先骄奢淫逸撒下的野种，在野生野长的躯干上生长的枝叶，如今难道真的突然之间要扶摇直上，把他们的正宗老根小看不成？

波旁　诺曼人，只因这些杂种诺曼人，诺曼人杂种啊！这命要不得了，要是他长驱直入，那我就只有卖掉我的公国，到英国那个偏僻的岛上去购置一处肮脏的农场了。

统帅　战神啊！他们哪来的这股锐气？难道他们的气候不是雾多云多，死气沉沉，连太阳看上去都是一片惨淡，怒气冲冲地伤害他们的果实吗？难道一种给卧槽老马喝的温吞水——他们的大麦场——竟能把他们的冷血煎熬得这样剽悍火爆吗？我欢快跳动的热血，在醇酒的激励下，反倒会冷冻结霜吗？啊，为了我们国土的荣誉，希望我们别像悬垂在屋檐下的冰棍，眼看着比我们僵冷的英国人在我们富饶的土地上挥洒血气方刚的热汗——虽然在土生土长的爵爷们眼里，我们不妨称我们的土地是“贫瘠的”。

皇太子　凭着忠信和荣誉起誓，我们的夫人太太们定会对我们冷嘲热讽，直截了当地说我们的种气消磨完了，她们要用她们的身体去满足英国小伙子的欲望，和杂种勇士们生养新一代法国人。

**波旁**　她们还会吩咐我们“去英国的舞蹈学校教授或蹦或旋的快步舞吧”——会说我们的种气都长到脚后跟了，拔脚逃跑的本事倒最见功夫。

**查理王**　传令官蒙乔在哪里？快传他到这里来。命他去迎候英国人，毫不客气地和他们叫战吧。臣贵们，振作起来，让我们精神百倍，比我们的战刀更加锐不可当，奔向战场。查理·德拉布里特，法国的最高统帅，奥尔良公爵、波旁公爵，还有贝里公爵、阿朗松公爵、布拉班特公爵、巴尔和勃艮第公爵，还有雅各·夏提隆、朗布里、沃德蒙、博蒙、格兰皮里、卢西，还有弗孔布里奇、富华、莱斯瑞里、布西科，还有夏罗，高贵的公爵们，伟大的王爷们、侯爵们、勋爵们以及爵士们，为了你们的爵位，现在行动起来，洗掉你们的奇耻大辱吧。扼制住英国的亨利，他在我们国土上长驱直入，他的旗帜已经染上了哈佛洛城的鲜血；冲向他的军队吧，如同消融的冰雪冲下山谷般凶猛，如同阿尔卑斯山向低贱的山脚泼溅唾液和鼻涕。朝他直冲而去，你们势不可当，将亨利捉住，装入囚车，运到鲁昂来。

**统帅**　此旨必成大业。很遗憾他势单力薄，将士在行军途中病的病，饿的饿，我相信他一看我们大军已到，准会魂飞魄散，无心恋战，拱手献出赎金作罢。

**查理王**　所以，统帅大人，快去催紧蒙乔，让他告诉英国人，我们很想知道一下他们愿意献上多少赎金。——皇太子，你和我一起待在鲁昂吧。

**皇太子**　恳求陛下别把我留在鲁昂。

**查理王**　耐着性儿，你还是留在我身边吧。——现在出发吧，统帅大人，各位王爷，尽快给我送来英国人垮掉的消息吧。（各下）

## 第六场　皮卡地；英军营地

【高厄和弗吕林上尉上。

**高厄**　弗吕林上尉，你刚从桥那边来，情况怎么样？

**弗吕林**　相信我好了，桥那边样样都干得十分出色。

**高厄**　爱克塞特公爵还安全？

**弗吕林**　爱克塞特公爵像阿伽门农一样非凡，我用我的灵魂我的心灵我的职责我的生活我的生计和我浑身的力量爱戴他尊重他。上帝保佑，他安然无恙，英勇地固守桥头，用兵如神。桥头有一名旗官，我从内心深处认定他骁勇异常，像马克·安东尼一样是条汉子，尽管他算不上什么大人物，可我看见他拼杀得十分凶猛。

**高厄** 他叫什么名字？

**弗吕林** 他叫毕斯托尔旗官。

**高厄** 我不认识此人。

【毕斯托尔上。

**弗吕林** 此人来了。

**毕斯托尔** 上尉，我求你为我做点事。爱克塞特公爵很爱惜你。

**弗吕林** 啊，祈求上帝，我倒也值得他爱惜几分。

**毕斯托尔** 巴道夫本是一个胆壮心强的士兵，一身勇气，却偏偏命运不济，命运之神的轮子转得又凶又急，这位女神有眼无珠，还站在那轮子上拼命地踹——

**弗吕林** 毕斯托尔旗官，你还是耐着性子吧：命运之神是被画成瞎子的，她眼前遮了一块布，就是要你明白命运之神是有眼无珠的。她的脚下还画了个轮子，这又是要你明白，她总在转，没个准头，变幻无穷，五花八门，让你捉摸不透。你看看，她的纤脚站在一个石磙上，那滚子便滚呀滚呀没个完。一点没错，诗人把这事写得妙极了；命运之神说白了就是一种寓意。

**毕斯托尔** 命运之神专跟巴道夫作对，对他横眉竖眼，因为他偷了一枚圣像牌，非上绞架不可。这种死法儿真该咒——绞架应该用来吊狗，哪能吊人，把人家的喉管勒住，连口气儿也喘不过来。但是爱克塞特就为那只廉价的圣像牌下了绞死令。所以去说个情吧，公爵还爱听你的话，别让巴道夫为了一点不道德的小毛病，让廉价的绳索刃儿生生勒断他的要命的气管。为他的性命说几句情吧，上尉，我会好好报答你的。

**弗吕林** 毕斯托尔旗官，我差不多明白你的意思了。

**毕斯托尔** 那么你就去说个情吧。

**弗吕林** 旗官哪，这还确实不是一件说情的事。因为你看看，他即使是我亲兄弟，我也会要求公爵爱怎么办就怎么办，该判刑他就判刑好了。因为法纪总得有人执行啊。

**毕斯托尔** 该死该死！半点情谊也不讲。

**弗吕林** 这也好嘛。

**毕斯托尔** 无情无义的东西！

**弗吕林** 很好很好。

**毕斯托尔** 我说你脏心烂肺，从里往外烂。（下）

**弗吕林** 高厄上尉，你听见他这些电闪雷鸣的话了吗？

**高厄** 唔，这就是你跟我说过的那个旗官吗？我现在记起他来了。他是一个拉皮条的，一个小偷。

**弗吕林** 听我说没错儿，他在桥头大嚷大叫才叫勇敢呢，跟你夏天看见的景儿一样。不过这没有什么不好。他刚才跟我说的那番话，没什么不好，我让你放心，到时候有他好看的。

**高厄** 哎，那是个混球，傻子，无赖，时不时来战场上混一混，回到伦敦城就可以自诩是个兵了。这样的家伙只知道记住大将军大元帅的名字，把战场上发生的事情背得烂熟——哪里哪里有个堡垒呀，哪里哪里有个缺口呀，哪里哪里有一次护送呀，还有谁打仗勇敢啦，谁被打中啦，谁临阵逃脱啦，敌人的情况又如何呀——他们会把战争说得绘声绘色，打仗的词儿一套一套的，还夹进许多翻新的咒骂。蓄上两撇儿将军胡子，穿起一身吓人的军装，面前摆了几瓶冒沫的酒瓶，脑力加酒力，什么话吹不来，你怎么想都不过分。可是这世道盛产这样的吹牛匠，你还非得知道一点不可，要不你准会受大骗上大当呢。

**弗吕林** 我跟你说怎么办吧，高厄上尉，他想在这世界混什么人，我偏偏看透他不是那块料。一旦让我抓住了他的把柄，我准叫他知道我的厉害。（鼓声传来）你听，王上来了，我得跟他说说桥头的情况。

【亨利王率士兵上，鼓手和旗手前导。

**弗吕林** 上帝保佑陛下。

**亨利王** 怎么样，弗吕林，你从桥头过来的吗？

**弗吕林** 是的，回陛下的话。爱克塞特公爵固守桥头，打得很漂亮。法国人给击退了，你看看，那仗打得真凶，真猛。哎呀，敌人本来占据着桥头的，但是他们被迫撤退了，爱克塞特公爵是桥头的主人了。我敢禀告陛下，公爵是一个勇夫。

**亨利王** 你损失了哪些人，弗吕林？

**弗吕林**　敌人遭受的打击非常大，说多大也不过分。哎呀，依我看来，我认为公爵没有损伤一兵一卒，只是有一个人偷了教堂，可能要受绞刑，这人叫巴道夫，陛下或许知道此人。他脸上长满了粉刺、疖子和疙瘩，面色如火，嘴唇厚得够住鼻子了，鼻子却又像火中的煤，有时青，有时红。不过他的鼻子这下也完了，那片火也就熄灭了。

**亨利王**　这样的案犯有多少处死多少，我在此严令重申，我们在进军途中不管路经什么地方，不准洗劫村庄，抢掠民财，买东西要付钱，不准对法国人谩骂出口，出言不逊。靠仁道和残暴谋取一个王国，仁者总是最快的赢家。

【喇叭声。蒙乔上。

**蒙乔**　你看我的穿戴就知道我是干什么的了。

**亨利王**　没错，我知道你了。你来有何公干？

**蒙乔**　传达我的王上的旨意。

**亨利王**　说吧。

**蒙乔**　我的王上这样说："告诉英国的亨利，我们看上去像是死了，其实只是在睡觉。学会伺机出击才算得上好军人，横冲直撞只是一介鲁夫。告诉他，我们本可以在哈佛洛把他击败，但是我们想时候不成熟时让他损损皮毛，这事干不得。现在是我们说话的时候了，而且我们说话是算数的。英国应该为自己的愚蠢行为表示歉意，认清自己不堪一击，尊重我们的忍耐力。告诉他因此怎么准备赎金，其数目必须相当于我们所承受的损失，我们的臣民无故受害，我们的国家无端受辱，这一切事关重大，他承担起来非压垮他不可。我们损失惨重，他的国库太穷；我们流血过多，他的王国臣民寥寥，偿还不起；我们蒙受了奇耻大辱，即使他亲自跪拜于我们脚下，也根本无法使我们感到满足。话说到后，还要下战书，最后告诉他他已经把他的追随者出卖了，因为他们的末日已经到了。"我的王上加主子的话就这些；说到此我的使命也完成了。

**亨利王**　你叫什么名字？我知道你的才能了。

**蒙乔**　蒙乔。

**亨利王**　你的使命完成得很漂亮。你回去告诉你的国王，我现在还不专门找他，正一心向克莱进军，无暇他顾，因为说实话——虽然向狡猾而占优势的敌人暴露过多是不明智之举——我的人马因病伤已虚弱不堪，兵员不断减少，所剩将士不仅数目有限，而且比法国也强不了什么；他们要是身强体壮，我跟你这传令官说，我认为英国人的两条腿抵得上你们三个法国人。上帝宽恕我，竟会这样吹牛。正是你们法国人的风气，让我沾染了这个坏毛病。我务必要忏悔才是。那么，回去吧，告诉你的主人我在这里；我的赎金就是这脆弱的、不值分文的肉躯，我的军队也弱的弱，病的病。但是，上帝在上，告诉他我将一如既往，勇往直前，虽然明知有法国和另一个邻邦在阻拦我们。这是你辛苦一趟的赏钱，蒙乔。回去告诉你的主人权衡利弊，谨慎行事。如果我们可以前进，我们就前进；如果我们被拦住了，那么我们定会用你们殷红的血遍染你们的黄褐色的土地。就这样了，蒙乔，再见了。我说了这么多其实不外乎一句话：就我们的愿望来说，我们不愿意专门找仗打，可是仗找到我们头上，我们照样要打。回去就这样跟你的主人说吧。

蒙乔　我会照说不误的。多谢您啦陛下。（下）

葛罗斯特　但愿他们不会现在就来打我们。

亨利王　我们掌握在上帝的手里，兄弟，不在他们手里。开往桥头吧。天近黄昏了。我们到对岸安营扎寨，明天下令军队开拔。（同下）

## 第七场　法军营地；阿金库附近

【统帅，朗贝尔勋爵，奥尔良公爵和波旁公爵及余人上。

统帅　哈，我这副盔甲天下第一了。这要是白天多好。

奥尔良　你这副战甲是十分出色。不过我这匹战马也非同一般。

统帅　这是欧洲最出色的马了。

奥尔良　天多会儿才会放亮？

波旁　我的奥尔良大人和我的统帅大人，你们在谈论马匹和战甲吗？

奥尔良　和每位王爷一样，你也配备了这两样东西。

波旁　真是漫漫长夜啊！我的马比起那种跑起来四蹄落地的劣马，是金不换啊。哈哈！它从地上跃起时，仿佛是兔子转生的——简直是在地上飞，神马也，鼻孔嘟嘟喷出两股火焰！我骑在它身上时，我便成了一只鹰，凌空飞翔；它四蹄踏风，每踏一下地，便弹出一个音符，它那硬实的蹄喇叭，比赫耳墨斯

的管琴更能奏出乐曲。

奥尔良　它还有一身漂亮的豆蔻色呢。

波旁　性子烈得姜一样辛辣。它简直就是柏修斯神的坐骑。它纯粹是风，是火，身上没有一点土啊水啊之类的杂质，只有它的主人骑它时它才站着纹丝儿不动。它才是一匹名副其实的马，别的驽马只配称作畜生而已。

统帅　的确，我的大人，那是一匹无与伦比的好马。

波旁　它是马中的王子。它一声嘶鸣，犹如君主发号施令，它仪表非凡，威风凛凛。

奥尔良　没说的，堂兄。

波旁　是的，一个人不能从云雀叫晨到羔羊归牧这样千变万化中，绘声绘色地把我的马赞美一番，那他根本就没有才气。它像大海一样，是一个滔滔不绝的题材。让沙子全都变成雄辩的舌头，我的马儿不会让它们闲着。它是一个君王器重的臣民，王中之王配骑的宝马；对世人来说，不管是熟人还是生人，在它面前简直无所适从，一味地发愣。我曾经写过一首赞美它的十四行诗，开头是这样的："造化的奇迹！——"

奥尔良　我听过一首十四行诗，是写给情妇的，诗的开头也是这句话。

波旁　那么他们准是在摹仿我写我的骏马的诗了，因为我的马就是我的情妇。

奥尔良　你的情妇驮功不浅哪。

波旁　驮我的功夫不浅，这对一个恋情专注的好情妇，是绝妙的赞美。

统帅　是呀，昨天我似乎看见你的情妇十分凶悍地晃动你的背脊呢。

波旁　你的情妇也大抵如此吧。

统帅　我的情妇不上笼头。

波旁　噢，那么她也许是因老迈而温柔喽，你骑上去犹如一个爱尔兰小卒儿，脱掉你的法国统袜，只穿着窄小的裤头儿。

统帅　你对骑术是很有造诣的。

波旁　那么就让我来上一课：谁要就这么骑着，又骑得不规矩，准会掉进臭泥淖里。我与其骑情妇，还不如骑马好。

统帅　我更喜欢拿情妇当马儿骑。

波旁　我跟你说，统帅，我的情妇所戴的是他自己的头发。

统帅　如果我让一头母猪来做我的情妇，我也可以如此这般地说人话吹牛皮。

波旁　“狗所吐的他转过来又吃，猪洗净了又回到泥里去滚。”[1]你是无所不为己用。

统帅　我还不至于拿我的马做情妇，也没有引经据典地作什么辩护。

朗贝尔　我的统帅大人，我晚上在你帐中看见的那套盔甲，是镶了星星还是太阳？

统帅　星星，我的大人。

波旁　但愿明天掉下几颗来。

统帅　可我的天空有的是星星。

波旁　也许吧，因为你身上的星星是太多了，掉下几颗倒更显得荣耀。

统帅　你的马儿承蒙你的夸奖也不少，你要是少吹捧它几句，它也许会跑得更快吧。

波旁　它值得吹捧的优点我能全都吹出来，那倒好啦！这天色怎么还不见亮？我明天策马跑上一英里，准在英国人的脸上踩出一条道来。

统帅　我可不敢这么说话，唯恐我的脸面都顾不了。不过我也愿意天快亮起来，好去捅一捅英国人的马蜂窝。

朗贝尔　谁敢跟我打二十个俘虏的赌？

统帅　不等你俘虏二十个，你自己早被捉住了。

波旁　天色已半夜了。我要去把自己武装起来。（下）

奥尔良　波旁公爵盼着天亮呢。

朗贝尔　他一心想吃掉英国人。

统帅　我倒看他会杀一个吃一个的。

奥尔良　凭我夫人的玉手起誓，他是一个响当当的王爷。

统帅　凭她的纤足起誓吧，她会把这誓言踩烂的。

奥尔良　他可是法国最活跃的贵人了。

统帅　上蹿下跳自然活跃；他还会上蹿下跳下去呢。

奥尔良　我听说他从未干过什么坏事呀。

统帅　明天他也干不出什么坏事。他会把好名声保持到底的。

---

① 语出《圣经·新约·彼得后书》第二章，原文为法语。

奥尔良　我只知道他很勇猛。

统帅　有人比你更了解他，我早听人家说过了。

奥尔良　是谁？

统帅　哎呀，他亲自跟我说的，他说他不在乎谁知道这话。

奥尔良　他用不着在乎；他有道德不必隐藏起来。

统帅　相信我好了，爵爷，还是隐藏点好。谁都没有见过他的勇猛，只有他的男仆知道。那是一种罩起来的勇猛，一旦暴露于光天化日，可就烟消云散了。

奥尔良　“嘴臭话不香。”

统帅　我有句谚语比这话还妙：“酒肉朋友，臭味相投。”

奥尔良　我有一句更妙：“魔鬼也是鬼。”

统帅　说得妙！你的朋友反正是个鬼。这句话还应该加上一句：“是鬼必遭殃！”

奥尔良　你讲谚语高人一筹，这是因为“蠢人总是智先竭”。

统帅　你总算蠢人技穷了。

奥尔良　你穷途末路可不是第一次。

【一使臣上。

使臣　我高贵的统帅大人，英国人离你的营帐只有一千五百步了。

统帅　谁量出的这个距离？

使臣　戈兰皮尔勋爵。

统帅　这位绅士不只勇敢还很有专长。(使臣下)要是白天该多好！啊，可怜的英国佬亨利呀。他可不像我们一样盼着天明呢。

奥尔良　这个英国君王真可谓又倒霉又愚妄，把他的一伙笨蛋使劲往远处带，终于要穷途末路了。

统帅　英国人要是惶恐不安，他们早溜掉了。

奥尔良　他哪懂这个——因为如果他们的脑子具备智慧的铁甲，他们根本用不着戴那样笨重的盔甲。

朗贝尔　英格兰那个海岛历来就养育勇禽猛兽啊。他们的大猛犬多么凶不可当呀。

奥尔良　愚不可及的畜生，只知道眯着眼睛往俄国熊的大嘴里撞，结果把头撞得稀烂，像烂苹果。你不妨说："猛跳蚤胆敢在雄狮嘴边夺早餐。"

**统帅**　正是，正是。男人和这种猛犬往往所见略同，只知横冲直撞，把才智都留给老婆了。然后，让他们饱餐一顿牛排，武装以刀枪，他们便会进食如狼，厮杀如魔。

**奥尔良**　唉，可是这些英国人根本吃不到牛排。

**统帅**　那么我们明天就会看到他们只会大开吃戒，不会奋勇厮杀。现在是穿盔戴甲的时候了。来吧，我们该动手了吗？

**奥尔良**　现在是两点钟了。不过让我掐指算算——十点钟我们每人会俘获一百个英国人。（同下）

# 第 四 幕

【致辞人上。

**致辞人** 现在这难耐的时刻，正是喁喁的细语和凝聚的黑暗，充斥着无边无际的宇宙。从营房到营房，双方将士嘁嘁喳喳的语声，打破了黑夜肮脏的包围圈，站岗的哨兵几乎听得见彼此换岗的窃窃私语。篝火响应着篝火，散发着暗淡的光，每次战斗都看到另一次战斗的红黑的脸膛。战马威吓着战马，高昂而响亮的嘶鸣穿透了夜的钝耳；在营帐里，军械士们正伺候骑士们穿甲戴盔，忙着挥动锤子敲打搭扣，处处是一片令人心悸的备战之声。村鸡开始打鸣，时钟敲响了凌晨睡意蒙眬的三点钟。法国人得意自己兵多马众，心头轻松，满怀信心地拿处于劣势的英国人掷骰子，一边发泄赌欲，一边咒骂黑夜这个慢吞吞的跛子，像丑陋不堪的老巫婆一样迟缓不前。可怜的英国人如遭天谴，像献祭的牺牲，耐心地坐在警醒的篝火旁，心下掂量着天亮后的恶仗；他们举止悲怆，脸颊又棱骨嶙峋，衣服又征尘积垢，使得他们在凝视的月光下，宛如无以数计的鬼魂。啊，这时谁要是看见那个至尊的统帅在危如累卵的军营里巡视，从岗哨到岗哨，从营帐到营帐，望他为这样的统帅高呼："愿赞美和光荣降临在他的头上！"他不辞辛劳，遍访全军，面带微笑地向他们问好，称他们为兄弟、朋友和同胞。在他那张高贵的脸上，人们见他临危不乱，看不出他面对着一支多么可怕的军队。尽管他彻夜不眠精神劳累，他却没有一丝疲乏，依然红光满面，兴致勃勃，和蔼庄重；一些将士本来愁眉苦脸，可怜兮兮，但看到他精神饱满，立时斗志大增。如同太阳普照大地，他慷慨大方的目光投向每一个士兵，化解冰冷的恐惧；那个夜晚，全军将士不论贵贱，都和亨利王进行了看似没有价值的短暂接触。长话短说吧，我们的戏文必须转向这场一触即发的战役了，噢，诸位多多包涵，该着我们献丑了，凭着四、五支拙劣破损的钝头剑，洋相百出地在台上表演一番，那也算是在演阿金库特战役了。但是请安坐往下看，不管表演多么滑稽可乐，你们只管把真人真事琢磨。（下）

## 第一场　阿金库特；英军阵地

【亨利王，葛罗斯特公爵及克莱伦斯公爵上

亨利王　葛罗斯特，我们的确处于敌强我弱的危境；所以我们的勇气必须强出十倍。早安，克莱伦斯兄弟。万能的上帝啊！坏事里总有一些美好的精华，全在人们明察秋毫，将其分辨出来——因为我们的坏邻居早早把我们吵醒了，这倒有利健康，逼人勤俭。再说呢，他们是我们的外部的良心，是我们全军将士的牧师，劝说我们应该认真正视我们的末日。所以，我们从荒草里采集到了蜂蜜，从魔鬼那里学到了道德。

【托马斯·厄平汉姆爵士上。

亨利王　早安，托马斯·厄平汉姆老爵士。你这花白的寿星头本该枕上一个柔软的好枕头，却枕着法国的硬泥块熬夜。

厄平汉姆　没这么糟，我的陛下，这样的寄宿更合我意，因我可以说："这下我像国王一样睡觉了。"

亨利王　人能以别人为榜样，心甘情愿地吃苦耐劳，这是好事。这样一来心则安理则得，一旦心灵得到鼓舞，毫无疑问，纵然器官早一步衰竭枯萎，仍可能从昏昏沉沉的暮气中振作，从脱去的皮壳中新生，呈现一派朝气。把你的披身借给我，托马斯爵士。（将披身披在厄平汉姆身上）两位兄弟，代我向营中的各位将领问好。祝他们早安，请他们过一会儿到我营帐来。

葛罗斯特　遵命，我的陛下。

厄平汉姆　我可以到陛下身边伺候吗？

亨利王　不，我的好爵士。和我的二位兄弟一起去英国的将领们那里吧，我要反复思考一会儿，暂且不用人陪着。

厄平汉姆　上帝保佑你，高贵的亨利！

亨利王　上帝保佑，老人家，你讲话让人增长信心。（除亨利王，余人下）

【毕斯托尔上。

毕斯托尔　来人是谁？

亨利王　是朋友。

毕斯托尔　和我说清楚：你是个头儿，还是个普普通通的小喽罗？

亨利王　我是一伙人中的上等人。

毕斯托尔　你使长矛吗？

亨利王　就算是吧。你是谁？

毕斯托尔　一个像皇帝一样的好绅士。

亨利王　这么说你比国王还好了。

毕斯托尔　国王是个好人，有一颗金不换的心，一个生龙活虎的小伙子，一个名声在外的好后生，父亲是龙母亲是凤，他的拳头所向无敌。我愿吻他的脏鞋子，从心眼儿里爱戴这个可爱的霸王。你叫什么名字？

亨利王　亨利·勒·赫瓦。①

毕斯托尔　勒·赫瓦？这是康沃尔郡惯用的名字。你是康沃尔郡来的吗？

亨利王　不是，我是威尔士人。

毕斯托尔　你认识弗吕林吗？

亨利王　是的。

毕斯托尔　你转告他，在圣大卫节那天，我定要把他头上的韭葱②打掉！

亨利王　到那天你可别把短剑插在帽子上，要不他会把你的短剑打掉的。

毕斯托尔　你是他的朋友？

亨利王　还是他的亲戚呢。

毕斯托尔　那么你一边去吧。

亨利王　多谢你啦。上帝保佑你。

毕斯托尔　我的名字叫毕斯托尔。（下）

亨利王　这名字和你这副凶样子挺配的。

【弗吕林和高厄上尉各自上，亨利王退至一旁。

高厄　弗吕林上尉！

弗吕林　行啦！凭着耶稣基督的名义，少说几句吧！这时候要是把古代战争的特点和法则都忘了，偌大的天下可就没有什么值得仰慕了。你要是下些功夫钻研一番庞贝大将的战例，我向你打保证，你会发现庞贝的军营决不会有

① 原文为法语，意为国王。

② 韭葱是威尔士的吉祥物，三月一日的圣大卫节插在帽子上。韭葱类似大葱，层多而薄且匀，与韭菜相去甚远。可以想见，一根细薄的韭菜是无法插在帽子上的。一些版本译为韭菜，大谬。

什么吵吵嚷嚷嘀嘀咕咕的声响。我向你保证，你会发现战争的仪式、战争的烦恼、战争的结构、战争的严肃和战争的节制，讲究大的去了。

高厄　哎，敌人那边也吵嚷呢。你听他们一宵都不安静。

弗吕林　如果敌人全是笨蛋、傻瓜和闹闹哄哄的浪荡子，你认为我们也应该那样才是旗鼓相当吗？你看看，我们也该做笨蛋、傻瓜和吵吵嚷嚷的浪荡子吗？你现在的良心里真这样想吗？

高厄　我以后说话小声点吧。

弗吕林　我恳求你乞求你说到做到。（弗吕林和高厄下）

亨利王　尽管这话听起来有点古板，不过这个威尔士人倒是很细心，很有军人气质。

【三士兵：约翰·贝茨，亚历山大·考特，迈克尔·威廉斯上。

考特　约翰·贝茨兄弟，那边是不是天发亮了？

贝茨　我看是天亮了。可是我们并不希望白天快来。

威廉斯　我们是看到那边新的一天开始了，但是我想我们再也看不到这天的结束了。——谁在那里？

亨利王　一位朋友。

威廉斯　你的头儿是谁？

亨利王　是托马斯·厄平汉姆爵士。

威廉斯　他是个很好的老将领，一位无比仁慈的上等人。请问你，他对我们的处境有何高见？

亨利王　不过如同人在沙滩上搁浅了，期待着下一次来潮把他带回海中去。

贝茨　他没有把他的想法告诉王上吗？

亨利王　没有，也没有什么必要他非要跟王上讲。尽管我跟你们说了，可我认为王上也是个人，跟我一样。紫罗兰在他闻来是朵花儿，在我闻来也是朵花儿；他吃五谷杂粮活命，我也一样。他耳闻目睹的，总也逃不出人类的环境。他把那套朝政撇在一边，赤条条地站在这里，一个常人而已；虽然他激情比我们高一些，但是他的情感一旦落空，那可就一个跟头栽到底了。所以，当他看到担惊受怕的理由时，我们大家也看到了，毫无疑问，他的种种担忧和我们的全是一个味儿。可是，人们没有理由让他露出一副惊慌失措的神色，除非他故意制造恐慌，扰乱军心。

贝茨　他外表可以做出一种无所畏惧的样子，但是我相信，这夜里如此冷冰袭人，他没准儿希望自己跳进泰晤士河齐脖子深的水里呢。所以我但愿他就在那河里，我正好在他身边，纵然有千险万阻，可我们总算离开这鬼地方了。

亨利王　我发誓，我愿意为王上说句良心话。我认为他一点不希望在别的什么地方，就希望待在这里。

贝茨　那么我愿他一个人待在这里好了。那样一来，他准会明白他得拿赎金救回性命，许多可怜人的性命也因此得救了。

亨利王　我敢说你还不至于爱他爱得这么邪恶，竟希望他孤单单地一个人待在这里，你这样说，不过是探一探别人怎么想。我认为，我死在哪里也不如跟王上做伴儿死去让我心满意足，因为他的事业是正义的，他的战争是高尚的。

威廉斯　这我们就不得而知了。

贝茨　咦，我们追求的也没有这么高远呀。因为只要我们知道我们是王上的臣民，我们就知道得不少了。如果他的事业是荒唐的，可我们只知唯他的命是听，纵然有罪，罪不在我们身上。

威廉斯　不过如果他的事业不光明，国王本人担的罪名可就非同小可了；打一场恶仗，多少人掉胳膊掉腿掉脑袋，过不了三天两日他们便会合伙大声疾呼："我们竟死在这样一个地方啊！"——有人骂骂咧咧，有人叫喊医生救命，有人悲叹身后留下了苦命的妻子，有人诉说欠下了债务，还有人抱怨扔下了儿女没人赡养。我相信死在战场上的人没有几个死得像样儿，因为敌人要他们流血，自然不肯心慈手软吧？这么说来，如果这些人不得好死，那么王上带领他们走到这一步，总归是件背黑锅的事情——谁要是不听命令，那谁也就背上了刁民的名声了。

亨利王　这么说来，做儿子的被做父亲的送往海外经商，他却屡屡遭罪死在了海上，照你的规则，他的罪孽倒该归罪于送他出去的父亲了。还有，如果一个仆人受主子之命转送一笔钱，不幸在路上遭了劫，被人残害致死了，你也许仍会把这事归罪于主子，认为是主子一手断送了他的性命。但是情况并非如此。王上决不应该对他的士兵的特别结局负责到底，如同那位父亲之于其子，那位主人之于其仆，因为他们派他们去干事，并没有让他们去死。再说，一位国王不管从事多么光明磊落的征战，一旦到了动刀动枪决胜负的那一步，他怎么敢保证所有的士兵都光明磊落呢？有些士兵也许犯下蓄谋屠杀的罪过；有些士兵也许信誓旦旦发假誓，骗得姑娘的贞操；有些士兵也许行凶抢劫破坏治安后混入战场作掩护。唔，如果这样的人逃过了法律，躲避了惩罚，虽然他们能欺人盗世，却决然展翅难逃上帝的手掌。战争正是这种人的传票。战争是对这种人的报复。所以，这里有人过去触犯了国王的法律，现在在国王的战争中得到惩罚了。他们害怕在哪里死，他们偏偏会在哪里丧命；他们以为哪里安全，他们偏偏会在哪里毁灭。如果他们不得好死，那么国王不应该为他们的灭亡担当罪名，正如他们过去作恶造孽、现在受到惩罚不应由王上替他们担当罪名一样。每个臣民的责任也是国王的责任，但是每个臣民的灵魂却是他自己的。因此，每个士兵在战场应该做的，一如每个病人在病榻上应该做的：洗去他良心上的每一个污点。这样撒手人世，死对他来说是值得的；如果死不了，但去死的准备做过了，那么这样的时间花费得并不冤枉。他一旦逃过这样的生死关，他有如下想法也就不为过了：在为上帝作了如此慷慨的奉献之后，上帝让他活过那个生死攸关的日子，为的就是要让他看见上帝法力无边，教导其他人如何为自己的人生做准备。

贝茨　这话极是，凡是暴死的人，暴就暴在他自己头上。国王不应为此负什么责任。我不要求王上为我负责，不过我决心为他拼命地去厮杀。

亨利王　我听说王上说了，他不愿意用赎金去跟敌人讨价还价。

威廉斯　啊，他是这样说了，为的是让我们精神百倍地去厮杀，但是当我们的喉咙全被割断后，他就可以使用赎金了，我们则永远做不了明白人。

亨利王　要是我活着看到这等事，那我以后就再不相信他的话了。

威廉斯　那时你还是该他的！你不信他的话，那只是拿支破枪往外射险弹，个人的一点小小私怨没法儿跟一国之君作对。你还不如拿着孔雀毛给太阳扇冷风，让它结冰上冻呢。你以后再也不相信他的话了！得了，这才是无稽之谈呢。

亨利王　你这番责难是强词夺理。要不是这时刻大敌当前，那我就和你不客气了。

威廉斯　你要是活下来，我们的这场争论还没有完。

亨利王　我欢迎。

威廉斯　我怎么能再次见到你呢？

亨利王　任你拿什么做挑战物，到时候我会把它放在我的帽子上。如果你敢来认它，我立即接受挑战。

威廉斯　这是我的手套。请把你的一只给我。

亨利王　拿去。(交换手套)

威廉斯　我也会把手套戴在我的帽子上。过了明天，你若是来我跟前说："这是我的手套。"我会用这只手立马给你一记耳光。

亨利王　要是我能活着看见它，我自然接受挑战。

威廉斯　你是连绞架都不怕一试了。

亨利王　好吧，我一定做到，哪怕当着王上的面我也要跟你算账。

威廉斯　说话算数啊。再见了。

贝茨　友谊为重，你们这些英国傻子，友谊为重。我们跟法国闹翻就够了，这时你们还犯什么糊涂。

亨利王　的确，法国人可以靠二十比一的冠钱跟我们作对，因为冠儿就长在他们头上。但是英国人会众志成城地去削掉法国人的冠儿，明天国王本人都会做一个削剪手呢。(众士兵下)由国王承担！"让我们的生命、我们的灵魂、我们的债务、我们藕断丝连的妻子、我们的孩子，还有我们的罪孽，全由国王承担吧。"我必须承担一切。噢，艰难的处境，是伴随王威而生的：任凭每个傻瓜来品头论足，而傻瓜们所感触的不过是自己的恩怨。平民百姓享有的那种平安快乐，当国王的能享受多少？除了宫中的各种仪式，除了通常的宫中仪式，做国王的所享有的，平民百姓哪样少了？可那种偶像般的仪式，于你究竟为何物？你比你的崇拜者有更多的忧患，你做的又是什么圣君呢？你的租金有多少？你的收入有多少？噢，仪式，让我看看你的价值吧。你让世人顶礼膜拜的核心是什么？除了地位、等级和外表，让别人产生敬畏，你又该是什么呢？你让人敬畏，却不及敬畏你的人多享幸福。你除了暴饮有毒的阿谀奉承，可能品尝到尊敬的甜酒吗？啊，伟大的王威，你一旦病了，传唤你的那套仪式为你治病吧。等你发了高烧，左一声王上右一声王上可能让你退烧吗？高烧会因为哈腰作揖而退去吗？你能命令乞丐下跪，但你能命令健康随之而来吗？不，你做着狂妄的梦时，你就无法安稳地睡眠。我是国王，我看透了这点，我知道撞击这世界陡岸的，不是香脂，不是权杖，也不是金球；不是利剑，不是权标，

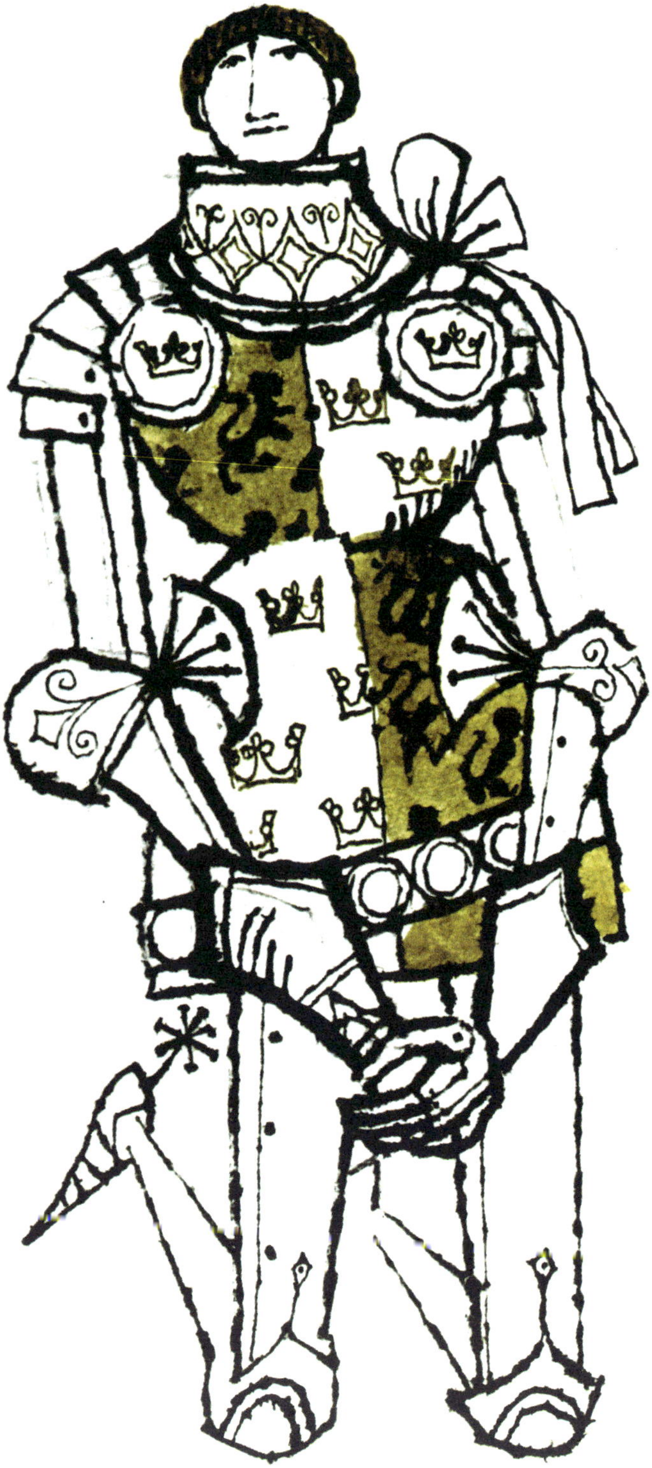

不是至尊的皇冠，不是缀满金子和珍珠的王袍，不是戴在国王身前的滑稽的头衔，不是王座，也不是盛大的排场仪式——不是，所有这一切都不是，三倍盛大的仪式都徒然，这一切都堆在无比尊贵的床上，都无法使一国之君鼾声响起，酣然入梦，就像可怜的奴仆，虽只有百十斤骨肉和空洞的脑子，填满了辛苦挣来的面包，却总能卧床就眠，从来梦不见恐怖的黑夜，地狱里的孩童，而像在太阳神的眼神下从早到晚挥汗劳作的小小百姓，每天夜里都能在乐园里入眠；第二天一早，他又起床帮着太阳神牵马备鞍，跟着年复一年的岁月，劳而有获的走向墓地。这样的平民百姓，日出而作日息而眠，除了享受不到国王的朝廷仪式，国王的其他好处和优势他全占了。这样的奴仆，从来就是安享国泰民安的一员，他那粗糙的脑子却很少想到国王为了维持和平局面而彻夜不眠，想不到他励精图治的时时刻刻，正是庄稼人酣睡的美妙享受。

【托马斯·厄平汉姆爵士上。

厄平汉姆　我的君王，你的将领们正为你不在场而心焦，找遍你的营帐也没有找到你。

亨利王　老爵士你好，快把他们召集到我的营帐去，我会先你一步到那里的。

厄平汉姆　遵命，我的君王。(下)

亨利王　噢，战神啊，请让我的士兵心如铁志如钢吧。别让他胆战心惊。在敌人的巨数让他们心悸之前，望你让他们暂时忘掉如何计数吧。别在今天，啊，上帝，别在今天清算我父王篡取王冠时所犯下的罪过。我已经把理查一世的遗骸重新安葬了，为此洒下的悔恨的泪水远远胜过当初流淌的鲜血。我每年赡养着五百名穷人，他们每天两次举起干瘦的手，祈求苍天原谅这笔血债。我修建了两座礼拜堂，面色哀伤而严肃的教士在为理查一世念经安魂。尽管我的忏悔是在不义之举之后，我所能做的并无多大价值，但是我今后还会努力行善，以求宽恕。

【葛罗斯特公爵上。

葛罗斯特　我的陛下。

亨利王　是我的兄弟葛罗斯特的声音吗？唔，我知道我的使命，我这就跟你一起走。白昼、我的诸位朋友和所有的事情都在等我呢。(同下)

## 第二场　法军阵地

【皇太子和奥尔良二公爵及朗贝尔勋爵上。

**奥尔良**　太阳为我们的盔甲披上了一层金色。起来吧，我的爵爷们！

**皇太子**　立刻上马！我的马！仆人，侍童！哈！

**奥尔良**　噢，骁勇善战！

**皇太子**　得了，水和土！

**奥尔良**　还加什么？风和火吗？

**皇太子**　天空，奥尔良堂兄！

【统帅上。

**皇太子**　嗨，我的统帅大人！

**统帅**　听，我们的战马在为出征长嘶呢。

**皇太子**　跨上战骑，用马刺刺破它们的皮肉，让热血溅入英国人的眼睛，以迅雷不及掩耳之势把他打垮。哈哈！

**朗贝尔**　什么，你要英国人眼里流淌我们战马的血吗？我们怎么知道他们是否在真流泪呢？

【一使臣上。

**使臣**　英国人已经进入阵地了，诸位法国王爷。

**统帅**　上马，你们各位英勇的王爷，立即上马！只消朝那边的饿鬼可怜虫望上几眼，你们的非凡气势便会把他们的魂儿吓飞，让他们空剩一张张皮囊。眼见这活儿就不够我们众多的人手分摊，他们多病的脉管里残血无几，我们每把出鞘的战刀轮不到一滴血，只怕我们法国的各路英雄今日会拔出战剑，空舞一场。让我们只向他们吹口气，我们的勇猛之气便会把他们吹倒在地。诸位将领，这股气势如虹的军威所向无敌，即使派出拥拥挤挤跟在我方阵后的那些多余的男仆和农夫前去迎战，也会把这样一群猥琐的敌人的阵地冲垮，而我们虽然可以放心地站在这山脚下袖手旁观，但是我们的荣誉不容许我们怠懈。还有什么要说吗？让我们不费吹灰之力，把一切问题全解决吧。那么把军号吹得嘟嘟响，号召将士上马，我们前进的步伐会使整个战场发抖，把英国人吓得闻风丧胆，屈膝投降。

【戈兰皮尔勋爵上。

**戈兰皮尔** 你们为什么迟迟不动，我的法国的将领们？那边岛国的残兵败将，不顾自身骨瘦如柴，天寒地冷，早早出现在阵地上了。他们破布烂衫，衣不遮体，我们的空气在他们身上抖动得好不开心。大战神们似乎对他们的残兵败将也无能为力，无可奈何地从锈迹斑斑的盔下东窥西探。骑兵们坐在马上像一支支蜡台，手持火把，胯下的驽马可怜兮兮，低垂着脑袋，浑身没有一点精神气儿，呆滞无神的眼里挂着滴滴眼屎，厌食迟钝的嘴里嚼子和残草混杂在一起，一动不动。它们的收尸者，那些气势汹汹的乌鸦，在它们头上飞来飞去，不耐烦地等待它们的末日到来。用尽千言万语也难以尽述这样一支有生命的军队，竟如其表面情况那样毫无生气。

**统帅** 他们已经做完了祈祷，单等着死神降临。

**皇太子** 我们应该派人送去早餐和新衣，再喂饱他们的战马，然后再和他们决战吗？

**统帅** 我是在等军旗。冲向战场吧！我可以从号手那里要一面旗帜，不得已时不妨一用。来吧，冲向战场！太阳高悬天际，我们别再虚掷光阴了！（同下）

## 第三场 英军阵地

【葛罗斯特公爵，克莱伦斯公爵，爱克塞特公爵，萨立斯伯里伯爵，沃里克伯爵，托马斯·厄平汉姆爵士及众将士上。

**葛罗斯特** 王上哪里去了？

**克莱伦斯** 王上亲自骑马去察看敌军阵地了。

**沃里克** 他们有足足六万参战的将士。

**爱克塞特** 五个打我们一个。再说，他们都身强体壮啊。

**萨立斯伯里** 愿上帝的巨臂与我们同战！这是一场敌我悬殊的恶仗。诸位将领，上帝和你们在一起。我要回我的队伍去。如果我们再见面将在天堂相见，那么，我的高贵的克莱伦斯爵爷、我亲爱的葛罗斯特爵爷、我的好爱克塞

特爵爷（对沃里克）以及我仁善的亲朋好友，全体将士们，让我们痛痛快快地告别吧。

克莱伦斯　再见，好萨立斯伯里，祝你吉星高照。

爱克塞特　再见，仁善的大人。望你今日勇猛拼杀——不过我这样叮嘱你真是对你不敬，因为你生来具备英勇顽强的气魄。（萨立斯伯里下）

克莱伦斯　他既仁善又骁勇，两种高贵的品质都具备。

【亨利王上。

沃里克　噢，今天在英国无事可做的人，有一万人来这里就好多了。

亨利王　谁在感叹这样的愿望？我的堂兄沃里克吗？不，我的好兄弟。如果我们非死不可，对我们的国家来说这损失已经不小了；如果我们命中有寿，人越少，享受到的荣誉就越大。上帝的意志，我祈求你别再多派一个人来了。啊，我不稀罕金子，也不在乎谁花我的吃我的；别人穿了我的衣服，我也不生气；我所求的不是这样的身外之物。但是，如果贪求荣誉也算罪过，那我可算世人之中的头号罪犯了。不，真的，我的姑丈，我不希望英国再多来一个人。望上帝平静，这样伟大的荣耀我可不愿意失去，只因在我看来多一个便会多分享一份我的最好愿望。啊，千万别希望多来一个人。还不如索性马上通谕全军，谁无心参加这次战斗，让他及早退去。他的护照照发不误，归途费用放在他的钱包里。他怕和我们大家生死与共，我们还不愿意和这种人作陪去死呢。如今正巧是圣克里斯宾节[①]。谁在这天逃生，平安归国，以后一听到人们提起这个日子，听到圣克里斯宾这个名字，都会昂首挺胸，感到自豪。他终生会欢度这个节日，每年在这个大喜日子的前夕宴请邻居，说："明天就是圣克里斯宾节了！"然后他会脱下他的袖子，露出他的伤疤，说："这些伤痕是我在圣克里斯宾的日子落下的。"人老了爱忘事；可他即使忘了所有的往事，也仍会十分清楚地记起他在这个日子做出了什么奇迹。那时候，我们的名字在他嘴里就是家常话了——亨利王呀，贝德福德和爱克塞特呀，沃里克和塔尔博呀，萨立斯伯里和葛罗斯特呀——他们举杯畅饮之间都会一一提起这些名字。这样的好人会把这样的好事讲给他的儿子听，圣克里斯宾节直到世界末日也仍然是圣克里斯宾节，我们在这个节日会成为人们的口头禅，我们只有几个，但我们是几个幸福人，我们是一帮兄弟。谁在今天和我一起洒血疆场，谁就是我的亲兄

① 圣克里斯宾为三世纪古罗马之殉教者，此节以他命名，每年为十月二十五日。

弟；不管他出身多么微贱，这一天都会让他变成高贵的人。现在躺在床上的英国上等人们，以后会因为他们不在这里而深责自己，而且一听到有人讲起同我们在圣克里斯宾节拼死一战，便会觉得自己身为男子汉矮人一头。

【萨立斯伯里伯爵上。

萨立斯伯里　我的尊贵的君王，请赶快准备起来吧。法国人已经严阵以待，随时会向我们发起声势浩大的冲锋。

亨利王　只要我们有精神准备，一切便都有准备了。

沃里克　谁这时心里害怕，谁准会死掉。

亨利王　你不再希望我们英国人再多来了吧，我的堂兄？

沃里克　我的陛下，有上帝保佑，纵然没有任何援助，你和我也会把这场光荣的战役打下去。

亨利王　哦，你现在连五千人也不希望有了，不过他们若都爱戴我，还不会把我一个抛下不顾。——你明白你的处境了。愿上帝和你们大家在一起。

【号响。蒙乔上。

蒙乔　我又受命来向你了解，亨利王，在你们全军覆灭之前，你们是否愿意交出赎金谋和。因为你们的确面对着悬崖，必得悬崖勒马才是。再说，我的统帅心怀慈悲，要求你提醒你的部下做了忏悔，这样他们的灵魂在离开这些战地时可以得到安宁，因为许多倒霉人的可怜的尸体定会安息在这里了。

亨利王　谁派你来这里的？

蒙乔　法国的统帅。

亨利王　请你把我上次的答复带回去吧。告诉他们先把我逮住，才能卖我的骨头。好上帝呀，他们怎么会这样取笑可怜的人呢？有个人在狮子活着时就把狮子的皮卖掉了，结果他去捕捉狮子时却被狮子吃掉了。毫无疑问，我们许多人的尸体将会埋葬在我们的国土上，在他们的墓碑上，我相信今天的赫赫战功定会闪闪地发射光芒。那些把英勇的骨殖留在法国的人们，尽管葬在你们的黄土岗里，但他们死得其所，将永垂不朽。太阳会照耀在他们身上，吸尽他们的英灵，送往天堂，留下他们肉身腐尸窒息你们的风土，熏天的臭气会在法国酿成一场瘟疫。想一想吧，我们英国人多么刚勇过人，即便死了，仍像一颗颗会再次行凶的子弹，毫不留情地屠害生命。让我骄傲地说几句吧。望你回去告诉你们的统帅，我们生来只是打仗的勇夫。由于在泥泞的田野里冒雨行军，我们服饰邋遢，灰甲无光。我们全军将士的头盔上再找不出一根羽毛了——但愿这是我们无法展翅飞逃的最好证明——时间生生地把我们折腾成了一副邋遢样。但是总的讲来，我们的一颗心是十分整洁的。我的可怜的战士告诉我，不到天黑他们就有干净整洁的衣服穿了，因为他们准会把鲜亮的衣服从你们法国士兵的身上脱下来，自己穿戴起来。如果他们这样做了——上帝保佑，他们应该做得到——我的赎金到时候很快就会如数凑起。传令官，你就别来回辛苦了。你别再为赎金而来了，仁厚的传令官。我起誓，他们一个子儿也得不到，除了我这把骨头——如果我愿意留给他们时他们正好得到了，那我的骨头也不会轻易让他们捏扁捏圆。快去禀告你们的统帅吧。

蒙乔　我会的，亨利王。那么再见吧。你们再不会看到传令官来了。（下）

亨利王　恐怕为了赎金你还得跑一趟。

【约克公爵上

约克　我的君王，我恭顺地跪下请求担任冲锋方队的首领。

亨利王　你带领好了，勇敢的约克。——现在，士兵们，前进吧！上帝，今天全掌握在你的手里了。（同下）

## 第四场　战场

【号角四起。混战。毕斯托尔，一法国士兵及侍童上。

毕斯托尔　投降吧，狗熊。

法兵　我看出你是一个上等人吧。

毕斯托尔　上等？我的宝贝妞儿！你是上等人吗？你叫什么名字？快快报来。

法兵　啊，老天爷！

毕斯托尔　（旁白）啊露天野应该是一个上等人吧——啊露天野，你好好听着我的话，想个明白：啊露天野，你就要死在这把利剑之下了，除非，啊露天野，除非你给我一大笔赎金。

法兵　啊，行行好吧！饶我条小命吧！

毕斯托尔　“小名堂”可不行，我要的是“大名堂”，要不我就挑开你的喉咙取出喉结儿，让它一滴一滴流红血。

**法兵**　你真的不能高抬贵手，可以无动于衷吗？

**毕斯托尔**　只有余铜吗，狗熊？你这不知天高地厚的该死的山羊，竟只给我多余的黄铜吗？

**法兵**　啊请原谅吧！

**毕斯托尔**　你还对我说这样的话吗？还是没完没了地说什么“小名堂”吗？过这里来，侍童。替我问问这法国狗奴才叫什么名字。

**侍童**　听着：你叫什么名字？

**法兵**　弗厄先生。

**侍童**　他说他叫弗厄先生。

**毕斯托尔**　拂我先生？我这就拂他一顿，拊他一顿，把他治得服服贴贴。把我的这番话用法语告诉他。

**侍童**　可我不知道“拂”、“拊”和“服服贴贴”用法语怎么讲啊。

**毕斯托尔**　告诉他做好准备，我马上要割断他的喉咙。

**法兵**　他说什么，先生？

**侍童**　他跟我说，让你做好准备，他已下决心把你的喉咙割断了。

**毕斯托尔**　对，割喉咙，狗日的骗人。庄稼佬，除非你给我金币，货真价实的金币，否则你就会死在我的这把刀下。

**法兵**　噢我求求你，看在老天爷的份上，饶了我吧。我一样出身上等人家，是贵人呢。只要你不杀我，我愿意送给你二百金币。

**毕斯托尔**　他说了些什么？

**侍童**　他求你饶他一命。他是出身豪门的绅士，他情愿出二百块金币赎身。

**毕斯托尔**　告诉他，我的杀气差不多没了，我准备收下这笔钱。

**法兵**　小先生，他说什么？

**侍童**　他尽管起过誓，说捉了俘虏无论如何不会放生；可是，你许给他大钱了，看在金钱的份上，他愿放掉你，放你一条生路。

**法兵**　（向毕斯托尔下跪）我给你跪下，表示不尽的感谢；我的运气好啊，落在了将军的手里，我看得出将军在英国人中间，算是很骁勇、很勇敢、很威武的了。

**毕斯托尔**　翻给我听，侍童。

**侍童**　他向你下跪，表示千恩万谢，他庆幸自己福大，落在了你的手里，因他认为你很勇敢，很威猛，是顶呱呱的英国贵族。

**毕斯托尔**　我虽然喝血，却也有几根柔肠。跟我来吧。

**侍童**　快跟那个了不起的上尉走吧。(毕斯托尔和法兵同下)我从来没见过如此空洞的心，也会发出这么冲的声音。还是俗话说得好啊："空心葫芦响得欢。"巴道夫和尼姆比这个善于演戏的嚷叫魔鬼强出十倍，谁都可以用一把木刀削掉他的爪子；那两位都给绞死了，他只要敢趁火打劫，也免不了这般下场。我定得和童仆们待在营地守护行李了。法国人要是知道实情，没准儿会狠狠偷袭我们一下的，因为这里只有几个侍童在守着。(下)

## 第五场　战场另一部分

【统帅，奥尔良公爵，波旁公爵和朗贝尔勋爵上

**统帅**　啊，活见鬼！

**奥尔良**　啊，老天爷！大势已去，完了，完了！

**波旁**　不如让我一死了之！一切都完了，一切。责怪和耻辱再难洗清，会永远沾在我们的翎子上嘲笑我们了。(一阵短号声)啊可恶的命运！——(对朗贝尔)别逃跑了。

**奥尔良**　我们在战场上的兵力还足以以众欺弱，将英国人消灭，只要有人发号施令的话。

**波旁**　魔鬼打乱了秩序。全军又溃退了！谁现在还不愿意跟着波旁冲杀，让他滚回老家，用手举起他的帽子，像下贱的奴才守候在闺门旁，任凭一个连狗都不如的恶奴糟蹋他那如花似玉的女儿吧。

**统帅**　混乱的秩序毁了我们，这时又雪上加霜。让我们蜂拥而上，以死相拼吧

**波旁**　我算一个。宁可早死几时，也不能忍受耻辱没完没了地折磨。(下)

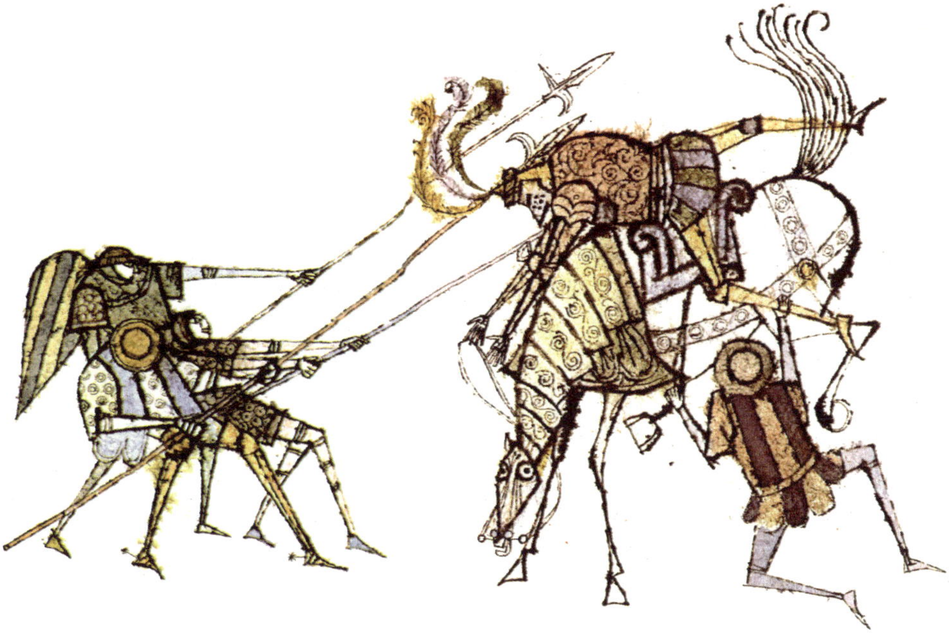

## 第六场　战场另一部分

【号角声。亨利王率队伍及俘虏上

**亨利王**　我们打得很漂亮，勇猛无比的同胞们。但是战斗远未结束，法国人还固守在阵地上。

【爱克塞特公爵上

**爱克塞特**　约克公爵向陛下问候。

**亨利王**　他还活着吗，好叔公？在个这时刻我看见他倒下去三次，三次又站起来拼杀。从头盔到马镫，他浑身上下全是血。

**爱克塞特**　他就这么浑身鲜血，勇敢的战斗啊，战死疆场，染红了绿色原野。在他血水遍流的身旁，高贵的萨福克伯爵也因光荣受伤，倒在了血泊中。萨福克先死一步，约克遍体重伤，爬到他身旁，压在那个血人儿身上，抓住他的胡子，亲吻他脸上那些血淋淋的伤口，大声嚷道："等着我，亲爱的萨福克堂兄。我的灵魂要和你的相随着走进天堂。等着吧，亲爱的灵魂，我的灵魂同你一起飞去，如同在这光荣的英勇作战的阵地上，我们痛痛快快地一块儿拼杀一样。”我听见这些话，走过去安慰他。他面带微笑看着我，有气无力地抓着我的手，说：“亲爱的大人，请代我向王上请安吧。”他说完转过身去，把他受伤的臂放在萨福克的脖子上，亲吻萨福克的嘴唇，就这般和死神结了良缘，用鲜血写下一份生死相爱的遗言。这幕壮美的景象使我忍不住热泪盈眶。我完全没有了男子汉的精气神儿，我母亲的身影出现在我的眼里，索性大哭起来。

亨利王　你哭得好啊，因为我听了这话，也忍不住要热泪盈眶了，泪水涕泗了。（号角声）可是听！这号角怎么又吹响了？法国人已把散兵集合起来了。命令每个将士把他们的俘虏杀了。此令要下达全军。（战士纷纷杀戮俘虏）

毕斯托尔　大开杀戒呀。（同下）

## 第七场　战场的一部分

【弗吕林和高厄二上尉上

弗吕林　把看管辎重的侍童们都杀了啊！这种行径惨无人道，完全违反了战争法则。你看着吧，这样的卑鄙行径真是闻所未闻啊！凭良心想想吧，有过这种事吗？

高厄　惨无人道，连个孩子也不放过。这伙胆小怕死的流氓就是制造这起屠杀的凶手。此外，他们还把王上的营帐洗劫一空，放火烧了；王上因此大发龙威，下令每个战士将各自的俘虏杀了。啊，多么英明的王上哪！

弗吕林　嗬，他出生在蒙茅斯镇。高厄上尉，亚历山大高帝出生的那个城市叫什么名字？

高厄　应是亚历山大大帝。

弗吕林　喂，请问你一声，“高大”和“伟大”不是一个意思吗？什么“高大”呀，“伟大”呀，“万能”呀，“巨大”呀，“雄伟”呀，说到底意思都差不多，只不过词组发生一点点变化。

高厄　我想亚历山大大帝出生在马其顿吧。他的父亲名叫马其顿的菲力普，我记得是这样的。

弗吕林　我看亚历山大的出生地就是马其顿。我跟你说，上尉，你要是查

查世界地图，保你能发现，把马其顿和蒙茅斯比较过后，你看看，竟有许多相似之处。马其顿有一条河，蒙茅斯也有一条河。蒙茅斯的那条河名叫瓦伊河，可是那另一条河的名字却怎么也想不起来了——总而言之它们全一个样子，就像我的手指和手指大同小异一样，两条河里都有大马哈鱼。你要是注意一下亚历山大的生平，蒙茅斯出生的亨利的生平和他的简直如出一辙呢，简直方方面面都可比较比较。天晓得，亚历山大，你看看，在他发恼时发狂时发疯时发闷时发蔫时，总而言之是郁郁不乐又愤愤不平时，脑子里又有几分醉意时，他借着酒劲和火气，你看看，把他的莫逆之交克里图斯杀了——

高厄　我们的王上在这方面可不像他。他从来没有杀过他的什么朋友。

弗吕林　看看你这人，我嘴里还在讲着这故事，没头没尾的，你给打断，可不够意思。我只是在说他们之间的特点，作比较。亚历山大在酒杯交错时借着酒劲把他的好朋友克里图斯杀了，蒙茅斯的亨利凭借着清醒的头脑和判断，把那个大腹便便的胖骑士赶走了——那家伙爱插科打诨，逢场作戏，又荒唐又好笑——我竟把他的名字忘了。

高厄　约翰·福斯塔夫。

弗吕林　就是他。我跟你说吧，蒙茅斯那地方净出好人哩。

高厄　王上来了。

【号角声。亨利王率英军上；波旁公爵，奥尔良公爵及众俘虏被押上。喇叭奏花腔。

亨利王　自从来了法国我还没有发过火儿，这次气儿可不打一处来。传令官，带一个号手去；你骑马去跟那边山上的骑兵队宣战吧。他们要是和我们打一仗，告诉他们快下山来，否则就退出阵地，别在我们眼前挑逗。他们要是既不下山又不退去，我们就找他们去，让他们逃都逃不及，顿时葬身雨点般的乱石之下。还有，我们抓到的俘虏格杀勿论，决不让一个在我们的怜悯下逃生。快去这样给他们下令。

【蒙乔上

爱克塞特　陛下，法国的传令官来了。

葛罗斯特　他的目光比以往更规矩温顺了。

亨利王　怎么样，传令官，这次有何贵干？不知阁下是不是来问我拿这把骨头当赎金的事？是不是又来讨赎金了？

蒙乔　不是，伟大的国王。我是来求国王心怀慈悲，恩准我方人员在这血流成河的战场走走，寻找阵亡将士，把他们掩埋了，连带把王爷贵将从普通兵士中辨认一下——现在，唉，他们这会儿正躺在雇佣兵的血泊里。那些粗俗的庄稼汉却长伸胳膊短伸腿，浸泡在王公贵爷的血泊里，我们的战骑在厚厚的血浆里站立不安，怒气冲冲地踢蹬着铁蹄，践踏他们阵亡的主人，仿佛要再把他们屠戮一遍。啊，伟大的国王，请恩准我们安全地清理一下战场，把那些死尸处置一下。

亨利王　跟你说实话吧，传令官，我还不知道今天是我们的还是你们的，因为你们的许多骑兵仍在战场上神出鬼没，横冲直撞。

蒙乔　今天是你们的了。

亨利王　请赞美上帝吧，我们赢得今天不只是靠我们自己的力量啊。那边那个大城堡叫什么名字？

蒙乔　人们叫它阿金科特。

亨利王　那么我们就把这一仗称为"阿金科特战役"吧，决战于圣克里斯宾节。

弗吕林　陛下恕我多嘴，我从史书里知道，你的名垂史册的祖父和威尔士黑王子、你的叔祖爱德华，都在法国这地方打过了不起的大仗。

亨利王　他们打过，弗吕林。

弗吕林　陛下说得极是。如果陛下还记得的话，威尔士人在一座长满韭葱的园子里立下战功，他们把韭葱插在蒙茅斯帽子上，陛下知道韭葱现在已是建立战功的光荣标志了。我相信陛下决不会反对在圣大卫节①戴上一根韭葱吧。

亨利王　为了记住这一荣耀，我愿意佩戴，因为我是威尔士人，你知道，好老乡。

弗吕林　倾尽瓦伊河水也洗不掉陛下龙体里的威尔士血液，我敢说这句话。望上帝祝福瓦伊河，保护瓦伊河，愿瓦伊河与上帝同在，愿上帝永存。

亨利王　多谢了，我的好老乡。

弗吕林　耶稣在上，我是你陛下的同乡。我不在乎谁知道这个，我要向全

---

① 系威尔士人于540年3月1日战胜撒克逊人的纪念日；圣大卫（St.David's）是威尔士的保护神。

世界坦白。我根本用不着为陛下感到难为情，赞美上帝，只要陛下是一个正人君子。

亨利王　愿上帝保佑我做个正人君子。我们的传令官和他一起去。把双方阵亡人数务必告诉我一声。（蒙乔、高厄和英国传令官同下。威廉斯上，帽上插一手套）去把那边那个家伙叫来。

爱克塞特　（对威廉斯）当兵的，你快去见国王。

亨利王　当兵的，你为什么往帽子上插一只手套？

威廉斯　回禀陛下，这是一个人给的信物，只要他活着，我凭此要跟他决斗一次。

亨利王　一个英国人吗？

威廉斯　回禀陛下，是个流氓，昨天夜里他欺负到我的头上了——他要是活着，胆敢来认领这只手套，我发誓要抽他的耳光；或者如果我看见他的帽子上插了我的手套，我也发了誓——凭他也是当兵的，只要他活着，他应该插在帽子上——那我便会结结实实地把它打落在地的。

亨利王　弗吕林上尉，你怎么想？这个士兵遵守他的誓言合适吗？

弗吕林　他要不守誓言，那他就是怯汉和无赖，回禀陛下，我的良心就是这样认为的。

亨利王　他的对手也许是个身分很高的贵族，不屑跟他这样身分的人认真较量。

弗吕林　不管他的身分有多么高，哪怕他是地狱来的魑魅魍魉，陛下你看看，他都应该守信誉守誓言。如果他背誓了，你看看吧，他穿着黑鞋上天也好入地也罢，他的名声只会是一个臭名远扬的无赖加恶棍，我的良心就是这样认为的。

亨利王　这么说，要是你遇上那个家伙，你必会信守誓言了，小伙子。

威廉斯　陛下，只要我活着，我会的。

亨利王　你在谁麾下当兵？

威廉斯　在高厄上尉手下，陛下。

弗吕林　高厄是个好上尉，很有学问，对战争很有研究。

亨利王　去把他叫到这里来，士兵。

威廉斯　我这就去，陛下。（下）

亨利王　(将威廉斯的手套递给弗吕林)这个赏给你吧，弗吕林，把它插在帽子上。我和阿朗松一起倒地搏斗时，我从他盔上取下了这只手套。不管谁来凭此物找事，他都是阿朗松的朋友，是我的敌人。你要是碰到这样的人，抓住他，你也算对我尽了一份爱心。

弗吕林　陛下赏了我这么大的脸，这是做臣民的求之不得的。我很高兴看看这个也长了两条腿的人，一看见这只手套就准会追悔莫及了，一点错没有。我恨不得马上看见他。上帝老人家垂恩，让我如愿以偿。

亨利王　你认得高厄吗?

弗吕林　他是我的好朋友，回禀陛下。

亨利王　麻烦你去找他一趟，让他到我营帐去。

弗吕林　我这就去叫他来。(下)

亨利王　我的沃里克大人和葛罗斯特兄弟，你们二位跟着弗吕林去吧。我赏给他的那只手套，说不定会给他惹来一记耳光呢。手套是那个士兵的。根据誓约，我应该把手套插在帽子上。快跟去吧，好堂兄沃里克，倘若那个士兵扇了他，没准会发生什么不测之事；就我看来，那家伙挺莽撞，是个说话算数的家伙，可我知道弗吕林也勇猛过人，脾气刚烈，像火药一样见火星就燃爆，转眼之间就会还以颜色。快跟去吧，别让他们造成伤害。跟我去吧，爱克塞特叔公。(同下)

## 第八场　亨利王营帐前

【高厄上尉和威廉斯上。

威廉斯　我敢说这是要封你做骑士了，上尉。

【弗吕林上

弗吕林　上帝保佑，上尉，我正在找你，快快去见王上吧。也许你做梦也想不到的好事等着你呢。

威廉斯　先生，你认得这只手套吗?

弗吕林　认得这只手套吗?我知道这手套就是一只手套。

威廉斯　(从弗吕林帽上取下手套)我认得这只，我因此要向它挑战。(打

弗吕林）

弗吕林　你混蛋小子！天下第一个罪大恶极的叛徒，不管是在法国，还是在英国。

高厄　（对威廉斯）怎么啦，先生？你这个无赖！

威廉斯　你认为我会发假誓吗？

弗吕林　闪开道，高厄上尉。我要让他的叛变行为饱尝一顿我的拳头，付出惨重代价，我说话算数。

威廉斯　我不是叛徒。

弗吕林　你红口白牙说谎话。我以王上的名义指控你，逮捕你。他是阿朗松公爵的朋友。

【沃里克伯爵和葛罗斯特公爵上。

沃里克　怎么啦，怎么啦，出什么事了？

弗吕林　我的沃里克大人，上帝明鉴，一起最有害的叛国罪大白于天下了，你看看，就像夏天的日头一样有目共睹。

【亨利王及爱克塞特公爵上

弗吕林　王上来了。

亨利王　怎么啦，出什么事了？

弗吕林　我的陛下，你看看，就是这个无赖和叛徒，来抢这只陛下从阿朗松头盔上夺来的手套。

威廉斯　我的陛下，这是我的手套——另一只在这里——我是作为交换给人的，对方已答应把它插在帽子上的。我已作了保证，他敢插在帽子上，我就揍他。我正碰上这个人把我的手套插在了帽子上，那我就要说话算数。

弗吕林　陛下亲自听我说说，还请陛下多加包涵——他是一个地地道道的流氓、乞丐、小丑和无赖。我希望陛下为我出面作证，公开说明陛下给我的这只手套是阿朗松的手套。您凭良心说吧。

亨利王　把你的手套给我，当兵的。看看，这只和它正好是一对。你许愿要揍的人的确就是我，你当时对我还十分苛刻，出口不逊。

弗吕林　禀报陛下，天网恢恢疏而不漏，让他的脖子偿还吧。

亨利王　你怎么才能让我感到满意呢？

威廉斯　我的君王，一切冒犯由心而起。我的心可从来没有冒犯陛下的意思。

亨利王　你当初对我可是破口大骂的。

威廉斯　陛下出现时一点不像您本人。您在我看来完全是一个平常人哩。昨天夜里那么黑，您的衣服是那个样子，您又故意混迹于普通一兵。在这样的情形下陛下受了冒犯，恳请陛下多怪自己有错，别一味责怪我，因为您要是我心目中的样子，我是不会冒犯您的。所以，我请求陛下宽恕我。

亨利王　喂，爱克塞特叔公，把这只手套装满钱币，送给这个士兵吧。——保存好它，老弟，把它插在你的帽子上作为荣耀看待，直到我再找它挑战。——把钱币给他——上尉，你一定想和他交个朋友吧。

弗吕林　凭这天这光起誓，这家伙肚子里还挺有些骨气。——拿着，再送你十二个便士，望你忠于上帝，别再骂骂咧咧，惹是生非，我告诫你，那样对你有好处。

威廉斯　我不能收你的钱呀。

弗吕林　这是我的一片心意。我跟你说，它对你有用，帮你补补鞋子。得了，你为什么要这么难为情呢？你的鞋子实在不像样子了。我向你保证，这是一个好先令，要不我就换掉它了。

【英国传令官上。

亨利王　嗨，传令官，阵亡人数点清了吗？

传令官　这里是被杀的法军人数。

亨利王　俘虏中有哪些重要人物，叔公？

爱克塞特　查理·奥尔良公爵，法王的侄子；让·波旁公爵，还有布西考特勋爵；除了普通士兵，勋爵、侯爵、爵士和绅士共计一千五百之多。

亨利王　从这清单上看，法军在这战场上横卧着一万将士的尸首。在这个数目中，王爷和有旗号的贵族共计一百二十六人；另有爵士、乡绅和勇猛的上等人八千四百人，其中有五百是昨天才加封晋爵的。所以，在这一万阵亡人员中，他们不过损失了一千六百名普通士兵；剩余的全是什么王爷啦，公爵啦，勋爵啦，爵士啦，乡绅啦，以及有身分有地位的上等人。最有名的阵亡贵族人士有：查理·德拉布里特，法军的最高统帅；夏堤龙的雅克，法国的海军上将；克罗斯博斯的领主，朗贝尔勋爵；法国大领主，勇敢的吉斯卡·多芬；让·阿朗松公爵；安东尼·布拉班公爵，勃艮第公爵的兄弟；还有爱多阿·巴尔公爵；强悍的伯爵中还有格兰皮埃、卢西、福康布里奇、福克斯、布蒙特、马尔、伏德蒙特和莱斯特里尔。他们还很有生死与共的贵族风范。我们英国的阵亡人数呢？(接到另一份名单)约克公爵爱德华、萨福克伯爵，理查·凯利爵士，大卫·盖姆乡绅；其余则不算名人，而且总阵亡将士只有二十五人[①]。啊，上帝，多亏了你的权力，我们算不得什么，我们的一切胜利全归功于你的权力！一场大战不靠战略战术，全凭刀枪相拼，战地杀戮，谁曾见过一方死伤如此惨重，另一方损失如此微不足道？功归上帝，只有你才能创造这样的奇迹。

爱克塞特　简直不可思议。

亨利王　来吧，让我整队进村，向全军宣布，谁敢炫耀这一仗，胆敢剥夺只有上帝才配享有的赞美，谁就等着处死。

弗吕林　回禀陛下，相互转告敌方死亡人数，是不是也算犯法？

亨利王　这不算，上尉，但要说明是上帝为我们打赢了这场恶仗。

弗吕林　是的，凭良心说，是上帝护佑了我们。

亨利王　我们一起来做神圣的礼仪吧：让我们唱起《耶和华啊光荣不应属于我们》的歌儿，把死者悲壮地葬入黄土；然后向加来进军，然后班师回国，当一回从法国荣归的最幸福的人。(同下)

① 这一数字是莎翁的戏剧语言，不是实战伤亡人数，敌方死亡一万多人，我方至少在一千多人才合情合理。在莎翁笔下的英国历史剧里，英国是战无不胜的。

# 第　五　幕

【致辞人上。

*致辞人*　在座的哪位没有读过这段历史，请允许我敦促你们拜读一下——哪位已经读过了，我则恳请你们多多包涵，我们在这舞台上无法在时间上、在数量上、在战事的进程上，一一再现彼时的宏大和客观。现在我们带着国王向加来进军。想象着国王到了加来；在那里看见他之后，凭藉你展翅的思想又把他带往海峡，横渡过海。请看，一水之隔的英国海滩到了，男人们，女人们，妻子们，孩子们，他们的欢呼声和掌声此起彼伏，压过了海的呼啸，像一个力量无边的开道者在前边为王上开路。思想的步子迅捷如飞，你现在甚至可以想象他已经驾到布莱克希[1]，他的文武百官力劝他让人持着伤痕累累、弯损曲折的战剑前行，威武过城；可是他拒绝了，因为他不图虚荣，不独贪战功为己有，把自己的战绩、荣誉和名利统统归于上帝。但是这时你们看吧，伦敦城的市民硬是挤开你那思想的闸门和作坊，纷纷涌上了街头。市长及其同僚身着盛装，宛如古罗马的元老们全体出动，身后跟着人头攒动的平民百姓，来迎接他们的凯旋的恺撒——在此不妨再打一个不足道却有寓意的比方：我们那贤明的女王陛下的大将军，一路声势赫赫从爱尔兰归还，一支利剑征服了那里的叛乱，安静的伦敦于是倾城出动欢迎他凯旋！他们如今有更大的热情和更多的理由来欢迎亨利王。此刻，他在伦敦掸洗征尘；法国人哀叹之时，也就是英国国王安坐国内之时。德国皇帝代表法国前来谋和，以后的一切暂且不表，不管有无机会，直到亨利再次远征法国[2]。我们必须把他带往那里，我本人在此对诸位提示一下历史，作一些交代。望你们容忍这些节略，让眼睛向前，追随着你们的思想，直接盯着法国的战场。（下）

---

① 一译黑荒原，在伦敦城南。

② 指 1417 年亨利王率军四万，再次征战法国。

## 第一场　法国；英军阵地

【高厄上尉和弗吕林上尉上，弗吕林帽上插根韭葱，手持短棍。

高厄　是呀，那就对啦。不过你为什么今天还插着韭葱？圣大卫节已经过去了。

弗吕林　凡事总是有这样和那样的道理的。你既是我的朋友，我会告诉你的，高厄上尉。那个集流氓、乞丐、小偷和无赖于一身的毕斯托尔，你本人和全世界的人都知道，你看看，他连一个一无是处的人都不如，昨天来找到我，带着面包和盐，你看看，告诉我把我的韭葱吃掉。当时所处的环境不允许我跟他一般见识，但是我决不吃他那套，公开把韭葱戴在我的帽子上，直到我再次碰上他，那时我就要跟他提点小要求了。

【旗官毕斯托尔上。

高厄　喂，瞧他来了，像只火鸡一样大摇大摆的。

弗吕林　管他怎么大摇大摆，像只火鸡，那都无关紧要。——让上帝保佑你毕斯托尔吧，你这跳梁小丑似的无赖，上帝保佑你吧。

毕斯托尔　哈，你疯了吗？你这下流的特洛伊孬种，竟敢让我弄坏命运之

神的致命的网子吗？走开！我闻见那股韭葱味儿就感到头晕恶心。

**弗吕林** 我衷心奉劝你，你这跳梁小丑，按我的愿望我的要求和我的请求，你看看，把这根韭葱吃下去。再者，你看看，你不喜爱它，你的情绪你的口味和你的胃口都不接受它，所以我非要求你吃掉它不可。

**毕斯托尔** 决不，哪怕把威尔士亲王卡德瓦拉德和他的山羊都白送给我。

**弗吕林** 且送你一只山羊。(揍毕斯托尔一棒)你这下流坯，看你还不好生把这根韭葱吃下去？

**毕斯托尔** 下流的特洛伊人，我咒你早死。

**弗吕林** 你这态度就对了，下流的无赖，心甘情愿地吃吧。不行，请你不要扔掉一点。韭葱皮对你的破脑袋才有好处呢。今后再有机会看见韭葱，我请你多嘲弄嘲弄，那才叫种气。

**毕斯托尔** 说得好。

**弗吕林** 哎，韭葱是好东西。拿着，这里有四便士让你治治你的脑袋。

**毕斯托尔** 我，四便士？

**弗吕林** 是呀，一点不错，你赶快拿着，否则我从口袋里再掏出一根韭葱让你吃下去。

**毕斯托尔** 为了认真的复仇，我收下你的四便士。

**弗吕林** 我要是还欠你什么，我会用棍子还清你。你能成为一个木材贩子，我这里有的是木棍，买来吧。上帝保佑你，护着你，让你的头伤长好。(下)

**毕斯托尔** 整个地狱都要为这个动摇了。

**高厄** 算了，算了，你是个无赖，胆小怕事，偏要拿拿样子。你以后还敢取笑老传统吗？

**弗吕林** 你说得很对，下流的无赖，只要是上帝的意志。可是我要求你低三下四地活着，把韭葱吃下去。来吧，这里还备有酱油。(又揍一棍)你昨天叫我“山里的乡绅”，我今天却要你做“低等的乡绅”。我请你开始吃起来。你既然能取笑韭葱，你就能吃下韭葱。(又揍一棍)

**高厄** 够了够了，上尉，你已经把他镇住了。

**弗吕林** 耶稣在上，我今天非让他把我的韭葱吃掉一截不可，否则我就照他的脑瓜敲上四天四夜——吃，我请你吃。这对你挨揍的瘀血和流血的脑壳都有好处。

毕斯托尔　我非吃不可吗？

弗吕林　是的，必须吃，毫无疑问，不容商量。

毕斯托尔　凭这根韭葱起誓，我迟早要报仇雪恨——（弗吕林威胁他）我吃我吃——我发誓——

弗吕林　吃，我请你吃。你还要更多的酱油就着吃吗？我没有更多的韭葱让你赌咒发誓。

毕斯托尔　别再动你的棍子，我吃就是了。

高厄　这韭葱是一种对荣誉的尊敬，插在帽子上是对先人刚勇精神的纪念，你敢冒犯可不就让你吃不了兜着走吗？我见过你不止一次嘲笑这位绅士，你以为他不会讲地地道道的英语，因此他也不会使用英格兰的棍子吗？这下你自讨苦吃了。也好，让一个威尔士人帮你改改英格兰人的毛病。再见了。（下）

毕斯托尔　命运现在要我扮演一个无情无义的婊子吗？我得到消息，说奈尔已经死了，是得了一种法国的怪病，这下我的老窝也端掉了。我越来越老了，衰老的肢体受不了一顿棍打。得了，我还是去开个妓院什么的，靠一个类似扒手的行当谋生。我想偷偷地溜回英国，在那里偷鸡摸狗，为这些棍伤找回补偿，见人就说它们是我在加来战争中受了伤。（下）

## 第二场　香槟区特鲁瓦宫；法王王宫的一部分

亨利王　我们为和平而聚，愿和平降临这次会议。愿健康和今日的美好时光降临我们的兄弟法国和我们的姐妹。愿欢乐和美好的愿望降临我们最漂亮最尊贵的表妹凯瑟琳。勃艮第公爵不愧为这王室的支脉，一手促成了这次伟大的相会，我们特此向你致意。法国的诸位王爷，在座的各位爵爷，祝你们大家身体健康。

查理王　和你们相会，我们感到十分快乐。最可敬的兄弟英国，今日相见，如同手足。在座的各位英国王爷，与大家相见十分热烈。

伊莎贝尔王后　兄弟英国，愿这个大好日子和这次圣明的会议带来无限的幸福，因为我们现在很高兴以愉快的目光相视——你们的眼睛以往像毒蛇，气势汹汹，满是杀气，一旦遇上法国士兵便把他们置于死地。我衷心希望你们眼睛里的杀气已失去往日的攻击力，也希望今天能把一切恩怨转变挚爱。

亨利王　我们相会不易，让我们为挚爱大呼“阿门”吧。

伊莎贝尔王后　我谨向诸位英国王爷致意。

勃艮第　我对你们二位，伟大的法王和英王，怀有同等的爱心，竭尽职责。我不辞劳顿，使出全部心智，不计艰辛，不遗余力，总算把你们二位至尊至上的君主请在一张和谈桌上会面，二位君主对为臣的良苦用心定能知晓的。那么，既然我的努力没有白费，二位君王已经面对面眼对眼地互相致意，我不妨乘这次元首会晤的机会再斗胆疾呼：那位赤裸的、令人疼怜的和任人蹂躏的和平女神，她孕育艺术，带来富饶，赋予高贵的生命，究竟有什么摩擦和障碍，使她不能在这世界上最温馨的花园中，在我们沃土广袤的法国，将她的可爱的脸蛋昂然展露呢？天哪，她被排挤出法国太久太久了啊，她让五谷丰登六畜兴旺，然而她的一切丰收却成堆成堆地腐烂发霉。她的葡萄藤，那让人一见便如酒醉的果儿，因无人整枝修剪活活死掉了；她的树篱一向平整如墙，眼下却像囚犯乱蓬蓬的头发，枝枝蔓蔓乱作一团；她的耕地上，毒麦、毒芹和疯长的延胡索已根深蒂固，而那用来铲除这样的毒草的犁耙却生了锈。那平整的草地——本是生长斑点如沫的牵牛花、地榆和绿色如茵的三叶草的温柔之地——因为无人用镰刀修剪和整理，慵懒孕育祸患，任凭那些可恶的酸模草、粗野的蓟草、毒萝卜和牛蒡蔓延野生，失去了原有的美丽和富饶。是啊，我们所有的葡萄园、耕地、草场和树篱都没有了它们的自然风韵，变得荒芜凄凉；甚至我们的家、我们自己和儿女都因无法休息养生而不学无术，丧失了我们国家赖以繁荣昌盛的科学，变得近乎野人——如同一无所长只知厮杀流血的兵丁，满口脏话，凶相毕露，衣衫不整，每样事情都似乎与自然相悖。为了使人们昔日的所爱再现，二位君主聚集一堂，我讲这番话无非是想弄明白，我们为什么不能让慷慨的和平之神，排除这些有害的条件，让我们分享她以往的种种好处。

亨利王　勃艮第公爵，没有和平，你方才所说的各种问题就会层出不穷，但是如果你想要和平，那么你就需要不折不扣地答应我们所有的公正的要求，才能买到这样的和平；我们的要旨和具体条款就在你手中，简明而扼要。

勃艮第　王上已经听取了你们的要求，只是至今还未曾就此作出答复。

**亨利王**　那么好吧，你刚才殷切敦促的和平，就取决于他的答复了。

**查理王**　我只是随意地把那些条款粗粗浏览一遍。请陛下马上任命一些大臣，和我们重新坐在一起，更加审慎地把那些条款核实一遍，以便我们马上就我们接受的程度，做出肯定的答复。

**亨利王**　兄弟法王，我们同意——去吧，爱克塞特叔公、克莱伦斯兄弟，还有你，葛罗斯特兄弟，以及沃里克和亨廷顿，和法王一起去吧；你们完全有权利认可、增补或更改那些条款，只是你们要充分发挥各自的聪明才智，凡是无损我们的尊严、于我们的总体要求出入不大的变更，我们都可以同意。——您呢，好嫂子，是和王爷们一起去，还是在这里和我们呆着？

**王后**　我仁慈的兄弟，我跟他们一起去吧。要是有些条款让大家为难，谈判不下去，一个女人的声音也许会发生点作用呢。

**亨利王**　不过你把我们的凯瑟琳妹妹给我们留下吧。在我们的条款的先决条件里，她可是我们的主要要求呢。

**王后**　那让她留下吧。

【除亨利王，凯瑟琳和艾丽丝，其余同下

**亨利王**　美丽的凯瑟琳，您的美貌无与伦比，你愿意告诉一个当兵的，说些什么话才能让一个女士爱听，他求爱的话能让她温柔的心接受？

**凯瑟琳**　陛下请别取笑我。我不会讲英语。

**亨利王**　噢，美丽的凯瑟琳，如果你用你那颗法国心真诚地爱我，那我很高兴听你用英语断断续续地讲出来。凯蒂，你从心里想我吗？

**凯瑟琳**　对不起，我不明白你话中的“想我”是什么意思。

**亨利王**　天使像你，凯蒂，你像天使。

**凯瑟琳**　(对艾丽丝)他说什么？——是说我像一个天使吗？

**艾丽丝**　是的，一点没错，亲爱的公主，他就是这样讲的。

**亨利王**　我是这样说的，亲爱的凯瑟琳，承认这点我丝毫不感到难为情。

**凯瑟琳**　啊，老天爷！男人说的话是靠不住的。

**亨利王**　她说什么，傻妞？她说男人说的话都是骗人的吗？

**艾丽丝**　是的，男人说的话都是骗人的——公主是这样说的。

**亨利王**　这位公主胜过任何英国女人。相信我吧，凯蒂，我求婚出自内心，你不会上当受骗。你讲英语不太好，我毫不在乎，反倒高兴，因为倘若你

精通英语，你会发觉我是一个再平庸不过的国王，以致认为我是卖掉农场换取王位的。我不会吞吞吐吐地表达爱情，只会直截了当地说："我爱你；"如果你再进一步逼问我："你是真心爱我吗？"那我就真不知道如何回答好了。请你回答我吧，你要真诚地回答，那样我们就可击掌成交了。你说怎么样，公主？

凯瑟琳　请别见怪，我全明白了。

亨利王　是啦，如果你让我作诗，或者陪你跳舞，凯蒂，哎，你可就为难我了。我这个人不善言辞，手脚不协调，也不想为别人在这方面下力气——但是在使力气方面倒还挺协调。如果我凭着学蛙跳或身负盔甲跳上马鞍能赢得一位女士，那我根本用不着吹牛皮说大话，我转眼之间就能跳进老婆的怀里。或者，如果我靠使拳头来赢得爱情，要么跳上马背博得她的欢心，要么会像屠夫那样一蹴而就，像猴子那样稳坐上面，再不会掉下来。但是，在上帝面前，凯蒂，我不会做出一副情种的样子，不会信口开河滔滔不绝，也不会藏着心眼

儿陈说心迹——只会干干脆脆地发誓，这是我到万不得已时才使用的，不过一旦使用了就再不会出尔反尔。如果你爱上这种脾气的人，凯蒂，他的脸不值得在太阳下烤晒，他也根本不必照着镜子寻找镜中的爱情，让你的眼神取舍一切吧。我只会用一个普通兵士的口气跟你讲话：如果你因此爱上我，那么请接受我的爱；如果不爱我，那我跟你说，我会死掉的，这话当真——不过，上帝啊，为了得到你的爱，我又不能一死了之。不管怎么说，我爱你。只要你活着，亲爱的凯蒂，那就请你接受一个心拙口直、自然纯朴之愚人吧，因为他会十分正确地对待你，也因为他没有心思去别的什么地方求爱。那些花言巧语的家伙虽然能在女人面前哗众取宠，博得欢心，但他们又总会振振有词地为自己见异思迁寻找理由。哎呀！一个嘴巧的人不过是个爱饶舌的人，一番花言巧语只是几句吟唱的曲儿；一条健壮的腿会折倒，一面挺直的背会弯曲，一把黑胡子会变白，一头鬈发会谢顶，一张美丽的脸蛋会爬满皱纹，一只饱满的眼睛会瘪下去，然而一颗善良的心，凯蒂呀，却是太阳是月亮——或者不如说只是太阳而不是月亮，因为太阳光辉灿烂，从来没有满损圆缺的变化，只知忠诚地守着其轨道或升或落。如果你愿意要这样的人，那就请接受我吧；接受我，便是接受了一名战士；接受一名战士，便是接受了一个国王。你对我的爱情会说些什么呢，我的美人儿——我恳求你光明正大地说出来吧。

凯瑟琳　我爱上法国的敌人，这可能吗？

亨利王　不，你不可能去爱法国的敌人，凯蒂。可是你要是爱上了我，你就是爱上了法国的朋友，因为我深深地爱着法国，爱心遍及法国的每个小村庄，每个小村庄都在我心里有位置；凯蒂呀，当法国属于我了，我又属于你了，那么你的也就是法国的，你又是我的。

凯瑟琳　我不明白这话是怎么讲的。

亨利王　不明白吗，凯蒂？我用法语告诉你吧——我相信，法国悬在我的舌头上，定会像新婚宴尔的妻子吊在她的丈夫的脖子上，怎么使劲摔都分离不开。法国归我所有了，我又是你的人了——让我看看下句怎么用法语讲呢？圣丹尼斯快来救我一把！——所以法国就属于你，你又是我的人。唔，凯蒂，对我来说，征服一个王国远比讲法语容易得多。我再也不会用法语来打动你了，要不只会给我惹来一身笑话。

凯瑟琳　陛下不必多虑，你讲法语很不坏，我讲英语才叫坏呢。

亨利王　不，真的，不是的，凯蒂。不过你讲我的母语，我讲你的母语，差不多都是真真假假，都需要用一种语言更好地表达一下。不过，凯蒂，你总该听懂这样一句英语吧？你爱我吗？

凯瑟琳　我真说不清楚。

亨利王　你的同伴有谁说得清吗，凯蒂？我去问问她们。行了，我知道你爱我，等你夜里回到你的闺房，你准会向这位淑女打听有关我的事的；我还知道，凯蒂，你会对我一心喜爱的那些东西大加贬诋一番。可是好凯蒂，心怀慈悲地嘲笑我吧——或别嘲笑我，温柔的公主，因为我爱你爱得刻骨铭心。如果你一旦归属于我，凯蒂——如同我心中保留的信仰所告诉我的，你终会属于我的——我是靠征战得到你的，因此你一定要证明你不愧为一个孕育战士的好手。凭着圣丹尼斯和圣乔治的佑护，你和我在一起生养一个男孩子，一半法国血统一半英国血统，有朝一日他会去君士坦丁堡，揪住土耳其人的胡须，难道这不是很美妙的吗？难道我们做不到吗？你快说话呀，我美丽的百合花？

凯瑟琳　我不明白这个。

亨利王　不，不明白以后明白也不晚，而现在你要答应下来。请你现在就答应吧，凯蒂，你应该为了这样一个男孩子尽力做好法国方面的努力，至于我的英国这一半，请你记住一个国王和单身汉的话就是了。你怎么回答我，绝色美人凯瑟琳，我的心上人神圣的圣女？

凯瑟琳　陛下的这些法国话全是瞎话，足可以把法国最圣洁的贞女哄得晕头转向。

亨利王　咳，让我瞎说的法国话见鬼去吧！凭我的荣誉起誓，让我用地地道道的英语说吧，我爱你，凯蒂。我不敢凭我的荣誉起誓，说你爱我，可是我的热血却巴结我说，你是爱我的，尽管我的脸色差一些，不怎么迷人。我父王的雄心大胆真该死！他一生养了我就没断了寻思内战；因此我生就了一副咄咄逼人的外表，如钢铁般坚硬，只要去向女士求婚，总把她们吓坏了。但是事实上，凯蒂，随着我日渐成熟，我会长得越来越英俊。让我聊以自慰的是，衰老这摧毁美的东西，对我这张脸却无可奈何。如果你拥有我，你是在我最丑陋的时候接受了我，但如果你受用我，那你则会越用越觉得耐用；所以，请告诉我，最漂亮的凯瑟琳，你会接受我吗？望你把你那些少女的羞羞答答的东西丢开，做出一副王后的样子，使出做王后的心胸，拉起我的手，说："英国的亨利，我是你的人了。”——只要我有幸听到你这句话，我便会迫不及待地大声答道：“英格兰是你的，爱尔兰是你的，法兰西是你的，亨利·普兰塔吉尼特也是你的。”——亨利这个人，我虽然当着他的面会发问，他是否算得上世上最好的国王，但是你肯定会发现他是善良之人的最好的国王。来吧，望你用断断续续的音乐回答——因为你的声音像音乐，你的英语却断断续续。因此，万民的王后，凯瑟琳，望你用断断续续的英语把你的心迹告诉我：你愿意接受我吗？

凯瑟琳　这还要看我的父王是否同意。

亨利王　别担心，这是他求之不得的，凯蒂。他应该感到高兴。

凯瑟琳　那么我也就答应了。

亨利王　有你这话，我应该吻你的手，凯蒂，这下我应该称你为王后了。

凯瑟琳　放开，我的陛下，放开，快放开！天哪，哪敢让你这一国之君，屈尊亲吻一个小姑娘的手啊。请你原谅，我恳求你，我的威严的君王。

亨利王　那么我来亲吻你的嘴唇好了，凯蒂。

凯瑟琳　在法国，未出阁的小姐，是不准让别人蹭脸的。

亨利王　(对艾丽丝)我的翻译女士，她在说些什么？

艾丽丝　她说法国的小姐没有出阁之前，是——我不知“蹭脸”用英语怎么说。

亨利王　就是接吻吧。

艾丽丝　陛下你比我用心多了。

亨利王　她是说，在法国，姑娘们在出阁之前不兴接吻吗？

艾丽丝　正是，一点不错。

亨利王　噢，凯蒂，循规蹈矩的风俗习惯在伟大君王面前应当低眉下眼。亲爱的凯蒂，你我二人不应该让一个国家的繁文缛节的薄膜来缚住。我们是各种风俗习惯的制造者，凯蒂，我们的地位赋予我们的自由，可以堵上所有吹毛求疵的人的嘴巴，一如我要堵上你的小嘴儿一样，因为你循着你们国家的清规戒律，不让我接吻。所以，耐着性子，乖着一点。(吻她)你嘴唇上有魔力，凯蒂。一触到它们便像蘸了蜜糖，雄辩的魔力赛过法国枢密院的几十条舌头，它们比诸多君主的一份联名请愿书更能说服英国的亨利。你父亲走来了。

【查理王，伊莎贝尔，勃艮第公爵及法国和英国大臣上。

勃艮第　上帝保佑陛下。我的尊贵的王兄，你在教我们的公主学英语吗？

亨利王　我的好表兄，我会让她明白我爱她爱得多么真诚，这就是地地道道的英语。

勃艮第　是她不善于学习英语吗？

亨利王　我的舌头很笨拙，表兄，我的条件又不佳，所以我的声音不够柔情，心也不和我配合，我竟无法凝聚起一股力量，唤起她身上的爱情的活力，让爱情露一露本来的面貌。

勃艮第　要是我能回答这个，可别怪我一时兴奋，心直口快啊。如果你要煽动起她的爱情，那你必须画出一个魔圈儿；如果你要让她把爱情的原貌露出来，爱情的样子就一定是赤裸的，盲目的。她身为一个少女，脸上还布满矜持而羞涩的红晕，如果不愿意毫无遮掩地看到一个一丝不挂的盲目的男小伙儿站在她跟前，那么，你能责怪她吗？我的君王，让一个姑娘面对这种情景，太难为了吧。

亨利王　不过少女的眼睛可以眯起来，迁就着看嘛，因为爱情是盲目的，不接受也得接受。

勃艮第　当她们不明白她们在干什么时，我的君王，你就不该责怪她们了。

亨利王　那么，我的好大人，请你教一教你的堂妹同意把眼睛眯起来吧。

勃艮第　我会眯眯眼睛向她使个眼色，让她同意的，我的君王，只要你教会她领会我的意思。对少女们来说，只要身置夏天，浑身觉得热乎乎的，就像八月间圣·巴托罗缪节的蝇子①：虽然长着眼睛，却什么也看不见。那么，在她们还没有世故得直视爱情之前，她们也只好听任摆布了。

亨利王　听这番说教，我得耐心等待，盼来一个夏天，我才能在夏末来时逮住这只蝇子，也就是你的堂妹，而且她还一定是盲目的。

勃艮第　爱神在谈情说爱之前，我的君王，也是盲目的吧。

亨利王　是这么回事。爱神让我变得盲目了，你们中的一些人应该感谢爱神，因为我为了一个站在我道路上的漂亮的法国姑娘，看不见许多漂亮的法国城市了。

查理王　是的，我的王上，你用透视的目光遥望法国城市，它们全变成了

---

① 8月24日为圣·巴托罗缪节，已到夏季末，天渐冷，苍蝇变得迟钝了。

一个少女——那是因为它们全让女儿墙护着，战争是没法打进去的。

亨利王　凯蒂会成为我的妻子吗？

查理王　只要你同意。

亨利王　我同意，只要你所说的女儿墙都做她的陪嫁：这样，那个挡在我的愿望的道路上的少女，该会按我的意愿给我带路了。

查理王　我们答应了所有的合理条件。

亨利王　是这样吗，我的英国大臣呢？

沃里克　法王已经答应了每项条款：首先是他的千金，然后是所有条件，其主要核心内容全包括了。

爱克塞特　只有一条他还没有签署：那就是根据王上的要求，法国国王每逢下诏旨，应该按下列形式和头衔称呼陛下，用法语写是：我亲爱的女婿亨利，英国国王，法国的继承人；在拉丁文里则是——Præclarissimus filius noster Henricus,Rex Angliæ， et Hæres Franciæ。

查理王　对此我也没有极力反对过，兄弟，不过在你的要求下，我会让它通过的。

亨利王　那我请求你，为了爱情也为联姻，让这一项条款和其余的列在一起吧，这样就把你的千金给我了。

查理王　娶走她，英俊的儿子，用她的血液为我生育后人，法国和英国两强争雄，因为彼此觊觎乐土，海峡两岸对峙得一片灰暗，这下可以消除仇恨了；这桩亲热的联姻使以邻为友和基督徒仁爱的精神在两国国民心中生根发芽，英法两国再也不会血刃相见了。

众人　阿门。

亨利王　现在欢迎你，凯蒂，在此让我当着全体宾客吻她，认她做我的王后。

【喇叭奏花腔。

伊莎贝尔王后　上帝啊，您这为一切美满婚姻牵线搭桥的善主，让你们的心结合在一起，把你们的疆域合二为一。作为丈夫和妻子，虽是两个人，但在爱情方面心心相爱，融为一体，但愿你们的王国也像这样的配偶关系，再也不会无事生非，妒意中烧；这样的恶行往往使美满婚姻的恋床坍塌，自然也会让两个王国的和睦邦交以邻为壑；但愿英国人像法国人，法国人像英国人，彼此相容，望上帝为此祝福，阿门。

众人　阿门。

亨利王　让我们准备举行婚礼吧。到那天，勃艮第公爵，我们将听取你和所有重臣要相的誓言，确保我们的联盟。那时我会向凯蒂宣誓，凯蒂也会向我宣誓，但愿我们信守誓言，共享繁荣。（喇叭奏乐。同下）

# 收场白

【致辞人上。

*致辞人* 剧情至此全凭一支粗略而乏力的笔，我们的写戏人辛苦地将这个故事渲染，在一方小小格子里把叱咤风云的人物圈点，难免会让他的光荣全程显得零星而暗淡，时间何其短暂，可在这短暂的时间里这颗英国明星却无比灿烂，命运之神锻铸了他的战剑，他凭着这命运之剑赢得了世界上最好的花园，并把它留给了他的至尊至贵的儿子。亨利六世尚在襁褓中便被封了法国和英国的王冠，继承了这位亨利王的社稷江山，只可惜他的国政为众多朝臣掌管，以致朝纲大乱，法国沦丧，英国流血。那段内乱历史在我们的舞台上早已经常演出——为此，望这部历史戏也能在你们聪明的脑子里占有一席之地。（下）

# 尤利乌斯·恺撒

朱生豪 译

苏福忠 校

## 背景与提要

《尤利乌斯·恺撒》大约写作于一五九九年，第一次印刷问世是一六二三年的对开本。

此剧是莎士比亚继《泰特斯·安德洛尼克斯》和长诗《卢克丽丝受辱记》之后，再次离开英国历史，在罗马历史中寻找题材。恺撒被认为世界历史上最伟大的统治者，因而他被布鲁特斯谋杀一事，亦被认为是最可耻的罪行之一。但人们也承认，恺撒犯有错误，布鲁特斯也非一无是处。一些遗失的剧本早已写过了恺撒此人，很可能对莎士比亚发生了影响；但是他主要广泛地使用了(首先在剧本里)托马斯·诺思的翻译版本《希腊罗马名人传记》(原作者是希腊历史学家普鲁塔克，从雅克斯·阿姆约特的法文版译出)。

本剧的主要情节是，罗马的热爱自由的人们对恺撒的独裁统治渐渐不满，密谋发难，主要领导人物有卡修斯和凯斯卡。他们为成就这番大事，千方百计拉拢布鲁特斯，而布鲁特斯则是出于对共和国的责任，不大情愿地参加了谋反行列。反叛者们在元老院突然袭击恺撒，将他乱剑砍死。恺撒的好友安东尼在恺撒的葬礼上慷慨陈词，煽动起人民对谋反者的怒火。恺撒的侄儿、安东尼和莱皮德斯三个人联合起来，讨伐布鲁特斯和卡修斯。最后，卡修斯和布鲁特斯在腓利比战役中被打败，双双自刎身亡。

莎士比亚写到了恺撒的死、导致恺撒死亡的种种事件，以及公开和私下的种种动机。对开本的剧名为《尤利乌斯·恺撒的悲剧》，而恺撒在剧情发展不到一半就死了。布鲁特斯、卡修斯和安东尼反倒在剧中活得更长久，而布鲁特斯这一悲剧英雄更具莎士比亚的特色；历史事实根据剧情发展和需要安排，介于虚实之间，使该剧既有历史感，又有可看性。莎士比亚通过挖掘独裁和自由这一在历史上既矛盾又依存的现象，反映了人类从野蛮走向文明的艰难和反复。莎士比亚让恺撒早早在剧中死去，一方面表明作者对独裁统治的厌恶；另一方面，作者花大量笔墨写恺撒死后导致的种种事件以及谋反者的悲剧结局，又表明作者认识到独裁统治在历史上的合理性，读后令人深思。

沙士比亚写《尤利乌斯·恺撒》时，正值他用散文诗写作得心应手之际，但本剧中使用了许多韵文诗。这一明显的文字特色和这个写罗马人生活的背景可谓相得益彰。安东尼在恺撒葬礼上的滔滔雄辩和布鲁特斯和卡修斯之间的激烈争论，都和莎士比亚所使用的韵文诗和精美修辞有很大的关系，读之令人赏心悦目。

《尤利乌斯·恺撒》是莎士比亚剧本中上演保留剧目之一；尤其在近当代的舞台和影视圈里，许多男演员都把扮演恺撒、安东尼和布鲁特斯，当作演员生涯里的一种挑战。

**苏福忠**

# JULIUS CAESAR

## *DRAMATIS PERSONAE*

*CASCA, DECIUS BRUTUS, CINNA,*
*CASSIUS, MARCUS BRUTUS, METELLUS CIMBER, TREBONIUS, LIGARI*
*Conspirators against Julius Caesar*

*POPILIUS LENA,*
*PUBLIUS,*
*CICERO,*
*Senators*

*, MARCUS ANTONIUS*
*of Julius Caesar*

*JULIUS*
*CAESAR*

*FLAVIUS*
*and*
*MARULLUS,*
*Tribunes*

*CALPURNIA,*
*wife to Caesar*
*PORTIA,*
*wife to Brutus*

*VOLUMNIUS, LUCILIUS,*
*TITINIUS, MESSALA, Young CATO,*
*Friends to Brutus and Cassius*

*ARTEMIDORUS of Cnidos,*
*A teacher of rhetoric.*
*CINNA,*
*A poet.*
*A soothsayer. Another Poet*
*Senators, Citizens, Guards,*
*Attendants, et cetera.*

SCENE: ROME;
*The neighbourhood of SARDIS,*
*The neighbourhood of PHILIPPI.*

## 剧中人物

尤利乌斯·恺撒

奥克塔维厄斯·恺撒
马克·安东尼
艾米尔·莱毕多斯
（恺撒死后的三人执政）

西塞罗
帕布力斯
波皮利乌斯·利那
（元老）

马库斯·布鲁特斯
卡修斯
凯斯卡
特里博涅斯
利加力乌斯
德西厄斯·布鲁特斯
米特勒斯·辛伯
辛那
（反对恺撒的叛党）

弗雷维厄斯
马鲁勒斯
（护民官）

阿蒂米多勒斯　克尼多斯的诡辩学者

预言者

辛那　诗人，另一诗人

路西力乌斯
泰蒂涅斯
梅萨拉
小凯图
沃伦涅斯
（布鲁特斯及卡修斯的友人）

瓦罗克
利特斯
克劳迪斯
斯特莱托
卢修斯
达德涅斯

}布鲁特斯的仆人

平达勒斯　卡修斯的仆人

卡尔珀尼娅　恺撒之妻
鲍西娅　布鲁特斯之妻

元老，市民，卫队，侍从等

**地点**　罗马；萨狄斯；腓利比附近

# 第　一　幕

## 第一场　罗马；街道

【弗雷维厄斯，马鲁勒斯及若干平民上。

弗雷维厄斯　走开去！去家去，你们这些懒得做事的东西，回家去。今天是放假的日子吗？嘿！你们难道不知道，你们做工艺的人，在工作的日子走到街上来，一定要把你们职业的符号带在身上吗？说，你是做什么生意的？

平民甲　呃，先生，我是一个木匠。

马鲁勒斯　你的革裙，你的尺呢？你穿起新衣服来干什么？你是做什么生意的？

**平民乙** 说实话，先生，与优秀的手艺人相比较，我只是，你可以说，一个粗糙的匠人。

**马鲁勒斯** 不过你是干哪行的？照实回答我。

**平民乙** 先生，我希望我干的行业可以对得起自己的良心；我不过替人家补补破鞋子。

**马鲁勒斯** 混帐东西，说明白一些你是干什么的？

**平民乙** 嗳，先生请您不要对我生气；要是您的鞋子破了，先生，我也可以替您补一补的。

**马勒鲁斯** 你这话是什么意思？什么替我补一补，你这混帐的家伙！

**市民乙**　不是的，先生，我是说替您补一补鞋子。

**弗雷维厄斯**　你是一个补鞋匠吗？

**平民乙**　不瞒您说，先生，我的吃饭家伙就只有一把钻子；我不懂生意人的买进卖出，我也不会做女人的针线，我就只有一把钻子。实实在在，先生，我是专治破旧靴鞋的外科医生；它们倘然害着危险的重病，我都可以把它们救活过来。那些脚踏牛皮的体面绅士，都曾请教过我哩。

**弗雷维厄斯**　可是你今天为什么不在你的铺子里作工？为什么你要领着这些人在街上走来走去？

**平民乙**　不瞒您说，先生，我要叫他们多走破几双鞋子，让我好多做几注生意。可是实实在在，先生，我们今天因为要迎接恺撒，庆祝他的凯旋，所以才放了一天假。

**马鲁勒斯**　为什么要庆祝呢？他带了些什么胜利回来？他的战车后面縶缚着几个纳土称臣的的俘囚君长随他回到罗马？你们这些木头石块，冥顽不灵的东西！冷酷无情的罗马人啊，你们忘记了庞贝吗？好多次你们爬到城墙上，雉堞上，有的登在塔顶，有的倚着楼窗，还有人高踞烟囱的顶上，手里抱着婴孩，整天地坐着耐心等候，为了要看一看伟大的庞贝经过罗马的街道；当你们看见他的马车出现的时候，你们不是齐声欢呼，使蒂勃河里的流水，因为听见你们的声音在凹陷的河岸上发出反响而颤栗吗？现在你们却穿起了新衣服，放假庆祝，把花散布在践踏庞贝的血迹凯旋回来的那人的路上吗？快去！奔回你们的屋子里，跪在地上，祈祷神明饶恕你们的忘恩负义吧，否则上天的灾祸一定要降在你们头上了。

**弗雷维厄斯**　去，去，各位好同胞，为了你们这一个错误，赶快把你们所有的伙伴们集合在一起，带他们到蒂勃河的边上，把你们的眼泪浇下河中，让那最低的水流也会和那最高的堤岸接吻。（众平民下）瞧这些下流的材料，也会天良发现；他们因为自知有罪，一个个哑口无言地去了。您打那一条路向圣殿走去；我打这一条路走。要是您看见他们在偶像上披着锦衣彩饰，就把它撕下来。

**马鲁勒斯**　我们可以这样做吗？您知道今天是卢柏克节[①]。

**弗雷维厄斯**　别管它；不要让偶像身上悬挂着恺撒的胜利品。我要去驱散

① 卢柏克节（Lupercal），二月十五日，纪念罗马城建立之节日。

街上的愚民；您要是看见什么地方有许多人聚集在一起，也要把他们打发走开。我们应当趁早剪拔恺撒的羽毛，让他无力高飞；要是他羽毛既长，一飞冲天，我们大家都要在他的足下俯伏听命了。（各下）

## 第二场 同前；广场

【喇叭奏花腔。恺撒上；安东尼作竞走装束，卡尔珀尼娅，鲍西娅，德西厄斯，西塞罗，布鲁特斯，卡修斯，凯斯卡上；大群民众随后，其中有一预言者。

恺撒 卡尔珀尼娅！

凯斯卡 肃静！恺撒有话。（乐止）

恺撒 卡尔珀尼娅！

卡尔珀尼娅 有，我的主。

恺撒 你等安东尼快要跑到终点的时候，就到跑道中间站在和他当面的地方。安东尼！

安东尼 有，恺撒，我的主。

恺撒 安东尼，你在奔走的时候，不要忘记用手碰一碰卡尔珀尼娅的身体；因为有年纪的人都说，不孕的妇人要是被这神圣的竞走中勇士碰了，就可以解除乏嗣的咒诅。

安东尼 我一定记得。恺撒吩咐做什么事，就得立刻照办。

恺撒 现在开始吧；不要遗漏了任何仪式。（乐声起）

预言者 恺撒！

恺撒 吓！谁在叫我？

凯斯卡 所有的声音都息下去；肃静！（乐声止）

恺撒 谁在人丛中叫我？我听见一个比一切乐声更尖锐的声音喊着“恺撒”的名字。说吧；恺撒在听着。

预言者 留心三月十五日。

恺撒 那是什么人？

布鲁特斯 一个预言者请您留心三月十五日。

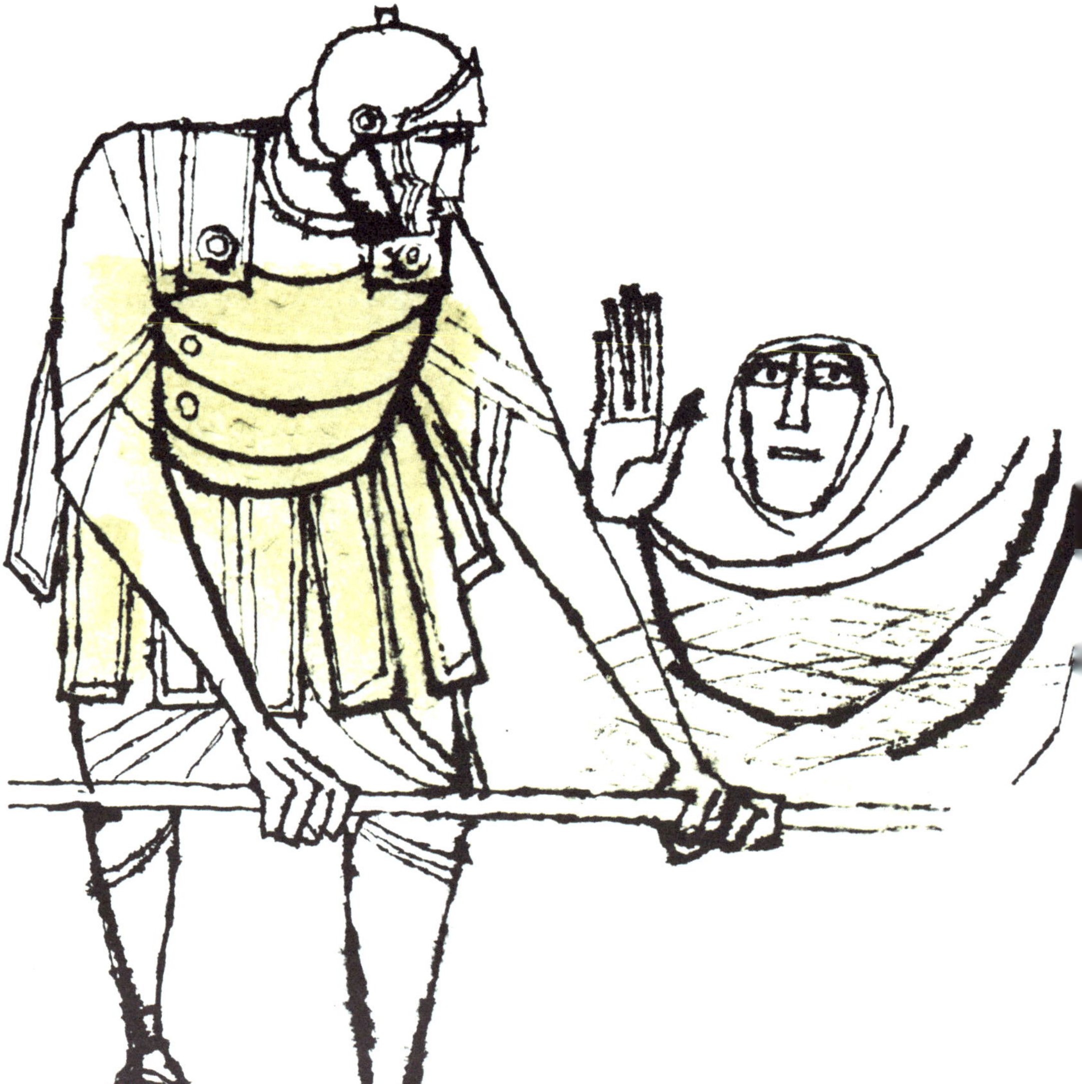

恺撒　把他带到我的面前；让我瞧瞧他的脸。

凯斯卡　家伙，跑出来见恺撒。

恺撒　你刚才对我说什么？再说一遍。

预言者　留心三月十五日。

恺撒　他是个做梦的人；不要理他。过去。（吹号；除布鲁特斯、卡修斯外均下）

卡修斯　您也去看他们赛跑吗？

布鲁特斯　我不去。

卡修斯　去看看也好。

布鲁特斯　我不喜欢干这种陶情作乐的事；我没有安东尼那样活泼的精神。不要让我打断您的兴致，卡修斯；我先去了。

卡修斯　布鲁特斯，我近来留心观察您的态度，觉得在你的眼光之中，对于我已经没有从前那样的温情和友爱；您对于爱您的朋友，太冷淡而疏远了。

布鲁特斯　卡修斯，不要误会。要是我在自己的脸上罩着一层阴云，那只是因为我自己心里有些烦恼。我近来为某种情绪所困苦，某种不可告人的隐忧，使我在行为上也许有些反常的地方；可是，卡修斯，您是我的好朋友，请您不要因此而不快，也不要因为可怜的布鲁特斯和他自己交战，忘记了对别人的礼貌，而责怪我的怠慢。

卡修斯　那么，布鲁特斯，我大大地误会了您的心绪了；我因为疑心您对我有什么不满，所以有许多重要的值得考虑的意见，我都藏在自己的心头，没有跟您提起。告诉我，好布鲁特斯，您能够瞧见您自己的脸吗？

布鲁特斯　不，卡修斯；因为眼睛不能瞧见它自己，必须借着反射，借着外物的力量。

卡修斯　不错，布鲁特斯，可惜您却没有这样的镜子，可以把您隐藏着的贤德照射到您的眼里，让您看见您自己的影子。我曾经听见那些在罗马最有名望的人，——除了不朽的恺撒以外，——说起布鲁特斯，他们呻吟于当前的桎梏之下，都希望高贵的布鲁特斯睁开他的眼睛。

布鲁特斯　卡修斯，您要我在我自己身上寻找我所没有的东西，到底是要引导我去干什么危险的事呢？

卡修斯　所以，好布鲁特斯，留心听着吧；您既然知道您不能瞧见您自己，像在镜子里照见得那样清楚，我就可以做您的诌笑之徒，毫不矫饰地把您自己还未觉察的本来面目展示给您看，不要猜忌我，好布鲁斯特；如若我只是个普通的好讥笑之人，或者惯常用千篇一律的盟誓向每一个人矢陈我的忠诚；倘然您知道我会当着人家的面向他们献媚，把他们搂抱，背了他们就用诽语毁谤他们；倘然您知道我是一个常常跟下贱的平民酒食征逐的人，那么您就认为我是一个危险分子吧。（喇叭奏花腔，众欢呼声）

布鲁特斯　这一阵欢呼是什么意思？我怕人民会选举恺撒做他们的王。

卡修斯　嗯，您怕吗？那么看来您是不赞成这回事了。

布鲁特斯　我不赞成，卡修斯；虽然我很敬爱他。可是您为什么拉住我在这儿？您有什么话要对我说的？倘然那是对大众有利的事，那么让我的一只眼睛看见光荣，另一只眼睛看见死亡，我也会同样无动于衷地正视着它们；因为我喜爱光荣的名字，甚于恐惧死亡。

卡修斯　我知道您有那样内在的美德，布鲁特斯，正像我知道您的外貌一样。好，光荣正是我的谈话的题目。我不知道您和其他的人对于这一个人生抱着怎样观念；可是拿我个人而论，假如要我为了自己而担惊受怕，那么我还是不要活着的好。我生下来就跟恺撒同样的自由；您也是一样。我们跟他同样地享受过吃喝，同样地能够忍耐冬天的寒冷。记得有一次，在一个狂风暴雨的白昼，蒂勃河里的怒浪正在冲激着她的堤岸，恺撒对我说，“卡修斯，你现在敢不敢跟我跳下这汹涌的波涛里，泅到对面去？”我一听见他的话，就穿着随身的衣服跳了下去，叫他跟着我；他也跳了下去。那时候滚滚的急流迎面而来，我们用壮健的臂力拼命抵抗，用顽强的心破浪前进；可是我们还没有达到预定的目标，恺撒就叫起来说，“救救我，卡修斯，我要沉下去了！”正像我们伟大的祖先埃涅阿斯[1]从特洛伊的烈焰之中把年老的安喀西斯[2]肩负而出一样，我把力竭的恺撒负出了蒂勃河的怒浪，这个人现在变成了一尊天神，卡修斯却是一个倒霉的家伙，要是恺撒偶然向他点一点头，也必须俯下他的身子。他在西班牙的时候，曾经害过一次热病，我看见那热病在他身上发作，他的浑身都战抖起来；是的，这位天神也会战抖；他的懦怯的嘴唇失去了血色，那使全世界惊悚的眼睛也没有了光彩；我听见他的呻吟；是的，他那使罗马人耸耳而听，使他们把他的话记载在书册上的舌头，唉！却吐出了这样的呼声，“给我一些水喝，泰蒂涅斯，”就像一个害病的女人一样。神啊，像这样一个心神软弱的人，却会征服这个伟大的世界，独占着胜利的光荣，真是我所再也想不到的事。（喇叭奏花腔；欢呼声）

布鲁特斯　又是一阵大众的欢呼！我相信他们一定又把新的荣誉加在恺撒的身上，所以才有这些喝彩的声音。

卡修斯　嘿，老兄，他像一个巨人似的跨越这狭隘的世界；我们这些渺小的凡人一个个在他粗大的腿下行走，四处张望着替自己找寻不光荣的坟墓。人们有时可以支配他们自己的命运；要是我们受制于人，亲爱的布鲁特斯，那错处并不在我们的命运，而是在我们自己。布鲁特斯和恺撒；“恺撒”那个名字又有什么了不得？为什么人们只是提起它而不提起布鲁特斯？把那两个名字写在一起，您的名字并不比他的难看；放在嘴上念起来，它也是一样顺口；秤起重量来，它们是一样的重要；要是用它们呼神召鬼，“布鲁特斯”也可以同样

① 埃涅阿斯（Aeneas）希腊、罗马神话中人物，特洛伊战争中的英雄。特洛伊沦陷后，背父携子逃出火城，经长期流浪，到达意大利，据说其后代建立了罗马。

② 特洛伊王子，埃涅阿斯的父亲。

感动幽灵，正像“恺撒”一样。凭着一切天神的名字，我们这位恺撒究竟吃些什么美食，才会长得这样伟大？可耻的时代！罗马啊，你的高贵的血统已经中断了！自从洪水以后，什么时代你不曾产生一个以上的著名人物？直到现在为止，什么时候人们谈起罗马，能够说，她的广大的城墙之内，只是一个人的世界？要是罗马给一个人独占了去，那么它真的变成无人之境了。啊！你我都会听见我们的父老说过，从前罗马有一个布鲁特斯，不愿让他的国家被一个君主所统治，正像他不愿让它被永劫的恶魔统治一样。

**布鲁特斯** 我一点不怀疑您对我的爱意；我也有些明白您打算鼓动我去干什么事；我对于这件事的意见，以及对于目前这一种局面所取的态度，以后可以告诉您知道，可是现在却不愿作进一步的表示或行动，请您也不必向我多说。您已经说过的话，我愿意仔细考虑；您还有些什么话要对我说的，我也愿意耐心静听，等有了适当的机会，我一定洗耳以待，畅聆您的高论，并且还要把我的意思向您提出。在那个时候没有到来以前，我的好友，请您记住这一句话：布鲁特斯宁愿做一个乡野的贱民，不愿在这种将要加到我们身上来的难堪的重压之下自命为罗马的儿子。

**卡修斯** 我很高兴我的微弱的言辞已经从布鲁特斯的心中激起了这一点点火花。

**布鲁特斯** 竞赛已经完毕，恺撒就要回来了。

**卡修斯** 当他们经过的时候，您去拉一拉凯斯卡的衣袖，他就会用他那种尖酸刻薄的口气，把今天值得注意的事情告诉您。

【恺撒及随从诸人重上。

**布鲁特斯** 很好。可是瞧，卡修斯，恺撒的额角上在闪动着怒火，跟在他后面的那些人一个个垂头丧气，好像挨过一顿骂似的：卡尔珀尼娅脸颊惨白，西塞罗的眼睛里充满着懊丧愤恨的神色，就像我们看见他在议会里遭到什么元老的驳斥的时候一样。

**卡修斯** 凯斯卡会告诉我们为了什么事。

**恺撒** 安东尼！

**安东尼** 恺撒。

**恺撒** 我要那些身体长得胖胖的，头发梳得光光的，夜里睡得好好的人在我的左右。那个卡修斯有一张消瘦憔悴的脸孔；他太多用心思；这种人是危险的。

安东尼　别怕他，恺撒，他没有什么危险；他是一个高贵的罗马人，有很好的天赋。

恺撒　我希望他再胖一点！可是我不怕他；不过要是我的名字可以和恐惧连在一起的话，那么我不知道还有谁比那个瘦瘦的卡修斯更应该避得远远的了。他读过许多书；他的眼光很利害，能够窥测他人的行动；他不像你，安东尼，一样欢喜游戏；他从来不听音乐；他不大露笑容，笑起来的时候，那神气之间，好像在讥笑他自己竟会被一些琐屑的事情所引笑似的。像他这种人，要是看见有人高过他们，心里就会觉得不舒服，所以他们是很危险的。我现在不过告诉你那一等人是可怕的，并不是说我惧怕他们，因为我永远是恺撒。跑到我的右边来，因为这一只耳朵是聋的；实实在在告诉我你觉得他这个人怎么样。(吹号；恺撒及随从诸人下，凯斯卡留后)

凯斯卡　您拉扯我的外套；要跟我说话吗？

布鲁特斯　是的，凯斯卡；告诉我们今天恺撒为什么脸色这样郁郁不乐。

凯斯卡　怎么，您不是也跟他在一起的吗？

布鲁特斯　要是我跟他在一起，那么我也用不到问凯斯卡了。

凯斯卡　嘿，有人把一顶王冠献给他；他用他的手背这么一摆拒绝了；于是民众欢呼起来。

布鲁特斯　第二次的喧哗又是为着什么？

凯斯卡　嘿，也是为了那件事。

卡修斯　他们一共欢呼了三次；最后一次的呼声是为着什么？

凯斯卡　嘿，也是为了那件事。

布鲁特斯　他们把王冠三次献给他吗？

卡修斯　嗯，是的，他三次拒绝了，每次都比前一次更谦恭；他拒绝了一次，我那些正直的同胞们便欢呼起来。

凯斯卡　谁把王冠献给他？

卡修斯　嘿，安东尼。

布鲁特斯　把那情形告诉我们，好凯斯卡。

凯斯卡　要我把那情形讲出来，那还是把我吊死了吧。那全然是一幕骗人的把戏；我瞧也不去瞧它。我看见马克·安东尼献给他一顶王冠；其实那也不是什么王冠，不过是一顶普通的冠；我已经对您说过，他第一次把它拒绝了；可是虽然拒绝，我觉得他心里却巴不得把它拿了过来。于是他再把它献给他；他又把它拒绝了；可是我觉得他的手指头却恋恋不舍地不愿意离开它。于是他又第三次把它献上去；他第三次把它拒绝了；当他拒绝的时候，那些乌合之众便高声欢呼，拍着他们粗糙的手掌，抛掷他们汗臭的睡帽，把他们令人欲呕的气息散满在空气之中，因为恺撒拒绝了王冠，结果几乎把恺撒都熏死了；他一闻到这气息，便晕了过去倒在地上。我那时候瞧着这光景，虽然觉得好笑，可是竭力抿住我的嘴唇，不让它笑出来，因为恐怕把这种恶劣的空气吸了进去。

卡修斯　可是且慢；您说恺撒晕了过去吗？

凯斯卡　他在市场上倒了下来，嘴边冒着白沫，话都说不出来。

布鲁特斯　这是很可能的；他素来就有这种倒下去的毛病。

卡修斯　不，恺撒没有这种病；您，我，还有正直的凯斯卡，我们才害着这种倒下去的病。

凯斯卡　我不知道您这句话是什么意思；可是我可以确定恺撒是倒了下去。那些下流的群众有的拍手，有的发出嘘嘘的声音，就像在戏院子里一样；要是我编造了一句谣言，我就是个骗人的混蛋。

布鲁特斯　他清醒过来以后说些什么？

凯斯卡　嘿，他在没有倒下以前，看见群众因为他拒绝了王冠而欢欣，就解开他的衬衣，露出他的咽喉来请他们宰割。倘然我是一个干活儿做买卖的人，我一定会听从他的话，否则让我跟那些恶人们一起下地狱去，于是他就倒下去了。等到他一醒过来，他就说，要是他做错了什么事，说错了什么话，他要请他们各位原谅他是一个有病的人。在我站立的地方，有三四个姑娘喊着说，“唉，好人儿！”从心底里原谅了他；可是不必注意她们，要是恺撒刺死了她们的母亲，她们也会同样原谅他的。

布鲁特斯　后来他就这样郁郁不乐地去了吗？

凯斯卡　嗯。

卡修斯　西塞罗说过些什么？

凯斯卡　嗯，他说的是希腊话。

卡修斯　怎么说的？

凯斯卡　嗳哟，要是我把那些话告诉了您，那我以后再也不好意思看见您啦；可是那些听得懂他话的人都互相瞧着笑笑，摇摇他们的头；至于讲到我自己，那我可一点都不懂。我还可以告诉你们其他的新闻；马鲁勒斯和弗雷维厄斯因为扯去了恺撒像上的彩带，已经被杀死了。再会。骗人的把戏多着呢，可惜我记不起来啦。

卡修斯　凯斯卡，您今天晚上愿意陪我吃晚饭吗？

凯斯卡　不，我已经跟人家有过约会了。

卡修斯　明天陪我吃午饭好不好？

凯斯卡　嗯，要是我明天还活着，要是您的心思没有改变，要是您的午饭值得一吃，那么我是会来的。

卡修斯　好；我等着您。

凯斯卡　好。再见，两位。（下）

布鲁特斯　这家伙越来越乖僻了！他在求学的时候，却是很伶俐的。

卡修斯　他现在虽然装出这一副迟钝的形状，可是干起勇敢壮烈的事业来，却不会落人之后。他的乖僻对于他的智慧是一种调味品，使人们在咀嚼他的言语的时候，可以感到一种深长的滋味。

布鲁特斯　正是。现在我要暂时失陪了。明天您要是愿意跟我谈谈的话，我可以到您府上来看您；或者要是您愿意，就请您到我家里来也好，我一定等着您。

卡修斯　好，我明天一定来拜访。再会；请您顾念顾念这个世界吧。（布鲁特斯下）好，布鲁特斯，你是个仁人义士；可是我知道你的高贵的天性却可以被人诱入歧途；所以正直的人必须和正直的人为伍，因为谁是那样刚强，能够不受诱惑呢？恺撒很不高兴我；可是他很喜欢布鲁特斯；倘然现在我是布鲁特斯，他是卡修斯，他就打不动我的心。今天晚上我要摹仿几个人的不同的笔迹，写几封匿名信丢进他的窗里，假装那是好几个市民写给他的，里面所说的话，都是指出罗马人对于他抱着多大的信仰，同时隐隐约约地暗示着恺撒的野心。我这样布置好了以后，让恺撒坐得安稳一些吧，因为我们倘不能把他摇动下来，就要忍受更黑暗的命运了。（下）

## 第三场　同前；街道

【雷电交作；凯斯卡拔剑上，西塞罗自相对方向上。

西塞罗　晚安，凯斯卡；您送恺撒回去了吗？您为什么气都喘不过来？为什么把眼睛睁得这样大？

凯斯卡　您看见一切地上的权力战栗得像一件摇摇欲坠的东西，不觉得有动于心吗？啊，西塞罗！我曾经看见过咆哮的狂风劈碎多节的橡树；我曾经看见过野心的海洋奔腾澎湃，把浪沫喷涌到阴郁的黑云之上；可是我从来没有经历过像今晚这样一场从天上掉下火块来的狂风暴雨。倘不是天上起了纷争，一定因为世人的侮慢激怒了神明，使他们决心把这世界毁灭。

西塞罗　啊，您还看见什么奇怪的事情吗？

凯斯卡　一个卑贱的奴隶举起他的左手，那手上燃烧着二十个火炬合起来似的烈焰，可是他一点不觉得灼痛，他的手上没有一点火烙过的痕迹。在圣殿之前，我又遇见一头狮子，它睨视着我，生气似地走了过去，却没有跟我为难；到现在我都没有收起我的剑。一百个面无人色的女人吓得缩成一团，她们发誓说她们看见浑身发着火焰的男子在街道上来来去去。昨天正午时候，夜鸮栖在市场上，发出凄厉的鸣声。这种种怪兆同时出现，谁都不能说，“这些都是不足为奇的自然的现象”；我相信它们都是上天的示意，预兆着将有什么重大的变故到来。

西塞罗　是的，这是一个变异的时世；可是人人可以照着自己的意思解释一切事物的原因，实际却和这引起事物本身的目的完全相反。恺撒明天到圣殿去吗？

凯斯卡　去的；他曾经叫安东尼传信告诉您他明天要到那边去。

西塞罗　那么晚安，凯斯卡；这样坏的天气，还是待在家里的好。

凯斯卡　再会，西塞罗。（西塞罗下）

【卡修斯上。

卡修斯　那边是谁？

凯斯卡　一个罗马人。

卡修斯　听您的声音像是凯斯卡。

凯斯卡　您的耳朵很好。卡修斯，这是一个多么可怕的晚上！

卡修斯　对于居心正直的人，这是一个很可爱的晚上。

凯斯卡　谁见过这样吓人的天气？

卡修斯　地上有这么多的罪恶，天上自然有这么多的灾异。讲到我自己，那么我刚才就在这样危险的夜里在街上跑来跑去，像这样松开了钮扣，袒露着我的胸膛去迎接雷霆的怒击；当那青色的交叉的电光似乎把天空当胸劈开的时候，我就挺着我自己的身体去领受神火的威力。

凯斯卡　可是您为什么要这样冒渎天威呢？当威灵显赫的天神们用这种可怕的天象惊骇我们的时候，人们是应该战栗畏惧的。

卡修斯　凯斯卡，您太冥顽了，您缺少一个罗马人所应该有的生命的火花，否则您就是把它藏起来不用。您看见上天发怒；就吓得脸无人色，呆如木鸡；可是您要想到究竟为什么天上会掉下火来，为什么一切都脱离了常道，发生那样妖妄怪异的现象，啊，您要是思索到这一切的真正的原因，您就会明白这是上天假手于它们，警告人们预防着将要到来的一种非常的巨变。凯斯卡，我现在可以向您提一个人的名字，他就像这个可怕的夜一样，能够叱咤雷电，震裂坟墓，像圣殿前的狮子一样怒吼，他在个人的行动上并不比你我更强，可是他的势力已经扶摇直上，变得像这些异兆一样可怕了。

凯斯卡　您说的是恺撒，是不是，卡修斯？

卡修斯　不管它是谁。罗马人现在有的是跟他们的祖先同样的筋骨手脚；可是，唉！我们祖先的精神却已经死去，我们是被我们母亲的灵魂所统制着，我们的束缚和痛苦显出我们缺少男子的气概。

凯斯卡　不错，他们说元老们明天预备立恺撒为王；他可以君临海上和陆上的每一处地方，可是我们不能让他在意大利这儿称王。

卡修斯　那么我知道我的刀子应当用在什么地方了；卡修斯将要从奴隶的羁缚之下把卡修斯解放出来。就在这种地方，神啊，你们使弱者变成最强壮；就在这种地方，神啊，你们把暴君击败。无论铜墙石塔，密不透风的牢狱，或是坚不可摧的锁链，都不能拘囚坚强的心灵；生命在厌倦于这些尘世的束缚以后，决不会缺少解脱它自身的力量。要是我知道我也肩负着一部分暴力的压迫，我就可以立刻挣脱这一种压力。（雷声继续）

凯斯卡　我也能够；每一个被束缚的奴隶都可以凭着他自己的手挣脱他的锁链。

卡修斯　那么为什么要让恺撒做一个暴君呢？可怜的人！我知道他只是因为看见罗马人都是绵羊，所以才会做一头狼；罗马人倘不是一群鹿，他就不会成为一头狮子。谁要是急于生起一场旺火来，必须先用柔弱的草杆点燃；罗马是一些什么不中用的糠屑草料，要去点亮像恺撒这样一个卑劣庸碌的人物！可是，唉，糟了！你引得我说出些什么话来啦？也许我是在一个甘心做奴隶的人的面前讲这种话，那我知道我必须因此而受祸；可是我已经准备好了，一切危险我都不以为意。

凯斯卡　您在对凯斯卡讲话，他并不是一个摇唇弄舌泄漏秘密的人。握着我的手；只要允许我跟您合作推翻暴力的压制，我愿意赴汤蹈火，踊跃前驱。

卡修斯　那么很好，我们一言为定。现在我要告诉你，凯斯卡，我已经联络了几个勇敢的罗马义士，叫他们跟我去干一件轰轰烈烈的冒险事业，我知道他们现在一定在庞贝走廊下等我；因为在这样可怕的夜里，街上是不能行走的，天色是那么充满了杀机和愤怒，正像我们所要干的事情一样。

凯斯卡　站得靠近一些，什么人急忙忙地来了。

卡修斯　那是辛那；我从他的走路的姿势上认得出来。他也是我们的朋友。

【辛那上。

卡修斯　辛那，您这样忙到哪儿去？

辛那　特为找您来的。那位是谁？米特勒斯·辛伯吗？

卡修斯　不，这是凯斯卡；他也是参与我们的计划的。他们在等着我吗，辛那？

辛那　那很好。真是一个可怕的晚上！我们中间有两三个人看见过怪事哩。

卡修斯　他们在等着我吗？回答我。

辛那　是的，在等着您。啊，卡修斯！只要您能够劝高贵的布鲁特斯加入我们的一党——

卡修斯　您放心吧。好辛那，把这封信拿去放在市长的座椅上，也许它会被布鲁特斯看见；这一封信拿去丢在他的窗子里；这一封信用蜡胶在老布鲁特

斯的铜像上；这些事情办好以后，就到庞贝走廊去，我们都在那儿。德西厄斯·布鲁特斯和特里博涅斯都到了没有？

**辛那** 除了米特勒斯·辛伯以外，都到齐了；他是到您家里去找您的。好，我马上就去，照您的吩咐把这几封信放好。

**卡修斯** 好了以后，就到庞贝剧场来。（辛那下）来，凯斯卡，我们两人在天明以前，还要到布鲁特斯家里去看他一次。他已经有四分之三属于我们，只要再跟他谈谈，他就可以完全加入我们这一边了。

**凯斯卡** 啊！他是众望所归的人；在我们似乎是罪恶的事情，有了他，就像丰富的化学反应，可以变成正大光明的义举。

**卡修斯** 您对于他，他的才德，和我们对他的极大的需要，都看得很明白。我们去吧，现在已经过半夜了；在天明以前，我们必须把他叫醒，探探他的决心究竟如何。（同下）

# 第　二　幕

## 第一场　罗马；布鲁特斯的花园

【布鲁特斯上。

**布鲁特斯**　喂，卢修斯！喂！我不能凭着星辰的运行，猜测现在离白昼还有多少时间。卢修斯，喂！我希望我也睡得像他一样熟。喂，卢修斯，你什么时候才会醒来？醒醒吧！喂，卢修斯！

【卢修斯上。

**卢修斯**　您叫我吗，主人？

**布鲁特斯**　替我到书斋里拿一支蜡烛，卢修斯；把它点亮了到这儿来叫我。

**卢修斯**　是，主人。（下）

**布鲁特斯**　只有叫他死这一个办法；我自己对他并没有私怨，只是为了大众的利益。他将要戴上王冠；那会不会改变他的性格是一个问题；蝮蛇是在光天化日之下出现的，所以步行的人必须刻刻提防。让他戴上王冠？——不！那等于我们把一根毒刺给了他。使他可以随意加害于人。把不忍之心和威权分开，那威权就会被人误用；讲到恺撒这个人，说一句公平话，我还不曾知道他什么时候曾经信任他的感情的支配甚于他的理智。可是微贱往往是少年的野心的阶梯，凭着它一步步爬上了高处；当他一旦登上了最高的一级之后，他便不再回顾那梯子，他的眼光仰望着云霄，瞧不起他从前所恃为凭藉的低下的阶级。恺撒何尝不会这样？所以，为了恐怕他有这一天起见，必须早一点防备。既然我们反对他的理由，不是因为他现在有什么可以指责的地方，所以就得这样说：他在现在的地位之上，要是再扩大了他的权力，一定会引起这样那样的后患；我们应当把他当作一颗蛇蛋，与其让他孵出以后害人，不如趁他还在壳里的时候就把他杀死。

【卢修斯重上。

**卢修斯** 主人，蜡烛已经点在您的书斋里了。我在窗口找寻打火石的时候，发现了这封信；我明明记得在我去睡觉的时候，并没有什么信放在那儿。

**布鲁特斯** 你再去睡吧；天还没有亮哩。孩子，明天不是三月十五吗？

**卢修斯** 我不知道，主人。

**布鲁特斯** 看看日历，回来告诉我。

**卢修斯** 是，主人。（下）

**布鲁特斯** 天上一闪一闪的电光，亮得可以使我读出信上的字来。（拆信）“布鲁特斯，你在睡觉；醒来瞧瞧你自己吧。难道罗马将要……说话呀，攻击呀，拯救呀！布鲁特斯，你睡着了；醒来吧！”他们常常把这种煽动的信丢在我的屋子附近。“难道罗马将要……”我必须替它把意思补足：难道罗马将要处于独夫的严威之下？什么，罗马？当塔昆[①]称王的时候，我们的祖先曾经把他从罗马的街道上赶走。“说话呀，攻击呀，拯救呀！”他们请求我仗义执言，挥戈除暴吗？罗马啊！我允许你，布鲁特斯一定会全力把你拯救！

【卢修斯重上。

**卢修斯** 主人，三月已经有十四天过去了。（内叩门声）

**布鲁特斯** 很好。到门口瞧瞧去；有人打门。（卢修斯下）自从卡修斯怂恿我反对恺撒那一天起，我一直没有睡过。在计划一件危险的行动和开始行动之间的一段时间里，一个人就好像置身于一场可怖的噩梦之中，遍历种种的幻象；他的精神和身体上的各部分正在彼此磋商；整个的身心像一个小小的国家，临到了叛变突发的前夕。

【卢修斯重上。

**卢修斯** 主人，您的兄弟卡修斯在门口，他要求见您。

**布鲁特斯** 他一个人来吗？

**卢修斯** 不，主人，还有些人跟他在一起。

**布鲁特斯** 你认识他们吗？

**卢修斯** 不，主人；他们的帽子都拉到耳边，他们的脸孔一半裹在外套里面，我不能从他们的外貌上认出他们来。

---

① 即《卢克丽丝受辱记》中的塔昆，因强暴卢克丽丝而被人民驱逐，帝制推翻后又被推为第一任执政。

**布鲁特斯** 请他们进来。(卢修斯下)他们就是那一伙党徒。阴谋啊！你在百鬼横行的夜里，还觉得不好意思显露你的险恶的容貌吗？啊！那么你在白天什么地方可以找到一处幽暗的巢窟，遮掩你的奇丑的脸相呢？不要找寻吧，阴谋，还是把它隐藏在和颜悦色的后面；因为要是您用本来面目招摇过市，即使幽冥的地府也不能把你遮掩过人家的眼睛的。

【卡修斯，凯斯卡，德西厄斯，辛那，米特勒斯·辛伯及特里博涅斯等诸党徒同上。

**卡修斯** 我想我们未免太冒昧了，打断了您的安息。早安，布鲁特斯；我们惊吵您了吧？

**布鲁特斯** 我整夜没有睡觉，早就起来了。跟您同来的这些人，我都认识吗？

**卡修斯** 是的，每一个人您都认识；这儿没有一个人不敬重您；谁都希望您能够看重您自己就像每一个高贵的罗马人看重您一样。这是特里博涅斯。

**布鲁特斯** 欢迎他到这儿来。

**卡修斯** 这是德西厄斯·布鲁特斯。

**布鲁特斯** 我也同样欢迎他。

**卡修斯** 这是凯斯卡；这是辛那；这是米特勒斯·辛伯。

**布鲁特斯** 我都是同样欢迎他们。可是各位为了什么烦心的事情，在这样的深夜不去睡觉？

**卡修斯** 我可以跟您说句话吗？(布鲁特斯和卡修斯二人耳语)

**德西厄斯** 这儿是东方；天不是从这儿亮起来的吗？

**凯斯卡** 不。

**辛那** 啊！对不起，先生它是从这儿亮起来的；那边镶嵌在云中的灰白色的条纹，便是预报天明的使者。

**凯斯卡** 你们将要承认你们都弄错了。这儿我用剑指着的所在，就是太阳升起的地方；在这样初春的季节，它正在南方逐渐增加它的热力；再过两个月，它就要更高地向北方升起，吐射它的烈焰了。这儿才是正东，也就是圣殿所在的地方。

**布鲁特斯** 再让我一个一个握你们的手。

**卡修斯** 让我们宣誓表示我们的决心。

**布鲁特斯** 不，不要发誓。要是我们灵魂的受难和这时代的腐恶算不得有力的动机，那么还是早些散了伙，各人回去高枕而卧吧；让凌越一切的暴力肆意横行，每一个人等候着命运替他安排好的死期吧。可是我相信我们眼前这些人心里都有着可以使懦夫奋起的蓬勃的怒焰，都有着可以使柔弱的妇女变为钢铁的坚强的勇气，那么，各位同胞，我们只要凭着我们自己堂皇正大的理由，便可以激励我们改造这当前的局面，何必还要什么其他的鞭策呢？我们都是守口如瓶，言而有信的罗马人，何必还要什么其他的约束呢？我们彼此赤诚相示，倘然不能达到目的，宁愿以身为殉，何必还要什么其他的盟誓呢？祭司们，懦夫们，奸诈的小人，老朽的陈尸腐肉，和这一类自甘沉沦的不幸的人们才有发誓的需要；他们为了不正当的理由，恐怕不能见信于人，所以不得不用誓言来替他们圆谎；可是不要以为我们的宗旨或是我们的行动是需要盟誓的，因为那无异于污毁了我们堂堂正正的义举和我们不可压抑的精神；做了一个罗马人，要是对于他已经出口的诺言略微有一点违背之处，那么他身上光荣地载着的每一滴血，就都要蒙上数重的耻辱。

**卡修斯** 可是西塞罗呢？我们要不要探探他的意向？我想他一定会跟我们全力合作的。

**凯斯卡** 让我们不要把他遗漏了。

**辛那** 是的，我们不要把他遗漏了。

**米特勒斯** 啊！让我们招他参加我们的阵线；因为他的白发可以替我们赢得好感，使世人对我们的行动表示同情。人家一定会说他的见识支配着我们的手臂；我们的少年孟浪可以不至于被世人所发现，因为一切都埋葬在他的老成练达的阅历之下了。

**布鲁特斯** 啊！不要提起他；让我们不要对他说起，因为他是决不愿跟在后面去干别人所发起的事情的。

**卡修斯** 那么不要叫他参加。

**凯斯卡** 他的确不大适宜。

**德西厄斯** 除了恺撒以外，别的人一个也不要碰吗？

**卡修斯** 德西厄斯，你问得很好。我想马克·安东尼这样被恺撒所宠爱，我们不应该让他在恺撒死后继续留在世上。他是一个诡计多端的人；你们知道要是他利用他现在的力量，很可以给我们极大的阻梗；为了避免那样的可能起见，让安东尼跟恺撒一起丧命吧。

**布鲁特斯** 凯厄斯·卡修斯，我们割下了头，再去切断肢体，不但泄愤于生前，并且牵怒于死后，那未免瞧上去太血腥了；因为安东尼不过是恺撒的一只手。让我们做献祭的人，不要做屠夫，凯厄斯。我们一致奋起反对恺撒的精神，我们的目的并不是要他流血；啊！要是我们能够直接战胜恺撒的精神，我们就可以不必戕害他的身体。可是，唉！恺撒必须因此而流血。所以，善良的朋友们，让我们勇敢地，却不是残暴地，把他杀死；让我们把他当作一盘祭神的牺牲而宰割，不要把他当作一具饲犬的腐尸而脔切；让我们的心像聪明的主人一样，在鼓动他们的仆人去行暴以后，再在表面上装作责备他们的神气。这样可以昭示世人，使他们知道我们采取如此步骤只是迫不得已，并不是出于私心的嫉恨；在世人的眼中，我们将被认为恶势力的清扫者，而不是杀人的凶手。至于马克·安东尼，我们尽可不必把他放在心上，因为恺撒的头要是落下了地，他这条恺撒的手臂是无能为力的。

**卡修斯** 可是我怕他，因为他对恺撒有很深切的感情，——

**布鲁特斯** 唉！好卡修斯，不要想到他。要是他爱恺撒，他所能做的事情不过是忧思哀悼，用一死报答恺撒；可是那未必是他所做得到的，因为他是一个喜欢游乐放荡、交际饮宴的人。

**特里博涅斯** 不用担心他这个人；让他保全了生命吧。等到事过境迁，他会把这种事情付之一笑的。（钟鸣）

**布鲁特斯** 静！听钟声敲几下。

**卡修斯** 敲了三下。

**特里博涅斯** 是应该分手的时候了。

**卡修斯** 可是恺撒今天会不会出来，还是一个疑问；因为他近来变得很迷信，从前他对于怪异梦兆这一类事情的那种见解，现在已经完全改变过来了。这种明显的预兆，这晚上空前恐怖的天象，以及他的卜者的劝告，也许会阻止他今天到圣殿里去。

**德西厄斯** 不用担心，要是他决定不出来，我可以叫他改变他的决心；因为他喜欢听人家说犀牛见欺于树木，熊见欺于镜子，象见欺于土穴，人类见欺于谄媚；可是当我告诉他他憎恶谄媚之徒的时候，他就会欣然首肯，不知道他已经中了我深入痒处的谄媚了。让我试一试我的手段；我可以看准他的脾气下手，哄他到圣殿里去。

卡修斯　我们大家都要到那边去迎接他。

布鲁特斯　最迟要在八点钟到齐，是不是？

辛那　最迟八点钟，大家不可有误。

米特勒斯　凯厄斯·利加力乌斯对恺撒也很怀恨，因为他说了庞贝的好话，受到恺撒的斥责；你们怎么没有人想到他。

布鲁特斯　啊，好米特勒斯，带他一起来吧；他对我感情很好，我也有恩于他；叫他到我这儿来，我可以劝他跟我们合作。

卡修斯　天正在亮起来了；我们现在要离开您，布鲁特斯。朋友们，各人散开去；可是大家记住人们说过的话，显一显你们是真正的罗马人。

布鲁特斯　各位好朋友们，大家脸色放高兴一些；不要让我们的脸上堆起了我们的心事；应当像罗马的伶人一样，用不倦的精神和坚定的仪表肩负我们的重任。祝你们各位早安。(除布鲁特斯外均下)孩子！卢修斯！睡熟了吗？很好，享受你的甜蜜而沉重的睡眠的甘露吧；你没有那些充满着烦忧的人们脑中的种种幻象，所以你会睡得这样安稳。

【鲍西娅上。

鲍西娅　布鲁特斯，我的夫君！

布鲁特斯　鲍西娅，你来做什么？为什么你现在就起来？你这样娇弱的身体，是受不住清晨的寒风的。

鲍西娅　那对于您的身体也是同样不适宜的。您也太狠心了，布鲁特斯，偷偷地从我的床上溜了出来。昨天晚上吃饭的时候，您也是突然立起身来，在屋子里跑来跑去，交叉的两臂，边想心事边叹气；当我问您为了什么事的时候，您用凶狠的眼光瞪着我；再向您追问，您就搔您的头，非常暴躁地顿您的脚；可是我仍旧问下去，您还是不回答我，只是怒气冲冲地向我挥手，叫我走开。我因为您在盛怒之中，不愿格外触动您的烦恼，所以就遵从您的意思走开了，心里在希望这不过是您一时的心境恶劣，人是谁都免不了有心里不痛快的时候的。它不让您吃饭说话或是睡觉，要是它能够改变您的形体，就像它改变您的脾气一样，那么布鲁特斯，我就要完全不认识您了。我的亲爱的主，让我知道您的忧虑的原因吧。

布鲁特斯　我因为身体不舒服，所以有点烦躁。

**鲍西娅** 布鲁特斯是个聪明人，要是他身体不舒服，他一定会知道怎样才可以得到健康。

**布鲁特斯** 对了。好鲍西娅，去睡吧。

**鲍西娅** 布鲁特斯要是有病，他应该松开了衣带，在多露的清晨步行，呼吸那种潮湿的空气吗？什么！布鲁特斯害了病，他还要偷偷地从温暖的眠床上溜了出去，向那恶毒的夜气挑战，使他自己病上加病吗？不，我的布鲁特斯，您害的是心里的病，凭着我的身份的权利和妇道，您应该让我知道。我现在向您跪下，凭着我的曾经受人赞美的美貌，凭着您的一切爱情的誓言，以及那使我们两人结为一体的伟大的盟约，我请求您告诉我您的自身，您的一半，为什么您这样郁郁不乐，今天晚上有什么人来看过您；因为我知道这儿曾经来过六七个人，他们在黑暗之中还是不敢露出他们的脸孔。

**布鲁特斯** 不要跪，温柔的鲍西娅。

**鲍西娅** 假如您是温柔的布鲁特斯，我就用不到下跪。在我们夫妇的名分之内，告诉我，布鲁特斯，难道我是不应该知道您的秘密的吗？我虽然是您自身的一部分，可是那只是有限制的一部分，除了陪着您吃饭，在枕席上安慰安慰您，有时候跟您谈谈话以外，没有别的任务了吗？只有当您心里高兴的时候，您才需要我吗？假如不过是这样，那么鲍西娅只是布鲁特斯的娼妓，不是他的妻子了。

**布鲁特斯** 你是我的忠贞的妻子，正像滋润我的悲哀的心的鲜红的血液一样宝贵。

**鲍西娅** 这句话倘然是真的，那么我就应该知道您的心事。我承认我只是一个女流之辈，可是我却是布鲁特斯娶为妻子的一个女人；我承认我只是一个女流之辈，可是我却是凯图的女儿，是一个出身名门的女人。您以为我有了这样的父亲和丈夫，还是跟一般女人同样的不中用吗？把您的心事告诉我，我一定不向人泄漏。我为了试验我自己的坚贞，曾经有意把我的大腿割破；难道我能够忍耐那样的痛苦，却不能保守我丈夫的秘密吗？

**布鲁特斯** 神啊！保佑我不要辜负了这样一位高贵的妻子。（内叩门声）听，听！有人在打门，鲍西娅，你先暂时进去；等会儿你就可以知道我的心底的秘密。我要向你解释我的全部的计划，以及藏在我的脑中的一切思想。赶快进去。（鲍西娅下）卢修斯，谁在敲门？

【卢修斯率利加力乌斯重上。

**卢修斯**　这儿是一个病人，要跟您说话。

**布鲁特斯**　凯厄斯·利加力乌斯，刚才米特勒斯向我提起过的。孩子，站在一旁。凯厄斯·利加力乌斯！怎么？

**利加力乌斯**　请您允许我这病弱的舌头向您道一声早安。

**布鲁特斯**　啊！勇敢的凯厄斯，您怎么在这样早的时间扶病而起？要是您没有病那才好。

**利加力乌斯**　要是布鲁特斯有什么无愧于荣誉的事情要吩咐我去做，那么我是没有病的。

**布鲁特斯**　要是您有一双健康的耳朵可以听我诉说，利加力乌斯，那么我手头正有这样的一件事情。

**利加力乌斯**　凭着罗马人所敬拜的一切神明，我现在抛弃了我的疾病。罗马的灵魂！光荣的父祖所生的英勇的子孙！您像一个驱策鬼神的术士一样，已经把我奄奄一息的精神呼召回来了。现在您只要叫我为您奔走，我就会冒着一切的危险迈进，克服一切前途的困难。您要我做什么事？

**布鲁特斯**　我要叫您干一件可以使病人痊愈的事。

**利加力乌斯**　可是我们不是要叫有些不害病的人不舒服吗？

**布鲁特斯**　是的，我们也要叫有些不害病的人不舒服。我的凯厄斯，我们现在就要到我们预备下手的地方去，一路上我可以告诉你那是件什么工作。

**利加力乌斯**　请您举步先行，我用一颗新燃的心跟随您，去干一件我还不知道的事情；在布鲁特斯的领导之下，一定不会有错。

**布鲁特斯**　那么跟我来。（同下）

## 第二场　同前；恺撒家中

【雷电交作；恺撒披寝衣上。

恺撒　今晚天地都不得安宁。卡尔珀尼娅在睡梦之中三次高声叫喊，说“救命！他们杀了恺撒啦！”里面有人吗？

【一仆人上。

仆人　主人有什么吩咐？

恺撒　你去叫那些祭司们神前献祭，问问他们我的吉凶休咎。

仆人　是，主人。（下）

【卡尔珀尼娅上。

卡尔珀尼娅　恺撒，您要做什么？您想出去吗？今天可不能让您走出这屋子。

恺撒　恺撒一定要出去。恐吓我的东西只敢在我背后装腔作势；它们一看见恺撒的脸，就会销声匿迹。

卡尔珀尼娅　恺撒，我从来不讲究什么禁忌，可是现在却让我有些惴惴不安。里边有一个人，他除了我们所听到看到的一切之外，还讲给我听巡夜的人所看见的许多可怕的异象。一头母狮在街道上生产；坟墓裂开了口，放鬼魂出来；凶猛的武士在云端里摆开阵势列队交战，他们的血淋到了圣庙的屋上；战斗的声音在空中震荡，人们听见马的嘶鸣，濒死者的呻吟，还有在街道上悲号的鬼魂。恺撒啊！这些事情都是从来不曾有过的，我害怕得很哩。

恺撒　如果是天意注定的事，难道是人力所能逃避的吗？恺撒一定要出去；因为这些预兆不是给恺撒一个人看，是给所有的世人看的。

卡尔珀尼娅　乞丐死了的时候，天上不会有彗星出现；君王们的凋殒才会上感天象。

恺撒　懦夫在未死以前，就已经死过好多次；勇士一生只死一次。在我所听到过的一切怪事之中，人们的贪生怕死是一件最奇怪的事情，因为死本来是一个人免不了的结局，它要来的时候谁也不能叫它不来。

【仆人重上。

恺撒　祭司的人怎么说？

仆人　他们叫您今天不要出外走动。他们剖开一头献祭的牲畜的肚子，预备掏出它的内脏来，不料找来找去找不到它的心。

恺撒　神明显示这样的奇迹，是要叫懦怯的人知道惭愧；恺撒要是今天为了恐惧而躲在家里，他就是一头没有心的牲畜。不，恺撒决不躲在家里。恺撒是比危险之神更危险的，我们是两头同日产生的雄狮，我却比它更大更凶猛。恺撒一定要出去。

卡尔珀尼娅　唉！我的主，您的智慧被自信汩没了。今天不要出去；就算是我的恐惧把您留在家里，并不是您自己胆小。我们可以叫马克·安东尼到元老院去，叫他对他们说您今天身体不大舒服。让我跪在地上，求求您答应了我吧。

恺撒　那么就叫马克·安东尼去说我今天不大舒服；为了不忍拂你的意思，我就待在家里吧。

【德西厄斯上。

恺撒　德西厄斯·布鲁特斯来了，他可以去替我告诉他们。

德西厄斯　恺撒，万福！祝您早安，尊贵的恺撒；我来接您到元老院去。

恺撒　你来得正好，请你替我去向元老们致意，对他们说我今天不来了；不是不能来，更不是不敢来，我只是不高兴来；就对他们这么说吧，德西厄斯。

卡尔珀尼娅　你说他有病。

恺撒　恺撒是叫人去说谎的吗？难道我南征北战，攻下了这许多地方，却不敢对一班白须老头子们讲真话吗？德西厄斯，去告诉他们恺撒不高兴来。

德西厄斯　最伟大的恺撒，让我知道一些理由，否则我这样告诉了他们，会被他们嘲笑的。

恺撒　我不高兴去，这就是我的理由；你就这样去告诉元老们吧。可是为了我们私人间的感情，我愿意让你知道，我的妻子卡尔珀尼娅不放我出去。昨天晚上她梦见我的雕像如同一座有一百个喷水孔的水池一样，浑身流着鲜血；许多壮健的罗马人欢欢喜喜地都来把他们的手浸在血里。她以为这个梦是不祥之兆；所以跪着求我今天不要出去。

德西厄斯　这个梦完全解释错了；那明明是一个大吉大利之兆：您的雕像喷着鲜血，许多欢欢喜喜的罗马人把手浸在血里，这表示伟大的罗马将要从您的身上吸取复活的新血，许多有地位的人都要来向您要求分到一点余泽。这才是卡尔珀尼娅的梦的真正的意义。

恺撒　你这样解释得很好。

德西厄斯　我还有一些话要告诉您，您听了以后，就会知道我解释得一点不错。元老院已经决定要在今天替伟大的恺撒加冕。要是您叫人去对他们说您今天不去，也许他们会变了卦。而且这种事情给人家传扬出去，很容易变成笑柄，人家会这样说“等恺撒的妻子做过了好梦以后，再开起元老院来吧。”

要是恺撒躲在家里，他们不会窃窃私语，说“瞧！恺撒在害怕吗”？恕我，恺撒，因为我对您的深切的关心，使我向您说了这样的话。

**恺撒**　你的恐惧现在瞧上去是多么傻气，卡尔珀尼娅！我刚才听了你的话，现在倒有些惭愧起来了。把我的袍子给我，我要去。

【帕布力斯，布鲁特斯，利加力乌斯，米特勒斯，凯斯卡，特里博涅斯及辛那同上。

**恺撒**　瞧，帕布力斯来迎接我了。

**帕布力斯**　早安，恺撒。

**恺撒**　欢迎，帕布力斯。啊！布鲁特斯，你也这样早就出来了吗？早安，凯斯卡。凯厄斯·利加力乌斯，你的贵恙害得你这样消瘦，恺撒可没有这样欺侮过你哩。现在几点钟啦？

**布鲁特斯**　恺撒，已经敲过八点了。

**恺撒**　谢谢你们的跋涉和好意。

【安东尼上。

**恺撒**　瞧！通宵狂欢的安东尼也已经起身了。早安，安东尼。

**安东尼**　早安，最尊贵的恺撒。

**恺撒**　叫他们里面预备起来；我不该让他们久等。你好，辛那；你好，米特勒斯；啊，特里博涅斯！我有可以足足讲一个钟点的话预备跟你谈哩；记住今天你还要来看我一次；站得离开我近一些，免得我把你忘了。

**特里博涅斯**　是，恺撒。（旁白）我要站得离开你这么近，让你的好朋友们将来怪我不站远一些呢。

**恺撒**　好朋友们，进去陪我喝口酒；喝过了酒，我们就像朋友一样，大家一块儿去。

**布鲁特斯**　（旁白）唉，恺撒！人家的心可不跟您一样哩。（同下）

## 第三场　同前；圣殿附近的街道

【阿蒂米多勒斯上，读信。

**阿蒂米多勒斯**　“恺撒，留心布鲁特斯；注意卡修斯；不要走近凯斯卡；

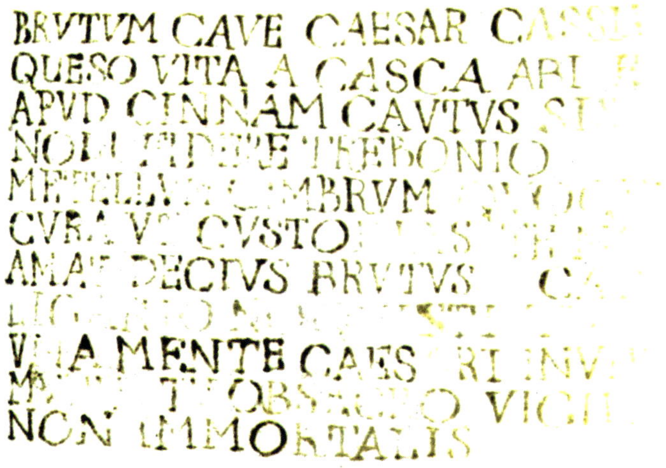


看好辛那；不要相信特里博涅斯；仔细察看米特勒斯·辛伯；德西厄斯·布鲁特斯不喜欢你；凯厄斯·利加力乌斯受过你的委屈。这些人只有一条心，那就是要推翻恺撒。要是你不是永生不死的，那么警戒你的四周吧；阴谋是会毁坏你的安全的。伟大的神明护佑你！爱你的人，阿蒂米多勒斯。”我要站在这儿，等候恺撒经过，像一个请愿的人似的，我要把这信交给他。我一想到德行逃不过争嫉的利齿，就觉得万分伤心。要是你读了这封信，恺撒啊！也许你还可以活命；否则命运之神也变成叛徒的同谋者了。（下）

## 第四场　同前；同一街道的另一部分，

【布鲁特斯家门前鲍西娅及卢修斯上。

鲍西娅　孩子，请你快快跑到元老去；不要停留在这儿回答我，快去。你为什么还不去？

卢修斯　我还不知道您要我去做什么事哩，太太。

鲍西娅　我要你到那边去，去了再回来，可是我说不出我要你去做什么事。啊，坚强的精神！不要离开我；替我在我的心和舌头之间堆起一座高山；我有一颗男子的心，却只有妇女的能力。叫一个女人保守一桩秘密是一件多大的难事！你还在这儿吗？

卢修斯　太太，您要我去做什么呢？就是跑到议会里去，没有别的事了吗？去了再回来，就是这样吗？

鲍西娅　是的，孩子，你回来告诉我，主人的脸色怎样，因为他出去的时候，好像不大舒服；你还要留心看好恺撒的行动，向他请愿的有些什么人。听，孩子！那是什么声音？

卢修斯　我听不见，太太。

鲍西娅　仔细听好。我好像听见一阵骚乱的声音，仿佛在吵架似的；那声音从风里传了过来，好像就在圣殿那边。

卢修斯　真的，太太，我什么都听不见。

【预言者上。

鲍西娅　过来，朋友；你从哪儿来？

预言者　从我自己家里，好太太。

鲍西娅　现在几点钟啦？

预言者　太约九点钟了，太太。

鲍西娅　恺撒有没有到圣殿里去？

预言者　太太，还没有。我要去拣一处站立的地方，瞧他从街上经过到圣殿里去。

鲍西娅　你也要向恺撒提出什么请愿吗？

预言者　是的，太太。要是恺撒为了他自己的好处，愿意听我的话，我要请求他照顾照顾他自己。

鲍西娅　怎么，你知道有人要谋害他吗？

预言者　我不知道有什么人要谋害他，可是我怕有许多人要谋害他。再会。这儿街道很狭，那些跟在恺撒背后的元老们，官吏们，还有请愿的民众们，一定拥挤得很；像我这样瘦弱的人，怕要给他们挤死。我要去找一处空旷一些的地方，等伟大的恺撒走过的时候，就可以向他说话。(下)

鲍西娅　我必须进去。唉！女人的心是一件多么软弱的东西！布鲁特斯啊！愿上天保佑你的事业成功。暧哟，给这孩子听了去啦；布鲁特斯要向恺撒提出一个请愿，可是恺撒不见得会答应他。啊！我的身子快要支持不住了。卢修斯，快去，替我致意我的主，说我现在很快乐。去了你再回来，告诉我他对你说些什么。(各下)

# 第　三　幕

## 第一场　罗马；圣殿前；元老院在上层聚会

【阿蒂米多勒斯及预言者杂在大群民众中上；喇叭奏花腔；恺撒，布鲁特斯，卡修斯，凯斯卡，德西厄斯，米特勒斯，特里博涅斯，辛那，安东尼，莱毕多斯，波皮利乌斯，帕布力斯及余人等上。

恺撒　(向预言者)三月十五已经来了。

预言者　是的，恺撒，可是它还没有过去。

阿蒂米多勒斯　祝福，恺撒！请您把这张单子读一遍。

德西厄斯　这是特里博涅斯的一个卑微的请愿，请您有空把它看一看。

阿蒂米多勒斯　啊，恺撒！先读我的；因为我的请愿是对恺撒很有关系的。读吧。伟大的恺撒。

恺撒　有关我自己的事情，应当放在末了办。

阿蒂米多勒斯　不要把它搁置，恺撒；立刻就读。

恺撒　什么！这家伙疯了吗？

帕布力斯　喂，让开。

恺撒　什么！你们要在街上递呈你们的请愿吗？到圣殿里来吧。

【恺撒走上元老院，余人后随；众元老起立。

波皮利乌斯　我希望你们今天大事成功。

恺撒　什么大事，波皮利乌斯？

波皮利乌斯　再见。(至恺撒前)

布鲁特斯　波皮利乌斯　利那怎么说？

卡修斯　他希望我们今天大事成功。我怕我们的计划已经泄漏了。

布鲁特斯　瞧，他到恺撒面前去了；看着他。

卡修斯　凯斯卡，事不宜迟，不要让他们有了防备。布鲁特斯，怎么办？

SPQR

要是事情泄漏，那么也许是卡修斯，也许是恺撒，总有一个人今天不能回去，因为我们这次倘然失败，我一定自杀。

布鲁特斯　卡修斯，别慌；波皮利乌斯·利那并没有把我们的计划告诉他；瞧，他在笑，恺撒也没有变了脸色。

卡修斯　特里博涅斯很机警，你瞧，布鲁特斯，他把马克·安东尼拉开去了。（安东尼、特里博涅斯同下；恺撒及众元老就坐）

德西厄斯　米特勒斯·辛伯在那儿？叫他立刻过来，向恺撒呈上他的请愿。

布鲁特斯　在叫米特勒斯了；我们站近些帮他说话。

辛那　凯斯卡，你第一个举起手来。

凯斯卡　我们都预备好了吗？现在还有什么不对的事情，恺撒和他的元老们必须纠正的？

米特勒斯　至高无上、威严无比的恺撒，米特勒斯·辛伯在您的座前掬献一颗卑微的心，——（跪）

恺撒　我必须阻止你，辛伯。这种打恭作揖的玩意儿，也许可以煽动平常人的心，使那已经决定了的命令宣判变成儿戏的法律。可是你不要痴心，以为恺撒也有那样卑劣的血液，会因为这种可以使傻瓜们感动的甘言美语、弯腰屈膝，和无耻的摇尾乞怜而融化了他的坚强的意志。按照判决，你的兄弟必须放逐出境；要是你奴颜婢膝地为他说情，我就要把你像狗一样踢开去。告诉你，恺撒是不会错误的，他所决定的事，一定有充分的理由。

米特勒斯　这儿难道没有一个比我自己更有价值的、在伟大的恺撒耳中更动听的声音，愿意为我放逐的兄弟恳求撤回成命吗？

布鲁特斯　我吻你的手，可是这不是向你献媚，恺撒；请你立刻下令赦免帕布力斯·辛伯。

恺撒　什么，布鲁特斯！

卡修斯　开恩吧，恺撒；恺撒，开恩吧。卡修斯俯伏在您的足下，请您赦免帕布力斯·辛伯。

恺撒　要是我也跟你们一样，我就会被你们所感动；要是我也能够用哀求打动别人的心，那么人们的哀求也会打动我的心；可是我是像北极星一样坚定，它的不可动摇的性质，在天宇中是无与伦比的。天上布满了无数的星辰，

每一个星辰都是一个火球，都有它各自的光辉，可是在众星之中，只有一个星卓立不动。在人世间也是这样；无数的人生活在这世间，他们都是有血肉有知觉的，可是我知道只有一个人能够确保他的不可侵犯的地位，任何力量都不能使他动摇。我就是他；让我在这件小小的事上向你们证明，我既然已经决定把辛伯放逐，就要贯彻我的意旨，毫不含糊地执行这一个成命，而且永远不让他再回来。

辛伯　啊，恺撒，——

恺撒　去！你想把奥林匹斯山一手举起吗？

德西厄斯　伟大的恺撒，——

恺撒　布鲁特斯不是白白地下跪了吗？

凯斯卡　好，那么让我的手代替我说话！（众拔剑刺恺撒）

恺撒　布鲁特斯，你也在内吗？那么就倒毙吧，恺撒！（死）

辛那　自由！解放！暴君死了！去，到各处街道上宣布这样的消息。

卡修斯　去几个人到公共讲坛上，高声呼喊，“自由，解放！”

布鲁特斯　各位民众，各位元老，大家不要惊慌，不要跑走；站定；野心已经偿了它的债了。

凯斯卡　到讲坛上来，布鲁特斯。

德西厄斯　卡修斯也上去。

布鲁特斯　帕布力斯呢？

辛那　在这儿，他给这场乱子吓呆了。

米特勒斯　大家站在一起不要跑开，也许恺撒的同党们——

布鲁特斯　别讲这种话。帕布力斯，放心吧；我们不会加害于你，也不会加害任何其他的罗马人；你这样告诉他们，帕布力斯。

卡修斯　离开我们，帕布力斯；也许人民会向我们冲上来，连累您老人家受了伤害。

布鲁特斯　是的，你去吧；我们干了这种事，我们自己负责，不要连累了别人。

【特里博涅斯上。

卡修斯　安东尼呢？

特里博涅斯　吓得逃回家里去了。男人，女人，孩子，大家睁大了眼睛，乱嚷乱叫，到处奔跑，像是末日到来了一般。

**布鲁特斯** 命运之神，我们等候着你的旨意。我们谁都免不了死；与其在世上偷生苟活，拖延着日子，还不如轰轰烈烈地死去。

**凯斯卡** 嘿，切断了二十年的生命，等于切断了二十年在忧生畏死中过去的时间。

**布鲁特斯** 照这样说来，死还是一件好事。所以我们都是恺撒的朋友，帮助他结束了这一段忧生畏死的生命。弯下身去，罗马人，弯下身去；让我们把手浸在恺撒的血里，一直到我们的肘上；让我们用他的血抹我们的剑。然后我们就迈步前进，到市场上去；把我们鲜红的武器在我们头顶挥舞，大家高呼着，“和平，自由，解放！”

**卡修斯** 好，大家弯下身去，洗你们的手吧。多少年代以后，我们这一场壮烈的戏剧，将要在尚未产生的国家，用我们所不知道的语言表演！

**布鲁特斯** 恺撒将要在戏剧中流多少次的血，他现在却长眠在庞贝的像座之下，他的尊严化成了泥土！

**卡修斯** 后世的人们将要称我们这一群为祖国的解放者，当他们搬演今天这一幕的时候。

**德西厄斯** 怎么！我们要不要就去？

**卡修斯** 好，大家去吧。让布鲁特斯领导我们，让我们用罗马最勇敢纯洁的心跟随在他的后面。

【一仆人上。

**布鲁特斯** 且慢！谁来啦？一个安东尼手下的人。

仆人 布鲁特斯，我的主人马克·安东尼叫我跪在您的面前，他叫我对您说：布鲁特斯是聪明正直、勇敢高尚的君子，恺撒是尊严威猛、慷慨仁慈的豪杰；我爱布鲁特斯，我尊敬他；我畏惧恺撒，可是我也爱他，尊敬他。要是布鲁特斯愿意保证安东尼的安全，允许他来见一见布鲁特斯的面，让他明白恺撒何以致死的原因，那么马克·安东尼将要爱活着的布鲁特斯，甚于已死的恺撒；他将要竭尽他的忠诚，不辞一切的危险，追随着高贵的布鲁特斯。这是我的主人安东尼所说的话。

**布鲁特斯** 你的主人是一个聪明勇敢的罗马人，我一向佩服他的。你去告诉他，请他到这儿来，我们可以给他满意的解释；我用我的荣誉向他保证，他

决不会受到丝毫的伤害。

仆人　我立刻就去叫他来。（下）

布鲁特斯　我知道我们可以跟他做朋友的。

卡修斯　但愿如此；可是我对他总觉得很不放心。我所疑虑的事情，往往会成为事实。

【安东尼重上。

布鲁特斯　安东尼来了。欢迎，马克·安东尼。

安东尼　啊，无所不能的恺撒！你就这样倒下了吗？你的一切赫赫的勋业，你的一切光荣胜利，都化为乌有了吗？再会！各位壮士，我不知道你们的意思，还有些什么人在你们眼中看来是有毒的，应当替他放血。假如是我的话，那么我能够和恺撒死在同一个时辰，让你们手中那沾着全世界最高贵的血的刀剑结果我的生命，实在是再好没有的事情。我请求你们，要是你们对我怀着敌视，趁着你们血染的手还在发出热气的现在，赶快执行你们的意旨吧。即使我活到一千岁，也找不到像今天这样好的一个死的机会；让我躺在恺撒的旁边，还有比这更好的死处吗？让我死在你们这些当代英俊的手里，还有比这更好的死法吗？

布鲁特斯　啊，安东尼！不要向我们请求一死。虽然你现在看我们好像是这样惨酷残忍，可是你只看见我们血污的手，和它们所干的这一场流血的惨剧，你却还没有看见我们的心，它们是慈悲而仁善的。我们因为不忍看见罗马的人民受到暴力的压迫，所以才不得已把恺撒杀死；正像一阵大火把小火吞没一样，更大的怜悯使我们放弃了小小的不忍之心。对于你，马克·安东尼，我们的剑锋是铅铸的；我们用一切的热情、善意和尊敬，张开我们友好的手臂欢迎你。

卡修斯　我们重新分配官职的时候，你的意见将要受到同样的尊重。

布鲁特斯　现在请你暂时忍耐，等我们把惊惶失措的群众安抚好了以后，就可以告诉你为什么我们要采取这样的行动，虽然我在刺死恺撒的一刹那还是没有减却我对他的敬爱。

安东尼　我不怀疑你的智慧。让每一个人把他的血手给我：第一，马克·布鲁特斯，我要握您的手；其次，凯厄斯·卡修斯，我要握您的手；德西厄斯·布鲁特斯，米特勒斯，辛那，还有我的勇敢的凯斯卡，让我一个一个跟你们握手；虽然是最后一个，可是让我用同样热烈的诚意和您握手，好特里博涅斯。各位朋友，——唉！我应当怎么说呢？我的信誉现在岌岌可危，你们不以为我是一个懦夫，就要以为我是一个阿谀之徒，二者必选其一。啊，恺撒！我曾经爱过你，这是一件千真万确的事实；要是你的阴魂现在看着我们，你看见你的安东尼当着你的尸骸之前面见颜事仇，握着你的敌人的血手，那不是要使你觉得比死还难过吗？要是我有像你的伤口那么多的眼睛，我应当让它们流着滔滔的热泪，正像血从你的伤口涌出一样，可是我却背恩忘义，和你的敌人成为朋友了。恕我，尤利乌斯！你是一头勇敢的鹿，在这儿堕入了猎人的陷阱；啊，世界！你是这头鹿栖息的森林，他是这一座森林中的骄子；你现在躺在这儿，多么像一头中箭的鹿，被许多王子贵人把你射死！

卡修斯　马克·安东尼，——

安东尼　恕我，凯厄斯·卡修斯。即使是恺撒的敌人，也会说这样的话；在一个他的朋友的嘴里，这不过是人情上应有的表示。

卡修斯　我不怪你把恺撒这样赞美；可是你预备怎样跟我们合作？你愿意做我们的一个朋友呢，还是各行其是？

安东尼　我因为愿意跟你们合作，所以才跟你们握手；可是因为瞧见了恺撒，所以又说到旁的话头上去了，你们都是我的朋友，我愿意和你们大家相亲相爱，可是我希望你们能够向我解释为什么恺撒是一个危险的人物。

布鲁特斯　我们倘没有正当的理由，那么今天这一种举动，完全是野蛮的暴行了。要是你知道了我们所以要这样干的原因，安东尼，即使你是恺撒的儿子，你也会心悦诚服。

安东尼　那是我所要知道的一切。我还要向你们请求一件事，请你们准许我把他的尸体带到市场上去，让我以一个朋友的地位，在讲坛上为他说几句追悼的话。

布鲁特斯　我们准许你，马克·安东尼。

卡修斯　布鲁特斯，跟你说句话。（向布鲁特斯旁白）你太不加考虑了；不要让安东尼发表他的追悼演说。你不知道人民听了他的话，将要受到多大的感动吗？

布鲁特斯　对不起，我自己先要登上讲坛，说明我们杀死恺撒的理由；还要声明安东尼将要说的话，事先曾经得到我们的许可，我们并且同意恺撒可以得到一切合礼的身后哀荣。这样不但对我们没有妨害，而且更可以博得舆论对我们的同情。

**卡修斯** 我不知道那会引起什么结果；我可不赞成这样办。

**布鲁特斯** 马克·安东尼，来，你把恺撒的遗体搬去。在你的哀悼演说里，你不能归罪我们，不过你可以照你所能想到的尽量称道恺撒的好处，同时你必须声明你说这样的话，曾经得到我们的许可；要不然的话，我们就不让你参加他的葬礼。还有你必须跟我在同一讲坛上演说，等我演说完了以后你再上去。

**安东尼** 就这样吧；我没有其他的奢望了。

**布鲁特斯** 那么把尸体抬起来，跟着我们走吧。（除安东尼外同下）

**安东尼** 啊！你这一块流血的泥土，有史以来一个最高贵的英雄的遗体，恕我跟这些屠夫们曲意周旋。愿灾祸降于溅泼这样宝贵的血的凶手！你的一处处的伤口，好像许多无言的嘴，张开了它们殷红的嘴唇，要求我的舌头替它们向世人伸诉；我现在就在这些伤口上预言：一个咒诅将要降临在人们的肢体上；残暴惨酷的内乱将要使意大利到处陷于混乱；流血和破坏将要成为一时的风尚，恐怖的景象将要每天接触到人们的眼睛，以至于做母亲的人看见她们的婴孩被战争的魔手所肢解，也会毫不在乎地付之一笑；人们因为习惯于残杀，一切怜悯之心将要完全灭绝；恺撒的冤魂借着从地狱的烈火中出来的埃特[1]的协助，将要用一个君王的口气，向罗马的全境发出屠杀的号令，让战争的猛犬四出蹂躏，为了这一个万恶的罪行，大地上将要弥漫着呻吟求葬的肉体的腐臭。

【一仆人上。

**安东尼** 你不是伺候奥克塔维厄斯·恺撒的吗？

**仆人** 是的，马克·安东尼。

**安东尼** 恺撒曾经写信叫他到罗马来。

**仆人** 他已经接到信，正在动身前来；他叫我口头对您说——（见尸体）啊，恺撒！——

**安东尼** 你的心肠很仁慈，你走开去哭吧。情感是容易感染的，看见你眼睛里悲哀的泪珠，我自己也忍不住流泪了。你的主人就来吗？

---

① 埃特（Ate），希腊神话人物，惹人轻举妄动的女神，后被视为惩罚或复仇的女神。

仆人　他今晚耽搁在离罗马二十多哩的地方。

安东尼　赶快回去，告诉他这儿发生的事。这是一个悲伤的罗马，一个危险的罗马，现在还不是可以让奥克塔维厄斯安全居住的地方；快去，照这样告诉他。可是且慢，你必须等我把这尸体搬到市场上去了以后再回去；我要在那边用演说试探人民对于这些血腥的人们所造成的惨剧有什么反应，你可以根据他们的表示，回去告诉年轻的奥克塔维厄斯关于这儿的一切情形。帮一帮我。（二人抬恺撒尸体同下）

## 第二场　同前；市场

【布鲁特斯，卡修斯及一群市民上。

众市民　我们一定要得到满意的解释；让我们得到满意的解释。

布鲁特斯　那么跟我来，朋友们，让我讲给你们听。卡修斯，你到另外一条街上去，把听众分散分散。愿意听我的留在这儿；愿意听卡修斯的跟他去。我们将要公开宣布恺撒致死的原因。

市民甲　我要听布鲁特斯讲。

市民乙　我要听卡修斯讲；我们各人听了以后，可以把他们两人的理由比较比较。（卡修斯及一部分市民下；布鲁特斯登讲坛）

市民丙　尊贵的布鲁特斯上去了；安静！

布鲁特斯　请耐心听我讲完。各位罗马人，各位同胞，各位亲人！请你们静静地听我解释。为了我的名誉，请你们相信我；尊重我的名誉，你们就会相信我的话。用你们的智慧批评我；唤起你们的理智，给我一个公正的评断。要是在今天在场的群众之间，有什么人是恺撒的好朋友，我要对他说，布鲁特斯也是和他同样地爱着恺撒。要是哪位朋友问我为什么布鲁特斯要起来反对恺撒，这就是我的回答：并不是我不爱恺撒，可是我更爱罗马。你们宁愿让恺撒活在世上，大家作奴隶而死呢，还是让恺撒死去，大家作自由人而生？因为恺撒爱我，所以我为他流泪；因为他是幸运的，所以我为他欣慰；因为他是勇敢的，所以我尊敬他；因为他有野心，所以我杀死他。我用眼泪报答他的友爱，用喜悦庆祝他的幸运，用尊敬崇扬他的勇敢，用死亡惩戒他的野心。这儿有谁愿意自甘卑贱，做一个奴隶？要是有这样的人，请说出来；因为我已经得罪他了。这儿有谁愿意自居化外，不愿做一个罗马人？要是有这样的人请说出来；因为我已经得罪他了。这儿有谁愿意自处下流，不爱他的国家？要是有这样的人，请说出来；因为我已经得罪他了。我等待着答复。

众市民　没有，布鲁特斯，没有。

布鲁特斯　那么我没有得罪什么人。我怎样对待恺撒，你们也可以怎样对待我。他的遇害的经过已经记录在议会的案卷上，他的彪炳的功绩不曾被抹杀，他的错误既然已经使他伏法受诛，也不曾过分夸大。

【安东尼及余人等抬恺撒尸体上。

布鲁特斯　马克·安东尼护送着他的遗体来了。虽然安东尼并不预闻恺撒的死，可是他将要享受恺撒死后的利益，他可以在共和国中得到一个地位，正像你们每一个人都是共和国中的一分子一样。当我临去之前，我还要说一句话：为了罗马的好处，我杀死了我的最好的朋友，要是我的祖国需要我的死，那么无论什么时候，我都可以用那同一的刀子杀死我自己。

众市民　不要死，布鲁特斯！不要死！不要死！

市民甲　用欢呼护送他回家。

市民乙　替他塑一座雕像，和他的祖先们在一起。

市民丙　让他做恺撒。

市民丁　让恺撒的一切光荣都归于布鲁特斯。

市民甲　我们要一路欢呼送他回去。

布鲁特斯　同胞们，——

市民乙　安静！别闹！布鲁特斯讲话了。

市民甲　安静！

布鲁特斯　善良的同胞们，让我一个人回去，为了我的缘故，留在这儿听安东尼有些什么话说。你们应该尊敬恺撒的遗体，静听马克·安东尼赞美他的功业的演说，这是我们已经允许他的。除了我一个人以外，请你们谁也不要走开，等安东尼讲完了他的话。（下）

市民甲　大家别走！让我们听马克·安东尼讲话。

市民丙　让他登上讲坛；我们要听他讲话。尊贵的安东尼，上去。

安东尼　为了布鲁特斯的缘故，我感激你们的好意。（登坛）

市民丁　他说布鲁特斯什么话？

市民丙　他说，为了布鲁特斯的缘故，他感激我们的好意。

市民丁　他最好不要在这儿说布鲁特斯的坏话。

市民甲　这恺撒是个暴君。

市民丙　嗯，那是不用说的；幸亏罗马除掉了他。

市民乙　安静！让我们听他说。

安东尼　各位朋友，各位罗马人，各位同胞，请你们听我说；我是来埋葬恺撒，不是来赞美他。人们做了恶事，死后还免不了遭人唾骂，可是他们所做的善事，往往随着他们的尸骨一齐入土；让恺撒也是这样吧。尊贵的布鲁特斯已经对你们说过，恺撒是有野心的；要是真有这样的事，那诚然是一个重大的过失，恺撒也为了它付出惨酷的代价了。现在我得到布鲁特斯和他的同志们的允许，——因为布鲁特斯是一个正人君子，他们也都是正人君子，——到这儿来在恺撒的丧礼中说几句话。他是我的朋友，他对我是那么忠诚公正；然而布鲁特斯却说他是有野心的，可是布鲁特斯是一个正人君子。恺撒曾经带许多俘虏回到罗马来，他们的赎金都充实了公家的财库；这可以说是野心者的行径吗？穷苦的人哀哭的时候，恺撒曾经为他们流泪；野心者是不应当这样仁慈的。然而布鲁特斯却说他是有野心的，可是布鲁特斯是一个正人君子。你们大家看见在卢柏克节[①]的那天，我三次献给他一顶王冠，三次他都拒绝了；这难道是野心吗？然而布鲁特斯却说他是有野心的，可是布鲁特斯的的确确是一

① 即牧神节，古罗马每年二月十五日祭祀牧神卢柏克，亦称卢柏克节。

个正人君子。我不是要推翻布鲁特斯所说的话，我所说的只是我自己所知道的事实。你们过去都曾爱过他，那并不是没有理由的；那么什么理由阻止你们现在哀悼他呢？唉，理性啊！你已经遁入了野兽的心中，人们已经失去辨别是非的能力了。原谅我；我的心现在是跟恺撒一起在他的棺木之内，我必须停顿片刻，等它回到我自己的胸腔里。

市民甲　我想他的话说得很有理。

市民乙　仔细想起来，恺撒是有点儿死得冤枉。

市民丙　列位，他死得冤枉吗？我怕换了一个人来，比他还不如哩。

市民丁　你们听见他的话吗？他不愿接受王冠；所以他的确一点没有野心。

市民甲　要是果然如此，有几个人将要付重大的代价。

市民乙　可怜的人！他的眼睛哭得像火一般红。

市民丙　在罗马没有比安东尼更高贵的人了。

市民丁　现在听好他；他又开始说话了。

安东尼　就在昨天，恺撒的一句话可以抵御整个的世界；现在他躺在那儿，没有一个卑贱的人向他致敬。啊，诸君！要是我有意想要激动你们的心灵，引起一声叛乱，那我就要对不起布鲁特斯，对不起卡修斯；你们大家知道，他们都是正人君子。我不愿干对不起他们的事；我宁愿对不起死人，对不起我自己，对不起你们，却不愿对不起这些正人君子。可是这儿有一张羊皮纸，上面盖着恺撒的印章；那是我在他的卧室里找到的一张遗嘱。只要让民众一听到这张遗嘱上的话，——原谅我，我现在还不想把它宣读，——他们就会去吻恺撒尸体上的伤口，用手巾去蘸他神圣的血，还要乞讨他的一根头发回去留作纪念，当他们临死的时候，将要在他们的遗嘱上郑重提起，作为传给后嗣的一项贵重的遗产。

市民丁　我们要听那遗嘱；读出来，马克·安东尼。

众市民　遗嘱，遗嘱！我们要听恺撒的遗嘱。

安东尼　耐心吧，善良的朋友们；我不能读给你们听。你们不应该知道恺撒是多么爱你们。你们不是木头，你们不是石块，你们是人；既然是人，听见了恺撒的遗嘱，一定会激起你们心中的火焰，一定会使你们发疯。你们还是不要知道你们是他的后嗣；要是你们知道了，啊！那将会引起一场什么乱

子来呢？

市民丁　读那遗嘱！我们要听，安东尼；你必须把那遗嘱读给我们听，那恺撒的遗嘱。

安东尼　你们不能忍耐一些吗？你们不能等一会儿吗？是我一时失口告诉了你们这件事。我怕我对不起那些用刀子杀死恺撒的正人君子；我怕我对不起他们。

市民丁　他们是叛徒；什么正人君子！

众市民　遗嘱！遗嘱！

市民乙　他们是恶人，凶手。遗嘱！读那遗嘱！

安东尼　那么你们一定要逼迫我读那遗嘱吗？好，那么你们大家环绕在恺撒尸体的周围，让我给你们看看那写下这遗嘱的人。我可以下来吗？你们允许我吗？

众市民　下来。

市民乙　下来。（安东尼下坛）

市民丙　我们允许你。

市民丁　大家站成一个圆圈。

市民甲　不要挨着棺材站着；不要挨着尸体站着。

市民乙　留出一些地位给安东尼，最尊贵的安东尼。

**安东尼**　不，不要挨得我这样紧；站得远一些。

**众市民**　退后！让开地方来！退后去！

**安东尼**　要是你们有眼泪，现在准备流起来吧。你们都认识这件外套；我记得恺撒第一次穿上它，是在一个夏天的晚上，在他的营帐里，就在他征服纳维人[1]的那一天。瞧！卡修斯的刀子是从这地方穿过的；瞧那狠心的凯斯卡割开了一道多深的裂口；他所深爱的布鲁特斯就从这儿一刀进去，当他拔出他那万恶的武器的时候，瞧恺撒的血是怎样汩汩不断的跟着它出来，好像急于涌到外面来，要想知道究竟是不是布鲁特斯下这样无情的毒手似的，因为你们知道，布鲁特斯是恺撒心目中的天使。神啊，请你们判断判断恺撒是多么爱他！这是最无情的一击，因为当尊贵的恺撒看见他行刺的时候，负心，这一柄比叛徒的武器更锋锐的利剑，就一直刺进了他的心脏，那时候他的伟大的心就碎裂了；他的脸给他的外套蒙着，他的血不停地流着，就在庞贝像座之下，伟大的恺撒倒下了。啊！那是一个多么惊人的殒落，我的同胞们；我，你们，我们大家都随着他一起倒下，残酷的叛逆却在我们头上耀武扬威。啊！现在你们流起眼泪来了，我看见你们已经天良发现；这些是真诚的泪滴。善良的人们，怎么！你们只看见我们恺撒衣服上的伤痕就哭起来了吗？瞧这儿，这才是他自己，你们看，给叛徒们伤害到这个样子。

**市民甲**　啊，伤心的景象！

**市民乙**　啊，尊贵的恺撒！

**市民丙**　啊，不幸的日子！

**市民丁**　啊，叛徒！恶贼！

**市民甲**　啊，最残忍的惨剧！

**市民乙**　我们一定要复仇。

**众市民**　复仇！——动手！——捉住他们！——烧！放火！——杀！——杀！不要让一个叛徒活命。

**安东尼**　且慢，同胞们！

**市民甲**　静下来！听尊贵的安东尼。

**市民乙**　我们要听他，我们要跟从他，我们要和他死在一起。

**安东尼**　好朋友们，亲爱的朋友们，不要让我把你们煽起了这样一场暴动

---

① 纳维人（the Nervi）系比利时一凶悍好战的民族，奇袭恺撒军营时，被恺撒击败

的怒潮。干这件事的人都是正人君子；唉！我不知他们有些什么私人的怨恨，使他们干出这种事来，可是他们都是聪明而正直的，一定有理由可以答复你们。朋友们，我不是来偷取你们的心；我不是一个像布鲁特斯那样能言善辩的人；你们大家都知道我不过是一个老老实实、爱我的朋友的人；他们也知道这一点，所以才允许我为他公开说几句话。因为我既没有智慧，又没有口才，又没有本领，我也不会用行动或言语来激动人们的血性；我不过照我心里所想到的说出来；我只是把你们已经知道的事情向你们提醒，给你们看看亲爱的恺撒的伤口，可怜的可怜的无言之口，让它们代替我说话。可是假如我是布鲁特斯、布鲁特斯是安东尼的话，那么那个安东尼一定会鼓起你们的愤怒，让恺撒的每一处伤口里都长出一条舌头来，即使罗马的石块也将要大受感动，奋身而起，向叛徒们抗争了。

众市民　我们要暴动！

市民甲　我们要烧掉布鲁特斯的屋子！

市民丙　那么去！来，捉那些奸贼们去！

安东尼　听我说，同胞们，听我说。

众市民　安静！——听安东尼说，——最尊贵的安东尼。

安东尼　唉，朋友们，你们不知道你们将要去干些什么事。恺撒在什么地方值得你们这样爱他呢？唉！你们还没有知道，让我来告诉你们吧。你们已经忘了我对你们说起过的那张遗嘱。

众市民　不错。那遗嘱！让我们先听听那遗嘱。

安东尼　这就是恺撒盖印的遗嘱。他给每一个罗马市民七十五个德拉克马[①]。

市民乙　最尊贵的恺撒！我们要为他的死复仇。

市民丙　啊，伟大的恺撒！

安东尼　耐心听我说。

众市民　安静！

安东尼　而且，他还把蒂勃河这一边的他的所有的步道、他的私人的园亭、他的新辟的花圃，全部赠给你们，永远成为你们世袭的产业，供你们自由散步游息之用。这样一个恺撒！几时才会有第二个同样的人？

---

① 德拉克马 (drachma)，古希腊货币名，约值英国货币十便士不足。

**市民甲**　再也不会有了，再也不会有了！来，我们去，我们去！我们要在神圣的地方把他的尸体火化，就用那些火把去焚烧叛徒们的屋子。扛起这尸体来。

**市民乙**　去点起火来。

**市民丙**　把凳子拉下来烧。

**市民丁**　把椅子，窗门，什么东西一起拉下来烧。（众市民扛尸体下）

**安东尼**　现在让它闹起来吧；一场乱事已经发生，随它怎样发展下去吧！

【一仆人上。

**安东尼**　什么事？

**仆人**　大爷，奥克塔维厄斯已经到罗马了。

**安东尼**　他在什么地方？

**仆人**　他跟莱毕多斯都在恺撒家里。

**安东尼**　我现在立刻就去看他。他来得正好，命运之神现在很高兴，她会

满足我们一切的愿望。

仆人　我听他说布鲁特斯和卡修斯像疯子一样逃出了罗马的城门。

安东尼　大概他们已经注意到人民的态度，他们都被我煽动得十分激昂。领我到奥克塔维厄斯那儿去。（同下）

## 第三场　同前；街道

【诗人辛那上。

辛那　昨天晚上我做了一个梦，梦里我跟恺撒在一起欢宴；许多不祥之兆萦回在我的脑际；我实在是不想出来，可是不知不觉地又跑到门外面来了。

【众市民上。

市民甲　你叫什么名字？

市民乙　你到哪儿去？

市民丙　你住在哪儿？

市民丁　你是一个结过婚的人，还是一个单身汉子？

市民乙　回答每一个人的问话，要说得爽爽快快。

市民甲　是的，而且要说得简简单单。

市民丁　是的，而且要说得明明白白。

市民丙　是的，而且最好要说得确确实实。

辛那　我叫什么名字？我到哪儿去？我住在哪儿？我是一个结过婚的人，还是一个单身汉子？我必须回答每一个人的问话，要说得爽爽快快，简简单单、明明白白，而且确确实实。我就明明白白地回答你们，我是一个单身汉子。

市民乙　那简直就是说，那些结婚的人都是糊里糊涂的家伙；我怕你免不了要挨我一顿打。说下去；爽爽快快地说。

辛那　爽爽快快地说，我是去参加恺撒的葬礼的。

市民甲　你用朋友的名义去参加呢，还是用敌人的名义？

辛那　用朋友的名义。

市民乙　那个问题他已经爽爽快快地回答了。

**市民丁**　你的住所呢？简简单单地说。

**辛那**　简简单单地说，我住在圣殿的附近。

**市民丙**　先生，你的名字呢？确确实实地说。

**辛那**　确确实实地说，我的名字是辛那。

**市民乙**　撕碎他的身体；他是一个奸贼。

**辛那**　我是诗人辛那，我是诗人辛那。

**市民丁**　撕碎他，因为他做了坏诗；撕碎他，因为他做了坏诗。

**辛那**　我不是参加叛党的辛那。

**市民乙**　不管它，他的名字叫辛那；把他的名字从他的心里挖出来，再放他去吧。

**市民丙**　撕碎他，撕碎他！来，火把！喂！火把！到布鲁特斯家里，到卡修斯家里；烧毁他们的一切。去几个人到德西厄斯家里，几个人到凯斯卡家里，还有几个人到利加力乌斯家里。去！去！（同下）

# 第　四　幕

## 第一场　罗马；安东尼家中一室

【安东尼，奥克塔维厄斯及莱毕多斯围桌而坐。

安东尼　那么这些人都是应该死的；他们的名字上都作了记号了。

奥克塔维厄斯　你的兄弟也必须死；你答应吗，莱毕多斯？

莱毕多斯　我答应。

奥克塔维厄斯　替他作了记号，安东尼。

莱毕多斯　可是有一个条件，帕布力斯也不能让他活命，他是你的外甥，安东尼。

安东尼　那就把他处死；瞧，我用一个黑点注定他的死罪了。可是莱毕多斯，你到恺撒家里去一趟，把他的遗嘱拿来，让我们决定怎样按照他的意旨替他处分遗产。

莱毕多斯　什么！我还是到这儿来找你们吗？

奥克塔维厄斯　我们要是不在这儿，你就到圣殿里来找我们好了。（莱毕多斯下）

安东尼　这是一个不足齿数的庸奴，只好替别人供奔走之劳；像他这样的人，也配跟我们鼎足三分，在这世界上称雄道霸吗？

奥克塔维厄斯　你既然这样瞧不起他，为什么在我们判决那几个人应当处死的时候，却愿意听从他的意见？

安东尼　奥克塔维厄斯，我比你多了几年人生的经验；虽然我们把这种荣誉加在这个人的身上，使他替我们分去一部分的毁谤，可是他将要负担他的荣誉，就像驴子负担黄金一样，在重荷之下呻吟流汗，不是被人牵曳，就是受人驱策，走一步路都要听我们的指挥；等他替我们把宝物载运到我们预定的地点以后，我们就可以卸下他的负担，把他赶走，让他像一头闲散的驴子一样，耸耸他的耳朵，在旷地上啃嚼他的草料。

**奥克塔维厄斯** 你可以照你的意思做；可是他不失为一个经验丰富的勇敢的军人。

**安东尼** 我的马儿也是这样，奥克塔维厄斯；因为他久历戎行，所以我才用粮草饲养他。我教我的马儿怎样冲锋作战，怎样转弯，怎样住步，怎样向前驰突，它的身体的动作都要受我的精神的节制。莱毕多斯也有几分正是如此；他一定要有人教导训练，有人命令他前进；他是一个没有独立精神的家伙，靠着腐败的废物滋养他自己，只知道掇拾他人的牙慧，人家已经习久生厌的事情，在他却还是十分新奇；不要讲起他，除非把他当作一件家具看待。现在，奥克塔维厄斯，让我们讲些重大的事情吧。布鲁特斯和卡修斯正在那儿招募兵马，我们必须立刻准备抵御；让我们集合彼此的力量，拉拢我们最好的朋友，运用我们所有的资财；让我们立刻就去举行会议，商讨怎样揭发秘密的阴谋，遏拒公开的攻击的方法吧。

**奥克塔维厄斯** 好，我们就去；我们已经到了危亡关头，许多敌人环伺在我们的四周；还有许多虽然脸上装着笑容，我怕他们的心头却藏着无数的奸谋。（同下）

## 第二场　萨狄斯附近的营地；布鲁特斯营帐之前

【鼓声；布鲁特斯，路西力乌斯，卡修斯及军士等上；泰蒂涅斯及平达勒斯自相对方向上。

**布鲁特斯** 喂，站住！

**路西力乌斯** 喂，站住！口令！

**布鲁特斯** 啊，路西力乌斯！卡修斯就要来了吗？

**路西力乌斯** 他快要到了；平达勒斯奉他主人之命，来向您致敬。（平达勒斯以信交布鲁特斯）

**布鲁特斯** 他信上写得很是客气。平达勒斯，你的主人近来行动有些改变，也许是他用人失当，使我觉得有些事情办得很不满意；不过要是他就要来了，我想他一定会向我解释的。

**平达勒斯**　我相信我的尊贵的主人一定会向您证明他还是那样一个忠诚正直的人。

**布鲁特斯**　我并不怀疑他。路西力乌斯，我问你一句话，他怎样接待你？

**路西力乌斯**　他对我很是客气；可是却不像从前那样亲热，言辞之间，也没有从前那样真诚坦白。

**布鲁特斯**　你所讲的正是一个热烈的友谊冷淡下来的情形。路西力乌斯，你要是看见朋友之间用到不自然的礼貌的时候，就可以知道他们的感情已经在开始衰落了。坦白质朴的忠诚，是用不到浮文虚饰的；可是没有真情的人，就像一匹尚未试步的倔强的驽马，表现出一副奔腾千里的姿态，等到一受鞭策，就会颠踬泥涂，显出庸劣的本相。他的军队有没有开拔？

**路西力乌斯**　他们预备今晚驻扎在萨狄斯；大部分的人马是跟卡修斯一同来的。

**布鲁特斯**　听！他到了。(内军队轻步行进)轻轻地上去迎接他。

【卡修斯及军士等上。

**卡修斯**　喂，站住！

**布鲁特斯**　喂，站住！口令！

**军士甲**　站住！

**军士乙**　站住！

**军士丙**　站住！

**卡修斯**　最尊贵的兄弟，你欺人太过啦。

**布鲁特斯**　神啊，判断我。我欺侮过我的敌人吗？要是我没有欺侮过敌人；我怎么会欺侮一个兄弟呢？

**卡修斯**　布鲁特斯，你用这种庄严的神气掩饰你给我的侮辱；——

**布鲁特斯**　卡修斯，别恼；人有什么不痛快的事情，请你轻轻地说吧。当着我们这些军士的面前，让我们不要争吵，不要给他们看见我们两人的不和。打发他们走开；然后，卡修斯，你可以到我的帐里来诉说你的怨恨；我一定会听你。

**卡修斯**　平达勒斯，向我们的将领下令，叫他们各人把队伍安顿在离开这儿略远一点的地方。

**布鲁特斯**　路西力乌斯，你也去下这样的命令；在我们的会谈没有完毕以

前，谁也不准进入我们的帐内。叫卢修斯和泰蒂涅斯替我们把守帐门。（同下）

## 第三场 布鲁特斯帐内

【布鲁特斯及卡修斯上。

**卡修斯** 你对我的侮辱，可以在这一件事情上看得出来：你把卢修斯·配拉定了罪，因为他在这儿受萨狄斯人的贿赂；可是我因为知道他的为人，写信来替他说情，你却置之不理。

**布鲁特斯** 你在这种事情上本来就不该写信。

**卡修斯** 在现在这种时候，不该为了一点点小小的过失就把人谴责。

**布鲁特斯** 让我告诉你，卡修斯，许多人都说你自己的手心也很有点儿痒，常常为了贪图黄金的缘故，把官爵出卖给无功无能的人。

**卡修斯** 我的手心痒！说这句话的人，倘不是布鲁特斯，那么凭着神明起誓，这句话将要成为你的最后一句话。

**布鲁特斯** 这种贪污的行为，因为有卡修斯的名字作护符，所以惩罚还不会显出他的威严来。

**卡修斯** 惩罚！

**布鲁特斯** 记得三月十五吗？伟大的恺撒不是为了正义的缘故而流血吗？倘不是为了正义，哪一个恶人可以加害他的身体？什么！我们曾经打倒全世界首屈一指的人物，因为他庇护盗贼，难道就在我们中间，竟有人甘心让卑污的贿赂玷污了他的手指，为了盈握的废物，出卖我们伟大的荣誉吗？我宁愿做一头向月亮狂吠的狗，也不愿做这样一个罗马人。

**卡修斯** 布鲁特斯，不要向我吠叫；我受不住这样的侮辱。你这样窘迫我，全然忘记了你自己是什么人。我是一个军人，经验比你多，我比你知道怎样处置我自己的事情。

**布鲁特斯** 走着瞧，才不见得呢，卡修斯。

**卡修斯** 我就是这样一个人。

**布鲁特斯** 我说你不是。

**卡修斯** 不要再跟我拗，我快要忘记我自己了；留心你的安全，别再挑拨

我了吧。

布鲁特斯　去，卑鄙的小人！

卡修斯　有这等事吗？

布鲁特斯　听着，我要说我的话。难道我必须在你的暴怒之下退让吗？难道一个疯子的怒目就可以把我吓倒吗？

卡修斯　神啊！神啊！我必须忍受这一切吗？

布鲁特斯　这一切！嗯，还有哩。你去发怒把你骄傲的心都气破了吧；给你的奴隶们看看你的脾气多大，让他们吓得乱抖吧。难道我必须让你吗？我必须伺候你的颜色吗？当你心里躁的时候，我必须诚惶诚恐地站在一旁，俯首听命吗？凭着神明起誓，即使你气破了肚子，也是你自己的事；因为从今天起，我要把你的发怒当作我的笑料呢。

卡修斯　居然会有这样的一天吗？

布鲁特斯　你说你是一个比我更好的军人；很好，你拿事实来证明你的夸口吧，那会使我十分高兴的。拿我自己来说，我很愿意向高贵的人学习呢。

卡修斯　你在各方面侮辱我；你侮辱我，布鲁特斯。我说我是一个经验比你丰富的军人，并没有说我是一个比你更好的军人；难道我说过“更好”这两个字吗？

布鲁特斯　我不管你有没有说过。

卡修斯　恺撒活在世上的时候，他也不敢这样激怒我。

布鲁特斯　闭嘴，闭嘴！你也不敢这样挑惹他。

卡修斯　我不敢！

布鲁特斯　你不敢。

卡修斯　什么！不敢挑惹他！

布鲁特斯　你不敢挑惹他。

卡修斯　不要太自恃你我的交情；我也许会做出一些将会使我后悔的事情来的。

布鲁特斯　你已经做了你应该后悔的事，卡修斯，凭你怎样恐吓，我都不怕；因为正直的居心便是我的有力的护身符，你那些无聊的恐吓，就像一阵微风吹过，引不起我的注意。我曾经差人来向你告借几个钱，你没有答应我；因为我不能用卑鄙的手段搜括金钱；凭着上天发誓，我宁愿剖出我的心来，把我一滴滴的血熔成钱币，也不愿从农人粗硬的手里辗转榨取他们污臭的锱铢。为了分发军队的粮饷，我差人来向你借钱，你却拒绝了我；卡修斯可以有这样的行为吗？我会不会给凯厄斯·卡修斯这样的答复？马库斯·布鲁特斯要是也会变得这样吝啬，锁住了他的鄙贱的银箱，不让他的朋友们染指，那么神啊，用你们的雷火把他击成粉碎吧！

**卡修斯** 我没有拒绝你。

**布鲁特斯** 你拒绝我的。

**卡修斯** 我没有，传回我的答复的那家伙是个傻瓜。布鲁特斯把我的心都劈碎了。一个朋友应当原谅他朋友的过失，可是布鲁特斯却把我的过失格外夸大。

**布鲁特斯** 我没有，是你自己对不起我。

**卡修斯** 你不欢喜我。

**布鲁特斯** 我不欢喜你的错误。

**卡修斯** 一个朋友的眼睛决不会注意到这种错误。

**布鲁特斯** 在一个佞人的眼中，即使有像奥林匹斯山峰一样高大的错误，也会视如不见。

**卡修斯** 来，安东尼，来，年轻的奥克塔维厄斯，你们向卡修斯一个人复仇吧，因为卡修斯已经厌倦于人世了；被所爱的人所憎恨，被他的兄弟所攻击，像一个奴隶似地受人呵斥，他的一切过失都被人注视记录，背诵得烂熟，作为当面揭发的罪状。啊！我可以从我的眼睛里哭出我的灵魂来。这是我的刀子，这儿是我的袒裸的胸膛，这里面藏着一颗比普路托斯[1]的宝矿更富有，比黄金更贵重的心；要是你是一个罗马人，请把它挖出来吧，我拒绝给你金钱，却愿意把我的心献给你。就像你向恺撒行刺一样把我刺死了吧，因为我知道，即使在你最恨他的时候，你也爱他远胜于卡修斯。

**布鲁特斯** 插好你的刀子。你高兴发怒就发怒吧，尽管任意发泄；高兴怎么干就怎么干吧，有失体统的行为只会是怪念头发作。啊，卡修斯！你的伙伴是一头羔羊，愤怒在他的身上，就像燧石里的火星一样，受到重大的打击，也会发出闪灿的光芒，可是一转瞬间又已经冷下去了。

**卡修斯** 难道卡修斯的伤心烦恼，只给他的布鲁特斯作为笑料吗？

---

① 普路托斯(Plutus)，司财富之神。

**布鲁特斯** 我说那句话的时候，我自己也是脾气太坏。

**卡修斯** 你也这样承认吗？把你的手给我。

**布鲁特斯** 我连我的心也一起给你。

**卡修斯** 啊，布鲁特斯！

**布鲁特斯** 什么事？

**卡修斯** 我的母亲给了我这副暴躁的脾气，使我常常忘记我自己，看在我们友谊的情分上，您能够原谅我吗？

**布鲁特斯** 是的，我原谅你；从此以后，要是你有时候跟你的布鲁特斯过分认真，他会当作是你母亲在那儿发脾气，一切都不介意。（内喧声）

**诗人** （在内）让我进去瞧瞧两位将军；他们彼此之间有些争执，不应该让他们两人在一起。

**路西力乌斯** （在内）你不能进去。

**诗人** （在内）除了死，什么都不能阻止我。

【诗人上，路西力乌斯，泰蒂涅斯及卢修斯随后。

**卡修斯** 怎么！什么事？

**诗人** 呸，你们这些将军们！你们是什么意思？你们应该相亲相爱，做两个要好的朋友；我的话不会有错，我比你们谁都活得长久。

**卡修斯** 哈哈！这个玩世的诗人吟的诗句多臭！

**布鲁特斯** 滚出去，放肆的家伙，去！

**卡修斯** 不要生他的气，布鲁特斯；这是他的习惯。

**布鲁特斯** 谁叫他胡说八道的。在这样战争的年代，要这些胡诌几句歪诗的傻瓜们做什么用？滚开，家伙！

**卡修斯** 去，去！出去！（诗人下）

**布鲁特斯** 路西力乌斯，泰蒂涅斯，传令各将领，叫他们今晚准备把队伍安营。

**卡修斯** 你们传过了令以后，就立刻带梅萨拉一起回来见我们。（路西力乌斯、泰蒂涅斯同下）

**布鲁特斯** 卢修斯倒一杯酒来！（卢修斯下）

**卡修斯** 我没有想到你会这样动怒。

**布鲁特斯** 啊，卡修斯！我心里有许多的懊恼。

卡修斯　要是你让偶然的不幸把你困苦，那么你自己的哲学对你就是毫无用处了。

布鲁特斯　谁也不比我更能忍受悲哀；鲍西娅已经死了。

卡修斯　吓！鲍西娅！

布鲁特斯　她死了。

卡修斯　我刚才跟你这样拌嘴，你居然没有把我杀死，真是侥幸！唉，难堪的痛心的损失！害什么病死的？

布鲁特斯　她因为焦心我的远别，又听到了奥克塔维厄斯和马克·安东尼的势力这样强大的消息，变得心神狂乱，乘着仆人不在的时候，把火吞了下去。

卡修斯　就是这样死了吗？

布鲁特斯　就是这样死了。

卡修斯　永生的神啊！

【卢修斯持酒及烛重上。

布鲁特斯　不要再说起她。给我一杯酒。卡修斯，在这一杯酒里，我捐弃了一切的猜嫌。（饮酒）

卡修斯　我的心企望着这样高贵的誓言，有如渴者的思饮。来，卢修斯，给我倒满这一杯吧，我喝着布鲁特斯的友情，是永远不会餍足的。（饮酒）

布鲁特斯　进来，泰蒂涅斯。（卢修斯下）

【泰蒂涅斯率梅萨拉重上。

布鲁特斯　欢迎，好梅萨拉。让我们现在围烛而坐，讨论我们重要的事情。

卡修斯　鲍西娅，你去了吗？

布鲁特斯　请你不要说了。梅萨拉，我已经得到信息，说是奥克塔维厄斯那小子跟马克·安东尼带了一支强大的军队，向腓利比进发，要来攻击我们了。

梅萨拉　我也得到过同样的信息。

布鲁特斯　你还知道什么其他的事情？

梅萨拉　听说奥克塔维厄斯，安东尼，和莱毕多斯三人用非法的手段，把一百个元老宣判了死刑。

布鲁特斯　那么我们听到的略有不同；我得到的消息是七十个元老被他们判决处死，西塞罗也是其中的一个。

卡修斯　西塞罗也是一个！

梅萨拉　西塞罗也被他们依据戒严法而判决处死。您没有从您的夫人那儿得到信息吗？

布鲁特斯　没有，梅萨拉。

梅萨拉　别人给您的信上也没有提起她吗？

布鲁特斯　没有，梅萨拉。

梅萨拉　那可奇了。

布鲁特斯　你为什么问起？你听见什么关于她的消息吗？

梅萨拉　没有，将军。

布鲁特斯　你是一个罗马人，请你老实告诉我。

梅萨拉　那么请您用一个罗马人的精神，接受我告诉您的噩耗；尊夫人已经死了，而且死得很奇怪。

布鲁特斯　那么再会了，鲍西娅！我们谁都不免一死，梅萨拉；想到她总有一天会死去，使我现在能够忍受这一个打击。

梅萨拉　这才是伟大的人物善处拂逆的精神。

卡修斯　我可以在表面上装得跟你同样镇定，可是我的天性却受不住这样的打击。

布鲁特斯　好，讲我们活人的事情吧。你们以为我们应不应该立刻向腓利比进兵？

卡修斯　我想这不是顶好的办法。

布鲁特斯　你有什么理由？

卡修斯　我的理由是这样的：我们最好让敌人来找寻我们，这样可以让他们糜费军需，疲劳兵卒，削弱他们自己的实力；我们却可以逸待劳，蓄养我们的精锐。

布鲁特斯　你的理由果然很对，可是我却有比你更好的理由。在腓利比到这儿之间一带地方的人民，都是因为被迫而归顺我们的，他们心里都怀着怨恨，对于我们的征敛早就感到不满。敌人一路前来，这些人民一定会加入他们的队伍，增强他们的力量。要是我们到腓利比去向敌人迎击，把这些人民留在后方，就可以避免给敌人这一种利益。

**卡修斯** 听我说，好兄弟。

**布鲁特斯** 请你原谅。你还要注意，我们已经集合我们所有的友人，我们的军队已经达到了最高的数量，我们行动的时机已经完全成熟；敌人的力量现在还在每天增加之中，我们在全盛的顶点上，却有日趋衰落的危险。世事的起伏本来是波浪式的，人们要是能够趁着高潮一往直前，一定可以功成名就；要是不能把握时机，就要终身蹭蹬，一事无成。我们现在正在满潮的海上漂浮，倘不能顺水行舟，我们的事业就会一败涂地的。

**卡修斯** 那么就照你意思办吧；我们要亲自前去，在腓利比和他们相会。

**布鲁特斯** 我们贪着谈话，不知不觉夜已经深了。疲乏了的精神，必须休息片刻。没有别的话了吗？

**卡修斯** 没有了。晚安；明天我们一早就起来，向前方出发。

**布鲁特斯** 卢修斯！

【卢修斯重上。

**布鲁特斯** 拿我的睡衣来。（卢修斯下）再会，好梅萨拉；晚安，泰蒂涅斯。尊贵的，尊贵的卡修斯，晚安，愿你好好安息。

**卡修斯** 啊，我的亲爱的兄弟！今天晚上的事情真是不幸；但愿我们的灵魂之间再也没有这样的分歧！让我们以后不要这样，布鲁特斯。

**布鲁特斯** 什么事情都是好好的。

**卡修斯** 晚安，将军。

**布鲁特斯** 晚安，好兄弟。

**泰蒂涅斯**<br>**梅萨拉** 晚安，布鲁特斯将军。

**布鲁特斯** 各位再会。（卡修斯、泰蒂涅斯、梅萨拉同下）

【卢修斯持睡衣重上。

**布鲁特斯** 把睡衣给我。你的乐器呢？

**卢修斯** 就在这儿帐里。

**布鲁特斯** 什么！你说话好像在瞌睡一般？可怜的东西，我不怪你；你睡得太少了。把克劳迪斯和还有什么其他的仆人叫来；我要叫他们搬两个垫子来睡在我的帐内。

**卢修斯**　瓦罗！克劳迪斯！

【瓦罗及克劳迪斯上。

**瓦罗**　主人呼唤我们吗？

**布鲁特斯**　请你们两个人就在我的帐内睡下；也许等会儿我有事情要叫你们起来到我的兄弟卡修斯那边去。

**瓦罗**　我们愿意站在这儿伺候您。

**布鲁特斯**　我不要这样；睡下来吧，好朋友们；也许我没有什么事情。瞧，卢修斯，这就是我找来找去找不到的那本书；我把它放在我的睡衣口袋里了。(瓦罗、克劳迪斯睡下)

**卢修斯**　我原说您没有把它交给我。

**布鲁特斯**　原谅我，好孩子，我的记性太坏了。你能不能够暂时撑开你的倦眼，替我弹一两支曲调吗？

**卢修斯**　好的，主人，要是您欢喜的话。

**布鲁特斯**　我很欢喜，我的孩子。我太麻烦你了，可是你很愿意出力。

**卢修斯**　这是我的责任，主人。

**布鲁特斯**　我不应该勉强你尽你能力以上的责任；我知道年轻人是需要休息的。

**卢修斯**　主人，我早已睡过了。

**布鲁特斯**　很好，一会儿我就让你再去睡睡；我不愿耽搁你太久的时间。要是我还能够活下去，我一定不会亏待你。(音乐，卢修斯唱歌)这是一支催眠的乐曲；啊，杀人的睡眠！你把你的铅矛加在为你奏乐的我的孩子的身上了吗？好孩子，晚安；我不愿惊醒你的好睡。也许你在瞌睡之中，会打碎了你的乐器；让我替你拿去了；好孩子，晚安，让我看，让我看，我上次没有读完的地方，不是把书页折下的吗？我想就是这儿。

【恺撒鬼魂上。

**布鲁特斯**　这蜡烛的光怎么这样暗！吓！谁来啦？我想我的眼睛有点昏花，所以会看见鬼怪。它走近我的身边来了。你是什么东西？你是神呢，天使呢，还是魔鬼，吓得我浑身冷汗，头发直竖？对我说你是什么。

**鬼魂**　你的邪恶的灵魂，布鲁特斯。

**布鲁特斯**　你来干什么？

鬼魂　我来告诉你，你将在腓利比看见我。

布鲁特斯　好，那么我将要再看见你吗？

鬼魂　是的，在腓利比。

布鲁特斯　好，那么我们在腓利比再见。（鬼魂隐去）我刚提起一些勇气，你又不见了；邪恶的灵魂，我还要跟你谈话。孩子，卢修斯！瓦罗！克劳迪斯！喂，大家醒醒！克劳迪斯！

卢修斯　主人，弦子还没有调准呢。

布鲁特斯　他以为他还是在弹他的乐器。卢修斯，醒来！

卢修斯　主人！

布鲁特斯　卢修斯，你做了什么梦，在梦中叫喊吗？

卢修斯　主人，我不知道我曾经叫喊过。

布鲁特斯　你曾经叫喊过。你看见什么没有？

卢修斯　没有，主人。

布鲁特斯　再睡吧，卢修斯。喂，克劳迪斯！你这家伙！醒来！

瓦罗　主人！

克劳迪斯　主人！

布鲁特斯　你们为什么在睡梦里大呼小叫的？

瓦罗<br>克劳迪斯　我们在睡梦里叫喊吗，主人？

布鲁特斯　嗯，你们瞧见什么没有？

瓦罗　没有，主人，我没有瞧见什么。

克劳迪斯　我也没有瞧见什么，主人。

布鲁特斯　去向我的兄弟卡修斯致意，请他赶快先把他的军队开拔，我们随后就来。

瓦罗<br>克劳迪斯　是，主人。（各下）

# 第　五　幕

## 第一场　腓利比平原

【奥克塔维厄斯及安东尼率军队上。

**奥克塔维厄斯**　现在，安东尼，我们的希望已经得到事实的答复了。你说敌人一定坚守山岭高地，不会下来；事实却并不如此，他们的军队已经向我们逼近，似乎有意要在这儿腓利比用先发制人的手段，给我们一个警告。

**安东尼**　嘿！我熟悉他们的心理，知道他们为什么这样做。他们的目的无非是想虚声夺人，让我们看见他们的汹汹之势，认为他们的士气非常旺盛；其实完全不是这样。

【一使者上。

使者　两位将军，请你们快些准备起来，敌人正在那儿浩浩荡荡地开过来了；他们已经挂出挑战的旗号，我们必须立刻布置防御的策略。

安东尼　奥克塔维厄斯，你带领你的一支军队向战地的左翼缓缓前进。

奥克塔维厄斯　我要向右翼迎击；你去打左翼。

安东尼　为什么你要在这样紧急的时候跟我闹蹩扭。

奥克塔维厄斯　我不跟你闹蹩扭，可是我要这样。（军队行进）

【鼓声；布鲁特斯及卡修斯率军队上；路西力乌斯，泰蒂涅斯，梅萨拉及余人等同上。

布鲁特斯　他们停下来了，想和我们谈判。

卡修斯　站定，泰蒂涅斯；我们必须出阵跟他们谈话。

奥克塔维厄斯　马克·安东尼，我们要不要发出交战的号令？

安东尼　不，恺撒，等他们向我们进攻的时候，我们再去应战。上去；那几位将军们要谈几句话哩。

奥克塔维厄斯　不要动，等候号令。

布鲁特斯　先礼后兵，是不是，各位同胞们？

奥克塔维厄斯　我们倒不像您那样喜欢空话。

布鲁特斯　奥克塔维厄斯，良好的言语胜于拙劣的刺击。

安东尼　布鲁特斯，您用拙劣的刺击来说您的良好的言语：瞧您刺在恺撒心上的创孔，它们在喊着："恺撒万岁！"

卡修斯　安东尼，我们还没有领教过您的剑法；可是我们知道您舌头上涂满着蜜，海布拉[1]的蜜都给你偷完了。

安东尼　我可没有把蜜蜂的刺也一起偷走。

布鲁特斯　啊，是的，您连它们的声音也一起偷走了；因为您已经学会了在刺人以前，安东尼，先用嗡嗡的声音向人威吓。

安东尼　恶贼！你们在恺撒的旁边拔出你们万恶的刀子来的时候，是连半句声音也不透出来的；你们像猴子一样露出你们的牙齿，像狗子一样摇尾乞怜，像奴隶一样卑躬屈膝，吻着恺撒的脚；该死的凯斯卡却像一条恶狗似的躲

① 海布拉（Hybla），西西里一古城，以蜂蜜著称。

在背后，向恺撒的脖子上挥动他的凶器。啊，你们这些谄媚的家伙！

**卡修斯** 谄媚的家伙！布鲁特斯，谢谢你自己吧。早依了卡修斯话，今天决不让他把我们这样信口污辱。

**奥克塔维厄斯** 好了，好了，谈谈争端吧；辩论不过使我们流汗，我们却要用流血来判断双方的曲直。瞧，我拔出这一柄剑来跟叛徒们决战；你们想想什么时候这利剑会收回去？除非等到恺撒身上三十三处伤痕的仇恨完全报复或者另外一个恺撒也死在叛徒们的刀剑之下，这一柄剑决不收回去。

**布鲁特斯** 恺撒，你不会死在叛徒们的手里，除非那些叛徒就在你自己的左右。

**奥克塔维厄斯** 我也希望这样；天生下我来，不是要我死在布鲁特斯的剑上的。

**布鲁特斯** 啊！孩子，即使你是你的家门中最高贵的后裔，能够死在布鲁特斯剑上，也要算是莫大的荣幸呢。

**卡修斯** 像他这样一个顽劣的学童，跟一个跳舞喝酒的浪子在一起，才不值得污我们的刀剑。

**安东尼** 还是从前的卡修斯！

**奥克塔维厄斯** 来，安东尼，我们去吧！叛徒们，我们现在当面向你们挑战；要是你们有胆量的话，今天就在战场上相见，否则等你们有了勇气再来。(奥克塔维厄斯、安东尼率军队下)

**卡修斯** 好，现在狂风已经在吹起，波涛已经在澎湃，船只要在风浪中颠簸了！一切都要信任着不可知的命运。

**布鲁特斯** 喂！路西力乌斯！有话对你说。

**路西力乌斯** 什么事，主将？(布鲁特斯、路西力乌斯在一旁谈话。)

**卡修斯** 梅萨拉！

**梅萨拉** 主将有什么吩咐？

**卡修斯** 梅萨拉，今天是我的生日；就在这一天，卡修斯诞生到世上。把你的手给我，梅萨拉。请你做我的见证，正像从前庞贝一样，我是因为万不得已，才把我们全体的自由在这一次战役中作孤注一掷的。你知道我一向很信仰伊壁鸠鲁[①]的见解；现在我的思想却改变了，有些儿相信起预兆来了。我们从

---

① 伊壁鸠鲁(Epicurus)，古希腊享乐主义派哲学家。

萨狄斯开拔前来的时候，有两头猛鹰从空中飞下，栖在我们从前那个旗手的肩上；它们常常啄食我们军士手里的食物，一路上跟我们做伴，一直到这儿腓利比。今天早晨它们却飞去不见了，代替着它们的，只有一群乌鸦鸱鸢，在我们的头顶盘旋，好像把我们当作垂毙的猎物一般；它们的黑影像是一顶不祥的华盖，掩覆着我们末日在迩的军队。

**梅萨拉** 不要相信这种事。

**卡修斯** 我也不是完全相信，因为我的精神很兴奋，我已经决心用坚定不拔的意志，抵御一切的危难。

**布鲁特斯** 就是这样吧，路西力乌斯。

**卡修斯** 最尊贵的布鲁特斯，愿神明今天护佑我们，使我们能够在太平的时代做一对亲密的朋友，直到我们的耋年！可是既然人事是这样无常，让我们也考虑到万一的不幸。要是我们这次战败了，那么现在就是我们最后一次的聚首谈心；请问你在那样的情形之下，准备怎么办？

**布鲁特斯** 凯图[①]自杀的时候，我曾经对他这一种举动表示不满；我不知道为什么，可是总觉得为了惧怕可能发生的祸患而结束了自己的生命，是一件懦弱卑劣的行为；我现在还是根据这一种观念，决心用坚忍的态度，等候主宰世人的造化所给予我的命运。

**卡修斯** 那么，要是我们失败了，你愿意被凯旋的敌人拖来拖去，在罗马的街道上游行吗？

**布鲁特斯** 不，卡修斯，不，尊贵的罗马人，你不要以为布鲁特斯会有一天被人绑缚着回到罗马；他是有一颗太高傲的心的。可是今天这一天必须结束三月十五所开始的工作；我不知道我们能不能再有见面的机会，所以让我们从此永诀吧。永别了，永别了，卡修斯！要是我们还能相见，那时候我们可以相视而笑；否则今天就是我们生离死别的日子。

**卡修斯** 永别了，永别了，布鲁特斯！要是我们还能相见，那时候我们一定相视而笑；否则今天真的是我们生离死别的日子了。

**布鲁特斯** 好，那么前进吧。唉！要是一个人能够预先知道一天的工作的结果——可是一天的时间是很容易过去的，那结果也总会见到分晓。来啊！我

---

① 指小加图（Marcus Poreius Cato, 前 95- 前 46），古罗马政治家，大加图的曾孙、斯多葛派哲学信徒，支持元老院共和派，反对恺撒和喀提林，因共和军战败而自杀。

们去吧！（同下）

## 第二场　同前；战场

【号角声；布鲁特斯及梅萨拉上。

**布鲁特斯**　梅萨拉，赶快骑马前去，传令那一方面的军队，（号角大鸣）叫他们立刻冲上去，因为我看见奥克塔维厄斯带领的那支军队打得很没有士气，迅速的进攻可以把他们一举击溃。赶快骑马前去，梅萨拉；叫他们全军向敌人进攻。（同下）

## 第三场　战场的另一部分

【号角声；卡修斯及泰蒂涅斯上。

**卡修斯**　啊！瞧，泰蒂涅斯，瞧，那些坏东西逃得多快。我自己也变成了我自己的仇敌；这是我的旗手，我看见他想要转身逃走，把这懦夫杀了，谁知道他的懦怯却到了我的身上来了。

**泰蒂涅斯**　啊，卡修斯！布鲁特斯把号令发得太早了；他因为对奥克塔维厄斯略占优势，自以为胜利在握；他的军队忙着搜掠财物，我们却给安东尼全部包围起来。

【平达勒斯上。

**平达勒斯**　再逃远一些，主人，再逃远一些；马克·安东尼已经进占您的营帐了，主人，快逃，尊贵的卡修斯，逃得远远的。

**卡修斯**　这座山头已经够远了。瞧，瞧，泰蒂涅斯；那边有火的地方，不就是我的营帐吗？

**泰蒂涅斯**　是的，主将。

**卡修斯**　泰蒂涅斯，要是你爱我，请你骑了我的马，着力加鞭，到那边有军队的所在探看探看，再飞马回来向我报告，让我知道他们究竟是友军还是敌军。

泰蒂涅斯　是，我就去就来。（下）

卡修斯　平达勒斯，你给我登上那座山顶；我的眼睛看不大清楚；留意看好泰蒂涅斯，告诉我你所见到的战场上的情形。（平达勒斯登山）我今天第一次透过一口气来；时间在循环运转，我在什么地方开始，也要在什么地方终结；我的生命已经走完了它的途程。喂，看见什么没有？

平达勒斯　（在上）啊，主人！

卡修斯　什么消息？

平达勒斯　泰蒂涅斯给许多骑马的人包围在中心，他们都向他策马而前；可是他仍旧向前飞奔，现在他们快要追上他了；赶快，泰蒂涅斯，现在有人下马了；嗳哟！他也下马了；他给他们捉去了；（内欢呼声）听！他们在欢呼。

卡修斯　下来，不要再看了。唉，我真是一个懦夫，眼看着我的最好的朋友在我的面前给人捉去，我自己却还在这世上偷生苟活！

【平达勒斯下山。

卡修斯　过来，小子。你在巴底亚做了我的俘虏，我免了你的一死，叫你对我发誓，无论我吩咐你做什么事，你都要照着做。现在你来，实行你的誓言；我让你从此做一个自由人；这柄曾经穿过恺撒心脏的好剑，你拿着它望我的胸膛里刺了进去吧。不用回答我的话；来，把剑柄拿在手里；等我把脸遮上了，你就动手。好，恺撒，我用杀死你的那柄剑，替你复了仇了。（死）

平达勒斯　现在我已经自由了；可是那却不是我自己的意思。卡修斯啊，平达勒斯将要远远离开这一个国家，到没有一个罗马人可以看见他的地方去。（下）

【泰蒂涅斯及梅萨拉重上。

梅萨拉　泰蒂涅斯，双方的胜负刚刚互相抵销；因为一方面奥克塔维厄斯被布鲁特斯的军队打败，一方面卡修斯的军队也给安东尼打败。

泰蒂涅斯　这些消息很可以安慰安慰卡修斯。

梅萨拉　你在什么地方离开他？

泰蒂涅斯　就在这座山上，垂头丧气地跟他的奴隶平达勒斯在一起。

梅萨拉　躺在地上的不就是他吗？

泰蒂涅斯　他躺着的样子好像已经死了。啊，我的心！

梅萨拉　那不是他吗？

**泰蒂涅斯** 不，梅萨拉，这个人从前是他，现在卡修斯已经不在人世了。啊，没落的太阳！正像你今晚沉没在你红色的光辉中一样，卡修斯的白昼也在他的赤血之中消隐了；罗马的太阳已经沉没了下去。我们的白昼已经过去；黑云、露水和危险正在袭来；我们的事业已成灰烬了。他因为不相信我能够不辱使命，所以才干出这件事来。

**梅萨拉** 他因为不相信我们能够得到胜利，所以才干出这件事来。啊，可恨的错误，你忧愁的产儿！为什么你要在人们灵敏的脑海里造成颠倒是非的幻象？啊，错误，只要酝酿出来，就永远不能产生开心果子，只会让生你的母亲死去！

**泰蒂涅斯** 喂，平达勒斯！你在哪儿，平达勒斯？

**梅萨拉** 泰蒂涅斯，你去找他，让我去见高贵的布鲁特斯，把这刺耳的消息告诉他；布鲁特斯听见了这个消息，一定会比锋利的刀刃，有毒的箭镞贯进他的耳中还要难过。

**泰蒂涅斯** 你去吧，梅萨拉；我先在这儿找一找平达勒斯。（梅萨拉下）勇敢的卡修斯，为什么你要叫我去呢？我不是碰见你的朋友了吗？他们不是把这胜利之冠加在我的额上，叫我回来献给你吗？你没有听见他们的欢呼吗？唉！你误会了一切了。可是请你接受这一个花环，让我替你戴上去吧；你的布鲁特斯叫我把它送给你，我必须遵从他的命令。布鲁特斯，快来，瞧我怎样向凯厄斯·卡修斯尽我的责任。允许我，神啊；这是一个罗马人的天职；来，卡修斯的宝剑，进入泰蒂涅斯的心里吧。（自杀）

【号角声；梅萨拉率布鲁特斯，小凯图，斯特莱托，沃伦涅斯及路西力乌斯重上。

**布鲁特斯** 梅萨拉，梅萨拉，他的尸体在什么地方？

**梅萨拉** 瞧，那边泰蒂涅斯正在他旁边哀泣。

**布鲁特斯** 泰蒂涅斯的脸是向上的。

**凯图** 他也死了。

**布鲁特斯** 啊，尤利乌斯·恺撒！你到死还是无所不能啊！你的英灵不泯，借着我们自己的刀剑，洞穿我们自己的心脏。（号角低吹。）

**凯图** 勇敢的泰蒂涅斯！瞧他替已死的卡修斯加上胜利之冠了！

**布鲁特斯** 世上还有两个和他们同样的罗马人吗？最后的罗马健儿，再会

了！罗马再也不会产生可以和你匹敌的人物，朋友们，我对于这位已死的人，欠着还不清的眼泪。——慢慢的，卡修斯，我会找到我的时间。——来，把他的尸体送到泰索斯去；他的葬礼不能在我们的营地上举行，因为恐怕影响军心。路西力乌斯，来；来，小凯图；我们到战场上去。拉琵奥，弗雷维斯，传令我们的军队前进。现在还只有三点钟；罗马人，在日落以前，我们还要在第二次的战争中试探我们的命运。（同下）

## 第四场　战场的另一部分

【号角声；两方军士交战，布鲁特斯，小凯图，路西力乌斯及余人等上。

布鲁特斯　同胞们，啊！振起你们的精神！

凯图　哪一个贱种敢退缩不前？谁愿意跟我来？我要在战场上到处宣扬我的名字：我是马库斯·凯图的儿子！我是暴君的仇敌，祖国的朋友；我是马库斯·凯图的儿子！

布鲁特斯　我是布鲁特斯，马库斯·布鲁特斯就是我；布鲁特斯，祖国的朋友；请认明我是布鲁特斯！（追击敌人下；凯图被敌军围攻倒地）

路西力乌斯　啊，年轻高贵的凯图，你倒下了吗？啊，你现在像泰蒂涅斯一样勇敢地死了，你死得不愧为凯图的儿子。

军士甲　不投降就是死。

路西力乌斯　我愿意投降，可是看在这许多钱的面上，请你们把我立刻杀死。（取钱赠军士）你们杀死了布鲁特斯，也算立了一件大大的功劳。

军士甲　我们不能杀你。一个尊贵的俘虏！

军士乙　喂，让开！告诉安东尼，布鲁特斯已经捉住了。

军士甲　我去传报这消息。主将来了。

【安东尼上。

军士甲　主将，布鲁特斯已经捉住了。

安东尼　他在哪儿？

路西力乌斯　安东尼，布鲁特斯还是安然无恙。我敢向你说一句：没有一个敌人可以把布鲁特斯活捉；神明保佑他不至于遭到这样的耻辱！你们找到他的时候，不论是死的还是活的，他一定会保持他的堂堂的荣誉。

**安东尼** 朋友，这个人不是布鲁特斯，可是也不是一个等闲之辈。不要伤害他，把他好生看待。我希望我有这样的人做我的朋友，而不是做我的仇敌。去，看看布鲁特斯有没有死；有什么消息就到奥克塔维厄斯的营帐里来报告我们。（各下）

## 第五场 战场的另一部分

【布鲁特斯，达德涅斯，克利特斯，斯特莱托及沃伦涅斯上。

**布鲁特斯** 来，残余下来的几个朋友，在这块岩石上休息休息吧。

**克利特斯** 我们望见斯塔蒂利乌斯的火把，可是他没有回来；大概不是捉了去就是死了。

**布鲁特斯** 坐下来，克利特斯。他一定死了；多少人都死了。听着，克利特斯。（向克利特斯耳语）

**克利特斯** 什么，我吗，主人？不，那是万万不能的。

**布鲁特斯** 那么算了！不要多说话。

**克利特斯** 我宁愿自杀。

**布鲁特斯** 听着，达德涅斯。（向达德涅斯耳语）

**达德涅斯** 我必须干这一件事吗？

**克利特斯** 啊，达德涅斯！

**达德涅斯** 啊，克利特斯！

**克利特斯** 布鲁特斯要求你干一件什么坏事？

**达德涅斯** 他要我杀死他，克利特斯。瞧，他在出神呆想。

**克利特斯** 他的高贵的心里装满了悲哀，甚至于在他的眼睛里流露出来。

**布鲁特斯** 过来，好沃伦涅斯，听我说一句话。

**沃伦涅斯** 主将有什么吩咐？

**布鲁特斯** 是这样的，沃伦涅斯。恺撒的鬼魂曾经两次在夜里向我出现；一次在萨狄斯，一次就是昨天晚上，在这儿腓利比的战场上。我知道我的末日已经到了。

沃伦涅斯　不会有的事，主将。

布鲁特斯　不，我确信我的末日已经到了，沃伦涅斯。你看大势已经变化到什么地步；我们的敌人已经把我们逼到了山穷水尽之境，与其等待他们来把我们推落深坑，还不如自己先跳下去。好沃伦涅斯，我们从前曾经在一起求学，看在我们旧日的交情的份上，请你拿着我的剑柄，让我伏剑而死。

沃伦涅斯　主将，那不是一件可以叫一个朋友做的事。(号角声继续不断)

克利特斯　快逃，快逃，主人！这儿是不能久留的。

布鲁特斯　再会，你，你，还有你，沃伦涅斯。斯特莱托，你已经瞌睡了这大半天，再会了，斯特莱托。同胞们，我很高兴在我的一生之中，只有他还尽忠于我。我今天虽然战败了，可是将要享有比奥克塔维厄斯和马克·安东尼在这次卑鄙的胜利中所得到的更大的光荣。大家再会了；布鲁特斯的舌头已经差不多结束了他一生的历史；暮色罩在我的眼睛上，我的筋骨渴想得到它劳苦已久的安息。(号角声；内呼声，“逃啊，逃啊，逃啊！”)

克利特斯　快逃吧，主人，快逃吧。

布鲁特斯　去！我就来。(克利特斯、达德涅斯、沃伦涅斯同下)斯特莱托，请你不要去，陪着你的主人。你是一个心地很好的人，你的为人还有几分义气；拿着我的剑，转过你的脸，让我对准剑锋扑上去。你肯不肯这样做，斯特莱托？

斯特莱托　请您先允许我握一握您的手；再会了，主人。

布鲁特斯　再会了，好斯特莱托。(扑身剑上)恺撒，你现在可以瞑目了；我杀死你的时候，还不及现在一半的勇决。(死)

【号角声；吹退军号；奥克塔维厄斯，安东尼，梅萨拉，路西力乌斯及军队上。

奥克塔维厄斯　那是什么人？

梅萨拉　我的主将的仆人。斯特莱托，你的主人呢？

斯特莱托　他已经永远脱离了加在你身上的那种束缚了，梅萨拉；胜利者只能在他身上举起一把火来，因为只有布鲁特斯能够战胜他自己，谁也不能因他的死而得到荣誉。

路西力乌斯　布鲁特斯的结果应当是这样的。谢谢你，布鲁特斯，因为你证明了路西力乌斯的话并没有说错。

奥克塔维厄斯　所有跟随布鲁特斯的人，我都愿意把他们收留下来。朋友，你愿意跟随我吗？

斯特莱托　好，只要梅萨拉肯把我举荐给您。

奥克塔维厄斯　你把他举荐给我吧，好梅萨拉。

梅萨拉　斯特莱托，我们的主将怎么死的？

斯特莱托　我拿了剑，他扑了上去。

梅萨拉　奥克塔维厄斯，他已经为我的主人尽了最后的义务，您把他收留了下来吧。

安东尼　在他们那一群中间，他是一个最高贵的罗马人；除了他一个人以外，所有的叛徒们都是因为妒嫉恺撒而下他们的毒手；只有他才是激于正义的思想，为了大众的利益，而去参加他们的阵线。他一生善良，交织在他身上的各种美德，可以使造物肃然起立，向全世界宣告，“这是一个汉子！”

奥克塔维厄斯　让我们按照他的美德，给他应得的礼遇，替他殡葬如仪。他的尸骨今晚将要安顿在我的营帐里，他必须充分享受一个军人的荣誉。现在传令全军安息；让我们去分派今天的胜利的光荣吧。（同下）

出 品 人：许　永
责任编辑：许宗华
封面设计：海　云
内文制作：黄　吴
　　　　　许宗华
印制总监：蒋　波
发行总监：田峰峥

投稿信箱：cmsdbj@163.com
发　　行：北京创美汇品图书有限公司
发行热线：010-53017389　59799930

创美工厂
微信公众平台

创美工厂
官方微博

# SHAKESPEARE
## TEN GREAT PLAYS

otus mundus agit
histrione
m
ACT IV
Th
The
Tirin
house
Two Penny
Two Penny
Twelve Penny
Penny
ONDINVM 1599

Globe Theatr
The Platform
oxes
Boxes
Galleries
One Penny
Groundlings
MAGNAE BRITANNIAE
ELIZABETHA REGINA
he
Yard
The Entrance
A.
PROV

# 莎士比亚
# 十大经典戏剧

[英] 威廉·莎士比亚 著
朱生豪 译 苏福忠 校

（下）

中国友谊出版公司

# 皆大欢喜

朱生豪 译

苏福忠 校

## 背景与提要

《皆大欢喜》在版权登记署首次注册是一六〇〇年八月四日，其写作时间大概在此次注册前不久。这个剧本的正式出版物是一六二三年的对开本，此前没有可靠证据表明它出版过。

从莎士比亚的全部创作过程看，他似乎对田园文学不太有兴趣。但是在这个剧本里，他却十分老道地动用了田园文学的常用手法，如让宫廷和乡村形成鲜明对比，让田园情调和贵族派头形成反差，为剧情配上插曲和诗歌，配置林地布景，渲染浪漫气氛，等等。

《皆大欢喜》的剧情是这样的：在美丽的亚登林地里，居住着一位被流放的公爵，好像英格兰的侠客罗宾汉。一些受到社会不公正待遇的人，都躲到这个自由王国来了。奥兰多被兄长奥利弗剥夺了应有的继承权。流放的公爵的女儿罗莎琳被篡夺她父亲爵位的叔叔弗雷德里克公爵所虐待。奥兰多和罗莎琳是一对恋人。罗莎琳女扮男装，化名盖尼米德，来到此地，决心鼓励奥兰多找回他昔日的情人罗莎琳。另一对恋人西莉娅和奥利弗同样在剧中扮演着重要的角色，对衬托纯真的爱情和化解古老家族的恩恩怨怨，增加剧本的内涵和力度，具有同等的价值。最能体现莎士比亚喜剧风格的是贾克斯和试金石两个角色。

《皆大欢喜》的故事情节深受托马斯·洛奇的长诗《罗莎琳》的影响。

《皆大欢喜》在当时的上演是成功的，在莎士比亚的喜剧中占有独特的地位。它重新受人重视，在舞台演出，是一七四〇年，距莎士比亚去世一百多年。此后它一直受到各家剧院的重视，不断上演，尤其受青年观众欢迎。

一九九二年夏天，笔者到莎士比亚的故乡斯特拉特福镇游览观光，有幸观看了《皆大欢喜》的演出。莎士比亚时代那种简陋的剧场和布景一去不复返，现代人演出的《皆大欢喜》更具田园气氛(尤其布景)。演员准确流畅的台词经常博得欢笑和掌声。观看莎剧演出已经成为一种文化熏陶。据英国朋友说，每年夏天，从四月份起到九月中旬，斯特拉特福镇游人如烟，皇家剧院每晚都上演莎士比亚的戏剧，场场爆满。由此你不由得想到莎士比亚的戏剧的生命力多么强大。

《皆大欢喜》第二幕第七场有一段著名的台词：“全世界是一个舞台，所有的男男女女不过是一些演员；他们都有下场的时候，也都有上场的时候。一个人的一生中扮演着好几个角色……”一个名叫迈可的青年教师给我讲这段英文时说，仅凭这段富有人生哲理的台词，《皆大欢喜》一剧便可永垂世界文学史册。

这话透着民族的骄傲，却很中肯。

苏福忠

SCENE: OLIVER'S HOUSE;
DUKE FREDERICK'S COURT;
and the
FOREST OF ARDEN

# AS YOU LIKE IT

## *DRAMATIS PERSONAE*

## 剧中人物

公爵　在放逐中

弗雷特里克　其弟，篡位者

阿米恩斯、杰克斯　被逐公爵的从臣

勒·波　弗雷特里克的侍臣

查尔斯　拳师

奥利弗、贾克斯、奥兰多　罗兰·第·鲍埃爵士之子

亚当、丹尼斯　奥利弗之仆

试金石　小丑

奥利弗·马特克斯特师父　牧师

科林、西尔维厄斯　牧人

威廉　乡人，恋奥德丽

扮喜神亥门者

罗莎琳　被逐公爵之女

西莉亚　弗雷特里克之女

菲琵　牧女

奥德丽　村姑

众臣，侍童，林居人及从者等

**地点**　奥利弗宅旁庭园；篡位者的宫廷；亚登森林

# 第　一　幕

## 第一场　奥利弗宅旁园中

【奥兰多及亚当上。

奥兰多　亚当，我记得遗嘱上只给了我一笔小小的一千块钱，而且正像你所说的，吩咐我的大哥把我好生教养，否则他不能得到他的祝福；我的不幸就这样开始了。他把我的二哥贾克斯送进学校，据说成绩很好；可是我呢，他却叫我像个村汉似的待在家里，或者再说得确当一点，他一点不照顾地把我关在家里；你说像我这种身分的良家子弟，就可以像一条牛那样养着的吗？他的马匹也还比我养得好些；因为除了食料充足之外，还要把它们调练起来，因此用重金雇下了骑师；可是我，他的兄弟，却不曾在他手下得到一点好处，除了让我徒然地长大起来，这是我跟他那些粪堆上的畜生一样要感激他的。他除了这样慷慨地不给我什么之外，还要剥夺去我固有的一点点天分；他叫我和佃工在一起过活，不把我当兄弟看待，用这种教育来摧毁我的高贵的素质。这是使我伤心的缘故，亚当；我觉得在我身体之内的我父亲的精神已经因为受不住这种奴隶的生活而反抗起来了。我一定不能再忍受下去，虽然我还不曾想到怎样避免它的妥当的方法。

亚当　大爷，您的哥哥在那边来了。

奥兰多　走旁边去，亚当，你就会听到他会怎样欺侮我。

【奥利弗上。

奥利弗　嘿，少爷！你来做什么？

奥兰多　不做什么；我不曾学习过做什么。

奥利弗　那么你在作践些什么呢，少爷？

奥兰多　哼，少爷，我在帮您的忙，把一个上帝造下来的、您的可怜的没有用处的兄弟用游惰来作践着哩。

奥利弗　那么你给我做事去，别站在这儿吧，少爷。

奥兰多　我要去看守您的猪，跟它们一起吃糠吗？我浪费了什么了，才要受这种惩罚？

奥利弗　你知道你在什么地方吗，少爷？

奥兰多　噢，大爷，我知道得很清楚；我是在这儿您的园子里。

奥利弗　你知道你是当着谁说话吗，少爷？

奥兰多　噢，我知道我所当面的人，比之他知道我更明白些。我知道你是我的大哥；照你的高贵的血统说起来，你也应该知道我是谁。按着世间的常礼，你的身分比我高些，因为你是长子；可是同样的礼法却不能取去我的血统，即使我们之间还有二十个兄弟。我的血液里有着跟你一样多的我们父亲的素质；虽然我承认你的居长在名分上是应该格外受人敬重一些。

奥利弗　什么，孩子！

奥兰多　算了吧，算了吧，大哥，你不用这样卖大啊。

奥利弗　你要向我动起手来了吗，混蛋？

奥兰多　我不是混蛋；我是罗兰·第·鲍埃爵士的小儿子，他是我的父亲；谁敢说这样一位父亲会生下混蛋儿子来的，才是个三倍的大混蛋。你倘不是我的哥哥，我这手一定不放松你的喉咙，直等我那另一只手拔出了你的舌头为止，因为你说了这样的话。你骂的是你自己。

亚当　（上前）好爷爷们，别生气；看在去世老爷的面上，大家和和气气的吧！

奥利弗　放开我！

奥兰多　等我高兴放你的时候再放你；你一定要听我说话。父亲在遗嘱上吩咐你给我好好的教育；你却把我训练得像个农夫，不让我跟上流社会接触。父亲的精神在我心中炽烈起来，我再也忍受不下去了。你得允许我去学习那种适合于上流人身分的技艺；否则把父亲在遗嘱里指定给我的那笔小小的钱给了我，也好让我去自寻生路。

奥利弗　等到那笔钱用完了你便怎样？去做叫化吗？哼，少爷，给我进去吧，别再跟我找麻烦了；你可以得到你所要的一部分。请你走吧。

奥兰多　我不愿过分冒犯，除了为我自身的利益。

奥利弗　你跟着他去吧，你这老狗！

亚当　“老狗”便是您给我的谢意吗？一点不错，我服侍你们已经服侍得牙齿都落光了。上帝和我的老爷同在！他是决不会说出这种话来的。（奥兰多、亚当下）

奥利弗　竟有这种事吗？你不服我管了吗？我要把你的傲气去掉，却不给你那一千块钱。喂，丹尼斯！

【丹尼斯上。

丹尼斯　大爷叫我吗？

奥利弗　公爵手下那个拳师查尔斯不是在这儿要跟我说话吗？

丹尼斯　禀大爷，他就在门口，要求见您哪。

奥利弗　叫他进来。（丹尼斯下）这是一个妙计；明天就是摔跤的日子。

【查尔斯上。

查尔斯　早安，大爷！

奥利弗　查尔斯好朋友，新朝廷里有些什么新消息？

查尔斯　朝廷里没有什么消息，大爷，只有一些老消息：那就是说老公爵给他的弟弟新公爵放逐了；三四个忠心的大臣自愿跟着他出亡，他们的地产收入都给新公爵没收了去，因此他巴不得他们一个个滚蛋。

奥利弗　你知道公爵的女儿罗莎琳是不是也跟她的父亲一起放逐了？

查尔斯　啊，不；因为公爵的女儿，她的族妹自小便跟她在一个摇篮里长大，非常的爱她，一定要跟她一同出亡，否则便要寻死；所以她现在仍旧在宫里，她的叔父把她像自家女儿一样看待着；从来不曾有两位小姐像她们这样要好了。

奥利弗　老公爵预备住在什么地方呢？

查尔斯　据说他已经在亚登森林①了，有好多人们跟着他；他们在那边过着英国的老罗宾汉②那样的生活。据说每天有许多青年贵人投奔到他那儿去，逍遥自得地把时间消磨过去，像是置身在古昔的黄金时代里一样。

奥利弗　喂，你明天要当着新公爵面前摔跤吗？

查尔斯　是，大爷；我来就是要通知您一件事情。我得到了一个风声，大

---

① 亚登森林在法国与比利时的东北部。但莎士比亚剧中所写的亚登森林则为英国沃里克郡的亚登森林。

② 罗宾汉 (Robin Hood)，英国传说中14世纪时的著名侠盗。

爷，说您的令弟奥兰多想要假扮了明天来跟我交手一下。明天这一场摔跤，大爷，是与我的名誉有关的；谁想不断一根骨头而安然逃出，必须好好留点儿神才行。令弟年纪太轻，顾念着咱们的交情，我不能下手把他打败；可是为了我自己的名誉起见，他如果要来，我却非得给他一点利害不可。为此看在咱们的交情分上，我来通报您一声：您或者劝他打断了这个念头；或者请您不用为了他所将要遭到的羞辱而生气，这全然是他自取其咎，并非我的本意。

**奥利弗**　查尔斯，多谢你对我的好意，我一定会重重报答你的。我自己也已经注意到舍弟的意思，曾经用婉言劝阻过他；可是他执意不改。我告诉你，查尔斯，他是在全法国顶无理可喻的一个兄弟，野心勃勃，一见人家有什么好处心里总是不服，而且老是在阴谋设计陷害我，他的同胞的兄长。一切悉听你的尊意吧；我巴不得你把他的头颈和手指一起捩断了呢。你得留心一些；要是你略为削了他一点面子，或者他不能大大地削你的面子，他就会用毒药毒死你，用奸谋陷害你，非把你的性命用卑鄙的手段除掉了不肯甘休。不瞒你说，我一说起也忍不住要流泪，在现在世界上没有比他更奸恶的年轻人了。为了自己兄弟的关系，我还不好怎样说他；假如我把他的真相完全告诉了你，那我一定要惭愧得哭泣，你也要脸色发白而大吃一惊的。

**查尔斯**　我真运气上您这儿来。假如他明天来，我一定要给他一顿教训；倘若不叫他瘸了腿，我以后再不跟人家摔跤赌锦标了。好，上帝保佑您大爷！（下）

**奥利弗**　再见，好查尔斯。——现在我要去挑拨这位好勇斗狠的家伙了。我希望他送了命。我自己也不明白为什么我是那么恨他；说起来他很善良，从来不曾受过教育，然而却很有学问，充满了高贵的思想，无论哪一等人都爱戴他；真的大家都是这样欢喜他，尤其是我自己手下的人，以至于我倒给人家轻视起来。可是情形不会长久是这样的；这个拳师可以给我解决一切。现在我只消把那孩子激上前去就是了；我就去。（下）

## 第二场　公爵宫门前草地

【罗莎琳及西莉亚上。

**西莉亚**　罗莎琳，我的好姊姊，请你快活些吧。

**罗莎琳**　亲爱的西莉亚，我已经强作欢容，你还要我再快活一些吗？除非你能够教我怎样忘掉一个被放逐的父亲，否则你总不能叫我记住无论怎样有趣的事情的。

**西莉亚**　我看出你的爱我抵不上我爱你那样深。要是我的伯父，你的被放逐的父亲，放逐了你的叔父，我的父亲，只要你仍旧跟我在一起，我可以爱你的父亲就像我自己的父亲一样。假如你的爱我也像我的爱你一样真纯，那么你也一定会这样的。

**罗莎琳**　好，我愿意忘记我自己的处境，为了你而高兴起来。

**西莉亚**　你知道我父亲只有我一个孩子，看来也不见得会再有了，等他去世之后，你便可以承继他；因为他用暴力从你父亲手里夺了来的，我便要用爱心归还给你。凭着我的名誉起誓，我一定会这样；要是我背了誓，让我变成个妖怪。所以，我的好罗莎琳，我的亲爱的罗莎琳，快活起来吧。

**罗莎琳**　妹妹，从此以后我要高兴起来，想出一些消遣的法子。让我看；你想来一下子恋爱怎样？

**西莉亚** 好的，不妨作为消遣，可是不要认真爱起人来；而且玩笑也总不要开得过度，羞人答答地脸红了一下子就算了，不要弄到丢了脸摆不脱身。

**罗莎琳** 那么我们作什么消遣呢？

**西莉亚** 让我们坐下来嘲笑那位好管家太太命运之神，叫她羞得离开了纺车[①]，免得她的赏赐老是不公平。

**罗莎琳** 我希望我们能够这样做，因为她的恩典完全是滥给的。这位慷慨的瞎眼婆子在对于女人的赏赐上尤其是乱来。

**西莉亚** 一点不错，因为被她给了美貌的，她总不让她们贞洁；被她给了贞洁的，她便叫她们生得怪难看的。

**罗莎琳** 不，现在你把命运的职务拉扯到造物身上去了；命运管理着人间的赏罚，可是管不了天生的相貌。

【试金石上。

**西莉亚** 管不了吗？造物生下了一个美貌的人儿来，命运不会把她推到火里去而损坏了她的容颜吗？造物虽然给我们智慧，可以把命运取笑，可是命运不已经差这个傻瓜来打断我们的谈话了吗？

**罗莎琳** 真的，那么命运太对不起造物了，她会叫一个天生的傻瓜来打断天生的智慧。

**西莉亚** 也许这也不干命运的事，而是造物的意思，因为看到我们的天生的智慧太迟钝了，不配议论神明，所以才叫这傻瓜来做我们的砺石；因为傻瓜的愚蠢往往是聪明人的砺石。喂，聪明人！你到哪儿去？

**试金石** 小姐，快到您父亲那儿去。

**西莉亚** 你作起差人来了吗？

**试金石** 不，我以名誉为誓，我是奉命来请您去的。

**罗莎琳** 傻瓜，你从哪儿学来的这一句誓？

**试金石** 从一个武士那儿学来，他以名誉为誓说煎饼很好，又以名誉为誓说芥末不行；可是我知道煎饼不行，芥末很好；然而那武士却也不曾发假誓。

**西莉亚** 你怎样用你那一大堆的学问证明他不曾发假誓呢？

**罗莎琳** 噢，对了，请把你的聪明施展出来吧。

**试金石** 您两人都站出来；摸摸你们的下巴，以你们的胡须为誓说我是个坏蛋。

---

① 命运女神于纺车上织人类的命运；因命运赏罚毫无定准，故下文云“瞎眼婆子”。

西莉亚　以我们的胡须为誓，要是我们是有胡须的话，你是个坏蛋。

试金石　以我的坏蛋的身分为誓，要是我有坏蛋的身分的话，那么我便是个坏蛋。可是假如你们用你们所没有的东西起誓，你们便不算是发的假誓。这个武士用他的名誉起誓，因为他从来不曾有过什么名誉，所以他也不算是发的假誓；即使他曾经有过名誉，也早已在他看见这些煎饼和芥末之前发誓发掉了。

西莉亚　请问你说的是谁？

试金石　是您的父亲老弗雷特里克所欢喜的一个人。

西莉亚　我的父亲欢喜他，他也就够有名誉的了。够了，别再说起他；你总有一天会因为把人讥弹而吃鞭子的。

试金石　这就可发一叹了，聪明人可以做傻事，傻子却不准说聪明话。

西莉亚　真的，你说得对；自从把傻子的一点点小聪明禁止发表之后，聪明人的一点点小小的傻气却大大地显起身手来了。——勒·波先生来啦。

罗莎琳　含着满嘴的新闻。

西莉亚　他会把他的新闻向我们倾吐出来，就像鸽子哺雏一样。

罗莎琳　那么我们要塞满一肚子的新闻了。

西莉亚　那再好没有，塞得胖胖的，卖出去更值钱些。

【勒·波上。

西莉亚　您好，勒·波先生。有什么新闻？

勒·波　好郡主，您错过一场很好的玩意儿了。

西莉亚　玩意儿！什么花色的？

勒·波　什么花色的，小姐！我怎么回答您呢？

罗莎琳　凭着您的聪明和您的机缘吧。

试金石　或者按照着命运女神的旨意。

西莉亚　说得好，极堆砌之能事了。

勒·波　两位小姐，你们叫我莫名其妙。我是要来告诉你们有一场很好的摔跤，你们错过眼福了。

罗莎琳　可是把那场摔跤的情形讲给我们听吧。

勒·波　我可以把开场的情形告诉你们；假如两位小姐听着乐意，收场的情形你们可以自己看一个明白，精彩的部分这还不曾开始呢；他们就要到这儿来表演了。

西莉亚　好，就把那个已经陈旧死了的开场说说看。

勒·波　有一个老人带着他的三个儿子到来，——

西莉亚　我可以把这开头接上一个老故事去。

勒·波　三个漂亮的青年，长得一表人才；——

罗莎琳　头颈里挂着招贴，“特此布告，俾众周知。”

勒·波　老大跟公爵的拳师查尔斯摔跤，查尔斯一下子就把他摔倒了，摔断了三根肋骨，生命已无希望；老二老三也都这样给他对付过去。他们都躺在那边；那个可怜的老头子，他们的父亲，在为他们痛哭，惹得旁观的人都陪他落泪。

罗莎琳　嗳哟！

试金石　但是，先生，您说小姐们错过了的玩意儿是什么呢？

勒·波　哪，就是我说过的这件事啰。

试金石　所以人们每天都可以增进一些见识。我今天才是第一次听见折断肋骨是小姐们的玩意儿。

西莉亚　我也是第一次呢。

罗莎琳　可是还有谁想要听自己肋下清脆动人的一声吗？还有谁欢喜让他的肋骨给人敲断吗？妹妹，我们要不要去看他们摔跤？

勒·波　要是你们不走开去，那么不看也得看；因为这儿正是指定摔跤的地方，他们就要来表演了。

西莉亚　真的，他们在那边来了；让我们不要走开，看一下子。

【喇叭奏花腔。弗雷特里克公爵，群臣，奥兰多，查尔斯及从者等上。

弗雷特里克　来吧；那年轻人既然不肯听劝，就让他吃些苦楚，也是他自不量力的报应。

罗莎琳　那边就是那个人吗？

勒·波　就是他，小姐。

西莉亚　唉！他太年轻啦；可是瞧上去倒好像很有得胜的神气。

弗雷特里克　啊，吾儿和侄女！你们也溜到这儿来看摔跤吗？

罗莎琳　是的，殿下，请您准许我们。

弗雷特里克　我可以断定你们一定不会感到兴趣的，两方的实力太不平均了。我因为可怜见这个挑战的人年纪轻轻，想把他劝阻了，可是他不肯听劝。小姐们，你们去对他说去，看能不能说得动他。

西莉亚　叫他过来，勒·波先生。

弗雷特里克　好吧，我就走开去。(退至一旁)

勒·波　挑战的先生，两位郡主有请。

奥兰多　敢不奉命。

罗莎琳　年轻人，你向拳师查尔斯挑战了吗？

奥兰多　不，美貌的郡主，他才是向众人挑战的人；我不过像别人一样来到这儿，想要跟他较量较量我的青春的力量。

西莉亚　年轻的先生，照您的年纪而论，您的胆量是太大了。您已经看见了这个人的无情的蛮力；要是您能够用您的眼睛瞧见您自己的形状，或者用您的理智判断您自己的能力，那您对于这回冒险所怀的戒惧，一定会劝您另外找一件比较适宜于您的事情来做。为了您自己的缘故，我们请求您顾虑您自身的安全，放弃了这种尝试吧。

罗莎琳　是的，年轻的先生，您的名誉不会因此而受损；我们可以去请求公爵停止这场摔跤。

奥兰多　我要请你们原谅，我觉得我自己十分有罪，胆敢拒绝这么两位美貌出众的小姐的要求。可是让你们的美目和好意伴送着我去作这场决斗吧。假如我打败了，那不过是一个从来不曾给人看重过的人丢了脸；假如我死了，也不过死一个自己愿意寻死的人。我不会辜负我的朋友们，因为没有人会哀悼我；我不会对世间有什么损害，因为我在世上一无所有；我不过在世间占了一个位置，也许死后可以让给更好的人来补充。

罗莎琳　我但愿我所有的一点点微弱的气力也加在您身上。

西莉亚　我也愿意把我的力气再加在她的力气上面。

罗莎琳　再会。求上天但愿我错看了您！

西莉亚　愿您的希望成全！

查尔斯　来，这个想要来送死的哥儿在什么地方？

奥兰多　已经预备好了，朋友；可是他却不像你这样傲慢。

弗雷特里克　你们，一个回合就够了。

查尔斯　不，启禀殿下，您第一次已经敦劝过他，第二次就可以不必再劝他了。

奥兰多 你要在以后嘲笑我，可不必事先就嘲笑起来啊：不过你就来吧。

罗莎琳 海格立斯默佑着你，年轻人！

西莉亚 我希望我有隐身术，去拉住那强徒的腿。（查尔斯、奥兰多二人摔跤）

罗莎琳 啊，出色的青年！

西莉亚 假如我的眼睛里会打雷，我知道谁是要被打倒的。（查尔斯被摔倒；欢呼声）

弗雷特里克 算了，算了。

奥兰多 请殿下准许我再试；我的一口气还不曾透完哩。

弗雷特里克 你怎样啦，查尔斯？

勒·波 他说不出话来，殿下。

弗雷特里克 把他打出去。你叫什么名字，年轻人？（查尔斯被扛下）

奥兰多 禀殿下，我是奥兰多，罗兰·第·鲍埃的幼子。

弗雷特里克 我希望你是别人的儿子。世间都以为你的父亲是个好人，但他却是我的永远的仇敌；假如你是别族的子孙，你今天的行事一定可以使我喜欢你一些。再见吧；你是个勇敢的青年，我愿你向我说起的是另外一个父亲。（弗雷特里克、勒·波及随从下）

西莉亚 姊姊，假如我在我父亲的地位，我会做这种事吗？

奥兰多 我以做罗兰爵士的儿子为荣，即使只是他的幼子；我不愿改变我的地位，过继给弗雷特里克做后嗣。

罗莎琳 我的父亲宠爱罗兰爵士，就像他的灵魂一样；全世界都抱着和我父亲同样的意见，要是我本来就已经知道这位青年便是他的儿子，我一定含着眼泪谏劝他不要作这种冒险。

西莉亚 好姊姊，让我们到他跟前去鼓励鼓励他。我父亲的无礼猜忌的脾气，使我十分痛心。——先生，您很值得尊敬；要是您在恋爱上也像在别的事情上一样守信，那么您的情人一定是很有福气的。

罗莎琳 先生，（自颈上取下项链赠奥兰多）为了我的缘故，请戴上这个吧；我是个失爱于命运的人，心有余而力不足，不过略表微忱而已。我们去吧，妹妹。

西莉亚　好。再见，好先生。

奥兰多　我不能说一句谢谢你吗？我的勇气都已丧失，站在这儿的只是一个人形的枪靶，一块没有生命的木石。

罗莎琳　他在叫我们回去。我的矜傲随着我的命运一起摧毁了；我且去问他有什么话说。您叫我们吗，先生？先生，您摔跤摔得很好；给您征服了的，不单是您的敌人。

西莉亚　走吗，姊姊？

罗莎琳　你先走，我跟着你。再会。（罗莎琳，西莉亚下）

奥兰多　什么一种情感重压住我的舌头？虽然她想跟我交谈，我却想不出话来对她说。可怜的奥兰多啊，你给征服了！取胜了你的，不是查尔斯，却是比他更柔弱的人儿。

【勒·波重上。

勒·波　先生，我为着好意劝您还是离开这地方吧。虽然您很值得恭维赞扬和敬爱，但是公爵的脾气太坏，他会把您一切的行事都误会了。公爵的心性有点捉摸不定；他的为人怎样我不便说，还是您自己去忖度忖度吧。

奥兰多　谢谢您，先生。我还要请您告诉我，这两位小姐中间哪一位是在场的公爵的女儿？

勒·波　要是我们照行为举止上看起来，两个可说都不是他的女儿；但是那位矮小一点的是他的女儿。另外一个便是被放逐在外的公爵所生，被他这位篡位的叔父留在这儿陪伴他的女儿；她们两人的相爱是远过于同胞姊妹的。但是我可以告诉您，新近公爵对于他这位温柔的侄女有点不乐意；毫无理由，只是因为人民都称赞她的品德，为了她那位好父亲的缘故而同情她；我可以断定他对于这位小姐的恶意就会突然显露出来的。再会吧，先生；我希望在另外一个较好的世界里可以再跟您多多结识。

奥兰多　我非常感荷您的好意；再会。（勒·波下）才穿过浓烟，又钻进烈火；一边是专制的公爵，一边是暴虐的哥哥。可是天仙一样的罗莎琳啊！（下）

## 第三场　宫中一室

【西莉亚及罗莎琳上。

西莉亚　喂，姊姊！喂，罗莎琳！爱神发发慈悲哪！没有一句话吗？

罗莎琳　连可以丢给一条狗的一句话也没有。

西莉亚　不，你的话是太宝贵了，怎么可以丢给贱狗呢？丢给我几句吧。来，讲一些道理来叫我患上偏瘫。

罗莎琳　那么姊妹两人都害了病了：一个是给这道理害得患了偏瘫，一个是因为想不出什么道理来而发了疯。

西莉亚　但这是不是全然为了你的父亲？

罗莎琳　不，一部分是为了我的孩子的父亲。唉，这个平凡的世间是多么充满了荆棘呀！

西莉亚　姊姊，这不过是些有刺的果壳，为了取笑玩玩而丢在你身上的；要是我们不在道上走，我们的裙子就要给它们抓住。

罗莎琳　在衣裳上的我可以把它们抖去；但是这些刺是在我的心里呢。

西莉亚　你咳嗽一声就咳出来了。

罗莎琳　要是我咳嗽一声，他就会应声而来，那么我倒会试一下的。

西莉亚　算了算了；使劲儿把你的爱情克服下来吧。

罗莎琳　唉！我的爱情比我气力大得多哩！

西莉亚　啊，那么我替你祝福吧！即使你失败，也得试一下。但是把笑话搁在一旁，让我们正正经经谈谈。你真的会突然这样猛烈地爱上了老罗兰爵士的小儿子吗？

罗莎琳　我身为公爵的父亲和他的父亲非常要好呢。

西莉亚　因此你也必须和他的儿子非常要好吗？照这样说起来，那么我的父亲非常恨他的父亲，因此我也应当恨他了；可是我却不恨奥兰多。

罗莎琳　不，看在我的面上，不要恨他。

西莉亚　为什么不呢？他不是值得恨的吗？

罗莎琳　因为他是值得爱的，所以让我爱他；因为我爱他，所以你也要爱他。瞧，公爵来了。

西莉亚　他满眼都是怒气。

【弗雷特里克公爵率从臣上。

弗雷特里克　姑娘，为了你的安全，你得赶快收拾起来，离开我们的宫廷。

罗莎琳　我吗，叔父？

弗雷特里克　你，侄女。在这十天之内，要是发现你在离我们宫廷二十里之内，就得把你处死。

罗莎琳　请殿下开示我，我犯了什么罪过。要是我有自知之明，要是我并没有做梦，也不曾发疯，——我相信我没有，——那么，亲爱的叔父，我从来不曾起过半分触犯您老人家的念头。

弗雷特里克　一切叛徒都是这样的；要是他们凭着口头的话便可以免罪，那么他们都是再清白没有的人了。可是我不能信任你，这一句话就够了。

罗莎琳　但是您的不信任不能便使我变成叛徒；请告诉我您有什么证据？

弗雷特里克　你是你父亲的女儿；还用得着别的话吗？

罗莎琳　当您殿下夺去了我父亲的公国的时候，我就是他的女儿；当您殿下把他放逐的时候，我也还是他的女儿。叛逆并不是遗传的，殿下；即使我们受到亲友的牵连，那与我又有什么相干？我的父亲并不是个叛徒呀。所以，殿下，别看错了我，把我的穷迫看作了奸慝。

西莉亚　好殿下，听我说。

弗雷特里克　嗯，西莉亚，我让她留在这儿，只是为了你的缘故，否则她早已跟她的父亲流浪去了。

西莉亚　那时我没有请您让她留下；那是您自己的主意，因为您自己觉得不好意思。那时我还太小不曾知道她的好处；但现在我知道她了。要是她是个叛逆，那么我也是。我们一直都睡在一起，同时起床，一块儿读书，同游同食，无论到什么地方去，都像朱诺的一双天鹅[①]，永远成双着对拆不开来。

弗雷特里克　她这人太阴险，你敌不过她；她的和气，她的沉默，和她的忍耐，都能感动人心，叫人民可怜她。你是个傻子，她已经夺去了你的名誉；她去了之后，你就可以显得格外光彩而贤德了。所以闭住你的嘴；我对她所下

① 孔雀为天后朱诺 (Juno) 之鸟，天鹅为爱神维纳斯 (Venus) 之鸟。

的判决是确定而无可挽回的，她必须被放逐。

西莉亚　那么您把这句判决也加在我身上吧，殿下；我没有她做伴便活不下去。

弗雷特里克　你是个傻子。侄女，你得准备走人吧；假如误了期限，凭着我的名誉和我的言出如山的命令，便要把你处死。（偕从臣下）

西莉亚　唉，我的可怜的罗莎琳！你到哪儿去呢？肯不肯换一个父亲？我把我的父亲给了你吧。请你不要比我更伤心。

罗莎琳　我比你有更多的伤心的理由。

西莉亚　你没有，姊姊。请你高兴一点；你知道不知道，公爵把他的女儿也放逐了？

罗莎琳　他没有。

西莉亚　没有？那么罗莎琳还没有那种爱情，使你明白你我两人有如一体。我们难道要拆散了吗？我们难道要分手了吗，亲爱的姑娘？不，让我的父亲另外找一个后嗣吧。你应该跟我商量我们应当怎样飞走，到哪儿去，带些什么东西。不要因为环境的变迁而独自伤心，让我分担一些你的心事吧。我对着因为同情我们的而惨白的天空起誓，无论你怎样说，我都要跟你一起走。

罗莎琳　但是我们到哪儿去呢？

西莉亚　到亚登森林找我的伯父去。

罗莎琳　唉，像我们这样的姑娘家，走这么远路，该是多么危险！美貌比金银更容易引起盗心呢。

西莉亚　我可以穿了破旧的衣裳，用些黄泥涂在脸上，你也是这样；我们便可以通行过去，不会遭人家算计了。

罗莎琳　我的身材特别高，完全穿得像个男人一样岂不更好？腰间插一把出色的匕首，手里拿一柄刺野猪的长矛；心里尽管隐藏着女人家的胆怯，俺要在外表上装出一副雄赳赳气昂昂的样子来，正像那些冒充好汉的懦夫一般。

西莉亚　你做了男人之后，我叫你什么名字呢？

罗莎琳　我要取一个和朱庇特的侍童一样的名字，所以你叫我盖尼米德[①]吧。但是你叫什么呢？

西莉亚　我要取一个可以表示我的境况的名字；不要再叫西莉亚，叫艾琳

① 盖尼米德 (Ganymede)，宇宙神朱庇特的侍酒童子。

娜[1]吧。

**罗莎琳** 但是妹妹，我们设法去把你父亲宫廷里的小丑偷了来好不好？他在我们的旅途中不是很可以给我们解闷吗？

**西莉亚** 他要跟着我走遍广大的世界；让我独自去向他说吧。我们且去把珠宝钱物收拾起来。我出走之后，他们一定要追寻，我们该想出一个顶适当的时间和顶安全的方法来避过他们。现在我们是满心的欢畅，去找寻自由，不是流亡。（同下）

---

① 艾琳娜原文Aliena，暗示远隔之意

# 第　二　幕

## 第一场　亚登森林

【老公爵，阿米恩斯，及众臣作林居人装束上。

公爵　我的流放生涯中的同伴和弟兄们，我们不已经习惯了这种生活，觉得它比虚饰的浮华有趣得多吗？这些树林不比猜嫉的朝廷更为安全吗？我们在这儿所感觉到的，只是时序的改变，那是上帝加于亚当的惩罚[1]，那冬天的风张舞着冰雪的爪牙，发出暴声的呼啸，即使当它砭刺着我的身体，使我寒冷而抖缩的时候，我也会微笑着说，“这不是谄媚啊；它们就像是忠臣一样，谆谆提醒我所处的地位”，逆运也有它的好处，就像丑陋而有毒的蟾蜍，它的头上却顶着一颗珍贵的宝石。我们的这种生活，虽然与世间相遗弃，却可以听树木的谈话，溪中的流水便是大好的文章，一石之微，也暗寓着教训；每一件事物中间，都可以找到些益处来。我不愿改变这种生活。

阿米恩斯　殿下真是幸福，能把命运的顽逆说成了这样恬静而可爱的样子。

公爵　来，我们打鹿去吧；可是我心里却有些不忍，这种可怜的花斑的蠢物，本来是这荒凉的城市中的居民，在他们自己的领域之内，他们的肥圆的腰肉上却要受到箭镞的刺伤。

甲臣　不错，那忧愁的杰克斯很为那事伤心，发誓说您在那上面比之您那篡位的兄弟是一个更大的篡位者。今天阿米恩斯大人跟我两人悄悄地躲在背后，瞧他躺在一株橡树底下，那古老的树根露出在沿着林旁潺潺流去的溪水面上，有一只可怜的失群的牡鹿中了猎人的箭伤，奔到那边去喘气；真的，殿下，这头不幸的畜生发出了那样的呻吟，真要把它的皮囊都涨破了，一颗颗粗圆的眼泪怪可怜地争先恐后流下在它的无辜的鼻子上；忧愁的杰克斯瞧着这头

---

① 亚当 (Adam)，人类的始祖，未逐出乐园之前，乐园四季常春。见《圣经·创世记》。

可怜的毛畜这样站在急流的小溪边，用眼泪添注在溪水里。

**公爵** 但是杰克斯怎样说呢？他见了此情此景，不又要讲起一番道理来了吗？

**甲臣** 啊，是的，他作了一千种的譬喻。起初他看见那鹿把眼泪浪费地流下了水流之中，便说，“可怜的鹿，你就像世人立遗嘱一样，把你所有的一切给了那已经有得太多的人。”于是，看它孤身独自，被它那些皮毛柔滑的朋友们所遗弃，便说，“不错，人倒了霉，朋友也不会来睬你了。”不久又有一群吃得饱饱的、无忧无虑的鹿跳过它的身边，也不停下来向它打个招呼；“嗯，”杰克斯说，“奔过去吧，你们这批肥胖而富于脂肪的市民们；世事无非如此，那个可怜的破产的家伙，瞧他作什么呢？”他这样用最恶毒的话来辱骂着乡村，城市，和宫廷的一切，甚至于骂着我们的这种生活；发誓说我们只是些篡位者，暴君，或者比这更坏的人物，到这些畜生们的天然的居处来惊扰它们，杀害它们。

**公爵** 你们就在他作这种思索的时候离开了他吗？

**甲臣** 是的，殿下，就在他为了这头啜泣的鹿而流泪发议论的时候。

**公爵** 带我到那地方去，我欢喜趁他发愁的时候去见他，因为那时他最富于见识。

**甲臣** 我就领您去见他。（同下）

## 第二场　宫中一室

【弗雷特里克公爵，群臣及从者上。

**弗雷特里克** 难道没有一个人看见她们吗？决不会的；一定在我的宫廷里有奸人知情串通。

**甲臣** 我不曾听见谁说曾经看见她。她寝室里的女侍们都看她上床；可是一早就看见床上没有她们的郡主了。

**乙臣** 殿下，那个常常逗您发笑的下贱小丑也失踪了。郡主的女侍希丝佩里娅供认她曾经偷听到郡主跟她的姊姊常常称赞最近在摔跤赛中打败了强有力的查尔斯的那个汉子的技术和人品；她说她相信不论她们到哪里去，那个少年一定是跟她们在一起的。

**弗雷特里克** 差人到他哥哥家里去，把那家伙抓来；要是他不在，就带他的哥哥来见我，我要叫他去找他。马上去；这两个逃走的傻子一定要用心搜寻探访，非把她们寻回来不可。（众下）

## 第三场 奥利弗家门前

【奥兰多及亚当自相对方向上。

**奥兰多** 那边是谁？

**亚当** 啊！我的少爷吗？啊，我的善良的少爷！我的好少爷！啊，您叫人想起了老罗兰爵爷！唉，您为什么到这里来呢？您为什么是这样好呢？为什么人家要爱您呢？为什么您是这样仁善 ，这样健壮，这样勇敢呢？为什么您这么傻要去把那乖僻的公爵手下那个壮大的拳师打败呢？您的声誉是来得太快了。您不知道吗，少爷，有些人常会因为他们太好了，反而害了自己？您也正是这样；您的好处，好少爷，就是陷害您自身的圣洁的叛徒。唉，这算是一个什么世界，怀德的人会因为他们的德行而反遭毒手！

**奥兰多** 啊，怎么一回事？

**亚当** 唉，不幸的青年！不要走进这扇门来；在这屋子里潜伏着您一切美德的敌人呢。您的哥哥，——不，不是哥哥，然而却是您父亲的儿子——不，他也不能称为他的儿子，——他听见了人家称赞您的话，预备在今夜放火烧去您所住的屋子；要是这计划不成功，他还会想出别的法子来除掉您。他的阴谋给我偷听到了。这儿不是安身之处，这屋子不过是一所屠场，您要回避，您要警戒，别走进去。

**奥兰多** 什么，亚当，你要我到哪儿去？

**亚当** 随您到哪儿去都好，只要不在这儿。

**奥兰多** 什么，你要我去做个要饭的吗？还是在大路上做一个吆喝无耻的强盗？我只好走这种路，否则我就不知道怎么办；可是即使我有这种本事，我也不愿这样干；我宁愿忍受一个不念手足之情的凶狠的哥哥的恶意。

**亚当** 可是不要这样。我在您父亲手下侍候了这许多年，曾经辛辛苦苦把工钱省下了五百块；我把那笔钱存下，本来是预备等我没有气力做不动事的时候做养老之本，人一老不中用了，是会给人踢在角落里的。您拿了去吧；上帝给食物与乌鸦，他也不会忘记把麻雀喂饱，我这一把年纪，就悉听他的慈悲吧！钱就在这儿；我把它全给了您了。让我做您的仆人。我虽然瞧上去这么老，可是我的气力还不错；因为我在年轻时候从不曾灌下过一滴猛烈的酒，也不会卤莽地贪欲伤身，所以我的老年好比是个生气勃勃的冬天，虽然结着严霜，却并不惨淡。让我跟着您去；我可以像一个年轻人一样，为您照料一切。

**奥兰多** 啊，好老人家！在你身上多么明白地表现出来古时那种忠心的服务，不是为着报酬，只是为了尽职而流着血汗！你是太不合时了；现在的人们努力工作，只是为着希望高升，等到目的一达到，便耽于安逸；你却不是这样。但是，可怜的老人家，你虽然这样辛辛苦苦地费尽培植的工夫，给你培植的却是一株不成材的树木，开不出一朵花来酬答你的殷勤。可是赶路吧，我们要在一块儿走；在我们没有把你年轻时的积蓄花完之前，一定要找到一处小小的安身的地方。

**亚当** 少爷，走吧；我愿意忠心地跟着您，直至喘尽最后一口气。从十七岁起我到这儿来，到现在快八十了，却要离开我的老地方。许多人们在十七岁的时候都去追求幸运，但八十岁的人是不济的；可是我只要能够有个好死，对得住我的主人，那么命运对我也不算无恩。（同下）

## 第四场 亚登森林

【罗莎琳男装，西莉亚作牧羊女装束及试金石上。

**罗莎琳** 天哪！我的精神多么疲乏啊。

**试金石** 我可不管我的精神，假如我的两腿不疲乏。

**罗莎琳** 我简直想丢了我这身男装的脸，而像一个女人样哭起来；可是我必须安慰安慰这位小娘子，穿褐衫短裤的，总该向穿裙子的显出一点勇气来才是。好，提起精神来吧，好艾琳娜。

**西莉亚** 请你担待担待我吧；我再也走不动了。

**试金石** 我这厢，我宁愿担待你，却不愿担着你；不过，我要真是担着你，也就担着你了，因为我想你的钱包里是不名分文的。

罗莎琳　好，这儿就是亚登森林了。

试金石　噢，现在我到了亚登了。我真是个大傻瓜！在家里舒服得多哩；可是旅行人只好知足一点。

罗莎琳　对了，好试金石。你们瞧，谁来了，一个年轻人和一个老头子在一本正经地讲话。

【科林及西尔维厄斯上。

科林　你那样不过叫她永远把你笑骂而已。

西尔维厄斯　啊，科林，你要是知道我是多么爱她！

科林　我有点猜得出来，因为我也曾经恋爱过呢。

西尔维厄斯　不，科林，你现在老了，也就不能猜想了；虽然在你年轻的时候，你也像那些半夜三更在枕上翻来覆去的情人们一样真心。可是假如你的爱也是跟我差不多的，——我想一定没有人会像我那样爱法，——那么你为了你的痴心梦想，一定做出过了多少可笑的事情来呢！

科林　我做过一千种的傻事，现在都已忘记了。

西尔维厄斯　噢！那么你就是不曾专心爱过。假如你记不得你为了爱情而作出来的一件最琐细的傻事，你就不算真的恋爱过。假如你不曾像我现在这样坐着絮絮讲你的姑娘的好处，使听的人不耐烦，你就不算真的恋爱过。假如你不曾突然离开你的同伴，像我的热情现在驱使着我一样，你也不算真的变爱过。啊，菲琵！菲琵！菲琵！（下）

罗莎琳　唉，可怜的牧人！我在诊探你的痛处的时候，却不幸地找到我自己的创伤了。

试金石　我也是这样。我记得我在恋爱的时候，曾经把一柄剑在石头上摔碎，叫那趁夜里来和琴四妹儿幽会的家伙留心着我；我记得我曾经吻过她的洗衣棍子，也吻过被她那双皲裂的玉手挤过的母牛乳头；我记得我曾经把一颗豌豆荚权当作她而向她求婚，我剥出了两颗豆子，又把它们放进去，边流泪边说，“为了我的缘故，请您留着作个纪念吧。”我们这种多情种子都会做出一些古怪事儿来；但是我们既然都是凡人，一着了情魔是免不得要大发其痴劲的。

罗莎琳　你的话聪明得出于你自己意料。

试金石　噢，我总不知道自己的聪明，除非有一天我给它绊倒跌断了我的腿骨。

罗莎琳　天神，天神！这个牧人的痴心，

很有几分像我自己的情形。

试金石　也有点像我的情形；可是在我似乎有点儿陈腐了。

西莉亚　请你们随便哪一位去问问那边的人，肯不肯让我们用金子向他买一点吃的东西；我简直要乏力死了。

试金石　喂，你这蠢货！

罗莎琳　别响，傻子；他并不是你的一家人。

科林　谁叫？

试金石　比你好一点的人，朋友。

科林　要是他们不比我好一点，那可寒伧得太不成话啦。

罗莎琳　对你说，别响。——您晚安，朋友。

科林　晚安，好先生；各位晚安。

罗莎琳　牧人，假如人情或是金银可以在这种荒野里换到一点款待的话，请你带我们到一处可以休息一下子吃些东西的地方去好不好？这一位小姑娘赶路疲乏，快要晕过去了。

科林　好先生，我可怜她，不是为我自己打算，只是为了她的缘故，我但愿我有能力帮助她；可是我只是给别人看羊的，羊儿虽然归我饲养，羊毛却不归我剪。我的东家很小气，从不会修修福做点儿好事；而且他的草屋，他的羊群，他的牧场，现在都要出卖了。现在我们的牧舍里因为他不在家，没有一点可以给你们吃的东西；但是别管它有些什么，请你们来瞧瞧看，我对你们是极其欢迎的。

罗莎琳　他的羊群和牧场预备卖给谁呢？

科林　就是刚才你们看见的那个年轻汉子，他是从来不想要买什么东西的。

罗莎琳　要是没有什么不对的地方，我请你把那草屋牧场和羊群都买下了，我们给你出钱。

西莉亚　我们还要加你的工钱。我欢喜这地方，很愿意在这儿消度我的时光。

**科林** 这注家私一定可以成交。跟我来；要是你们打听过后，对于这块地皮，这种收益，和这样的生活觉得中意的话，我愿意做你们十分忠心的仆人，马上用你们的钱去把它买来。（同下）

## 第五场 林中的另一部分

【阿米恩斯，杰克斯及余人等上。

**阿米恩斯** （唱）

绿树高张翠幕，
谁来偕我偃卧，
翻将欢乐心声，
学唱枝头鸟鸣：
盍来此？盍来此？盍来此？
目之所接，
精神契一，
唯忧雨雪之将至。

**杰克斯** 再来一个，再来一个，请你再唱下去。

**阿米恩斯** 那会叫您发起愁来的，杰克斯先生。

**杰克斯** 再好没有。请你再唱下去！我可以从一曲歌中抽出愁绪来，就像黄鼠狼吮啜鸡蛋一样。请你再唱下去吧！

**阿米恩斯** 我的喉咙很粗，我知道一定不能讨您的欢喜。

**杰克斯** 我不要你讨我的欢喜；我只要你唱。来，再唱一阕；你是不是把它叫做一阕一阕的？

**阿米恩斯** 随您高兴怎样叫吧，杰克斯先生。

**杰克斯** 不，我倒不去管它们叫什么名字；它们又不借我的钱。你唱起来吧！

**阿米恩斯** 既蒙敦促，我就勉为其难了。

**杰克斯** 那么好，要是我会感谢什么人的，我一定会感谢你；可是人家所说的恭维就像是两只狗猿碰了头，倘使有人诚心感谢我，我就是觉得好像我给

了他一个铜子，所以他像一个叫化似的向我道谢。来，唱起来吧；你们不唱的都不要作声。

**阿米恩斯** 好，我就唱完这支歌。列位，铺起食桌来吧；公爵就要到这株树下来喝酒了。他已经找了您整整的一天。

**杰克斯** 我已经躲避了他整整的一天。他太喜欢辩论了，我不高兴跟他在一起；我想到的事情像他一样多，可是谢谢天，我却不像他那样会说嘴。来，唱吧。

**阿米恩斯** （唱，众和）

孰能敝屣尊荣，
来沐丽日光风，
觅食自求果腹，
一饱欣然意足：
盍来此？盍来此？盍来此？
目之所接，
精神契一，
唯忧雨雪之将至。

**杰克斯** 昨天我曾经按着这调子作了一节，倒要献丑献丑。

**阿米恩斯** 我可以把它唱起来。

**杰克斯** 是这样的：

倘有痴愚之徒，
忽然变成蠢驴，
趁着心性癫狂，
撇却财富安康，
特达米，特达米，特达米，
何为来此？
举目一视，
唯见傻瓜之遍地。

**阿米恩斯** “特达米”是什么意思？

**杰克斯** 这是希腊文里召唤傻子们排起圆圈来的一种咒语。——假如睡得成觉的话，我要睡觉去；假如睡不成，我就要把埃及这地儿一切头胎生的痛骂一顿。[1]

**阿米恩斯**　我可要找公爵去；他的点心已经预备好了。（各下）

## 第六场　林中的另一部分

【奥兰多及亚当上。

**亚当**　好少爷，我再也走不动了；唉！我要饿死了。让我在这儿躺下挺尸吧。再会了，好心的少爷！

**奥兰多**　啊，怎么啦，亚当！你再没有勇气了吗？再活一些时候；提起一点精神来，高兴点儿。要是这座古怪的林中有什么野东西，那么我倘不是给它吃了，一定会把它杀了来给你吃的。你并不是真就要死了，不过在胡思乱想而已。为了我的缘故，提起精神来吧；把死神拖一拖，我去一去就回来看你，要是我找不到什么可以给你吃的东西，我一定答应你死去；可是假如你在我没有回来之前便死去，那你就是看不起我的辛苦了。说得好！你瞧上去很高兴。我立刻就来。可是你躺在寒风里呢；来，我把你背到有遮荫的地方去。只要这块荒地里有活东西，你一定不会因为没有饭吃而饿死。高兴起来吧，好亚当。（同下）

## 第七场　林中的另一部分

【食桌铺就。老公爵，阿米恩斯及逃亡诸臣上。

**公爵**　我想他一定已经变成一头畜生了，因为我到处找不到他的人影儿。

**甲臣**　殿下，他刚刚走开去；方才他还在这儿很高兴地听人家唱歌儿。

**公爵**　要是浑身都是不和谐的他，居然也会变得爱好起音乐来，那么天体上不久就要大起骚乱了。去找他来，对他说我要跟谈谈。

**甲臣**　他自己来了，省了我一番跋涉。

---

① 《圣经·旧约·出埃及记》载上帝降罚埃及，凡埃及一切头胎生的皆遭瘟死；此处杰克斯暗讽老公爵。

【杰克斯上。

**公爵** 啊，怎么啦，先生！这算什么，您的可怜的朋友们一定要千求万唤才把您请得来吗？啊，您的神气很高兴哩！

**杰克斯** 一个傻子，一个傻子！我在林中遇见一个傻子，一个身穿彩衣的傻子；唉，苦恼的世界！我遇见了一个傻子，正如我是靠着食物而活命的；他躺着晒太阳，用头头是道的话辱骂着命运女神，然而他仍然不过是个穿彩衣的傻子。“早安，傻子，”我说。“不，先生，”他说，“等到老天保佑我发了财，您再叫我傻子吧。”[①]于是他从袋里掏出一只表来，用没有光彩的眼睛瞧着它，很聪明地说，“现在是十点钟了；我们可以从这里看出世界是怎样在变迁着：一小时之前还不过是九点钟，而再过一小时便是十一点钟；照这样一小时一小时过去，我们越长越老，越老越不中用，这上面就大可发感慨了。”我听见这个穿彩衣的傻子对着时间发挥了这么一段玄理，我的胸头要像公鸡一样叫起来了，奇怪着傻子居然会有这样深刻的思想；我笑了个不停，在他的表上整整笑去了一个小时。啊，高贵的傻子！可敬的傻子！彩衣是最好的装束。

**公爵** 这是个怎么样的傻子？

**杰克斯** 啊，可敬的傻子！他曾经出入宫廷；他说凡是年轻貌美的小姐们，都是有自知之明的。他的头脑就像航海回来剩下的饼干那样干燥，其中的每个角落里却塞满了人生经验，他都用杂乱的话儿随口说了出来。啊，我但愿我也是个傻子！我想要穿一件花花的外套。

**公爵** 你可以有一件。

**杰克斯** 这是我唯一要求的一身服装；只要您愿意把一切以为我是个聪明人这种观念除掉，别让它蒙蔽了您的明鉴；同时要准许我有像风那样广大的自由，高兴吹着谁便吹着谁：傻子们是有这种权利的，最被我的傻话所挖苦的，最应该笑。殿下，为什么他们必须这样呢？这理由正和到教区礼拜堂去的路一样明白：被一个傻子用俏皮话讥刺了的，即使刺痛了，假如不装出一副若无其事的态度来，那么就显出聪明人的傻气，可以被傻子不经意一箭就刺穿，未免太傻了。给我穿一件彩衣，准许我说我心里的话；我一定会痛痛快快地把这染病的世界的丑恶的身体清洗干净，假如他们肯耐心接受我的药方。

**公爵** 算了吧！我知道你会做出些什么来。

---

① 成语有“愚人多福”(fortune favors fools)，故云。

**杰克斯** 我可以赌一根筹码，我做的事会不好吗？

**公爵** 最坏不过的罪恶，就是指斥他人的罪恶；因为你自己也曾经是一个放纵你的兽欲的浪子；你要把你那身为了你的胡调而长起来的臃肿的脓疮，溃烂的恶病，向全世界播散。

**杰克斯** 什么，呼斥人间的骄傲，难道便是对于个人的攻击吗？人们的骄傲不是像海潮一样浩瀚地流着，直到它力竭而消退？假如我说城里的那些小户人家的妇女穿扮得像王公大人的女眷一样，我指明是哪一个女人吗？谁能挺身出来说我说的是她，假如她的邻居也是和她一个样子？一个操着最微贱行业的人，假如心想我讥讽了他，说他的好衣服不是我出的钱；那不是恰恰把他的愚蠢合上了我的说话吗？照此看来，又有什么关系呢？给我看我的说话伤害了他什么地方；要是说的对，那是他自取其咎；假如他问心无愧，那么我的责骂就像是一头野鸭飞过，不干谁的事。——可是谁来了？

【奥兰多拔剑上。

**奥兰多** 停住，不准吃！

**杰克斯** 嘿，我还不曾吃过呢。

**奥兰多** 而且也不会再给你吃，除非让饿肚子的人先吃过了。

**杰克斯** 这头公鸡是哪儿来的？

**公爵** 朋友，你是因为落难而变得这样强横吗？还是因为生来就是瞧不起礼貌的粗汉子，一点儿不懂得规矩？

**奥兰多** 你第一下就猜中我了，困苦逼迫着我，使我不得不把温文的礼貌抛开一旁；可是我却是在都市生长，受过一点儿教养的。但是我吩咐你们停住；在我的事情没有办完之前，谁碰一碰这些果子的，就得死。

**杰克斯** 你要是无理可喻，那么我准得死。

**公爵** 你要什么？假如你不用暴力，客客气气地向我们说，我们一定会更客客气气地对待你。

**奥兰多** 我快饿死了；给我吃。

**公爵** 请坐请坐，随意吃吧。

**奥兰多** 你说得这样客气吗？请你原谅我，我以为这儿的一切都是野蛮的，因此才装出这副暴横的威胁的神气来。可是不论你们是些什么人，在这儿人踪不到的荒野里，躺在凄凉的树荫下，不理会时间的消逝；假如你们曾经见过较好的日子，假如你们曾经到过鸣钟召集礼拜的地方，假如你们曾经参加过上流人的宴会，假如你们曾经揩过你们眼皮上的泪水，懂得怜悯和被怜悯的，那么让我的温文的态度格外感动你们：我抱着这样的希望，惭愧地藏好我的剑。

**公爵**　我们确曾见过好日子，曾经被神圣的钟声召集到教堂里去，参加过上流人的宴会，从我们的眼上揩去过被神圣的怜悯所感动而流下的眼泪；所以你不妨和和气气地坐下来，凡是我们可以帮忙满足你需要的地方，一定愿意效劳。

**奥兰多**　那么请你们暂时不要把东西吃掉，我就去像一只母鹿一样找寻我的小鹿，把食物喂给他吃。有一位可怜的老人家，全然出于好心，跟着我一跷一拐地走了许多疲乏的路，两星期的劳瘁，他的高龄和饥饿累倒了他；除非等他饱了之后，我决不接触一口食物。

**公爵**　快去找他，我们绝对不把东西吃去，等着你回来。

**奥兰多**　谢谢；愿您好心有好报！（下）

**公爵**　你们可以看见不幸的不只是我们；这个广大的宇宙的舞台上，还有比我们所扮演的更悲惨的场面呢。

**杰克斯**　全世界是一个舞台，所有的男男女女不过是一些演员；他们都有下场的时候，也都有上场的时候。一个人的一生中扮演着好几个角色，他的表演可以分为七个时期。最初是婴孩，在保姆的怀中啼哭呕吐。然后是背着书包，满脸红光的学童，像蜗牛一样慢吞吞地拖着脚步，不情不愿地呜咽着上学堂。然后是情人，像炉灶一样叹着气，写了一首悲哀的歌篇咏着他恋人的眉毛。然后是一个军人，满口发着古怪的誓，胡须长得像豹子一样，爱惜着名誉，动不动就要打架儿，在炮口上寻求着泡沫一样的荣名。然后是法官，胖胖圆圆的肚子塞满了阉鸡，凛然的眼光，整洁的胡须，满嘴都是些格言和老生常谈；他也扮了他的一个角色。第六个时期变成了精瘦的趿着拖鞋的龙钟老叟，鼻子上架着眼镜，腰边悬着钱袋；他那小小心心省下来的年轻时候的长袜子套在他皱瘪的小腿上宽大异常，他那朗朗的男子的口音又变成了孩子似的尖声，像是吹着风笛和哨子。终结着这段古怪的多事的历史的最后一场，是孩提时代的再现，全然的遗忘，没有牙齿，没有眼睛，没有口味，没有一切。

【奥兰多背亚当重上。

**公爵** 欢迎！放下你背上那位可敬的老人家，让他吃东西吧。

**奥兰多** 我代他向您谒诚道谢。

**亚当** 您真该代我道谢；我简直不能为自己向您开口道谢呢。

**公爵** 欢迎，请用吧；我还不会马上就来打扰你问你的遭遇。给我们奏些音乐，贤卿，你唱吧。

**阿米恩斯** （唱）

不惧冬风凛冽，
风威远难逮及
人世之寡情；
其为气也虽厉，
其牙尚非甚锐，
风体本无形。
噫嘻乎！且向冬青歌一曲：
友交皆虚妄，恩爱痴人逐。
噫嘻乎冬青！
可乐唯此生。

不愁冱天冰雪，
其寒尚难逮及
受施而忘恩；
风皱满池碧水，
利刺尚难逮比
捐旧之友人。
噫嘻乎！且向冬青歌一曲：
友交皆虚妄，恩爱痴人逐。
噫嘻乎冬青！
可乐唯此生。

**公爵** 照你刚才悄声儿老老实实告诉我的，你说你是好罗兰爵士的儿子，我看你的相貌也真的十分像他；如果不是假，那么我真心欢迎你到这儿来。我便是敬爱你父亲的那个公爵。关于你其他的遭遇，到我的洞里来告诉我吧。好

老人家，我们欢迎你像欢迎你的主人一样。搀扶着他。把你的手给我，让我明白你们一切的经过。（众下）

# 第　三　幕

## 第一场　宫中一室

【弗雷特里克公爵，奥利弗，群臣及从者等上。

**弗雷特里克**　以后没有见过他！哼，哼，不见得吧。倘不是因为仁慈在我的心里占了上风，有着你在眼前，我尽可以不必找一个不在的人出气的。可是你留心着吧，不论你的兄弟在什么地方，都得去给我找来；亮起灯笼去寻

访吧；在一年之内，要把他不论死活捉到，否则你不用再在我们的领土里过活了。你的土地和一切你自命为属于你的东西，值得没收的我们都要没收，除非等你能够凭着你兄弟的招供洗刷去我们对你的怀疑。

**奥利弗** 求殿下明鉴！我从来就不曾欢喜过我的兄弟。

**弗雷特里克** 这可见你更是个坏人了。好，把他赶出去；吩咐该管官吏把他的房屋土地没收。赶快把这事办好，叫他滚蛋。（众下）

## 第二场 亚登森林

【奥兰多携纸上。

**奥兰多**

悬在这里吧，我的诗，证明我的爱情；
你三重王冠的夜间的女王[1]，请临视，
从苍白的昊天，用你那贞洁的眼睛，
那支配我生命的，你那猎伴的名字[2]。
啊，罗莎琳！这些树林将是我的书册，
我要在一片片树皮上镂刻下相思，
好让每一个来到此间的林中游客，
任何处见得到颂赞她美德的言辞。
走，走，奥兰多；去在每株树上刻着伊，
那美好的，幽娴的，无可比拟的人儿。（下）

【科林及试金石上。

**科林** 您欢喜不欢喜这种牧人的生活，试金石先生？

**试金石** 说老实话，牧人，按着这种生活的本身说起来，倒是一种很好的生活；可是按着这是一种牧人的生活说起来，那就毫不足取了。照它的清静而论，我很欢喜这种生活；可是照它的寂寞而论，实在是一种很坏的生活。看到

---

① 三重王冠的女王指黛安娜 (Diana) 女神，因为她在天上为 Luna，在地上为 Diana，在幽冥为 Proserpina。

② 黛安娜又为司狩猎的女神，又为处女的保护神，故奥兰多以罗莎琳为他的猎伴。

这种生活是在田间，很使我满意；可是看到它不是在宫廷里，那简直很无聊。你瞧，这是一种很经济的生活，因此倒怪合我的脾气；可是它未免太寒伧了，因此我过不来。你懂不懂得一点哲学，牧人？

*科林* 我只知道这一点儿：一个人越是害病，他越是不舒服；钱财，资本，和知足，是人们缺少不了的三位好朋友；雨湿淋衣，火旺烧柴；好牧场产肥羊；天黑是因为没有了太阳；生来愚笨怪祖父，学而不慧师之惰。

*试金石* 这样一个人是天生的哲学家了。有没有到过宫廷里，牧人？

*科林* 没有，不瞒您说。

*试金石* 那么你这人就该死了。

*科林* 我希望不至于吧？

*试金石* 真的，你这人该死，就像一个煎得不好一面焦的鸡蛋。

*科林* 因为没有到过宫廷里吗？请问您的理由。

*试金石* 喏，要是你从来没有到过宫廷里，你就不曾见过好礼貌；要是你从来没有见过好礼貌，你的举止一定很坏；坏人就是有罪的人，有罪的人就该死。你的情形很危险呢，牧人。

*科林* 一点不，试金石。在宫廷里算作好礼貌的，在乡野里就会变成可笑，正像乡下人的行为一到了宫廷里就显得寒伧一样。您对我说过你们在宫廷里并不打恭作揖，却是要吻手；要是宫廷里的老爷们都是牧人，那么这种礼貌就要嫌太龌龊了。

*试金石* 有什么证据？简单的说；来，说出理由来。

*科林* 喏，我们的手常常要去碰着母羊；它们的毛，您知道，是很油腻的。

*试金石* 嘿，廷臣们的手上不也要出汗的吗？羊身上的脂肪比起人身上的汗腻来，不是一样干净的吗？浅薄！浅薄！说出一个好一点的理由来，说吧。

*科林* 而且，我们的手很粗糙。

*试金石* 那么你们的嘴唇格外容易感到它们。还是浅薄！再说一个充分一点的理由，说吧。

*科林* 我们的手在给羊们包扎伤处的时候总是涂满了焦油；您要我们跟焦油接吻吗？宫廷里的老爷们手上都是涂着麝香的。

*试金石* 浅薄不堪的家伙！把你跟一块好肉比起来，你简直是一块生着蛆

虫的臭肉！用心听聪明人的教训吧：麝香是一只猫身上流出来的龌龊东西，它的来源比焦油脏多呢。把你的理由修正修正吧，牧人。

科林　您太会讲话了，我说不过您；我不说了。

试金石　你就甘心该死吗？上帝保佑你，浅薄的人！上帝把你好好针砭一下！你太不懂世事了。

科林　先生，我是一个道地的做活人；我用自己的力量换饭吃换衣服穿；不跟别人结怨，也不妒羡别人的福气；瞧着人家得意我也高兴，自己倒了霉就自宽自解；我的最大的骄傲就是瞧我的母羊吃草，我的羔羊啜奶。

试金石　这又是你的一桩因为傻气而造下的孽：你把母羊和公羊拉拢在一起，靠着他们的配对来维持你的生活；给挂铃的羊当龟奴，替一头歪脖子的老忘八公羊把才一岁的雌儿骗诱失身，也不想到合配不合配；要是你不会因此而下地狱，那么魔鬼也没有人给他牧羊了。我想不出你有什么豁免的希望。

科林　盖尼米德大官人来了，他是我的新主妇的哥哥。

【罗莎琳读一字纸上。

罗莎琳　　从东印度到西印度找遍奇珍，
　　　　　没有一颗珠玉比得上罗莎琳。
　　　　　她的名声随着好风播满诸城，
　　　　　整个世界都在仰慕着罗莎琳。
　　　　　画工描摹下一幅幅倩影真真，
　　　　　都要黯然无色一见了罗莎琳。
　　　　　任何的脸貌都不用铭记在心，
　　　　　单单牢记住了美丽的罗莎琳。

试金石　我可以给您这样凑韵下去凑它整整的八年，吃饭和睡觉的时间除外。这好像是一连串上市去卖奶油的好大娘。

罗莎琳　啐，傻子！

试金石　试一下看：

　　　　　要是公鹿找不到母鹿很伤心，
　　　　　不妨叫他前去寻找那罗莎琳。
　　　　　倘说是没有一只猫儿不叫春，
　　　　　心同此情有谁能责怪罗莎琳？

冬天的衣裳棉花应该衬得温，
免得冻坏了娇怯怯的罗莎琳。
割下的田禾必须捆得端端整，
一车的禾捆上装着个罗莎琳。
最甜蜜的果子皮儿酸痛了唇，
这种果子的名字便是罗莎琳。
有谁看见了玫瑰花开香喷喷，
留心着爱情的棘刺和罗莎琳。

这简直胡扯的歪诗；您怎么也会给这种东西沾上了呢？

**罗莎琳** 别多嘴，你这蠢傻瓜！我在一株树上找到它们的。

**试金石** 真的，这株树生的果子太坏。

【西莉亚读字纸上。

**罗莎琳** 静些！我的妹妹读着些什么来了；站旁边去。

**西莉亚**

为什么这里是一片荒碛？
因为没有人居住吗？不然，
我要叫每株树长起喉舌，
吐露出温文典雅的语言：
或是慨叹着生命一何短，
匆匆跑完了游子的行程，
只须把手掌轻轻翻个转，
便早已终结人们的一生；
或是感怀着旧盟今已冷，
同心的契友忘却了故交；
但我要把最好树枝选定，
缀附在每行诗句的终梢，
罗莎琳三个字小名美妙，
向普世的读者遍告周知。
莫看她苗条的一身娇小，
宇宙间的精华尽萃于兹；
造物当时曾向自然诏示，

吩咐把所有的绝世姿才，
向纤纤一躯中合炉熔制，
累天工费去不少的安排：
负心的海伦醉人的脸蛋①，
克莉奥佩特拉威仪丰容②。
爱塔兰塔的柳腰儿款摆③，
卢克丽丝的节操贞松④：
劳动起玉殿上诸天仙众，
造成这十全十美罗莎琳；
荟萃了各式的妍媚万钟，
选出一副俊脸目秀精神。
上天给她这般恩赐优渥，
我命该终身做她的臣仆。

**罗莎琳** 啊，最温柔的宣教师！您的恋爱的说教是多么啰唆，叫您的教民听了厌烦，可是您却也不喊一声，“请耐心一点，好人们。”

**西莉亚** 啊！朋友们，退后去！牧人，稍为走开一点；跟他去，小子。

**试金石** 来，牧人，让我们堂堂退却：大小箱笼都不带，只带一个头陀袋。(科林、试金石下)

**西莉亚** 你有没有听见这种诗句？

**罗莎琳** 啊，是的，我都听见了，多很多呢；因为有些诗行音步过多，诗句受不了啊。

**西莉亚** 不要紧的，音步带得动诗句。

**罗莎琳** 哎呀，可是音步瘸了，带不动诗行，所以只能跟诗行一起歪扭地站着了。

**西莉亚** 但是你听见你的名字被人家悬挂起来，还刻在这种树上，不觉得奇怪吗？

---

① 海伦，是希腊神话里著名的美人，因不贞于其夫米尼劳斯 (Menelaus)，故云“负心”。

② 克莉奥佩特拉 (Cleopatra)，埃及女王，参看莎士比亚悲剧《安东尼与克莉奥佩特拉》。

③ 爱塔兰塔 (Atalanta)，希腊传说中善疾走的美女。

④ 卢克丽丝 (Lucretia)，莎士比亚叙事诗《卢克丽丝受辱记》中的主角。

罗莎琳　人家说一件奇事过了九天便不足为奇；在你没有来之前，我已经过了第七天了。瞧，这是我在一株棕榈树上找到的。自从毕达哥拉斯[①]的时候以来，我从不曾被人这样用诗句咒过；那时我是只爱尔兰的老鼠[②]，现在简直记也记不起来了。

西莉亚　你想这是谁干的？

罗莎琳　是个男人吗？

西莉亚　而且有一根项链，是你从前带过的，套在他的颈上。你红起脸孔来了吗？

罗莎琳　请你告诉我，是谁？

西莉亚　主啊！主啊！朋友们见面真不容易；可是两座高山也许会给地震搬了家而碰起头来。

罗莎琳　嗳，但是究竟是谁呀？

西莉亚　真的猜不出来吗？

罗莎琳　嗳，我使劲儿央求你告诉我他是谁。

西莉亚　奇怪啊！奇怪啊奇怪到无可再奇怪的奇怪！奇怪而又奇怪！说不出来的奇怪！

罗莎琳　我要脸红起来了！你以为我打扮得像个男人，就会在精神上也穿起男装来了吗？你再耽延一刻下去不肯说出来，就要累我在汪洋大海里作茫茫的探索了。请你快快告诉我他是谁，不要吞吞吐吐。我倒希望你是个口吃的，那么你也许会把这个保守着秘密的名字不期然而然地打你嘴里吐了出来，就像酒从狭口的瓶里倒出来一样，不是一点都倒不出，就是一下子出来了许多。求求你拔去你嘴里的塞子，让我饮着你的消息吧。

西莉亚　那么你要把那人儿一口气吞下肚子里去是不是？

罗莎琳　他是上帝造下来的吗？是个什么样子的人？他的头戴上一顶帽子显不显得寒伧？他的下巴留着一把胡须像不像个样儿？

西莉亚　不，他只有一点点儿胡须。

罗莎琳　哦，要是这家伙知道好歹，上帝会再给他一些的。要是你立刻就告诉我他的下巴是怎么一个样子，我愿意等候他长起须来。

---

① 毕达哥拉斯 (Pythagoras) 为主张灵魂轮回说的古希腊哲学家。

② 念咒驱除老鼠为爱尔兰人一种迷信习俗。

西莉亚　他就是年轻的奥兰多，一下子把那拳师的脚跟和你的心一起绊跌了个筋斗的。

罗莎琳　嗳，取笑人的让魔鬼抓了去；像一个老老实实的好姑娘似的，规规矩矩说吧。

西莉亚　真的，姊姊，是他。

罗莎琳　奥兰多？

西莉亚　奥兰多。

罗莎琳　嗳哟！我这一身大衫短裤该怎么办呢？你看见他的时候他在作些什么？他说些什么？他瞧上去怎样？他穿着些什么？他为什么到这儿来？他问起我吗？他住在哪儿？他怎样跟你分别的？你什么时候再去看他？用一个字回答我。

西莉亚　你一定先要给我向卡岗都亚[①]借一张嘴来才行；像我们这时代的人，一张嘴里是装不下这么大的一个字的。要是一句句都用"是"和"不"回答起来，也比考问教理还麻烦呢。

罗莎琳　可是他知道我在这林子里，打扮做男人的样子吗？他是不是跟摔跤的那天一样有精神？

西莉亚　回答情人的问题，就像数微尘的粒数一般为难。你好好听我讲我怎样找到他的情形，静静儿体味着吧。我看见他在一株树底下，像一颗落下来的橡果。

罗莎琳　树上会落下这样果子来，那真可以说是神树了。

西莉亚　好小姐，听我说。

罗莎琳　讲下去。

西莉亚　他直挺挺地躺在那儿，像一个受伤的武士。

罗莎琳　虽然这种样子有点可怜相，可是地上躺着这样一个人，倒也是很合式的。

西莉亚　喊你的舌头停步吧；它简直随处乱跳。——他穿着得像个猎人。

罗莎琳　嗳哟，糟了！他要来猎我的心了。

西莉亚　我唱歌的时候不要别人和着唱；你缠得我弄错了拍子。

---

① 卡岗都亚 (Gargantua)，法国诙谐文学家拉伯雷 (Rabelais) 著作中的饕餮巨人，能一口吞下五个香客。

**罗莎琳** 你不知道我是个女人吗？我心里想到什么，便要说出口来。好人儿，说下去吧。

**西莉亚** 你已经打断了我的话头。且慢！他不是来了吗？

**罗莎琳** 是他；我们躲在一旁瞧着他吧。

【奥兰多及杰克斯上。

**杰克斯** 多谢相陪；可是说老实话，我倒是欢喜一个人清静些。

**奥兰多** 我也是这样；可是为了礼貌的关系，我多谢您的做伴。

**杰克斯** 上帝和您同在！让我们越少见面越好。

**奥兰多** 我希望我们还是不要相识的好。

**杰克斯** 请您别再在树皮上写情诗糟蹋树木了。

**奥兰多** 请您别再用难听的声调念我的诗，把它们糟蹋了。

**杰克斯** 您的情人的名字是罗莎琳吗？

**奥兰多** 正是。

**杰克斯** 我不欢喜她的名字。

**奥兰多** 她取名的时候，并没有打算要您欢喜。

**杰克斯** 她的身材怎样？

**奥兰多** 恰恰够得到我的心头那样高。

**杰克斯** 您怪会说俏皮的回答。您是不是跟金匠们的妻子有点儿交情，因此把戒指上的警句都默记了下来吗？

**奥兰多** 不，我都是用油漆的挂帷上的话儿来回答您；您的问题也是从那儿学得来的。

**杰克斯** 您的口才很敏捷，我想是用阿塔兰特[①]的脚跟做成的。我们一块儿坐下来好不好？我们两人要把世界这个霸主和我们的痛苦痛骂一顿，大发一下牢骚。

**奥兰多** 我不愿责骂世上的有生之伦，除了我自己；因为我知道自己的错处最明白。

**杰克斯** 您的最坏的错处就是要恋爱。

---

① 阿塔兰特（Atalanta），希腊神话人物，美丽的猎女，以捷足善走著称，许愿与能追上她的男子结婚，却以死亡作为对失败者的惩罚。希波墨涅斯（Hippomenes）在竞走时扔下三只金苹果在路上，乘她捡苹果而取胜。

奥兰多　我不愿把这个错处来换取您的最好的美德。您真叫我厌烦。

杰克斯　说老实话，我遇见您的时候，本来是在找一个傻子。

奥兰多　他掉在溪水里淹死了，您向水里一望，就可以瞧见他。

杰克斯　我只瞧见我自己的影子。

奥兰多　那我以为倘不是个傻子，定然是个废物。

杰克斯　我不要再跟您在一起了。再见，多情的公子。

奥兰多　我巴不得您走。再会，忧愁的先生。（杰克斯下）

罗莎琳　我要像一个无礼的小厮一样去向他说话，跟他捣乱捣乱。——听见我的话吗，树林里的人？

奥兰多　很好，你有什么话说？

罗莎琳　请问现在是几点钟？

奥兰多　你应该问我现在是什么时辰；树林里哪来的钟？

罗莎琳　那么树林里也不会有真心的情人了；否则每分钟的叹气，每点钟的呻吟，该会像时钟一样计算出时间的懒懒的脚步来的。

奥兰多　为什么不说时间的快步呢？那样说不对吗？

罗莎琳　不对，先生。时间对于各种人有各种的步法。我可以告诉你时间对于谁是走慢步的，对于谁是跨着细步走的，对于谁是奔着走的，对于谁是立定不动的。

奥兰多　请问他对于谁是跨着细步走的？

罗莎琳　呃，对于一个订了婚还没有成礼的姑娘，时间是跨着细步有气没力地走着的；即使这中间只有一星期，也似乎有七年那样难过。

奥兰多　对于谁时间是走着慢步的？

罗莎琳　对于一个不懂拉丁文的牧师，或是一个不害痛风的富翁：一个因为不能读书而睡得很酣畅，一个因为没有痛苦而活得很高兴；一个可以不必辛辛苦苦地费尽钻研，一个不知道有贫穷的艰困。对于这种人，时间是走着慢步的。

奥兰多　对于谁他是走着快步的？

罗莎琳　对于一个上绞架的贼子；因为虽然他尽力放慢脚步，他还是觉得到得太快了。

奥兰多　对于谁他是静止不动的？

罗莎琳　对于在休假中的律师；因为他们在前后开庭的时期之间，完全昏睡过去，不觉得时间的移动。

奥兰多　可爱的少年，你住在哪儿？

罗莎琳　跟这位牧羊姑娘，我的妹妹，住在这儿的树林边。

奥兰多　你是本地人吗？

罗莎琳　跟那头你看见的兔子一样，它的住处就是它的生长的地方。

奥兰多　住在这种穷乡僻壤，你的谈吐却很高雅。

罗莎琳　好多人曾经这样说我；其实是因为我有一个修行的老伯父，他本来是在城市里生长的，是他教给我讲话；他曾经在宫廷里闹过恋爱，因此很懂得交际的门槛。我曾经听他发过许多反对恋爱的议论；多谢上帝我不是个女人，不会犯到他所归咎于一般女性的那许多心性轻浮的罪恶。

奥兰多　你记不记得他所说的女人的罪恶当中主要的几桩？

罗莎琳　没有什么主要不主要的；跟两个铜子相比一样，全差不多；每一件过失似乎都十分严重，可是立刻又有一件出来可以赛过它。

奥兰多　请你说几件看。

罗莎琳　不，我的药是只给病人吃的。这座树林里常常有一个人来往，在我们的嫩树皮上刻满了“罗莎琳”的名字，把树木糟蹋得不成样子；山楂树上挂起了诗篇，荆棘枝上吊悬着哀歌，说来说去都是把罗莎琳的名字捧作神明。要是我碰见了那个卖弄风情的家伙，我一定要好好给他一番教训，因为他似乎害着相思病。

奥兰多　我就是那个给爱情折磨的他。请你告诉我你有什么医治的方法。

罗莎琳　我伯父所说的那种记号在你身上全找不出来，他曾经告诉我怎样可以看出来一个人是在恋爱着；我可以断定你一定不是那个草扎的笼中的囚人。

奥兰多　什么是他所说的那种记号呢？

罗莎琳　一张瘦瘦的脸庞，你没有；一双眼圈发黑的凹陷的眼睛，你没有；一副懒得跟人家交谈的神气，你没有；一脸忘记了修剃的胡子，你没有；——可是那我可以原谅你，因为你的胡子本来就像小兄弟的产业一样少得可怜。而且你的袜子上应当是不套袜带的，你的帽子上应当是不结帽纽的，你的袖口的钮扣应当是脱开的，你的鞋子上的带子应当是松散的，你身上的每一处都要表示出一种不经心的疏懒。可是你却不是这样一个人；你把自己打扮得这么齐整，瞧你倒有点顾影自怜，全不像在爱着什么人。

奥兰多　美貌的少年，我希望我能使你相信我是在恋爱。

罗莎琳　我相信！你还是叫你的爱人相信吧。我可以断定，她即使容易相信你，她嘴里也是不肯承认的；这也是女人们不老实的一点。可是说老实话，你真的便是把那恭维着罗莎琳的诗句悬挂在树上的那个家伙吗？

奥兰多　少年，我凭着罗莎琳的玉手向你起誓，我就是他，那个不幸的他。

罗莎琳　可是你真的像你诗上所说的那样热恋着吗？

奥兰多　什么也不能表达我的爱情的深切。

罗莎琳　爱情不过是一种疯狂；我对你说，有了爱情的人，是应该像对待一个疯子一样，把他关在黑屋子里用鞭子抽一顿的。那么为什么他们不用这种处罚的方法来医治爱情呢？因为那种疯病是极其平常的，就是拿鞭子的人也在恋爱哩。可是我有医治它的法子。

奥兰多　你曾经医治过什么人吗？

罗莎琳　是的，医治过一个；法子是这样的：他假想我是他的爱人，他的情妇，我叫他每天都来向我求爱；那时我是一个善变的少年，便一会儿伤心，一会儿温存，一会儿翻脸，一会儿思慕，一会儿欢喜；骄傲，古怪，刁钻，浅薄，轻浮，有时满眼的泪，有时满脸的笑。什么情感都来一点儿，但没有一种是真切的，就像大多数的孩子们和女人们一样；有时欢喜他，有时讨厌他，有时讨好他，有时冷淡他，有时为他哭泣，有时把他唾弃：我这样把我这位求爱者从疯狂的爱逼到真个疯狂起来，以至于抛弃人世，做起隐士来了。我用这种方法治好了他，我也可以用这种方法把你的心肝洗得干干净净，像一颗没有毛病的羊心一样，再没有一点爱情的痕迹。

奥兰多　我不愿意治好，少年。

罗莎琳　我可以把你治好，假如你把我叫做罗莎琳，每天到我的草屋里来向我求爱。

奥兰多　凭着我的恋爱的真诚，我愿意。告诉我你住在什么地方。

罗莎琳　跟我去，我可以指点给你看；一路上你也要告诉我你住在林中的什么地方。去吗？

奥兰多　很好，好孩子。

罗莎琳　不，你一定要叫我罗莎琳。来，妹妹，我们去吧。（同下）

## 第三场　林中的另一部分

【试金石及奥德丽上；杰克斯随后。

试金石　快来，好奥德丽；我去把你的山羊赶来。怎样，奥德丽？我还不曾是你的好人儿吗？我这副粗鲁的神气你中意吗？

奥德丽　您的神气！天老爷保佑我们！什么神气？

试金石　我陪着你和你的山羊在这里，就像那最会梦想的诗人奥维德[①]在一群哥特人中间一样。

杰克斯　（旁白）唉，学问装在这么一副躯壳里，比朱庇特住在草棚里更坏！[②]

试金石　要是一个人写的诗不能叫人懂，他的才情不能叫人理解，那比之小客栈里开出一张大帐单来还要命。真的，我希望神们把你变得诗意一点。

奥德丽　我不懂得什么叫做"诗意一点"。那是一句好话，一件好事情吗？那是诚实的吗？

试金石　老实说，不，因为最真实的诗是最虚妄的；情人们都富于诗意，他们在诗里发的誓，可以说都是情人们的假话。

奥德丽　那么您愿意天爷爷们把我变得诗意一点吗？

试金石　是的，不错；因为你发誓说你是贞洁的，假如你是个诗人，我就可以希望你说的是假话了。

奥德丽　您不愿意我贞洁吗？

试金石　对了，除非你生得难看；因为贞洁跟美貌碰在一起，就像在糖里掺上蜜。

杰克斯　（旁白）好一个有见识的傻瓜！

奥德丽　好，我生得不好看，因此我求求天爷爷们让我贞洁吧。

---

① 奥维德(Ovid)，古罗马诗人。哥特人(The Goths)，是蹂躏罗马帝国的一个蛮族。

② 朱庇特化凡人至波力基亚(Phrygia)，居民全都拒之门外，唯有一对老夫妇留其住在草舍中。

试金石　真的，把贞洁丢给一个丑陋的懒女人，就像把一块好肉盛在龌龊的盆子里。

奥德丽　我不是个懒女人，虽然我谢谢天爷爷们我是丑陋的。

试金石　好吧，感谢天爷爷们把丑陋赏给了你！懒惰也许会跟着来的。可是不管这些，我一定要跟你结婚；为了这事我已经去见过邻村的牧师奥利弗·马特克斯特师父，他已经答应在这儿树林里会我，给我们配对。

杰克斯　（旁白）我倒要瞧瞧这场热闹。

奥德丽　好，天爷爷们保佑我们快活吧！

试金石　阿门！倘使是一个胆小的人，也许不敢贸然从事；因为这儿没有庙宇，只有树林，没有宾众，只有一些出角[1]的畜生。但这有什么要紧呢？放出勇气来！角虽然讨厌，却也是少不了的。人家说，“许多人有数不清的家私”；对了，许多人也有数不清的好角儿。好在那是他老婆陪嫁来的妆奁，不是他自己弄到手的。出角吗？有什么要紧？只有苦人儿才出角吗？不，不，最

① “出角”即“当王八”。

高贵的鹿和最寒伧的鹿长的角儿一样大呢。那么单身汉便算是好福气吗？不，城市总比乡村好些，已婚者隆起的额角，也要比未婚者平坦的额角体面得多；懂得几手击剑的法儿的，总比一点不会的好些，因此有角也总比没有角强。奥利弗师父来啦。

【奥利弗·马特克斯特师父上。

*试金石* 奥利弗·马特克斯特师父，您来得巧极了。您还是就在这树下替我们把事情办了呢，还是让我们跟您到您的教堂里去？

*马特克斯特* 这儿没有人可以把这女人作主嫁出去吗？

*试金石* 我不要别人把她布施给我。

*马特克斯特* 真的，她一定要有人作主许嫁，否则这种婚姻便不合法。

*杰克斯* （上前）进行下去，进行下去；我可以把她许嫁。

*试金石* 晚安，某某先生；您好，先生？欢迎欢迎！上次多蒙照顾，不胜感激。我很高兴看见您。我现在有一点点儿小事，先生。嗳，请戴上帽子。

*杰克斯* 你要结婚了吗，傻瓜？

*试金石* 先生，牛有轭，马有勒，猎鹰腿上挂金铃，人非木石岂无情？鸽子也要亲个嘴儿；女大当嫁，男大当婚。

*杰克斯* 像你这样有教养的人，却愿意在一棵树底下像叫化子那样成亲吗？到教堂里去，找一位可以告诉你们婚姻的意义的好牧师。要是让这个家伙把你们像钉墙板似的钉在一起，你们中间总有一个人会像没有晒干的木板一样干缩起来，越变越弯的。

*试金石* （*旁白*）我倒以为让他给我主婚比别人好一点，因为瞧他的样子是不会像像样样地主持婚礼的；假如结婚结得草率一些，以后我可以借口离弃我的妻子。

*杰克斯* 你跟我来，让我指教指教你。

*试金石* 来，好奥德丽。我们一定得结婚，否则我们只好通奸。再见，好奥利弗师父，不是——

亲爱的奥利弗！
勇敢的奥利弗！
请你不要把我丢弃；[1]

① “亲爱的奥利弗”三句为俗歌中的断句。

而是——

走开去，奥利弗！

滚开去，奥利弗！

我们不要你行婚礼。（杰克斯、试金石、奥德丽同下）

**马特克斯特** 不要紧，这一批荒唐的混蛋谁也不能讥笑掉我的饭碗。（下）

## 第四场 林中的另一部分

【罗莎琳及西莉亚上。

**罗莎琳** 别跟我讲话；我要哭了。

**西莉亚** 请你就哭吧；可是你还得想一想男人是不该流眼泪的。

**罗莎琳** 但我岂不是有应该哭的理由吗？

**西莉亚** 理由是再充分也没有的了；所以你哭吧。

**罗莎琳** 瞧他的头发的颜色，就可以看出来他是个坏东西。

**西莉亚** 比犹大的头发略为深色些；他的接吻就是犹大一脉相传下来的。

**罗莎琳** 凭良心说一句，他的头发颜色很好。

**西莉亚** 那颜色好极了；栗色是最好的颜色。

**罗莎琳** 他的接吻神圣得就像圣餐面包触到唇边一样。

**西莉亚** 他买来了一对黛安娜用过的嘴唇；一个凛若冰霜的尼姑也不会吻得像他那样虔诚了；他的嘴唇里就有着冷冰冰的贞洁。

**罗莎琳** 可是他为什么发誓说今天早上要来，却偏偏不来呢？

**西莉亚** 不用说，他这人没有半分真心。

**罗莎琳** 你是这样想吗？

**西莉亚** 是的。我想他不是个扒儿手，也不是个盗马贼；可是要说起他的爱情的真不真来，那么我想他就像一只盖好了的空杯子或是一枚蛀空了的硬壳果一样空心。

**罗莎琳** 他的恋爱不是真心吗？

**西莉亚** 他在恋爱的时候，他是真心的；可是我以为他并不在恋爱。

**罗莎琳** 你不是听见他发誓说他的的确确在恋爱吗？

西莉亚　从前说是，现在却不一定是；而且情人们发的誓，是和堂倌嘴里的话一样靠不住的，他们都是惯报虚帐的家伙。他在这儿树林子里跟公爵你的父亲在一块儿呢。

罗莎琳　昨天我碰见公爵，跟他谈了好久。他问我的父母是怎样的人；我对他说，我的父母跟他一样高贵；他大笑着让我走了。可是我们现在有像奥兰多这么一个人，还要谈父亲做什么呢？

西莉亚　啊，好一个出色的人！他写得一手好诗，讲得一口漂亮话儿，发着动听的誓，再堂而皇之地毁了誓，同时碎了他情人的心；正如一个拙劣的枪手，骑在马上一面歪，像一头好鹅一样把他的枪杆折断了。但是年轻人凭着血气和痴劲做出来的事，总是很出色的。——谁来了？

【科林上。

科林　姑娘和大官人，你们不是常常问起那个害相思病的牧人，那天你们不是看见他和我坐在草地上，称赞着他的情人，那个盛气凌人的牧羊人吗？

西莉亚　嗯，他怎样啦？

科林　要是你们想看一本认真扮演的好戏，一面是因为情痴而容颜惨白，一面是因为傲慢而满脸绯红；只要稍走几步路，我可以领你们去看一个畅快。

罗莎琳　啊！来，让我们去吧。在恋爱中的人，欢喜看人家相恋。带我们去看；我将要在他们的戏文里当一名重要的角色。（同下）

## 第五场　林中的另一部分

【西尔维厄斯及菲琵上。

西尔维厄斯　亲爱的菲琵，不要讥笑我；请不要，菲琵！您可以说您不爱我，但不要说得那样狠。习惯于杀人的硬心肠的刽子手，在把斧头向低俯的颈项上劈下的时候也要先说一声对不起；难道您会比这种靠着流血为生的人更心硬吗？

【罗莎琳、西莉亚及科林自后上。

菲琵　我不愿做你的刽子手；我逃避你，因为我不愿伤害你。你对我说我的眼睛会杀人；这种话当然说得很好听，很动人；眼睛本来是最柔弱的东西，一见了些微尘就会胆小得关起门来，居然也会给人叫做暴君，屠夫，和凶手！现在我使劲儿抡起白眼瞧着你；假如我的眼睛能够伤人，那么让它们把你杀死了吧：现在你可以假装晕过去了啊；嘿，现在你可以倒下去了呀；假如你并不倒下去，哼！羞啊，羞啊，你可别再胡说，说我的眼睛是凶手了。现在你且把我的眼睛加在你身上的伤痕拿出来看。单单用一枚针儿划了一下，也会有一点疤痕；握着一根灯心草，你的手掌上也会有一刻儿留着痕迹；可是我的眼光现在向你投射，却不曾伤了你：我相信眼睛里是决没有可以伤人的力量的。

西尔维厄斯　啊，亲爱的菲琵，要是有一天，——也许那一天就近在眼前，——您在谁个清秀的脸庞上看出了爱情的力量，那时您就会感觉到爱情的利箭所加在您心上的无形的创伤了。

菲琵　可是在那一天没有到来之前，你不要走近我吧。如果有那一天，那么你可以用你的讥笑来凌虐我，却不用可怜我；因为不到那时候，我总不会可怜你的。

罗莎琳　(上前)为什么呢，请问？谁是你的母亲生下了你来，把这个不幸的人这般侮辱，如此欺凌？你生得不漂亮，——老实说，我看你还是晚上不用点蜡烛就钻到被窝里去的好，——难道就该这样骄傲而无情吗？——怎么，这是什么意思？你望着我做什么？我瞧你不过是一件天生的粗货罢了。他妈的！我想她要打算迷住我哩。不，老实说，骄傲的姑娘，你别做梦吧！凭着你的墨水一样的眉毛，你的乌丝一样的头发，你的黑玻璃球一样的眼睛，或是你的乳脂一样的脸庞，可不能叫我为你倾倒呀。——你这蠢牧人儿，干么你要追随着她，像是挟着雾雨而俱来的南风？你是比她漂亮一千倍的男人；都是因为有了你们这种傻瓜，世上才有那许多难看的孩子。叫她得意的是你的恭维，不是她的镜子；听了你的话，她便觉得她自己比她本来的容貌美得多了。——可是，姑娘，你自己得放明白些；跪下来，斋戒谢天，赐给你这么好的一个爱人。我得向你耳边讲句体己的话，有买主的时候赶快卖去了吧；你不是到处都有销路的。求求这位大哥恕了你；爱他；接受他的好意。生得丑再要瞧人不起，那才是其丑无比了——好，牧人，你拿了她去。再见吧。

菲琵　可爱的青年，请您把我骂一整年吧。我宁愿听您的骂，不要听这人的恭维。

罗莎琳　他爱上了她的丑样子，她爱上了我的怒气。倘使真有这种事，那么她一扮起怒容来答复你，我便会把刻薄的话儿去治她。——你为什么这样瞧着我？

菲琵　我对您没有怀着恶意呀。

罗莎琳　请你不要爱我吧，我这人是比醉后发的誓更靠不住的；而且我又不欢喜你。要是你们要知道我家在何处，请到这儿附近的那簇橄榄树的地方来寻访好了。——我们去吧，妹妹。——牧人，着力追求她。——来，妹妹。——牧女，待他好一点儿，别那么骄傲；整个儿世界上生眼睛的人，都不会像他那样把你当作天仙的。——来，瞧我们的羊群去。（罗莎琳、西莉亚、科林同下）

菲琵　过去的诗人①，现在我明白了你的话果然是真："谁个情人不是一见就钟情？"

西尔维厄斯　亲爱的菲琵，——

菲琵　啊！你怎么说，西尔维厄斯？

西尔维厄斯　亲爱的菲琵，可怜我吧！

菲琵　唉，我为你伤心呢，温柔的西尔维厄斯。

西尔维厄斯　同情之后，必有安慰；要是您见我因为爱情而伤心而同情我，那么只要把您的爱给我，您就可以不用再同情，我也无须再伤心了。

菲琵　你已经得到我的爱了；咱们不是像邻居那么要好着吗？

西尔维厄斯　我要的是您。

菲琵　啊，那就是贪心了。西尔维厄斯，从前我讨厌你；可是现在我也不是对你有什么爱情；不过你既然讲爱情讲得那么好，我本来是厌烦跟你在一起的，现在我可以忍受你了。我还有事儿要差遣你呢；可是除了你自己因为供我差遣而感到欣喜以外，可不用希望我还会用什么来答谢你。

西尔维厄斯　我的爱情是这样圣洁而完整，我又是这样不蒙眷顾，因此只要能够拾些人家收获过后留下来的残穗，我也以为是一次最丰富的收成了；随时略为给我一个不经意的微笑，我就可以靠着它而活命。

菲琵　你认识刚才对我讲话的那个少年吗？

西尔维厄斯　不大熟悉，但我常常遇见他；他已经把本来属于那个老头儿的草屋和地产都买下来了。

---

① "过去的诗人"指马洛(Christopher Marlowe)，"谁个情人不是一见就钟情"一句系马洛所作。

**菲琵** 不要以为我爱他，虽然我问起他。他只是个淘气的孩子；可是倒很会讲话；但是空话我理它作甚？然而说话的人要是能够讨听话的人欢喜，那么空话也是很好的。他是个标致的青年；不算顶标致。当然他是太骄傲了；然而他的骄傲很适合他。他长起来倒是一个漂亮的汉子，顶好的地方就是他的脸色；他的舌头刚刚得罪了人，用眼睛一瞟就补偿过来了。他的个儿不很高；然而照他的年纪说起来也就够高。他的腿不过如此；但也还好。他的嘴唇红得很美，比他那张白脸上搀和着的红色更烂熟更浓艳；一个是大红，一个是粉红。西尔维厄斯，有些女人假如也像我一样对他这么评头品足起来，一定会马上爱上了他的；可是我呢，我不爱他，也不恨他；然而我有应该恨他胜于爱的理由。凭什么他要骂我呢？他说我的眼珠黑，我的头发黑；现在我记起来了，他嘲笑着我呢。我不懂怎么我还不骂他；但那没有关系，不声不响并不就是善罢甘休。我要写一封辱骂的信给他，你可以给我带去；你肯不肯，西尔维厄斯？

**西尔维厄斯** 菲琵，那是我再愿意不过的了。

**菲琵** 我就写去；这件事情盘绕在我的心头，我要简简单单地把他挖苦一下。跟我去，西尔维厄斯。（同下）

# 第　四　幕

## 第一场　亚登森林

【罗莎琳，西莉亚及杰克斯上。

杰克斯　可爱的少年，请你允许我跟你结识结识。

罗莎琳　他们说你是个多愁的人。

杰克斯　是的，我欢喜发愁不欢喜笑。

罗莎琳　这两件事各趋极端，都会叫人讨厌，比之醉汉更容易招一般人的指摘。

杰克斯　嗨，发发愁不说话，倒也不错。

罗莎琳　那干脆做一根木头好了。

杰克斯　我没有读书人的那种争强斗胜的烦恼，也没有音乐家的那种胡思乱想的烦恼，也没有官员们的那种装威作福的烦恼，也没有军人们的那种侵权夺利的烦恼，也没有律师们的那种卖狡弄猾的烦恼，也没有姑娘家的那种吹毛求疵的烦恼，也没有情人们的这一切种种合拢来的烦恼；我的烦恼全然是我自己的，它由各种成分组合而成，从许多事物中提炼出来，那是我旅行中所得到的各种观感，因为不断的沉思而使我充满了十分古怪的忧愁。

罗莎琳　是一个旅行家啊！噢，那你就有应该悲哀的理由了。我想你多因是卖去了自己的田地去看别人的田地；看见的这么多，自己却一无所有；眼睛是看饱了，两手却是空空的。

杰克斯　是的，我已经得到了我的经验。

罗莎琳　而你的经验使你悲哀。我宁愿叫一个傻瓜来逗我发笑，不愿叫经验来使我悲哀；而且还要旅行各处去找它！

【奥兰多上。

奥兰多　早安，亲爱的罗莎琳！

杰克斯　要是你要念起诗来，那么我可要少陪了。（下）

罗莎琳　再会，旅行家先生。你该打起些南腔北调，穿了些奇装异服，瞧不起本国的一切好处，厌恶你的故乡，简直要怨恨上帝干么不给你生这样一副相貌；否则我可不能相信你曾经在威尼斯荡过艇子的。——啊，怎么，奥兰多！你这些时都在哪儿？你算是一个情人！要是你再对我来这么一套，你可再不用来见我了。

奥兰多　我的好罗莎琳，我来得不过迟了一小时还不满。

罗莎琳　误了一小时的情人的约会！谁要是把一分钟分作了千分，而在恋爱上误了一千分之一分钟的几分之一的约会，这种人人家也许会说丘比特曾经拍过他的肩膀，可是我敢说他的心是不曾中过爱神之箭的。

奥兰多　原谅我吧，亲爱的罗莎琳！

罗莎琳　哼，要是你再这样慢吞吞的，以后不用再见我了；我宁愿让一条蜗牛向我献殷勤的。

奥兰多　一条蜗牛！

罗莎琳　对了，一条蜗牛；因为他虽然走得慢，可是却把他的屋子顶在头上，我想这是一份比你所能给与一个女人的更好的家产；而且他还随身带着他的命运哩。

奥兰多　那是什么？

罗莎琳　嘿，角儿哪；那正是你所要谢谢你的妻子的，可是他却自己随身带了它做武器，免得人家说他妻子的坏话。

奥兰多　贤德的女子不会叫她丈夫当忘八；我的罗莎琳是贤德的。

罗莎琳　而我是你的罗莎琳吗？

西莉亚　他欢喜这样叫你；可是他有一个长得比你漂亮的罗莎琳哩。

罗莎琳　来，向我求婚，向我求婚；我现在很高兴，多半会答应你。假如我真是你的罗莎琳，你现在要向我说些什么话？

奥兰多　我要在没有说话之前先接个吻。

罗莎琳　不，你最好先说话，等到所有的话都说完了，想不出什么来的时候，你就可以趁此接吻。善于演说的人，当他们一时无话可说之际，他们会吐一口痰；情人们呢，上帝保佑我们！倘使缺少了说话的资料，接吻是最便当的补救办法。

奥兰多　假如她不肯让我吻她呢？

罗莎琳　那么她就使得你向她请求，这样又有了新的话题了。

奥兰多　谁见了他的心爱的情人而会说不出话来呢？

罗莎琳　哼，假如我是你的情人，你就会说不出话来。要不我会以为我的真诚比我的才智更坏呢。

奥兰多　怎么，讲不出我的情怀？

罗莎琳　不是说不出你的情怀，是说不出你的请求。

奥兰多　我很愿意把你当作罗莎琳，因为这样我就可以讲着她了。

罗莎琳　好，我代表她说我不愿接受你。

奥兰多　那么我代表我自己说我要死去。

罗莎琳　不，真的，还是请个人代死吧。这个可怜的世界差不多有六千年的岁数了，可是从来不曾有过一个人亲自殉情而死。特洛伊罗斯[①]是被一个希腊人的棍棒砸出了脑浆的；可是在这以前他就已经寻过死，而他是一个模范的情人。即使希罗当了尼姑，里昂特[②]也会活下去活了好多年的，倘不是因为一个酷热的仲夏之夜；因为，好孩子，他本来只是要到赫勒斯滂海峡里去洗个澡的，可是在水中害起抽筋来，因而淹死了：那时代的愚蠢的史家却说他是为了塞斯托斯的希罗而死。这些全都是谎；人们一代一代地死去，他们的尸体都给蛆虫吃了，可是决不会为爱情而死的。

奥兰多　我不愿我的真正的罗莎琳也作这样想法；因为我可以发誓说她只要皱一皱眉头就会把我杀死。

罗莎琳　我凭着此手发誓，那是连一只苍蝇也杀不死的。但是来吧，现在我要做你的一个乖乖的罗莎琳；你向我要求什么，我一定允许你。

奥兰多　那么爱我吧，罗莎琳！

罗莎琳　好，我就爱你，星期五，星期六，以及一切的日子。

奥兰多　你肯接受我吗？

罗莎琳　肯的，我肯接受像你这样二十个男人。

奥兰多　你怎么说？

---

① 特洛伊罗斯 (Troilus)，莎士比亚传奇剧《特洛伊罗斯和克瑞西达》中的主角。

② 里昂特 (Leander) 与希罗 (Hero) 为希腊传说中的一对恋人。里昂特每晚泅水过赫勒斯滂以会其恋人，一夕为大风浪没顶。

罗莎琳　你不是个好人吗？

奥兰多　我希望是的。

罗莎琳　那么好的东西还会嫌太多吗？——来，妹妹，你要扮做牧师，给我们主婚。——把你的手给我，奥兰多。你怎么说，妹妹？

奥兰多　请你给我们主婚。

西莉亚　我不会说这种话。

罗莎琳　你应当这样开始：“奥兰多，你愿不愿——”

西莉亚　好吧。——奥兰多，你愿不愿娶这个罗莎琳为妻？

奥兰多　我愿意。

罗莎琳　嗯，但是什么时候才娶呢？

奥兰多　当然就在现在哪；只要她能替我们完成婚礼。

罗莎琳　那么你必须说，“罗莎琳，我娶你为妻。”

奥兰多　罗莎琳，我娶你为妻。

罗莎琳　我本来可以问你凭着什么来娶我的；可是奥兰多，我愿意接受你做我的丈夫。——这丫头等不到牧师问起，就冲口说了出来了；真的，女人的思想总是比行动跑得更快。

奥兰多　一切的思想都是这样；它们是生着翼翅的。

罗莎琳　现在你告诉我你占有她之后，打算保留到多久？

奥兰多　永久再加上一天。

罗莎琳　说一天，不用说永久。不，不，奥兰多，男人们在未婚的时候是四月天，结婚的时候是十二月天；姑娘们做姑娘的时候是五月天，一做了妻子，季候便改变了。我要比一头巴巴里[①]雄鸽对待他的雌鸽格外多疑地对待你；我要比下雨前的鹦鹉格外吵闹，比猢狲格外弃旧怜新，比猴子格外反复无常；我要在你高兴的时候像喷泉上的黛安娜女神雕像一样无端哭泣；我要在你想睡的时候像鬣狗一样纵声大笑。

奥兰多　但是我的罗莎琳会做出这种事来吗？

罗莎琳　我可以发誓她会像我一样做出来的。

奥兰多　啊！但是她是个聪明人哩。

罗莎琳　她倘不聪明，怎么有本领做这等事？越是聪明，越是淘气。假如

---

① 巴巴里，位于非洲北部。

用一扇门把一个女人的才情关起来，它会从窗子里钻出来的；关了窗，它会从钥匙孔里钻出来的；塞住了钥匙孔，它会跟着一道烟从烟囱里飞出来的。

奥兰多　男人娶到了这种有才情的老婆，就难免要感慨“才情才情，看你横行到什么地方”了。

罗莎琳　不，你可以把那句骂人的话留起来，等你瞧见你妻子的才情爬上了你邻人的床上去的时候再说。

奥兰多　那时这位多才的妻子又将用怎样的才情来辩解呢？

罗莎琳　呃，她会说她是到那儿找你去的。你捉住她，她总有话好说，除非你把她的舌头割掉。唉！要是一个女人不会把她的错处推到她男人的身上去，那种女人千万不要让她抚养她自己的孩子，因为她会把他抚养得成为一个傻子的。

奥兰多　罗莎琳，这两小时我要离开你。

罗莎琳　唉！爱人，我两小时都缺不得你哪。

奥兰多　我一定要陪公爵吃饭去；到两点钟我就会回来。

罗莎琳　好，你去吧，你去吧！我知道你会变成怎样的人。我的朋友们这样对我说过，我也这样相信着，你是用你那种花言巧语来把我骗上了手的。不过又是一个给人丢弃的罢了；好，死就死吧！你说是两点钟吗？

奥兰多　是的，亲爱的罗莎琳。

罗莎琳　凭着良心，一本正经，上帝保佑我，我可以向你起一切无关紧要的誓，要是你失了一点点儿的约，或是比约定的时间来迟了一分钟，我就要把你当作在一大堆无义的人们中间一个最可怜的背信者，最空心的情人，最不配被你叫做罗莎琳的那人所爱的。所以，留心我的责骂，守你的约吧。

奥兰多　我一定恪遵，就像你真是我的罗莎琳一样。好，再见。

罗莎琳　好，时间是审判一切这一类罪人的老法官，让他来审判吧。再见。(奥兰多下)

西莉亚　你在你那种情话中间简直是侮辱我们女性。我们一定要把你的衫裤揭到你的头上，让全世界的人看看鸟儿怎样作践了她自己的窠。

罗莎琳　啊，小妹妹，小妹妹，我的可爱的小妹妹，你要是知道我是爱得多么深就好了！可是我的爱是无从测计深度的，因为它有一个渊深莫测的底，像葡萄牙海湾一样。

西莉亚　或者不如说是没有底的吧；你刚把你的爱倒进去，它就漏了出来。

罗莎琳　不，维纳斯的那个坏蛋私生子[1]，那个因为忧郁而感孕，因为冲动而受胎，因为疯狂而诞生的；那个瞎眼的坏孩子，因为自己没有眼睛而把每个人的眼睛都欺蒙了的：让他来判断我是爱得多么深吧。我告诉你，艾琳娜，我不看见奥兰多便活不下去。我要找一处树荫，去到那儿长吁短叹地等着他回来。

西莉亚　我要去睡一个觉儿。（同下）

## 第二场　林中的另一部分

【杰克斯，群臣及林居人等上。

杰克斯　是谁把鹿杀死的？

一臣　先生，是我。

杰克斯　让我们引他去见公爵，像一个罗马的凯旋将军一样；顶好把鹿角插在他头上，表示胜利的光荣。林居人，你们没有个应景的歌儿吗？

一林居人　有的，先生。

杰克斯　那么唱起来吧；不要管它调子怎样，只要可以响起来热闹热闹就是了。

林居人　（唱）

歌

杀鹿的人好幸福，
穿它的皮顶它角。
唱个歌儿送送他。（众和）
顶了鹿角莫讥笑，
古时便已当冠帽；
你的祖父戴过它，
你的阿爹顶过它：

---

① 指丘比特。

鹿角鹿角壮而美，
你们取笑真不对。（众下）

## 第三场　林中的另一部分

【罗莎琳及西莉亚上。

**罗莎琳**　你现在怎么说？不是过了两点钟了吗？这儿有许多的奥兰多呢！

**西莉亚**　我对你说，他怀着纯洁的爱情和忧虑的头脑，带了弓箭出去睡觉去了。瞧，谁来了？

【西尔维厄斯上。

**西尔维厄斯**　我奉命来见您，美貌的少年；我的温柔的菲琵要我把这信送给您。（将信交罗莎琳）里面说的什么话我不知道；但是照她写这封信的时候那发怒的神气与暴躁行为看来，多半是一些气恼的话。原谅我，我只是个不知情的送信人。

**罗莎琳**　（阅信）最有耐性的人见了这封信也要暴跳如雷；是可忍，孰不可忍；她说我不漂亮；说我没有礼貌；说我骄傲；说即使男人像凤凰样稀罕，她也不会爱我。天哪！我并不曾要追求她的爱，她为什么写这种话给我呢？好，牧人，好，这封信是你捣的鬼。

**西尔维厄斯**　不，我发誓我不知道里面写些什么；这封信是菲琵写的。

**罗莎琳**　算了吧，算了吧，你是个傻瓜，为了爱情颠倒得这等地步。我看见过她的手，她的手就像一块牛皮那样粗糙，一块沙石那样颜色；我当作她戴着一副旧手套，哪知道原来就是她的手；她有一双作粗工的手；但这可不用管它。我说她从来不曾想到过写这封信；这是男人出的花样，是一个男人的笔迹。

**西尔维厄斯**　真的，那是她的笔迹。

**罗莎琳**　嘿，这是粗暴的凶狠的口气，全然是挑战的口气；嘿，她就像土耳其人向基督徒那样向我挑战呢。女人家的温柔的头脑里，决不会想出这种恣睢暴戾的念头来；这种狠恶的字句，含着比字面更狠恶的用意。你要不要听听这封信？

**西尔维厄斯**　假如您愿意，请您念给我听听吧，因为我还不曾听到过它呢；虽然关于菲琵的凶狠的话，倒已经听了不少了。

**罗莎琳**　她要向我撒野呢。听那只雌老虎怎样写法：（读）

你是不是天神的化身，
来燃烧一个少女的心？

女人会这样骂人吗？

**西尔维厄斯**　您把这种话叫做骂人吗？

**罗莎琳**　（读）

撇下了你神圣的殿堂，
虐弄一个痴心的姑娘？

你听见过这种骂人的话吗？

人们的眼睛向我求爱，
从不曾给我丝毫损害。

意思说我是个畜生。

你一双美目中的轻蔑，
倘能勾起我这般情热；

唉！假如你能青眼相加，
我更将怎样意乱如麻！
你一边骂，我一边爱你；
你倘求我，我何事不依？
代我传达情意的来使，
并不知道我这段心事；
让他带下了你的回报，
告诉我你的青春年少，
肯不肯接受我的奉献，
把我的一切听你调遣；
否则就请把拒绝明言，
我准备一死了却情缘。

**西尔维厄斯** 您把这叫做骂吗？

**西莉亚** 唉，可怜的牧人！

**罗莎琳** 你可怜他吗？不，他是不值得怜悯的。你会爱这种女人吗？嘿，利用你作工具，那样玩弄你！怎么受得住！好，你到她那儿去吧，因为我知道爱情已经把你变成一条驯服的蛇了；你去对她说：要是她爱我，我吩咐她爱你；要是她不肯爱你，那么我决不要她，除非你代她恳求。假如你是个真心的恋人，去吧，别说一句话；瞧又有人来了。（西尔维厄斯下）

【奥利弗上。

**奥利弗** 早安，两位。请问你们知不知道在这座树林的边界有一所用橄榄树围绕着的羊栏？

**西莉亚** 在这儿的西面，附近的山谷之下，从那微语喃喃的泉水旁边那一行柳树的地方向右出发，便可以到那边去。但现在那边只有一所空屋，没有人在里面。

**奥利弗** 假如听了人家嘴里的叙述便可以用眼睛认识出来，那么你们的模样正是我所听到说起的，穿着这样的衣服，这样的年纪：“那少年生得很俊，脸孔像个女人，行为像是老大姊似的；那女人是矮矮的，比她的哥哥黝黑些。”你们正是我所要寻访的那屋子的主人吗？

**西莉亚** 既蒙下问，那么我们说我们正是那屋子的主人，也不算是自己的夸口了。

奥利弗　奥兰多要我向你们两位致意；这一方染着血迹的手帕，他叫我送给他称为他的罗莎琳的那位少年。您就是他吗？

罗莎琳　正是；这是什么意思呢？

奥利弗　说起来徒增我的惭愧，假如你们要知道我是谁，这一方手帕怎样、为什么、在哪里沾上这些血迹。

西莉亚　请您说吧。

奥利弗　年轻的奥兰多上次跟你们分别的时候，曾经答应过，在一小时之内回来；他正在林中走着，品味着爱情的甜蜜和苦涩，瞧，什么事发生了！他把眼睛向旁边一望，听好，他看见了些什么东西：在一株满覆着苍苔的秃顶的老橡树之下，有一个不幸的衣衫褴褛须发蓬松的人仰面睡着；一条金绿的蛇缠在他的头上，正预备把它的头敏捷地伸进他的张开的嘴里去，可是突然看见了奥兰多，它便松了开来，蜿蜒地溜进林莽中去了；在那林荫下有一头乳房干瘪的母狮，头贴着地而蹲伏着，像猫一样注视这睡着的人的动静，因为那畜生有一种高贵的素性，不会去侵犯瞧上去似乎已经死了的东西。奥兰多一见了这情形，便走到那人的面前，一看却是他的兄长，他的大哥。

西莉亚　啊！我听见他说起过那个哥哥；他说他是一个人群中再忍心害理不过的。

奥利弗　他很可以那样说，因为我知道他确是忍心害理的。

罗莎琳　但是我们说奥兰多吧；他把他丢下在那儿，让他给那饿狮吃了吗？

奥利弗　他两次转身想去；可是善心比复仇更高贵，天性克服了他的私怨，使他去和那母狮格斗，很快地那狮子便向他扑了上来。我听见了搏击的声音，就从苦恼的瞌睡中醒过来了。

西莉亚　你就是他的哥哥吗？

罗莎琳　他救的便是你吗？

西莉亚　老是设计谋害他的便是你吗？

奥利弗　那是从前的我，不是现在的我。我现在已经变成个新的人了，因此我可以不惭愧地告诉你们我从前的为人。

罗莎琳　可是那块血渍的手帕是怎样来的？

**奥利弗** 别性急。那时我们两人叙述着彼此的经历，以及我到这荒野里来的原委；一面说一面自然流露的眼泪流个不住。简单地说，他把我领去见那善良的公爵，公爵赏给我新衣服穿，款待着我，吩咐我的弟弟照应我；于是他立刻带我到他的洞里去，脱下衣服来，一看臂上给母狮抓去了一块肉，血不停地流着，那时他便晕了过去，嘴里还念着罗莎琳的名字。简单地说，我把他救醒过来，裹好了他的伤口；略过些时，精神恢复了，他便叫我这个陌生人到这儿来把这件事通知你们，请你们原谅他的失约。这一方手帕在他的血里浸过，他要我交给他戏称为罗莎琳的那位青年牧人。（*罗莎琳晕去*）

**西莉亚** 呀，怎么啦，盖尼米德！亲爱的盖尼米德！

**奥利弗** 有好多人一见了血便要发晕。

**西莉亚** 还有其他的缘故哩。哥哥！盖尼米德！

**奥利弗** 瞧，他醒过来了。

**罗莎琳** 我要回家去。

**西莉亚** 我们可以陪着你去。——请您扶着他的手臂好不好？

**奥利弗** 提起精神来，孩子。你算是个男人吗？你太没有男人气了。

**罗莎琳** 一点不错，我承认。啊，好小子！人家会觉得我假装得很像哩。请您告诉令弟我假装得多么像。嗳唷！

**奥利弗** 这不是假装；你的脸色上已经有了太清楚的证明，这是出于真情的。

**罗莎琳** 告诉您吧，真的是假装的。

**奥利弗** 好吧，那么振作起来，假装个男人样子吧。

**罗莎琳** 我正在假装着呢；可是凭良心说，我理该是个女人。

**西莉亚** 来，你瞧上去脸色越变越白了；回家去吧。好先生，陪我们去吧。

**奥利弗** 好的，因为我必须把你怎样原谅舍弟的回音带去呢，罗莎琳。

**罗莎琳** 我会想出些什么来的。但是我请您就把我的假装的样子告诉他吧。我们走吧。（同下）

# 第 五 幕

## 第一场 亚登森林

【试金石及奥德丽上。

*试金石* 咱们总会找到一个时间的，奥德丽；耐着心吧，温柔的奥德丽。

*奥德丽* 那位老先生虽然这么说，其实这个牧师也很好呀。

*试金石* 顶坏不过的奥利弗师父，奥德丽；顶不好的马特克斯特。但是，奥德丽，林子里有一个年轻人要向你求婚呢。

*奥德丽* 嗯，我知道是谁；他跟我全没有关系。你说起的那个人来了。

【威廉上。

*试金石* 看见一个村汉在我是家常便饭。凭良心说话，我们这辈聪明人真是作孽不浅；我们总是忍不住要寻寻人家的开心。

*威廉* 晚安，奥德丽。

*奥德丽* 你晚安哪，威廉。

*威廉* 晚安，先生。

*试金石* 晚安，好朋友。把帽子戴上了，把帽子戴上；请不用客气，把帽子戴上了。你多大年纪了，朋友？

*威廉* 二十五了，先生。

*试金石* 正是妙龄。你名叫威廉吗？

*威廉* 威廉，先生。

*试金石* 一个好名字。是生在这林子里的吗？

*威廉* 是的，先生，我感谢上帝。

*试金石* “感谢上帝”；很好的回答。很有钱吗？

*威廉* 呃，先生，不过如此。

*试金石* “不过如此”，很好很好，好得很；可是也不算怎么好，不过如

此而已。你聪明吗？

威廉　呃，先生，我还算聪明。

试金石　啊，你说得很好。我现在记起一句话来了，“傻子自以为聪明，但聪明人知道他自己是个傻子。”异教的哲学家想要吃一颗葡萄的时候，便张开嘴唇来，把它放进嘴里去；那意思是表示葡萄是生下来给人吃，嘴唇是生下来要张开的。你爱这姑娘吗？

威廉　是的，先生。

试金石　把你的手给我。你有学问吗？

威廉　没有，先生。

试金石　那么让我教训你：有者有也；修辞学上有这么一个譬喻，把酒从杯子里倒在碗里，一只满了那一只便要落空。写文章的人大家都承认“彼”即是他；好，你不是彼，因为我是他。

威廉　哪一个他，先生？

试金石　先生，就是要跟这个女人结婚的他。所以，你这村夫，莫——那在俗话里就是不要，——与此妇——那在土话里就是和这个女人，——交游，——那在普通话里就是来往；合拢来说，莫与此妇交游，否则，村夫，你就要毁灭；或者让你容易明白些，你就要死；那就是说，我要杀死你，把你干掉，叫你活不成，让你当奴才。我要用毒药毒死你，一顿棒儿打死你，或者用钢刀捅死你；我要跟你打架；我要想出计策来打倒你；我要用一百五十种法子杀死你：所以赶快发着抖滚吧。

奥德丽　你快去吧，好威廉。

威廉　上帝保佑您快活，先生。（下）

【科林上。

科林　我们的大官人和小娘子找着你哪；来，走啊！走啊！

试金石　走，奥德丽！　走，奥德丽！我就来，我就来。（同下）

## 第二场　林中的另一部分

【奥兰多及奥利弗上。

**奥兰多**　你跟她相识得这么浅便会欢喜起她来了吗？一看见了她，便会爱起她来了吗？一爱了她，便会求起婚来了吗？一求了婚，她便会答应了你吗？你一定要得到她吗？

**奥利弗**　这件事进行得匆促，她的贫穷，相识的不久，我的突然的求婚，和她的突然的允许，这些你都不用怀疑；只要你承认我是爱着艾琳娜的，承认她是爱着我的，允许我们两人的结合，这样你也会有好处；因为我愿意把我父亲老罗兰爵士的房屋和一切收入都让给你，我自己在这里终生做一个牧人。

**奥兰多**　你可以得到我的允许。你们的婚礼就在明天举行吧；我可以去把公爵和他的一切乐天的从者都请了来。你去吩咐艾琳娜预备一切。瞧，我的罗莎琳来了。

【罗莎琳上。

**罗莎琳**　上帝保佑你，哥哥。

**奥利弗**　也保佑你，好妹妹。（下）

**罗莎琳**　啊！我的亲爱的奥兰多，我瞧见你把你的心裹在绷带里，我是多么难过呀。

**奥兰多**　那是我的臂膀。

**罗莎琳**　我以为是你的心给狮子抓伤了。

**奥兰多**　它的确是受了伤了，但却是给一位姑娘的眼睛伤害了的。

**罗莎琳**　你的哥哥有没有告诉你当他把你的手帕给我看的时候，我假装晕过去了的情形？

**奥兰多**　是的，而且还有更奇怪的事情呢。

**罗莎琳**　噢！我知道你说的是什么。噢，那倒是真的；从来不曾有过这么快的事情，除了两头公羊的打架，和恺撒那句“我来，我看见，我征服”[①]的傲语。令兄和舍妹刚见了面，便相互瞧起来了；一瞧便相爱了；一相爱便叹气了；一叹气便彼此问为的是什么；一知道了为的是什么，便要想补救的办法：这样一步一步地踏到了结婚的阶段，不久他们便要成其好事了，否则他们等不到结婚便要放肆起来的。他们简直爱的慌了，一定要在一块儿；用棒儿也打不散他们。

**奥兰多**　他们明天便要成婚，我就要去请公爵参加婚礼。但是唉！从别人

① 恺撒的有名豪语。

的眼中看见幸福，多么令人烦闷。明天我越是想到我的哥哥满足了心愿多么快活，我便将越是伤心。

罗莎琳　难道我明天不能仍旧充作你的罗莎琳了吗？

奥兰多　我不能老是靠着幻想而生存了。

罗莎琳　那么我不再用空话来叫你心烦了。告诉了你吧，现在我不是说着玩儿，我知道你是一个有见识的上等人；我并不是因为希望你赞美我的本领而恭维你，我要使你相信我的话，也不是图自己的名气，只是为着你的好处。假如你肯相信，那么我告诉你，我会行奇迹。从三岁时候起我就和一个术士结识，他的法术非常高深，可是并不作恶害人。要是你爱罗莎琳真是爱得那么深，就像你瞧上去的那样，那么你哥哥和艾琳娜结婚的时候，你就可以和她结婚。我知道她现在的处境是多么不幸；只要你没有什么不方便，我一定能够明天叫她亲身出现在你面前，一点没有危险。

奥兰多　你说的是真话吗？

罗莎琳　我以生命为誓，我说的是真话；虽然我说我是个术士，可是我很重视我的生命呢。所以你得穿上你最好的衣服，邀请你的朋友们来；只要你愿意在明天结婚，你一定可以结婚；和罗莎琳结婚，要是你愿意。瞧，我的一个爱人和她的一个爱人来了。

【西尔维厄斯及菲琵上。

菲琵　少年人，你很对我不起，把我写给你的信宣布了出来。

罗莎琳　要是我把它宣布了，我也不管；我存心要对你傲慢不客气。你背后跟着一个忠心的牧人；瞧着他吧，爱他吧，他崇拜着你哩。

菲琵　好牧人，告诉这个少年人恋爱是怎样的。

西尔维厄斯　它是充满了叹息和眼泪的；我正是这样爱着菲琵。

菲琵　我也是这样爱着盖尼米德。

奥兰多　我也是这样爱着罗莎琳。

罗莎琳　我可是一个女人也不爱。

西尔维厄斯　它是全然的忠心和服务，我正是这样爱着菲琵。

菲琵　我也是这样爱着盖尼米德。

奥兰多　我也是这样爱着罗莎琳。

罗莎琳　我可是一个女人也不爱。

**西尔维厄斯**　它是全然的空想，全然的热情，全然的愿望；全然的崇拜，恭顺，和尊敬；全然的谦卑，全然的忍耐和焦心；全然的纯洁，全然的磨炼：我正是这样爱着菲琵。

**菲琵**　我也是这样爱着盖尼米德。

**奥兰多**　我也是这样爱着罗莎琳。

**罗莎琳**　我可是一个女人也不爱。

**菲琵**　(向罗莎琳)假如真是这样，那么你为什么责备我爱你呢？

**西尔维厄斯**　(向菲琵)假如真是这样，那么你为什么责备我爱你呢？

**奥兰多**　假如真是这样，那么你为什么责备我爱你呢？

**罗莎琳**　你在向谁说话，“你为什么责备我爱你？”

**奥兰多**　向那不在这里、也听不见我的说话的她。

**罗莎琳**　请你们别再说下去了吧；这简直像是一群爱尔兰的狼向着月亮嗥叫。(向西尔维厄斯)要是我能够，我一定帮助你。(向菲琵)要是我有可能，我一定会爱你。明天大家来和我相会。(向菲琵)假如我会跟女人结婚，我一定跟你结婚；我要在明天结婚了。(向奥兰多)假如我会使男人满足，我一定使你满足；你要在明天结婚了。(向西尔维厄斯)假如使你欢喜的东西能使你满意，我一定使你满意；你要在明天结婚了。(向奥兰多)你既然爱罗莎琳，请你赴约。(向西尔维厄斯)你既然爱菲琵，请你赴约。我既然不爱什么女人，我也赴约。现在再见吧；我已经吩咐过你们了。

**西尔维厄斯**　只要我活着，我一定不失约。

**菲琵**　我也不失约。

**奥兰多**　我也不失约。(各下)

## 第三场　林中的另一部分

【试金石及奥德丽上。

**试金石**　明天是快乐的好日子，奥德丽；明天我们要结婚了。

**奥德丽**　我满心盼望着呢；我希望盼望出嫁并不是一个不正当的愿望。有两个放逐的公爵的童儿来了。

【二童上。

**甲童** 遇见得巧啊，好先生。

**试金石** 巧得很，巧得很。来，请坐，请坐，唱个歌儿。

**乙童** 遵命遵命。居中坐下吧。

**甲童** 一副坏喉咙未唱之前，总少不了来些儿老套子，例如咳嗽吐痰或是说嗓子有点儿嗄了之类；我们还是免了这些，马上唱起来怎样？

**乙童** 好的，好的；两人齐声同唱，就像两个吉卜赛人骑在一匹马上。

歌

一对情人并着肩，
嗳唷嗳唷嗳嗳唷，
走过了青青稻麦田，
春天是最好的结婚天，
听嘤嘤歌唱枝头鸟，
姐郎们最爱春光好。

小麦青青大麦鲜，
嗳唷嗳唷嗳嗳唷，
乡女村男交颈儿眠，
春天是最好的结婚天。
听嘤嘤歌唱枝头鸟，
姐郎们最爱春光好。

新歌一曲意缠绵，
嗳唷嗳唷嗳嗳唷，
人生美满像好花妍，
春天是最好的结婚天。
听嘤嘤歌唱枝头鸟，
姐郎们最爱春光好。

劝君莫负艳阳天，
嗳唷嗳唷嗳嗳唷，
恩爱欢娱要趁少年，
春天是最好的结婚天。
听嘤嘤歌唱枝头鸟，
姐郎们最爱春光好。

**试金石** 老实说，年轻的先生们，这首歌词固然没有多大意思，那调子却也很不入调。

**甲童** 您弄错了，先生；我们是照着板眼的，一拍也没有漏过。

**试金石** 凭良心说，我来听这么一首傻气的歌儿，真算是白糟蹋了时间。上帝和你们同在；上帝把你们的喉咙补补好吧！来，奥德丽。（各下）

## 第四场　林中的另一部分

【老公爵，阿米恩斯，杰克斯，奥兰多，奥利弗及西莉亚同上。

**公爵** 奥兰多，你相信那孩子果真有他所说的那种本领吗？

**奥兰多** 我有时相信，有时不相信；就像那些因恐结果无望而心中惴惴的人，一面希望一面担着心事。

【罗莎琳，西尔维厄斯及菲琶上。

**罗莎琳** 再请耐心听我说一遍我们所约定的条件。（向公爵）您不是说，假如我把您的罗莎琳带来了，您愿意把她赏给这位奥兰多做妻子吗？

**公爵** 即使再要我把几个王国作为陪嫁，我也愿意。

**罗莎琳** （向奥兰多）您不是说，假如我带了她来，您愿意娶她吗？

**奥兰多** 即使我是统治万国的君王，我也愿意。

**罗莎琳** （向菲琶）您不是说，假如我愿意，您便愿意嫁我吗？

**菲琶** 即使我在一小时后就要一命丧亡，我也愿意。

**罗莎琳** 但是假如您不愿意嫁我，您不是要嫁给这位忠心无比的牧人吗？

**菲琶** 是这样约定的。

**罗莎琳** （向西尔维厄斯）您不是说，假如菲琶愿意，您便愿意娶她吗？

**西尔维厄斯**　即使娶了她等于送死，我也愿意。

**罗莎琳**　我答应要把这一切事情安排得好好的。公爵，请您守约许嫁您的女儿；奥兰多，请您守约娶他的女儿；菲琵，请您守约嫁我，假如不肯嫁我，便得嫁给这位牧人；西尔维厄斯，请您守约娶她，假如她不肯嫁我：现在我就去给你们解释这些疑惑。（罗莎琳下）

**公爵**　这个牧童使我记起了我的女儿的相貌，有几分活像是他。

**奥兰多**　殿下，我初次见他的时候，也以为他是郡主的兄弟呢；但是，殿下，这孩子是在林中生长的，他的伯父曾经教过他一些魔术的原理，据说他那伯父是一个隐居在这儿林中的大术士。

【试金石及奥德丽上。

**杰克斯**　一定又有一次洪水来啦，这一对一对都要准备躲到方舟里去[①]。又来了一对奇怪的畜生，傻瓜是他们公认的名字。

**试金石**　列位这厢有礼了！

**杰克斯**　殿下，请您欢迎他。这就是我在林中常常遇见的那位傻头傻脑的先生；据他说他还出入过宫廷呢。

**试金石**　要是有人不相信，尽管把我质问好了。我曾经跳过高雅的舞；我曾经恭维过一位贵妇；我曾经向我的朋友要过手腕，跟我的仇家们装亲热；我曾经毁了三个裁缝，闹过四回口角，有一次几乎打出手。

**杰克斯**　那是怎样闹起来的呢？

**试金石**　呃，我们碰见了，一查这场争吵是根据着第七个原因。

**杰克斯**　怎么叫第七个原因？——殿下，请您欢喜这个家伙。

**公爵**　我很欢喜他。

**试金石**　上帝保佑您，殿下；我希望您欢喜我。殿下，我挤在这一对对乡村的姐儿郎儿中间到这里来，也是想来宣了誓然后毁誓，让婚姻把我们结合，再让血气把我们拆开。她是个寒伧的姑娘，殿下，样子又难看；可是，殿下，她是我自个儿的：我有一个坏脾气，殿下，人家不要的我偏要。宝贵的贞洁，殿下，就像是住在破屋子里的守财奴，又像是丑蚌壳里的明珠。

**公爵**　我说，他倒很伶俐机警呢。

**杰克斯**　但是且说那第七个原因；你怎么知道这场争吵是根据着第七个

---

① 指《创世记》中洪水时挪亚方舟之事。

原因呢？

**试金石**　因为那是根据着一句经过七次演变后的谎话。——把你的身体端正些，奥德丽。——是这样的，先生：我不欢喜某位廷臣的胡须的式样；他回我说假如我说他的胡须的式样不好，他却自以为很好：这叫做“有礼的驳斥”。假如我再去对他说那式样不好，他就回我说他自己欢喜要这样：这叫做“谦恭的讥刺”。要是再说那样不好，他便蔑视我的意见：这叫做“粗暴的答复”。要是再说那样不好，他就回答说我讲的不对：这叫做“大胆的谴责”。要是再说那式样不好，他就要说我说谎：这叫做“挑衅的反攻”。于是就到了“委婉的说谎”和“公然的说谎”。

**杰克斯**　你说了几次他的胡须式样不好呢？

**试金石**　我只敢说到“委婉的说谎”为止，他也不敢给我“公然的说谎”；因此我们较了较剑，便走开了。

**杰克斯**　你能不能把一句谎话的各种程度按着次序说出来？

**试金石**　先生啊，我们争吵都是根据着书本的，就像你们有讲礼貌的书一样。我可以把各种程度列举出来。第一，有礼的驳斥；第二，谦恭的讥刺；第三，粗暴的答复；第四，大胆的谴责；第五，挑衅的反攻；第六，委婉的说谎；第七，公然的说谎。除了“公然的说谎”之外，其余的都可以避免；但是“公然的说谎”只要用了“假如”两个字，也就可以一天云散。我知道有一场七个法官都处断不了的争吵；当两造相遇时，其中的一个单单想起了“假如”两字，例如“假如你这样说，那么我便要这样说”，于是两人便彼此握手，结为兄弟了。“假如”是唯一的和事佬；“假如”之时用大矣哉！

**杰克斯**　殿下，这不是一个很难得的人吗？他什么都懂，然而仍然是一个傻瓜。

**公爵**　他把他的傻气当作了藏身的掩护马，在它的荫蔽之下放出他的机智来。

【亥门领罗莎琳穿女装及西莉亚上。柔和的音乐。

亥门　　天上有喜气融融，
　　　　人间万事尽亨通，
　　　　　和合无嫌猜。
　　　　公爵，接受你女儿，

　　亥门一路带着伊，
　　　远从天上来；
　　请你为她作主张，
　　嫁给她心上情郎。

**罗莎琳**　（向公爵）我把我自己交给您，因为我是您的。（向奥兰多）我把我自己交给您，因为我是您的。

**公爵**　要是眼前所见的并不是虚假，那么你是我的女儿了。

**奥兰多**　要是眼前所见的并不是虚假，那么你是我的罗莎琳了。

**菲琵**　要是眼前的情形是真，那么永别了，我的爱人！

**罗莎琳**　（向公爵）要是您不是我的父亲，那么我不要有什么父亲。（向奥兰多）要是您不是我的丈夫，那么我不要有什么丈夫。（向菲琵）要是我不跟你结婚，那么我再不跟别的女人结婚。

**亥门**　请不要喧闹纷纷！

　　这种种古怪事情，
　　　都得让亥门断清。
　　这里有四对恋人，
　　说的话儿倘应心，

该携手共缔鸳盟。
你俩患难不相弃；(向奥兰多、罗莎琳)
你们俩同心永系；(向奥利弗、西莉亚)
你和他宜室宜家，(向菲琵)
再莫恋镜里空花；
你两人形影相从，(向试金石、奥德丽)
像风雪跟着严冬。
等一曲婚歌奏起，
尽你们寻根觅柢，
莫惊讶咄咄怪事，
细想想原来如此。

歌
人间添美眷，
天后爱团圆；
席上同心侣，
枕边并蒂莲。
没有亥门力，
何缘众庶生？
同声齐赞颂，
月老最堪称！

**公爵** 啊，我的亲爱的侄女！我欢迎你，就像你是我自己的女儿。

**菲琵** (向西尔维厄斯)我不愿食言，现在你已经是我的；你的忠心使我爱上了你。

【贾克斯上。

**贾克斯** 请听我说一两句；我是老罗兰爵士的第二个儿子，特意带了消息到这群贤毕集的地方来。弗雷特里克公爵因为听见每天有才智之士投奔到这林中，故此兴起大军，亲自统率，预备前来捉拿他的兄长，把他杀死除害。他到了这座树林的边界，遇见了一位高年的修道士，交谈之下，悔悟前非，便即停止进兵；同时看破红尘，把他的权位归还给他的放逐的兄长，一同流亡在外的诸人的土地，也都各还原主。这不是假话，我可以用生命作担保。

**公爵** 欢迎，年轻人！你给你的兄弟们送了很好的新婚贺礼来了：一个是他的被扣下的土地；一个是一座绝大的公国，享有着绝对的主权。先让我们在这林中把我们已经在进行的好事情办了；然后，在这幸运的一群中，每一个曾经跟着我忍受过艰辛的日子的人，都要按着各人的地位，分享我的恢复了的荣华。现在我们且把这种新近得来的尊荣暂时搁在脑后，举行起我们乡村的狂欢来吧。奏起来，音乐！你们各位新妇新郎，大家欢天喜地地跳起舞来呀！

**杰克斯** 先生，恕我冒昧。要是我没有听错，好像您说的是那公爵已经潜心修道，抛弃富贵的宫廷了？

**贾克斯** 是的。

**杰克斯** 我就找他去；从这种悟道者的地方，很可以得到一些绝妙的教训。（向公爵）我让你去享受你那从前的光荣吧；那是你的忍耐和德行的酬报。（向奥兰多）你去享受你那用忠心赢得的爱情吧。（向奥利弗）你去享有你的土地、爱人和权势吧。（向西尔维厄斯）你去享用你那用千辛万苦换来的老婆吧。（向试金石）至于你呢，我让你去口角吧；因为在你的爱情的旅程上，你只带了两个月的粮草。好，大家各人去找各人的快乐；跳舞可没有我的分。

**公爵** 别走，杰克斯，别走！

**杰克斯** 我不想看你们的作乐；你们将会得到些什么，我就在被你们遗弃了的山窟中也可以知道的。（下）

**公爵** 进行下去吧，开始我们的嘉礼；自始至终谁都是满心的欢喜。（跳舞，众下）

# 收场白

**罗莎琳** 叫娘儿来念收场白，似乎不大合式；可是那也不见得比叫老爷子来念开场白更不成样子些。要是好酒无须招牌，那么好戏也不必有收场白；可是好酒要用好招牌，好戏倘再加上一段好收场白，岂不是更好？那么我现在的情形是怎样的呢？既然不会念一段好收场白，又不能把一出好戏来讨好你们！我并不穿戴得像个叫化一样，因此我不能向你们求乞；我的唯一的法子是恳请。我要先向女人们招手。女人们啊！为着你们对于男子的爱情，请你们尽量地欢喜这本戏。男人们啊！为着你们对于女子的爱情，——瞧你们那副痴笑的神气，我就知道你们谁都不讨厌她们的，——请你们学着女人们的样子，也来欢喜这本戏。假如我是一个女人[1]，你们中间只要谁的胡子生得叫我满意，脸蛋长得讨我欢喜，而且气息也不叫我恶心的，我都愿意给他一吻。为了我这种慷慨的奉献，我相信凡是生得一副好胡子，长得一张好脸蛋，或是有一口好气息的诸君，当我屈膝致敬的时候，都会向我道别。（下）

① 伊丽莎白时代舞台上女角皆用男童扮演。

# 哈姆雷特

朱生豪 译

苏福忠 校

## 背景与提要

《哈姆雷特》于一六〇二年六月二十六日在版权登记局注册的名字是《丹麦王子哈姆雷特复仇记》。这个剧本传下来三种版本；它们之间的关系历来有争议：莎士比亚什么时候写他的剧本；以什么形式；根据什么。一六〇三年有一个印刷版本，是根据演员的台词集合而成的，剧本只有二千二百来行。第二年，负责该剧注册的詹姆斯·罗伯兹出版了它，声称是“根据原版本几乎一字未动地印刷出版”的。这个版本约有三千八百行，是三个版本中最长的。一六二三年的对开本《哈姆雷特》比一六〇四年的少了二百三十行，改动和增删之处亦有不少。一般学者认为，一六〇四年的版本是原作，一六二三年的对开本是修改本，而最早出现的那个版本是个质量不高的拼凑版本。在莎士比亚的所有剧本中，版权局的人拿去出版的，《哈姆雷特》是仅有的一例；仅此也足以表明《哈姆雷特》的成功和成就。

如同该剧在版权局的登记名字所表明的，它的确是一个丹麦王子复仇的故事。这个故事最早出现于十二世纪的丹麦史里。直到一六〇八年才有了英译本。这时的故事情节仍是这样单一：丹麦国王被其亲兄弟谋杀，亲兄弟又娶了他的皇后做皇后，丹麦王子因此决心为父复仇。莎士比亚不仅把这个单一的故事复杂化，戏剧化，更主要的是他塑造了哈姆雷特这个表面装疯卖傻，实质头脑清楚，一心报仇又犹豫不决的王子形象。这样，莎士比亚笔下的《哈姆雷特》不再是个简单的复仇故事，而是一出内涵丰富、揭示人性的戏剧经典。剧本中的戏中之戏是莎士比亚的不朽之笔。戏中的大量台词，尤其哈姆雷特的独白，滔滔不绝，文采激扬，汪洋恣肆，一泻千里，令演员在舞台上讲来一气呵成，观众在台下听来回肠荡气。

《哈姆雷特》是一出大悲剧。剧中不管哈姆雷特误杀岳父、奥菲莉娅因忧愁而发疯，还是哈姆雷特兄弟相煎、篡位者克劳迪亚斯被诛、王后格特鲁德误喝毒酒而亡，每条生命的扭曲和消亡，都让作者赋于了全新的意义。作者首先强调的是人的生命来世一趟因纯属偶然而显得格外珍贵。人应该珍惜生命；应该自自然然，坦坦荡荡，痛痛快快。生命，偶然而来，自然而去，但是在这个“脱了轨的世界”里，人为了本不属于生命之内的东西费尽心机，曲意应承，勾心斗角，杀机四伏，因而不可避免地扭曲人性，而扭曲了的人性又不可避免地会扼杀生命。

自从《哈姆雷特》问世，它就把英国舞台和世界舞台搅得轰轰烈烈，长盛不衰。有了电影，哈姆雷特是银幕上的大明星；有了电视，哈姆雷特又成为屏幕上的常青树。哈姆雷特这一文学形象对西方文化产生了深刻的影响，成为世界神话的一员，其光炬之烈有时往往会使其创造者——莎士比亚，目瞪口呆。

**苏福忠**

SCENE: DENMARK

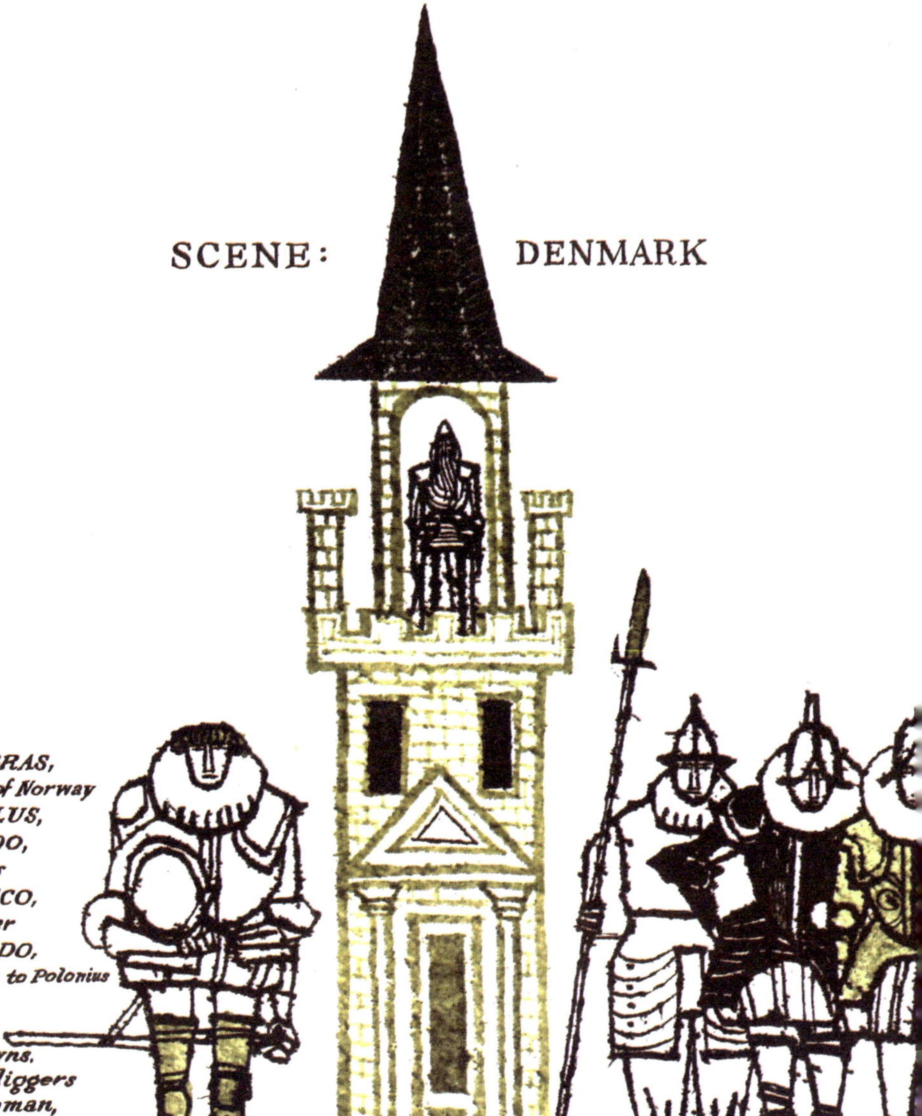

*FORTINBRAS,*
*Prince of Norway*
*MARCELLUS,*
*BARNARDO,*
*Officers*
*FRANCISCO,*
*a soldier*
*REYNALDO,*
*servant to Polonius*
*A Priest*
*Players*
*Two Clowns,*
*grave-diggers*
*A Gentleman,*
*courtier*
*A Captain*
*English Ambassadors*
*Lords, Ladies*
*Officers, Soldiers*
*Sailors, Messengers*
*and other*
*Attendants*

*Ghost of Hamlet's Father*

# HAMLET, PRINCE OF DENMARK

## *DRAMATIS PERSONAE*

OLTIMAND, CORNELIUS, OSRIC, courtiers; POLONIUS, lord chamberlain;
IORATIO, friend to Hamlet; LAERTES, son to Polonius;
ROSENCRANTZ, GUILDENSTERN, courtiers.
ERTRUDE, ueen of Denmark, and other to Hamlet
CLAUDIUS, King of Denmark
OPHELIA, daughter to Polonius
HAMLET, son to the late, and nephew to the present King

## 剧中人物

克劳迪亚斯　丹麦国王

哈姆雷特　前王之子，今王之侄

福丁布拉斯　挪威王子

霍雷肖　哈姆雷特之友

波洛涅斯　御前大臣

莱蒂斯　波洛涅斯之子

沃尔蒂曼德<br>科尼利厄斯<br>罗森克兰茨<br>吉尔登斯特恩<br>奥斯利克　} 朝士

马塞勒斯<br>伯纳多　} 军官

弗朗西斯科　兵士

雷纳尔多　波洛涅斯之仆

英国使臣

众伶人

二小丑、掘坟墓者

格特鲁德　丹麦王后，哈姆雷特之母

奥菲莉娅　波洛涅斯之女

贵族，贵妇，军官，兵士，教干，水手，使者及侍从等。

哈姆雷特父亲的鬼魂

**地点**　埃尔西诺

# 第　一　幕

## 第一场　埃尔西诺；城堡前的露台

【弗朗西斯科立台上守望。伯纳多自对面上。

**伯纳多**　那边是谁？

**弗朗西斯科**　不，你先回答我；站住，告诉我你是什么人。

**伯纳多**　国王万岁！

**弗朗西斯科**　伯纳多吗？

**伯纳多**　正是。

**弗朗西斯科**　你来得很准时。

**伯纳多**　现在已经打过十二点钟；你去睡吧，弗朗西斯科。

**弗朗西斯科**　谢谢你来替换了我；天冷得厉害，我心里也老大不舒服。

**伯纳多**　你守在这儿，一切都很安静吗？

**弗朗西斯科**　一只小老鼠也不见走动。

**伯纳多**　好，晚安！要是你碰见霍雷肖和马塞勒斯，我的守夜的伙伴们，就叫他们赶紧一点来。

**弗朗西斯科**　我想我听见他们到了。喂，站住！那边是谁？

【霍雷肖及马塞勒斯上。

**霍雷肖**　都是自己人。

**马塞勒斯**　丹麦王的臣民。

**弗朗西斯科**　祝你们晚安！

**马塞勒斯**　啊！再会，正直的军人！谁替换了你？

**弗朗西斯科**　伯纳多替我值班。祝你们晚安！（下）

**马塞勒斯**　喂！伯纳多！

**伯纳多**　喂，——啊！霍雷肖也来了吗？

霍雷肖　这儿有一个他。

伯纳多　欢迎，霍雷肖！欢迎，好马塞勒斯！

马塞勒斯　什么！这东西今晚又出现过了吗？

伯纳多　我还没有看见什么。

马塞勒斯　霍雷肖说那不过是我们的幻想。我告诉他我们已经两次看见这一个可怕的怪象，他总是不肯相信；所以我请他今晚也来陪我们守一夜，要是这鬼再出来，就可以证明我们并没有看错，还可以叫他对它说几句话。

霍雷肖　嘿，嘿，它不会出现的。

伯纳多　先请坐下；虽然你一定不肯相信我们的故事，我们还是要把我们这两夜来所看见的情形再向你絮叨一遍。

霍雷肖　好，我们坐下来，听听伯纳多怎么说。

伯纳多　昨天晚上，当那照耀在旗竿西端的天空的明星正在向它现在吐射光辉的地方运行的时候，钟刚敲了一点，马塞勒斯跟我两个人——

马塞勒斯　住声！不要说下去；瞧，它又来了！

【鬼魂上。

伯纳多　正像已故的国王的模样。

马塞勒斯　你是有学问的人，对它说话去，霍雷肖。

伯纳多　它的样子不像已故的国王吗？看，霍雷肖。

霍雷肖　像得很；它使我心里充满了恐怖和惊奇。

伯纳多　它希望我们对它说话。

马塞勒斯　你去问它，霍雷肖。

霍雷肖　你是什么鬼物，胆敢僭窃丹麦先王神武的雄姿，在这样深夜的时分出现？凭着上天的名义，我命令你说话！

马塞勒斯　它生气了。

伯纳多　瞧，它悄悄去了！

霍雷肖　不要走！说呀，说呀！我命令你，快说！（鬼下）

马塞勒斯　它去了，不愿回答我们。

伯纳多　怎么，霍雷肖！你在发抖，你的脸色这样惨白。这不是幻想吧？你有什么高见？

霍雷肖　当着上帝的面前，倘不是我自己的眼睛向我证明，我再也不会相信这样的怪事。

马塞勒斯　它不像我们的国王吗？

霍雷肖　正像你就是你自己一样。它身上的那副战铠，正就是他讨伐野心的挪威王的时候所穿的；它脸上的那副怒容，活像他有一次在一场激烈的争辩中，把那些波兰人打倒在冰上那时候的神气。怪事怪事！

马塞勒斯　前两次他也是这样不先不后地在这个静寂的时辰，用军人的步态走过我们的眼前。

霍雷肖　我不知道究竟应该怎样想法；可是大概推测起来，这恐怕预兆着我们国内将要有一番非常的变故。

马塞勒斯　好吧，坐下来。谁要是知道的，请告诉我，为什么我们要有这样森严的戒备，使全国的军民每夜不得安息；为什么每天都在制造铜炮，还要向国外购买战具；为什么赶造这许多船只，连星期日也不停止工作；这样夜以继日的辛苦忙碌，究竟将要有什么事情发生呢？谁能够告诉我？

霍雷肖　我可以告诉你；至少一般人都是这样传说。刚才他的形象还向我们出现的那位已故的王上，你们知道，曾经接受骄矜好胜的挪威的福丁布拉斯的挑战；在那一次决斗中间，我们的勇武的哈姆雷特，——他的英名是举世称颂的——把福丁布拉斯杀死了；按照双方根据法律和武士精神所订立的协定，福丁布拉斯要是战败了，除了他自己的生命以外，必须把他所有的一切土地拨归胜利的一方；同时我们的王上也提出相当的土地作为赌注，要是福丁布拉斯得胜了，就归他没收占有，正像在同一协定上所规定的，他失败了，哈姆雷特可以把他的土地没收占有一样。现在要说起那位福丁布拉斯的儿子，他生得一副烈火也似性格，已经在挪威的四境招集了一群无赖之徒，供给他们衣食，驱策他们去干冒险的勾当；他的唯一的目的我们的当局看得很清楚，无非是要用武力和强迫性的条件，夺回他父亲所丧失的土地。照我所知道的，这就是我们种种准备的主要动机，我们这样戒备的唯一原因，也是全国所以这样慌忙骚乱的缘故。

伯纳多　我想正是为了这一个缘故。我们那位王上在过去和目前的战乱中间，都是一个主要的角色，所以无怪他的武装的形象要向我们出现示警了。

霍雷肖　那是扰乱我们心灵之眼的一点微尘。从前在富强繁盛的罗马，当那雄才大略的尤利乌斯·恺撒驾崩以前不久的时候，披着殓衾的死人都从坟墓里出来，在街道上啾啾鬼语，拖着火尾、喷着血露的星辰在白昼殒落，支配潮汐的月亮被吞蚀得像一个没有起色的病人；这一类预报重大变故的朕兆，在我们国内也已经屡次见到了。可是不要响！瞧！瞧！它又来了！

【鬼魂重上。

霍雷肖　我要挡住它的去路，即使它会害我。不要走，幻象！要是你会开口，对我说话吧；要是我有可以为你效劳之处，使你的灵魂得到安息，那么对我说话吧；要是你预知祖国的命运，靠着你的指示，也许可以及时避免未来的灾祸，那么对我说话吧！或者你在生前曾经把你搜括得来的财宝埋藏在地下，我听见人家说，鬼魂往往在他们藏金的地方徘徊不散，（鸡啼）要是有这样的事，你也对我说吧；不要走，说呀！拦住它，马塞勒斯。

马塞勒斯　要不要用我的戟子打它？

霍雷肖　好的，要是它不肯站定。

伯纳多　它在这儿！

霍雷肖　它在这儿！（鬼魂下）

马塞勒斯　它去了！我们不该用暴力对待这样一个尊严的亡魂；因为它是像空气一样不可侵害的，我们无益的打击不过是恶意的徒劳。

伯纳多　它正要说话的时候，鸡就啼了。

霍雷肖　于是它就像一个罪犯听到了可怕的召唤似的惊跳起来。我听人家说，报晓的雄鸡用它高锐的啼声，唤醒了白昼之神，一听到它的警告，那些在海里，火里，地下，空中，到处浪游的有罪的灵魂，就一个个钻回各自的巢窟里去；这句话现在已经证实了。

马塞勒斯　它在鸡啼的时候隐去。有人说我们的救主将要诞生以前，这报晓的鸟儿彻夜长鸣；那时候，他们说，没有一个鬼魂可以出外行走，夜间的空气非常清净，没有一颗星用毒光射人，没有一个神仙用法术迷人，妖巫的符咒也失去了力量，一切都是圣洁而美好的。

霍雷肖　我也听人家这样说过，倒有几分相信。可是瞧，清晨披着赤褐色的外衣，已经踏着那边东方高山上的露水走过来了。我们也可以下班了。照我的意思，我们应该把我们今夜看见的事情告诉年轻的哈姆雷特；因为凭着我的生命起誓，这一个鬼魂虽然对我们不发一言，见了他一定有话要说。人们以为按着我们的忠心和责任说起来，是不是应当让他知道这件事情？

**马塞勒斯** 很好，我们决定去告诉他吧；我知道今天在什么地方最容易找到他。（同下）

## 第二场 城堡中的大厅

【国王，王后，哈姆雷特，波洛涅斯，莱蒂斯，沃尔蒂曼德，科尼利厄斯，群臣，侍从等上。

**国王** 虽然我们亲爱的王兄哈姆雷特新丧未久，我们的心里应当充满了悲痛，我们全国都应当表示一致的哀悼，可是我们凛于后死者责任的重大，不能不违情逆性，一方面固然要用适度的悲哀纪念他，一方面也要为自身的利害着想；所以，在一种悲喜交集的情绪之下，让幸福和忧郁分据了我的两眼，殡葬的挽歌和结婚的笙乐同时并奏，用盛大的喜乐抵销沉重的不幸，我已经和我旧日的长嫂，当今的王后，这一个多事之国的共同的统治者，结为夫妇；这一次婚姻事先曾经征求各位的意见，多承你们诚意的赞助，这是我必须向大家致谢的。现在我要告诉你们知道，年轻的福丁布拉斯看轻了我们的实力，也许他以为自从我们亲爱的王兄崩逝以后，我们的国势已经瓦解，所以挟着他的从中取利的梦想，不断向我们书面要求把他的父亲依法割让给我们英勇的王兄的土地归还。这是他一方面的话。现在要讲到我们的态度，和今天召集各位来此的目的。我们的对策是这样的：我这儿已经写好了一封信给挪威国王，年轻的福丁布拉斯的叔父，他因为卧病在床，不曾与闻他侄子的企图，在信里我请他注意他的侄子擅自在国内征募丁壮，训练士卒，积极进行各种准备的事实，要求他从速制止他的进一步的行动；现在我就派遣你，科尼利厄斯，还有你，沃尔蒂曼德，替我把这封信送去给挪威老王，除了训令上所规定的条件以外，你们不得僭用你们的权力，和挪威进行逾越范围的妥协。你们赶紧就去吧，再会！

**科尼利厄斯**<br>**沃尔蒂曼德** 我们敢不尽力执行陛下的旨意。

**国王** 我相信你们的忠心；再会！（沃尔蒂曼德、科尼利厄斯同下）现在，莱蒂斯，你有什么话说？你对我说你有一个请求；是什么请求，莱蒂斯？只要是合理的事情，你和丹麦王说了，他总不会不答应你。你还有什么要求，莱蒂斯，是我不曾在你没有开口以前就自动给了你的？丹麦王室和你父亲的关系，正像头脑之于心灵一样密切；丹麦国王乐意为你父亲效劳，正像嘴里所说的话，可以由双手去执行一样。你要些什么，莱蒂斯？

**莱蒂斯** 陛下，我要请求您允许我回到法国去。这一次我回国参加陛下加冕的盛典，略尽臣子的微忱，实在是莫大的荣幸；可是现在我的任务已尽，我的心愿又向法国飞驰，但求陛下开恩允许。

**国王** 你父亲已经答应了你吗？波洛涅斯怎么说？

**波洛涅斯** 陛下，我却不过他几次三番的恳求，已经勉强答应他了；请陛下放他去了吧。

**国王** 好好利用你的时间，莱蒂斯，尽情发挥你的才能吧！可是来，我的侄儿哈姆雷特，我的孩子，——

**哈姆雷特** （*旁白*）超乎寻常的亲族，漠不相干的路人。

**国王** 为什么愁云依旧笼罩在你的身上？

**哈姆雷特** 不，陛下；我已经在太阳里晒得太久了。

**王后** 好哈姆雷特，脱下你的黑衣，对丹麦王应该和颜悦色一点；不要老是垂下了眼皮，在泥土之中找寻你的高贵的父亲。你知道这是一件很普通的事情，活着的人谁都要死去，从生存的空间踏进了永久的宁静。

**哈姆雷特** 嗯，母亲，这是一件很普通的事情。

**王后** 既然是很普通的，那么你为什么瞧上去好像老是这样郁郁于心呢？

**哈姆雷特** 好像，母亲！不，是这样就是这样，我不知道什么“好像”不“好像。”好妈妈，我的墨黑的外套，礼俗上规定的丧服，勉吐出来的叹气，像滚滚江流一样的眼泪，悲苦沮丧的脸色，以及一切仪式，外表和忧伤流露，都不能表示出我的真实的情绪。这些才是真给人瞧的，因为谁也可以做作成这种样子。它们不过是悲哀的装饰和衣服；可是我的郁结的心事却是无法表现出来的。

**国王** 哈姆雷特，你这样孝思不匮，原是你天性中纯笃过人之处；可是你要知道你的父亲也曾失去过一个父亲，那失去的父亲自己也失去过父亲；那后死的儿子为了尽他的孝道起见，必须有一个时期服丧守制，然而固执不变的哀伤，却是一种逆天背理的愚行，不是堂堂男子所应有的举止；它表现出一个不肯安于天命的意志，一个经不起艰难痛苦的心，一个缺少忍耐的头脑，和一个简单愚昧的理性。既然我们知道那是无可避免的事，无论谁都要遭遇到同样的经验，那么我们为什么要这样固执地把它介介于怀呢？嘿！那是对上天的罪戾，对死者的罪戾，也是违反人情的罪戾；在理智上它是完全荒谬的，因为从第一个死了的父亲起，直到今天死去的最后一个父亲为止，理智永远在呼喊，“这是无可避免的。”我请你抛弃了这种无益的悲伤，把我当作你的父亲；因为我要让全世界知道，你是王位的直接的继承者，我要给你尊荣和恩宠，不亚于一个最慈爱的父亲之于他的儿子。至于你要回到威登堡去继续求学的意思，那是完全违反我们的愿望的；请你听从我的劝告，不要离开这里，在朝廷上领袖群臣，做我们最密近的国亲和王儿，使我们因为每天能够看见你而心生快慰。

**王后** 不要让你母亲的祈求全归无用，哈姆雷特；请你不要离开我们，不要到威登堡去。

**哈姆雷特** 我将要勉力服从您的意见，母亲。

**国王** 啊，那才是一句有孝心的答复；你将在丹麦享有和我同等的尊荣。御妻，来。哈姆雷特这一种自动的顺从使我非常高兴；为了表示庆祝起见，今天丹麦王每一次举杯祝饮的时候，都要放一响高入云中的祝炮，让上天应和着地上的雷鸣，发出欢乐的回声。来。（除哈姆雷特外均下）

**哈姆雷特** 啊，但愿这一个太坚实的肉体会融解，消散，化成一堆露水！或者那永生的真神不曾制定禁止自杀的律法！上帝啊！上帝啊！人世间的一切在我看来是多么可厌，陈腐，乏味，而无聊！哼！哼！哼！那是一个荒芜不治的花园，长满了恶毒的莠草。想不到居然会有这种事情！刚死了两个月！不，两个月还不满！这样好的一个国王，比起这一个来，简直是天神和丑怪；他是这样爱我的母亲，甚至于不愿让天风吹痛了她的脸庞。天上和地下！我必须记着吗？嘿，她会偎倚在他的身旁，好像吃了美味的食物，格外促进了食欲一般；可是，只有一个月的时间，我不能再想下去了！脆弱啊，你的名字就是女人！短短的一个月以前她哭得像尼俄伯[1]，送我那可怜的父亲下葬；她在送葬的时候所穿的那双鞋子现在还没有破旧，她就，她就，——上帝啊！一头没有理性的畜生也要悲伤得长久一些——她就嫁给我的叔父，我的父亲的弟弟，

---

[1] 尼俄伯（Niobe），古希腊神话人物，底比斯王后，因哀哭自己被杀的子女而化为石头。

可是他一点不像我的父亲，正像我一点不像海格立斯[①]一样。只有一个月的时间，她那流着虚伪之泪的眼睛还没有消去它们的红肿，她就嫁了人了。啊，罪恶的匆促，这样迫不及待地钻进了乱伦的衾被！那不是好事，也不会有好结果；可是碎了吧，我的心，因为我必须噤住我的嘴！

【霍雷肖，马塞勒斯，伯纳多同上。

**霍雷肖** 祝福，殿下！

**哈姆雷特** 我很高兴看见你身体康健，霍雷肖。

**霍雷肖** 我也是这样，殿下；我永远是您卑微的仆人。

**哈姆雷特** 不，你是我的好朋友；我愿意和你朋友相称。你怎么不在威登堡，霍雷肖？马塞勒斯呢？

**马塞勒斯** 殿下——

**哈姆雷特** 我很高兴看见你。（向伯纳多）午安，朋友。——可是你究竟为什么离开威登堡？

**霍雷肖** 无非是偷闲躲懒罢了，殿下。

**哈姆雷特** 我不愿听见你的仇敌说这样的话，你也不能用这样的话刺痛我的耳朵，使它相信你对你自己所作的诽谤；我知道你不是一个偷闲躲懒的人。可是你在埃尔西诺有什么事？趁着你未去之前，我们要陪你痛饮几杯哩。

**霍雷肖** 殿下，我是来参加您的父王的葬礼的。

**哈姆雷特** 请你不要取笑，我的同学；我想你是来参加我的母后的婚礼的。

**霍雷肖** 真的，殿下，这两件事情相去得太近了。

**哈姆雷特** 这是一举两便的办法，霍雷肖！葬礼中剩下来的残羹冷炙，正好宴请婚筵上的宾客。霍雷肖，我宁愿在天上遇见我的最痛恨的仇人，也不愿看到那样的一天！我的父亲，我仿佛看见我的父亲。

**霍雷肖** 啊，在什么地方，殿下？

**哈姆雷特** 在我的心灵的眼睛里，霍雷肖。

**霍雷肖** 我曾经见过他一次；他是一位很好的君王。

**哈姆雷特** 他是一个堂堂男子；整个儿的说起来，我再也见不到像他那样

---

① 海格立斯（Hercules），一译赫拉克勒斯，大力神，主神宙斯之子，力大无穷，曾完成12项英雄业绩，是莎翁喜欢引用之神。

的人了。

霍雷肖　殿下，我想我昨天晚上看见他。

哈姆雷特　看见谁？

霍雷肖　殿下，我看见您的父王。

哈姆雷特　我的父王！

霍雷肖　不要吃惊，请您静静地听我把这件奇事告诉您，这两位可以替我做见证。

哈姆雷特　看在上帝的份上，讲给我听。

霍雷肖　这两位朋友，马塞勒斯和伯纳多，在万籁俱寂的午夜守望的时候，曾经连续两夜看见一个自顶至踵全身甲胄，像您父亲一样的人形，在他们的面前出现，用庄严而缓慢的步伐走过他们的身边。当着他们惊奇骇愕的眼前，它三次步行过去，它手里所握的鞭杖可以碰得到他们的身上；他们吓得几乎浑身都瘫了，只是呆立着不动，一句话也没有对它说。怀着惴惧的心情，他们把这件事悄悄地告诉了我，我就在第三夜陪着他们一起守望；正像他们所说的一样，那鬼魂又出现了，出现的时间和它的形状，证实了他们的每一个字都是正确的。我认识您的父亲；那鬼魂是那样酷肖它的生前，我这两手也不及他们彼此的相似。

哈姆雷特　可是这是在什么地方？

马塞勒斯　殿下，就在我们守望的露台上。

哈姆雷特　你有没有对它说话？

霍雷肖　殿下，我说的，可是它没有回答我；不过有一次我觉得它好像抬起头来，像要开口说话似的，可是就在那时候，晨鸡高声啼了起来，它一听见鸡声，就很快地隐去不见了。

哈姆雷特　这很奇怪。

霍雷肖　凭着我的生命起誓，殿下，这是真的；我认为按着我们的责任，应该让您知道这件事。

哈姆雷特　不错，不错，朋友们；可是这件事情很使我迷惑。你们今晚仍旧要去守望吗？

马塞勒斯<br>伯纳多　是，殿下。

**哈姆雷特**　你们说它穿着甲胄吗？

**马塞勒斯**
**伯纳多**　是穿着甲胄，殿下。

**哈姆雷特**　从头到脚？

**马塞勒斯**
**伯纳多**　从头到脚，殿下。

**哈姆雷特**　那么你们没有看见它的脸吗？

**霍雷肖**　啊，看见的，殿下；它的脸甲是掀起的。

**哈姆雷特**　怎么，它瞧上去像在发怒吗？

**霍雷肖**　它的脸上悲哀多于愤怒。

**哈姆雷特**　它的脸色是惨白的还是红红的？

**霍雷肖**　非常惨白。

**哈姆雷特**　它用眼睛注视着你吗？

**霍雷肖**　它直盯着我瞧。

**哈姆雷特**　我希望我也在那边。

霍雷肖　那一定会使您骇愕万分。

哈姆雷特　多半会的，多半会的。它停留得长久吗？

霍雷肖　大概有一个人用不快不慢的速度从一数到一百的那段时间。

马塞勒斯<br>伯纳多　还要长久一些，还要长久一些。

霍雷肖　我看见它的时候，不过是这么久。

哈姆雷特　它的胡须是斑白的吗？

霍雷肖　是的，正像我在它生前看见的那样，乌黑的胡须里略有几根变成白色。

哈姆雷特　我今晚也要守夜去；也许它还会出来。

霍雷肖　我可以担保它一定会出来。

哈姆雷特　要是它借着我的父王的形貌出现，即使地狱张开嘴来，叫我不要作声，我也一定要对它说话。要是你们到现在还没有把你们所看见的告诉别人，那么我要请求你们大家继续保持沉默；无论今夜发生什么事情，都请放在心里，不要在口舌之间泄漏出来。我一定会报答你们的忠诚。好，再会；今晚十一点钟到十二点钟之间，我要到露台上来看你们。

众人　我们愿意为殿下尽忠。

哈姆雷特　让我们彼此保持着不渝的交情；再会！（霍雷肖、马塞勒斯、伯纳多同下）我父亲的灵魂披着甲胄！事情有些不妙；我恐怕这里面有奸人的恶计。但愿黑夜早一点到来！静静地等着吧，我的灵魂；罪恶的行为总有一天会被发现，虽然地上所有的泥土把它们遮掩。（下）

## 第三场　波洛涅斯家中一室

【莱蒂斯及奥菲莉娅上。

莱蒂斯　我需要的物件已经装在船上，再会了；妹妹，在好风给人方便，路上没有阻碍的时候，不要贪睡，让我听见你的消息。

奥菲莉娅　你还不相信我吗？

莱蒂斯　对于哈姆雷特和他的调情献媚，你必须把它认作一时的感情冲动，一朵初春的紫罗兰，早熟而易凋，馥郁而不能持久，一分钟的芬芳和喜悦，如此而已。

**奥菲莉娅** 不过如此吗？

**莱蒂斯** 不过如此；因为像新月一样逐渐饱满的人生，不仅是肌肉和体格的成长，而且随着身体的发展，精神和心灵也同时扩大。也许他现在爱你，他的真诚的意志是纯洁而不带欺诈的；可是你必须留心，他有这样高的地位，他的意志并不属于他自己，因为他自己也要被他的血统所支配；他不能像一般庶民一样为自己选择，因为他的决定足以影响到整个国本的安危，他是全身的首脑，他的选择必须得到各部分肢体的同意；所以要是他说，他爱你，你可以相信他在他的地位之上，也许会把他的说话见之行事，可是那必须以丹麦的公意给他赞许为限。你再想一想要是你用过于轻信的耳朵倾听他的歌曲，让他攫走了你的心，在他的狂妄的渎求之下打开了你的宝贵的童贞，那时候你的名誉将要蒙受多大的损失。留心，奥菲莉娅，留心，我的亲爱的妹妹，不要放纵你的爱情，不要让欲望的利箭把你射中。一个自爱的女郎不应该向月亮显露她的美貌；圣贤也不能逃避谗口的中伤；春天的草木往往还没有吐放它们的蓓蕾，就被蛀虫蠹蚀；朝露一样晶莹的青春，常常会受到罡风的吹打。所以留心着吧，戒惧是最安全的方策；即使没有旁人的诱惑，少年的血气也要向他自己叛变。

**奥菲莉娅** 我将要记住你这段很好的教训，让它看守着我的心。可是，我的好哥哥，你不要像有些坏牧师一样，指点我上天去的险峻的荆棘之途，自己却在花街柳巷流连忘返，忘记了自己的箴言。

**莱蒂斯** 啊！不要为我担心。我耽搁得太久了；可是我的父亲来了。

【波洛涅斯上。

**莱蒂斯** 两重的祝福是双倍的恩荣；第二次的告别是格外可喜的。

**波洛涅斯** 还在这儿，莱蒂斯！上船去，上船去，真好意思！风息在帆顶上，人家都在等你哩。好，我为你祝福！还有几句教训，希望你铭刻在记忆之中：不要想到什么就说什么，凡事必须三思而行。对人要和气，可是不要过分狎昵。相知有素的朋友，应该用钢圈箍在你的灵魂上，可是不要对每一个泛泛的新知滥施你的交情。留心避免和人家争吵；可是万一争端已起，就应该让对方知道你不是可以轻侮的。倾听每一个人的意见，可是只对极少数人发表你自己的意见；接纳每一个人的批评，可是保留你自己的判断。尽你的财力购制贵重的衣服，可是不要炫新立异，必须富丽而不浮艳，因为服装往往可以表现人格；法国的名流要人，在这一点上是特别注重的。不要向人告贷，也不要借钱给人；因为债款放了出去，往往不但丢了本钱，而且还失去了朋友；向人告贷的结果容易养成因循懒惰的习惯。尤其要紧的，你必须对你自己忠实；正像有了白昼才有黑夜一样，对自己忠实，才不会对别人欺诈。再会；让我的祝福使你记住这一番话！

**莱蒂斯**　父亲，我告别了。

**波洛涅斯**　时候不早了；去吧，你的仆人都在等着。

**莱蒂斯**　再会，奥菲莉娅，记住我对你说的话。

**奥菲莉娅**　你的话已经锁在我的记忆里，那钥匙你替我保管着吧，

**莱蒂斯**　再会！（下）

**波洛涅斯**　奥菲莉娅，他对你说些什么话？

**奥菲莉娅**　回父亲的话，我们刚才谈起哈姆雷特殿下的事情。

**波洛涅斯**　嗯，这是应该考虑一下的。听说他近来常常跟你在一起，你也从来不拒绝他的求见；要是果然有这种事——人家这样告诉我，也无非是叫我注意的意思——那么我必须对你说，你还没有懂得你做了我的女儿，按照你的身分，应该怎样留心你自己的行动。究竟在你们两人之间有些什么关系？老实告诉我。

**奥菲莉娅**　父亲，他最近曾经屡次向我表示他的爱情。

**波洛涅斯**　爱情！呸！你讲的话完全像是一个不曾经历过这种危险的不懂事的女孩子。你相信他的那种你所说的表示吗？

**奥菲莉娅**　父亲，我不知道我应该怎样想才好。

**波洛涅斯**　好，让我来教你：你应该这样想，你是一个小孩子，把这些假意的表示当作了真心的奉献。你应该把你自己的价值抬高一些；要不然——就此放手了断吧。这事要是继续下去，你会让我成为笑柄的。

**奥菲莉娅**　父亲，他向我求爱的态度是很光明正大的。

**波洛涅斯**　嗯，他的态度；很好，很好。

**奥菲莉娅**　而且，父亲，他差不多用尽一切指天誓日的神圣的盟约，证实他的言语。

波洛涅斯　嗯，这些都是捕捉愚蠢的山鹬[1]的圈套。我知道在热情燃烧的时候，一个人无论什么盟誓都会说出口来；这些火焰，女儿，是光多于热的，一下子就会光销焰灭，因为它们本来是虚幻的，你不能把它们当作真火看待。从现在起，你还是少露一些你的女儿家的脸；你应该抬高身价；不要让人家以为你是可以随意呼召的。对于哈姆雷特殿下，你应该这样想，他是个年轻的王子，他比你在行动上有更大的自由。总而言之，奥菲莉娅，不要相信他的盟誓，因为它们都是诱人堕落的鸩媒，用庄严神圣的辞令，掩饰淫邪险恶的居心。我的言尽于此，简单一句话，从现在起，我不许你跟哈姆雷特殿下谈一句话。你留点儿神吧；进去。

奥菲莉娅　我一定听从您的话，父亲。（同下）

## 第四场　露台

【哈姆雷特，霍雷肖及马塞勒斯上。

哈姆雷特　风吹得人怪痛的，这天气真冷。

霍雷肖　是很凛冽的寒风。

哈姆雷特　现在是什么时候了？

霍雷肖　我想还不到十二点。

马塞勒斯　不，已经打过了。

霍雷肖　真的？我没有听见；那么鬼魂出现的时候快要到了。（内喇叭奏花腔及鸣炮声）这是什么意思，殿下？

哈姆雷特　王上今晚大宴群臣，作通宵的醉舞；每次他喝下了一杯葡萄美酒，铜鼓和喇叭便吹打起来，欢祝万寿。

霍雷肖　这是向来的风俗吗？

哈姆雷特　嗯，是的。可是我虽然从小就熟习这种风俗，却也不是常常举行的。这一种酗酒纵乐的风俗，使我们在东西各国受到许多诽毁；他们称我们为酒徒醉汉，用下流的污名加在我们头上，使我们各项伟大的成就都因此而大为减色。在个人方面也常常是这样，有些人因为身体上长了丑陋的色痣，因为

① 原文 woodcock，丘鹬，山鹬；另有“笨蛋”之意。

是从娘胎带来的——这本来是天生的缺陷，不是他们自己的过失，——或者生就一种令人侧目的怪癖，冲破了理性的约束和防卫；或者某种习惯糟蹋了原本令人喜欢的举止；这些人一旦带了上述一种毛病的烙印，或是生来的印记或是偶然的机缘——他们的道德就会另当别论——哪怕他又纯粹又洁雅，如同一个人所能拥有的无限修行——都会因为那点特别的毛病，在世人中引发非议，导致溃烂：少量的恶习足以抵销全部高贵的品德，害得人丑闻不断。

【鬼魂上。

**霍雷肖** 瞧，殿下，它来了！

**哈姆雷特** 天使保佑我们！不管你是一个善良的灵魂或是万恶的妖魔，不管你带来了天上的和风或是地狱中的罡风，不管你的来意好坏，因为你的形状是这样和蔼可亲，我要对你说话；我要叫你哈姆雷特，君王，父亲！尊严的丹麦先王，啊，回答我！不要让我在无知的蒙昧里抱恨终天；告诉我为什么你的长眠的骸骨不安窀穸，为什么安葬着你的遗体的坟墓张开它的沉重的大理石的两颚，把你重新吐放出来。你这已死的尸体这样全身甲胄，出现在月光之下，使黑夜变得这样阴森，使我们这些为造化所玩弄的愚人充满了不可思议的恐怖，究竟是什么意思呢？说，这是为了什么？你要我们怎样？（鬼魂向哈姆雷特招手）

**霍雷肖** 它招手叫您跟着它去，好像它有什么话要对您一个人说似的。

**马塞勒斯** 瞧，它用很有礼貌的举动，招呼您到一个僻远的所在去；可是别跟它去。

**霍雷肖** 千万不要跟它去。

**哈姆雷特** 它不肯说话；我还是跟它去。

**霍雷肖** 不要去，殿下。

**哈姆雷特** 嗨，怕什么呢？我把我的生命看得不值枚针；至于我的灵魂，那是跟它自己同样永生不灭的，它能够把它加害吗？它又在招手叫我前去了；我要跟它去。

**霍雷肖** 殿下，要是它把您诱到潮水里去，或者把您领到下临大海的峻峭的悬崖之巅，在那边它现出了狰狞的化形，使您丧失理智，变成疯狂，那可怎么好呢？您想，无论什么人一到了那样的地方，望着下面千仞的峭壁 ，听见海水奔腾的怒吼，即使没有别的原因，也会吓得心惊胆裂的。

**哈姆雷特** 它还是在向我招手。去吧，我跟着你。

**马塞勒斯** 您不能去，殿下。

**哈姆雷特** 放下你们的手！

**霍雷肖** 听我们的劝告不要去。

**哈姆雷特** 我的运命在高声呼喊，使我全身每一根微细的血管都变得像怒狮的筋骨一样坚硬。（鬼魂招手）他仍旧在招我去。放开我，朋友们；（挣脱二人之手）凭着上天起誓，谁要是拉住了我，我要叫他变成一个鬼走开！去吧，我跟着你。（鬼魂及哈姆雷特同下）

**霍雷肖** 幻想占据了他的头脑，使他不顾一切。

**马塞勒斯** 让我们跟上去；我们不应该服从他的话。

**霍雷肖** 那么去吧。这种事情会引出些什么结果来呢？

**马塞勒斯** 丹麦国里恐怕有些不可告人的坏事。

**霍雷肖** 上天的意旨支配一切。

**马塞勒斯** 不，我们还是跟上去。（同下）

## 第五场　露台的另一部分

【鬼魂及哈姆雷特上。

**哈姆雷特** 你要领我到什么地方去？说；我不愿再前进了。

**鬼魂** 听我说。

**哈姆雷特** 我在听着。

**鬼魂** 我的时间快要到了，我必须再回到硫黄的烈火里去受煎熬的痛苦。

**哈姆雷特** 唉，可怜的亡魂！

**鬼魂** 不要可怜我，你只要留心听着我将要告诉你的话。

**哈姆雷特** 说吧；我在这儿听着。

**鬼魂** 你听了以后，必须替我报仇。

**哈姆雷特** 什么？

**鬼魂** 我是你父亲的灵魂，因为生前孽障未尽，被判在晚间游行地上，白昼忍受火焰的烧灼，必须经过相当的时期，等生前的过失被火焰净化以后，方才可以脱罪。可是我不能违犯禁令，泄漏我的狱室中的秘密；我可以告诉你一个故事，它的最轻微的一句话，都可以使你魂飞魄散，使你年轻的血液凝冻成冰，使你的双眼像脱了轨道的星球一样向前突出，你的纠结的卷发根根分开，像愤怒的豪猪身上的刺毛一样森然耸立；可是这一种永恒的神秘，是不能向血肉的凡耳宣示的。听着，听着，啊，听着！要是你曾经爱过你的亲爱的父亲，——

哈姆雷特　上帝啊！

鬼魂　你必须替他报复那逆伦惨恶的杀身的仇恨。

哈姆雷特　杀身的仇恨！

鬼魂　杀人是重大的罪恶；可是这一件谋杀的惨案，是最骇人听闻而逆天害理的罪行。

哈姆雷特　赶快告诉我知道，让我驾着像思想和爱情一样迅速的翅膀，飞去把仇人杀死。

鬼魂　我的话果然激动了你；要是你听见了这种事情而漠然无动于衷，那你除非比舒散在忘河之滨的蔓草还要冥顽不灵。现在，哈姆雷特，听我说；一般人都以为我在花园里睡觉的时候，一条蛇来把我螫死，这一个虚构的死状，把丹麦全国的人都骗过了；可是你要知道，好孩子，那毒害你父亲的蛇，头顶上戴着王冠呢。

哈姆雷特　啊，果然给我猜到了！我的叔父！

鬼魂　嗯，那头乱伦的奸淫的畜生，他有的是过人的诡诈、天赋的奸恶，凭着他的阴险的手段，诱惑了我的外表上似乎非常贞淑的王后，满足他的无耻的兽欲。啊，哈姆雷特，那是一个多么相去悬殊的落差！我的爱情是那样纯洁真诚，始终信守着我在结婚的时候对她所作的盟誓；她却会对一个天赋和才德远不如我的恶人降心相从！可是正像一个贞洁的女子，虽然淫欲罩上神圣的外表，也不能把她煽动一样，一个淫妇虽然和光明的天使为偶，也会有一天厌倦于天上的唱随之乐，而宁愿搂抱人间的朽骨。可是且慢！我仿佛嗅到了清晨的空气；让我把话说得简短一些。当我按照每天午后的惯例，在花园里睡觉的时候，你的叔父乘我不备，悄悄溜了进来，拿着一个盛着毒草汁的小瓶，把一种使人麻痹的药水注入我的耳腔之内，那药性发作起来，会像水银一样很快地流过了全身的大小血管，像酸液滴进牛乳般地把淡薄而健全的血液凝结起来；它一进入我的身体里，我全身光滑的皮肤上便立刻发生无数疱疹，像害着癞病似的满布着可憎的鳞片。这样我在睡梦之中，被一个兄弟同时夺去了我的生命，我的王冠，和我的王后；甚至于不给我一个忏罪的机会，使我在没有领到圣餐也没有受过临终涂膏礼以前，就一无准备地负着我的全部罪恶去对簿阴曹。可怕啊，可怕！要是你有天性之情，不要默尔而息，不要让丹麦的御寝变成了藏奸养逆的卧榻；可是无论你怎样进行复仇，你的行事必须光明磊落，更不可对你的母亲有什么不利的图谋，让她去受上天的裁判，和她自己内心中的荆棘的刺戳吧。现在我必须去了！萤火的微光已经开始暗淡下去，清晨快要到来了；再会，再会！哈姆雷特，记着我。（下）

**哈姆雷特**　天上的神明啊！地啊！再有什么呢？我还要向地狱呼喊吗？啊，呸！忍着吧，我的心！我的全身的筋骨，不要一下子就变成衰老，支持着我的身体呀！记着你！是的，你可怜的亡魂，当记忆不曾从我这混乱的头脑里消失的时候，我会记着你的。记着你！是的，我要从我的记忆的碑版上，拭去一切琐碎愚蠢的记录，一切书本上的格言，一切陈言套语，一切过去的印象，我的少年的阅历所留下的痕迹，只让你的命令留在我的脑筋的书卷里，不搀杂一些下贱的废料；是的，上天为我作证！啊，最恶毒的妇人！啊，奸贼，奸贼，脸上堆着笑的万恶的奸贼！我的写字版呢？我必须把它记下来：一个人尽管满面都是笑，骨子里却是杀人的奸贼；至少我相信在丹麦是这样的。（写字）好，叔父，我把你写下来了。现在我要记下我的话，那是，“再会，再会！记着我。”我已经发过誓了。

**马塞勒斯**<br>**霍雷肖**　（在内）殿下！殿下！

**马塞勒斯**　（在内）哈姆雷特殿下！

**霍雷肖**　（在内）上天保佑他！

**马塞勒斯**　（在内）但愿如此！

**霍雷肖**　（在内）嘿罗，呵，呵，殿下！

**哈姆雷特**　嘿罗，呵，呵，伙伴儿！来，来，鸟儿，来。

【霍雷肖及马塞勒斯上。

**马塞勒斯**　怎样，殿下？

**霍雷肖**　有什么事，殿下？

**哈姆雷特** 啊！奇怪！

**霍雷肖** 好殿下，告诉我们。

**哈姆雷特** 不，你们会泄漏出去的。

**霍雷肖** 不，殿下，凭着上天起誓，我一定不泄漏。

**马塞勒斯** 我也一定不泄漏，殿下。

**哈姆雷特** 那么你们说，哪一个人会想得到有这种事？可是你们能够保守秘密吗？

**霍雷肖**
**马塞勒斯** 是，上天为我们作证，殿下。

**哈姆雷特** 在全丹麦从来不曾有哪一个奸贼不是一个十足的坏人。

**霍雷肖** 殿下，这样一句话是用不到什么鬼魂从坟墓出来告诉我们的。

**哈姆雷特** 啊，对了，你说得有理；所以，我们还是不必多说废话，大家握握手分开了吧。你们可以去照你们自己的意思干你们自己的事——因为各人都有各人的意思和各人的事——至于我自己，那么我对你们说，我是要去祈祷去的。

**霍雷肖** 殿下，您这些话好像有些疯疯癫癫似的。

**哈姆雷特** 我的话冒犯了你，真是非常抱歉；是的，我从心底里抱歉。

**霍雷肖** 哪儿的话，殿下。

**哈姆雷特** 不，凭着圣帕特里克[①]的名义，霍雷肖，我真是非常冒犯了你。讲到这一个幽灵，那么让我告诉你们，他是一个真实的亡魂；你们要是想知道它对我说了些什么话，我只好请你们暂时不必动问。现在，好朋友们，你们都是我的朋友，都是学者和军人，请你们允许我一个卑微的要求。

**霍雷肖** 是什么要求，殿下？我们一定允许您。

**哈姆雷特** 永远不要把你们今晚所见的事情告诉别人。

**霍雷肖**
**马塞勒斯** 殿下，我们一定不告诉别人。

**哈姆雷特** 不，你们必须宣誓。

**霍雷肖** 凭着良心起誓，殿下，我决不告诉别人。

**马塞勒斯** 凭着良心起誓，殿下，我也决不告诉别人。

---

① 圣帕特里克 (St.Patrick)，爱尔兰的保护神。

**哈姆雷特** 把手按在我的剑上宣誓。

**马塞勒斯** 殿下，我们已经宣誓过了。

**哈姆雷特** 那不算，把手按在我的剑上。

**鬼魂** (在下)宣誓！

**哈姆雷特** 啊哈！孩儿！你也这样说吗？你在那儿吗，好家伙？来；你们不听见这个地下的人怎么说吗？宣誓吧。

**霍雷肖** 请您教我们怎样宣誓，殿下。

**哈姆雷特** 永不向人提起你们所看见的这一切。把手按在我的剑上宣誓。

**鬼魂** (在下)宣誓！

**哈姆雷特** 又在那边了吗？那么我们换一个地方。过来，朋友们。把你们的手按在我的剑上，宣誓永不向人提起你们所听见的这一切。

**鬼魂** (在下)宣誓！

**哈姆雷特** 说得好，老鼹鼠！你能够在地底钻得这么快吗？好一个开路的先锋！好朋友们，我们再来换一个地方。

**霍雷肖** 嗳哟，真是不可思议的怪事！

**哈姆雷特** 那么你还是用见怪不怪的态度对待它吧。霍拉旭，天地之间有许多事情，是你们的哲学里所没有梦想到的呢。可是来，上帝的慈悲保佑你们，你们必须再作一次宣誓；我今后也许有时候要故意装出一副疯疯痴痴的样子，你们要是在那时候看见了我的古怪的举动，切不可像这样交叉着手臂，或者这样颠头摆脑的，或者嘴里说一些吞吞吐吐的词句，例如“呃，呃，我们知道，”或是“只要我们高兴，我们就可以，”或是“要是我们愿意说出来的话，”或是“有人要是怎么怎么，”诸如此类的含糊其辞的话语，表示你们知道我有些什么秘密；你们必须答应我避免这一类言词，上帝的恩惠和慈悲保佑着你们，宣誓吧。

**鬼魂** (在下)宣誓！(二人宣誓)

**哈姆雷特** 安息吧，安息吧，受难的灵魂！好，朋友们，我用全心的真情，信赖着你们两位；要是在哈姆雷特的微弱的能力以内，能够有可以向你们表示友情之处，上帝在上，我一定不会有负你们。让我们一同进去；请你们记着在无论什么时候都要守口如瓶。这是一个颠倒混乱的时代，唉，倒霉的我却要负起重整乾坤的责任！来，我们一块儿去吧。(同下)

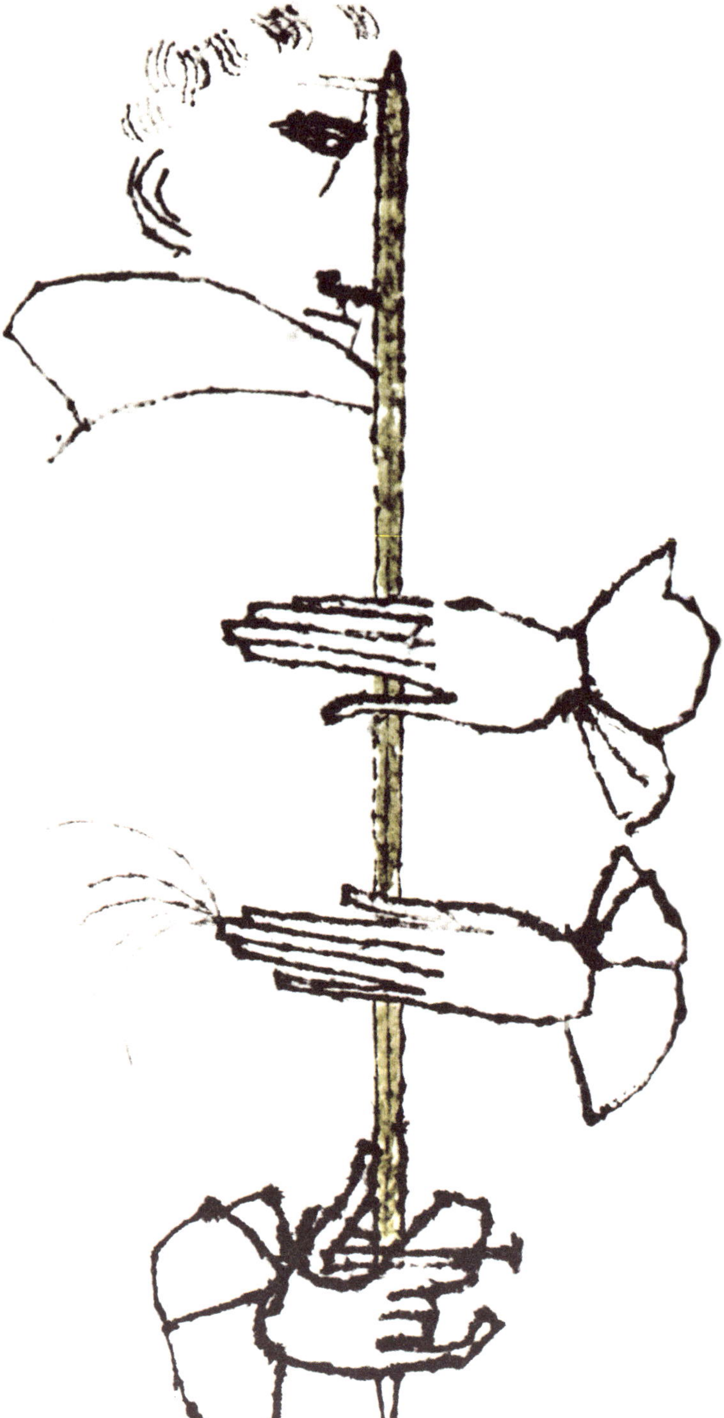

# 第　二　幕

## 第一场　波洛涅斯家中一室

【波洛涅斯及雷纳尔多上。

**波洛涅斯**　把这些钱和这几封信交给他，雷纳尔多。

**雷纳尔多**　是，老爷。

**波洛涅斯**　好雷纳尔多，你在没有去看他以前，最好先探听探听他的行为。

**雷纳尔多**　老爷，我本来就有这个意思。

**波洛涅斯**　很好，很好，好得很。你先给我调查调查有些什么丹麦人在巴黎，他们是干什么事情去的，叫什么名字，有没有钱，住在什么地方，跟哪些人做伴，用度大不大；用这种转弯抹角的方法，要是你打听到他们也认识我的儿子，你就可以更进一步，表示你对他也有相当的认识；你可以这样说："我知道他的父亲和他的朋友，对他也略为有点认识。"你听着没有，雷纳尔多？

**雷纳尔多**　是，我在留心听着，老爷。

**波洛涅斯**　"对他也略为有点认识，可是，"你可以说，"不怎么熟悉；不过假如果然是他的话，那么他是个很放浪的人，有些怎么怎么的坏习惯。"说到这里，你就可以随便捏造一些关于他的坏话；当然罗，你不能把他说得太不成样子，那是会损害他的名誉的，这一点你必须注意；可是你不妨举出一些纨绔子弟们所犯的最普通的浪荡的行为。

**雷纳尔多**　譬如赌钱，老爷。

**波洛涅斯**　对了，或是喝酒，斗剑，赌咒，吵嘴，嫖妓这类，你都是可以说。

**雷纳尔多**　老爷，那是会损害他的名誉的。

**波洛涅斯**　不，不，你可以在言语之间说得轻淡一些。你不能说他公然纵欲，那可不是我的意思；可是你要把他的过失讲得那么巧妙，让人家听着好像那不过是行为上的小小的不检，一个血气方刚的少年的一时胡闹，算不了什么事的。

雷纳尔多　可是，老爷——

波洛涅斯　为什么叫你做这种事？

雷纳尔多　是的，老爷，我想知道一点。

波洛涅斯　呃，我的用意是这样的，我相信我可以有这种权利：你这样轻描淡写地说了我儿子的一些坏话，就像你提起一件略有污损的东西似的，听着，要是跟你谈话的那个人，也就是你向他探询的那个人，果然看见过你所说起的那个少年犯着你刚才所列举的那些罪恶，他一定会用这样的话对你表示同意："好先生，——"也许他称你"朋友"，"仁兄"，按照着各人的身份和各国的习惯。

雷纳尔多　很好，老爷。

波洛涅斯　然后他就——他就——我刚才要说一句什么话？嗳哟，我正要说一句什么话；我说到什么地方啦？

雷纳尔多　您刚才说到"用这样的话表示同意"，还有"朋友""仁兄"什么的。

波洛涅斯　说到"用这样话表示同意"，嗯，对了；他会用这样的话对你表示同意："我认识这位绅士，昨天我还看见他，或许是前天，或许是什么什么时候，跟什么什么人在一起，正像您所说的，他在什么地方赌钱，在什么地方喝得醺醺大醉，在什么地方因为拍网球而跟人家打起架来；"也许他还会说，"我看见他走进什么什么的一家生意人家去，"那就是说窑子或是诸如此类的所在。你瞧，你用说谎的钓饵，就可以把事实的真相诱上你的钓钩；我们有智慧有见识的人，往往用这种旁敲侧击的方法，间接达到我们的目的；你也可以照着我上面所说的那一番话，探听出我的儿子的行为。你懂得我的意思没有？

雷纳尔多　老爷，我懂得。

波洛涅斯　上帝和你同在；再会！

雷纳尔多　那么我去了，老爷。

波洛涅斯　你自己也得留心观察他的举止。

**雷纳尔多**　是，老爷。

**波洛涅斯**　叫他用心学习音乐。

**雷纳尔多**　是，老爷。

**波洛涅斯**　你去吧！（雷纳尔多下）

【奥菲莉娅上。

**波洛涅斯**　啊，奥菲莉娅！什么事？

**奥菲莉娅**　嗳哟，父亲，我吓死了！

**波洛涅斯**　凭着上帝的名义，吓什么？

**奥菲莉娅**　父亲，我正在房间里缝纫的时候，哈姆雷特殿下跑了进来。走到我的面前；他的上身的衣服完全没有扣上钮子，头上也不戴帽子，他的袜子上沾着污泥，没有袜带，一直垂到脚踝上；他的脸色像他的衬衫一样白，他的膝盖互相碰撞，他的神气是那样凄惨，好像他刚从地狱里逃出来，要向人讲述它的恐怖一样。

**波洛涅斯**　他因为不能得到你的爱而发疯了吗？

**奥菲莉娅**　父亲，我不知道，可是我想也许是的。

**波洛涅斯**　他怎么说？

**奥菲莉娅**　他握住我的手腕紧紧不放，拉直了手臂向后退立，用他的另一只手这样遮在他的额角上，一眼不霎地瞧着我的脸，好像要把它临摹下来似的；这样经过了好久的时间，然后他轻轻地摇动一下我的手臂，他的头上上下下地颠了三颠，于是他发出一声非常惨痛而深长的叹息，好像他的整个的胸部都要爆裂，他的生命就在这一声叹息中间完毕似的。然后他放松了我，转过他的身体，他的头还是向后回顾，好像他不用眼睛的帮助也能够找到他的路，因为直到他走出了门外，他的两眼还是注视在我的身上。

**波洛涅斯**　跟我来；我要见王上去。这正是恋爱不遂的疯狂；一个人受到这种剧烈的刺激，什么不顾一切的事情都会干得出来。我真后悔。怎么，你最近对他说过什么使他难堪的话没有？

**奥菲莉娅**　没有，父亲，可是我已经遵从您的命令，拒绝他的来信，并且不允许他来见我。

**波洛涅斯**　这就是使他疯狂的原因。我很后悔看错了人。我以为他不过把你玩弄玩弄，恐怕贻误你的终身；可是我不该这样多疑！正像年轻人干起事来，往往不知道瞻前顾后一样，我们这种上了年纪的人，总是免不了筛筛过滤。来，我们见王上去。这种事情是不能蒙蔽起来的，要是隐讳不报，也许会闹出乱子来。来。（同下）

## 第二场　城堡中一室

【国王，王后，罗森克兰茨，吉尔登斯特恩及侍从等上。

国王　欢迎，亲爱的罗森克兰茨和吉尔登斯特恩！这次匆匆召请你们两位前来，一方面是因为我非常思念你们，一方面也是因为我有需要你们帮忙的地方。你们大概已经听到哈姆雷特的变化；我把它称为变化，因为无论在外表上或是精神上，他已经和从前大不相同。除了他父亲的死以外，究竟还有些什么原因，把他激成了这种疯疯癫癫的样子，我实在无从猜测。你们从小便跟他在一起长大，素来知道他的脾气，所以我特地请你们到我们宫廷里来盘桓几天，陪伴陪伴他，替他解解愁闷，同时乘机窥探他究竟有些什么秘密的心事，为我们所不知道的，也许一旦公开之后，我们就可以替他下对症的药饵。

王后　他常常讲起你们两位，我相信世上没有哪两个人比你们更为他所亲信了。你们要是不嫌怠慢，答应在我们这儿小作勾留，帮助我们实现我们的希望，那么你们的盛情雅意，一定会受到丹麦王室隆重的礼谢的。

罗森克兰茨　我们是两位陛下的臣子，两位陛下有什么旨意，尽管命令我们；像这样言重的话，倒使我们置身无地了。

吉尔登斯特恩　我们愿意投身在两位陛下的足下，两位陛下无论有什么命令，我们都愿意尽力奉行。

国王　谢谢你们，罗森克兰茨和善良的吉尔登斯特恩。

王后　谢谢你们，吉尔登斯特恩和善良的罗森克兰茨。现在我就要请你们立刻去看看我的大大变了样子的儿子。来人，领这两位绅士到哈姆雷特的地方去。

吉尔登斯特恩　但愿上天加佑，使我们能够得到他的欢心，帮助他恢复常态！

王后　阿门！（罗森克兰茨、吉尔登斯特恩及若干侍从下）

【波洛涅斯上。

**波洛涅斯** 禀陛下，我们派往挪威去的两位钦使已经喜气洋洋地回来了。

**国王** 你总是带着好消息来报告我们。

**波洛涅斯** 真的吗，陛下？不瞒陛下说，我把我对于我的上帝和我的宽仁厚德的王上的责任，看得跟我的灵魂一样重呢。要是我的脑筋还没有出毛病，想到了岔路上去，那么我想我已经发现了哈姆雷特发疯的原因。

**国王** 啊！你说吧，我急着要听呢。

**波洛涅斯** 请陛下先接见了钦使；我的消息留着做盛筵以后的佳果美点吧。

**国王** 那么有劳你去迎接他们进来。（波洛涅斯下）我的亲爱的王后，他对我说他已经发现了你的儿子心神不定的原因。

**王后** 我想主要的原因还是他父亲的死和我们过于迅速的结婚。

**国王** 好，我们可以把他试探试探。

**波洛涅斯** 率沃尔蒂曼德及科尼利厄斯重上。

**国王** 欢迎，我的好朋友们！沃尔蒂曼德，我们的挪威王兄怎么说？

**沃尔蒂曼德** 他叫我们向陛下转达他的友好的问候。他听到了我们的要求，就立刻传谕他的侄儿停止征兵；本来他以为这种举动是准备对付波兰人的，可是一经调查，才知道它的对象原来是陛下；他知道此事以后，痛心自己因为年老多病，受人欺罔，震怒之下，传令把福丁布拉斯逮捕；福丁布拉斯并未反抗，受到了挪威王一番申斥，最后就在他的叔父面前立誓决不兴兵侵犯陛下。老王看见他诚心悔过，非常欢喜，当下就给他三千克郎的年俸，并且委任他统率他所征募的那些军士，去向波兰人征伐；同时他叫我把这封信呈上陛下，（以书信呈上）请求陛下允许他的军队借道通过陛下的领土，他已经在信里提出若干条件，作为保证。

**国王** 这样很好，等我们有空的时候，还要仔细考虑一下，然后答复。你们远道跋涉，不辱使命，很是劳苦了，先去休息休息，今天晚上我们还要在一起欢宴。欢迎你们回来！（沃尔蒂曼德、科尼利厄斯同下）

**波洛涅斯** 这件事情总算圆满结束了。王上，娘娘，要是我向你们长篇大论地解释君上的尊严，臣下的名分，白昼何以为白昼，黑夜何以为黑夜，时间何以为时间，那不过徒然浪费了昼夜的时间；所以，既然简洁是智慧的灵魂，冗长是肤浅的藻饰，我还是把话说得简单一些吧。你们的那位殿下是疯了；我说他疯了，因为假如要说明什么才是真疯，那么除了说他疯了以外，还有什么话好说呢？可是那也不用说了。

**王后** 多谈些实际，少弄些玄虚。

**波洛涅斯** 娘娘，我发誓我一点不弄玄虚。他疯了，这是真的；唯其是真的，所以才可叹，它的可叹也是真的——蠢话少说，因为我不愿弄玄虚。好，让我们同意他已经疯了；现在我们就应该求出这一个结果的原因，或者不如说，这一种病态的原因，因为这个病态的结果不是无因而至的。这就是我们现在要做的一步工作。我们来想一想吧。我有一个女儿——当她还不过是我的女儿的时候，她是属于我的——难得她一片孝心，把这封信给了我；现在请猜一猜这里面说些什么话。“给那天仙化人的，我的灵魂的偶像，最美丽的奥菲莉娅——”这是一句恶劣的句子；可是你们听下去吧：“让这几行诗句留下在她的皎洁的胸中——”

**王后** 这是哈姆雷特写给她的吗？

**波洛涅斯** 好，娘娘，等一等，听我念下去：

“你可以疑心星星是火把；
你可以疑心太阳会移转；
你可以疑心真理是谎话；
可是我的爱永没有改变。

亲爱的奥菲莉娅啊！我的诗写得太坏。我不会用诗句来抒写我的愁怀；可是相信我，最好的人儿啊！我最爱的是你。再会！永远是你的，哈姆雷特。”这一封信是我的女儿出于孝顺之心拿来给我看的；此外，她又把他一次次求爱的情形，在什么时候，用什么方法，在什么所在，全都讲给我听了。

**国王** 可是她对于他的爱情抱着怎样的态度呢？

**波洛涅斯** 陛下以为我是怎么样的一个人？

**国王** 一个忠心正直的人。

**波洛涅斯** 但愿我能够证明自己是这样一个人。可是假如我看见这场热烈的恋爱正在进行——不瞒陛下说，我在我的女儿没有告诉我以前，就早已看出来了——假如我知道有了这么一回事，却在暗中玉成他们的好事，或者故意视若无睹，假作痴聋，一切不闻不问，那时候陛下的心里觉得怎样？我的好娘娘，您这位王后陛下的心里又得怎样？不，我一点儿也不敢懈怠我的责任，立刻我就对我那位小姐说：“哈姆雷特殿下是一位王子，不是你可以仰望的；这种事情不能让它继续下去。”于是我把她教训一番，叫她深居简出，不要和他见面，不要接纳他的来使，也不要收受他的礼物；她听了这番话，就照着我的意思实行起来。说来话短，他受到拒绝以后，心里就郁郁不快，于是饭也吃不下了，觉也睡不着了，他的身体一天憔悴一天，他的精神一天恍惚一天，这样一步步发展下去，就变成现在他这一种为我们大家所悲痛的疯狂。

**国王** 你想是这个原因吗？

**王后** 是很可能的。

**波洛涅斯** 我倒很想知道知道，哪一次我肯定地说过了“这件事情是这样的”，结果却并不是这样？

**国王** 照我所知道的，那倒是没有。

**波洛涅斯**　要是我说错了话，把这个东西从这个上面拿了下来吧。（指自己的头及肩）只要有线索可寻，我总会找出事实的真相，即使那真相一直藏在地球的中心。

**国王**　我们可以进一步试验试验？

**波洛涅斯**　您知道，有时候他会接连几个钟头在这儿走廊里踱来踱去。

**王后**　他真的常常这样踱来踱去。

**波洛涅斯**　乘他踱来踱去的时候，我就放我的女儿去见他。你我可以躲在帏幕后面注视他们相会的情形；要是他不爱她，他的理智不是因为恋爱而丧失，那么不要叫我襄理国家的政务，让我去做个耕田的农夫吧。

**国王**　我们要试一试。

**王后**　可是瞧，这可怜的孩子忧忧愁愁地念着一本书来了。

**波洛涅斯**　请两位陛下避一避开；让我走上去招呼他。（国王、王后及侍从等下）

【哈姆雷特读书上。

**波洛涅斯**　啊，恕我冒昧。您好，哈姆雷特殿下？

**哈姆雷特**　呃，上帝怜悯世人！

**波洛涅斯**　你认识我吗，殿下？

**哈姆雷特**　认识认识，你是一个卖鱼的贩子。

**波洛涅斯**　我不是，殿下。

**哈姆雷特**　那么我但愿你是一个老实人。

**波洛涅斯**　老实，殿下！

**哈姆雷特**　嗯，先生；在这世上，一万个人中间只不过有一个老实人。

**波洛涅斯**　这句话说得很对，殿下。

**哈姆雷特**　要是太阳能在一条死狗尸体上孵育蛆虫，因为它是一块能够亲吻的臭肉——你有一个女儿吗？

**波洛涅斯**　我有，殿下。

**哈姆雷特**　不要让她在太阳光底下行走；怀孕是一种幸福。可是您的女儿要是怀了孕，那可糟了。朋友，留心哪。

**波洛涅斯**　（旁白）你们瞧，他念念不忘地提着我的女儿；可是最初他不认识我，他说我是一个卖鱼的贩子。他的疯病已经很深了，很深了。说句老实

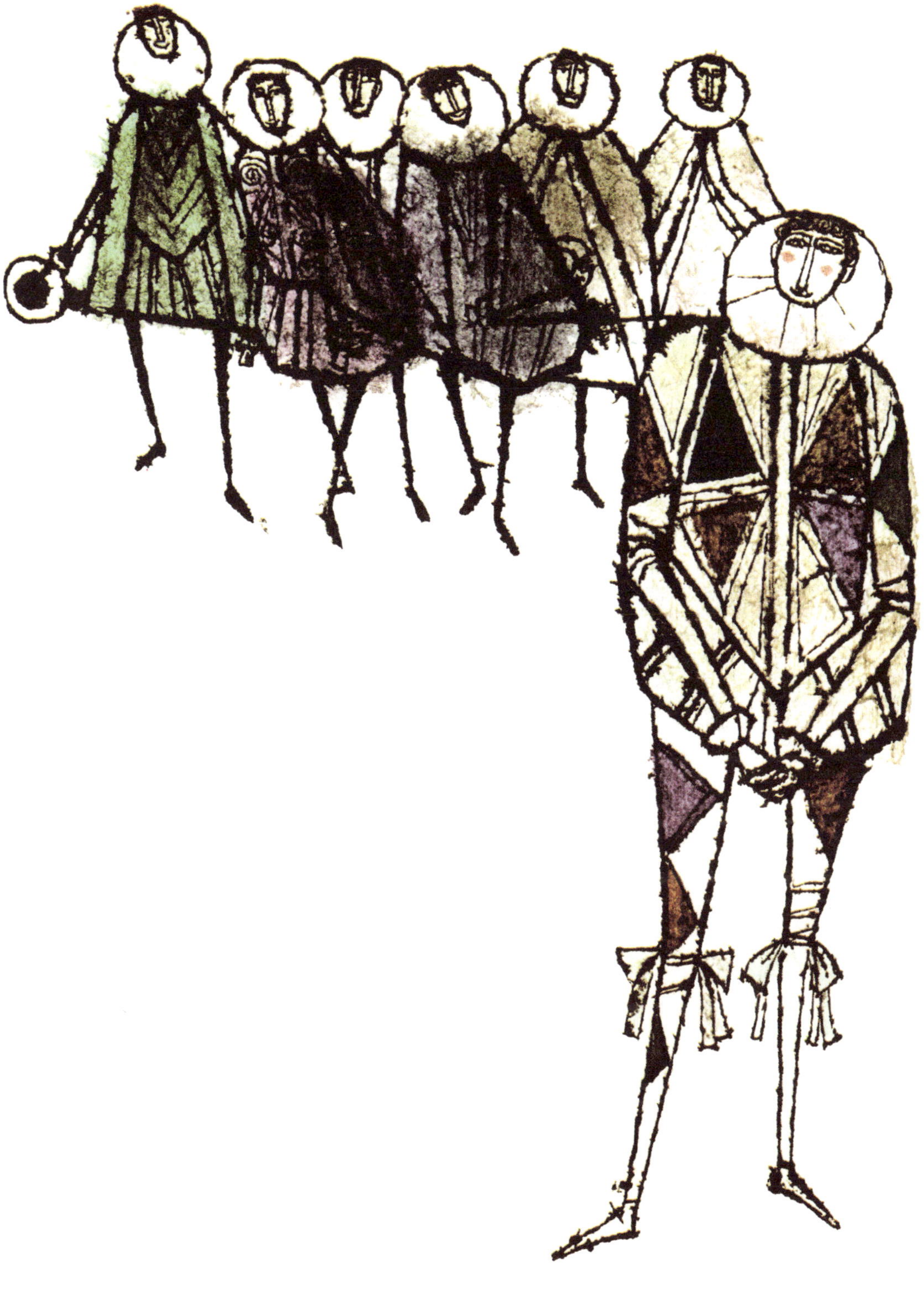

话，我在年轻的时候，为了恋爱也曾大发其疯，那样子也跟他差不多哩。让我再去对他说话。您在读些什么，殿下？

**哈姆雷特** 都是些空话，空话，空话。

**波洛涅斯** 有些什么内容，殿下？

**哈姆雷特** 谁和谁的内容？

**波洛涅斯** 我是问您读的书里有什么内容，殿下。

**哈姆雷特** 一派诽谤，先生；这个专爱把人讥笑的坏蛋在这儿说着，老年人长着灰白的胡须，他们的脸上满是皱纹，他们的眼睛里黏满着眼屎，他们的头脑是空空洞洞的，他们的两腿是摇摇摆摆 ；这些话，先生，虽然我十分相信，可是照这样写在书上，总有些有伤厚道；因为就是拿您先生自己来说，要是您能够像一只蟹一样向后倒退，那么您也应该跟我差不多老了。

**波洛涅斯** （旁白）这些虽然是疯话，却有深意在内。——您要走进里边去吗，殿下？

**哈姆雷特** 走进我的坟墓里去？

**波洛涅斯** （旁白）他的回答有时候是多么深刻！疯狂的人往往能够说出理智清明的人所说不出来的话。我要离开他，立刻就去想法让他跟我的女儿见面。——殿下，我要向您告别了。

**哈姆雷特** 先生，那是再好没有的事；但愿我也能够向我的生命告别，但愿我也能够向我的生命告别，但愿我也能够向我的生命告别。

**波洛涅斯** 再会，殿下。（欲去）

**哈姆雷特** 这些讨厌的老傻瓜！

【罗森克兰茨及吉尔登斯特恩重上。

**波洛涅斯** 你们要去找哈姆雷特殿下，那边就是。

**罗森克兰茨** 上帝保佑您，大人！（波洛涅斯下）

**吉尔登斯特恩** 我的尊贵的殿下！

**罗森克兰茨** 我的最亲爱的殿下！

**哈姆雷特** 我的好朋友们！你好，吉尔登斯特恩？啊，罗森克兰茨！好孩子们，你们两人都好？

**罗森克兰茨** 不过像一般庸庸碌碌之辈，在这世上虚度时光而已。

**吉尔登斯特恩** 无荣无辱便是我们的幸福；我们不是命运女神帽上的

钮扣。

哈姆雷特　也不是她鞋子的底吗？

罗森克兰茨　也不是，殿下。

哈姆雷特　那么你们是在她的腰上，或是在她的怀抱之中吗？

吉尔登斯特恩　说老实话，我们是在她的私处。

哈姆雷特　在命运身上秘密的那部分吗？啊，对了；她本来是一个娼妓。你们听到什么消息没有？

罗森克兰茨　没有，殿下，我们只知道这世界变得老实起来了。

哈姆雷特　那么世界末日快要到了；可是你们的消息是假的。让我再问你们一些私人的问题；我的好朋友们，你们在命运手里犯了什么案子，她把你们送到这儿牢狱里来了？

吉尔登斯特恩　牢狱，殿下！

哈姆雷特　丹麦是一所牢狱。

罗森克兰茨　那么世界也是一所牢狱。

哈姆雷特　一所很大的牢狱，里面有许多监房囚室；丹麦是一间最坏的囚室。

罗森克兰茨　我们倒不是这样想，殿下。

哈姆雷特　啊，那么对于你们它并不是牢狱；因为世上的事情本来没有善恶，都是各人的思想把它们分别出来的；对于我它是一所牢狱。

罗森克兰茨　啊，那么因为您的梦想太大，丹麦是个狭小的地方，不够给您发展，所以您把它看成一所牢狱啦。

哈姆雷特　上帝啊！倘不是因为我有了恶梦，那么即使把我关在一个果壳里，我也会把自己当作一个拥有着无限空间的君王的。

吉尔登斯特恩　那种恶梦便是您的野心；因为野心者本身的存在，也不过是一个梦的影子。

哈姆雷特　一个梦的本身便是一个影子。

罗森克兰茨　不错，因为野心是那么空虚轻浮的东西，所以我认为它不过是影子的影子。

哈姆雷特　那么我们的乞丐是实体，我们的帝王和大言不惭的英雄，却是乞丐的影子了。我们进宫去好不好？因为我实在不能陪着你们谈玄说理。

罗森克兰茨
吉尔登斯特恩　我们愿意伺候殿下。

哈姆雷特　没有的事，我不愿把你们当作我的仆人一样看待；老实对你们说吧，在我旁边伺候我的人太多啦。可是凭着我们多年的交情，老实告诉我，你们到埃尔西诺来有什么贵干？

罗森克兰茨　我们是来拜访您来的，殿下；没有别的原因。

哈姆雷特　像我这样一个叫化子，我的感谢也是不值钱的，可是我谢谢你们；我想，亲爱的朋友们，你们专诚而来，只换到我的一声不值半文钱的谢谢，未免太不值得了。不是有人叫你们来的吗？果然是你们自己的意思吗？真的是自动的访问吗？来，不要骗我，来，来，快说。

吉尔登斯特恩　叫我们说些什么话呢，殿下？

哈姆雷特　无论什么话都行，只要不是废话。你们是奉命而来的；瞧你们掩饰不了你们良心上的惭愧，已经从你们的脸色上招认出来了。我知道是我们这位好国王和好王后叫你们来的。

罗森克兰茨　为了什么目的呢，殿下？

哈姆雷特　那可要请你们指教我了。可是凭着我们朋友间的道义，凭着我们少年时候亲密的情谊，凭着我们始终不渝的友好的精神，凭着其他一切更有力量的理由，让我要求你们开诚布公，告诉我究竟你们是不是奉命而来的？

罗森克兰茨　（向吉尔登斯特恩旁白）你怎么说？

哈姆雷特　（旁白）好，那么我看透你们的行动了。——如果你们爱我，别再抵赖了吧。

吉尔登斯特恩　殿下，我们是奉命而来的。

哈姆雷特　让我代你们说明来意，免得你们泄漏了自己的秘密，有负国王、王后的付托，我近来不知为了什么缘故，一点兴致都提不起来，什么游乐的事都懒得过问；在这一种抑郁的心境之下，仿佛载负万物的大地，这一座美好的框架，只是一个不毛的荒岬；覆盖众生的苍穹，这一顶壮丽的帐幕，这一个点缀着金黄色的火球的庄严的屋宇，只是一大堆污浊的瘴气的集合。人类是一件多么了不得的杰作！多么高贵的理性！多么广大的能力！多么优美的仪表！多么文雅的举动！在行为上多么像一个天使！在智慧上多么像一个天神！宇宙的精华！万物的灵长！可是在我看来，这一个泥土塑成的生命算得什么？

人类不能使我发生兴趣；不，女人也不能使我发生兴趣，虽然从你的微笑之中，我可以看到你的意思。

罗森克兰茨　殿下，我心里并没有这样的思想。

哈姆雷特　那么当我说“人类不能使我发生兴趣”的时候，你为什么笑起来？

罗森克兰茨　我想，殿下，要是人类不能使您发生兴趣，那么那班戏子们恐怕要来自讨一场没趣了；我们在路上追上他们，他们是要到这儿来向您献技的。

哈姆雷特　扮演国王的那个人将要得到我的欢迎，我要在他的御座之前致献我的敬礼；冒险的武士可以挥舞他的剑盾；情人的叹息不会没有酬报；躁急易怒的角色可以平安下场；小丑将要使那班善笑的观众捧腹；我们的女主角必须坦白诉说她的心事，否则那无韵诗的句子将要脱去板眼。他们是一班什么戏子？

罗森克兰茨　就是您向来所欢喜的那一个班子，在城里专演悲剧的。

哈姆雷特　他们怎么走起江湖来呢？固定在一个地方演戏，在名誉和进益上都要好得多哩。

罗森克兰茨　我想他们不能在一个地方立足，是为了时势的变化。

哈姆雷特　他们的名誉还是跟我在城里那时候一样吗？他们的观众还是那么多吗？

罗森克兰茨　不，他们现在已经大非昔比了。

哈姆雷特　怎么会这样的？他们的演技退步了吗？

罗森克兰茨　不，他们还是跟从前一样努力；可是，殿下，他们的地位已经被一群羽毛未丰的黄口小儿占夺了去。这些娃娃们的嘶叫博得了台下疯狂的喝采，他们是目前流行的宠儿，他们的声势压倒了所谓普通的戏班，以至于许多腰佩长剑的悲剧伶人，都因为惧怕批评家鹅毛管的威力，而不敢到那边去。

哈姆雷特　什么！是一些童伶吗？谁维持他们的生活？他们的工薪是怎么计算的？他们一到不能唱歌的年龄，就不再继续他们的本行了吗？要是他们攒不了多少钱，长大起来多半还是要做普通戏子的，那时候他们不是要抱怨他们的批评家们不该在从前把他们捧得那么高，结果反而妨碍了他们自己的前途吗？

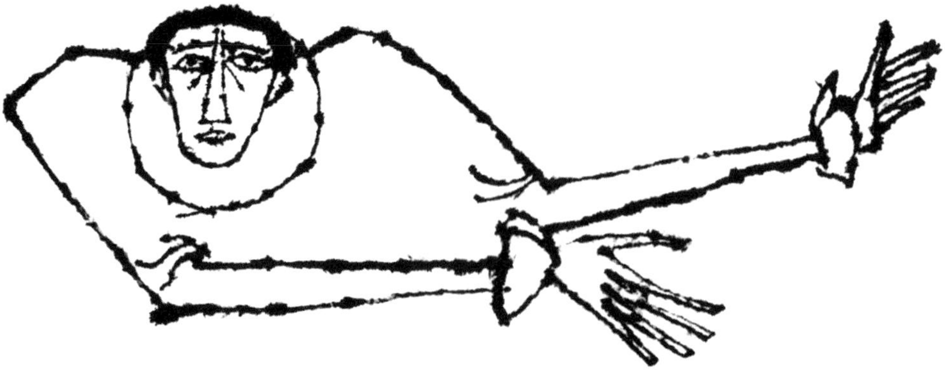

罗森克兰茨　真的，两方面闹过不少的纠纷，全国的人都站在旁边恬不为意地呐喊助威，怂恿他们互相争斗。曾经有一个时期，一个脚本非到编剧家和演员争吵得动起武来，是没有人愿意出钱购买的。

哈姆雷特　有这等事？

吉尔登斯特恩　啊！多少人的头都打破了。

哈姆雷特　是小家伙赢了吗？

罗森克兰茨　是，殿下；他们缴获了海格立斯和他背负的地球。

哈姆雷特　那也没有什么稀奇；我的叔父是丹麦的国王，当我父亲在世的时候对他扮鬼脸的那些人，现在都愿意拿出二十，四十，五十，一百块金洋来买他的一幅小照。哼，这里面有些不是常理可解的地方，要是哲学能够把它推究出来的话。（内喇叭奏花腔）

吉尔登斯特恩　这班戏子们来了。

哈姆雷特　两位先生，欢迎你们到埃尔西诺来。把你们的手给我；按照通行的礼节，我应该向你们表示欢迎。让我不要对你们失礼，因为这些戏子们来了以后，我不能不敷衍他们一番，也许你们见了会发生误会，以为我招待你们还不及招待他们的殷勤。我欢迎你们；可是我的叔父父亲和婶母母亲可弄错啦。

吉尔登斯特恩　弄错了什么，我的好殿下？

哈姆雷特　天上刮着西北风，我才发疯；风从南方吹来的时候，我不会把一头鹰当作了一头鹭鸶。

【波洛涅斯重上。

**波洛涅斯** 祝福你们，两位先生！

**哈姆雷特** 听着，吉尔登斯特恩；你也听着；两人站在我的两边，听我说：你们看见的那个大孩子，还在襁褓之中，没有学会走路哩。

**罗森克兰茨** 也许他是第二次裹在襁褓里，因为人家说，一个老年人是第二次做婴孩。

**哈姆雷特** 我可以预言他是来报告我戏子们来了的消息；听好。——你说得不错；在星期一早上；正是正是。

**波洛涅斯** 殿下，我有消息要来向您报告。

**哈姆雷特** 大人，我也有消息要向您报告。当罗歇斯[1]罗歇斯(Roscius)，古罗马著名伶人。在罗马演戏的时候——

**波洛涅斯** 那班戏子们已经到这儿来了，殿下。

**哈姆雷特** 嗤，嗤！

**波洛涅斯** 凭着我的名誉起誓——

**哈姆雷特** 那时每一个伶人都骑着驴子而来——

**波洛涅斯** 他们是全世界最好的伶人，无论悲剧，喜剧，历史剧，田园剧，田园喜剧，田园史剧，历史悲剧，历史田园悲喜剧，不分场的古典剧，或是近代的自由诗剧，他们无不擅长；塞内加的悲剧不嫌其太沉重，普劳图斯的喜剧不嫌其太轻浮[2]。无论在规律的或是即兴的演出方面，他们都是唯一的演员。

**哈姆雷特** 以色列的士师耶弗他[3]啊，你有一件怎样的宝贝！

**波洛涅斯** 他有什么宝贝，殿下！

**哈姆雷特** 嗨，

他有一个独生娇女，
爱她胜过掌上明珠。

**波洛涅斯** (旁白)还是在提着我的女儿。

**哈姆雷特** 我念得对不对，耶弗他老头儿？

---

① 罗歇斯 (Roscius)，古罗马著名伶人。

② 塞内加 (Seneca) 和普劳图斯 (Plautus) 均为罗马剧作家，前者善写悲剧，后者善写喜剧。

③ 耶弗他 (Jephthah)，得上帝之助，击败敌人，乃以其女献祭。事见《旧约·士师记》。

**波洛涅斯** 要是您叫我耶弗他，殿下，那么我有一个爱如掌珠的娇女。

**哈姆雷特** 不，下面不是这样的。

**波洛涅斯** 那么是应当怎样的呢，殿下？

**哈姆雷特** 唉，

命乖时背，劫数难逃，

下面还有，

祸不单行，晴天霹雳——

你去查那原歌的每节吧。瞧，有人来打断我的谈话了。

【优伶四五人上。

**哈姆雷特** 欢迎，各位朋友，欢迎欢迎！我很高兴看见你们都是这样健好。啊，我的老朋友！你的脸上比我上次看见你的时候，多长了几根胡子，格外显得威武啦；你是要到丹麦来向我挑战吗？啊，我的年轻的姑娘！凭着圣母起誓，您穿上了一双高底木靴，比我上次看见您的时候高挑得多啦，离天又近了一个高跟鞋底儿呢；求求上帝，但愿您的喉咙不要沙嗄得像一面破碎的铜锣才好！各位朋友，欢迎欢迎！我们要像法国的猎鹰一样，看见什么就飞扑上去；让我们立刻就来念一段剧词。来，试一试人们的本领，来一段激昂慷慨的剧词。

**伶甲** 殿下要听的是哪一段？

**哈姆雷特** 我曾经听见了你向我背诵过一段台词，可是它从来没有上演过，即使上演，也不会有一次以上，因为我记得这本戏并不受大众的欢迎。它是不合一般人口味的鱼子酱；可是照我的意思看来，还有其他在这方面比我更有权威的人也抱着同样的见解，它是一本绝妙的戏剧，场面支配得很是适当，文字质朴而富于技巧。我记得有人这样批评它，说是没有耐人寻味的名言隽句，可是一点不见矫揉造作的痕迹；他把它称为一种老老实实的写法，兼有刚健与柔和之美，壮丽而不流于纤巧 。其中有一段话是我最喜爱的，那就是埃涅阿斯对狄多讲述的故事，尤其是讲到普里安被杀的那一节[1]。要是你们还没有把它忘记，请从这一行念起：让我看，让我看：——

---

① 以下所引剧词，叙述特洛伊亡国惨状，大约系莎士比亚模拟古典剧风之作。普里安为特洛伊之王。

野蛮的皮洛士[1]像猛虎赫卡尼亚[2]一样，——

不，不是这样；它是从皮洛士开始的：——

野蛮的皮洛士蹲伏在木马之中，
黝黑的手臂和他的决心一样，
像黑夜一般阴森而恐怖；
在这黑暗狰狞的肌肤之上，
从头到脚，他全身一片殷红，
溅满了父母子女们无辜的血；
那些燃烧着融融烈火的街道，
发出残忍而惨恶的凶光，
照亮敌人去肆行他们的杀戮，
也焙干了到处横流的血泊；
冒着火焰的薰炙，像恶魔一般，
全身胶黏着凝结的血块，
圆睁着两颗血红的眼睛，
他来往寻找普里阿摩斯老王的踪迹。

你接下去吧。

**波洛涅斯** 上帝在上，殿下，您念得好极了，真是抑扬顿挫，曲尽其妙。

**伶甲** 很快便找到了他，见他正与
希腊人在重围中苦战，
他的剑不听他手臂的指挥，
那古老的剑锵然落地；
皮洛士瞧他孤弱可欺，
疯狂似的向他猛攻击，
凶恶的剑锋上下四方挥舞，
把那心胆俱丧的老翁击倒。
这一下打击有如天崩地裂，

---

① 皮洛士 (Pyrrhus)，希腊英雄阿喀琉斯 (Achilles) 之子，以骁勇残忍著称。

② 古波斯国地名，以产猛虎出名。

惊动了没有感觉的伊利恩[①]，
冒着火焰的屋顶霎时坍下，
那轰然的巨响像一个霹雳，
震聋了皮洛士的耳朵；瞧！
他的剑还没有砍下普里阿摩斯
白发的头颅，却已在空中停住；
像一个涂朱抹彩的暴君，
对自己的行为漠不关心，
他兀立不动。
在一场暴风雨未来以前，
天上往往有片刻的宁寂，
一块块乌云静悬在空中，
狂风悄悄地收起它的声息，
死样的沉默笼罩整个大地；
可是就在这片刻之内，
可怕的雷鸣震裂了天空。
经过暂时的休止，杀人的暴念
重新激起了皮洛士的精神；
库克罗普斯[②]为战神铸造甲胄，
那巨力的槌击，还不及皮洛士
流血的剑向普里阿摩斯身上劈下
那样凶狠无情。
去，去你娼妇一样的命运！
天上的诸神啊！剥去她的权力，
不要让她僭窃神明的宝座；
拆毁她的车轮，把它滚下神山，
直到地狱的深渊。

**波洛涅斯** 这一段太长啦。

---

① 伊利恩 (Ilium)，特洛伊之别名。

② 库克罗普斯 (Cyclops)，希腊神话中一族独眼巨人。

**哈姆雷特** 它应当跟你的胡子一起到理发匠那儿去削一削。念下去吧。他只爱听俚俗的歌曲和淫秽的故事，否则他就要瞌睡的。念下去；下面要讲到海丘巴①了。

**伶甲** 可是啊！谁看见那蒙脸的王后——

**哈姆雷特** “那蒙脸的王后？”

**波洛涅斯** 那很好，“蒙脸的王后”是很好的句子。

**伶甲**

满面流泪，在火焰中赤脚奔走，
一块布覆在失去宝冕的头上，
也没有一件蔽体的衣服，
只有在惊惶中抓到的一幅毯巾，
裹住她瘦削而多产的腰身；
谁见了这样伤心惨目的景象，
不要向残酷的命运申申毒詈？
她看见皮洛士以杀人为戏，
正在把她丈夫的肢体脔割，
忍不住大放哀声，那凄凉的号叫——
除非人间的哀乐不能感动天庭——
即使光明的日月也会陪她流泪，
诸神的心中都要充满悲愤。

**波洛涅斯** 瞧，他的脸色都变了，他的眼睛里已经含着眼泪！不要念下去了吧。

**哈姆雷特** 很好，其余的部分等会儿再念给我听吧。大人，请您去找一处好好的地方安顿这一班伶人。听着，他们是不能怠慢的，因为他们是这一个时代的缩影；宁可在死后得到一首恶劣的墓铭，不要在生前受他们一场刻毒的讥讽。

**波洛涅斯** 殿下，我按着他们应得的名分对待他们就是了。

**哈姆雷特** 嗳哟，朋友，还要客气得多哩！要是照每一个应得的名分对待他，那么谁逃得了一顿鞭子？照你自己的名誉地位对待他们；他们越是不配受这样的待遇，越可以显出你的谦虚有礼。领他们进去。

---

① 海丘巴 (Hecuba)，特洛伊王普里安之后。

**波洛涅斯** 来，各位朋友。

**哈姆雷特** 跟他去，朋友们；明天我们要听你们唱一本戏。（波洛涅斯偕众伶下，甲伶独留）听着，老朋友，你会演《贡扎古之死》吗？

**伶甲** 会演的，殿下。

**哈姆雷特** 那么我们明天晚上就把它上演。也许我因为必要的理由，要另外写下约摸有十几行句子的一段剧词插进去，你能够把它预先背熟吗？

**伶甲** 可以，殿下。

**哈姆雷特** 很好。跟着那位老爷去；留心不要取笑他。（甲伶下。向罗森克兰茨、吉尔登斯特恩）我的两位好朋友，我们今天晚上再见；欢迎你们到埃尔西诺来！

**吉尔登斯特恩** 再会，殿下！（罗森克兰茨、吉尔登斯特恩同下）

**哈姆雷特** 好，上帝和你们同在！现在我只剩一个人了。啊，我是一个多么不中用的蠢才！这一个伶人不过在一本虚构的故事，一场激昂的幻梦之中，却能够使他的灵魂融化在他的意象里，在它的影响之下，他的整个的脸色变成惨白，他的眼中洋溢着热泪，他的神情流露着仓皇，他的声音是这么呜咽凄凉，他的全部动作都表现得和他的意象一致，这不是很不可思议的吗？而且一点也不为了什么！为了赫卡柏！赫卡柏对他有什么相干，他对赫卡柏又有什么相干，他却要为她流泪？要是他也有了像我所有的那样使人痛心的理由，他将要怎样呢？他一定会让眼泪淹没了舞台，用可怖的字句震裂了听众的耳朵，使有罪的人发狂，使无罪的人骇愕，使愚昧无知的人惊惶失措，使所有的耳目迷乱了它们的功能。可是我，一个糊涂透顶的家伙，垂头丧气，一天到晚像在做梦似的，忘记了杀父的大仇；虽然一个国王给人家用万恶的手段掠夺了他的权位，杀害了他的最宝贵的生命，我却始终哼不出一句话来。我是一个懦夫吗？谁骂我恶人？谁敲破我的脑壳？谁拔去我的胡子，把它吹在我的脸上？谁扭我的鼻子？谁当面指斥我胡说？谁对我做这种事？吓！我应该忍受这样的侮辱，因为我是一个没有心肝，逆来顺受的怯汉，否则我早已用这奴才的尸肉，喂肥了四境之内的乌鸢了。嗜血的、荒淫的恶贼！狠心的、奸诈的、淫邪的、悖逆的恶贼！啊！复仇！——嗨，我真是个蠢才！我的亲爱的父亲被人谋杀了，鬼神都在鞭策我复仇，我这做儿子的却像一个下流女人似的，只会用空言发发牢骚，学起泼妇骂街的样子来，真是了不得的勇敢！呸！呸！活动起来吧，我的脑筋！我听人家说，犯罪的人在看戏的时候，因为台上表演的巧妙，有时会激动天良，当场供认他们的罪恶；因为暗杀，尽管不曾长过舌头，却，总会借着神奇的喉舌吐露出来。我要叫这班伶人在我的叔父面前表演一本跟我的父亲的惨死情节相仿的戏剧，我就在一旁窥察他的神色；我要探视到他的灵魂的深处，要是他稍露惊骇不安之态，我就知道我应该怎么办。我所看见的幽灵也许是魔鬼的化身，借着一个美好的形状出现，魔鬼是有这一种本领的；对于柔弱忧郁的灵魂，他最容易发挥他的力量；也许他看准了我的柔弱和忧郁才来向我作祟，要把我引诱到沉沦的路上。我要先得到一些比这更切实的证据；凭着这一本戏，我可以发掘国王内心的隐秘。（下）

# 第　三　幕

## 第一场　城堡中的一室

【国王，王后，波洛涅斯，奥菲莉娅，罗森克兰茨及吉尔登斯特恩上。

国王　你们不能用迂回婉转的方法，探出他为什么这样神思颠倒，让紊乱而危险的疯狂困扰他的安静的生活吗？

罗森克兰茨　他承认他自己有些神经迷惘，可是绝口不肯说为了什么缘故。

吉尔登斯特恩　他也不肯虚心接受我们的探问；当我们想要从他嘴里知道他自己的一些真相的时候，他总是用假作痴呆的神气回避不答。

王后　他对待你们还客气吗？

罗森克兰茨　很有绅士风度呢。

吉尔登斯特恩　可是不大出于自然。

罗森克兰茨　对于我们的问题力守缄默，可是对我们倒盘问得很是详细。

王后　你们有没有劝诱他找些什么消遣？

罗森克兰茨　娘娘，我们来的时候，刚巧有班戏子也要到这儿来。给我们追上了；我们把这消息告诉了他，他听了好像很高兴。现在他们已经到了宫里，我想他今晚就要看他们表演的。

波洛涅斯　一点不错；他还叫我来请两位陛下同去看看戏演得怎样哩。

国王　那好极了；我非常高兴听见他在这方面感到兴趣。请你们两位还要更进一步鼓起他的兴味，把他的心思移转到这种娱乐上面。

罗森克兰茨　是，陛下。（罗森克兰茨、吉尔登斯特恩同下）

国王　亲爱的格特鲁德，你也暂时离开我们；因为我们已经暗中差人去唤哈姆雷特到这儿来，让他和奥菲莉娅见见面，就像是他们偶然相遇的一般。她的父亲跟我两人将要权充一下密探，躲在可以看见他们，却不能被他们看见的地方，注意他们会面的情形，从他的行为上判断他的疯病究竟是不是因为恋爱上的苦闷。

**王后** 我愿意服从您的意旨。奥菲莉娅，但愿你的美貌果然是哈姆雷特疯狂的原因；更愿你的美德能够帮助他恢复原状，使你们两人都能安享尊荣。

**奥菲莉娅** 娘娘，但愿如此。（王后下）

**波洛涅斯** 奥菲莉娅，你在这儿走走。陛下，我们就去躲起来吧。（向奥菲莉娅）你拿这本书去读，他看见你这样用功，就不会疑心你为什么一个人在这儿了。人们往往用至诚的外表和虔敬的行动，掩饰一颗魔鬼般的内心，这样的例子是太多了。

**国王** （旁白）啊，这句话是太真实了！它在我的良心上抽了多么重的一鞭！涂脂抹粉的娼妇的脸颊，还不及掩藏在虚伪的言辞后面的我的行为更丑恶。难堪的重负啊！

**波洛涅斯** 我听见他来了；我们退下去吧。陛下。

【哈姆雷特上。

**哈姆雷特** 生存还是毁灭，这是一个值得考虑的问题；默然忍受命运的暴虐的毒箭，或是挺身反抗人世的无涯的苦难，在奋斗中结束了一切，这两种行为，哪一种更勇敢？死了；睡去了；什么都完了；要是在这一种睡眠之中，我们心头的创痛，以及其他无数血肉之躯所不能避免的打击，都可以从此消失，那正是我们求之不得的结局。死了，睡去了；睡去了也许还会做梦；嗯，阻碍就在这儿：因为当我们摆脱了这一具朽腐的皮囊以后，在那死的睡眠里，究竟将要做些什么梦，那不能不使我们踌躇顾虑。人们甘心久困于患难之中，也就是为了这一个缘故；谁愿意忍受人世的鞭挞和讥嘲，压迫者的凌辱，傲慢者的冷眼，被轻蔑的爱情的惨痛，法律的迁延，官吏的横暴，和微贱者费尽辛勤所换来的鄙视，要是他只要用一柄小小的刀子，就可以清算他自己的一生？谁愿意负着这样的重担，在烦劳的生命的迫压下呻吟流汗，倘不是因为惧怕不可知的死后，那从来不曾有一个旅人回来过的神秘之国，是它迷惑了我们的意志，使我们宁愿忍受目前的磨折，不敢向我们所不知道的痛苦飞去？这样，理智使我们全变成了懦夫，决心的赤热的光彩，被审慎的思维盖上了一层灰色，伟大的事业在这一种考虑之下，也会逆流而退，失去了行动的意义。且慢！美丽的奥菲莉娅！——女神，在你的祈祷之中，不要忘记替我忏悔我的罪孽。

奥菲莉娅　我的好殿下，您这许多天来贵体安好吗？

哈姆雷特　谢谢你，很好，很好，很好。

奥菲莉娅　殿下，我有几件您送给我的纪念品，我早就想把它们还给您；请您现在收回去吧。

哈姆雷特　不，我不要；我从来没有给你什么东西。

奥菲莉娅　殿下，我记得很清楚您把它们送给我，那时候您还向我说了许多甜蜜的言语，使这些东西格外显得贵重；现在它们的芳香已经消散，请您拿了回去吧，因为送礼的人要是变了心，礼物虽贵，也会失去了价值。拿去吧，殿下。

哈姆雷特　哈哈！你贞洁吗？

奥菲莉娅　殿下！

哈姆雷特　你美丽吗？

奥菲莉娅　殿下是什么意思？

哈姆雷特　要是你既贞洁又美丽，那么顶好不要让你的贞洁跟你的美丽来往。

奥菲莉娅　殿下，美丽跟贞洁相交，那不是再好没有吗？

哈姆雷特　嗯，真的；因为美丽可以使贞洁变成淫荡，贞洁却未必能使美丽受它自己的感化；这句话从前像是怪诞之谈，可是现在的时世已经把它证实了。我曾经爱过你。

奥菲莉娅　真的，殿下，您曾经使我相信您爱我。

哈姆雷特　你当初就不应该相信我，因为美德不能薰陶我们罪恶的本性；我没有爱过你。

奥菲莉娅　那么我真是受了骗了。

哈姆雷特　进尼姑庵去吧；为什么你要生养一群罪人出来呢？我自己还不算是一个顶坏的人；可是我可以指出我的许多过失，一个人有了那些过失，他的母亲还是不要生下他来的好。我很骄傲，记仇，不安分，还有那么多的罪恶，连我的思想里也容纳不下，我的想象也不能给它们形象，甚至于我没有充分的时间可以把它们实行出来。像我这样的家伙，匍匐于天地之间，有什么用处呢？我们都是些十足的坏人；一个也不要相信我们。进尼姑庵去吧。你的父亲呢？

**奥菲莉娅** 在家里，殿下。

**哈姆雷特** 把他关起来，让他只好在家里发发傻劲。再会！

**奥菲莉娅** 嗳哟，天哪！救救他！

**哈姆雷特** 要是你一定要嫁人，我就把这一个咒诅送给你做嫁奁：尽管你像冰一样坚贞，像雪一样纯洁，你还是逃不过谗人的诽毁。进尼姑庵去吧，去；再会！或者要是你必须嫁人的话，就去嫁一个傻瓜吧；因为聪明人都明白人们会叫他们变成怎样的怪物。进尼姑庵去吧，去；越快越好。再会！

**奥菲莉娅** 天上的神明啊，让他清醒过来吧！

**哈姆雷特** 我也知道你们会怎样涂脂抹粉；上帝给了你们一张脸，你们又替自己另外造了一张。你们烟视媚行，淫声浪气，替上帝造下的生物乱取名字，卖弄你们不懂事的风骚。算了吧，我再也不敢领教了；它已经使我发了狂。我说，我们以后再不要结什么婚了；已经结过婚的，除了一个人以外，都可以让他们活下去；没有结婚的不再结婚，进尼姑庵去吧。去。（下）

**奥菲莉娅** 啊，一颗多么高贵的心就这样殒落了！朝士的眼睛，学者的辩舌，军人的利剑，国家所属望的一朵娇花，时流的明镜，人伦的雅范，举世注目的中心，这样无可挽回地殒落了！我是一切妇女中间最伤心而不幸的，我曾经从他音乐一般的盟誓中吮吸芬芳的甘蜜，现在却眼看着他的高贵无上的理智，像一串美妙的银铃失去了谐和的音调，无比的青春美貌在疯狂中凋谢！啊！我好苦，谁料过去的繁华，变作今朝的泥土！

【国王及波洛涅斯重上。

**国王** 恋爱！他的精神错乱不像是为了恋爱；他说的话虽然有些颠倒，也不像是疯狂。他有些什么心事盘踞在他的灵魂里，我怕它也许会产生危险的结果。为了防备万一起见，我已经当机立断，决定了一个办法：他必须立刻到英国去，向他们追索延宕未纳的贡物；也许他到海外各国游历一趟以后，时时变换的环境，可以替他排解去这一桩使他神思恍惚的心事。你看怎么样？

**波洛涅斯** 那很好；可是我相信他的烦闷的根本原因，还是为了恋爱上的失意。啊，奥菲莉娅！你不用告诉我们哈姆雷特殿下说些什么话；我们全都听见了。陛下，照您的意思办吧；可是您要是认为可以的话，不妨在戏剧终场以后，让他的母后独自一人跟他在一起，恳求他向她吐露他的心事；她必须很坦白地跟他谈谈，我就找一个所在听他们说些什么。要是她也探听不出他的秘密

来，您就叫他到英国去，或者凭着您的高见，把他关禁在一个适当的地方。

**国王** 就是这样吧；大人物的疯狂是不能听其自然的。（同下）

## 第二场 城堡中的厅堂

【哈姆雷特及若干伶人上。

**哈姆雷特** 请你念这段剧词的时候，要照我刚才读给你听的那样子，一个字一个字打舌头上很轻快地吐出来；要是你也像多数的伶人们一样，只会拉开了喉咙嘶叫，那么我宁愿叫那传宣告示的公差念我这几行词句。也不要老是把你的手在空中这么摇挥；一切动作都要温文，因为就是在洪水暴风一样的感情激发之中，你也必须取得一种节制，免得流于过火。啊！我顶不愿意听见一个披着满头假发的家伙在台上乱嚷乱叫，把一段感情片片撕碎，让那些只爱热闹的下层观众听出了神，他们中间的大部分是除了欣赏一些莫明其妙的手势以外，什么都不懂得的。我可以把这种家伙抓起来抽一顿鞭子，因为他把妥玛刚特形容过了分，希律王的凶暴也要对他甘拜下风。[1]请你留心避免才好。

**伶甲** 我留心着就是了，殿下。

**哈姆雷特** 可是太平淡了也不对，你应该接受你自己的常识的指挥，把动作和言语互相配合起来；特别要注意到这一点：你不能越过人情的常道；因为不近情理的过分描写，是和演剧的原意相反的，自有戏剧以来，它的目的始终是反映人生，显示善恶的本来面目，给它的时代看一看它自己演变发展的模型。要是表演得过了分或者太懈怠了，虽然可以博外行的观众一笑，明眼之士却要因此而皱眉；你必须看重这样一个卓识者的批评，甚于满场观众盲目的毁誉。啊！我曾经看见有几个伶人演戏，而且也听见有人把他们极口捧场，说一句并不过分的话，他们既不会说基督徒的语言，又不会学着人的样子走路，瞧他们在台上大摇大摆，使劲叫喊的样子，我心里就想一定是什么造化的雇工把他们造了下来，造得这样拙劣，以至于全然失去了人类的面目。

**伶甲** 我希望我们在这方面已经大有纠正。

**哈姆雷特** 啊！你们必须彻底纠正这一种弊病。还有你们那些扮演小丑的，除了剧本上专为他们写下的台词以外，不要让他们临时编造一些话儿加上去。往往有许多小丑爱用自己的笑声，引起台下一些无知的观众的哄笑，虽然那时候全场的注意力应当集中于其他更重要的问题上；这种行为是不可恕的，它表示出那丑角的可鄙的野心。去，准备起来吧。（伶人等同下）

【波洛涅斯，罗森克兰茨及吉尔登斯特恩上。

**哈姆雷特** 啊，大人，王上愿意来听这一本戏吗？

**波洛涅斯** 他跟娘娘都就要来了。

**哈姆雷特** 叫那些戏子们赶紧点儿。（波洛涅斯下）你们两人也去帮着催催他们。

**罗森克兰茨**<br>**吉尔备斯特恩** 是，殿下。（罗森克兰茨、吉尔登斯特恩下）

**哈姆雷特** 喂！霍雷肖！

① 妥玛刚特 (Termagant)，传说中残恶凶暴之回教女神。希律 (Herod)，耶稣时代统治伽利利之暴君。二者为往时教训剧 (Morality) 及神迹剧 (Mystery) 中常见之角色。

【霍雷肖上。

**霍雷肖** 有，殿下，随听你吩咐。

**哈姆雷特** 霍雷肖，你是在我所交接的人们中间最正直的一个人。

**霍雷肖** 啊！殿下——

**哈姆雷特** 不，不要以为我在恭维你；你除了你的善良的精神以外，身无长物，我恭维了你又有什么好处呢？为什么要向穷人恭维？不，让蜜糖一样的嘴唇去吮舐愚妄的荣华，在有利可图的所在弯下他们生财有道的膝盖来吧。你在用心听吗？自从我能够辨别是非，察择贤愚以后，你就是灵魂里选中的一个人，因为你虽然经历一切的颠沛，却不曾受到一点伤害，命运的虐待和恩宠，对于你都是一样；能够把感情和理智调整得那么适当，命运不能把他玩弄于指掌之间，那样的人是有福的。给我一个不为感情所奴役的人，我愿意把他珍藏在我的心坎，我的灵魂的深处，正像我对你一样。这些话现在也不必多说了。今晚我们要在国王面前表演一本戏剧，其中有一场的情节跟我告诉过你的我的父亲的死状颇相仿佛；当那幕戏正在串演的时候，我要请你集中你的全副精神，注视我的叔父，要是他在听到了那一段剧词以后，他的隐藏的罪恶还是不露出一丝痕迹来，那么我们所看见的那个鬼魂一定是个恶魔，我的想象也就像伍尔坎[①]的打铁铺了。留心看好他；我也要把我的眼睛看定他的脸上；过后我们再把各人观察到的结果综合起来，替他下一个判断。

**霍雷肖** 很好，殿下；在这本戏表演的时候，要是他在容色举止之间，有什么地方逃过了我们的注意，请您唯我是问。

**哈姆雷特** 他们来看戏了；我必须装作无所事事的神气。你去拣一个地方坐下。

【奏丹麦进行曲，喇叭吹花腔。国王，王后，波洛涅斯，奥菲莉娅，罗森克兰茨，吉尔登斯特恩及余人等上。

**国王** 你好吗，哈姆雷特贤侄？

**哈姆雷特** 很好，好极了；我吃的是变色蜥蜴的肉，喝的是充满着甜言蜜语的空气，你们喂肥鸡也不能这样吧。

**国王** 你这种话真是答非所问，哈姆雷特；我不是那个意思。

**哈姆雷特** 不，我现在也没有那个意思。（向波洛涅斯）大人，您说您在大

---

① 伍尔坎（Vulcan），古罗马神话中的火和锻冶之神。

学里念书的时候，曾经演过一回戏吗？

**波洛涅斯** 是的，殿下，他们都赞我是一个很好的演员哩。

**哈姆雷特** 您扮演什么角色呢？

**波洛涅斯** 我扮的是尤利乌斯·恺撒；布鲁特斯在神殿里把我刺死。

**哈姆雷特** 他在神殿里杀死了那么好的一头小牛，真太残忍了。那班戏子已经预备好了吗？

**罗森克兰茨** 是，殿下，他们在等候您的旨意。

**王后** 过来，我的好哈姆雷特，坐在我的旁边。

**哈姆雷特** 不，好妈妈，这儿有一个更迷人的东西哩。

**波洛涅斯** （向国王）啊哈！您看见吗？

**哈姆雷特** 小姐，我可以睡在您的怀里吗？

**奥菲莉娅** 不，殿下。

**哈姆雷特** 我的意思是说，我可以把我的头枕在您的膝上吗？

**奥菲莉娅** 嗯，殿下。

**哈姆雷特** 您以为我在转着下流的念头吗？

**奥菲莉娅** 我没有想到，殿下。

**哈姆雷特** 睡在姑娘大腿的中间，想起来倒是很有趣的。

**奥菲莉娅** 什么，殿下？

**哈姆雷特** 没有什么。

**奥菲莉娅** 您在开玩笑哩，殿下。

**哈姆雷特** 谁，我吗？

**奥菲莉娅** 嗯，殿下。

**哈姆雷特** 上帝啊！我不过是给您消遣消遣的。一个人为什么不说说笑笑呢？您瞧，我的母亲多么高兴，我的父亲还不过死了两个钟头。

**奥菲莉娅** 不，已经四个月了，殿下。

**哈姆雷特** 这么久了吗？嗳哟，那么让魔鬼去穿孝服吧，我可要去做一身貂皮的新衣啦。天啊！死了两个月，还没有把他忘记吗？那么也许一个大人物死了以后，他的记忆还可以保持半年之久；可是凭着圣母起誓，他必须造下几所教堂，否则他就要跟那被遗弃的木马一样，没有人再会想念他了。

【高音笛奏乐。哑剧登场。

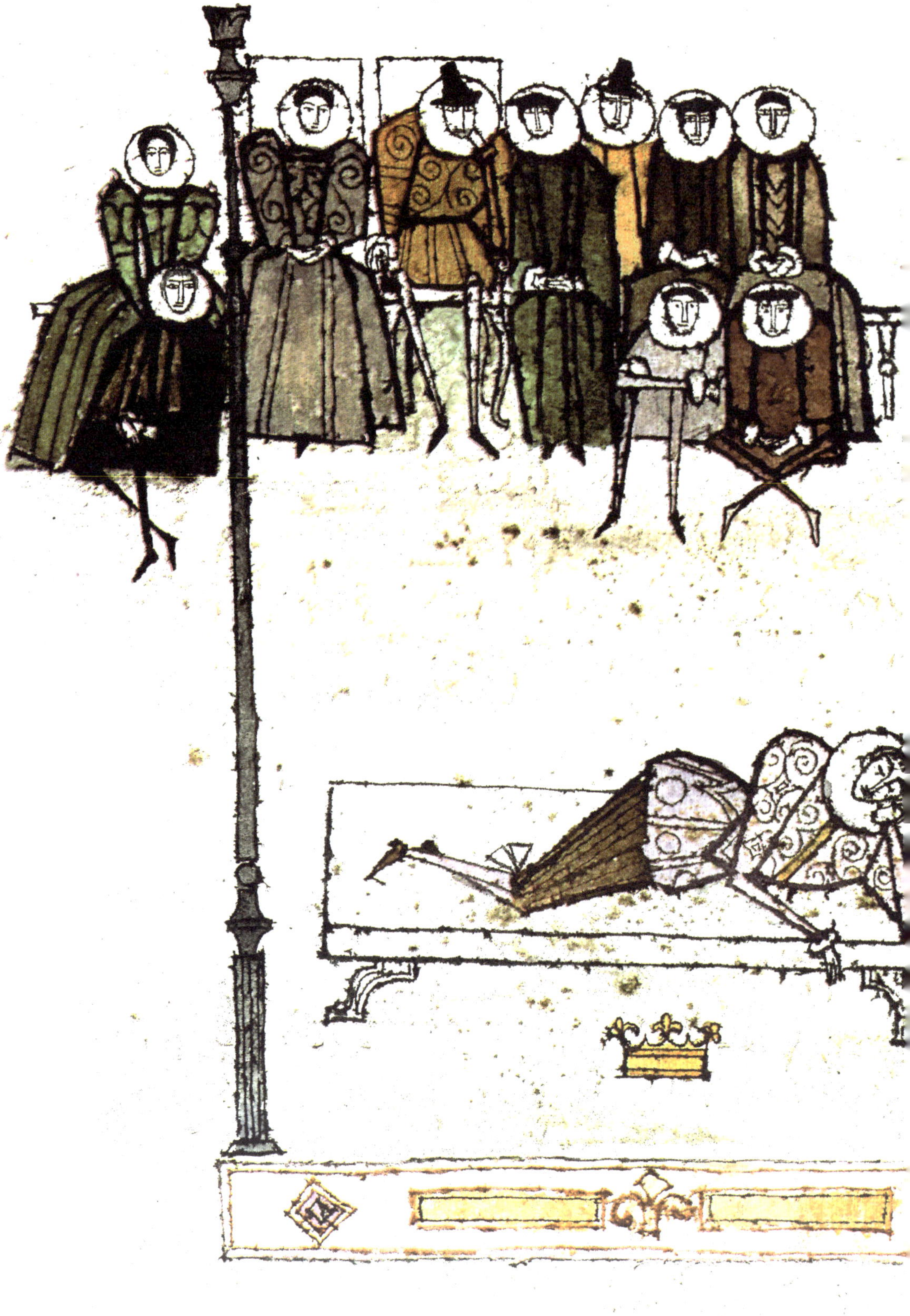

【一国王及一王后上，状极亲热，互相拥抱。后跪地，向王作宣誓状。王扶后起，俯首后颈上。王就花坪上睡下；后见王睡熟离去。另一人上，自王头上去冠，吻冠，注毒药于王耳，下。后重上，见王死，作哀恸状。下毒者率其他二三人重上，佯作陪后悲哭状。从者舁王尸下。下毒者以礼物赠后，向其乞爱；后先作憎恶不愿状，卒允其请。（同下）

**奥菲莉娅** 这是什么意思，殿下？

**哈姆雷特** 呃，这是阴谋诡计得逞了；这就是恶作剧的意思。

**奥菲莉娅** 大概这一场哑剧就是全剧的本事了。

【致开场词者上。

**哈姆雷特** 这家伙可以告诉我们一切；演戏的都不能保守秘密，他们什么话都会说出来。

**奥菲莉娅** 会告诉我们刚才那出哑剧的奥妙吗？

**哈姆雷特** 是啊，还有呢，不管你做什么，他都能给你说出来；只要你有脸皮做，他也有脸皮说。

**奥菲莉娅** 殿下真逗，真逗。我还是看戏吧。

## 开场词：

这悲剧要是演不好，
要请各位原谅指教，
小的在这厢有礼了。（致开场词者下）

**哈姆雷特** 这算开场词呢，还是指环上的诗铭？

**奥菲莉娅** 它很短，殿下。

**哈姆雷特** 正像女人的爱情一样。

【二伶人扮国王、王后上。

伶王 日轮已经盘绕三十春秋。
那茫茫海水和滚滚地球，
月亮吐耀着借来的晶光，

三百六十回向大地环航，
自从爱把我们缔结良姻，
许门替我们订下了鸳盟。

**伶后** 愿日月继续他们的周游，
让我们再厮守三十春秋！
可是唉，你近来这样多病，
郁郁寡欢，失去旧时高兴，
好教我满心里为你忧惧。
可是，我的主，你不必疑虑；
女人的忧像她的爱一样，
不是太少，就是超过分量；
你知道我爱你是多么深，
所以才会有如此的忧心。
越是相爱，越是挂肚牵胸；
不这样哪显得你我情浓？

**伶王** 爱人，我不久必须离开你，
我的全身将要失去生机；
留下你在这繁华的世界
安享尊荣，受人们的敬爱；
也许再嫁一位如意郎君——

**伶后** 啊！我断不是那样薄情人；
我倘忘旧迎新，难邀天恕，
再嫁的除非是杀夫淫妇。

**哈姆雷特** （旁白）苦恼，苦恼！

**伶后** 妇人失节大半贪慕荣华，
多情女子决不另抱琵琶；

我要是与他人共枕同衾，
怎么对得起地下的先灵！

伶王　　我相信你的话发自心田，
可是我们往往自食前言。
志愿不过是记忆的奴隶，
总是有始无终，虎头蛇尾，
像未熟的果子密布树梢，
一朝红烂就会离去枝条。
我们对自己所负的债务，
最好把它丢在脑后不顾；
一时的热情中发下誓愿；
心冷了，那意志也随云散。
过分的喜乐，剧烈的哀伤，
反会毁害了感情的本常。
人世间的哀乐变幻无端，
痛哭一转瞬早换了狂欢。
世界也会有毁灭的一天，
何怪爱情要随境遇变迁；
有谁能解答这一个哑谜，
是境由爱造？是爱逐境移？
失财势的伟人举目无亲；
走时运的穷酸仇敌逢迎。
这炎凉的世态古今一辙：
富有的门庭挤满了宾客；
要是你在穷途向人求助，
即使知交也要情同陌路。
把我们的谈话拉回本题，
意志命运往往背道而驰，
决心到最后会全部推倒，

事实的结果总难符预料。
你以为你自己不会再嫁，
只怕我一死你就要变卦。

**伶后** 地不要养我，天不要亮我！
昼不得游乐，夜不得安卧！
毁灭了我的希望和信心；
铁锁囚门把我监禁终身！
每一种恼人的飞来横逆，
把我一重重的心愿摧折！
我倘死了丈夫再作新人，
让我生前死后永陷沉沦！

**哈姆雷特** 要是她现在背了誓！

**伶王** 难为你发这样重的誓愿。
爱人，你且去；我神思昏倦，
想要小睡片刻。（睡）

**伶后** 愿你安睡；
上天保佑我俩永远灾悔！（下）

**哈姆雷特** 母亲，您觉得这本戏怎样？

**王后** 我想那女伶发的誓太重了。

**哈姆雷特** 啊，可是她会守约的。

**国王** 这本戏是怎么一个情节？里面没有什么要不得的地方吗？

**哈姆雷特** 不，不，他们不过开玩笑毒死了一个人；没有什么要不得的。

**国王** 戏名叫什么？

**哈姆雷特** 《捕鼠机》。呃，怎么？这是一个象征的名字。戏中的故事影射着维也纳的一件谋杀案。贡扎古是那公爵的名字；他的前妻叫做白普蒂丝妲。您看下去就知道是怎么一回事。这是一本很恶劣的作品，可是那有什么关系？它不会对您陛下跟我们这些灵魂清白的人有什么相干；让那有毛病的马儿去惊跳退缩吧，我们的肩背都是好好儿的。

【一伶人扮琉西安纳斯上。

**哈姆雷特** 这个人哪叫做琉西安纳斯，是那国王的侄子。

**奥菲莉娅** 您很会解释剧情，殿下。

**哈姆雷特** 要是我看见傀儡戏搬演您跟您爱人的故事，我也会替你们解释的。

**奥菲莉娅** 你真会说，殿下，你真会说。

**哈姆雷特** 我会说得你叫唤起来。

**奥菲莉娅** 说好就好，说坏就坏。

**哈姆雷特** 女人嫁丈夫也摸不准呢。动手吧，凶手！混帐东西，别扮鬼脸了，动手吧！来；哑哑的乌鸦发出复仇的啼声。

**琉西安纳斯** 黑心快手，遇到妙药良机；
趁着没人看见，事不宜迟：
你夜半采来的毒草炼成，
赫卡特的咒语念上三巡，
赶快发挥你凶恶的魔力，
让他的生命速归于幻灭。（以毒药注入睡者耳中）

**哈姆雷特** 他为了觊觎权位，在花园里把他毒死。他的名字叫贡扎古；那故事原文还存在，是用很好的意大利文写成的。底下就要演到那凶手怎样得到贡扎古的妻子的爱了。

**奥菲莉娅** 王上起来了！

**哈姆雷特** 什么！给一场假火吓怕了吗？

**王后** 陛下怎么样啦？

**波洛涅斯** 不要演下去了！

**国王** 给我点起火把来！去！

**众人** 火把！火把！火把！（除哈姆雷特、霍雷肖外均下）

**哈姆雷特** 嗨，让那中箭的母鹿掉泪，
没有伤的公鹿自去游玩；
有的人失眠，有的人酣睡，
世界就是这样循环轮转。

老兄，要是我的命运跟我作起对来，凭着我这样的本领，再插上满头的羽毛，开缝的靴子上缀上两朵绢花，你想我能不能在戏班子里插足？

**霍雷肖** 也许他们可以让您领半额包银。

**哈姆雷特** 我可要领全额的。

因为你知道，亲爱的台芒，
　这一个荒凉破碎的国土
原本是乔武统治的雄邦，
　而今王位上却坐着——孔雀。

**霍雷肖** 您该把它押了韵才是。

**哈姆雷特** 啊，好霍雷肖！那鬼魂真的没有骗了我。你看见吗？

**霍雷肖** 看见的，殿下。

**哈姆雷特** 当那演戏的一提到毒药的时候？

**霍雷肖** 我看得他很清楚。

**哈姆雷特** 啊！哈！来，奏乐！来，那吹笛子的呢？

要是国王不爱这本喜剧，
那么他多半是不能赏识。

来，奏乐！

【罗森克兰茨及吉尔登斯特恩重上。

**吉尔登斯特恩** 殿下，允许我跟您说句话。

**哈姆雷特** 好，你对我讲全部历史都可以。

**吉尔登斯特恩** 殿下，王上——

**哈姆雷特** 嗯，王上怎么样？

**吉尔登斯特恩** 他回去以后，非常不舒服。

**哈姆雷特** 喝醉酒了吗？

**吉尔登斯特恩** 不，殿下，他在动脾气。

**哈姆雷特** 你应该把这件事告诉他的医生，才算你的聪明；因为叫我去替他诊视，恐怕反而更会激动他的脾气的。

**吉尔登斯特恩** 好殿下，请您说话检点些，别这样拉扯开去。

**哈姆雷特** 好，我是听话的，你说吧。

**吉尔登斯特恩** 您的母后心里很难过，所以叫我来。

**哈姆雷特** 欢迎得很。

**吉尔登斯特恩** 不，殿下，这一种礼貌是用不到的。要是您愿意给我一个好好的回答，我就把您母亲的意旨向您传达；不然的话，请您原谅我，让我就这么回去，我的事情算是完了。

**哈姆雷特**　我不能。

**吉尔登斯特恩**　您不能什么，殿下？

**哈姆雷特**　我不能给你一个好好的回答，因为我的脑子已经坏了；可是我所能够给你的回答，你——我应该说我的母亲——可以要多少有多少。所以别说废话，言归正传吧；你说我的母亲——

**罗森克兰茨**　她这样说：您的行为使她非常惊愕。

**哈姆雷特**　啊，好儿子，居然会叫一个母亲吃惊！可是在这母亲的惊愕的后面，还有些什么话说？说吧。

**罗森克兰茨**　她请您在就寝以前，到她房间里去跟她谈谈。

**哈姆雷特**　即使她做十次我的母亲，我也一定服从她。你还有什么别的事情？

**罗森克兰茨**　殿下，我曾经蒙您错爱。

**哈姆雷特凭**　着我这双扒儿手起誓，我现在还是欢喜你的。

**罗森克兰茨**　好殿下，您心里这样不痛快，究竟是为了什么原因？要是您不肯把您的心事告诉您的朋友，那恐怕会累您自己失去自由的。

**哈姆雷特**　我不满足我现在的地位。

**罗森克兰茨**　怎么！王上自己已经亲口把您立为王位的继承者了，您还不能满足吗？

**哈姆雷特**　嗯，可是“草儿青青——”这句老古话也有点儿发了霉啦。

【乐工等持笛上。

**哈姆雷特**　啊！笛子来了；拿一支给我。跟你们退后一步说话；为什么你们这样千方百计地窥探我的隐私，好像一定要把我逼进你们的圈套？

**吉尔登斯特恩**　啊！殿下，要是我有太冒昧放肆的地方，那都是因为我对于您的忠诚太深切了。

**哈姆雷特**　我不大懂得你的话。你愿意吹吹这笛子吗？

**吉尔登斯特恩**　殿下，我不会吹。

**哈姆雷特**　请你吹一吹。

**吉尔登斯特恩**　我真的不会吹。

**哈姆雷特** 请你不要客气。

**吉尔登斯特恩** 我真的一点不会，殿下。

**哈姆雷特** 那是跟说谎一样容易的；你只要用你的手指按着这些笛孔，把你的嘴放在上面一吹，它就会发出最好听的音乐来。瞧，这些是音栓。

**吉尔登斯特恩** 可是我不会从它里面吹出谐和的曲调来；我没有懂得它的技巧。

**哈姆雷特** 哼，人把我看成了什么东西！你会玩弄我；你自以为摸得到我的心窍；你想要探出我的内心的秘密；你会从我的最低音试到我的最高音；可是在这支小小的乐器之内，藏着绝妙的音乐，你却不会使它发出声音来。哼，你以为玩弄我比玩弄一支笛子容易吗？无论你把我叫做什么乐器，我是不让你把我玩弄的。

【波洛涅斯重上。

**哈姆雷特** 上帝祝福你，先生！

**波洛涅斯** 殿下，娘娘请您立刻就去见她说话。

**哈姆雷特** 你看见那片像骆驼一样的云吗？

**波洛涅斯** 嗳哟，它真的像一头骆驼。

**哈姆雷特** 我想它还是像一头鼬鼠。

**波洛涅斯** 它拱起了背，正像是一头鼬鼠。

**哈姆雷特** 还是像一条鲸鱼吧？

**波洛涅斯** 很像一条鲸鱼。

**哈姆雷特** 那么等一会儿我就去见我的母亲。（*旁白*）我给他们愚弄得再也忍不住了。（*高声*）我等一会儿就来。

**波洛涅斯** 我就去这么说。（下）

**哈姆雷特** 等一会儿是很容易说的。离开我，朋友们。（*除哈姆雷特外均下*）现在是一夜之中最阴森的时候，鬼魂都在此刻从坟墓里出来，地狱也要向人世吐放疠气；现在我可以痛饮热腾腾的鲜血，干那白昼所不敢正视的残忍的行为。且慢！我还要到我母亲那儿去一趟。心啊！不要失去你的天性之情，永远不要让尼禄[①]的灵魂潜入我这坚定的胸怀；让我做一个凶徒，可是不要做一个逆子。我要用利剑一样的话语刺痛她的心，可是决不伤害她身体上一根毛

① 尼禄 (Nero)，古罗马暴君，曾谋杀其母。

发；我的舌头和灵魂要在这一次学学伪善者的样子，无论在言语上给她多么严厉的谴责，在行动上却要做得丝毫不让人家指摘。（下）

## 第三场　城堡中的一室

【国王，罗森克兰茨及吉尔登斯特恩上。

**国王**　我不欢喜他；纵容他这样疯闹下去，对于我是一个很大的威胁。所以你们快去准备起来吧；我马上就可以发表明令，派遣你们两人护送他到英国去。就我的地位而论，他的疯狂每小时都可以危害我的安全，我不能让他留在我的近旁。

**吉尔登斯特恩**　我们就去准备起来；许多人的安危都寄托在陛下身上，这一种顾虑是最圣明不过的。

**罗森克兰茨**　每一个庶民都知道怎样远祸全身，一个身负天下重寄的人，尤其应该刻刻不懈地防备危害的袭击。君主的薨逝不仅是个人的死亡，它像一个漩涡一样，凡是在它近旁的东西，都要被它卷去同归于尽；又像一个矗立在最高山峰上的巨轮，它的轮幅上连附着无数的小物件，当巨轮轰然崩裂的时候，那些小物件也跟着它一齐粉碎。国王的一声叹气，总是随着全国的呻吟。

**国王**　请你们准备立刻出发；因为我们必须及早制止这一种公然的威胁。

**罗森克兰茨**<br>**吉尔登斯特恩**　我们就去赶紧预备。（罗森克兰茨、吉尔登斯特恩同下）

【波洛涅斯上。

**波洛涅斯**　陛下，他到他母亲房间里去了。我现在就去躲在帏幕后面，听他们怎么说。我可以断定她一定会把她好好教训一顿。您说得很不错，母亲对于儿子总有几分偏心，所以最好有一个第三者躲在旁边偷听他们的谈话。再会，陛下；在您未睡以前，我还要来看您一次，把我所探听到的事情告诉您。

**国王**　谢谢你，贤卿。（波洛涅斯下）啊！我的罪恶的戾气已经上达于天；我的灵魂上负着一个元始以来最初的咒诅，杀害兄弟的暴行！我不能祈祷，虽然我的愿望像决心一样强烈；我的更坚强的罪恶击败了我的坚强的意愿。像一个人同时要做两件事情，我因为不知道应该先从什么地方下手而徘徊歧途，结果反弄得一事无成。要是这一只可咒诅的手上染满了一层比它本身还厚的兄弟的血，难道天上所有的甘霖，都不能把它洗涤得像雪一样洁白吗？慈悲的使命，不就是宽宥罪恶吗？祈祷的目的，不是一方面预防我们的堕落，一方面救拔我们于已堕落之后吗？那么我要仰望上天；我的过失已经既成事实。可是唉！那一种祈祷才是我所适用的呢？“求上帝赦免我的杀人的重罪”吗？那不能，因为我现在还占有着那些引起我的犯罪动机的东西，我的王冠、我的野心和我的王后。非分攫取的利益还在手里，就可以幸邀宽恕吗？在这贪污的人世，罪恶的镀金的手也许可以把公道推开不顾，暴徒的赃物往往就是枉法的贿赂；可是天上却不是这样的，在那边一切都无可遁避，任何行动都要显现它的真相，我们必须当面为我们自己的罪恶作证。那么怎么办呢？还有什么法子好想呢？试一试忏悔的力量吧。什么事情是忏悔所不能做到的？可是对于一个

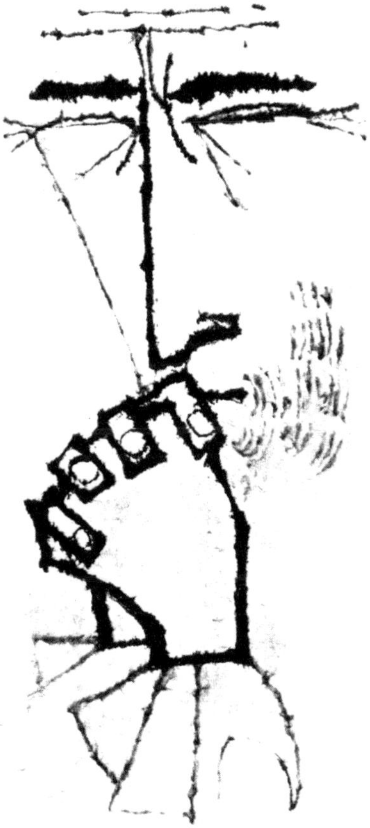

不能忏悔的人，它又有什么用呢？啊，不幸的处境！啊，像死亡一样黑暗的心胸！啊，越是挣扎，越是不能脱身的粘住了的灵魂！救救我，天使们！试一试吧：弯下来，顽强的膝盖；钢丝一样的心弦，变得像新生之婴的筋肉一样柔嫩吧！ 但愿一切转祸为福！（退后跪祷）

【哈姆雷特上。

**哈姆雷特** 他现在正在祈祷，我正好动手；我决定现在就干，让他上天堂去，我也算报了仇了。不，那也还要考虑一下：一个恶人杀死我的父亲；我，他的独生子，却把这个恶人送上天堂。啊，这简直是以恩报怨了。他用卑鄙的手段，在我父亲足吃足喝之后，所有罪过像五月的花儿一样盛开着，他乘其不备地把他杀死；除了上天，可有谁知道，他的生前的善恶如何相抵？可是照我们一般的推想，他的孽债多半是很重的。现在他正在洗涤他的灵魂，要是我在这时候结果了他的性命，那么天国的路是为他开放着，这样还算是复仇吗？不！收起来，我的剑，等候一个更惨酷的机会吧；当他在酒醉以后，在愤怒之中，或是在荒淫纵欲的时候，在赌博，咒骂，或是其他邪恶的行为的中间，我就要叫他颠踬在我的脚下，让他幽深黑暗不见天日的灵魂永堕地狱。我的母亲在等我。这一服续命的药剂不过延长了你临死的痛苦。（下）

【国王起立上前。

**国王** 我的言语高高飞起，我的思想滞留地下；没有思想的言语永远不会上升天界。（下）

## 第四场 王后寝宫

【王后及波洛涅斯上。

**波洛涅斯** 他就要来了。请您把他着实教训一顿，对他说他这种狂妄的态度，实在叫人忍无可忍，多亏您娘娘替他居中回护，让他安然无恙。我就悄悄地躲在这儿。请您对他讲得着力一点。

**哈姆雷特** （在内）母亲，母亲，母亲！

**王后** 都在我身上，你放心吧。退下去，我听见他来了。（波洛涅斯匿帏后）

【哈姆雷特上。

**哈姆雷特** 母亲，您叫我有什么事？

**王后** 哈姆雷特，你已经大大得罪了你的父亲啦。

**哈姆雷特** 母亲，您已经大大得罪了我的父亲啦。

**王后** 来，来，不要用这种胡说八道的话回答我。

**哈姆雷特** 去，去，不要用这种胡说八道的话问我。

**王后** 啊，怎么，哈姆雷特！

**哈姆雷特** 现在又是什么事？

**王后** 你忘记我了吗？

**哈姆雷特** 不，凭着十字架起誓，我没有忘记你；你是王后，你的丈夫的兄弟的妻子，你又是我的母亲——但愿你不是！

**王后** 嗳哟，那么我要去叫那些会说话的人来跟你谈谈了。

**哈姆雷特** 来，来，坐下来，不要动；我要把一面镜子放在你的面前，让你看一看你自己的灵魂。

**王后** 你要干么呀？你不是要杀我吗？救命！救命呀！

**波洛涅斯** （在后）喂！救命！救命！救命！

**哈姆雷特** （拔剑）怎么！是哪一个鼠贼？要钱不要命吗？我来结果你。（以剑刺穿帏幕）

**波洛涅斯** （在后）啊！我死了！

**王后** 嗳哟！你干了什么事啦？

**哈姆雷特** 我也不知道；那不是国王吗？

**王后** 啊，多么卤莽残酷的行为！

**哈姆雷特** 残酷的行为！好妈妈，简直就跟杀了一个国王，再去嫁给他的兄弟一样坏。

**王后** 杀了一个国王！

**哈姆雷特** 嗯，母亲，我正是这样说。（揭帏见波洛涅斯）你这倒运的、粗心的、爱管闲事的傻瓜，别了！我还以为是一个在你上面的人哩。也是你命不该活；现在你可知道爱管闲事的危险了。——别尽扭着你的手。静一静，坐下来，让我扭你的心；你的心倘不是铁石打成的，万恶的习惯倘不曾把它硬化得透不进一点感情，那么我的话一定可以把它刺痛。

王后　我干了些什么错事，你才敢这样肆无忌惮地向我摇唇弄舌呢？

哈姆雷特　你的行为可以使贞节蒙污，使美德得到了伪善的名称；从纯洁的恋情的额上取下娇艳的蔷薇，替它盖上一个烙印；使婚姻的盟约变成博徒的誓言一样虚伪；啊！这样一种行为，简直使盟约成为一个没有灵魂的躯壳，神圣的宗教变成一串谵妄的狂言；苍天的脸上也为它带上羞色，大地因为痛心这样的行为，也罩上满面的愁容，好像世界末日就要到来一般。

王后　唉！究竟是什么极恶重罪，你把它说得这样惊人呢？

哈姆雷特　瞧这一幅图画，再瞧这一幅；这是两个兄弟的肖像。你看这一个的相貌是多么高雅优美：阿波罗的卷发，乔武的前额，像战神马斯一样威风凛凛的眼睛，像降落在高吻穹苍的山巅的传报神墨丘利一样矫健的姿态；这一个完善卓越的仪表，真像每一个天神都会在那上面打下印记，向世间证明这是一个男子的典型。这是你从前的丈夫。现在你再看这一个：这是你现在的丈夫，像一株霉烂的禾穗，损害了他的健硕的兄弟。你有眼睛吗？你甘心离开这一座大好的高山，靠着这荒野生活吗？吓！你有眼睛吗？你不能说那是爱情，因为在你的年纪，热情已经冷淡下来，它必须等候理智的判断；什么理智愿意从这么高的地方，降落到这么低的所在呢？知觉你当然是有的，否则你就不会有行动；可是你那知觉也一定已经麻木了；因为就是疯人也不会犯那样的错误，无论怎样丧心病狂，总不会连这样悬殊的差异都分辨不出来的。那么是什么魔鬼蒙住了你的眼睛，把你这样欺骗呢？有眼睛没有感觉，有感觉却没有视觉，你有耳朵却没有手或者眼睛，只有嗅觉还灵，因为单单一个感官有了毛病，决不会使人愚蠢到这步田地的。羞啊！你不觉得惭愧吗？要是地狱中的孽火可以在一个中年妇人的骨髓里煽起了蠢动，那么在青春的烈焰中，让贞操像蜡一样融化了吧。在强力的威迫下失身，有什么可耻呢？霜雪都会自动燃烧，理智都会做情欲的奴隶呢。

王后　啊，哈姆雷特！不要说下去了！你使我的眼睛看进了我自己灵魂的深处，看见我灵魂里那些洗拭不去的黑色的污点。

哈姆雷特　嘿，生活在汗臭垢腻的眠床上，让淫邪薰没了心窍，在污秽的猪圈里调情弄爱——

王后　啊，不要再对我说下去了！这些话像刀子一样戳进我的耳朵里；不要说下去了，亲爱的哈姆雷特！

**哈姆雷特**　一个杀人犯，一个恶徒，一个不及你前夫二百分之一的庸奴，一个戴王冠的丑角，一个盗国窃位的扒儿手，偷下那顶宝贵的王冠，塞进自己的腰包！

**王后**　别说了！

**哈姆雷特**　一个下流无赖的国王——

【鬼魂上。

**哈姆雷特**　天上的神明啊，救救我，用你们的翅膀覆盖我的头顶！——陛下英灵不昧，有什么见教？

**王后**　嗳哟，他疯了！

**哈姆雷特**　您不是来责备您的儿子不该浪费他的时间和感情，把您煌煌的命令搁在一旁，耽误了我所应该做的大事吗？啊，说吧！

**鬼魂**　不要忘记。我现在是来磨砺你的快要蹉跎下去的决心。可是瞧！你的母亲满身都是惊愕。啊，快去安慰她的正在交战中的灵魂吧！最柔弱的人最容易受幻想的激动。对她说话去，哈姆雷特。——

**哈姆雷特**　您怎么啦，母亲？

**王后**　唉！你怎么啦？为什么你把眼睛睁视着虚无，向空中喃喃说话？你的眼睛里射出狂乱的神情；像熟睡的军士突然听到警号一般，你的整齐的头发一根根都像有了生命似的耸立起来。啊，好儿子！在你的疯狂的热焰上，浇洒一些清凉的镇静吧！你在瞧些什么？

**哈姆雷特**　他，他！您瞧，他的脸色多么惨淡！看见了他这一种形状，要是再知道他所负的沉冤，即使石块也会感动的。——不要瞧着我，因为那不过徒然勾起我的哀感，也许反会妨碍我的冷酷的决心；也许我会因此而失去勇气，让挥泪代替了流血。

**王后**　你这番话是对谁说的？

**哈姆雷特**　您没有看见什么吗？

**王后**　什么也没有；要是有什么东西在那边，我不会不看见的。

**哈姆雷特**　您也没有听见什么吗？

**王后**　不，除了我们两人的谈话以外，我什么也没有听见。

**哈姆雷特**　啊，您瞧！瞧，它悄悄儿去了！我的父亲，穿着他生前所穿的衣服！瞧！他就在这一刻，从门口走出去了！（鬼魂下）

**王后**　这是你脑中虚构的意象；一个人在心神恍惚的状态中，最容易发生这种幻妄的错觉。

**哈姆雷特**　心神恍惚！我的脉搏跟您的一样，在按着正常的节奏跳动哩。我所说的并不是疯话；要是您不信，我可以把我刚才说过的话一字不漏地复述一遍，一个疯人是不会记忆得这样清楚的。母亲，为了上帝的慈悲，不要自己安慰自己，以为我这一番说话，只是出于疯狂，不是真的对您的过失而发；那样的思想不过是骗人的油膏，只能使您溃烂的良心上结起一层薄膜，那内部的毒疮却在底下愈长愈大。向上天承认您的罪过，忏悔过去，警戒未来；不要把肥料浇在莠草上，使它们格外蔓延起来。原谅我这一番正义的劝告；因为在这种万恶的时世，正义必须向罪恶乞恕，它必须俯首屈膝，要求人家接纳他的善意的箴规。

**王后**　啊，哈姆雷特！你把我的心劈为两半了！

**哈姆雷特**　啊！把那坏的一半丢掉，留那另外的一半，让您的灵魂清净一些。晚安！可是不要上我叔父的床；即使您已经失节，也得勉力学做一个贞节妇人的样子。习惯虽然是一个可以使人失去羞耻的魔鬼，但是它也可以做一个天使，对于勉力为善的人，它会用潜移默化的手段，使他徙恶从善。您要是今天晚上自加抑制，下一次就会觉得这一种自制的功夫并不怎样为难，慢慢儿就可以习以为常了；因为习惯简直有一种改变气质的神奇的力量，它可以使魔鬼主宰人类的灵魂，也可以把他从人们心里驱逐出去。让我再向您道一次晚安；当您希望得到上天祝福的时候，我将求您祝福我。至于这一位老人家，（指波洛涅斯）我很后悔自己一时卤莽把他杀死；可是这是上天的意思，要借着他的死惩罚我，同时借着我的手惩罚他，使我一方面自己受到天谴，一方面又成为代天行刑的使者。我现在先去把他的尸体安顿好了，再来担承一个杀人的过咎。晚安！为了顾全母子的恩慈，我不得不忍情暴戾；不幸已经开始，更大的灾祸还在接踵而至。再有一句话，母亲。

**王后**　我应当怎么做？

**哈姆雷特**　我不能禁止您不再让那骄淫的僭王引诱您和他同床，让他拧您的脸颊，叫您做他的小耗子；我也不能禁止您因为他给了您一两个恶臭的吻，或是用他万恶的手指抚摩您的颈项，就把您所知道的事情一起说了出来，告诉他我实在是装疯，不是真疯。您应该让他知道；因为那一个聪明懂事的王后，愿意隐藏着这样重大的消息，不去告诉一头蛤蟆，一头蝙蝠，一头老雄猫知道呢？不，虽然理性警告您保守秘密，您尽管学那寓言中的猴子，因为受了好奇心的驱使，到屋顶上去开了笼门，把鸟儿放出，自己钻进笼里去，结果连笼子一起掉下来跌死吧。

**王后** 你放心吧，要是言语是从呼吸里出来的，我决不会让我的呼吸泄漏了你对我所说的话。

**哈姆雷特** 我必须到英国去；您知道吗？

**王后** 唉！我忘了；这事情已经这样决定了。

**哈姆雷特** 公文已经封好，打算交给我那两个同学带去，这两个家伙我要像对待两条咬人的毒蛇一样随时提防；他们将要做我的先驱，引导我钻进什么圈套去。我倒要瞧瞧他们的能耐。开炮的要是给炮轰了，也是一件好玩的事；他们会埋地雷，我要比他们埋得更深，把他们轰到月亮里去。啊！用诡计对付诡计，不是顶有趣的吗？这家伙一死，多半会提早了我的行期；让我把这尸体拖到隔壁去。母亲，晚安！这一位大臣生前是个愚蠢饶舌的家伙，现在却变成非常谨严庄重的人了。来，老先生，让我把您拖下您的坟墓里去。晚安，母亲！（各下。哈姆雷特拽波洛涅斯尸入内）

# 第　四　幕

## 第一场　城堡中的一室

【国王，王后，罗森克兰茨及吉尔登斯特恩上。

**国王**　这些长吁短叹之中，都含着深长的意义，我们必须设法探索出来。你的儿子呢？

**王后**　（向罗森克兰茨、吉尔登斯特恩）请你们暂时退开。（罗森克兰茨、吉尔登斯特恩下）啊，陛下！今晚我看见了多么惊人的事情！

**国王**　什么，格特鲁德？哈姆雷特怎么啦？

**王后**　疯狂得像彼此争强斗胜的天风和海浪一样。在他野性发作的时候，他听见帏幕后面有什么东西爬动的声音，就拔出剑来，嚷着，“有耗子！有耗子！”于是在一阵疯狂的恐惧之中，把那躲在幕后的好老人家杀死了。

**国王**　啊，罪过罪过！要是我在那儿，我也会照样死在他手里的；放任他这样胡作非为，对于你，对于我，对于每一个人，都是极大的威胁。唉！这一件流血的暴行应当由谁负责呢？我们是不能辞其咎的，因为我们早该防祸未然，把这个发疯的孩子关禁起来，不让他到处乱走；可是我们太爱他了，以至于不愿想出一个适当的方策，正像一个害着恶疮的人，因为不让它出毒的缘故，弄到毒气攻心，无法救治一样。他到哪儿去了？

**王后**　拖着那个被他杀死的尸体出去了。像一堆下贱的铅铁，掩不了真金的光彩一样，他知道他自己做错了事，他的纯良的本性就从他的疯狂里透露出来，他哭了。

**国王**　啊，格特鲁德！来！太阳一到了山上，我们必须赶紧让他登船出发。对于这一件罪恶的行为，我们必须用最严正的态度，最巧妙的措辞，决定一个执法原情的措置。喂！吉尔登斯特恩！

【罗森克兰茨及吉尔登斯特恩重上。

**国王**　两位朋友，我们还要借重你们一下。哈姆雷特在疯狂之中，已经把波洛涅斯杀死；他现在把那尸体从他母亲的房间里拖出去了。你们去找他来，对他说话要和气一点；再把那尸体搬到教堂里去。请你们快去把这件事情办一办好。（罗森克兰茨、吉尔登斯特恩下）来，格特鲁德，我们要去召集我们那些最有见识的朋友们，把我们的决定和这一件意外的变故告诉他们，免得外边无稽的谰言牵涉到我们身上，它的毒箭从低声的密语中间散放出去，是像弹丸从炮口里射出去一样每发必中的。啊，来吧！我的灵魂里充满着混乱和惊愕。（同下）

## 第二场　城堡中的另一室

【哈姆雷特上。

**哈姆雷特**　藏好了。

**罗森克兰茨**
**吉尔登斯特恩**　（在内）哈姆雷特！哈姆雷特殿下！

**哈姆雷特**　什么声音？谁在叫哈姆雷特？啊，他们来了。

【罗森克兰茨及吉尔登斯特恩上。

**罗森克兰茨**　殿下，您把那尸体怎么样啦？

**哈姆雷特**　它本来就是泥土，我仍旧让它回到泥土里去。

**罗森克兰茨**　告诉我们它在什么地方，让我们把它搬到教堂里去。

**哈姆雷特**　不要相信。

**罗森克兰茨**　相信什么？

**哈姆雷特**　相信我会放弃我自己的意见来听你的话。而且，一块海绵也敢问起我来！一个堂堂王子应该用什么话去回答它呢？

**罗森克兰茨**　您把我当作一块海绵吗，殿下？

**哈姆雷特**　嗯，先生，一块吸收君王的恩宠，利禄，和官爵的海绵。可是这样的官员要到最后才会显出他们最大的用处来；像猴子吃硬壳果一般，他们的君王先把他们含在嘴里舐弄了好久，然后再一口咽下去。当他需要被你们所吸收去的东西的时候，他只要把你们一挤，于是，海绵，你又是一块干干的海绵了。

罗森克兰茨　我不懂您的话，殿下。

哈姆雷特　那很好，一句下流的话睡在一个傻瓜的耳朵里。

罗森克兰茨　殿下，您必须告诉我们那尸体在什么地方，然后跟我们见王上去。

哈姆雷特　他的身体和国王同在，可是那国王并不和他的身体同在。国王是一件东西——

吉尔登斯特恩　一件东西，殿下！

哈姆雷特　一件虚无的东西。带我去见他。狐狸躲起来，大家追上去。（同下）

## 第三场　同前；另一室

【国王上，侍从后随。

国王　我已经叫他们找他去了，并且叫他们把那尸体寻出来。让这家伙任意胡闹，是一件多么危险的事情！可是我们又不能把严刑峻法加在他的身上，他是为糊涂的群众所喜爱的，他们欢喜一个人，只凭眼睛，不凭理智；我要是处罚了他，他们只看见我的刑罚的苛酷，却不想到他犯的是什么重罪。为了顾全各方面的关系，叫他迅速离国，不失为一种适宜的策略；应付非常的变故，必须用非常的手段。

【罗森克兰茨上。

国王　啊！事情怎么样啦？

罗森克兰茨　陛下，他不肯告诉我们那尸体在什么地方。

国王　可是他呢？

罗森克兰茨　在外面，陛下；我们把他看起来了，等候您的旨意。

国王　带他来见我。

罗森克兰茨　喂，吉尔登斯特恩！带殿下进来。

【哈姆雷特及吉尔登斯特恩上。

国王　啊，哈姆雷特，波洛涅斯呢？

**哈姆雷特** 吃饭去了。

**国王** 吃饭去了，什么地方？

**哈姆雷特** 不是在他吃饭的地方，是在人家吃他的地方；有一群精明的蛆虫正在他身上大吃特吃哩。蛆虫是全世界最大的饕餮家；我们喂肥了各种牲畜给自己受用，再喂肥了自己去给蛆虫受用。胖胖的国王跟瘦瘦的乞丐是一个桌子上两道不同的菜；不过是这么一回事。

**国王** 唉！唉！

**哈姆雷特** 一个人可以拿一条吃过一个国王的蛆虫去钓鱼，再吃那吃过那条蛆虫的鱼。

**国王** 你这话是什么意思？

**哈姆雷特** 没有什么意思，我不过指点你一个国王可以在一个乞丐的脏腑里经过一番什么变化。

**国王** 波洛涅斯呢？

**哈姆雷特** 在天上；你差人到那边去找他吧。要是你的使者在天上找不到他，那么你可以自己到另外一个所在去找他。可是你们在这一个月里要是找不到他的话，你们只要跑上走廊的阶石，也就可以闻到他的气味了。

**国王** （向若干从者）去到走廊里找一找。

**哈姆雷特** 他在等着你们哩。（从者等下）

**国王** 哈姆雷特，你干出这种事来，使我非常痛心。为了你自身的安全起见，你必须火速离开国境；所以快去自己预备预备；船已经整装待发，风势也很顺利，同行的人都在等着你，一切都已经准备好向英国出发。

**哈姆雷特** 到英国去！

**国王** 是的，哈姆雷特。

**哈姆雷特** 好。

**国王** 要是你明白我的用意，你应该知道这是为了你的好处。

**哈姆雷特** 我看见一个明白你的用意的天使。可是来，到英国去！再会，亲爱的母亲！

**国王** 我是你的慈爱的父亲，哈姆雷特。

**哈姆雷特** 我的母亲。父亲和母亲是夫妇两个，夫妇是一体之亲；所以再会吧，我的母亲！来，到英国去！（下）

**国王**　跟在他的后面，劝诱他赶快上船，不要耽误；我要叫他在今晚离开国境。去！这件事情一解决，什么都没有问题了。请你们赶快一点。（罗森克兰茨、吉尔登斯特恩下）英格兰啊，丹麦的宝剑在你的身上还留着鲜明的创痕，你向我们纳款输诚的敬礼至今未减，要是你畏惧我的威力，重视我的友谊，你就不能忽视我的意旨；我已经在公函里要求你把哈姆雷特立即处死，照着我的意思做吧，英格兰，因为他像是我深入膏肓的痼疾，一定要借你的手把我医好。我必须知道他已经不在人世，我脸上才会有笑容浮起。（下）

## 第四场　丹麦原野

【福丁布拉斯，一队长及军士等列队行进上。

**福丁布拉斯**　队长，你去替我问候丹麦国王，告诉他说福丁布拉斯因为得到他的允许，已经按照约定，率领一支军队通过他的国境。你知道我们在什么地方集合。要是丹麦王有什么话要跟我当面说的，我也可以入朝晋谒；你就这样对他说吧。

**队长**　是，主将。

**福丁布拉斯**　慢步前进。（福丁布拉斯及军士等下）

【哈姆雷特，罗森克兰茨，吉尔登斯特恩等同上。

**哈姆雷特**　官长，这些是什么人的军队？

**队长**　他们都是挪威的军队，先生。

**哈姆雷特**　请问他们是开到什么地方去的？

**队长**　到波兰的某一部分去。

**哈姆雷特**　谁是领兵的主将？

**队长**　挪威老王的侄儿福丁布拉斯。

**哈姆雷特**　他们是要向波兰本土进攻呢，还是去袭击边疆？

**队长**　不瞒您说，我们是要去夺一小块只有空名毫无实利的土地。叫我出五块钱把它买了下来，我也不要；无论挪威人还是波兰人，要是把它标卖起来，谁也不会付出比这大一点的价钱来的。

**哈姆雷特**　啊，那么波兰人一定不会防卫它的了。

队长　不，他们早已布防好了。

哈姆雷特　为了这一块荒瘠的土地，浪掷了二千人的生命，二万块的金圆，谁也不对它表示一点疑问。这完全是因为国家太富足升平了，晏安的积毒蕴蓄于内，虽然已经到了溃烂的程度，外表上却还一点看不出将死的征象来。谢谢您，官长。

队长　上帝和您同在，先生。（下）

罗森克兰茨　我们去吧，殿下。

哈姆雷特　我就来，你们先走一步。（除哈姆雷特外均下）我所见到听到的一切，都好像在对我谴责，鞭策我赶快进行我的蹉跎未就的复仇大愿！一个人要是在他生命的盛年，只知道吃吃睡睡，他还算是个什么东西？简直不过是一头畜生！上帝造下我们来，使我们能够这样高谈阔论，瞻前顾后，当然要我们利用他所赋与我们的这一种能力和灵明的理智，不让它们白白废掉。现在我明明有理由，有决心，有力量，有方法，可以动手干我所要干的事，可是我这是在说一些空话，“我要怎么怎么干，”而始终不曾在行动上表现出来；我不知道这是为了鹿豕一般的健忘呢，还是为了三分懦怯一分智慧的过于审慎的顾虑。像大地一样显明的榜样都在鼓励我；瞧这一支勇猛的大军，领队的是一个娇养的少年王子，勃勃的雄心振起了他的精神，使他蔑视不可知的结果，为了区区弹丸大小的一块不毛之地，拚着血肉之躯，去向命运，死亡和危险挑战。真正的伟大不是轻举妄动，而是在荣誉遭遇危险的时候，即使为了一根稻杆之微，也要慷慨力争。可是我的父亲给人惨杀，我的母亲给人污辱，我的理智和感情都被这种不共戴天的大仇所激动，我却因循隐忍，一切听其自然，看着这二万个人为了博取一个空虚的名声，视死如归地走下他们的坟墓里去，目的只是争夺一方还不够作为他们埋骨之所的土地，相形之下，我将何地自容呢？从这一刻起，让我屏除一切的疑虑妄念，把流血的思想充满在我的脑际！（下）

## 第五场　埃尔西诺；城堡中一室

【王后，霍雷肖及一侍臣上。

王后　我不愿意跟她说话。

**侍臣**　她一定要见您；她的神气疯疯颠颠，瞧着怪可怜的。

**王后**　她要什么？

**侍臣**　她不断提起她的父亲；她说她听见这世上到处是诡计；一边呻吟，一边捶她的心，对一些琐琐屑屑的事情痛骂，讲的都是些很玄妙的话，好像有意思好像没有意思。她的话虽然不知所云，可是却能使听见的人心中发生反应，而企图从它里面找出意义来；他们妄加猜测，把她的话断章取义，用自己的思想附会上去；当她讲那些话的时候，有时霎眼，有时点头，做着种种的手势，的确使人相信在她的言语之间，含蓄着什么意思，虽然不能确定，却可以作一些很不好听的解释。

**霍雷肖**　最好有什么人跟她谈谈，因为也许她会在愚妄的脑筋里散布一些危险的猜测。

**王后**　让她进来。(侍臣下)

我负疚的灵魂惴惴惊惶，
琐琐细事也像预兆灾殃；
罪恶是这样充满了疑猜，
越小心越容易流露鬼胎。

【侍臣率奥菲莉娅重上。

**奥菲莉娅**　丹麦的美丽的王后陛下呢？

**王后**　啊，奥菲莉娅！

**奥菲莉娅**　(唱)

张三李四满街走，
谁是你情郎？
毡帽在头杖在手，
草鞋穿一双。

**王后**　唉！好姑娘，这支歌是什么意思呢？

**奥菲莉娅**　您说？请您听好了。(唱)

姑娘，姑娘，他死了，
一去不复来；
头上盖着青青草
脚下石生苔。

唉呵！

王后　嗳，可是，奥菲莉娅——

奥菲莉娅　请您听好了。（唱）

殓衾遮体白如雪，——

【国王上。

王后　唉！陛下，您瞧。

奥菲莉娅　鲜花红似雨；

花上盈盈有泪滴，

伴郎坟墓去。

国王　你好，美丽的姑娘？

奥菲莉娅　好，上帝保佑您！他们说猫头鹰是一个面包司务的女儿变成的。主啊！我们谁也不知道自己将来会变成什么。愿上帝在您的食桌上！

国王　她父亲的死激成了她这种幻想。

奥菲莉娅　对不起，我们以后再别提这件事了。要是有人问您这是什么意思，您就这样对他说：（唱）

情人佳节就在明天，

我要一早起身，

梳洗齐整到你窗前，

来做你的恋人。

他下了床披了衣裳，

他开开了房门；

她进去时是个女郎，

出来变了妇人。

国王　美丽的奥菲莉娅！

奥菲莉娅　真的，不用发誓，我会把它唱完：（唱）

凭着神圣慈悲名字，

这种事太丢脸！

少年男子不知羞耻，

一味无赖纠缠。

她说你曾答应婚嫁，

然后再同枕席；
谁料如今被你欺诈，
懊悔万千无及！

**国王** 她这个样子已经多久了？

**奥菲莉娅** 我希望一切转祸为福！我们必须忍耐；可是我一想到他们把他放下寒冷的泥土里去，我就禁不住掉泪。我的哥哥必须知道这件事。谢谢你们很好的劝告。来，我的马车！晚安，太太们；晚安，可爱的小姐们；晚安，晚安！（下）

**国王** 紧紧跟住她；留心不要让她闹出乱子来。（霍雷肖下）啊！深心的忧伤把她害成了这样子；这完全是为了她父亲的死。啊，格特鲁德，格特鲁德！不幸的事情总是接踵而来：第一是她父亲的被杀；然后是你儿子的远别，他闯了这样大祸，不得不亡命异国，也是自取其咎。人民对于善良的波洛涅斯的暴死，已经群疑蜂起，议论纷纷；我们这样匆匆忙忙地把他秘密安葬，更加引起了外间的疑窦；可怜的奥菲莉娅也因此而悲伤得失去了她的正常的理智，我们人类没有了理智，不过是画上的图形，无知的禽兽。最后，跟这些事情同样使我不安的，她的哥哥已经从法国秘密回来，行动诡异，居心莫测；他的耳中所听到的，都是那些播弄是非的人所散放的关于他父亲死状的恶意的谣言，少不得牵涉到我们身上。啊，我的亲爱的格特鲁德！这种消息像一尊杀人的巨炮，到处都在危害我的生命。（内喧呼声）

**王后** 嗳哟！这是什么声音？

【一侍臣上。

**国王** 我的瑞士卫队呢？叫他们把守宫门。什么事？

**侍臣** 赶快避一避吧，陛下；比大洋中的怒潮冲决堤岸还要汹汹其势，年轻的莱蒂斯带领着一队叛军，打败了您的卫士，冲进宫里来了。这一群暴徒把他称为王上；就像世界还不过刚才开始一般，他们推翻了一切的传统和习惯，高喊着，“我们推莱蒂斯做国王！”他们掷帽举手，吆呼的声音响彻云霄，“让莱蒂斯做国王，让莱蒂斯做国王！”

**王后** 他们这样兴高彩烈，却不知道已经误入歧途！啊，你们干了错事了，你们这些不忠的丹麦狗！（内喧呼声）

**国王** 宫门都已打破了。

【莱蒂斯戎装上；一群丹麦人随上。

莱蒂斯　这国王在哪儿？弟兄们，大家站在外面。

众人　不，让我们进来。

莱蒂斯　对不起，请你们让我一个人在这儿。

众人　好，好。（众人退立门外）

莱蒂斯　谢谢你们；把门看守好了。啊，你这万恶的奸王！还我的父亲来！

王后　安静一点，好莱蒂斯。

莱蒂斯　我身上要是有点血安静下来，我就是个野生的杂种，我的父亲是个忘八，我的母亲的贞洁的额角上，也要雕上娼妓的恶名。

国王　莱蒂斯，你这样大张声势，兴兵犯上，究竟为了什么原因？——放了他，格特鲁德；不要担心他会伤害我的身体，一个君王是有神圣呵护的，他的威焰可以吓退叛徒。——告诉我，莱蒂斯，你有什么气恼不平的事？——放了他，格特鲁德。——你说吧。

莱蒂斯　我的父亲呢？

国王　死了。

王后　但是并不是他杀死的。

国王　尽他问下去。

莱蒂斯　他怎么会死的？我可不能受人家的愚弄。忠心，到地狱里去吧！让最黑暗的魔鬼把一切誓言抓了去！什么良心，什么礼貌，都给我滚下无底的深穴里去！我要向永劫挑战。我的立场已经决定：死也好，活也好，我什么都不管，只要痛痛快快地为我的父亲复仇。

国王　谁可以阻止你？

莱蒂斯　除了我自己的意志以外，全世界也不能阻止我；不费吹灰之力，就可以达到我的目的。

国王　好莱蒂斯，要是你想知道你的亲爱的父亲究竟是怎样死去的话，你还是先认认清楚谁是友人谁是敌人呢，还是不分皂白地把他们一概作为你的复仇的对象？

莱蒂斯　冤有头，债有主，我只要找我父亲的敌人算账。

国王　那么你要知道谁是他的敌人吗？

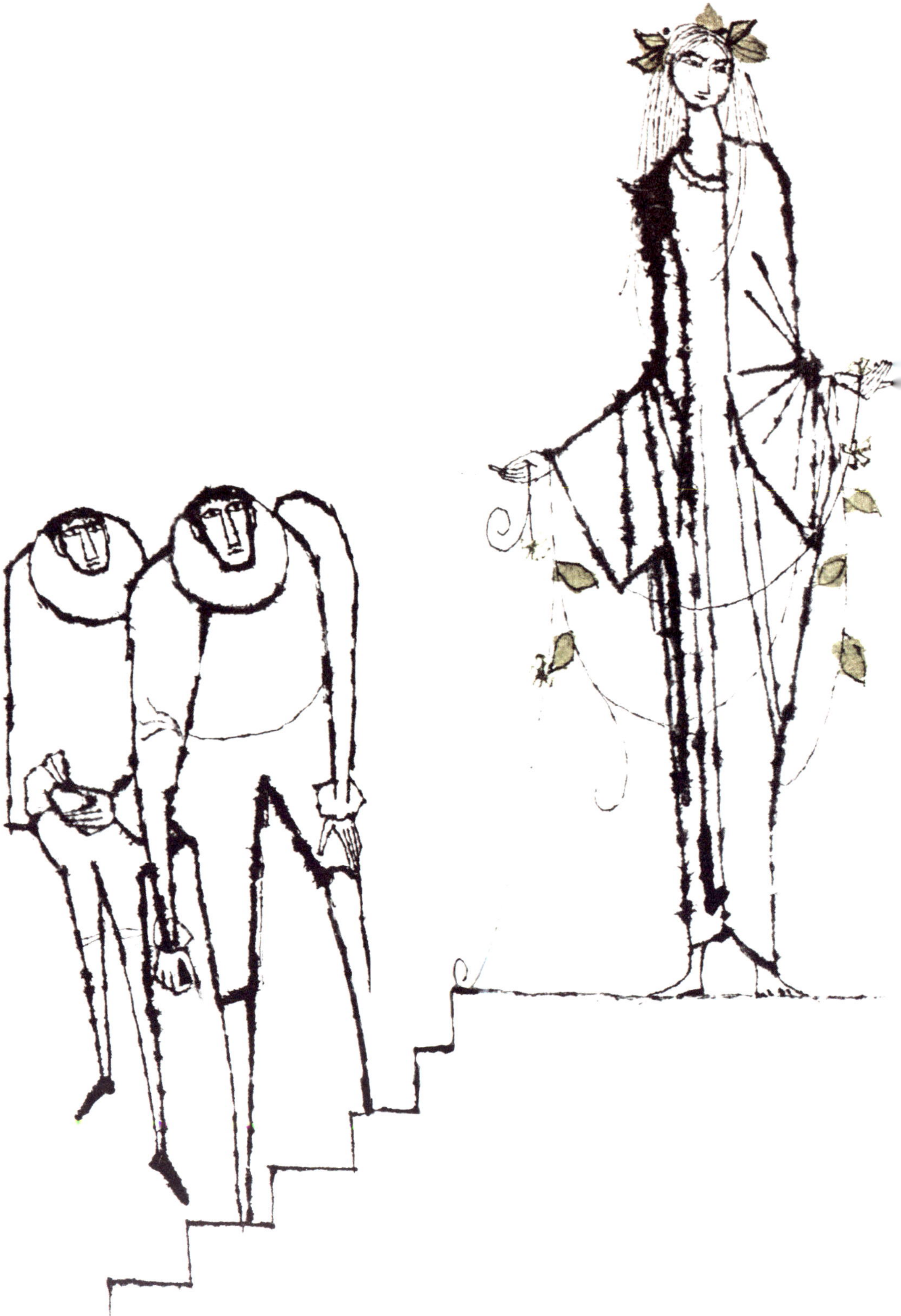

**莱蒂斯**　对于他的好朋友，我愿意张开我的手臂拥抱他们，像舍身的鹈鹕一样，把我的血供他们喝饮[①]。

**国王**　啊，现在你才说得像一个孝顺的儿子和真正的绅士。我不但对于令尊的死不曾有分，而且为此也感觉到非常的悲痛；这一个事实将会透过你的心，正像白昼的阳光照射你的眼睛一样。

**众人**　(在外)放她进去！

**莱蒂斯**　怎么！那是什么声音？

【奥菲莉娅重上。

**莱蒂斯**　啊，赤热的烈焰，炙枯了我的脑浆吧！七倍辛酸的眼泪，灼伤了我的视觉吧！天日在上，我一定要叫那害你疯狂的仇人重重地低偿他的罪恶。啊，五月的玫瑰！亲爱的女郎，好妹妹，奥菲莉娅！天啊！一个少女的理智，也会像一个老人的生命一样受不起打击吗？

**奥菲莉娅**　(唱)

他们把他抬上柩架；
哎呀，哎呀，哎哎呀；
在他坟上泪如雨下——
再会，我的鸽子！

**莱蒂斯**　要是你没有发疯，你会激励我复仇，你的言语也不会比你现在这样子更使我感动了。

**奥菲莉娅**　(唱)

你要唱，往下，往下，
你要召唤他往下。

啊，这纺轮转动的声音多么好听！是那坏良心的管家把主人女儿拐了去了。

**莱蒂斯**　这一种无意识的话，比正言危论还要有力得多。

**奥菲莉娅**　这是表示记忆的迷迭香；爱人，请你记着吧：这是表示思想的三色堇。

**莱蒂斯**　她在疯狂中把思想和记忆混杂在一起了。

**奥菲莉娅**　这是给您的茴香和漏斗花；这是给你的芸香；这儿还留着一

---

① 昔人误信鹈鹕以其血哺雏，故云。

些给我自己；啊！您可以把您的芸香插戴得别致点儿。这儿是一枝雏菊；我想要给您几朵紫罗兰，可是我父亲一死，它们全都谢了，他们说他死得很好——(唱)

可爱的罗宾是我的宝贝。

**莱蒂斯** 忧愁，痛苦，悲哀和地狱中的磨难，在她身上都变成了可怜可爱。

**奥菲莉娅** (唱)

他会不会再回来？
他会不会再回来？
　不，不，他死了；
　你的命难保，
他再也不会回来。
他的胡须像白银，
满头黄发乱纷纷。
　人死不能活，
　且把悲声歇；
上帝饶赦他灵魂！

求上帝饶赦一切基督徒的灵魂！上帝和你们同在！(下)

**莱蒂斯** 上帝啊，你看见这种惨事吗？

**国王** 莱蒂斯，我必须跟你详细谈谈关于你所遭逢的不幸；你不能拒绝我这一个权利。你不妨先去选择几个你的最有见识的朋友，请他们在你我两人之间做公正人；要是他们评断的结果，认为是我主动或同谋杀害的，我愿意放弃我的国土，我的王冠，我的生命，以及我所有的一切，作为对你的补偿；可是他们假如认为我是无罪的，那么你必须答应助我一臂之力，让我们两人开诚合作，定出一个惩凶的方策来。

**莱蒂斯** 就是这样吧；他死得这样不明不白，他的下葬又是这样偷偷摸摸的，他的尸体没有一些战士的荣饰，也不曾替他举行一些哀祭的仪式，从天上到地下都在发出愤懑不平的呼声，我不能不问一个明白。

**国王** 你可以明白一切；谁是真有罪的，让斧钺加在他的头上吧。请你跟我来。(同下)

## 第六场　同前；另一室

【霍雷肖及一仆人上。

霍雷肖　要来见我说话的是些什么人？

仆人　是几个水手，主人；他们说他们有信要交给您。

霍雷肖　叫他们进来。（仆下）倘不是哈姆雷特殿下差来的人，我不知道在这世上的哪一部分会有人来看我。

【水手等上。

水手甲　上帝祝福您，先生！

霍雷肖　他也祝福你。

水手乙　他要是高兴，先生，他会祝福我们的，这儿有一封信给您，先生——它是从那位到英国去的钦使寄来的——要是您的名字果然是霍雷肖的话。

霍雷肖　（读）"霍雷肖，你把这封信看过以后，请把来人领去见一见国王；他们还有信要交给他。我们在海上的第二天，就有一艘很凶猛的海盗船向我们追击。我们因为船行太慢，只好勉力迎敌；在彼此相持的时候，我跳上了盗船，他们就立刻抛下我们的船，扬帆而去，剩下我一个人做他们的俘虏。他们对待我是很有礼，可是他们知道他们所做的事；我还要重谢他们哩。把我给国王的信交给他以后，请你就像逃命一般火速来见我。我有一些可以使你听了舌挢不下的话要在你的耳边说；可是事实的本身比这些话还要严重得多。来人可以把你带到我现在所在的地方。罗森克兰茨和吉尔登斯特恩到英国去了；关于他们我还有许多话要告诉你。再会。你的哈姆雷特。"来，让我立刻就带你们去把你们的信送出，然后请你们领我到那把这些信交给你们的那个人的地方去。（同下）

## 第七场　场同前；另一室

【国王及莱蒂斯上。

**国王**　你已经用你同情的耳朵，听见我告诉你那杀死令尊的人，也在图谋我的生命；现在你必须明白我的无罪，并且把我当作你的一个心腹的友人了。

**莱蒂斯**　听您所说，果然像是真的；可是告诉我，为了您自己的安全起见，为什么您对于这样罪大恶极的暴行，不采取严厉的手段呢？

**国王**　啊！那是因为有两个理由，也许在你看来是不成其为理由的，可是对于我却有很大的关系。王后，他的母亲，差不多一天不看见他就不能生活；至于我自己，那么不管它是我的好处或是我的致命的弱点，我的生命和灵魂是这样跟她连结在一起，正像星球不能跳出轨道一样，我也不能没有她而生活。而且我所以不能把这件案子公开，还有一个重要的顾虑：一般民众对他都有很大的好感，他们盲目的崇拜像一道使树木变成石块的魔泉一样，把他所有的错处都变成了优点；我的箭太轻太没有力了，遇到这样的狂风，一定不能射中目的，反而给吹了转来。

**莱蒂斯**　那么难道我的一个高贵的父亲就是这样白白死去，一个好好的妹妹就是这样白白疯了不成？她的完美卓越的姿容才德，是可以傲视一世，睥睨古今的。可是我的报仇的机会总有一天会到来。

**国王**　不要让这件事扰乱了你的睡眠；你不要以为我是这样一个麻木不仁的人，会让人家揪着我的胡须，还以为不过是开开玩笑。不久你就可以听到消息。我爱你父亲，我也爱我自己；那我希望可以使你想到——

【一使者上。

**国王**　啊！什么消息？

**使者**　启禀陛下，是哈姆雷特寄来的信；这一封是给陛下的，这一封是给王后的。

**国王**　哈姆雷特寄来的！谁把它们送到这儿来？

**使者**　他们说是几个水手，陛下，我没有看见他们；这两封信是克劳第奥交给我的，他们把信送在他手里。

**国王**　莱蒂斯，你可以听一听这封信。离去吧！（使者下）“陛下，我已经光着身子回到您的国土上来了。明天我就要请您允许我拜见御容。让我先向您告我的不召而返之罪，然后再禀告您我这次突然而意外回国的原因。哈姆雷特敬上。”这是什么意思？同去的人也都一起回来了吗？还是什么人在捣鬼，并没有这么一回事？

**莱蒂斯**　你认识这笔迹吗？

**国王**　这确是哈姆雷特的亲笔。“光着身子！”这儿还附着一笔，说是“一个人回来”。你看他是什么用意？

**莱蒂斯**　我可不懂得，陛下。可是他来得正好；我一想到我能够有这样一天当面申诉他的罪状，我的郁闷的心也热起来了。

**国王**　要是果然这样的话，莱蒂斯，你愿意听我的吩咐吗？

**莱蒂斯**　愿意，陛下，只要您不勉强我跟他和解。

**国王**　我是要使你自己心里得到平安。要是他现在中途而返，不预备再作这样的航行，那么我已经想好了一个计策，激动他去干一件事情，一定可以叫他自投罗网；而且他死了以后，谁也不能讲一句闲话，即使他的母亲也不能觉察我们的诡计，只好认为是一件意外的灾祸。

**莱蒂斯**　陛下，我愿意服从您的指挥；最好请您设法让他死在我的手里。

**国王**　我正是这样计划。自从你到国外游学以后，人家常常说起你有一种特长的本领，这种话哈姆雷特也是早就听到过的；虽然在我的意见之中，这不过是你所有的才艺中间最不足道的一种，可是你的一切才艺的总和，都不及这一种本领更能挑起他的妒忌。

**莱蒂斯**　是什么本领呢，陛下。

**国王**　它虽然不过是装饰在少年人帽上的一条缎带，但也是少不了的；因为年轻人应该装束得华丽潇洒一些，表示他的健康活泼，正像老年人应该装束得朴素大方一些，表示他的矜严凝重一样。两个月以前，这儿来了一个诺曼底的绅士；我自己曾经和法国人在马上比过武艺，他们都是很精于骑术的；可是这位好汉简直有不可思议的魔力，他骑在马上，好像和他的坐骑化成了一体似的，随意驰驱，无不出神入化。他的技艺是那样超过我的预料，无论我杜撰一些怎样夸大的辞句，都不够形容它的奇妙。

**莱蒂斯**　是个诺曼人吗？

国王　是诺曼人。

莱蒂斯　那么一定是拉摩特了。

国王　正是他。

莱蒂斯　我认识他；他的确是全国知名的勇士。

国王　他承认你的武艺很是了得，对于你的剑术尤其极口称赞，说是倘有人能够和你对敌，那一定大有可观；他发誓说他们国里的剑士要是跟你交起手来，一定会眼花撩乱，全然失去招架之功。他对你的这一番夸奖，使哈姆雷特妒恼交集，一心希望你快些回来，跟他比赛一下。从这一点上——

莱蒂斯　从这一点上怎么，陛下？

国王　莱蒂斯，你是真爱你的父亲吗？还是做作出来的悲哀，只有表面，没有真心吗？

莱蒂斯　您为什么这样问我？

国王　我不是以为你不爱你的父亲；可是我知道爱不过起于一时感情的冲动，经验告诉我，经过了相当时间，它是会逐渐冷淡下去的。爱像是一盏油灯，灯芯烧枯以后，它的火焰也会由微暗而至于消灭。一切事情都不能永远保持良好，因为过度的善反会摧毁它的本身，正像一个人因充血而死去一样。我们所要做的事，应该一想到就做；因为一个人的心理是会随时变化的，稍一迟疑就会遭遇种种的迁延阻碍。可是回到我们所要谈论的中心问题上来吧。哈姆雷特回来了；你预备怎样用行动代替言语，表明你自己的确是你父亲的肖子呢？

莱蒂斯　我要在教堂里割破他的喉咙。

国王　无论什么所在都不能庇护一个杀人的凶手；复仇不应该在碍手碍脚的地方。可是，好莱蒂斯，你要是果然志切复仇还是住在自己家里不要出来。哈姆雷特回来以后，我们可以让他知道你也已经回来，叫几个人在他的面前夸奖你的本领，把你说得比那法国人所讲的还要了得，怂恿他和你作一次比赛。他是个粗心的人，一点想不到人家在算计他，一定不会仔细检视比赛用的刀剑的利钝；你只要预先把一柄利剑混杂在里面，趁他没有注意的时候不动声色地自己拿了，在比赛之际，看准他要害刺了过去，就可以替你的父亲报了仇了。

莱蒂斯　我愿意这样做；为了达到复仇的目的，我还要在我的剑上涂一些毒药。我已经从一个卖药人手里买到一种致命的药油，只要在剑头上沾了一滴，刺到人身上，它一碰到血，即使只是擦破了一些皮肤，也会毒性发作，无论什么灵丹仙草，都不能挽救他的性命。

**国王** 让我们再考虑考虑，看时间和机会能够给我们什么方便。要是这一个计策会失败，要是我们会在行动之间露出了破绽，那么还是不要尝试的好。为了预防失败起见，我们应该另外再想一个万全之计。且慢！让我想来：我们可以对你们两人的胜负打赌；啊，有了：你在跟他交手的时候，必须使出你全副的精神，使他疲于奔命，等他口舌干燥要讨水喝的当儿，我就为他预备好一杯毒酒，万一他逃过了你的毒剑，也逃不过我们这一着。且慢！什么声音？

【王后上。

**国王** 啊，亲爱的王后！

**王后** 一桩祸事刚刚到来，又有一桩接踵而至。莱蒂斯，你的妹妹掉在水里溺死了。

**莱蒂斯** 溺死了！啊！在哪儿？

**王后** 在小溪之旁，斜生着一株杨柳，它的毵毵的枝叶倒映在明镜一样的水流之中；她一个人到那边去，用毛茛，荨麻，雏菊和紫罗兰编成了一个个花圈，替她自己作成了奇异的装饰。她爬上一根横垂的树枝，想要把她的花冠挂在上面；就在这时候，树枝折断了，连人连花一起落下呜咽的溪水里。她的衣服四散展开，使她暂时像人鱼一样漂浮水上；她嘴里还断断续续唱着古旧的谣曲，好像一点不感觉到什么痛苦，又好像她本来就是生长在水中的一般。可是不多一会儿，她的衣服给水浸得重起来了，这可怜的人儿歌还没有唱完，就已经沉了下去。

**莱蒂斯** 唉！那么她是溺死了吗？

**王后** 溺死了，溺死了！

**莱蒂斯** 太多的水淹没了你的身体，可怜的奥菲莉娅，所以我必须忍住我的眼泪。可是人类的常情是不能遏阻的，我掩饰不了心中的悲哀，只好顾不得惭愧了；当我们的眼泪干了以后，我们的妇人之仁也是会随着消灭的。再会，陛下！我有一段炎炎欲焚的烈火般的话，可是我的傻气的眼泪把它浇熄了。（下）

**国王** 让我们跟上去，格特鲁德；我好容易才把他的怒气平息了一下，现在我怕又要把它挑起来了。快让我们跟上去吧。（同下）

# 第　五　幕

## 第一场　墓地

【二小丑携锄锹等上。

小丑甲　她存心自己脱离人世，却要照基督徒的仪式下葬吗？

小丑乙　我对你说是的，所以你赶快把她的坟掘好了吧；验尸官已经验明她的死状，宣布应该按照基督徒的仪式把她下葬。

小丑甲　这可奇了，难道她是因为自卫而跳下水里的吗？

小丑乙　他们验明是这样的。

小丑甲　那一定是“自毁”了，不可能是别的什么。因为问题是这样的：要是我有意投水自杀，那必须成立一个行为；一个行为可以分为三部分，那就是干，行，做；所以她是有意投水自杀的。

小丑乙　嗳，你听我说——

小丑甲　对不起。这儿是水；好。这儿站着人；好。要是这个人跑到这个水里，把他自己淹死了，那么，不管他自己愿不愿意，总是他自己跑下去的；你听好了没有？可是要是那水走到他的身上，把他淹死了，那就不是他自己把自己淹死；所以，对于他自己的死无罪的人，并没有杀害他自己的生命。

小丑乙　法律上是这样说的吗？

小丑甲　嗯，是的，这是验尸官的验尸法。

小丑乙　说一句老实话，要是这个死的不是一位贵家女子，他们决不会按照基督徒的仪式把她下葬的。

小丑甲　对了，你说得有理；有财有势的人，就是要投河上吊，比起他们同教的基督徒来也可以格外通融，世上的事情真是太不公平！来，我的锄头。古时候没有什么绅士，只有一些种地的，开沟的，掘坟的人；他们都继承着亚当的行业。

小丑乙　亚当也算绅士吗？

小丑甲　自然要算，他是第一个有胳膊的绅士[1]。

小丑乙　得了，他是没有纹章的。

小丑甲　什么！你是个异教徒吗？你有没有读过《圣经》？《圣经》上说，“亚当掘地。”他没有胳膊，怎么掘地？让我再问你一个问题；要是你回答得不对，那么你就承认你自己——

小丑乙　你问吧。

小丑甲　什么人造的东西比泥水匠，船匠，或是木匠建造的更坚固？

小丑乙　造绞架的人；因为一千个寄寓在这屋子里的人都已经先后死去，它还是站在那儿动都不动。

小丑甲　我很欢喜你的聪明，真的。绞架是很合适的；可是它怎么是合适的？它对于那些有罪的人是合适的。你说绞架造得比教堂还坚固，说这样的话是罪过的；所以绞架对于你是合适的。来，重新说过。

小丑乙　谁造的东西比泥水匠，船匠，或是木匠建造的更坚固？

小丑甲　嗯，你回答了这个问题，我就让你下工。

小丑乙　呃，现在我知道了。

小丑甲　说吧。

小丑乙　真的，我可回答不出来。

【哈姆雷特及霍雷肖上，立远处。

小丑甲　别尽绞你的脑筋了，懒驴子是打杀也走不快的；下回有人问你这个问题的时候，你就对他说，“掘坟的人，”因为他造的房子是可以一直住到世界末日的。去，到酒店里去给我倒一杯酒来。（小丑乙下。小丑甲且掘且歌）

年轻时候最爱偷情，
　觉得那事很有趣味；
规规矩矩学做好人，
　在我看来太无意义。

哈姆雷特　这家伙难道对于他的工作一点没有什么感觉，在掘坟的时候还会唱歌吗？

霍雷肖　他做惯了这种事，所以不以为意。

① 胳膊的英语复数形式，有“武器”和“纹章”等多种含义，所以引起听者的误会。

**哈姆雷特**　正是；不大劳动的手，它的感觉要比较灵敏一些。

**小丑甲**　（唱）

谁料如今岁月潜移，
　老景催人急于星火，
两脚挺直，一命归西，
　世上原来不曾有我。（掷起一骷髅）

**哈姆雷特**　那个骷髅里面曾经有一条舌头，它还会唱歌哩；瞧这家伙把它摔在地上，好像它是第一个杀人凶手该隐①的颚骨似的！它也许是一个政客的头颅，现在却让这蠢货把它丢来踢去；也许他生前是个偷天换日的好手，你看是不是？

**霍雷肖**　也许是的，殿下。

**哈姆雷特**　也许是一个朝臣，他会说，“早安，大人！您好，大人！”也许他就是某大人，嘴里称赞某大人的马好，心里却想把它讨了来，你看是不是？

**霍雷肖**　是，殿下。

**哈姆雷特**　啊，正是；现在却让蛆虫伴寝，他的下巴也落掉了，一柄工役的锄头可以在他头上敲来敲去。从这种变化上，我们大可看透生命无常的消息。难道这些枯骨生前受了那么多的教养，死后却只好给人家当木块一般抛着玩吗？想起来真是怪不好受的。

**小丑甲**　（唱）

锄头一柄，铁铲一把，
　殓衾一方掩面遮身；
挖松泥土深深掘下，
　掘了个坑招待客人。（掷起另一骷髅）

**哈姆雷特**　又是一个；谁知道那不会是一个律师骷髅？他的舞文弄法的手段，颠倒黑白的雄辩，现在都到哪儿去了？为什么他让这个放肆的家伙用龌龊的铁铲敲他的脑壳，不去控告他一个殴打罪？哼！这家伙生前也许曾经买下许多的地产，开口闭口用那些条文，具结，罚款，证据，赔偿一类的名词吓人；现在他的脑壳里塞满了泥土，这就算是他所取得的最后的赔偿了吗？除了两张

① 该隐(Cain)，亚当之长子，杀其弟亚伯(Abel)，事见《旧约·创世记》。

契约大小的一方地面以外，谁能替他证明他究竟有多少地产？这一抔黄土，就是他所有的一切了吗，吓？

**霍雷肖**　这就是他所有的一切了，殿下。

**哈姆雷特**　契约纸不是用羊皮做成的吗？

**霍雷肖**　啊，殿下，也有牛皮的。

**哈姆雷特**　那些一心指望那玩意的人，和羊啦牛的差不了多少。我要去跟这家伙谈谈。喂，这是谁的坟墓？

**小丑甲**　我的，先生。（唱）

挖松泥土深深掘下，

掘了个坑招待客人。

**哈姆雷特**　我以为是你的；因为你躺[1]在里面。

**小丑甲**　你躺在外面呢，先生，所以它不是你的；至于我，我没躺里面，可它就是我的。

**哈姆雷特**　你本来躺在里面的，在里面就要说它是你的。它是给死人的，不是为活人的；所以你躺在那里。

**小丑甲**　这是临时躺躺，先生；我会离去的，我离去就轮到你了。

**哈姆雷特**　你给什么男人掘这坟墓？

**小丑甲**　不是男人，先生。

**哈姆雷特**　那么是什么女人？

**小丑甲**　也不是女人。

**哈姆雷特**　那么谁葬在这里面？

**小丑甲**　先生，她本来是一个女人，可是上帝安息她的灵魂，她已经死了。

**哈姆雷特**　这混蛋倒会分辨得这样清楚！我们讲话必须直接痛快，要是像这样含含糊糊的，那可把人烦死了。凭着上帝发誓，霍雷肖，我觉得这三年来，时世变得越发不成样子了，一个平民也敢用他的脚趾去踢痛贵人的后跟。——你做这掘墓的营生，已经多久了？

**小丑甲**　我开始干这营生，是在我们的老王爷哈姆雷特打败福丁布拉斯那

[1] 原文lie，“躺”之意；也做“撒谎”解。这里两种意思混用，营造喜剧效果；不过，用“躺”一解到底也通。

一天。

哈姆雷特　那是多少时候以前的事？

小丑甲　你不知道吗？每一个傻子都知道的；他正是小哈姆雷特出世的那一天，就是那个发了疯给他们送到英国去的。

哈姆雷特　嗯，对了；为什么他们叫他到英国去？

小丑甲　就是因为他发了疯呀；他到了英国去，他的疯病就会好的，即使疯病不会好，在那边也没有什么关系。

哈姆雷特　为什么？

小丑甲　英国人不会把他当作疯子；他们都是跟他一样疯的。

哈姆雷特　他怎么会发疯？

小丑甲　人家说得很奇怪。

哈姆雷特　怎么奇怪？

小丑甲　他们说他神经有了毛病。

哈姆雷特　根据是什么？

小丑甲　嗯，根据在丹麦这里，我从小长大在这里看坟足有三十年了。

哈姆雷特　一个人埋在地下，要经过多少时候才会腐烂？

小丑甲　假如他不是在未死以前就已经腐烂——现在多的是害杨梅疮死去的尸体，简直抬都抬不下去——他大概可以过八九年；一个硝皮匠在九年以内不会腐烂。

哈姆雷特　为什么他要比别人长久一些？

小丑甲　因为，先生，他的皮硝得比人家的硬，可以长久不透水；尸体一碰到水，是最会腐烂的。这儿又是一个骷髅；这骷髅已经埋在地下二十三年了。

哈姆雷特　它是谁的骷髅？

小丑甲　是个婊子养的疯小子；你猜是谁？

哈姆雷特　不，我猜不出。

小丑甲　这个遭瘟的疯小子！他有一次把一瓶葡萄酒倒在我的头上。这一个骷髅，先生，是国王的弄人郁利克的骷髅。

哈姆雷特　这就是他吗？

小丑甲　正是他。

**哈姆雷特** 让我看。(取骷髅)唉，可怜的郁利克！霍雷肖，我认识他；他是一个最会开玩笑，非常富于想象力的家伙。他曾经把我负在背上一千次；现在我一想起来，却忍不住胸头作恶。这儿本来有两片嘴唇，我不知吻过它们多少次。——现在你还会把人挖苦吗？你还会窜窜跳跳，逗人发笑吗？你还会唱歌吗？你还会随口编造一些笑话，说得满座捧腹吗？你没有留下一个笑话，讥笑你自己吗？这样垂头丧气了吗？现在你给我到小姐的闺房里去，对她说，凭她脸上的脂粉搽得一寸厚，到后来总是要变成这个样子的；你用这样的话告诉她，看她笑不笑吧。霍雷肖，请你告诉我一件事情。

**霍雷肖** 什么事情，殿下？

**哈姆雷特** 你想亚历山大[①]在地下也是这一副形状吗？

**霍雷肖** 也是这样。

**哈姆雷特** 也是有同样的臭味吗？呸！(掷下骷髅)

**霍雷肖** 也是有同样的臭味的，殿下。

**哈姆雷特** 谁知道我们将来会变成一些什么下贱的东西，霍雷肖！要是我们用想象推测下去，谁知道亚历山大的高贵的尸体，不就是塞在酒桶口上的泥土？

**霍雷肖** 那未免太想入非非了。

**哈姆雷特** 不，一点不，这是很可能的；我们可以这样想：亚历山大死了；亚历山大埋葬了；亚历山大化为尘土；人们把尘土做成烂泥；那么为什么亚历山大所变成的烂泥，不会被人家拿来塞在啤酒桶的口上呢？

恺撒死了，他尊严的尸体
也许变了泥把破墙填砌；
啊！他从前是何等的英雄，
现在只好替人挡雨遮风！

可是不要作声！不要作声！站开；国王来了。

【教士等列队上；众舁奥菲莉娅尸体前行；莱蒂斯及诸送葬者，国王，王后及侍从等随后。

**哈姆雷特** 王后和朝士们也都来了；他们是送什么人下葬呢？仪式又是这样草率的？瞧上去好像他们所送葬的那个人，是自杀而死的，同时又是个很有

① 当指马其顿的亚历山大大帝；意指活人无论多么威风，死后入土，都会烂掉，与常人无异。

身分的人。让我们躲在一旁瞧瞧他们。（与霍雷肖退后）

**莱蒂斯** 还有些什么仪式？

**哈姆雷特** （向霍雷肖旁白）那是莱蒂斯，一个很高贵的青年；听好。

**莱蒂斯** 还有些什么仪式？

**教士甲** 她的葬礼已经超过了她所应得的名分。她的死状很是可疑；倘不是因为我们迫于权力，按例就该把她安葬在圣地以外，直到最后审判的喇叭吹召她起来。我们不但不应该替她念祷告，并且还要用砖瓦碎石丢在她坟上；可是现在我们已经允许给她处女的葬礼，用花圈盖在她的身上，替她散播鲜花，鸣钟送她入土，这还不够吗？

**莱蒂斯** 难道不能再有其他的仪式了吗？

**教士甲** 不能再有其他的仪式了；要是我们为她奏安灵乐，就像对于一般平安死去的灵魂一样，那就要亵渎了教规。

**莱蒂斯** 把她放下泥土里去；愿她的娇美无瑕的肉体上，生出芬芳馥郁的紫罗兰来！我告诉你，你这下贱的教士，我的妹妹将要做一个天使，你死了却要在地狱里呼号。

**哈姆雷特** 什么！美丽的奥菲莉娅吗？

**王后** 好花是应当散在美人身上的；永别了！（散花）我本来希望你做我的哈姆雷特的妻子；这些鲜花本来要铺在你的亲床上，亲爱的女郎，谁想得到我要把它们散在你的坟上！

**莱蒂斯** 啊！但愿千百重的灾祸，降临在害得你精神错乱的那个该死的恶人的头上！等一等，不要就把泥土盖上去，让我再把她拥抱一次。（跳下墓中）现在把你们的泥土倒下来，把死的和活的一起掩埋了吧；让这块平地上堆起一座高山，那古老的丕利恩和苍秀插天的奥林匹斯[1]都要俯伏在它的足下。

**哈姆雷特** （上前）哪一个人的心里装载得下这样沉重的悲伤？哪一个人的哀恸的辞句，可以使天上的流星惊疑止步？那是我，丹麦王子哈姆雷特！（跳下墓中）

**莱蒂斯** 魔鬼抓了你的灵魂去！（将哈姆雷特揪住）

**哈姆雷特** 你祷告错了。请你不要拉住我的头颈；因为我虽然不是一个暴躁易怒的人，可是我的火性发作起来，是很危险的，你还是不要激恼我吧。放

---

① 丕利恩 (Pelion) 和奥林匹斯 (Olympus)，均为希腊北境山名。

开你的手！

国王　把他们扯开！

王后　哈姆雷特！哈姆雷特！

众人　殿下，公子——

霍雷肖　好殿下，安静点儿。(侍从等分开二人，二人自墓中出)

哈姆雷特　嘿，我愿意为了这个题目跟他决斗，直到我的眼波不再闪动。

王后　啊，我的孩子！什么题目？

哈姆雷特　我爱奥菲莉娅；四万个兄弟的爱合起来，还抵不过我对她的爱。你愿意为她干些什么事情？

国王　啊！他是个疯人，莱蒂斯。

王后　看在上帝的情分上，不要跟他顶真。

哈姆雷特　哼，让我瞧瞧你会干些什么事。你会哭吗？你会打架吗？你会绝食吗？你会撕破你自己的身体吗？你会喝一大缸醋吗？你会吃一条鳄鱼吗？我都做得到。你是到这儿来哭泣的吗？你跳下她的坟墓里，是要当面羞辱我吗？你跟她活埋在一起，我也会跟她活埋在一起；要是你还要夸说什么高山大岭，那么让他们把几百万亩的泥土堆在我们身上，直到我们的地面深陷到灶热的地心，让巍峨的奥萨[①]在相形之下变得只像一个瘤那么大小吧！嘿，你会吹，我就不会吹吗？

王后　这不过是他一时的疯话。他的疯病一发作起来，总是这个样子的，可是等一会儿他就会安静下来，正像母鸽孵育她那一双金羽的雏鸽的时候一样温和了。

哈姆雷特　听我说，老兄；你为什么这样对待我？我一向都是爱你的。可是这些都不用说了，有本领的，随他干什么事吧；猫总是要叫，狗总是要闹的。(下)

国王　好霍雷肖，请你跟住他。(霍雷肖下。向莱蒂斯)记着我们昨天晚上所说的话，格外忍耐点儿吧；我们马上就可以实行我们的办法。好格特鲁德，叫几个人好好看守你的儿子。这一个坟上将要植立一块永久的墓碑。平静的时间不久就会到来；现在我们必须耐着心把一切安排。(同下)

---

① 奥萨(Ossa)，希腊山名，与丕利恩及奥林匹斯相近。

## 第二场　城堡中的厅堂

【哈姆雷特及霍雷肖上。

**哈姆雷特**　这个题目已经讲完，现在我可以让你知道另外一段事情。你还记得当初的一切经过情形吗？

**霍雷肖**　记得，殿下。

**哈姆雷特**　先生啊，在我的心里有一种战争，使我不能睡眠；我觉得我的处境比套在脚镣里的叛变的水手还要难堪。我们应该知道，我们乘着一时的孟浪，往往反而可以做出一些为我们的深谋密虑所做不成功的事；从这一点上，我们可以看出来，无论我们怎样辛苦图谋，我们的结果却早已有一种冥冥中的力量把它布置好了。

**霍雷肖**　这是无可置疑的。

**哈姆雷特**　从我的舱里起来，一件航海的宽衣罩在我的身上，我在黑暗之中摸索着找寻他们的所在，果然给我达到目的，摸到了他们的包里，拿着他回到我自己的地方；疑心使我忘记了礼貌，我大胆地拆开了他们的公文，在那里面，霍雷肖——啊，堂皇的诡计！——我发现一道切实的命令，借了许多好听的理由为名，掩藏狰狞丑恶的鬼蜮的面貌，说是为了丹麦和英国双方的利益，必须不等磨好利斧，立即枭下我的首级。

**霍雷肖**　有这等事？

**哈姆雷特**　这一封就是原来的国书；你有空的时候可以仔细读一下。可是你愿意听我告诉你后来我怎么办吗？

**霍雷肖**　请您告诉我。

**哈姆雷特**　在这样重重诡计的包围之中，我的脑筋不等我定下心来思索，就开始活动起来了；我坐下来另外写了一通官样文章的国书。从前我曾经抱着跟我们那些政治家们同样的意见，认为文章写得好是一件有失礼面的事，总是想竭力忘记这一种学问，可是现在它却对我有了大大的用处。你要知道我写些什么话吗？

**霍雷肖**　嗯，殿下。

**哈姆雷特**　我用国王的名义，向英王提出恳切的要求，因为英国是他忠心的藩属，因为两国之间的友谊，必须让它像棕榈树一样发荣繁茂，因为和平的女神必须永远戴着她的荣冠，沟通彼此的情感以及许许多多诸如此类的重要理由，请他在读完这一封信以后，不要有任何的迟延，立刻把那两个传书的来使处死，不让他们有从容忏悔的时间。

**霍雷肖**　可是国书上没有盖印，那怎么办呢？

**哈姆雷特**　啊，就在这件事上，也可以看出一切都是上天预先注定。我的衣袋里恰巧藏着我父亲的私印，它跟丹麦的国玺是一个式样的；我把伪造的国书照着原来的样子折好，签上名字，盖上印玺，把它小心封好，归还原处，一点不露出破绽。下一天就遇见了海盗，那以后的情形，你早已知道了。

**霍雷肖**　这样说来，吉尔登斯特恩和罗森克兰茨是去送死的了。

**哈姆雷特**　哎，朋友，他们本来是自己钻求这件差使的；我在良心上没有对不起他们的地方，是他们自己的阿谀献媚断送了他们的生命。两个强敌猛烈争斗的时候，不自量力的微弱之辈，却去插身在他们的中间，这样的事情是最危险不过的。

**霍雷肖**　嘿，这是一个什么国王！

**哈姆雷特**　你想，我是不是应该——他杀死了我的父王，奸污了我的母亲，篡夺了我的嗣位的权利，用这种诡计谋害我的生命，凭良心说我是不是应该亲手向他复仇雪恨？上天会不会嘉许我替世上剪除这一个戕害天性的蟊贼，不让他继续为非作恶？

**霍雷肖**　他不久就会从英国得到消息，知道这一回事情产生了怎样的结果。

**哈姆雷特**　时间虽然很局促，可是我已经抓住眼前这一刻功夫；一个人的生命可以在说一个“一”字的一刹那之间了结。可是我很后悔，好霍雷肖，不该在莱蒂斯之前失去了自制；因为他所遭遇的惨痛，正是我自己的怨愤的影子。我要取得他的好感。可是他倘不是那样夸大他的悲哀，我也决不会动起那么大的火性来的。

**霍雷肖**　不要作声！谁来了？

【奥斯利克上。

**奥斯利克**　殿下，欢迎您回到丹麦来！

哈姆雷特　谢谢您，先生。（向霍雷肖旁白）你认识这头水蝇子吗？

霍雷肖　（向哈姆雷特旁白）不，殿下。

哈姆雷特　（向霍雷肖旁白）那是你的运气，因为认识他是一件丢脸的事。他有许多肥田美壤；要是一头畜生做了万兽之王，他也会在御座之前低头吃草。他是个满身泥土气的伧夫。

奥斯利克　殿下，您要是有空的话，我奉陛下之命，要来告诉您一件事情。

哈姆雷特　先生，我愿意恭聆大教。您的帽子是应该戴在头上的，您还是戴上去吧。

奥斯利克　谢谢殿下，天气真热。

哈姆雷特　不，相信我，天冷得很，在吹北风哩。

奥斯利克　真的有点冷，殿下。

哈姆雷特　可是对于像我这样的体质，我觉得这一种天气却是闷热得厉害。

奥斯利克　对了，殿下；真是说不出来的闷热。可是，殿下，陛下叫我来通知您一声，他已经为您下了一个很大的赌注了。殿下，事情是这样的——

哈姆雷特　请您不要忘记了您的帽子。

奥斯利克　不，殿下，我还是这样舒服些，真的。殿下，莱蒂斯新近到我们的宫廷里来；相信我，他是一位完善的绅士，充满着最卓越的特点，他的礼貌非常温雅，他的谈吐又是非常渊博；说一句发自衷心的话，他是上流社会的指南针，因为在他身上可以找到一个绅士所应有的品性的总汇。

哈姆雷特　先生，他对于您这一番描写，的确可以当之无愧；虽然我知道，要是把他的好处一件一件列举出来，不但我们的记忆将要因此而淆乱，交不出一篇正确的账目来，而且他这一艘满帆的快船，也决不是我们失舵之舟所能追及；可是，凭着真诚的赞美而言，我认为他是一个才德优异的人，他的高超的禀赋是那样希有而罕见，说一句真心的话，除了在他的镜子里以外，再也找不到第二个跟他同样的人。纷纷追踪希迹之辈，不过是他的影子而已。

奥斯利克　殿下把他说得一点不错。

哈姆雷特　您的用意呢？为什么我们要用尘俗的呼吸，嘘在这位绅士的身上呢？

奥斯利克　殿下？

霍雷肖　就是您自己所用的语言，到了别人嘴里，您就听不懂了吗？

哈姆雷特　您向我提起这位绅士的名字，有什么目的？

奥斯利克　莱蒂斯吗？

霍雷肖　他的嘴里已经变得空空洞洞，因为他的那些好听话都说完了。

哈姆雷特　正是莱蒂斯。

奥斯利克　我知道您不是不知道——

哈姆雷特　您既然知道，那就很好；虽然即使您不知道，对我也没有什么不好。好，您怎么说？

奥斯利克　您不是不知道莱蒂斯有些什么特长——

哈姆雷特　那我可不敢说，因为也许人家会疑心我有意跟他比并高下；可是要知道一个人的底细，应该先知道他自己。

奥斯利克　殿下，我的意思是说他的武艺；人家都称赞他的本领一时无两。

哈姆雷特　他会使些什么武器？

奥斯利克　长剑和短刀。

哈姆雷特　他会使这两种武器啊，很好。

奥斯利克　殿下，王上已经用六匹巴巴里的骏马跟他打赌；在他的一方面，照我所知道的，是六柄法国的宝剑和好刀，连同一切鞘带之类的附件，其

中有三柄的托架尤其珍奇可爱，跟剑柄配得非常合式，式样非常精致，花纹非常富丽。

**哈姆雷特**　您所说的托架是什么东西？

**霍雷肖**　我知道您要听懂他的说话，非得翻查一下注解不可。

**奥斯利克**　殿下，托架就是架子。

**哈姆雷特**　要是我们腰间能架起一尊大炮，这个词倒还用得不错。那时当作架子用好了。好，说下去；六匹巴巴里骏马对六柄法国宝剑，附件在内，外加三条花纹富丽的托架。这就是法国向丹麦下的赌注了。为什么两方面要下这样的赌注呢？

**奥斯利克**　殿下，王上跟他打赌，要是你们两人交手起来，在十二个回合之中，他至多不过有三个回合占到您的上风；就是说他赌你十二个回合之中能胜九个。殿下要是答应的话，马上就可试一试。

**哈姆雷特**　要是我不答应呢？

**奥斯利克**　殿下，我的意思是说，王上要请您去跟他当面比较高低。

**哈姆雷特**　先生，我还要在这儿厅堂里散步。您去回陛下说，现在是我一天之中休息的时间。叫他们把比赛用的钝剑预备好了，要是这位绅士愿意，王上也不改变他的意见的话，我愿意尽力为他博取一次胜利；万一不幸失败，那我也不过丢了一次脸，给他多剁了两下。

**奥斯利克**　我就是照这样去回话吗？

**哈姆雷特**　您就照这个意思去说，随便您再加上一些什么花巧的句子都行。

**奥斯利克**　那么，殿下，我告辞了。

**哈姆雷特**　再见，再见。（奥斯利克下）他只好亲自出面搬弄是非，别人才不会替他罗唣呢。

**霍雷肖**　这一头小鸭子顶着壳儿逃走了。

**哈姆雷特**　他在母亲怀抱里的时候，也要把他母亲的乳头恭维了几句，然后吮吸。像他这一类靠着一些繁文缛礼撑撑场面的家伙，正是愚妄的世人所醉心的；他们的浅薄的牙慧使傻瓜和聪明人同样受他们的欺骗，可是一经试验，他们的水泡就爆破了。

【一贵族上。

**贵族**　殿下，陛下刚才叫奥斯利克来向您传话，知道您在这儿厅上等候他的旨意；他叫我再来问您一声，您是不是仍旧愿意跟莱蒂斯比剑，还是慢慢再说。

**哈姆雷特**　我没有改变我的初心，一切服从王上的旨意。现在也好，无论什么时候都好，只要他方便，我总是随时准备着，除非我丧失了现在所有的力气。

**贵族**　王上，娘娘，跟其他的人都要到这儿了。

**哈姆雷特**　他们来得正好。

**贵族**　娘娘请您在开始比赛以前，对莱蒂斯客气点儿。

**哈姆雷特**　我愿意服从她的教诲。（贵族下）

**霍雷肖**　殿下，您在这一回打赌中间，多半要失败的。

**哈姆雷特**　我想我不会失败。自从他到法国去了以后，我练习得很勤；我一定可以把他打败。可是，你不知道我的心里是多么不舒服；那也不用说了。

**霍雷肖**　啊，我的好殿下——

**哈姆雷特**　那不过是一种傻气的心理；可是一个女人也许会因为这种莫名其妙的疑虑而惶惑。

**霍雷肖**　要是您心里不愿意做一件事，那么就不要做吧。我可以去通知他们不用到这儿来，说您现在不能比赛。

**哈姆雷特**　不，我们不要害怕什么预兆；一只雀子的死生，都是命运预先注定的。注定在现在，就不会是将来；不是将来，就是现在；逃过了现在，将来还是逃不了，随时准备着就是了。一个人既然不知道他会留下些什么，那么早早脱身而去，不是好吗？随它去。

【国王，王后，莱蒂斯，众贵族，奥斯利克及侍从等持钝剑等上。

**国王**　来，哈姆雷特，来，让我替你们两人和解和解。（牵莱蒂斯、哈姆雷特二人手使相握）

**哈姆雷特**　原谅我，莱蒂斯；我得罪了你，可是你是个堂堂男子，请你原谅我吧。这儿在场的众人都知道，你也一定听见人家说起，我是怎样为疯狂所害苦。凡是我的所作所为，足以伤害你的感情和荣誉，挑起你的愤激来的，我现在声明都是我在疯狂中犯下的过失。难道哈姆雷特会做对不起莱蒂斯的事吗？哈姆雷特决不会做这种事。要是哈姆雷特在丧失他自己的心神的时候，做对不起莱蒂斯的事，那样的事不是哈姆雷特做的，哈姆雷特不能承认。那么是谁做的呢？是他的疯狂。既然是这样，那么哈姆雷特也是属于受害的一方，他的疯狂是可怜的哈姆雷特的敌人。当着在座众人之前，我承认我在无心中射出的箭，误伤了我的兄弟；我现在要向他请求大度包涵，宽恕我的不是出于故意的罪恶。

莱蒂斯　我的气愤虽然已经平息，可是几句道歉的话，却不能使我抛弃我的复仇的誓愿；除非有什么为众人所敬仰的长者，告诉我可以跟你捐除宿怨，指出这样的事是有前例可援的，不至于损害我的名誉，那时我才可以跟你归言于好。可是现在我愿意抛弃一切的疑猜，诚心接受你的友好的表示。

哈姆雷特　我绝对信任你的诚意，愿意奉陪你举行这一次友谊的比赛。把钝剑给我们。来。

莱蒂斯　来，给我一柄。

哈姆雷特　莱蒂斯，我的剑术荒疏已久，不是你的对手；正像最黑暗的夜里一颗吐耀的明星一般，彼此相形之下，一定更显得你的本领的高强。

莱蒂斯　殿下不要取笑。

哈姆雷特　不，我可以举手起誓，这不是取笑。

国王　奥斯利克，把钝剑分给他们。哈姆雷特侄儿，你知道我们怎样打

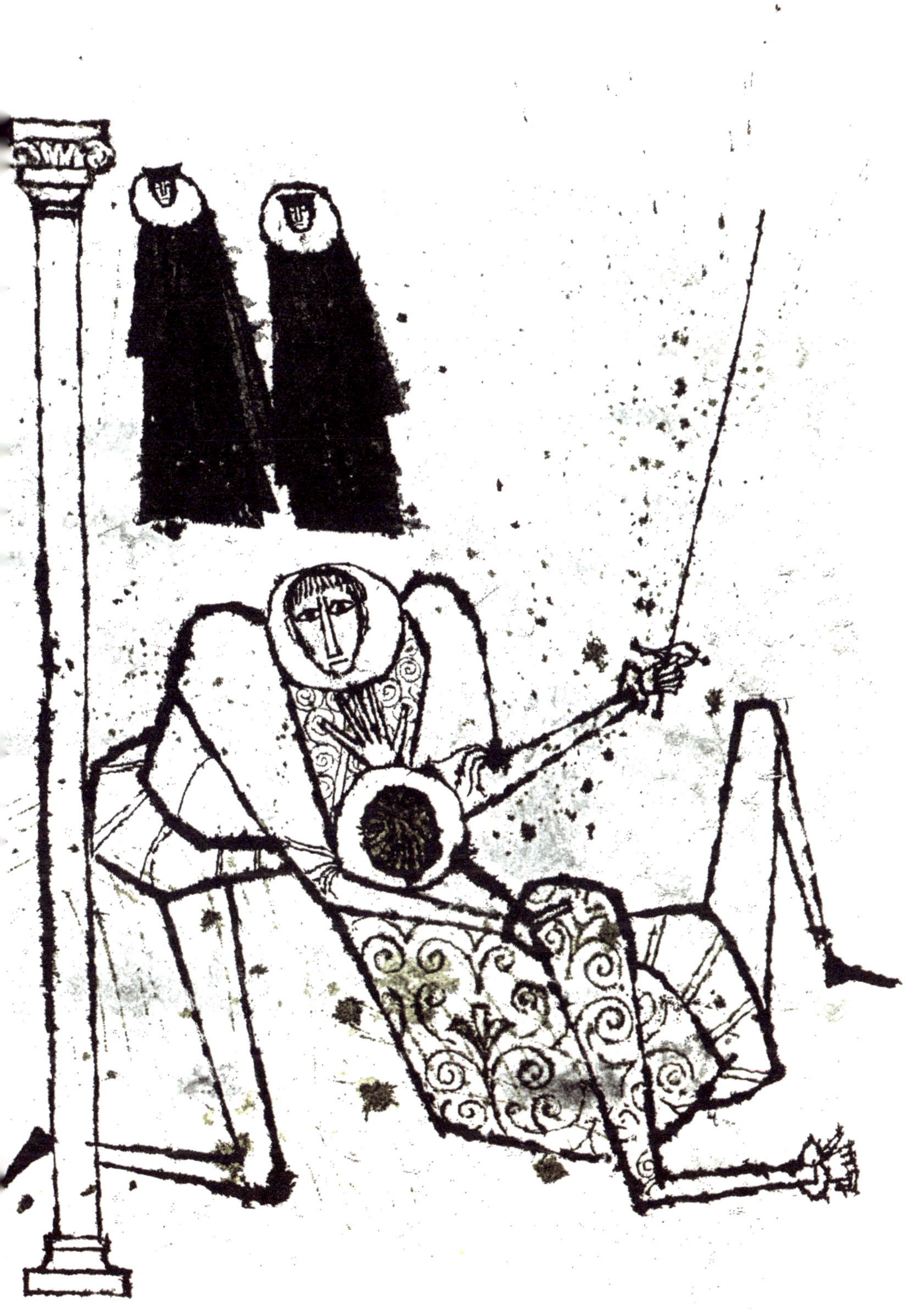

赌吗？

**哈姆雷特** 我知道，陛下；您把赌注下在实力较弱的一方了。

**国王** 我想我的判断不会有错。你们两人的技术我都领教过；现在我们不过要看看他比从前进步得怎么样。

**莱蒂斯** 这一柄太重了；换一柄给我。

**哈姆雷特** 这一柄我很满意。这些钝剑都是同样长短的吗？

**奥斯利克** 是，殿下。（二人准备比赛）

**国王** 替我在那桌子上斟下几杯酒。要是哈姆雷特击中了第一剑或是第二剑，或者在第三次交锋的时候争得上风，让所有的碉堡上一齐鸣起炮来；国王将要饮酒慰劳哈姆雷特，他还要拿一颗比丹麦四代国王戴在王冠上的更贵重的珍珠丢在酒杯里。把杯子给我；鼓声一起，喇叭就接着吹响，通知外面的炮手，让炮声震彻天地，报告这一个消息，“现在国王为哈姆雷特祝饮了！”来，开始比赛吧；你们在场裁判的都要留心看好。

**哈姆雷特** 请了。

**莱蒂斯** 请了，殿下。（二人比赛）

**哈姆雷特** 一剑。

**莱蒂斯** 不，没有击中。

**哈姆雷特** 请裁判员公断。

**奥斯克利** 中了，很明显的一剑。

**莱蒂斯** 好；再来。

**国王** 且慢；拿酒来。哈姆雷特，这一颗珍珠是你的，祝你健康！把这一杯酒给他。（喇叭齐奏；内鸣炮）

**哈姆雷特** 请我先赛完这一局；暂时把它放在一旁。来。（二人比赛）又是一剑；你怎么说？

**莱蒂斯** 我承认给你碰着了。

**国王** 我们的孩子一定会胜利。

**王后** 他身体太胖，有些喘不过气来，来，哈姆雷特，把我的手巾拿去，揩干你额上的汗。王后为你饮下这一杯酒，祝你的胜利了，哈姆雷特。

**哈姆雷特** 好妈妈！

**国王** 格特鲁德，不要喝。

**王后** 我要喝的，陛下；请您原谅我。

**国王** (旁白)这一杯酒里有毒；太迟了！

**哈姆雷特** 母亲，我现在还不敢喝酒；等一等再喝吧。

**王后** 来，让我揩干净你的脸孔。

**莱蒂斯** 陛下，现在我一定要击中他了。

**国王** 我怕你击不中他。

**莱蒂斯** (旁白)可是我的良心却不赞成我干这件事。

**哈姆雷特** 来，再受我一剑，莱蒂斯。你怎么一点不上劲的？请你使出你的全身本领来吧；我怕你在开我的玩笑哩。

**莱蒂斯** 你这样说吗？来。(二人比赛)

**奥斯利克** 两边都没有中。

**莱蒂斯** 受我这一剑！(莱蒂斯挺剑刺伤哈姆雷特；二人在争夺中彼此手中之剑各为对方夺去，哈姆雷特以夺来之剑刺莱蒂斯，莱蒂斯亦受伤)

**国王** 分开他们！他们动起火性来了。

**哈姆雷特** 来，再试一下。(王后倒地)

**奥斯利克** 嗳哟，瞧王后怎么样啦！

**霍雷肖** 他们两人都在流血。您怎么啦，殿下？

**奥斯利克** 您怎么啦，莱蒂斯？

**莱蒂斯** 唉，奥斯利克，正像一头自投罗网的山鹬，我用诡计害人，反而害了自己，这也是我的应得的报应。

**哈姆雷特** 王后怎么样啦？

**国王** 她看见他们流血，昏了过去了。

**王后** 不，不，那杯酒，那杯酒——啊，我的亲爱的哈姆雷特！那杯酒，那杯酒；我中毒了。(死)

**哈姆雷特** 啊，奸恶的阴谋！喂！把门锁上了！阴谋！查出来是哪一个人干的。(莱蒂斯倒地)

**莱蒂斯** 凶手就在这儿，哈姆雷特。哈姆雷特，你已经不能活命了；世上没有一种药可以救治你，不到半小时，你就要死去。那杀人的凶器就在你的手里，它的锋利的刃上还涂着毒药。这奸恶的诡计已经回转来害了我自己；瞧！我躺在这儿，再也不会站起来了。你的母亲也中了毒。我说不下去了。国

王——国王——都是他一个人的罪恶。

**哈姆雷特** 锋利的刃上还涂着毒药！——好，毒药，发挥你的力量吧！（刺国王）

**众人** 反了！反了！

**国王** 啊！帮帮我，朋友们；我不过受了点伤。

**哈姆雷特** 好，你这败坏伦常，嗜杀贪淫，万恶不赦的丹麦奸王！喝干了这杯毒药；——你那颗珍珠是在这儿吗？——跟我的母亲一道去吧！（国王死）

**莱蒂斯** 他死得应该；这毒药是他亲手调下的。尊贵的哈姆雷特，让我们互相宽恕；我不怪你杀死我和我的父亲，你也不要怪我杀死你！（死）

**哈姆雷特** 愿上天赦免你的错误！我也跟你来了。我死了，霍雷肖。不幸的王后，别了！你们这些看见这一幕意外的惨变而战栗失色的无言的观众，倘不是因为死神的拘捕不给人片刻的留滞，啊！我可以告诉你们——可是随它去吧。霍雷肖，我死了，你还活在世上；请你把我的行事的始末根由昭告世人，解除他们的疑惑。

**霍雷肖** 千万别相信那一套，我虽然是个丹麦人，可是我更像古罗马人；这儿还留剩着一些毒药。

**哈姆雷特** 你是个汉子，把那杯子给我；放手；凭着上天起誓，你必须把它给我。啊，上帝！霍雷肖，我一死之后，要是世人不明白这一切事情的真相，我的名誉将要永远蒙着怎样的损伤！你倘然爱我，请你暂时牺牲一下天堂上的幸福，留在这一个冷酷的世间，替我传述我的故事吧。（内军队自远处行进及鸣炮声）这是那儿来的战场上的声音？

**奥斯利克** 年轻的福丁布拉斯从波兰奏凯班师，这是他对英国来的钦使所发的礼炮。

**哈姆雷特** 啊！我死了，霍雷肖；猛烈的毒药已经克服了我的精神，我不能活着听见英国来的消息。可是我可以预言福丁布拉斯将被推戴为王，他已经得到我这临死之人的同意；你可以把这儿所发生的一切事实告诉他。此外唯余沉默。（死）

**霍雷肖** 一颗高贵的心现在碎裂了！晚安，亲爱的王子，愿成群的天使们用歌唱抚慰你安息！——为什么鼓声越来越近了？（内军队行进声）

【福丁布拉斯，英国使臣及余人等上。

福丁布拉斯　这一场比赛在什么地方举行？

霍雷肖　你们要看些什么？要是你们想知道一些惊人的惨事，那么不用再到别处找了。

福丁布拉斯　好一场惊心动魄的屠杀！啊，骄傲的死神！你用这样残忍的手腕，一下子杀死了这许多王裔贵胄，在你的永久的幽窟里，将要有一席多么丰美的盛筵！

使者甲　这一个景象太惨了。我们从英国奉命来此，本来是要回复这儿的王上，告诉他我们已经遵从他的命令，把罗森克兰茨和吉尔登斯特恩两人处死；不幸我们来迟了一步，那应该听我们说话的耳朵已经没有知觉了，我们还希望从谁的嘴里得到一声感谢呢？

霍雷肖　即使他能够向你们开口说话，他也不会感谢你们；他从来不曾命令你们把他们处死。可是既然你们来得都是这样凑巧，有的刚从波兰回来，有的刚从英国到来，恰好看见这一幕流血的惨剧，那么请你们叫人把这几个尸体抬起来放在高台上面，让大家可以看见，让我向那懵无所知的世人报告这些事情的发生经过；你们足以听到奸淫残杀，反常背理的行为，冥冥中的判决，意外的屠戮，借手杀人的狡计，以及陷人自害的结局：这一切我都可以确确实实地告诉你们。

福丁布拉斯　让我们赶快听你说；所有最尊贵的人，都叫他们一起来吧。我在这一个国内本来也有继承王位的权利，现在国中无主，正是我要求这一个权利的机会；可是我虽然准备接受我的幸运，我的心里却充满了悲哀。

霍雷肖　关于那一点，我受死者的嘱托，也有一句话要说，他的意见是可以影响许多人的；可是在这人心惶惶的时候，让我还是先把这一切解释明白了，免得引起更多的不幸、阴谋和错误来。

福丁布拉斯　让四个将士把哈姆雷特像一个军人似的扛到台上，因为要是他能够践登王位，一定会成为一个贤明的君主的；为了表示对他的悲悼，我们要用军乐和战地的仪式，向他致敬。把这些尸体一起扛起来。这一种情形在战场上是不足为奇的，可是在宫廷之内，却是非常的变故。去，叫兵士放起炮来。（奏丧礼进行曲；众舁尸同下；鸣炮）

哀。

霍雷肖　关于那一点，我受死者的嘱托，也有一句话要说，他的意见是可以影响许多人的；可是在这人心惶惶的时候，让我还是先把这一切解释明白了，免得引起更多的不幸、阴谋和错误来。

福丁布拉斯　让四个将士把哈姆雷特像一个军人似的扛到台上，因为要是他能够践登王位，一定会成为一个贤明的君主的；为了表示对他的悲悼，我们要用军乐和战地的仪式，向他致敬。把这些尸体一起扛起来。这一种情形在战场上是不足为奇的，可是在宫廷之内，却是非常的变故。去，叫兵士放起炮来。（奏丧礼进行曲；众舁尸同下；鸣炮）

# 李尔王

朱生豪 译

苏福忠 校

## 背景与提要

莎士比亚的多数剧本在他的时代没有正式出版物，这是研究莎士比亚作品的人感到的一大遗憾。少数剧本有早期版本，那就是“莎学”中通常称之为“四开本”的。“四开本”与“对开本”没法比，没有权威性；可它是一个事实，而事实本身就具有权威性，于是就有了版本之争。版本之争似乎是一件无聊的事，可也是没办法的事，因为能当莎士比亚的人太少了，能靠莎士比亚谋生的人太多了。

《李尔王》很幸运，有一六〇八年出版的四开本，自然也有一六二三年出版的对开本。问题是两个版本的差异很大，《李尔王》便成了版本争论中的一个焦点。认准四开本的便选收四开本，认准对开本的便选收对开本。中译本一般说来以对开本为准，即使有差异也只是个别句子和段落。英国学者肯定一六〇八年的四开本，是二十世纪七八十年代的事，而中译本依据的是较早的对开本。

《李尔王》的中心故事是：李尔王因为生小女儿科迪丽娅的气，把他的王国分给了两个大女儿戈纳里尔和里根。戈纳里尔和里根分得江山后嫌弃李尔王，李尔王落得无家可归的下场，最后被他的小女儿收留。这首先是一个道德故事。埃蒙德·斯宾塞的《仙后》里也写了这个故事。一六〇五年出版过一个剧本，名为《李厄王和他的三个女儿的史记》，作者不详。这个剧本对莎士比亚写《李尔王》，影响极大；他笔下的许多人物，如李尔王忠心耿耿的仆人肯特，还有戈纳里尔的丈夫奥本尼，戈纳里尔的管家奥斯瓦德；又如剧中的那场著名的暴风雨，李尔王向小女儿科迪丽娅忏悔的一跪，以及许多台词。当然，更多更丰富的内容仍是莎士比亚创造出来的：首先是李尔王的发疯和剧尾一系列震撼人心的灾祸，其次是葛罗斯特和他的两个儿子埃德蒙和埃德加之间发生的是是非非，对丰富和加强《李尔王》都是十分重要的，是《李尔王》成为莎士比亚揭示人性最深刻的作品的主要因素。

《李尔王》的悲剧结局最初并不容易为观众所接受。英国剧作家内厄姆·泰特(1652—1715)的改编本把莎士比亚《李尔王》的悲剧结局变为喜剧结局，因而大受观众欢迎，从一六八一年一直上演到一八四三年，长达一又四分之一世纪！随着人们对莎士比亚原著的深入理解和对大悲剧的承受力的增强，《李尔王》在剧院越来越受人欢迎，现在已被公认为探讨人性最深刻的艺术经典之作。

**苏福忠**

# KING LEAR

*DRAMATIS PERSONAE*

SCENE: BRITAIN

EGAN, ughter Lear — DUKE OF CORNWALL — GONERIL, daughter to Lear — DUKE OF ALBANY — EDMUND, bastard son to Gloucester — EARL OF GLOUCESTER — EDGAR, son to Gloucester

OSWALD, Steward to Goneril — DUKE OF BURGUNDY — KING OF FRANCE — Old Man, tenant to Gloucester — CURAN, a courtier

*Doctor; A Captain employed by Edmund; A Gentleman, attendant on Cordelia; A Herald; Servants to Cornwall; Captains, Messengers, Soldiers and Attendants.*

## 剧中人物

李尔　不列颠国王

法兰西国王

布根第公爵

康沃尔公爵

奥本尼公爵

肯特伯爵

葛罗斯特伯爵

埃德加　葛罗斯特之子

爱德蒙　葛罗斯特之庶子

柯伦　朝士

奥斯瓦德　贡纳黎的管家

老翁　葛罗斯特的佃户

医生

弄人

爱德蒙属下一军官

科迪丽娅一侍臣

传令官

康沃尔的众仆

戈纳里尔
里根　　　} 李尔之女
科迪丽娅

扈从李尔之武士，军官，使者，兵士，及侍从等

**地点**　不列颠

# 第　一　幕

## 第一场　李尔王宫中大厅

【肯特，葛罗斯特及爱德蒙上。

**肯特**　我想王上对于奥本尼公爵，比对于康沃尔公爵更有好感。

**葛罗斯特**　我们一向都觉得是这样；可是在这一次国土的划分中，却看不出来他对这两位公爵有什么偏心；因为他分配得那么平均，无论他们怎样斤斤计较，都不能说对方比自己占了便宜。

**肯特**　大人，这位是您的令郎吗？

**葛罗斯特**　他是在我手里长大的；我常常不好意思承认他，可是现在惯了，也就不以为意啦。

**肯特**　我不懂您的意思。

**葛罗斯特**　伯爵，这小子的母亲却懂得我的意思：因为她没有嫁人就大了肚子，在她的床上还没有丈夫之前，摇篮里先有了儿子。您想这应该不应该？

**肯特**　能够生下这样一个好儿子来，即使一时错误，也是可以原谅的。

**葛罗斯特**　我还有一个合法的儿子，年纪比他大一岁，然而我还是喜欢他。这畜生虽然不等我的召唤，就自己莽莽撞撞来到这世上，可是他的母亲是个迷人的东西，我们在制造他的时候，曾经有过一场销魂的游戏，这孽种我不能不承认他。爱德蒙，你认识这位贵人吗？

**爱德蒙**　不认识，父亲。

**葛罗斯特**　肯特伯爵；从此以后，你该记好他是我的尊贵的朋友。

**爱德蒙**　大人，我愿意为您效劳。

**肯特**　我必须喜欢你，希望我们以后能够常常见面。

**爱德蒙**　大人，我一定尽力报答您的垂爱。

**葛罗斯特**　他已经在国外九年，不久还是要出去的。王上来了。

【喇叭奏花腔。李尔王，康沃尔，奥本尼，戈纳里尔，里根，科迪丽娅及侍从等上。

李尔王　葛罗斯特，你去招待招待法兰西国王和布根第公爵。

葛罗斯特　是，陛下。（葛罗斯特，爱德蒙同下）

李尔王　现在我要向你们说明我的心事。把那地图给我。告诉你们吧，我已经把我的国土划成三部；我因为自己年纪老了，决心摆脱一切世务的牵萦，把责任交卸给年轻力壮之人，让自己松一松肩，好安安心心地等死。康沃尔和奥本尼两位贤婿，为了预防他日的争执，我想还是趁现在把我的几个女儿的嫁奁当众分割清楚。法兰西和布根第两位君主正在竞争我的小女儿的爱情，他们为了求婚而住在我们宫廷里，也已经有好多时候了，现在他们就可以得到答复。孩子们，在我还没有把我的政权，领土，和国事的重任全部放弃以前，告诉我，你们中间哪一个人最爱我？我要看看谁最有孝心，最有贤德，我就给她最大的恩惠。戈里纳尔，我的大女儿，你先说。

戈里纳尔　父亲，我对您的爱，不是言语所能表达的；我爱您胜过自己的眼睛，整个的空间，和广大的自由；超越一切可以估价的贵重稀有的事物；不亚于赋有淑德，康健，美貌，和荣誉的生命；不曾有一个儿女这样爱过他的父亲，也不曾有一个父亲这样被他的儿女所爱；这一种爱可以使唇舌失去能力，辩才无所效用；我爱您是不可以数量计算的。

科迪丽娅　（旁白）科迪丽娅应该怎么好呢？默默地爱着吧。

李尔王　在这些疆界以内，从这一条界线起，直到这一条界线为止，所有一切浓密的森林，膏腴的平原，富庶的河流，广大的牧场，都要奉你为它们的女主人；这一块土地永远为你和奥本尼的子孙所保有。我的二女儿，最亲爱的里根，康沃尔的夫人，你怎么说？

里根　我跟姊姊是一样的，您凭着她就可以判断我。在我的真心之中，我觉得她刚才所说的话，正是我爱您的实际的情形，可是她还不能充分说明我的心理：我厌弃一切凡是敏锐的知觉所能感受到的快乐，只有爱您才是我的无上的幸福。

科迪丽娅　（旁白）那么，科迪丽娅，你只好自安于贫穷了！可是我并不贫穷，因为我深信我的爱心是比我的口才更富有的。

李尔王　这一块从我们这美好的王国中划分出来的三分之一的沃壤，是你

和你的子孙永远世袭的产业，和戈纳里尔所得到的一份同样的广大，同样的富庶，也是同样的佳美。现在，我的宝贝，虽然是最后的一个，我却并不对你歧视；法兰西的葡萄和布根第的乳酪都在竞争你的青春之爱；你有些什么话，可以换到一份比你的两个姊妹更富庶的土地？说吧。

科迪丽娅　父亲，我没有话说。

李尔王　没有啊！

科迪丽娅　没有。

李尔王　没有只能换到没有；重新说过。

科迪丽娅　我是一个笨拙的人，不会把我的心涌上我的嘴里；我爱您只是按照我的名分，一分不多一分不少。

李尔王　怎么，科迪丽娅！把你的话修正修正，否则你要毁坏你自己的命运了。

科迪丽娅　父亲，您生下我来，把我教养成人，爱惜我，厚待我；我受到您这样的恩德，只有恪尽我的责任，服从您，敬重您。我的姊姊们要是用她们整个的心来爱您，那么她们为什么要嫁人呢？要是我有一天出嫁了，那接受我的忠诚的誓约的丈夫，将要得到我的一半的爱，我的一半的关心和责任；假如我只爱我的父亲，我一定不会像我的姊姊们一样再去嫁人的。

李尔王　你这些话果然是从心里说出来的吗？

科迪丽娅　是的，父亲。

李尔王　年纪这样小，却这样没有良心吗？

科迪丽娅　父亲，我年纪虽小，我的心是忠实的。

李尔王　好，那让你的忠实做你的嫁奁吧。凭着太阳神圣的光辉，凭着赫卡特[1]的神秘，凭着主宰人类生死的星球的进行，我发誓从现在起，永远和你断绝一切父女之情和亲属的关系，把你当做一个路人看待。啖食自己儿女的野蛮的锡西厄人[2]，比起你，我的旧日的女儿来，也不会更受我的憎恨。

肯特　陛下——

李尔王　闭嘴，肯特！不要来批怒龙的逆鳞。她是我最爱的一个，我本来

① 赫卡特（Hecate），希腊神话人物，冥界、黑夜与武术女神。莎翁多次利用这个神话人物，尤其在《麦克白》中。

② 以野蛮著称的民族。

想要在她的殷勤看护之下，终养我的天年。去，不要让我看见你的脸！让坟墓做我安息的眠床，我从此割断对她的天伦的慈爱了！叫法兰西王来！都是死人吗？叫布根第来！康沃尔，奥本尼，你们已经分到我的两个女儿的嫁奁，现在把我第三个女儿那一份也拿去分了吧；让骄傲，她自己所称为坦白的，替她找一个丈夫。我把我的威力，特权，和一切君主的尊荣一起给了你们。我自己只保留一百名武士，在你们两人的地方按月轮流居住，由你们负责供养。除了国王的名义和尊号以外，所有行政的大权，国库的收入，和大小事务的处理，完全交在你们手里；为了证实我的话，两位贤婿，我赐给你们这一顶宝冠，归你们两人所共同保有。

**肯特** 尊严的李尔，我一向敬重您像敬重我的君王，爱您像爱我的父亲，跟随您像跟随我的主人，在我的祈祷之中，我总是把您当作我的伟大的恩主，——

**李尔王** 弓已经弯好拉满，你留心躲开箭锋吧。

**肯特** 让它落下来吧，即使箭镞会刺进我的心里。李尔发了疯，肯特也只好不顾礼貌了。你究竟要怎样，老头儿？你以为有权有位的人向谄媚者低头，尽忠守职的臣僚就不敢说话了吗？君主不顾自己的尊严，干下了愚蠢的事情，在朝的端人正士只好直言极谏。保留你的权力，仔细考虑一下你的举措，收回这一种卤莽灭裂的成命。你的小女儿并不是最不孝顺你的一个；那两个有口无心的女儿，她们的柔和的低声反应不出她们内心的空虚，也决不是真心爱你：我的判断要是有错，你尽管取我的命。

**李尔王** 肯特，你要是想活命，赶快停住你的嘴。

**肯特** 我的生命本来是预备向你的仇敌抛掷的；为了你的安全，我也不怕把它失去。

**李尔王** 走开，不要让我看见你！

**肯特** 瞧明白一些，李尔；还是让我永远留在你的眼前吧。

**李尔王** 凭着阿波罗起誓——

**肯特** 凭着阿波罗，老王，你向神明发誓也是没用的。

**李尔王** 啊，可恶的奴才！（以手按剑）

**奥本尼**<br>**康沃尔** 陛下请息怒。

**肯特** 好，杀了你的医生，把你的恶病养得一天比一天利害吧。赶快撤销你的分土授国的原议；否则只要我的喉舌尚在，我就要大声疾呼，告诉你你做了错事啦。

**李尔王** 听着，逆贼！按你身为忠顺臣子的身份，好好听着！你想要耸动我毁弃我的不容更改的誓言，凭着你的不法的跋扈，对我的命令和权力妄加阻挠，这一种目无君上的态度，使我忍无可忍；为了维持王命的尊严，不能不给你应得的处分。我现在宽容你五天的时间，让你预备些应用的衣服食物，免得受饥寒的痛苦；在第六天上，你那可憎的身体必须离开我的国境；要是在此后十天之内，我们的领土再发现了你的踪迹，那时候就要把你当场处死。去！凭着朱庇特发誓，这一个判决是无可改移的。

**肯特** 再会，国王；你既不知悔改，
囚笼里也没有自由存在。（向科迪丽娅）
神明荫护你，善良的女郎！
你的正心谠论无愧纲常。（向里根、戈纳里尔）
愿你们的夸口变成实事，
假树上会结下真的果子。
各位王子，肯特从此远去；
到新的国土走他的旧路。（下）

【喇叭奏花腔。葛罗斯特率法王，布根第及侍从等重上。

**葛罗斯特** 陛下，法兰西国王和布根第公爵来了。

**李尔王** 布根第公爵，您跟这位国王都是来向我的女儿求婚的，现在我先问您：您希望她至少要有多少陪嫁的奁资，否则宁愿放弃对她的追求？

**布根第** 陛下，照着您所已经答应的数目，我就很满足了；想您也不会再吝惜的。

**李尔王** 尊贵的布根第，当她为我所宠爱的时候，我是把她看得非常珍重的，可是现在她的价格已经落跌了。公爵，您瞧她站在那儿，一个小小的东西，要是除了我的憎恨以外，我什么都不给她，而您仍然觉得她有使您欢喜的地方，或者您觉得她整个儿都能使您满意，那么她就在那儿，您把她带去好了。

**布根第** 我不知道怎样回答。

**李尔王**　像她这样一个一无可取的女孩子，没有亲友照顾，新近遭到我的憎恨，咒诅是她的嫁奁，我已经立誓和她断绝关系了，您还是愿意娶她呢，还是愿意把她放弃？

**布根第**　恕我，陛下；在这种条件之下，决定取舍是一件很为难的事。

**李尔王**　那么放弃她吧，公爵凭着神明起誓，我已经告诉您她的全部的价值。(和法王)至于您，伟大的国王，为了重视你我的友谊，我断不愿把一个我所憎恶的人匹配给您；所以请您还是丢开了这一个为天地所不容的贱人，另外去找寻佳偶吧。

**法王**　这太奇怪了，她刚才还是您的眼中的珍宝，您的赞美的题目，您的老年的安慰，您的最心爱的人儿，怎么一转瞬间，就会干下这么一件罪大恶极的行为，丧失了您的深恩厚爱！她的罪恶倘不是超乎寻常，您的爱心决不会变化得这样利害；可是除非那是一桩奇迹，我无论如何不相信她会干那样的事。

**科迪丽娅**　陛下，我只是因为缺少娓娓动人的口才，不会讲一些违心的话，凡是我心里想到的事情，我总不愿在没有把它实行以前就放在嘴里宣扬；要是您因此而恼我，我必须请求您让世人知道，我所以失去您的欢心的原因，并不是什么丑恶的污点，淫邪的行动，或是不名誉的举止；只是因为我缺少像人家那样的一双献媚希恩的眼睛，一条我所认为可耻的善于逢迎的舌头，虽然没有了这些使我不能再受您的宠爱，可是唯其如此，却使我格外尊重我自己的人格。

**李尔王**　你不能在我面前曲意承欢，我还是不要把你生养下来的好。

**法王**　只是为了这一个原因吗？历史上往往有许多远大的计划，因为不求人知而失于记载。布根第公爵，您对于这位公主意下如何？爱情里面要是搀杂了和它本身不相关涉的顾虑，那就不是真的爱情。您愿不愿意娶她？她自己就是一注无价的嫁奁。

**布根第**　尊严的李尔，只要把您原来已经允许过的那一份嫁奁给我，我现在就可以使科迪丽娅成为布根第公爵的夫人。

**李尔王**　我什么都不给；我已经发过誓，再也没有挽回了。

**布根第**　那么抱歉得很，您已经失去一个父亲，现在必须再失去一个丈夫了。

**科迪丽娅**　愿布根第平安！他所爱的既然只是财产，我也不愿做他的妻子。

**法王** 最美丽的科迪丽娅！你因为贫穷，所以是最富有的；你因为被遗弃，所以是最难得的；你因为遭人轻视，所以最蒙我的怜爱。我现在把你和你的美德一起攫在我的手里；人弃我取是法理上所许可的。天啊天！想不到他们的冷酷的蔑视却会激起我热烈的敬爱。陛下，您的没有嫁奁的女儿跟我三生缘定，现在是我的分享荣华的王后，法兰西全国的女主人了；沼泽之邦的布根第所有的公爵，都不能从我手里买去这一个无价之宝的女郎。科迪丽娅，向他们告别吧，虽然他们是这样无良；你抛弃了故国，将要到一个更好的家乡。

**李尔王** 你带了她去吧，法兰西；她是你的，我没有这样的女儿，也再不要看见她的脸，去吧，你们不要想得到我的恩宠和祝福。来，尊贵的布根第。（喇叭奏花腔。李尔，布根第，康沃尔，奥本尼，葛罗斯特及侍从等同下）

**法王** 向你的姊姊们告别。

**科迪丽娅** 父亲眼中的两颗宝玉，科迪丽娅用泪洗过的眼睛向你们告别。我知道你们是怎样的人；因为碍着姊妹的情分，我不愿直言指斥你们的错处。好好对待父亲；你们自己说是孝敬他的，我把他托付给你们了。可是，唉！要是我没有失去他的欢心，我一定不让他受你们的照顾。再会了，两位姊姊。

**里根** 我们用不到你教训。

**戈纳里尔** 你还是去小心伺候你的丈夫吧，命运的慈悲把你交在他的手里；你自己忤逆不孝，今天空手跟了汉子去也是活该。

**科迪丽娅** 慢慢儿总有一天深藏的奸诈会显出它的原形；罪恶虽然可以掩饰一时，免不了最后的出乖露丑。愿你们幸福！

**法王** 来，我的科迪丽娅。（法王，科迪丽娅同下）

**戈纳里尔** 妹妹，我有许多对我们两人有切身关系的话必须跟你谈谈。我想我们的父亲今晚就要离开此地。

**里根** 那是十分确定的事，他要住到你们那儿去；下个月他就要跟我们住在一起了。

**戈纳里尔** 你瞧他现在年纪老了，他的脾气多么变化不定；我们已经屡次注意到他的行为的乖僻了。他一向都是最爱我们妹妹的，现在他凭着一时的气恼就把她撵走，这就可以见他是多么糊涂。

**里根** 这是他年老昏悖；可是他向来就是这要喜怒无常的。

**戈纳里尔** 他年轻的时候性子就很暴躁，现在他任性惯了，再加上老年人刚愎自用的怪脾气，看来我们只好准备受他的气了。

**里根** 他把肯特也放逐了；谁知道他心里一不高兴起来，不会把同样的手段对付我们？

**戈纳里尔** 法王辞行回国，跟他还有一番礼仪上的应酬。让我们同心合力，决定一个方策；要是我们的父亲顺着他这种脾气滥施威权起来，这一次的让国对于我们未必有什么好处。

**里根** 我们还要仔细考虑一下。

**戈纳里尔** 我们必须趁早想个办法。（同下）

## 第二场　葛罗斯特伯爵城堡中的厅室

【爱德蒙持信上。

**爱德蒙**　大自然，你是我的女神，我愿意在你的法律之前俯首听命。为什么要受世俗的排挤，让世人的歧视剥夺我的应享的权利，只因为我比一个哥哥迟生了一年或是十四个月？为什么他们要叫我私生子？为什么我比人家卑贱？我的壮健的体格，我的慷慨的精神，我的端正的容貌，哪一点比不上正夫人的公子？为什么他们要给我加上庶出，贱种，私生子的恶名？贱种，贱种；贱种？难道在热烈兴奋的奸情里组合更优，质量更精，从而生下的孩子，倒不及在了无生气的床上拥着一个毫无欢趣的老婆，在半睡半醒之间制造出来的那一批蠢货？好吧，合法的埃德加，我一定要得到你的土地；我们的父亲欢喜他的私生子爱德蒙，正像他欢喜他的合法的嫡子一样。好听的名词，“合法！”好；我的合法的哥哥，要是这封信发生效力，我的计策能够成功，瞧着吧，庶出的爱德蒙将要把合法的嫡子盖罩在他的下面；——那时候我可要扬眉吐气啦。诸神啊，帮助帮助私生子吧！

【葛罗斯特上。

**葛罗斯特**　肯特就这样放逐了！法王盛怒而去；王上昨晚又走了！他的权力全部交出，依靠他的女儿过活！这些事情都在匆促中决定，不曾经过丝毫的考虑！爱德蒙，怎么！有什么消息！

**爱德蒙**　禀父亲，没有什么消息。（藏信）

**葛罗斯特**　你为什么急急忙忙把那封信藏起来？

**爱德蒙**　我不知道有什么消息，父亲。

**葛罗斯特**　你读的是什么信？

**爱德蒙**　没有什么，父亲。

**葛罗斯特**　没有什么？那么你为什么慌慌张张地把它塞进你的衣袋里去？既然没有什么，何必藏起来？来，给我看；要是那上面没有什么话，我也可以不用戴眼镜。

**爱德蒙**　父亲，请您原谅我；这是我哥哥写给我的一封信，我还没有把它读完，照我所已经读到的一部分看起来，我想还是不要让您看见的好。

**葛罗斯特** 把信给我，小子。

**爱德蒙** 不给您看您要恼我，给您看了您又要动怒。信中所写，就我所看过的部分看，是真真不应该的。

**葛罗斯特** 给我看，给我看。

**爱德蒙** 我希望哥哥写这封信是有他的理由的，他不过要试试我的德性。

**葛罗斯特** （读信）“这一种尊敬老年人的举措，使我们在年轻时候不能享受生命的欢娱；我们的财产不能由我们自己处分，等到年纪老了，这些财产对我们也失去了用处。我开始觉得老年人的专制，实在是一种荒谬愚蠢的束缚；他们没有权力压迫我们，是我们自己容忍他们的压迫。来跟我讨论讨论这一个问题吧。要是我们的父亲在我弄醒之前一直长睡不醒，你就可以永远享受他的一半的收入，并且将要为你的哥哥所喜爱。埃德加。”——哼！阴谋！“要是他在我弄醒之前一直长睡不醒，你就可以享受他的一半的收入。”我的儿子埃德加！他会有这样的心思，写这样的信吗？这封信是什么时候到你手里的？谁把它送给你？

**爱德蒙** 它不是什么送给我的，父亲；这正是他狡滑的地方；我看见它塞在我的房间的窗眼里。

**葛罗斯特** 你认识这笔迹是你哥哥的吗？

**爱德蒙** 父亲，要是这信里所写的都是很好的话，我敢发誓这是他的笔迹；可是那上面写的既然是这种说话，我但愿不是他写的。

**葛罗斯特** 这是他的笔迹。

**爱德蒙** 笔迹确是他的，父亲；可是我希望这种话不是出于他的真心。

**葛罗斯特** 他以前有没有用这一类话试探过你？

**爱德蒙** 没有，父亲；可是我常常听见他说，儿子成年以后，父亲要是已经衰老，他应该受儿子的监护，把他的财产交给他的儿子掌管。

**葛罗斯特** 啊，混蛋，混蛋！正是他在这信里所表示的意思！可恶的混蛋！不孝的畜生！禽兽不如的东西！去，把他找来；我要依法惩办他。可恶的混蛋！他在哪儿？

**爱德蒙** 我不大知道，父亲。照我的意思，您在没有得到可靠的证据，证明哥哥确有这种意思以前，最好暂时忍一忍您的怒气；因为要是您立刻就对他采取激烈的手段，万一事情出于误会，那不但大大妨害了您的名誉，而且他对于您的孝心，也要从此动摇了！我敢拿我的生命为他作保，他写这封信的用意，不过是试探试探我对您的孝心，并没有其他危险的目的。

葛罗斯特　你以为是这样的吗？

爱德蒙　您要是认为可以的话，让我把您安置在一个隐僻的地方，从那个地方您可以听到我们两人谈论这件事情，用您自己的耳朵得到一个真凭实据；事不宜迟，今天晚上就可以一试。

葛罗斯特　他不会是这样一个大逆不道的禽兽——

爱德蒙　他断不会是这样的人。

葛罗斯特　天地良心！我身为慈父可从来没有亏待过他。爱德蒙，找他出来；探探他究竟居心何在；你尽管照你自己的意思随机应付。我愿意放弃我的地位和财产，把这一件事情调查明白。

爱德蒙　父亲，我立刻就去找他，用最适当的方法探明这回事情，然后再来告诉您知道。

葛罗斯特　最近这一些日蚀月蚀果然不是好兆；虽然人们凭着天赋的智慧，可以对它们作种种合理的解释，可是接踵而来的天灾人祸，却不能否认是上天对人们所施的惩罚。爱情互相疏远，朋友变为陌路，兄弟化成仇敌；城市里有暴动，国家发生内乱，宫廷之内潜藏着逆谋；父不父，子不子，纲常伦纪完全破灭，我这畜生也是上应天数；有阴谋，欺诈，叛逆，纷乱，追随在我们的背后，把我们赶下坟墓里去。爱德蒙，去把这畜生找来；那对你不会有什么妨害的；你只要自己留心一点就是了。——忠心的肯特又放逐了！他的罪名是正直！怪事怪事！（下）

爱德蒙　人们最爱用这一种思想来欺骗自己；往往当我们因为自己行为不慎而遭逢不幸的时候，我们就会把我们的灾祸归怨于日月星辰，好像我们做恶人也是命运注定，做傻瓜也是出于上天的旨意，做无赖，做盗贼，做叛徒，都是受到天体运行的影响，酗酒，造谣，奸淫，都有一颗什么星在那儿主持操纵，我们无论干什么罪恶的行为，全都是因为有一种超自然的力量在冥冥之中驱策着我们。明明自己跟人家通奸，却把他的好色的天性归咎到一颗星的身上，真是绝妙的推诿！我的父亲跟我的母亲在巨龙星的尾巴底下交媾，我又是在大熊星底下出世，所以我就是个粗暴而好色的家伙。嘿！即使当我的父母苟合成奸的时候，有一颗最贞洁的处女星在天空眨眼睛，我也决不会换了一个样子的。埃德加——

【埃德加上。

爱德蒙　一说起他，他就来了，正像旧式喜剧里的大团圆一样；我现在必须装出一副奸诈的忧郁，像疯子一般长吁短叹。唉！这些日蚀月蚀果然预兆着人世的纷争！法——索——拉——咪。

埃德加　啊，爱德蒙兄弟！你在沉思些什么？

爱德蒙　哥哥，我正在想起前天读到的一篇预言，说是在这些日蚀月蚀之后，将要发生些什么事情。

埃德加　你让这些东西烦扰你的精神吗？

爱德蒙　他所预言的事情，果然不幸被他说中了；什么父子的乖离，死亡，饥荒，友谊的毁灭，国家的分裂，对于国王和贵族的恫吓和咒诅，无谓的猜疑，朋友的放逐，军队的瓦解，婚姻的破坏，还有许许多多我所不知道的事情。

埃德加　你什么时候相信起星象之学来？

爱德蒙　来，来；你最后一次看见父亲在什么时候？

埃德加　昨天晚上。

爱德蒙　你跟他说过话没有？

埃德加　嗯，我们谈了两个钟头。

爱德蒙　你们分别的时候，没有闹什么意见吗？你在他的辞色之间，不觉得他对你有点恼怒吗？

埃德加　一点没有。

爱德蒙　想想看你在什么地方得罪了他；听我的劝告，暂时避一避开，等他的怒气平息下来再说，现在他正在大发雷霆，恨不得一口咬下你的肉来呢。

埃德加　哪一个坏东西搬弄是非？

爱德蒙　我也怕有什么人在暗中离间。请你千万忍耐忍耐，不要碰在他的火性上；现在你还是跟我到我的地方去，我可以想法让你躲起来听听他老人家怎么说吧；这是我的钥匙。你要是在外面走动的话，最好身边带些武器。

埃德加　带些武器，弟弟！

爱德蒙　哥哥，我这样劝告你都是为了你的好处；带些武器在身边吧；要是我对你存着什么心思，我就不是个好人。我已经把我所看到听到的事情都告诉你了；可是实际的情形，却比我的话更严重可怕得多哩。请你赶快去吧。

埃德加　我不久就可以听到你的消息吗？

爱德蒙　我在这一件事情上总是竭力帮你的忙就是了。（埃德加下）一个轻信的父亲，一个忠厚的哥哥，他自己从不会算计别人，所以也不疑心别人算计他；对付他们这样老实的傻瓜，我的奸计是绰绰有余的。饶你出身高贵，斗不过我足智多谋，夺到了这一份家私，我的志愿方酬。（下）

## 第三场　奥本尼公爵府中一室

【戈纳里尔及其管家奥斯瓦德上。

戈纳里尔　我的父亲因为我的侍卫骂了他的弄人，所以动手打他吗？

奥斯瓦德　是，夫人。

戈纳里尔　他一天到晚欺侮我；每一点钟他都要借端寻事，把我们这儿吵得鸡犬不安。我不能再忍受下去了。他的武士们一天一天横行不法起来，他自己又在每一件小事上都要责骂我们。等他打猎回来的时候，我不高兴见他说话；你就对他说我病了。你也不必像从前那样殷勤伺候他；他要是见怪，都在我身上。

奥斯瓦德　他来了，夫人；我听见他的声音。（内号角声）

戈纳里尔　你跟你手下的人尽管对他装出一副不瞅不睬的态度；我要看看他有些什么话说。要是他恼了，那么让他到我妹妹那儿去吧，我知道我的妹妹的心思，她也跟我一样不能受人压制的。这老废物已经放弃了他的权力，还想管这个管那个！凭着我这条命发誓，老傻瓜和小孩儿是一样的；管教是必须的，好听话也是必须的——尤其好听话给误解的时候。这是不行的，记住我的话。

奥斯瓦德　是，夫人。

戈纳里尔　让他的武士们也受到你们的冷眼；无论发生什么事情，你们都不用管；你去这样通知你手下的人吧。我要造成一些借口，和他当面说个明白。我还要立刻写信给我的妹妹，叫她采取一致的行动。吩咐他们备饭。（各下）

## 第四场　同前；厅堂

【肯特化装上。

**肯特**　我已经完全隐去了我的本来面目，要是我能够把我的语音也完全改变过来，那我的一片苦心，也许可以达到目的。被放逐的肯特啊，要是你再有机会服侍你所得罪的主人，也许他看你勤劳尽力，会鉴念你的忠诚的。

【内号角声。李尔，众武士及侍从等上。

**李尔**　我一刻不能等待，快去叫他们拿出饭来。（一从者下）啊！你是什么？

**肯特**　我是一个人，陛下。

**李尔**　你是干什么的？你来见我有什么事？

**肯特**　您瞧我是怎么一个人，我就是怎么一个人；谁要是信任我，我愿意尽忠服侍他；谁要是居心正直，我愿意爱他；谁要是聪明而不爱多说话，我愿意跟他来往；我害怕法官；必不得已的时候，我也会跟人家打架；我不吃鱼。

**李尔**　你究竟是什么人？

**肯特**　一个心肠非常正直的汉子，而且像国王一样的穷。

**李尔**　要是你这做臣民的，也像我这做国王的一样穷得无家可归，那么你也可以算得真穷了。你要什么？

**肯特**　我要讨一个差使。

**李尔**　你想替谁做事？

**肯特**　替您。

**李尔**　你认识我吗？

**肯特**　不，陛下；可是在您的神气之间，有一种什么力量，使我愿叫您做我的主人。

**李尔**　是什么力量？

**肯特**　一种天生的威仪。

**李尔**　你会做些什么事？

**肯特**　我会保守秘密，我会骑马，我会跑路，我会把一个复杂的故事讲得

索然无味，我会老老实实传一个简单的口信；凡是普通人能够做的事情，我都可以做，我的最大的好处是勤劳。

李尔　你多大年纪了？

肯特　陛下，说我年轻，我也不算年轻，我不会为了一个女人会唱相思歌；说我年老，我也不算年老，我不会糊里糊涂地溺爱一个女人；我已经活过四十八个年头了。

李尔　跟着我吧；你可以替我做事。要是我在吃过晚饭以后，还是这样欢喜你，那么我还不会就把你撵走。喂！饭呢？拿饭来！我的孩子呢？我的傻瓜呢？你去叫我的傻瓜来。(一从者下)

【奥斯瓦德上。

李尔　喂，喂，我的女儿呢？

奥斯瓦德　是，是。(下)

李尔　这家伙怎么说？叫那蠢东西回来。(一武士下)喂，我的傻瓜呢？全都睡着了吗？怎么！那狗头呢？

【武士重上。

武士　陛下，他说公主有病。

李尔　我叫他回来，那奴才为什么不回来？

武士　陛下，他非常放肆，回答我说他不高兴回来。

李尔　他不高兴回来！

武士　陛下，我也不知道为了什么缘故，可是照我看起来，他们对待您的礼貌，已经不像往日那样殷勤了；不但一般下人从仆，就是公爵和公主也对您冷淡得多了。

李尔　吓！你这样说吗？

武士　陛下，要是我说错了话，请您原谅我；可是当我觉得您受人欺侮的时候，责任所在，我不能闭口不言。

李尔　你不过向我提起一件我自己已经感觉到的事；我近来也觉得他们对我的态度有点冷淡，可是我总以为那是我自己的多心，不愿断定是他们有意的怠慢。我还要仔细观察观察他们的举止。可是我的傻瓜呢？我这两天来没有看见他。

武士　陛下，自从小公主到法国去了以后，这傻瓜老是郁郁不乐的。

李尔　别再提起那句话了；我也注意到他这种情形。——你去对我的女儿说，我要跟她说话。（一从者下）你去叫我的傻瓜来。（另一从者下）

【奥斯瓦德重上。

李尔　啊！你，你过来。你知道我是什么人？

奥斯瓦德　我们夫人的父亲。

李尔　“我们夫人的父亲！”我们大爷的奴才！好大胆的狗！

奥斯瓦德　请您原谅，我不是狗。

李尔　你敢跟我顶撞吗，你这混蛋？

奥斯瓦德　您不能打我。

肯特　我也不能踢你吗，你这下贱的足球？（自后踢奥斯瓦德倒地）

李尔　谢谢你，好家伙；你帮了我，我欢喜你。

肯特　来，朋友，站起来，给我滚吧！我要教训教训你，让你知道尊卑上下的分别。去！去！你还要想用你粗笨的身体丈量丈量地面吗？滚！你难道不懂利害吗？去。（将奥斯瓦德推出）

李尔　我的好小子，谢谢；这是你替我做事的定钱。（以钱给肯特）

【弄人上。

弄人　让我也把他雇下来；这儿是我的鸡头帽。（脱帽授肯特）

李尔　啊，我的乖乖！你好？

弄人　喂，你还是戴了我的鸡头帽吧。

肯特　傻瓜，为什么？

弄人　为什么？因为你帮了一个失势的人。要是你不会看准风向把你的笑脸迎上去，你就会吞下一口冷气的。来，把我的鸡头帽拿去。嘿，这家伙撵走了两个女儿，他的第三个女儿倒很受他的好处，虽然也不是出于他的本意；要是你跟了他，你必须戴上我的鸡头帽。啊，老伯伯！但愿我有两顶鸡头帽，再有两个女儿！

李尔　为什么，我的孩子？

弄人　要是我把我的家私一起给了她们，我自己还可以存下两顶鸡头帽。我这儿有一顶；再去向你的女儿们讨一顶戴戴吧。

李尔　嘿，你留心着鞭子。

弄人　真理是一条贱狗，他只好躲在狗洞里；当猎狗太太站在火边撒尿的时候，它必须给人一顿鞭子赶出去。

李尔　简直是揭我的痛疮！

弄人　(向肯特)喂，让我教你一段话。

李尔　你说吧。

弄人　听好，老伯伯；——

多积财，少摆阔；
耳多听，话少说；
少放款，多借债；
走路不如骑马快；
三言之中信一语，
多掷骰子少下注；
莫饮酒，莫嫖妓；
闭门不管他家事：
会打算的占便宜，
不会打算叹口气。

肯特　傻瓜，这些话一点意思也没有。

弄人　那么正像拿不到讼费的律师一样，我的话都是白说了。老伯伯，你不能从没有意思的中间，探求出一点意思来吗？

李尔　啊，不，孩子；拉圾里是淘不出金子来的。

弄人　(向肯特)请你告诉他，他有了那么多的土地，也只等于一堆拉圾；他不肯相信一个傻瓜嘴里的话。

李尔　好尖酸的傻瓜！

弄人　我的孩子，你知道傻瓜是有酸的有甜的吗？

李尔　不，孩子；告诉我。

弄人　　　听了他人话，
　　土地全丧失；
我傻你更傻，
　　两傻相并立：
一个傻瓜甜，
　　一个傻瓜酸；

甜的穿花衣

酸的戴王冠。

李尔　你叫我傻瓜吗，孩子？

弄人　你把你所有的尊号都送了别人；只有这一个名字是你娘胎里带来的。

肯特　陛下，他倒不全是个傻瓜哩。

弄人　不，那些老爷大人们都不肯答应我的；要是我取得了傻瓜的专利权，他们一定要来夺我一份去，就是太太小姐们也不会放过我的；他们不肯让我一个人做傻瓜。老伯伯，给我一个蛋，我给你两顶冠。

李尔　两顶什么冠？

弄人　我把蛋从中间切开，吃完了蛋黄蛋白，蛋壳给你做两顶冠。你想你自己好端端有了一顶王冠，却把它从中间剖成两半，把两半全都送给人家，这不是背了驴子过泥潭吗？你这光秃秃的头顶连里面也是光秃秃的没有一点脑子，所以才会把一顶金冠送了人。谁说我这种话是傻话，让他挨一顿鞭子。——

这年头傻瓜供过于求

聪明人个个变了糊涂，

顶着个没有思想的头，

只会跟着人依样葫芦。

李尔　你几时学会了这许多歌儿？

弄人　老伯伯，自从你把你的女儿当作了你的母亲以后，我就常常唱起歌来了；因为当你把棍子给了她们，拉下你自己的裤子的时候，——

她们高兴得眼泪盈眶，

我只唱歌自遣哀愁，

可怜你堂堂一国之王，

却跟傻瓜们做伴嬉游。

老伯伯，你去请一位先生来，教教你的傻瓜怎样说谎吧；我很想学学说谎。

李尔　要是你说了谎，小子，我就用鞭子抽你。

弄人　我不知道你跟你的女儿们究竟是什么亲戚：她们因为我说了真话，

要用鞭子抽我，你因为我说谎，又要用鞭子抽我；有时候我话也不说，你们又要用鞭子抽我。我宁可做一个无论什么东西，也不要做个傻瓜；可是我宁可做个傻瓜，也不愿意做你，老伯伯；人家在两旁剥削你的聪明，剥削得中间不剩一点东西。瞧，一个剥削你的人来了。

【戈纳里尔上。

**李尔** 啊，女儿！为什么你的脸上罩满了怒气？我看你近来老是皱着眉头。

**弄人** 从前你用不到看她的脸孔，随她皱不皱眉头都不与你相干，那时候你也算得上一个好汉子；可是现在你却变成一个孤零零的圆圈圈儿了。你还比不上我；我是个傻瓜，你简直不是个东西。(向戈纳里尔)好，好，我闭嘴就是啦；虽然你没有说话，我从你的脸色上知道你的意思。

闭嘴，闭嘴；
你不知道积谷防饥，
活该啃不到面包皮。
他是一荚去壳的碗豆。(指李尔)

**戈纳里尔** 父亲，您这一个肆无忌惮的傻瓜不用说了，还有您那些蛮横的卫士，也都在时时刻刻寻事骂人，种种不法的暴行，实在叫人忍无可忍。父亲，我本来还以为要是让您知道了这种情形，您一定会戒饬他们的行动；可是照您最近所说的话和所做的事看来，我不能不疑心您有意纵容他们，他们才会这样有恃无恐。要是果然出于您的授意，为了维持法纪的尊严，我们也不能默尔而息，不采取断然的处置，虽然也许在您的脸上不大好看，可是这样的步骤，在事实上是必要的。

**弄人** 你看，老伯伯，——

那篱雀养大了杜鹃鸟，
自己的头也给它吃掉。

蜡烛熄了，我们眼前只有一片黑暗。

**李尔** 你是我的女儿吗？

**戈纳里尔** 您不是一个不懂道理的人，我希望您想明白一些；近来您动不动呕气，实在太有失一个做长辈的体统啦。

**弄人** 一头驴子可不可以知道什么时候马儿颠倒给车拖着走？呼，玖格！

我爱你。

**李尔** 这儿有谁认识我吗？这不是李尔。是李尔在走路吗？在说话吗？他的眼睛呢？他的知觉迷乱了吗？他的神志麻木了吗？吓！他醒着吗？没有的事。谁能够告诉我我是什么人？

**弄人** 李尔的影子。

**李尔** 我愿意相信这句话；因为我的庄严的服饰和我的记忆都在告诉我我是个有女儿的人。

**弄人** 那些女儿们是会叫你做一个孝顺的父亲的。

**李尔** 太太，请教您的芳名？

**戈纳里尔** 父亲，您何必这要假痴假呆？您是一个有年纪的老人家，应该懂事一些。请您明白我的意思：您在这儿养了一百个武士，全都是些胡闹放荡，大胆妄为的家伙，我们好好的宫廷给他们骚扰得像一个喧嚣的客店；他们成天吃喝玩女人，简直把这儿当作了酒馆妓院，哪里还是一座壮严的御邸。这一种可耻的现象，必须立刻设法纠正；所以请您俯从我的要求，酌量减少您的扈从的人数，只留下一些适合于您的年龄，知道你的地位，也明白他们自己身分的人跟随着您；要是您不答应，那么我没有法子，只好勉强执行了。

**李尔** 地狱里的魔鬼！备起我的马来；召集我的侍从。没有良心的贱人！我不要麻烦你；我还有一个女儿哩。

**戈纳里尔** 你打我的用人，你那一班捣乱的流氓也不想想自己是什么东西，胆敢把他们上面的人像奴仆一样呼来叱去。

【奥本尼上。

**李尔** 唉！现在懊悔也来不及了。(向奥本尼)啊！你也来了吗？这是不是你的意思？你说。——替我备马。丑恶的海怪也比不上忘恩的儿女那样可怕。

**奥本尼** 陛下，请您不要生气。

**李尔** (向戈纳里尔)枭獍不如的东西！你说谎！我的卫士都是最有品行的人，他们懂得一切的礼仪，他们的一举一动，都不愧武士之名。啊！科迪丽娅不过犯了一点小小的错误，怎么在我的眼睛里却会变得这样丑恶！它像一座酷虐的刑具，扭曲了我的天性，抽干了我心里的慈爱，把苦味的怨恨灌了进去。啊，李尔！李尔！李尔！对准这一扇放进你的愚蠢，放出你的智慧的门，着力痛打吧！(自击其头)去，去，我的人。

**奥本尼**　陛下，我没有得罪您，我也不知道您为什么生气。

**李尔**　也许不是你的错，公爵。——听着，造化的女神，听我的吁诉！要是你想使这畜生生男育女，请你改变你的意旨吧！取消她的生殖的能力，干涸她的产育的器官，让她的枯瘠的身体里永远生不出一个子女来！要是她必须生产，请你让她生下一个忤逆狂悖的孩子，使她终身受苦！让她年轻的额角上很早就刻了皱纹；眼泪流下她的脸颊，磨成一道道的沟渠；她的鞠育的辛劳，只换到一声冷笑和一个白眼；让她也感觉到一个负心的孩子，比毒蛇的齿牙还要多么使人痛入骨髓！去，去！（下）

**奥本尼**　凭着我们敬奉的神明，告诉我这是怎么一回事？

**戈纳里尔**　你不用知道为了什么原因；他老糊涂了，让他去使他的性子吧。

【李尔重上。

**李尔**　什么！我在这儿不过住了半个月，就把我的卫士一下裁撤了五十名吗？

**奥本尼**　什么事，陛下？

**李尔**　等一等告诉你。（向戈纳里尔）吸血的魔鬼！我真惭愧我会在你的面前失去了大丈夫的气概，让我的热泪为了一个下贱的婢子而滚滚流出。愿毒风吹着你！恶雾罩着你！愿一个父亲的咒诅刺透你的五官百窍留下永远不能平复的疮痍！痴愚的老眼，要是你再为此而流泪，我要把你挖出来，丢在你所流的泪水里，和泥土拌在一起！哼！竟有这等事吗？好，我还有一个女儿，我相信她是孝顺我的；她听见你这样对待我，一定会用指爪抓破你的豺狼一样的脸孔。你以为我一辈子也不能恢复我的原来的威风了吗？好，你瞧着吧。（李尔、肯特及侍从等下）

**戈纳里尔**　你听见没有？

**奥本尼**　戈纳里尔，虽然我十分爱你，可是我不能这样偏心——

**戈纳里尔**　你不用管我。喂，奥斯瓦德！（向弄人）你这七分奸刁三分傻的东西，跟你的主人去吧。

**弄人**　李尔老伯伯，李尔老伯伯！等一等，带傻瓜一块儿去。

捉狐狸，杀狐狸，
谁家女儿是狐狸？

可惜我这顶帽子，
换不到一条绳子；
追上去，你这傻子。（下）

**戈纳里尔**　不知道是什么人替他出的好主意。一百个武士！让他随身带着一百个全副武装的卫士，真是万全之计；只要他做了一个梦，听了一句谣言，转了一个念头，或者心里有什么不高兴不舒服，就可以用他们的力量危害我们的生命。喂，奥斯瓦德！

**奥本尼**　也许你太过虑了。

**戈纳里尔**　过虑总比大意好些。与其时时刻刻提心吊胆，害怕人家的暗算，宁可爽爽快快除去一切可能的威胁。我知道他的心理。他所说的话，我已经写信去告诉我的妹妹了；她要是不听我的劝告，仍旧容留着他的一百个武士——

【奥斯瓦德重上。

**戈纳里尔**　啊，奥斯瓦德！什么！我叫你写给我妹妹的信，你写好了没有？

**奥斯瓦德**　写好了，夫人。

**戈纳里尔**　带几个人跟着你，赶快上马出发把我所担心的情形明白告诉她，再加上一些你所想到的理由，让它格外动听一些。去吧，早点回来。（奥斯瓦德下）不，不，我的爷，你做人太仁善厚道了，虽然我不怪你，可是恕我说一句话，只有人批评你糊涂，却没有什么人称赞你一声好。

**奥本尼**　我不知道你的眼光能够看到多远；可是过分操切也会误事的。

**戈纳里尔**　咦，那么——

**奥本尼**　好，好，但看结果如何。（同下）

## 第五场　同前；外庭

【李尔，肯特及弄人上。

**李尔**　你带了这几封信，先到葛罗斯特去。我的女儿看了我的信，倘然有什么话问你，你就照你所知道的回答她，此外可不要多说什么。要是你在路上

偷懒耽搁时间，也许我会比你先到的。

肯特　陛下，我在没有把您的信送到以前，决不打一次瞌睡。(下)

弄人　要是一个人的脑筋生在脚跟上，它会不会长起脓疱来呢？

李尔　嗯，孩子。

弄人　那么你放心吧；幸亏你的脑筋安在头上，尽管路再有多少远，它也不用拖了鞋跟走路的。

李尔　哈哈哈！

弄人　你到了你那另外一个女儿的地方，就可以知道她会待你多么好；因为虽然好跟这一个就像野苹果跟家苹果一样相像，可是我可以告诉你我所知道的事情。

李尔　你可以告诉我什么，孩子？

弄人　你一尝到她的滋味，就会知道她跟这一个完全相同，正像两颗野苹果一样没有分别。你能够告诉我为什么一个人的鼻子生在脸中央吗？

李尔　不。

弄人　因为中间放了鼻子，两旁就可以安放眼睛；鼻子嗅不出来的，眼睛可以窥探进去。

李尔　我对不起她——

弄人　你知道牡蛎怎样造它的壳吗？

李尔　不。

弄人　我也不知道；可是我知道蜗牛为什么背着一个屋子。

李尔　为什么？

弄人　因为可以把它的头放在里面；它不会把它的屋子送给它的女儿，害得它的角也没有地方安顿。

李尔　我也顾不得什么天性之情了。这做父亲的有什么地方亏待了她！我的马儿都已经预备好了吗？

弄人　你的驴子们正在那儿给你预备呢。金牛星座里为什么只有七颗星，其中有一个绝妙的理由。

李尔　因为它们没有第八颗吗？

弄人　正是，一点不错；你可以做一个很好的傻瓜。

李尔　用武力夺回来！忘恩负义的畜生！

弄人　假如你是我的傻瓜，老伯伯。我就要打你，因为你不到时候就老了。

李尔　那是什么意思？

弄人　你应该懂得些世故再老呀。

李尔　啊！不要让我发疯！天哪，制住我的怒气，不要让我发疯！我不要发疯！

【侍臣上。

李尔　怎么！马预备好了吗？

侍从　预备好了，陛下。

李尔　来，孩子。（同下）

弄人　她现在是处女；还笑话我离去，除非事情跷蹊，她难再保处女。

# 第　二　幕

## 第一场　葛罗斯特伯爵城堡内庭

【爱德蒙及柯伦自相对方向上。

爱德蒙　您好，柯伦？

柯伦　您好，公子。我刚才见过令尊，通知他康沃尔公爵跟他的夫人里根今天晚上要到这儿来拜访他。

爱德蒙　他们怎么要到这儿来？

柯伦　我也不知道。您有没有听见外边的消息？我的意思是说人们交头接耳，在暗中互相传说的那些消息。

爱德蒙　我没有听见；请教是些什么消息？

柯伦　您没有听见说起康沃尔公爵也许会跟奥本尼公爵开战吗？

爱德蒙　一点没有听见。

柯伦　那么您慢慢儿也许会听到的。再会，公子。（下）

爱德蒙　公爵今天晚上到这儿来！那也好！再好没有！我正好利用这个机会，我的父亲已经叫人四处把守，要捉我的哥哥；我还有一件不大容易的事情，必须赶快动手做起来。这事情要做得敏捷迅速，但愿命运帮助我！——哥哥，跟你说一句话；下来，哥哥！

【埃德加上。

爱德蒙　父亲在那儿守着你。啊，哥哥！离开这个地方吧；有人已经告诉他你躲在什么所在；趁着现在天黑，你快逃吧。你有没有说过什么反对康沃尔公爵的话？他也就要到这儿来了，在这样的夜里，急急忙忙的。里根也跟着他来；你对于他跟奥本尼公爵争执的事情没有说过什么话吗？想一想看。

埃德加　我真的一句话也没有说过。

爱德蒙　我听见父亲来了；原谅我；我必须假装对你动武的样子；拔出剑

来，就像你在防御你自己一般；现在你去吧。(高声)放下你的剑；见我的父亲去！喂，拿火来！这儿！——逃吧，哥哥。(高声)火把！火把！——再会。(埃德加下)身上沾几点血，可以使他相信我真的作过一番凶猛的争斗。(以剑刺伤手臂)我曾经看见有些醉汉为了开玩笑的缘故，不顾死活地割破他自己的皮肉。(高声)父亲！父亲！住手！住手！没有人来帮我吗？

【葛罗斯特率众仆持火炬上。

葛罗斯特　爱德蒙，那畜生呢？

爱德蒙　他站在这儿黑暗之中，拔出他的锋利的剑，嘴里念念有辞，见神见鬼地请月亮帮他的忙。

葛罗斯特　可是他在什么地方？

爱德蒙　瞧，父亲，我流着血呢？

葛罗斯特　这畜生呢，爱德蒙？

爱德蒙　往那边逃去了，父亲。他看见他没有法子——

葛罗斯特　喂，你们追上去！(若干仆人下)“没有法子”什么？

爱德蒙　没有法子劝我跟他同谋把您杀死；我对他说，疾恶如仇的神明看见弑父的逆子，是要用天雷把他砸死的；告诉他儿子对于父亲的关系是多么深切而不可摧毁；总而言之一句话，他看见我这样憎恶他的荒谬的图谋，他就老羞成怒，拔出他的早就预备好的剑，汹汹其势地向我毫无防卫的身上挺了过来，把我的手臂刺破了；那时候我也发起怒来，自恃着理直气壮，跟他奋力对抗，他倒胆怯起来，也许因为听见我喊叫的声音，就飞也似的逃走了。

葛罗斯特　让他逃得远远的吧；除非逃到国外去，我们总有捉到他的一天；看他给我们捉住了还活得成活不成。公爵殿下，我的主上，今晚要到这儿来啦，我要请他发出一道命令，谁要是能够把这杀人的懦夫捉住，交给我们绑在木桩上烧死的，我们将要重重酬谢他；谁要是把他藏匿起来的，一经发觉，也要把他处死。

爱德蒙　当他不听我的劝告，决意实行他的企图的时候，我就严辞恫吓他，对他说我要宣布他的秘密；可是他却回答我说，“你这光棍私生子！你以为要是我们两人立在敌对的地位，人家会来相信你的话吗？哼！尽管你当面揭穿我，我不但可以绝口否认，而且还可以反咬你一口，说这全是你的阴谋恶计，人们不是傻瓜，他们当然会相信你因为觊觎我死后的利益，所以才会起这样的毒心，想要颠覆我的生命。”

**葛罗斯特** 好狠心的畜生！他赖得掉他的信吗？（内喇叭吹花腔）听！公爵的喇叭。我不知道他来有什么事。我要把所有的城门关起来，看这畜生逃到哪儿去；公爵必须答应我这一个要求；而且我还要把他的小像各处传送，让全国的人都可以注意他。我的孝顺的孩子，你不学你哥哥的坏样，我一定想法子使你能够承继我的土地。

【康沃尔，里根及侍从等上。

**康沃尔** 您好，我的尊贵的朋友！我还不过刚到这儿，就已经听见了奇怪的消息。

**里根** 要是真有那样的事，那罪人真是万死不足蔽辜了。是怎么一回事，伯爵？

**葛罗斯特** 啊！夫人，我这颗老心已经碎了，已经碎了！

**里根** 什么！我父亲的义子要谋害您的性命吗？这就是我父亲替他取名字的，您的埃德加吗？

**葛罗斯特** 啊！夫人，夫人，发生了这种事情，真是说来也叫人丢脸。

**里根** 他不是常常跟我父亲身边那横行不法的武士们在一起的吗？

**葛罗斯特** 我不知道，夫人。太可恶了！太可恶了！

**爱德蒙** 是的，夫人，他正是跟这些人常在一起的。

**里根** 无怪他会变得这样坏；一定是他们撺掇他谋害了老头子，好把他的财产拿出来给大家挥霍。今天傍晚的时候，我接到我姊姊的一封信，她告诉我他们种种不法的情形，并且警告我要是他们想要住到我的家里来，我千万不要招待他们。

**康沃尔** 相信我，里根，我也决不会去招待他们。爱德蒙，我听说你对你的父亲很尽孝道。

**爱德蒙** 那是做儿子的本分，殿下。

**葛罗斯特** 他揭发了他哥哥的阴谋；您看他身上的这一处伤就是因为他奋不顾身，想要捉住那畜生而受到的。

**康沃尔** 那凶徒逃走了，有没有人追上去？

**葛罗斯特** 有的，殿下。

**康沃尔** 要是他给我们捉住了，我们一定不让他再为非作恶；你只要决定一个办法，在我的权力范围以内，我都可以替你办到。爱德蒙，你这一回所表现的深明大义的孝心，使我们十分赞美；像你这样不负付托的人，正是我们所需要的，我们将要大大地重用你。

爱德蒙　殿下，我愿意为您尽忠效命。

葛罗斯特　殿下这样看得起他，使我感激万分。

康沃尔　你还不知道我们现在所以要来看您的原因——

里根　尊贵的葛罗斯特，我们这样在黑暗的夜色之中，一路摸索前来，实在是因为有一些相当重要的事情，必须请教请教您的意见。我们的父亲和姊姊都有信来，说他们两人之间发生了一些冲突；我想最好不要在我们自己的家里答复他们；两方面的使者都在这儿等候我的打发。我们的善良的老朋友，您不要气恼，替我们赶快出个主意吧。

葛罗斯特　夫人但有所命，我总是愿意贡献我的一得之愚的。两位殿下光临蓬荜，欢迎得很！（同下）

## 第二场　葛罗斯特城堡之前

【肯特及奥斯瓦德各上。

奥斯瓦德　早安，朋友；你是这屋子里的人吗？

肯特　嗯。

奥斯瓦德　什么地方可以让我们拴马？

肯特　烂泥地里。

奥斯瓦德　对不起，大家是好朋友，告诉我吧。

肯特　谁是你的好朋友？

奥斯瓦德　好，那么我也不理睬你。

肯特　要是我把你一口咬住，看你睬不睬我。

奥斯瓦德　你为什么对我这样？我又不认识你。

肯特　家伙，我认识你。

奥斯瓦德　你认识我是谁？

肯特　一个无赖，一个恶棍，一个吃肉皮肉骨的家伙；一个下贱的，骄傲的，浅薄的，叫化子一样的，只有三件套衣服，全部家私算起来不过一百镑的，卑鄙龌龊的，穿毛绒袜子的奴才；一个没有胆量的，靠着官府势力压人的奴才；一个婊子生的，顾影自怜的，奴颜婢膝的，装腔作势的混帐东西；只有一只箱子私产的贱奴；一个天生的忘八坯子；又是奴才，又是叫化子，又是懦夫，又是忘八，又是一条杂种老母狗的儿子；要是你不承认你这些头衔，我要把你打得放声大哭。

**奥斯瓦德**　咦，奇了，你是个什么东西，你也不认识我，我也不认识你，怎么开口骂人？

**肯特**　你还说不认识我，你这厚脸皮的奴才！两天以前，我不是把你绊跌在地上，还在王上的面前打过你吗？拔出剑来，你这混蛋；虽然是夜里，月亮亮着呢；我要在月亮光底下把你剁成稀烂。（拔剑）拔出剑来，你这婊子生的下流东西，拔出剑来！

**奥斯瓦德**　去！我不跟你胡闹。

**肯特**　拔出剑来，你这恶棍！谁叫你做人家的傀儡，替一个女儿寄信攻击她的父王？拔出剑来，你这混蛋，否则我要砍下你的胫骨。拔出剑来，恶棍；来来来！

**奥斯瓦德**　喂！救命哪！要杀人啦！救命哪！

**肯特**　来，你这奴才；站定，混蛋，别跑；你这漂亮的奴才，你不会还手吗？（打奥斯瓦德）

**奥斯瓦德**　救命啊，要杀人啦！要杀人啦！

【爱德蒙拔剑上。

**爱德蒙**　怎么！什么事？（分开二人）

**肯特**　好小子，你也要寻事吗？来，我们试一下；来，小哥儿。

【康沃尔，里根，葛罗斯特及众仆上。

**葛罗斯特**　动刀动剑的，什么事呀？

**康沃尔**　大家不要闹；谁再动手，就叫他死。怎么一回事？

**里根**　一个是我姊姊的使者，一个是国王的使者。

**康沃尔**　你们为什么争吵？说。

**奥斯瓦德**　殿下，我给他缠得气都喘不过来啦。

**肯特**　怪不得你，你把全身勇气都提起来了。你这懦怯的恶棍，造化不承认他曾经造下你这个人；你是一个裁缝手里做出来的。

**康沃尔**　你是一个奇怪的家伙；一个裁缝会做出一个人来吗？

**肯特**　嗯，一个裁缝；石匠或者油漆匠都不会把他做得这样坏，即使他们学会这门技艺才不过两个钟头。

**康沃尔**　说，你们怎么会吵起来的？

**奥斯瓦德**　这个老不讲理的家伙，殿下，倘不是我看在他的花白胡子分上，早就取了他的性命了——

**肯特**　你这不中用的废物！殿下，要是您允许我的话，我要把这下流的东西踏成一堆替人家涂刷墙壁的泥浆。看在我的花白胡子分上？你这摇尾乞怜的狗！

**康沃尔**　住口！畜生，你规矩也不懂吗？

**肯特**　是，殿下；可是我实在气愤不过。

**康沃尔**　你为什么气愤？

**肯特**　我气愤的是像这样一个奸诈的奴才，居然也让他佩起剑来。都是这种笑脸的小人，像老鼠一样咬破了神圣的伦常纲纪；他们的主上起了一个恶念，他们便竭力逢迎，不是火上烧油，就是雪上添霜；他们最擅长的是随风转舵，他们的主人说一声是，他们也跟着说是，说一声不，他们也跟着说不，就像狗一样什么都不知道，只知道跟着主人跑。恶疮烂掉了你的抽搐的脸孔！你笑我所说的话，你以为我是个傻瓜吗？呆鹅，要是我在旷野里碰见了你，看我不把你打得嘎嘎乱叫，一路赶回你的老家去！

**康沃尔**　什么！你疯了吗，老头儿？

**葛罗斯特**　说，你们究竟是怎么吵起来的？

**肯特**　我跟这混蛋是势不两立的。

**康沃尔**　你为什么叫他混蛋？他做错了什么事？

**肯特**　我不欢喜他的脸孔。

**康沃尔**　也许你也不欢喜我的脸孔，他的脸孔，还有她的脸孔。

**肯特**　殿下，我是说惯老实话的：我曾经见过一些脸孔，比现在站在我面前的这些脸孔好得多啦。

**康沃尔**　这个人正是那种因为有人称赞了他的言辞率直，便做出一种无礼的蛮横的德性，违拗本性装腔作势的东西。他不会谄媚，他有一颗正直坦白的心，他必须说老实话；要是人家愿意接受他的意见，很好；不然的话，他是个老实人。我知道这种家伙，他们用坦白的外表，包藏着极大的奸谋祸心，比二十个胁肩谄笑，小心翼翼的愚蠢的谄媚者更要不怀好意。

**肯特**　殿下，您的伟大的明鉴，就像福玻斯①神光煜煜的额上的烨耀的火轮，请您照临我的善意的忠诚，恳切的虔心——

**康沃尔**　这是什么意思？

**肯特**　因为您不喜欢我的说话，所以我改变了一个样子。我知道我不是一个谄媚之徒；我也不愿做一个故意用率直的言语诱惑人家听信的奸诈小人；即使您请求我做这样的人，我也决不从命。

**康沃尔**　（向奥斯瓦德）你在什么地方冒犯了他？

**奥斯瓦德**　我从来没有冒犯过他。最近他的王上因为对我有了点误会，把我殴打；他便助主为虐，闪在我的背后把我绊倒地上，侮辱谩骂，无所不至，装出一副非常勇敢的神气；他的王上看见他这样，把他称赞了两句，他便得意忘形，以为我不是他的对手，所以一看见我，又要跟我闹起来了。

**肯特**　这些恶棍和胆小鬼，都让埃阿斯②充当他们的傻瓜了。

**康沃尔**　拿足枷来！你这口出狂言的倔强的老贼，我们要教训你一下。

**肯特**　殿下，我已经太老，不能受您的教训了；您不能用足枷枷我。我是王上的人，奉他的命令前来；您要是把他的使者枷起来，那未免对我的主上太失敬，太放肆无礼了。

**康沃尔**　拿足枷来！凭着我的生命和荣誉起誓，他必须锁在足枷里直到中午为止。

**里根**　到中午为止！到晚上，殿下；把他整整枷上一夜再说。

**肯特**　啊，夫人，假如我是您父亲的狗，您也不该这样对待我。

**里根**　因为你是他的奴才，所以我要这样对待你。

**康沃尔**　这正是我们的姊姊说起的那个家伙。来，拿足枷来。（从仆取出足枷）

**葛罗斯特**　殿下，请您不要这样。他的过失诚然很大，王上知道了一定会责罚他的；您所决定的这一种羞辱的刑罚，只能惩戒那些犯偷窃之类普通小罪

---

① 希腊神话人物，太阳神，司职诗歌音乐，等于阿波罗，系莎剧常用之神。

② 希腊神话人物，特洛伊战争中的英雄，自杀身亡。

的下贱的囚徒 ；他是王上差来的人，要是您给他这样的处分，王上一定要认为您轻蔑了他的来使而心中不快。

**康沃尔** 那我可以负责。

**里根** 我的姊姊要是知道她的使者因为奉行她的命令而被人这样侮辱殴打，她的心里还要不高兴哩。把他的腿放进去。（从仆将肯特套入足枷）来，殿下，我们去吧。（除葛罗斯特、肯特外均下）

**葛罗斯特** 朋友，我很为你抱恨；这是公爵的意思，全世界都知道他的脾气非常固执，不肯接受人家的劝阻。我还要替你向他求情。

**肯特** 请您不必多此一举，大人。我走了许多路，还没有睡过觉；一部分的时间将在瞌睡中过去，醒着的时候我可以吹吹口哨。好人的运气没准会从脚后跟生出来。再会！

**葛罗斯特** 这是公爵的不是；王上一定会见怪的。（下）

**肯特** 好王上，你正是像俗语说的，抛下天堂的幸福，来受赤日的煎熬了。来吧，你照耀下土的炬火，让我借着你的温暖的光辉，可以读一读这封信，倒霉的人偏会遇见奇迹；我知道这是从科迪丽娅寄来的，我的改头换面的行踪，已经侥幸给她知道了；她一定会找到一个机会，纠正这种反常的情形。疲倦得很；闭上了吧，沉重的眼睛，免得看见你自己的耻辱。晚安，命运，求你转过你的轮子来，再向我们微笑吧。（睡）

## 第三场 荒野的一部

【埃德加上。

**埃德加** 听说他们已经发出告示捉我；幸亏我躲在一株空心的树干里，没有给他们找到。没有一处城门可以出入无阻；没有一个地方不是警卫森严，准备把我捉住！为了保全自己的生命起见，我想还不如改扮做一个最卑贱穷苦，最为世人所轻视，和禽兽相差无几的家伙；我要用污泥涂在脸上，一块毡布裹住我的腰，把满头的头发打了许多乱结，赤身裸体，抵抗着风雨的侵凌。这地方本来有许多疯丐，他们高声叫喊，用针哪，木椎哪，钉子哪，迷迭香的树枝哪，刺在他们麻木而僵硬的手臂上，用这种可怕的形状，到那些穷苦的农场，

乡村，羊棚和磨坊里去，有时候发出一些疯狂的咒诅，有时候向人哀求祈祷，乞讨一些布施。我现在学着他们的样子，一定不会引起人家的疑心。可怜的疯叫化！可怜的汤姆！倒有几分像；我现在不再是埃德加了。（下）

## 第四场　葛罗斯特城堡前

【肯特系足枷中。李尔，弄人及侍臣上。

李尔　真奇怪，他们不在家里，又不打发我的使者回去。

侍臣　我听说他们在前一个晚上还不曾有走动的意思。

肯特　祝福您，尊贵的主人！

李尔　吓！你把这样的羞辱作为消遣吗？

肯特　不，陛下。

弄人　哈哈！他吊着一副多么难受的袜带！缚马缚在头上，缚狗缚熊缚在颈子，缚猴子缚在腰上，缚人缚在腿上；一个人的腿儿太会活动了，就要叫他穿木袜子。

李尔　谁认错了人，把你锁在这儿？

肯特　您的女婿和女儿。

李尔　不。

肯特　是的。

李尔　我说不。

肯特　我说是的。

李尔　不，不，他们不会干这样的事。

肯特　他们干也干了。

李尔　凭着朱庇特起誓，没有这样的事。

肯特　凭着朱庇特起誓，有这样的事。

李尔　他们不敢做这样的事，他们不能，也不会做这样的事；要是他们有意作出这种重大的暴行来，那简直比杀人更不可恕了。赶快告诉我，你究竟犯了什么罪，他们才会用这种刑罚来对待一个国王的使者。

肯特　陛下，我带了您的信到了他们家里，当我跪在地上把信交上去，还没有立起身来的时候，又有一个使者汗流满面，气喘吁吁，急急忙忙地奔了进来，代他的女主人戈纳里尔向他们请安；他们看见她也有信来，就来不及理睬我，先读她的信；读罢了信，他们立刻召集仆从，上马出发，叫我跟到这儿来，等候他们的答复；对待我十分冷淡。一到这儿，我又碰见了那个使者，他也就是最近对您非常无礼的那个家伙，我知道他们对我这样冷淡，都是因为他来了的缘故，一时激于气愤，不加考虑地向他动起武来；他看见我这样，就高声发出懦怯的叫喊，惊动了全屋子的人。您的女婿女儿认为我犯了这样的罪，应该把我羞辱一下，所以就把我枷起来了。

弄人　冬天还没有过去，要是野雁尽往那个方向飞。

老父衣百结，
儿女不相识；
老父满囊金，
儿女尽孝心。
命运如娼妓，
贫贱遭遗弃。

虽然这样说，你的女儿们还要孝敬你数不清的烦恼哩。

李尔　啊！我这一肚子的气都涌上我的心头来了！歇斯底里！别发作，你这起哄架秧子的悲哀！我这女儿呢？

肯特　在里边，陛下；跟伯爵在一起。

李尔　不要跟我；在这儿等着。（下）

侍臣　除了你刚才所说的以外，你没有犯其他的过失吗？

肯特　没有。王上怎么不多带几个人来？

弄人　你会发出这么一个问题，活该给人用足枷枷起来。

肯特　为什么，傻瓜？

弄人　你应该拜蚂蚁做老师，让它教训你冬天是不能工作的。跟着鼻子走的人，是由眼睛领着的，除了瞎子；二十个鼻子中没有一个鼻子闻不出他身上的臭味。一个大车轮滚下山坡的时候，你千万不要抓住它，免得跟它一起滚下去，跌破了你的头颈；可是你要是看见它上山去，那么让它拖着你一起上去吧。倘然有什么聪明人给你更好的教训，请你把这番话还我：一个傻瓜的教训，只配让一个混蛋去遵从。

他为了自己的利益，
向你屈膝卑躬，
天色一变就要告别，
留下你在雨中。
聪明的人全都飞散，
只剩傻瓜一个；
傻瓜逃走变成混蛋，
那混蛋不是我。

**肯特** 傻瓜，你从什么地方学会这个歌儿？

**弄人** 不是在足枷里，傻瓜。

【李尔偕葛罗斯特重上。

**李尔** 拒绝跟我说话吗？他们有病吗？他们疲倦了吗？他们昨天晚上走了一整夜吗？都是些鬼话，明明是要背叛我的意思。给我再去向他们要一个好一点的答复来。

**葛罗斯特** 陛下，您知道公爵的火性，他决定了怎样就是怎样，再也没有更改的。

**李尔** 反了！瘟疫！死亡！乱套了！火性？什么火性？嘿，葛罗斯特，葛罗斯特，我要见康沃尔公爵和他的妻子说话。

**葛罗斯特** 呃，陛下，我已经对他们说过了。

**李尔** 对他们说过了！你懂得我的意思吗？

**葛罗斯特** 是，陛下。

**李尔** 国王要见康沃尔说话；父亲要跟他的女儿说话，叫她出来见我：你有没有这样告诉他们？我这口气和血！火性吗？火性的公爵吗？去对那性如烈火的公爵说——不，且慢，也许他真的不大舒服；一个人为了疾病而疏忽了他的责任，是应当加以原谅的；我们身体上有了病痛，精神上总是连带觉得烦躁郁闷。我且忍耐一下，不要太卤莽了，对一个有病的人作过分求全的责备。该死！（视肯特）为什么把他枷在这儿？这一种举动使我相信公爵和她对我回避，完全是一种预定的计谋。把我的仆人放出来还我。去，对公爵和他的妻子说，我现在立刻就要跟他们说话；叫他们赶快出来见我，否则我要在他们的寝室门前擂起鼓来，搅得他们不能安睡。

**葛罗斯特** 我但愿你们大家和和好好的。（下）

**李尔** 啊！我的心！我的怒气直冲的心！安静下来吧！

**弄人** 你冲它叫喊吧，老人家，就像厨娘用面糊住活鳗鱼一样；她手拿棍子在鱼头上敲几下，叫道："下去，坏东西，快下去！"又如她的弟弟，为了珍爱马，替马儿往草上涂牛油！

【康沃尔，里根，葛罗斯特及众仆上。

**李尔** 你们两位早安！

**康沃尔** 祝福陛下！（众释肯特）

**里根** 我很高兴看见陛下。

**李尔** 里根，我想你一定高兴看见我的；我知道为什么我要这样想：要是你不高兴看见我，我就要跟你已故的母亲离婚，把她的坟墓当作一座淫妇的丘陇。（向肯特）啊！你放出来了吗？等会儿再谈吧。亲爱的里根，你的姊姊太不孝啦。啊，里根！她的无情的凶恶像鹰的利喙一样猛啄我的心。我简直不能告诉你；你不会相信她忍心害理到什么地步——啊，里根！

**里根** 父亲，请您不要恼怒。我想她不会对您有失敬礼，恐怕还是您不能谅解她的苦心哩。

**李尔** 啊，这是什么意思？

**里根** 我想我的姊姊决不会有什么地方不尽孝道；要是，父亲，她约束了您那班随从的放荡的行为，那当然有充分的理由和正大的目的，绝对不能怪她的。

**李尔** 我的咒诅降在她的头上！

**里根** 啊，父亲！您年纪老了，应该让一个比您自己更明白您的地位的人管教管教您；所以我劝您还是回到姊姊的地方去，对她赔一个不是。

**李尔** 请求她的饶恕吗？你看这样像不像个样子："好女儿，我承认我年纪老，不中用啦，让我跪在地上，（跪）请求您赏给我几件衣服穿，赏给我一张床睡，赏给我一些东西吃吧。"

**里根** 父亲，别这样子；这算个什么，简直是胡闹！回到我姊姊那儿去吧。

**李尔** （起立）再也不回去了，里根。她裁减了我一半的侍从；不给我好脸色看；用她的毒蛇一样的舌头打击我的心。但愿上天蓄积的愤怒一起降在她的无情无义的头上！但愿恶风吹打她的腹中的胎儿，让它生下地来就是个跛子！

康沃尔　嘿！这是什么话！

李尔　迅疾的闪电啊，把你的眩目的火焰，射进她的傲慢的眼睛里去吧！在烈日的薰灼下蒸发起来的沼地的瘴气啊，损坏她的美貌，毁灭她的骄傲吧！

里根　天上的神明啊！您要是对我发起怒来，也会这样咒我的。

李尔　不，里根，你永远不会受我的咒诅；你的温柔的天性决不会使你干出冷酷残忍的行为来。她的眼睛里有一股凶光，可是你的眼睛却是温存而和蔼的。你决不会吝惜我的享受，裁撤我的侍从，用不逊之言向我顶撞，削减我的费用，甚至于把我关在门外不让我进来；你是懂得天伦的义务，儿女的责任，孝敬的礼貌，和受恩的感激的；你总还没有忘记我曾经赐给你一半的国土。

里根　父亲，不要把话说到岔儿上去。

李尔　谁把我的人枷起来？（内喇叭吹花腔）

康沃尔　那是什么喇叭声音？

里根　我知道，是我的姊姊来了；她信上说是就要到这儿来的。

【奥斯瓦德上。

里根　夫人来了吗？

李尔　这是一个靠着主妇暂时的恩宠，狐假虎威，倚势凌人的奴才。滚开，贱奴，不要让我看见你！

康沃尔　陛下这是什么意思？

李尔　谁把我的仆人枷起来？里根，我希望你并不知道这件事。谁来啦？

【戈纳里尔上。

李尔　天啊，要是你爱老人，要是你认为子女应该孝顺他们的父母，要是你自己也是老人，那么不要漠然无动，降下你的愤怒来，帮我伸雪我的怨恨吧！（向戈纳里尔）你看见我这一把胡须，不觉得惭愧吗？啊，里根，你愿意跟她握手吗？

戈纳里尔　为什么她不能跟我握手呢！我干了什么错事？难道凭着一张糊涂昏悖的嘴里的胡言乱语，就可以成立我的罪案吗？

李尔　啊，我的胸膛！你还没有胀破吗？我的人怎么给你们枷了起来？

康沃尔　陛下，是我把他枷在那儿的；照他狂妄的行为，这样的惩戒还是太轻啦。

**李尔** 你！是你干的事吗？

**里根** 父亲，您该明白您是一个衰弱的老人，一切只好将就点儿。要是您现在仍旧回去跟姊姊住在一起，裁撤了您的一半的侍从，那么等住满了一个月，再到我这儿来吧。我现在不在自己家里，要供养您也有许多不便。

**李尔** 回到她那儿去？裁撤了五十名侍从！不，我宁愿什么屋子也不要住，过着风餐露宿的生活，和无情的大自然抗争，和豺狼鸱号鸟做伴侣，忍受一切饥寒的痛苦！回去跟她住在一起！嘿，我宁愿到那娶了我的没有嫁奁的小女儿去的热情的法兰西国王的座前匍匐膝行，像一个臣仆一样向他讨一份微薄的恩俸，苟延我的残喘，回去跟她住在一起！你还是劝我在这可恶的仆人手下当奴才，当牛马吧。(指奥斯瓦德)

**戈纳里尔** 随你的便。

**李尔** 女儿，请你不要使我发疯；我也不愿再来打扰你了，我的孩子。再会吧；我们从此不再相见。可是你是我的肉，我的血，我的女儿；或者还不如说是我身体上的一个恶瘤，我不能不承认你是我的；你是我的腐败的血液里的一个瘀块，一个肿毒的疖疮。可是我不愿责骂你；让羞辱自己降临到你身上吧，我没有呼召它；我不要求天雷把你殛死，我也不把你的忤逆向垂察善恶的天神控诉，你回去仔细想一想，趁早悔改前非，还来得及。我可以忍耐；我可以带着我的一百个武士，跟里根住在一起。

**里根** 那绝对不行；现在还轮不到我，我也没有预备好招待您的礼数。父亲，听我姊姊的话吧；人家冷眼看着您这种愤怒的神气，他们心里都要说您因为老了，所以——可是姊姊是知道她自己所做的事的。

**李尔** 这是你的好意的劝告吗？

**里根** 是的，父亲，这是我的真诚的意见。什么！五十个卫士？这不是很好吗？再多一些有什么用处？就是这么许多人，数目也不少了，别说供养他们不起，而且让他们成群结党，也是一件危险的事。一间屋子里养了这许多人，拥戴着两个主人，怎么不会发生争闹？简直不成话。

**戈纳里尔** 父亲，您为什么不让我们的仆人侍候您呢？

**里根** 对了，父亲，那不是很好吗？要是他们怠慢了您，我们也可以训斥他们。您下回到我这儿来的时候，请您只带二十五个人来，因为现在我已经看到了一个危险；超过这个数目，我是恕不招待的。

李尔　我把一切都给了你们——

里根　您总算拣了适当的时候给了我们。

李尔　叫你们做我的代理人，保管者，我的唯一的条件，只是让我保留这么多的侍从。什么！我必须只带二十五个人，到你这儿来吗？里根，你是不是这样说？

里根　父亲，我可以再说一遍，我只允许您带这么几个人来。

李尔　恶人的脸相虽然狰狞可怖，要是再有人比他更恶，相形之下，就会变得和蔼可亲；不是绝顶的凶恶，总还有几分可取。(向戈纳里尔)我愿意跟你去；你的五十个人还比她的二十五个人多上一倍，你的孝心也比她大一倍。

戈纳里尔　父亲，我们家里难道没有两倍这么多的仆人可以侍候您？依我说，不但用不到二十五个人，就是十个五个也是多事。

里根　就是，一个也不需要。

李尔　啊！不要跟我讲什么需要不需要；最卑贱的乞丐，也有他的不值钱的身外之物；人生除了天然的需要以外，要是没有其他的享受，那和畜类的生活有什么分别。你是一位夫人；你穿着这样华丽的衣服，如果你的目的只是为了保持温暖，那就根本不合你的需要，因为这种盛装艳饰并不能使你温暖。可是，讲到真的需要，那么天啊，给我忍耐吧，我需要忍耐！神啊，你们看见我在这儿，一个可怜的老头子，被忧伤和老迈磨折得好苦！假如是你们鼓动这些女儿们的心，使她们忤逆她们的父亲，那么请你们不要尽是愚弄我，叫我默然忍受吧；让我的心里激起了刚强的怒火，让妇人所恃为武器的泪点不要沾污我的男子汉的脸颊！不，你们这两个不孝的妖妇，我要向你们复仇，我要做出一些使全世界惊怖的事情来，虽然我现在还不知道我要怎么做。你们以为我将要哭泣；不，我不愿哭泣，我虽然有充分的哭泣的理由，可是我宁愿让这颗心碎成万片，也不愿流下一滴泪来。啊，傻瓜！我要发疯了！(李尔、葛里斯特、肯特及弄人同下)

康沃尔　我们进去吧；一场暴风雨将要来了。(远处暴风雨声)

里根　这所房子太小了，这老头儿带着他那班人来是容纳不下的。

戈纳里尔　是他自己不好，放着安逸的日子不要过，一定要吃些苦，才知道自己的蠢。

**里根** 单是他一个人，我倒也很愿意收留他，可是他的那班跟随的人，我可一个也不能容纳。

**戈纳里尔** 我也是这个意思。葛罗斯特伯爵呢？

**康沃尔** 跟老头子出去了。他已经回来了。

【葛罗斯特重上。

**葛罗斯特** 王上正在盛怒之中。

**康沃尔** 他到哪儿去？

**葛罗斯特** 他叫人备马；可是不让我知道他要到什么地方去。

**康沃尔** 还是不要管他，悉听他自己的意思吧。

**戈纳里尔** 伯爵，您千万不要留他。

**葛罗斯特** 唉！天色暗起来了，田野里都在刮着狂风，附近许多里之内，简直连一株小小的树木都没有。

**里根** 啊！伯爵，对于刚愎自用的人，只好让他们自己招致的灾祸教训他们。关上您的门；他有一班亡命之徒跟随在身边，他自己又是这样容易受人愚弄，谁也不知道他们会煽动他干出些什么事来。我们还是小心点儿好。

**康沃尔** 关上您的门，伯爵；这是一个狂暴的晚上。我的里根说得一点不错。暴风雨来了，我们进去吧。（同下）

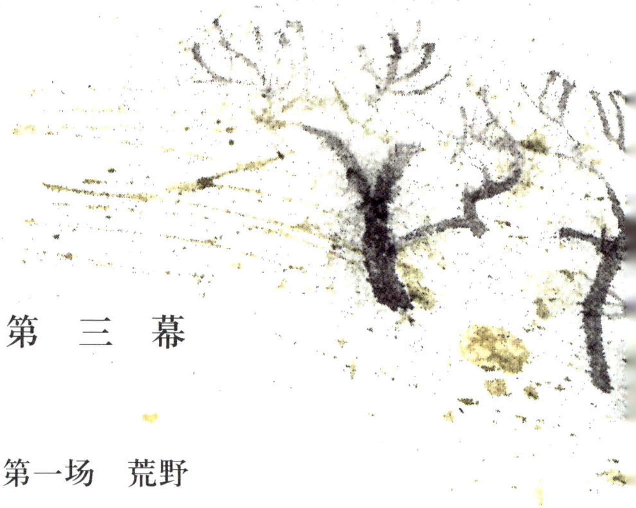

# 第　三　幕

## 第一场　荒野

【暴风雨，雷电。肯特及一侍臣上，相遇。

肯特　除了恶劣的天气以外，还有谁在这儿？

侍臣　一个心绪像这天气一样不安静的人。

肯特　我认识你。王上呢？

侍臣　正在跟暴怒的大自然较劲儿；他叫狂风把大地吹下海里，叫泛滥的波涛吞没了陆地，使万物都变了样子或归于毁灭；拉下他的一根根的白发，让挟着盲目的愤怒的暴风把它们卷得不知去向；在他渺小的一身之内，正在努力进行着一场比暴风雨的冲突更剧烈的争斗。这样的晚上，被小熊吸干了乳汁的母熊，也躲着不敢出来，狮子和饿狼都不愿沾湿它们的毛皮。他却光秃着头在风雨中狂奔，把一切付托于不可知的力量。

肯特　可是谁和他在一起？

侍臣　只有那傻瓜一路跟着他，竭力用些笑话，替他排解他心里的伤痛。

肯特　我知道你是什么人，我敢凭着我的观察所及，告诉你一件重要的消息。在奥本尼和康沃尔两人之间，虽然表面上彼此掩饰得毫无痕迹，可是暗中却已经发生了冲突；正像一般身居高位的人一样，在他们手下都有一些名为仆人，实际上却是向法国密报我们国内情形的探子，凡是这两个公爵的明争暗斗，他们两人对于善良的老王的冷酷的待遇，以及其他更秘密的一切动静，全都传到了法国的耳中；现在已经有一支军队从法国开到我们这一个分裂的国土上来，乘着我们疏忽无备，在我们几处最好的港口秘密登陆，不久就要揭开他们鲜明的旗帜了。现在，你要是能够信任我的话，请你赶快到多佛去一趟，那边你可以碰见有人在欢迎你，你可以把王上所受种种无理的屈辱向他作一个确实的报告，他一定会感激你的好意。我是一个有地位有身家的绅士，因为知道

你的为人可靠 ，所以把这件差使交给你。

侍臣　我还要跟您谈谈。

肯特　不，不必。为了向你证明我并不是像我的外表那样的一个微贱之人，你可以打开这一个钱囊，把里面的东西拿去。你一到多佛，一定可以见到科迪丽娅；只要把这戒指给她看了，她就可以告诉你，你现在所不认识的同伴是个什么人。好大的风雨！我要找王上去。

侍臣　把您的手给我。您没有别的话了吗？

肯特　我们现在先去把王上找到了再说；你往那边去，我往这边去，谁先找到他的，就打一声招呼。(各下)

## 第二场　荒野的另一部分

【暴风雨继续未止。李尔及弄人上。

李尔　吹吧，风啊！吹破了你的脸颊，猛烈地吹吧！你瀑布一样的倾盆大雨，尽管倒泻下来，浸没了我们的尖塔，淹沉了屋顶上的风标吧！你思想一样迅速的硫黄的电火，劈碎橡树的巨雷的先驱，烧焦了我的白发的头颅吧！你，震撼一切的霹雳啊，把这生殖繁密的饱满的地球击平了吧！打碎造物的模型，不要让一颗忘恩负义的人类的种子遗留在世上！

弄人　啊，老伯伯，在一间干燥的房子里讨一杯冷水喝，不比在这没有遮蔽的旷野里淋雨好得多吗？老伯伯，回到那所房子里去，向你的女儿们请求祝福吧；这样的夜无论对于聪明人或是傻瓜，都是不发一点慈悲的。

李尔　尽管轰着吧！尽管吐你的火舌，尽管喷你的雨水吧！雨，风，雷，电，都不是我的女儿，我不责怪你们的无情；我不曾给你们国土，不曾称你们为我的孩子，你们没有顺从我的义务；所以，随你们的高兴，降下你们可怕的威力来吧，我站在这儿，只是你们的奴隶，一个可怜的，衰弱的，无力的，遭人贱视的老头子。可是我仍然要骂你们是卑劣的帮凶，因为你们滥用天上的威力，帮助两个万恶的女儿来跟我这个白发的老翁作对。啊！啊！这太卑劣了！

弄人　　谁头上有屋子，
　　　　　谁就有顶帽子。

脑袋还没安置，
　　裆坠倒先有家；
脑袋和他生虱，
　　她此行乞娶嫁。
人家弄他脚指，
　　他倒放心不下。
鸡眼叫喊苦事，
　　他难眠把眼眨。

从来没有哪个丽人不会对着镜子做苦相。

【肯特上。

**李尔**　不，我要忍受众人所不能忍受的痛苦；我要闭口无言。

**肯特**　谁在那边？

**弄人**　这儿有文雅的，有愚钝的；一个是智慧人，一个是傻瓜。

**肯特**　唉！陛下，你在这儿吗？喜爱黑夜的东西，不会喜爱这样夜晚；狂怒的天色吓怕了黑暗中的漫游者，使他们躲在洞里不敢出来。自从有生以来，我从没有看见过这样的闪电，听见过这样可怕的雷声，这样惊人的风雨的咆哮；人类的精神是禁受不起这样的磨折和恐怖的。

**李尔**　让伟大的神灵在我们头顶掀起这场可怕的骚动吧。让他们现在找到他们的敌人吧。战栗吧，你尚未被人发觉，消遥法外的罪人！躲起来吧，你杀人的凶手，你用伪誓欺人的骗子，你道貌岸然的逆伦禽兽！魂飞魄散吧，你用正直的外表遮掩杀人阴谋的大奸巨恶！撕下你们包藏祸心的伪装，显露你们罪恶的原形，向这些可怕的天吏哀号乞命吧！我并没有犯什么罪，我是一个含冤负屈的人。

**肯特**　唉！您头上也没有一点遮盖的东西！陛下，这儿附近有一间茅屋，可以替您挡挡风雨。我刚才曾经到那所冷酷的房子里——那比它墙上的石块更冷酷无情的房子——探问您的行踪，可是他们关上了门不让我进去；现在您且暂时躲一躲雨，我还要回去逼迫他们还以他们未尽的礼仪。

**李尔**　我的头脑开始昏乱起来了。来，我的孩子。你怎么啦，我的孩子？你冷吗？我自己也冷呢。我的朋友，这间茅屋在什么地方？一个到了困穷无告的时候，下贱的东西也会变成无价之宝。来，带我到你那间茅屋里去。可怜的

傻小子，我心里还留着一块地方为你悲伤哩。

弄人　只怪自己糊涂自己蠢，
　嗨呵，一阵风来一阵雨，
背时倒运莫把天公恨，
　管它朝朝雨雨又风风。

李尔　不错，我的好孩子。来，领我们到这茅屋里去。（同下）

弄人　这夜晚真痛快，能让妓女觉得凉快。走之前我不妨讲几句预言：

传道的说话比干事多；
酿酒的把水往酒里搁；
贵人总把裁缝来指教；
放过异教徒把嫖客烧；
官司若桩桩判断得公，
乡绅无债骑士不受穷。
舌头若不再编造谣言，
偷儿便不会人群里钻。
息爷若把地下金子露，
老鸨婊子会把教堂筑。
那时这英国举国上下
准会乱糟糟无天无法，
活着的人都终会看到，
走路的走路都会用脚。

这话本是墨林据传说他是亚瑟王故事中的术士。说，因为我生活在他的时代之前。（下）

## 第三场　葛罗斯特城堡中的一室

【葛罗斯特及爱德蒙上。

葛罗斯特　唉，唉！爱德蒙，我不赞成这种不近人情的行为。当我请求他们允许我给他一点援助的时候，他们竟会剥夺我使用自己房子的权利，不许我

提起他的名字，不许我替他说一句恳求的话，也不许我给他任何的救济，要是违背了他们的命令，我就要永远失去他们的欢心。

爱德蒙　太野蛮，太不近人情了！

葛罗斯特　算了，你不要多说什么。两个公爵现在已经有了意见，而且还有一件比这更严重的事情。今天晚上我接到一封信，里面的话说出来也是很危险的；我已经把这信锁在壁橱里了。王上受到这样的凌虐，总有人会来替他报复的；已经有一支军队在路上了；我们必须站在王上的一方面。我就要找他去，暗地里救济救济他；你去陪公爵谈谈，免得被他觉察了我的行动。要是他问起我的话，你就回他说我身子不好，已经睡了。大不了是一个死，王上是我的老主人，我不能坐视不救。出人意外的事情快要发生了，爱德蒙，你须要小心点儿。（下）

爱德蒙　你违背了命令去献这种殷勤，我立刻就要去告诉公爵知道；还有那封信我也要告诉他。这是我献功邀赏的好机会，我的父亲将要因此而丧失他所有的一切，也许他的全部家产都要落到我的手里；老的一代没落了，年轻的一代才会兴起。（下）

## 第四场　荒野茅屋之前

【李尔，肯特及弄人上。

肯特　就是这地方，陛下，进去吧。在这样毫无掩庇的黑夜里，像这样的狂风暴雨，是谁也受不了的。（暴风雨继续不止）

李尔　不要缠着我。

肯特　陛下，进去吧。

李尔　你要碎裂我的心吗？

肯特　我宁愿碎裂我自己的心。陛下，进去吧。

李尔　你以为让这样的狂风暴雨侵袭我们的肌肤，是一件了不得的苦事；在你看来是这样的；可是一个人要是身沾重病，他就不会感觉到小小的痛楚。你见了一头熊就要转身逃走；可是假如你的背后是汹涌的大海，你就只好硬着头皮向那头熊迎面走上去。当我们心绪宁静的时候，我们的肉体才是敏感的；

我的心灵中的暴风雨已经取去我一切其他的感觉，只剩下心头的热血在那儿搏动。儿女的忘恩！这不就像这一只手把食物送进这一张嘴里，这一张嘴却把这一只手咬了下来吗？可是我要重重惩罚她们。不，我不愿再哭泣了。在这样的夜里，把我关在门外！尽管倒下来吧，什么大雨我都可以忍受。在这样的一个夜里！啊，里根、戈纳里尔！你们年老仁慈的父亲一片诚心，把一切都给了你们——啊！那样想下去是要发疯的；我不要想起那些；别再提起那些话了。

肯特　陛下，进去吧。

李尔　你要舒服，你自己进去吧。这暴风雨不肯让我仔细思想种种的事情，那些事情我越是想下去，越会增加我的痛苦。可是我要进去。(向弄人)进去，孩子，你先走。你们这些无家可归的人——你进去吧。我要祈祷，然后我要睡一会儿。(弄人入内)衣不蔽体的不幸的人们，无论你们在什么地方忍受着这样无情的暴风雨的袭击，你们的头上没有片瓦遮身，你们的腹中饥肠雷动，你们的衣服千洞百孔，怎么抵挡得了这样的气候呢？啊！我一向太没有想到这种事情了。安享荣华的人们啊，睁开你们的眼睛来，替这些不幸的人们设身处地想一想，分一些你们享用不了的福泽给他们，让上天知道你们不是全无心肝的人吧！

埃德加　(在内)九尺深，九尺深！可怜的汤姆！(弄人自屋内奔出)

弄人　老伯伯，不要进去；里面有一个鬼。救命！救命！

肯特　让我搀着你，谁在里边？

弄人　一个鬼，一个鬼；他说他的名字，叫做可怜的汤姆。

肯特　你是什么人，在这茅屋里大呼小叫的？出来。

【埃德加乔装疯人上。

埃德加　走开！恶魔跟在我的背后！风儿吹过山楂林。哼？到你冷冰冰的床上暖一暖你的身体吧。

李尔　你把你所有的一切都给了你的两个女儿，所以才到了今天这地步吗？

埃德加　谁把什么东西给可怜的汤姆？恶魔带着他穿过大火，穿过烈焰，穿过水道和漩涡，穿过沼地和泥泞；把刀子放在他的枕头底下，把绳子放在他的凳子底下，把毒药放在他的粥里；使他心中骄傲，骑了一匹栗色的奔马，从四寸阔的桥梁上过去；把他自己的影子当做一个叛徒，尽管追逐不舍。祝福你的五种才智！汤姆冷着呢。啊！哆啼哆啼哆啼。愿旋风不吹你，星星不把毒箭射你，瘟疫不到你身上！做做好事，救救那给恶魔害得好苦的可怜的汤姆吧！他现在就在那边，在那边，又到那边去了，在那边。（暴风雨继续不止）

李尔　什么！他的女儿害得他变成这个样子吗？你不能留下一些什么来吗？你一起都给了她们了吗？

弄人　不，他还留着一方毡毯，否则我们大家都要不好意思。

李尔　愿那悬挂在天空之中的惩罚恶人的瘟疫一起降临在你的女儿身上！

肯特　陛下，他没有女儿哩。

李尔　该死的奸贼！他没有不孝的女儿，怎么会流落到这等不堪的地步？难道被弃的父亲，都是这样一点不爱惜他们自己身体的吗？适当的处罚！谁叫他们的身体产下那些枭獍般的女儿来的？

埃德加　小雄鸡坐在高墩上，哈罗，哈罗，罗，罗！

弄人　这一个寒冷的夜晚将要使我们大家变成傻瓜和疯子。

埃德加　当心恶魔。孝顺你的爷娘；说过的话不要反悔；不要赌咒；不要奸淫有夫之妇；不要把你的情人打扮得太漂亮。汤姆冷着呢。

李尔　你本来是干什么的？

埃德加　一个心性高傲的仆人，头发卷得曲曲的，帽子上佩着情人的手套，惯会讨妇女的欢心，干些不可告人的勾当；开口发誓，闭口赌咒，当着上天的面前把他们一个个毁弃；睡里梦里都在转奸淫的念头，一醒来便把它实行。我贪酒，我爱赌，我比土耳其人更好色；一颗奸诈的心，一对轻信的耳朵，一双不怕血腥气的手；猪一般懒惰，狐狸一般狡诡，狼一般贪狠，狗一般疯狂，狮子一般凶恶。不要让女人的脚步声和窸窸窣窣的绸衣裳的声音摄去了你的魂魄；不要把你的脚踏进窑子里去，不要把你的手伸进裙子里去，不要把你的笔碰到放债人的帐簿上，抵抗恶魔的引诱吧。冷风还是在打山楂树里吹过去；听它怎么说，吁——吁——呜——呜——哈——哈——。道芬我的孩子，我的孩子；叱嚓！让他奔过去。（暴风雨继续不止）

李尔　唉，你这样赤身裸体，受风雨的吹淋，还是死了的好。难道人不过是这样一个东西吗？想一想吧，你也不向蚕身上借一根丝，也不向野兽身上借一张皮，也不向羊身上借一片毛，也不向麝猫身上借一块香料。吓！我们这三个人都已经汩没了本来的面目，只有你还保全着天赋的原形；人类在草昧的时

代，不过是像你这样的一个寒伧的赤裸的毛发蓬松的动物。脱下来，脱下来，你们这些身外之物！来，松开你的钮扣。（扯去衣服）

弄人　老伯伯，请你安静点儿；这样危险的夜里是不能游泳的。旷野里一点小小的火光，正像一个好色的老头儿的心，只有这么一星星的热，他的全身都是冰冷的。瞧！一团火走来了。

【葛罗斯特持炬上。

埃德加　这就是那个叫做弗力勃铁贝特的恶魔；他在黄昏时候出现，一直到第一声鸡啼方才隐去；他叫人眼睛里长白膜，刺痛得睁不开来；他叫人嘴唇上起裂缝；他还会叫麦粉发霉，寻穷人们的开心。

圣维都尔三次经过山冈，
遇见魇魔和她九个儿郎；
他说妖精你别逃，
发过誓儿放你跑；
急急如律令敕！

肯特　那边什么人？你找谁？

葛罗斯特　你们是些什么人？你们叫什么名字？

埃德加　可怜的汤姆，他吃的是泅水的青蛙，蛤蟆，蝌蚪，壁虎，和水蜥；恶魔在他心里捣乱的时候，他发起狂来，就会把牛粪当做一盆美味的生菜；他吞的是老鼠和癞狗，喝的是一潭死水上面绿色的浮渣；他到处给人家鞭打，锁在枷里，关在牢里；他从前有三身外衣，六件衬衫，跨着一匹马，带着一口剑；

可是在这整整七年时光，
耗子是汤姆唯一的食粮。

留心那跟在我背后的鬼。不要闹，史墨金！不要闹，你这恶魔！

葛罗斯特　什么！陛下竟会跟这种人作起伴来了吗？

埃德加　地狱里的魔王是一个绅士；他的名字叫做摩陀，又叫做玛呼。

葛罗斯特　陛下，我们亲生的骨肉都变得那样坏，把自己生身之人当作了仇敌。

埃德加　可怜的汤姆冷着呢。

葛罗斯特　跟我回去吧。我的良心不允许我全然服从您的女儿的无情的命令；虽然他们叫我关上了门，把您丢下在这狂暴的黑夜之中，可是我还是大胆出来找您，把您带到有火炉有食物的地方去。

李尔　让我先跟这位哲学家谈谈。天上打雷是什么缘故？

肯特　陛下，接受他的好意；跟他回去吧。

李尔　我还要跟这位学者说一句话。您研究的是哪一门学问？

埃德加　抵御恶魔的战略和消灭毒虫的方法。

李尔　让我私下里问您一句话。

肯特　大人，请您再催催他吧；他的神经有点儿错乱起来了。

葛罗斯特　你能怪他吗？(暴风雨继续不止)他的女儿要他死哩。唉！那善良的肯特，他早就说过会有这么一天的，可怜的被放逐的人！你说王上要疯了；告诉你吧，朋友，我自己也差不多疯了。我有一个儿子，现在我已经跟他断绝关系了；他要谋害我的生命，这还是最近的事；我爱他，朋友，没有一个父亲比我更爱他的儿子；不瞒你说，(暴风雨继续不止)我的头脑都气昏了。这是一个什么晚上！陛下，求求您——

李尔　啊！请您原谅，先生。高贵的哲学家，请了。

埃德加　汤姆冷着呢。

葛罗斯特　进去，家伙，到这茅屋里去暖一暖吧。

李尔　来，我们大家进去。

肯特　陛下，这边走。

李尔　带着他；我要跟我这位哲学家在一起。

肯特　大人，顺从他的意思吧；让他把这家伙带去。

葛罗斯特　您带着他来吧。

肯特　小子，来；跟我们一块儿去。

李尔　来，好雅典人。

葛罗斯特　嘘！不要说话，不要说话。

埃德加　罗兰骑士来到黑黑的城堡前，他不停地说什么呸呀哼呀哦呀，我于是闻到了不列颠人的血味。(同下)

## 第五场 葛罗斯特城堡中一室

【康沃尔及爱德蒙上

康沃尔 我在离开他的屋子以前，一定要把他惩治一下。

爱德蒙 殿下，我为了尽忠的缘故，不顾父子之情，一想到人家不知将要怎样批评我，心里很有点儿惴惴不安哩。

康沃尔 我现在才知道你的哥哥想要谋害他的生命，并不完全出于恶意；多半是他自己咎有应得，才会引起他的杀心的。

爱德蒙 我的命运多么颠倒，虽然做了正义的事情，却必须抱恨！这就是他说起的那封信，它可以证实他私通法国的罪状。天啊！为什么他要干这种叛逆的行为，为什么偏偏又在我手里发觉了呢？

康沃尔 跟我去见公爵夫人去。

爱德蒙 这信上所说的事情倘然确实，那您就要有一番重大的行动了。

康沃尔 不管它是真是假，它已经使你成为葛罗斯特伯爵了。你去找找你父亲在什么地方，让我们可以把他逮捕起来。

爱德蒙 （旁白）要是我看见他正在援助那老王，他的嫌疑就格外加重了。——虽然忠心和孝道在我的灵魂里发生剧烈的争战，可是大义所在只好把私恩抛弃不顾。

康沃尔 我完全信任你；你在我的恩宠之中，将要得到一个更慈爱的父亲。（各下）

## 第六场 邻接城堡的农舍一室

【葛罗斯特，李尔，肯特，弄人及埃德加上。

葛罗斯特 这儿比露天好一些，不要嫌它寒伧，将就住下来吧。我再去找找有些什么吃的用的东西；我去去就来。

肯特 他的智力已经在他的盛怒之中完全消失了。神明报答您的好心！

（葛罗斯特下）

**埃德加** 弗拉脱累多[1]在叫我，他告诉我尼罗王在冥湖里钓鱼。喂，傻瓜，你要留心恶魔啊。

**弄人** 老伯伯，告诉我，一个疯子是绅士呢还是平民？

**李尔** 是个国王，是个国王！

**弄人** 不，他是一个变卖了田地，替他的儿子挣一个绅士头衔的平民。因为他是一个看见儿子在他前面充当绅士的平民。

**李尔** 一千条血红的火舌吱啦吱啦卷到她们的身上——

**埃德加** 恶魔在咬我的背。

**弄人** 谁要是相信豺狼的驯良，马儿的健康，孩子的爱情，或是娼妓的盟誓的，他就是个疯子。

**李尔** 一定要办他们一办，我现在就要控诉她们。（向埃德加）来，最有学问的法官，你坐在这儿；（向弄人）你，贤明的官长，坐在这儿。——来，你们这两只雌狐！

**埃德加** 瞧，他站在那儿，眼睛睁得大大的！太太，你在审判的时候，要不要有人瞧着你？渡过河来会我，蓓西——

**弄人** 她的小船儿漏了，

她不能让你知道

为什么她不敢见你。

**埃德加** 恶魔借着夜莺的喉咙，向可怜的汤姆作祟了。霍普丹斯在汤姆的肚子里嚷着要两条新鲜的鲱鱼。别吵，魔鬼；我没有东西给你吃。

**肯特** 陛下，您怎么啦！不要这样呆呆地站着。您愿意躺下来，在这褥垫上面休息休息吗？

**李尔** 我要先看她们受了审判再说。把她们犯罪的证据带上来。（向埃德加）你这披着法衣的审判官，请坐，（向弄人）你，他的执法的同僚，坐在他的旁边。（向肯特）你是陪审官，你也坐下了。

**埃德加** 让我们秉公判断。

你睡着还是醒着，牧羊人？

你的羊儿在田里跑；

---

① 弗拉脱累多，一小鬼的名字。

我只要开开你的小嘴唇，
不分你羊儿一根毛。

呼噜呼噜；这是一只灰色的猫儿。

李尔 先控诉她；她是戈纳里尔。我当着尊严的堂上起誓，她曾经踢她的可怜的父王。

弄人 过来，奶奶。你的名字叫戈纳里尔吗？

李尔 她不能抵赖。

弄人 对不起，我还以为您是一张折凳哩。

李尔 这儿还有一个，你们瞧她满脸的横肉，就可以知道她的心肠是怎么样的。拦住她！举起你们的兵器，拔出你们的剑，点起火把来！营私舞弊的法庭！枉法的贪官，你为什么放她逃走？

肯特 嗳哟！陛下，您不是常常说您没有失去忍耐吗？现在您的忍耐呢？

埃德加 （旁白）我的滚滚的热泪忍不住为他流下，怕要给他们瞧破我的假装了。

李尔 这些小狗以及一切，特雷，白兰奇，甜甜心，瞧，它们都在向我吠。

埃德加 让汤姆用他的头把它们轰走。滚开，你们这些恶狗！

黑嘴巴，白嘴巴，
疯狗咬人磨毒牙，
猛犬猎犬杂种犬，
叭儿小犬团团转，
青屁股，卷尾毛，
一见汤姆没命逃。

哆嘀哆嘀。叱嚓！来，我们赶庙会，上市集去。可怜的汤姆，你的牛角里干得挤不出一滴水来啦。

李尔 叫他们剖开里根的身体来，看看她心里有些什么东西。究竟为了什么天然的原因，她们的心才会变得这样硬？（向埃德加）我把你收养下来，叫你做我一百名侍卫中间的一个，只是我不欢喜你的衣服的式样；你也许要对我说，这是最漂亮的波斯装；可是我看还是请你换一换吧。

肯特 陛下，您还是躺下来休息休息吧。

**李尔**　不要吵，不要吵；放下帐子，好，好，好。我们到早上再去吃晚饭吧；好，好，好。

**弄人**　我一到中午可要睡觉哩。

【葛罗斯特重上。

**葛罗斯特**　过来，朋友；王上呢？

**肯特**　在这儿，大人；可是不要打扰他，他的神经已经错乱了。

**葛罗斯特**　好朋友，请你把他抱起来。我已经听到了一个谋害他生命的阴谋。马车套好在外边，你快把他放进去，驾着它到多佛，那边有人会欢迎你，并且会保障你的安全。抱起你的主人来；要是你耽误了半点钟的时间，他的性命，你的性命，以及一切出力救护他的人的性命，都要保不住了。抱起来，抱起来；跟我来，让我设法把你们赶快送到一处可以安身的地方。

**肯特**　受尽磨折的身心，现在安然入睡了；安息也许可以镇定镇定他的破碎的神经，但愿上天行个方便，不要让它破碎得不可收拾才好。（向弄人）来，帮我扛起你的主人来；你也不能留在这儿。

**葛罗斯特**　来，来，走吧。（肯特，葛罗斯特及弄人舁李尔下）

**埃德加**　　做君王的不免如此下场，
使我忘却了自己的忧伤。
最大的不幸是独抱牢愁，
任何的欢娱兜不上心头；
倘有了同病相怜的侣伴，
天大痛苦也会解去一半。
国王有的是不孝的逆女，
我自己遭逢无情的严父，
他与我两个人一般遭际！
去吧，汤姆，忍住你的怨气，
你现在蒙着无辜的污名，
总有日回复你清白之身。

不管今夜里还会发生些什么事情，王上总是安然出险了。我还是躲起来吧。（下）

## 第七场　葛罗斯特城堡中一室

【康沃尔，里根，戈纳里尔，爱德蒙及众仆上。

**康沃尔**　夫人，请您赶快到尊夫的地方去，把这封信交给他；法国军队已经登陆了。——来人，替我去搜寻那反贼葛罗斯特的踪迹。（若干仆人下）

**里根**　把他捉到了立刻吊死。

**戈纳里尔**　把他的眼珠挖出来。

**康沃尔**　我自有处置他的办法。爱德蒙，我们不应该让你看见你的谋叛的父亲受到怎样的刑罚，所以请你现在护送我们的姊姊回去，替我向奥本尼公爵致意，叫他赶快准备；我们这儿也要采取同样的行动。我们两地之间，必须随时用飞骑传报消息。再会，亲爱的姊姊；再会，葛罗斯特勋爵。

【奥斯瓦德上。

**康沃尔**　怎么啦？那国王呢？

**奥斯瓦德**　葛罗斯特伯爵已经把他载送出去了；有三十五六个追寻他的武士在城门口和他会合，还有几个伯爵手下人也在一起，一同向多佛进发，据说那边有他们武装的友人在等候他们。

**康沃尔**　替你家夫人备马。

**戈纳里尔**　再会，殿下，再会，妹妹。

**康沃尔**　再会，爱德蒙。（戈纳里尔、爱德蒙及奥斯瓦德下）再去几个人把那反贼葛罗斯特捉来，像偷儿一样把他绑来见我。（若干仆人下）虽然在没有经过正式的审判手续以前，我们不能就把他判处死刑，可是为了发泄我们的愤怒，却只好不顾人们的指摘，凭着我们的权力独断独行了。那边是什么人？是那反贼吗？

【众仆押葛罗斯特重上。

**里根**　没有良心的狐狸！正是他。

**康沃尔**　把他枯瘪的手臂牢牢缚起来。

**葛罗斯特**　两位殿下，这是什么意思？我的好朋友们，你们是我的客人；不要用这种无礼的手段对待我。

康沃尔　捆住他。（众仆缚葛罗斯特）

里根　缚紧些，缚紧些。啊，可恶的反贼！

葛罗斯特　你是一个没有慈悲的女人，我却不是反贼。

康沃尔　把他缚在这张椅子上。奸贼，我要让你知道——（里根扯葛罗斯特须）

葛罗斯特　天神在上，这还成什么话，你扯起我的胡子来啦！

里根　胡子这么白，想不到却是一个反贼！

葛罗斯特　恶妇，你从我的腮上拉下这些胡子来，它们将要像活人一样控诉你的罪恶。我是这里的主人，你不该用你强盗的手，这样报答我的好客的殷勤。你究竟要怎么样？

康沃尔　说，你最近从法国得到什么书信？

里根　老实说出来，我们已经什么都知道了。

康沃尔　你跟那些最近踏到我们国境上来的叛徒们有些什么来往？

里根　你把那发疯的老王送到什么人手里去了？说。

葛罗斯特　我只收到过一封信，里面都不过是些猜测之谈，寄信的是一个没有偏见的人，并不是一个敌人。

康沃尔　好狡猾的推托！

里根　一派鬼话！

康沃尔　你把国王送到什么地方去了？

葛罗斯特　送到多佛。

里根　为什么送到多佛？我们不是早就警告你——

康沃尔　为什么送到多佛？让他回答这个问题。

葛罗斯特　罢了，我现在身陷虎穴，只好拼着这条老命了。

里根　为什么送到多佛？

葛罗斯特　因为我不愿意看见你的凶恶的指抓挖出他的可怜的老眼；因为我不愿意看见你的残暴的姊姊用她野猪般的利齿咬进他的神圣的肉里。他的赤裸的头顶在地狱一般黑暗的夜里冲风冒雨，受到那样狂风暴雨的震荡的海水，也要把它的怒潮喷向天空，熄灭了星星的火焰，但是他，可怜的老翁，却还要把他的热泪帮助天空浇洒。要是在那样怕人的晚上，豺狼在你的门前悲鸣，你也要说，“善良的看门人，开了门放它进来吧，”而不计较它一切的罪恶。可是我总有一天见到上天的报应降临在这种儿女的身上。

**康沃尔** 你再也不会见到那样一天。来，按住这椅子。我要把你这一双眼睛放在我的脚底下践踏。

**葛罗斯特** 谁要是希望他自己平安到老年的，帮帮我吧！啊，好惨！天啊！（葛罗斯特一眼被挖出）

**里根** 还有那一颗眼珠也挖出来，免得它嘲笑没有眼珠的一面。

**康沃尔** 要是你看见什么报应——

**仆人甲** 住手，殿下，我从小服侍您到现在，可是从来没有对您干过一件比现在请您住手更好的事情。

**里根** 怎么，你这狗东西！

**仆人甲** 要是你的腮上长起了胡子，我现在也要把它扯下来。

**康沃尔** 混帐奴才，你反了吗？（拔剑）

**仆人甲** 好，那么来，我们拼一个你死我活。（拔剑二人决斗。康沃尔受伤。）

**里根** 把你的剑给我。一个奴才也会撒野到这等地步！（取剑自后刺仆人甲）

**仆人甲** 啊！我死了。大人，您还剩着一只眼睛，看见他受到一点小小的报应。啊！（死）

**康沃尔** 哼，看他再瞧得见一些什么报应！出来，可恶的浆块！现在你还会发光吗？（葛罗斯特另一眼被挖出）

**葛罗斯特** 一切都是黑暗和痛苦。我的儿子爱德蒙呢？爱德蒙，燃起你天性中的怒火，替我报复这一场暗无天日的暴行吧！

**里根** 哼，万恶的奸贼！你在呼唤一个憎恨你的人；你对我们反叛的阴谋，就是他出首告发的，他是一个深明大义的人，决不会对你发一点怜悯。

**葛罗斯特** 啊，我是个蠢才！那么埃德加是冤枉的了。仁慈的神明啊，赦免我的错误，保佑他有福吧！

**里根** 把他推出门外，让他一路摸索到多佛去。（一仆率葛罗斯特下）怎么，殿下？您的脸色怎么变啦？

**康沃尔** 我受了伤啦。跟我来，夫人。把那瞎眼的奸贼撵出去；把这奴才丢在粪堆里。里根，我的血尽在流着；这真是无妄之灾。用你的手臂搀着我。

（里根扶康沃尔同下）

仆人乙　要是这家伙会有好收场，我什么坏事都可以去做了。

仆人丙　要是他会寿终正寝，所有的女人都要变成恶鬼了。

仆人乙　让我们跟在那老伯爵的后面，叫那疯丐把他领到他所要去的地方。

仆人丙　你先去吧；我还要去拿麻布和蛋白来，替他贴在他的流血的脸上。但愿上天保佑他！（各下）

# 第　四　幕

## 第一场　荒野

【埃德加上。

**埃德加**　与其被人在表面上恭维而背地里鄙弃，那么还是像这样自己知道为举世所不容的好。一个最困苦最微贱最为命运所屈辱的人，可以永远抱着希冀而无所恐惧；从最高的地位上跌落下来，那变化是可悲的；乐极生悲，否极

泰来。那么，我拥抱你这虚无缥缈的东西！你把倒霉之人逼到了绝境，对阵阵恶风倒不惧怕了。可是谁来啦？

【一老人率葛罗斯特上。

埃德加　我的父亲，让一个穷苦的老头儿领着他吗？啊，世界，世界，世界！倘不是你的变幻无常，使我们厌倦于为人，哪一个人是甘心老去的？

老人　啊，我的好老爷！我在老太爷手里就做您府上的佃户，一直做到您老爷手里，已经有八十年了。

葛罗斯特　去吧，好朋友，你快去吧；你的安慰对我一点没有用处，他们也许反会害你的。

老人　您眼睛看不见，怎么走路呢？

葛罗斯特　我没有路，所以不需要眼睛；当我能够看见的时候，我也会失足颠仆。我们往往因为有所自恃而失之于大意，反不如缺陷却能对我们有益。啊！埃德加好儿子，你的父亲受人之愚，错怪了你，要是我能在未死以前，摸到你的身体，我就要说，我又有了眼睛啦。

老人　啊！那边是什么人？

埃德加　(旁白)神啊！谁能够说，“我现在已经到了不幸的极点？”我现在比从前才更要不幸得多啦。

老人　那是可怜的发疯的汤姆。

埃德加　(旁白)也许我还要碰到更不幸的命运；当我们能够说“这是最不幸的事”的时候，那还不是最不幸的。

老人　汉子，你到哪儿去？

葛罗斯特　是一个叫化子吗？

老人　是个疯叫化子。

葛罗斯特　他的理智还没有完全丧失，否则他不会向人乞讨。在昨晚的暴风雨里，我也看见这样一个家伙，他使我想起一个人不过等于一条虫；那时候我的儿子的影象就闪进了我的心里，可是当时我正在恨他，不愿想起他；后来我才听到一些其他的话。天神掌握着我们的命运，正像顽童捉到飞虫一样，为了戏弄的缘故而把我们杀害。

埃德加　(旁白)怎么会有这样的事？在一个伤心人的面前装傻，对自己，对别人，都是一件不愉快的行为。(向葛罗斯特)祝福你，先生！

*葛罗斯特* 他就是那个不穿衣服的家伙吗？

*老人* 正是，老爷。

*葛罗斯特* 那么你去吧。我要请他领我到多佛去，要是你看在我的分上，愿意回去拿一点衣服来替他遮盖遮盖身体，那就再好没有了；我们不会走远，从这儿到多佛的路上一二里之内，你一定可以追上我们。

*老人* 唉，老爷！他是个疯子哩。

*葛罗斯特* 疯子带着瞎子走路，本来是这时代一般的病态。照我的话，或者还是照你自己的意思做吧；第一件事情是请你快去。

*老人* 我要把我所有的最好的衣服拿来给他，不管它会引起怎样的后果。（下）

*葛罗斯特* 喂，不穿衣服的家伙——

*埃德加* 可怜的汤姆冷着呢。（*旁白*）不能再假装下去了。

*葛罗斯特* 过来，汉子。

*埃德加* （*旁白*）可是我不能不假装下去。——祝福你的可爱的眼睛，它们正流血哩。

*葛罗斯特* 你认识到多佛的路吗？

*埃德加* 一处处关口城门，一条条马路人行道，我全都认识。可怜的汤姆被他们吓迷了心窍；祝福你，好人的儿子，愿恶魔不来缠绕你！五个魔鬼一齐作弄着可怜的汤姆：一个是色魔奥别狄克特；一个是哑鬼霍别狄丹斯，一个是偷东西的玛呼；一个是杀人的摩陀；一个是扮鬼脸的弗里伯提吉伯特，他后来常常附在丫头使女的身上。好，祝福你，先生！

*葛罗斯特* 来，你这受尽上天凌虐的人，把这钱囊拿去；我的不幸却是你的运气。天道啊，愿你常常如此！让那穷奢极欲，把你的法律当作满足他自己享受的工具，因为知觉麻木而沉迷不悟的人，赶快感到你的威力吧；从享用过度的人手里夺下一点来分给穷人，让每一个人都得到他所应得的一份吧。你认识多佛吗？

*埃德加* 认识，先生。

*葛罗斯特* 那边有一座悬崖，它的峭拔的绝顶俯瞰着幽深的海水；你只要领我到那悬崖的边上，我就给你一些我随身携带的贵重的东西，你拿了去可以过些舒服的日子；我也不用再烦你带路了。

**埃德加**　把你的手臂给我；让可怜的汤姆领着你走。（同下）

## 第二场　奥本尼公爵宫前

【戈纳里尔及爱德蒙上。

**戈纳里尔**　欢迎，伯爵；我不知道我那位和善的丈夫为什么不来迎接我们。

【奥斯瓦德上。

**戈纳里尔**　主人呢？

**奥斯瓦德**　夫人，他在里边；可是已经大大变了一个人啦。我告诉他法国军队登陆的消息，他听了只是微笑；我告诉他说您来了，他的回答却是，“还是不来的好”；我告诉他葛罗斯特怎样谋反，他的儿子怎样尽忠的时候，他骂我蠢东西，说我颠倒是非。凡是他所应该痛恨的事情，他听了都觉得很得意；他所应该欣慰的事情，反而使他恼怒。

**戈纳里尔**　（向爱德蒙）那么你止步吧。这是他懦怯畏缩的天性，使他不敢担当大事；他宁愿忍受侮辱，不肯挺身而起。我们在路上谈起的那个愿望，也许可以实现。爱德蒙，你且回到我的妹夫那儿去；催促他赶紧调齐人马，交给你统率；我这儿只好由我自己出马，把家务托付我的丈夫照管了。这个可靠的仆人可以替我们传达消息；要是你有胆量为了你自己的好处，履行你的女主人的命令，那么不久大概就会听到我的音信的。把这东西拿去带在身边；不要多说什么；（以饰物赠爱德蒙）低下你的头来：这一个吻要是能够替我说话，它会叫你的灵魂儿飞上天空的。你要明白我的心；再会吧。

**爱德蒙**　我愿意为您赴汤蹈火。

**戈纳里尔**　我的最亲爱的葛罗斯特！（爱德蒙下）唉！都是男人，却有这样的不同！哪一个女人不愿意为你贡献她的一切，我却让一个傻瓜侵占我的眠床。

**奥斯瓦德**　夫人，殿下来了。（下）

【奥本尼上。

**戈纳里尔**　你太瞧不起人啦。

**奥本尼** 啊，戈纳里尔！你的价值还比不上那狂风吹在你脸上的尘土。我替你这种脾气担着心事：一个人要是看轻了自己的根本，难免做出一些越限逾分的事来；树干斫伤了，枝叶也要跟着萎谢，到后来只好让人当作枯柴而付之一炬。

**戈纳里尔** 得啦得啦；全是些傻话。

**奥本尼** 智慧和仁义在恶人眼中看来都是恶的；下流的人只喜欢下流的事。你们干下了些什么事情？你们是猛虎，不是女儿，你们干了些什么事啦？这样一位父亲，这样一位仁慈的老人家，一头野熊见了他也会俯首帖耳，你们这些蛮横下贱的女儿，却把他激成了疯狂！难道我那位贤襟兄竟会让你们这样胡闹吗？他也是个堂堂汉子，一邦的君主，又受过他这样的深恩厚德！要是上天不立刻降下一些明显的灾祸来，惩罚这样万恶的行为，那么人类快要像深海的鱼龙一样自相吞食了。

**戈纳里尔** 不中用的懦夫！你让人家打肿你的脸，把侮辱加在你的头上，还以为是一件体面的事；正像那些不明是非的傻瓜，人家存心害你，幸亏发觉得早，他们在未下毒手以前就受到惩罚，你却还要可怜他们。你的鼓呢？法国的旌旗已经展开在我们安静的国境上，你的敌人顶着羽毛飘扬的战盔，已经开始他的威胁，你这迂腐的傻子却坐着一动不动，只会说，“唉！他为什么要这样呢？”

**奥本尼** 瞧瞧你自己吧，魔鬼！恶魔的丑恶的嘴脸，还不及一个恶魔般的女人更要丑恶万分。

**戈纳里尔** 嗳哟，你这没有头脑的蠢货！

**奥本尼** 你这变化做女人的形状，掩蔽你的蛇蝎般的真相的魔鬼，不要露出你的狰狞的面目来吧！要是我可以允许这双手服从我的怒气，它们一定会把你的肉一块块抓下来，把你的骨头一根根折断；可是你虽然是一个魔鬼，你的形状却还是一个女人，我不能伤害你。

**戈纳里尔** 哼，这就是你的男子汉的气概。——呸！

【一使者上。

**奥本尼** 有什么消息？

**使者** 啊！殿下，康沃尔公爵死了；他正要挖去葛罗斯特第二只眼睛的时候，他的一个仆人把他杀死了。

奥本尼　葛罗斯特的眼睛！

使者　他所蓄养的一个仆人因为激于义愤，反对他这一种行动，就拔出剑来向他的主人行刺；他的主人也动了怒，和他奋力猛斗，结果把那仆人砍死了，可是自己也受了重伤，终于不治身亡。

奥本尼　啊，天道究竟还是有的，人世的罪恶这样快就受到了诛歼！但是啊，可怜的葛罗斯特！他失去了他的第二只眼睛吗？

使者　殿下，他两只眼睛全都给挖去了。夫人，这一封信是您的妹妹写来的，请您立刻给她一个回音。

戈纳里尔　（旁白）从一方面说来，这是一个好消息；可是她做了寡妇，我的葛罗斯特又跟她在一起，也许我的一切美满的愿望，都要从我这可憎的生命中消灭了；不然的话，这消息还不算顶坏。（向使者）我读过以后再写回信吧（下）

奥本尼　他们挖去他的眼睛的时候，他的儿子在什么地方？

使者　跟夫人一起到这儿来的。

奥本尼　他不在这儿。

使者　不，殿下，我在路上碰见他回去了。

奥本尼　他知道这种罪恶的事情吗？

使者　是，殿下；就是他出首告发他的，他离开那座屋子，为的是让他们行事方便一些。

奥本尼　葛罗斯特，我永远感激你对王上所表示的好意，一定替你报复你的抉目之仇。过来，朋友，详细告诉我一些你所知道的其他的消息。（同下）

## 第三场　多佛附近法军营地

【肯特及一侍臣上。

肯特　为什么法王突然回去，您知道他的理由吗？

侍臣　他在国内还有一点未了的要事，直到离国以后，方才想起；因为那件事情有关国家的安全，所以他不能不亲自回去料理。

肯特　他去了以后，委托什么人代他主持军务？

侍臣　法兰西元帅，拉·发先生。

肯特　王后看了您的信，有没有什么悲哀的表示？

侍臣　是的，先生；她拿了信，当着我的面前读下去，一颗颗饱满的泪珠淌下她的娇嫩的颊上；可是她仍然保持着一个王后的尊严，虽然她的情感像叛徒一样想要把她压服，她还是竭力把它克制下去。

肯特　啊！那么她是受到感动的了。

侍臣　她并不痛哭流涕；忍耐和悲哀互相竞争着谁能把她表现得最美。您曾经看见过阳光和雨点同时出现；她的微笑和眼泪也正是这样，只是更要动人得多；那些荡漾在她的红润的嘴唇上的小小的微笑，似乎不知道她的眼睛里有些什么客人，他们从她钻石一样晶莹的眼球里滚出来，正像一颗颗浑圆的珍珠。简单一句话，要是所有的悲哀都是这样美，那么悲哀将要成为最受世人喜爱的珍奇了。

肯特　她没有说过什么话吗？

侍臣　一两次她的嘴里迸出了"父亲"两个字，好像它们重压着她的心一般；她哀呼着，"姊姊！姊姊！女人的耻辱！姊姊！肯特！父亲！姊姊！什么，在风雨里吗？在黑夜里吗？不要相信世上还有怜悯吧！"于是她挥去了她的天仙一般的眼睛里的神圣的水珠，让眼泪淹没了她的沉痛的悲号，移步他往，和哀愁独自做伴去了。

肯特　那是天上的星辰，天上的星辰主宰着我们的命运；否则同一的父母怎样会生出这样不同的儿女来。您后来没有跟她说过话吗？

侍臣　没有。

肯特　这是在法王回国以前的事吗？

侍臣　不，这是他去后的事。

肯特　好，告诉您吧，可怜的受难的李尔已经到了此地，他在比较清醒的时候，知道我们来干什么事，一定不肯见他的女儿。

侍臣　为什么呢，先生？

肯特　羞耻之心掣住了他；他自己的忍心剥夺了她的应得的慈爱，使她远适异国，听任天命的安排，把她的权利分给那两个犬狼之心的女儿——这种种的回忆像毒螫一样刺着他的心，使他充满了火烧一样的惭愧，阻止他和科迪丽娅相见。

侍臣　唉！可怜的人！

肯特　关于奥本尼和康沃尔的军队，您听见什么消息没有？

侍臣　是的，他们已经出动了。

肯特　好，先生，我要带您去见见我们的王上，请您替我照料他。我因为有某种重要的理由，必须暂时隐藏我的真相；当您知道我是什么人以后，您决不会后悔跟我结识的。请您跟我去吧。（同下）

## 第四场　同前；帐幕

【旗鼓前导，科迪丽娅，医生及军士等上。

科迪丽娅　唉！正是他。刚才还有人看见他，疯狂得像被飓风激动的怒海，高声歌唱，头上插满了恶臭的地烟草，牛蒡，毒芹，荨麻，杜鹃花，和各种蔓生在田亩间的野草。派一百个军士到繁茂的田野里各处搜寻，把他领来见

我。(一军官下)人们的智慧能不能恢复他的丧失的心神？谁要是能够医治他，我愿意把我的身外的富贵一起送给他。

**医生**　娘娘，法子是有的；休息是滋养疲乏的精神的保姆，他现在就缺少休息；只要给他服一些药草，就可以合上他的痛苦的眼睛。

**科迪丽娅**　一切神圣的秘密，一切地下潜伏的灵奇，随着我的眼泪一起奔涌出来吧！帮助解除我的善良的父亲的痛苦！快去找他，快去找他，我只怕他在不可控制的疯狂之中，会消灭了他的失去主宰的生命。

【一使者上。

**使者**　报告娘娘，英国军队向这儿开过来了。

**科迪丽娅**　我们早已知道；一切都预备好了，只等他们到来。亲爱的父亲

啊！我这次掀动干戈，完全是为了你的缘故；伟大的法兰西被我的悲哀和祈恳的眼泪所感动，他一点没有非分的野心，只有一片真情，热烈的真情，要替我们的老父主持正义。但愿我不久就可以听见看见他！（同下）

## 第五场　葛罗斯特城堡中一室

【里根及奥斯瓦德上。

**里根**　可是我姊夫的军队已经出发了吗？

**奥斯瓦德**　出发了，夫人。

**里根**　他亲自率领吗？

**奥斯瓦德**　夫人，好容易才把他催上了马；还是您的姊姊是个更好的军人哩。

**里根**　爱德蒙伯爵到了你们家里，有没有跟你家主人谈过话？

**奥斯瓦德**　没有，夫人。

**里根**　我的姊姊给他的信里有些什么话？

**奥斯瓦德**　我不知道，夫人。

**里根**　告诉你吧，他有重要的事情，已经离开此地了。葛罗斯特被挖去了眼睛以后，仍旧放他活命，实在是一个极大的失策；因为他每到一处地方，都会激起众人对我们的反感。我想爱德蒙因为怜悯他的困苦，是要去替他解脱他的暗无天日的生涯的；而且他还负有探察敌人实力的使命。

**奥斯瓦德**　夫人，我必须追上去把我的信送给他。

**里根**　我们的军队明天就要出发；你暂时耽搁在我们的地方吧，路上很危险呢。

**奥斯瓦德**　我不能，夫人；我家夫人曾经吩咐我不准误事的。

**里根**　为什么她要写信给爱德蒙呢？难道你不能替她口头传达她的意思吗？看来恐怕有点儿——我也说不出来。让我拆开这封信来，我会十分欢喜你的。

**奥斯瓦德**　夫人，那我可——

**里根**　我知道你家夫人不爱她的丈夫；这一点我是可以确定的。她最近在这儿的时候，常常对高贵的爱德蒙抛掷含情的媚眼。我知道你是她的心腹之人。

**奥斯瓦德** 我吗，夫人？

**里根** 我的话不是随便说说的，我知道你是她的心腹；所以你且听我说，我的丈夫已经死了，爱德蒙跟我曾经两下谈起过，他应该向我求爱，不应该向你家夫人求爱。其余的你自己去意会吧。要是你找到了他，请你替我把这信交给他；你把我的话对你家夫人说了以后，再请她仔细想个明白，再会。假如你听见人家说起那瞎眼的老贼在什么地方，能够把他除掉，一定可以得到重赏。

**奥斯瓦德** 但愿他能够碰在我的手里，夫人；我一定向您表明我是哪一方面的人。

**里根** 再会。（各下）

## 第六场　多佛附近的乡间

【葛罗斯特及埃德加作农民装束同上。

**葛罗斯特** 什么时候我才能够登上山顶？

**埃德加** 您现在正在一步步上去；瞧这路多么难走。

**葛罗斯特** 我觉得这地面是很平的。

**埃德加** 陡峭得可怕呢；听！那不是海水的声音吗？

**葛罗斯特** 不，我真的听不见。

**埃德加** 嗳哟，那么大概因为您的眼睛痛得厉害，所以别的知觉也连带糊涂起来啦。

**葛罗斯特** 那倒也许是真的。我觉得你的声音也变了样啦，你讲的话不像原来那样疯疯癫癫啦。

**埃德加** 您错啦；除了我的衣服以外，我什么都没有变样。

**葛罗斯特** 我觉得你的话像样得多啦。

**埃德加** 来，先生；我们已经到了，您站好。把眼睛一直望到这么低的地方，真是惊心眩目！在半空盘旋的乌鸦和赤脚鸡，瞧上去还没有甲虫那么大；山腰中间悬着一个采金花草的人，可怕的工作！我看他的全身简直抵不上一个头的大小。在海滩上走路的渔夫就像小鼠一般，那艘碇泊在岸旁的高大的帆船小得像它的舢板，它的舢板小得像一个浮标，几乎看不出来。澎湃的波涛在海滨无数的石子上冲击的声音，也不能传到这样高的所在。我不愿再看下去了，恐怕我的头脑要昏眩起来，眼睛一花，就要一个跟斗直跌下去。

葛罗斯特　带我到你所立的地方。

埃德加　把您的手给我；您现在已经离开悬崖的边上只有一尺之距了；谁要是把天下所有的一切都给了我，我也不愿意跳下去。

葛罗斯特　放下我的手。朋友，这儿又是一个钱囊，里面有一颗宝石，一个穷人得到了它，可以终身温饱；愿天神们保佑你因此而得福吧！你再走远一点；向我告别一声，让我听见你走过去。

埃德加　再会吧，好先生。

葛罗斯特　再会。

埃德加　（旁白）我这样戏弄他的目的，是要把他从绝望的境界中解救出来。

葛罗斯特　威严的神明啊！我现在脱离这一个世界，当着你们的面前，摆脱我的惨酷的痛苦了；要是我能够再忍受下去，而不怨尤你们不可反抗的伟大的意志，我这可厌的残余的生命不久也要烧干了的。要是埃德加尚在人世，神啊，请你们祝福他！现在，朋友，我们再会了！（向前仆地）

埃德加　我去了，先生；再会。（旁白）可是我不知道当一个人愿意受他自己幻想的欺骗，相信他已经死去的时候，那一种幻想会不会真的偷去了他的生命的至宝；要是他果然在他所想象的那一个地方，现在他早已没有思想了。活着还是死了？（向葛罗斯特）喂，你这位先生？朋友！你听见吗，先生！也许他真的死了；可是他醒过来啦，你是什么人，先生？

葛罗斯特　去，让我死。

埃德加　要是你不过是一根蛛丝，一片羽毛，一阵空气，从这样千仞的悬崖上跌落下来，也要像鸡蛋一样化成粉碎；可是你还在呼吸，你的身体还是好好的，不流一滴血，还会说话，简直一点损伤也没有。十根桅杆连接起来，也不及你所跌下来的地方高；你的生命是一个奇迹。再对我说两句话吧。

葛罗斯特　可是我有没有跌下来？

埃德加　你就是从这可怕的悬崖绝顶上面跌下来的。抬起头看一看吧；鸣声嘹亮的云雀飞到了那样高的所在，我们不但看不见它的形状，也听不见它的声音；你看。

**葛罗斯特** 唉！我没有眼睛哩。难道一个苦命的人，连寻死的权利都要被剥夺去了吗？罢了，这也是上天的意思，不让骄横的暴君如愿以偿。

**埃德加** 把你的手臂给我；起来，好，怎样？站得稳吗？

**葛罗斯特** 很稳，很稳。

**埃德加** 这真太不可思议了。刚才在那悬崖的顶上，从你身边走开去的是什么东西？

**葛罗斯特** 一个可怜的叫化子。

**埃德加** 我站在下面望着他，仿佛看见他的眼睛像两轮满月；他有一千个鼻子，满头都是像波浪一样高低不平的角；一定是个什么恶魔。所以，你幸运的老人家，你应该想这是无所不能的神明在暗中默佑你，否则决不会有这样的奇事。

**葛罗斯特** 我现在记起来了；从此以后，我要耐心忍受痛苦，直等它有一天自己喊了出来，"够啦，够啦，"那时候再撒手死去。你所说起的这一个东西，我还以为是个人；它老是嚷着"恶魔，恶魔"的；就是他把我领到了那个地方。

**埃德加** 不要胡思乱想，安心忍耐。可是谁来啦？

【李尔以鲜花杂乱饰身上。

**埃德加** 不是疯狂的人，决不会把他自己打扮成这一个样子。

**李尔** 不，他们不能判我私造货币的罪名；我是国王哩。

**埃德加** 啊，伤心的景象！

**李尔** 在那一点上，天然是胜过人工的。这是强迫你们当兵的慰劳费。那家伙弯弓的姿势，活像一个稻草人；给我射一支一码长的箭试试看。瞧，瞧！一只小老鼠！别闹，别闹！这一块烘乳酪可以捉住它。这是我的臂套；尽管他是一个巨人，我也要跟他一决胜负。带那些戟手上来。啊！飞得好，鸟儿；刚刚中在靶心里，咻！口令！

**埃德加** 茉荞兰。

**李尔** 过去。

**葛罗斯特** 我熟识那个声音。

李尔　吓！长着白胡须的戈纳里尔！她们像狗一样向我献媚，说我在没有长出黑须以前，就已经有了白须。我说一声“是”，她们就应一声“是”；我说一声“不”，她们就应一声“不”！当雨点淋湿了我；风吹得我牙齿打颤，当雷声不肯听我的话平静下来的时候，我才发现了她们，嗅出了她们的踪迹。算了，她们不是心口如一的人；她们把我恭维得天花乱坠；全然是个谎，一发起寒热来我就没有办法。

葛罗斯特　这一种说话的声调我记得很清楚；他不是我们的君主吗？

李尔　嗯，浑身上下都是君王；我只要一瞪眼睛，我的臣子就要吓得发抖。我赦免那个人的死罪。你犯的是什么案子？奸淫吗？你不用死；为了奸淫而犯死罪！不，小鸟儿都在干那把戏，金苍蝇当着我的面前也会公然交尾哩。让通奸的人多子多孙吧；因为葛罗斯特的私生的儿子，也比我的合法床笫上生出的女儿更孝顺他的父亲。淫风越盛越好，我巴不得他们替我多制造几个兵士出来。瞧那个脸上堆着假笑的妇人，她装出一副冷若冰霜的神气，做作得那么端庄贞静，一听见人家谈起调情的话儿就要摇头；其实她自己干起那回事来，比臭猫和骚马还要浪得多哩。她们的上半身虽然是女人，下半身却是淫荡的妖怪；腰带以上是属于天神的，腰带以下全是属于魔鬼的：那儿是地狱，那儿是黑暗，那儿是硫黄坑，吐着融融的烈焰，发出薰人的恶臭，把一切烧成了灰。啐！啐！啐！呸！呸！呸！好掌柜，给我称一两麝香，让我解解我的想象中的臭气；钱在这儿。

葛罗斯特　啊！让我吻一吻那只手！

李尔　让我先把它揩揩干净；它上面有一股儿热烘烘的人气。

葛罗斯特　啊，毁灭了的生命！这一个广大的世界有一天也会像这样零落得只剩一堆残迹。你认识我吗？

李尔　我很记得你的这双眼睛。你在向我瞟吗？不，盲目的丘比特，随你使出什么手段来，我是再也不会恋爱的。这是一封挑战书，你拿去读吧，瞧瞧它是怎么写的。

葛罗斯特　即使每一个字都是一个太阳，我也瞧不见。

埃德加　（旁白）要是人家告诉我这样的事，我一定不会相信；可是这样的事是真的，我的心要碎了。

李尔　读。

**葛罗斯特**　什么！用眼眶子读吗？

**李尔**　啊哈！你原来是这个意思吗？你的头上也没有眼睛，你的袋里也没有银钱吗？可是你却看见这世界的变化。

**葛罗斯特**　我只能感觉到它的变化。

**李尔**　什么！你疯了吗？一个人就是没有眼睛，也可以看见这世界的变化。用你的耳朵瞧着吧：你不看见那法官怎样痛骂那个卑贱的偷儿吗？侧过你的耳朵来，听我告诉你：让他们两人换了地位，谁还认得出哪个是法官，哪个是偷儿？你听见过一条农夫的狗向一个乞丐吠叫吗？

**葛罗斯特**　嗯，陛下。

**李尔**　你还看见那家伙怎样给那条狗赶走吗？从这一件事情上面，你就可以看到威权的伟大的影子；一条得势的狗，也可以使人家唯命是从。你这可恶的教吏，停住你的残忍的手！为什么你要鞭打那个妓女？向你自己的背上着力抽下去吧；你自己心里和她犯奸淫，却因为她跟人家犯奸淫而打她。杀人的是个放重利债的家伙，被杀的是个骗子。褴褛的衣衫遮不住小小的过失；披上锦袍裘服，便可以隐匿一切。罪恶镀了金，公道的坚强的枪刺也会迎之而断；把它用破烂的布条裹起来，一根侏儒的稻草就可以戳破它。没有一个人是犯罪的，我说，没有一个人；我愿意为他们担保；相信我吧，我的朋友，我有权力封住控诉者的嘴唇。你还是去装上一副玻璃眼睛，像一个卑鄙的阴谋家似的，假装能够看见你所看不见的事情吧。来，来，来，来，替我把靴子脱下来；用力一点，用力一点；好。

**埃德加**　（*旁白*）啊！虽然是疯话，却不是全无意义的。

**李尔**　要是你愿意为我的命运痛哭，那么把我的眼睛拿了去吧。我知道你是什么人；你的名字是葛罗斯特。你必须忍耐；你知道我们来到这世上，第一次嗅到了空气，就哇呀哇呀的哭起来的。让我讲一番道理给你听；你听着。

**葛罗斯特**　唉！唉！

**李尔**　当我们生下来的时候，我们因为来到了这个全是些傻瓜的广大的舞台之上，所以禁不住放声大哭。这顶帽子的式样很不错！用毡呢钉在一队马儿的蹄上，倒是一个妙计；我要把它实行一下，悄悄地偷进了我那两个女婿的营里，然后我就杀，杀，杀，杀，杀，杀！

【侍臣率从者上。

侍臣　啊！他在这儿；抓住他。陛下，您的最亲爱的女儿——

李尔　没有人救我吗？什么！我变成一个囚犯了吗？我是天生下来被命运愚弄的。不要虐待我；有人会拿钱来赎我的。替我请几个外科医生来，我的头脑受了伤啦。

侍臣　您将会得到您所需要的一切。

李尔　一个伙伴也没有？只有我一个人吗？嗳哟，这样会叫一个人变成了个泪人儿，用他的眼睛充作了灌园的水壶，去浇洒秋天的泥土的。

侍臣　陛下——

李尔　我要像一个新郎似地勇敢死去。嘿！我要高高兴兴的。来，来，我是一个国王，你们知道吗？

侍臣　您是一位尊严的王上，我们服从您的旨意。

李尔　那么还有几分希望。要去快去。沙沙沙沙。（下。从者等随下）

侍臣　最微贱的平民到了这样的地步，也会叫人看了伤心，何况是一个国王！你那两个不孝的女儿，已经使全体女人受到咒诅，可是你还有一个女儿，却已经把她自己从这样的咒诅中间拯救出来了。

埃德加　祝福，先生。

侍臣　足下有什么见教？

埃德加　您有没有听见什么关于将要有一场战事发生的消息？

侍臣　这已经是一件千真万确，谁都知道的事了；每一个耳朵能够辨别声音的人都听到过那样的消息。

埃德加　可是借问一声，您知道对方的军队离开这儿还有多少路？

侍臣　很近了，他们一路来得很快；他们的主力部队每一点钟都有到来的可能。

埃德加　谢谢您，先生；这是我所要知道的一切。

侍臣　王后虽然有特别的原因还在这儿，她的军队已经开上去了。

埃德加　谢谢您，先生。（侍臣下）

葛罗斯特　永远仁慈的神明，请俯听我的祷告：不要再让我的罪恶的灵魂引诱我在你们没有要我死以前结束我自己的生命！

埃德加　您祷告得很好，老人家。

葛罗斯特　好先生，您是什么人？

**埃德加** 一个非常穷苦的人，受惯命运的打击；因为自己是从忧患中间过来的，所以对于不幸的人很容易抱同情。把您的手给我，让我把您领到一处可以栖身的地方去。

**葛罗斯特** 多谢多谢；愿上天赐福无穷无尽，无穷无尽！

【奥斯瓦德上。

**奥斯瓦德** 明令缉拿的要犯！居然碰在我手里！你那颗瞎眼的头颅，却是我的进身的阶梯。你这倒霉的老奸贼，赶快忏悔你的罪恶；剑已经拔出了，你今天难逃一死。

**葛罗斯特** 但愿你慈悲的手多用一些气力，帮助我早早脱离苦痛。（埃德加插入阻奥斯瓦德）

**奥斯瓦德** 大胆的村夫，你怎么敢袒护一个明令缉拿的叛徒？滚开，免得你也遭到和他同样的命运。放开他的手臂。

**埃德加** 先生，你不向我说明理由，我是不放的。

**奥斯瓦德** 放开，奴才，否则我叫你死。

**埃德加** 好先生，你走你的路，让穷人们过去吧。这种吓人的话，就是接连说上半个月也吓不倒人的。不，不要走近这个老头儿；我关照你，走远一点儿；要不然的话，我要试一试究竟还是你的头硬还是我的棍子硬。我可不知道什么客气不客气。

**奥斯瓦德** 走开，混帐东西！

**埃德加** 我要拔掉你的牙齿，先生。来，尽管刺过来吧。（二人决斗，埃德加击奥斯瓦德倒地）

**奥斯瓦德** 奴才，你打死我了。把我的钱囊拿了去吧。要是你希望将来有好日子过，请你把我的尸体掘一个坑埋了；我身边还有两封信，请你替我送给葛罗斯特伯爵爱德蒙大爷，他在英国军队里，你可以找到他。啊！想不到我今天会死在你的手里！（死）

**埃德加** 我很清楚你是谁：一个很会迎奉伺候的坏蛋；一心帮助你的主妇作恶多端的奴才。

**葛罗斯特** 什么！他死了吗？

**埃德加** 坐下来，老人家；您休息一会儿吧。让我们搜一搜他的衣袋；他说起的那两封信，也许可以对我有一点用处。他死了；我只可惜他不死在别人的手里。让我们看：对不起，好蜡，我要把你拆开来了；恕我无礼，为了要知道我们敌人的思想，就是他们的心肝也要剖出来，拆阅他们的信件不算是违法的事。“不要忘记我们彼此间的誓约。你有许多机会可以除去他；只要你有决心，一切都是不成问题的。要是他得胜归来，那就什么都完了；我将要成为一个囚人，他的眠床就是我的牢狱。把我从这可憎的温热中拯救出来吧，他的地位你可以取而代之。你的恋慕的奴婢——但愿我能换上妻子两个字——戈纳里尔。”啊，不可测度的女人的心！谋害她的善良的丈夫，叫我的兄弟代替他的位置！在这沙土之内，我要把你掩埋起来，你这杀人的淫妇的使者。在一个适当的时间，我要让那被人阴谋弑害的公爵见到这一封卑劣的信。我能够把你的死讯和你的使命告诉他，对于他是一件幸运的事。

**葛罗斯特**　王上疯了；我的万恶的知觉却牢附在我的身上，我站起身来，无限的悲痛就涌上我的心头！还是疯了的好；那样我可以不再想到我的不幸，让一切痛苦在昏乱的幻想之中忘记了它们本身的存在。（远处鼓声）

**埃德加**　把您的手给我；好像我听见远处有打鼓的声音。来，老人家，让我把您安顿在一个朋友的地方。（同下）

## 第七场　法军营帐

【科迪丽娅，肯特，医生及侍臣上。

**科迪丽娅**　好肯特啊！我怎么能够报答你这一番苦心好意呢？就是粉身碎骨，也不能抵偿你的大德。

**肯特**　娘娘，只要自己的苦心被人了解，那就是莫大的报酬了。我所讲的话，句句都是事实，没有一分增减。

**科迪丽娅**　去换一身好一点的衣服吧；你身上的衣服是那一段悲惨的时光中的纪念品，请你脱下来吧。

**肯特**　恕我，娘娘；我现在还不能回复我的本来面目，因为那会妨碍我的预定的计划。请您准许我这一个要求，在我自己认为还没有到适当的时间以前，您必须把我当作一个不相识的人。

**科迪丽娅**　那么就照你的意思吧，伯爵。（向医生）王上怎样？

**医生** 娘娘，他仍旧睡着。

**科迪丽娅** 慈悲的神明啊，医治他的被凌辱的心灵中的重大的裂痕！保佑这一个被不孝的女儿所反噬的老父，让他错乱的昏迷的神智回复健全吧！

**医生** 请问娘娘，我们现在可不可以叫王上醒来？他已经睡得很久了。

**科迪丽娅** 照你的意见，应该怎么办就怎么办吧。他有没有戴一下？

【李尔卧椅内，众仆儿上。

**侍臣** 是，娘娘；我们乘着他熟睡的时候，已经替他把新衣服穿上去了。

**医生** 娘娘，请您不要走开，等我们叫他醒来；我相信他的神经已经安定下来了。

**科迪丽娅** 很好。（奏乐）

**医生** 请您走近一步。音乐还要响一点儿。

**科迪丽娅** 啊，我的亲爱的父亲！但愿我的嘴唇上有治愈疯狂的灵药，让这一吻抹去了我那两个姊姊加在你身上的无情的伤害吧！

**肯特** 善良的好公主！

**科迪丽娅** 假如你不是她们的父亲，这满头的白雪也该引起她们的怜悯。这样一张脸庞是受得起激烈的狂风的吹打的吗？它能够抵御可怕的雷霆吗？在最惊人的闪电的辉光之下，你，可怜的无援的兵士！戴着这一顶薄薄的戎盔，苦苦地守住你的哨位吗？我的敌人的狗，即使它曾经咬过我，在那样的夜里，我也要让它躺在我的火炉之前。但是你，可怜的父亲，却甘心钻在污秽霉烂的稻草里，和猪狗乞儿为伴吗？唉！唉！你的生命不和你的智慧同归于尽，才是一件怪事。他醒来了；对他说些什么话儿吧。

**医生** 娘娘，应该您去跟他说说。

**科迪丽娅** 父王陛下，您好吗？

**李尔** 你们不应该把我从坟墓中间拖了出来。你是一个有福的灵魂；我却缚在一个烈火的车轮上，我自己的眼泪也像熔铅一样灼痛我的脸。

**科迪丽娅** 父亲，您认识我吗？

**李尔** 你是一个灵魂，我知道；你在什么时候死的？

**科迪丽娅** 还是疯疯癫癫的。

**医生** 他还没有完全清醒过来；暂时不要惊扰他。

**李尔** 我到过些什么地方？现在我在什么地方？明亮的白昼吗？我大大受

了骗啦。怎么我还能活着看见这样的一天？我不知道应该怎么说。我不愿发誓这一只是我的手；让我试试看，这针刺上去是觉得痛的。但愿我能够知道我自己的确实情形！

**科迪丽娅**　啊！瞧着我，父亲，把您的手按在我的头上为我祝福吧。不，父亲，您千万不能跪下。

**李尔**　请不要取笑我；我是一个非常愚蠢的傻老头子，年纪活了八十多岁了；不瞒您说，我怕我的头脑有点儿不大健全。我想我应该认识您，也该认识这个人；可是我不敢确定；因为我全然不知道是什么地方，而且凭着我所有的能力，我也记不起来什么时候穿上这身衣服；我也不知道昨天晚上我在什么所在过夜。不要笑我；我想这位夫人是我的孩子科迪丽娅。

**科迪丽娅**　正是，正是。

**李尔**　你在流着眼泪吗？当真。请你不要哭啦；要是你有毒药为我预备着，我愿意喝下去。我知道你不爱我；因为我记得你的两个姊姊都虐待我；你虐待我还有几分理由，她们却没有理由虐待我。

**科迪丽娅**　谁都没有理由虐待您。

**李尔**　我是在法国吗？

**肯特**　在您自己的国土之内，陛下。

**李尔**　不要骗我。

**医生**　请宽心一点，娘娘；您看他的疯狂已经平静下去了；可是再向他提起从前的事情，却是非常危险的。不要多烦扰他，让他的神经完全安定下来。

**科迪丽娅**　请陛下到里边去安息安息吧。

**李尔**　你必须原谅我。请你不咎既往，宽赦我的过失；我是个年老糊涂的人。（李尔、科迪丽娅、医生及侍从等同下）

**侍臣**　先生，康沃尔公爵被刺的消息是真的吗？

**肯特**　完全真确。

**侍臣**　他的军队归什么人带领？

**肯特**　据说是葛罗斯特的庶子。

**侍臣**　他们说他的放逐在外的儿子埃德加现在跟肯特伯爵都在德国。

**肯特**　消息常常变化不定。现在是应该戒备的时候了，英国军队很快就要迫近。

**侍臣**　一场血战是免不了的。再会，先生。（下）

**肯特**　我的目的能不能顺利达到，要看这一场战事的结果方才分晓。（下）

# 第　五　幕

## 第一场　多佛附近英军营地

【旗鼓前导，爱德蒙，里根，军官，兵士及余人等上。

**爱德蒙**　（向一军官）你去问一声公爵，他是不是仍旧保持着原来的决心，还是因为有了其他的理由，已经改变了方针；他这个人毫无定见，动不动引咎自责；我要知道他究竟抱着怎样的主张。（军官下）

**里根**　我那姊姊差来的人一定在路上出了事啦。

**爱德蒙**　那可说不定，夫人。

**里根**　好爵爷，我对你的一片好心，你不会不知道的；现在请你告诉我，老老实实地告诉我，你不爱我的姊姊吗？

**爱德蒙**　我只是按照我的名分敬爱她。

**里根**　可是你从来没有深入我的姊夫的禁地吗？

**爱德蒙**　这样的思想是有失您自己的体统的。

**里根**　我怕你们已经打成一片，她心坎儿里只有你一个人哩。

**爱德蒙**　凭着我的名誉起誓，夫人，没有这样的事。

**里根**　我决不答应她；我的亲爱的爵爷，不要跟她亲热。

**爱德蒙**　您放心吧。——她跟她的公爵丈夫来啦！

【旗鼓前导，奥本尼，戈纳里尔及军士等上。

**戈纳里尔**　（旁白）我宁愿这一次战争失败，也不让我那个妹子把他从我手里夺了去。

**奥本尼**　贤妹久违了。伯爵，我听说王上已经带了我们国内的一群亡命之徒，到他女儿的地方去了。要是我们所兴的是一场不义之师，我是再也提不起我的勇气来的；可是现在的问题，并不是我们的王上和他手下的一群人在法国的煽动之下，用堂堂正正的理由向我们兴师讨罪，而是法国举兵侵犯我们的领士，这是我们所不能容忍的。

爱德蒙　您说得有理，佩服佩服。

里根　这种话讲它做什么呢？

戈纳里尔　我们只须同心合力，打退敌人；这些内部的纠纷，不是现在所要讨论的问题。

奥本尼　那么让我们跟那些久历戎行的战士们讨论讨论我们所应该采取的战略吧。

爱德蒙　很好，我就到您的帐里来叨陪末议。

里根　姊姊，您也跟我们一块儿去吗？

戈纳里尔　不。

里根　您怎么可以不去？来，请吧。

戈纳里尔　（旁白）哼！我明白你的意思。（高声）好，我就去。

【埃德加乔装上。

埃德加　殿下要是不嫌我微贱，请听我说一句话。

奥本尼　你们先请一步，我就来。——说。（爱德蒙、里根、戈纳里尔、军官、兵士及侍从等同下）

埃德加　在您没有开始作战以前，先把这封信拆开来看一看。要是您得到胜利，可以吹喇叭为信号，叫我出来；虽然您看我是这样一个下贱的人，我可以请出一个证人来，证明这信上所写的事。要是您失败了，那么您在这世上的使命已经完毕，一切阴谋也都无能为力了。愿命运眷顾您！

奥本尼　等我读了信你再去。

埃德加　我不能。时候一到，你只要叫传令官传唤一声，我就会出来的。

奥本尼　那么再见；你的信我拿回去看吧。（埃德加下）

【爱德蒙重上。

爱德蒙　敌人已经望得见了；快把您的军队集合起来。这儿记载着根据精密侦查所得的敌方军力的估计；可是现在您必须赶快点儿了。

奥本尼　好，我们准备迎敌就是了。（下）

爱德蒙　我对这两个姊妹都已经立下爱情的盟誓；她们彼此互怀嫉妒，就像被蛇咬过的人见不得蛇的影子一样。我应该选择哪一个呢？两个都要？只要一个？还是一个也不要？要是两个全都留在世上，我就一个也不能到手；娶了

那寡妇，一定会激怒她的姊姊戈纳里尔；而且她的丈夫一天不死，总是我前途的一个障碍。现在我们还是要借他做号召军心的幌子；等到战事结束以后，她要是想除去他，让她自己设法结果他的性命吧。照他的意思，李尔和科迪丽娅两人被我们捉到以后，是不能加害的；可是假如他们果然掉在我们手里，我们可决不让他们得到他的赦免：因为我保全自己的地位要紧，什么天理良心只好一概不论。（下）

## 第二场　两军营地之间的原野

【内号角声。旗鼓前导，李尔及科迪丽娅率军队上；同下。埃德加及葛罗斯特上。

**埃德加**　来，老人家，在这树荫底下坐坐吧；但愿正义得到胜利！要是我还能够回来见你，我一定会给你好消息的。

**葛罗斯特**　上帝照顾您，先生。（埃德加下）

【号角声，有顷，内吹退军号。埃德加重上。

**埃德加**　去吧，老人家！把你的手给我；去吧！李尔王已经失败，他跟他的女儿都被他们捉去了。把你的手给我；来。

**葛罗斯特**　不，先生，我不要再到什么地方去了；让我就在这儿等死吧。

**埃德加**　怎么！你又转起那种坏念头了？人们的生死都不是可以勉强求到的，你应该耐心忍受天命的安排。来。

**葛罗斯特**　那也说得有理。（同下）

## 第三场　多佛附近英军营地

【旗鼓前导奏凯，爱德蒙上；李尔，科迪丽娅被俘随上；军官，兵士等同上。

**爱德蒙**　来人，把他们押下去，好生看守，等上面发落下来，再作道理。

**科迪丽娅**　存心良善的反而得到恶报，这样的前例是很多的。我只是为了你，被迫害的国王，才落得如此下场；否则尽管欺人的命运向我横眉怒目，我也不会害怕受她的凌辱。我们要不要去见见这两个女儿和这两个姊姊？

李尔　不，不，不，不！让我们到监牢里去。我们两人将要像笼中之鸟一般唱唱歌儿；当你求我为你祝福的时候，我要跪下来求你饶恕；我们就是这样生活着，祈祷，唱歌，说些古老的故事，嘲笑那披着金翅的蝴蝶，听听那些可怜的囚徒们讲些宫廷里的消息；我们也要跟他们在一起谈话，谁失败，谁胜利，谁在朝，谁在野，用我们的意见解释各种事情的秘密，就像我们是上帝的间谍一样；在囚牢的四壁之内，我们将要冷眼看那些朋比为奸的党徒随着月亮的圆缺而升沉。

爱德蒙　把他们带下去。

李尔　对于这样的祭物，我的科迪丽娅，天神也要焚香致敬的。我果然把你捉住了吗？谁要是想分开我们，必须从天上取下一把火炬来，像驱逐狐狸一样把我们赶散。揩干你的眼睛；让恶疮烂掉他们的全身，他们也不能使我们流泪，我们要看他们活活饿死。来。（兵士押李尔、科迪丽娅下）

爱德蒙　过来，队长。听着，把这一通密令拿去；（以一纸授军官）跟着他们到监牢里去。我已经把你超升了一级，要是你能够照这密令上所说的实行，一定有大大的好处。你要知道，识时务的才是好汉；心肠太软的人不配佩带刀剑。我吩咐你去干这件重要的差使，你可不必多问，愿意就做，不愿意就别做。

军官　我愿意，大人。

爱德蒙　那么去吧；你立了这一个功劳，你就是一个幸运的人。听着，事不宜迟，必须照我所写的办法赶快办好。

军官　我不会拖车子，也不会吃干麦；只要是男子汉干的事，我就会干。（下）

【喇叭奏花腔。奥本尼，戈纳里尔，里根，军官及侍从等上。

奥本尼　伯爵，你今天果然表明了你是一个将门之子；命运眷顾着你，使你克奏肤功，跟我们敌对的人都已经束手就擒。请你把你的俘虏交给我们，让我们一方面按照他们的身分，一方面顾到我们自身的安全，决定一个适当的处置。

爱德蒙　殿下，我已经把那不幸的老王拘禁起来，并且派兵士严密监视了；他的高龄有莫大魔力，他的尊号有更大的魔力，可以吸引人心归附他，要是不加防范，恐怕我们的部下都要受他的煽惑而对我们反戈相向。我为了同样的理由，也把那王后一起下了监；他们明天或者迟一两天就可以受你们的审判。现在弟兄们刚刚流过血汗，丧折了不少的朋友亲人，对于感受战争的残酷的人们，无论引起这场争端的理由怎样正大，在一时的愤激之中，都是可咒诅的；所以审问科迪丽娅和她的父亲这一件事，必须在一个更适当的时候举行。

奥本尼　伯爵，说一句不怕你见怪的话，你不过是一个随征的将领，我并没有把你当作一个同等地位的人。

里根　假如我愿意，为什么他不能和你分庭抗礼呢？我想你在说这样的话以前，应该先问问我的意思才是。他带领我们的军队，受到我的全权委任，凭着这一层亲密的关系，也够资格和你称兄道弟了。

戈纳里尔　少亲热点儿吧；他的地位是他靠着自己的才能造成的，并不是你给他的恩典。

里根　我凭着我的权力，使他可以和最尊贵的人匹敌。

戈纳里尔　要是他做了你的丈夫，你才可以有这种权力。

里根　笑话往往会变成预言。

戈纳里尔　呵呵！看你挤眉弄眼的，果然不怀好意。

里根　太太，我现在身子不大舒服，懒得跟你斗口了。将军，请你接受我的军队，俘虏，和财产；这一切连我自己都由你支配；我是你的献城降服的臣仆；让全世界为我证明，我现在把你立为我的丈夫和君主。

戈纳里尔　你想要受用他吗？

奥本尼　那不是你所能阻止的。

爱德蒙　也不是你所能阻止的。

奥本尼　杂种儿，我可以阻止你们。

里根　（向爱德蒙）叫鼓手打起鼓来，证明我已经把尊位给了你。

奥本尼　等一等，我还有话说。爱德蒙，你犯有叛逆重罪，我逮捕你；同时我还要逮捕这一条金鳞的毒蛇。（指戈纳里尔）贤妹，为了我的妻子的缘故，我必须要求您放弃您的权利；她已经跟这位勋爵有约在先，所以我，她的丈夫，不得不对你们的婚姻表示异议。要是您想结婚的话，还是把您的爱情用在我的身上吧，我的妻子已经另有所属了。

**戈纳里尔**　怎么又节外生枝起来！

**奥本尼**　葛罗斯特，你现在甲胄在身；让喇叭吹起来；要是没有人出来证明你所犯的无数凶残惨恶，众目昭彰的叛逆重罪，这儿是我的信物；（掷下手套）在我没有当着你的胸前证明我所说的一切以前，我决不让一些食物接触我的嘴唇。

**里根**　嗳哟！我病了！我病了！

**戈纳里尔**　（旁白）要是你不病，我也从此不相信药物了。

**爱德蒙**　这儿是我给你的交换；（掷下手套）谁骂我是叛徒的，他就是个说谎的恶人。叫你的喇叭吹起来吧；谁有胆量出来，我可以向他，向你，向每一个人证明我的不可动摇的忠心和荣誉。

**奥本尼**　来，传令官！

**爱德蒙**　传令官！传令官！

**奥本尼**　信赖你个人的勇气吧；因为你的军队都是用我的名义征集的，我已经用我的名义把他们遣散了。

**里根**　我的病越来越利害啦！

**奥本尼**　她身体不舒服；把她扶到我的帐里去。（侍从扶里根下）过来，传令官。

【传令官上。

**奥本尼**　叫喇叭吹起来。宣读这一道命令。

**军官**　吹喇叭！（喇叭吹响）

**传令官**　（宣读）“在本军官校将佐之中，要是有人愿意证明爱德蒙——名分未定的葛罗斯特伯爵，是一个罪恶多端的叛徒，让他在第三次喇叭声中出来。”

**爱德蒙**　吹！（喇叭初响）

**传令官**　再吹！（喇叭再响）

**传令官**　再吹！（喇叭三响；内喇叭声相应）

【喇叭手前导，埃德加武装上。

**奥本尼**　问明他的来意，为什么他听了喇叭的呼召到这儿来。

**传令官**　你是什么人？你叫什么名字？在军中是什么官级？为什么你要应召而来？

**埃德加**　我的名字已经被阴谋的毒齿咬啮蛀蚀了；可我的出身正像我现在

所要来面对的敌手同样高贵。

奥本尼 谁是你的敌手？

埃德加 代表葛罗斯特伯爵爱德蒙的是什么人？

爱德蒙 他自己；你对他有什么话说？

埃德加 拔出你的剑来，要是我的话激怒一颗正直的心，你的兵器可以为你辩护；这儿是我的剑。听着，虽然你有的是勇力，青春，权位，和尊荣，虽然你挥着胜利的宝剑，夺到了新的幸运，可是凭着我的荣誉，我的誓言，和我的武士的身分所给我的特权，我当众宣布你是一个叛徒，不忠于你的神明，你的兄长，和你的父亲，阴谋倾覆这一位崇高卓越的君王，从你的头顶直到你的足下的尘土，彻头彻脑是一个最可憎的逆贼。要是你说一声“不”，这一柄剑，这一只手臂，和我的全身的勇气，都要向你的心口证明你说谎。

爱德蒙 照理我应该问你的名字；可是你的外表既然这样英勇，你的出言吐语，也可以表明你不是一个卑微的人，虽然按照武士的规则，我可以拒绝你的挑战，我却不惜唾弃这些规则，把你所说的那种罪名仍旧丢回到你的头上，让那像地狱一般可憎的谎话吞没你的心；凭着这一柄剑，我要在你的心头挖破一个窟窿，把你的罪恶一起塞进去。吹起来，喇叭！（号角声。二人决斗。爱德蒙倒地。）

奥本尼 留他活命，留他活命！

戈纳里尔 这是手段，葛罗斯特；按照决斗的法律，你尽可以不接受一个不知名的对手的挑战；你不是被人打败，你是中了人家的计了。

奥本尼 闭住你的嘴，妇人，否则我要用这一张纸塞住它了。拿去，你这比一切恶名更恶的恶人，读读你自己的罪恶吧。不要撕，太太；我看你也认识这一封信的。（以信授爱德蒙）

戈纳里尔 即使我干了这样的事，法律是我的，不是你的；谁可以控诉我？

奥本尼 岂有此理！你知道这封信吗？

戈纳里尔 不要问我知道不知道。（下）

奥本尼 追上她去；她现在情急了，什么事都干得出来；留心看好她。（一军官下）

爱德蒙 你所指斥我的罪状，我全都承认；而且我所干的事，着实不止这一些呢，总有一天会全部暴露的。现在这些事已成过去，我也要永辞人世了。——可是你是什么人，我会失败在你的手里？假如你是一个贵族，我愿意对你不记仇恨。

埃德加　让我们互相宽恕吧。在血统上我并不比你低微，爱德蒙；要是我的出身比你更高贵，你尤其不该那样陷害我。我的名字是埃德加，你的父亲的儿子。公正的天神使我们的风流罪过成为惩罚我们的工具；他在黑暗淫邪的地方生下了你，结果使他丧失了他的眼睛。

爱德蒙　你说得不错；天道的车轮已经循环过来了。这是我的下场。

奥本尼　我一看见你的举止行动，就觉得你不是一个凡俗之人。我必须拥抱你；让悔恨碎裂了我的心，要是我曾经憎恨过你和你的父亲。

埃德加　殿下，我一向知道您的仁慈。

奥本尼　你把自己藏匿在什么地方？你怎么知道你的父亲的灾难？

埃德加　殿下，我知道他的灾难，因为我就在他的身边照料他，听我讲一段简短的故事；当我说完以后，啊，但愿我的心爆裂了吧！贪生恶死，是我们人类的常情，我们宁愿每小时忍受着死亡的惨痛，也不愿一下子结束自己的生命；我为了逃避那紧迫着我的残酷的宣判，不得不披上一身疯人的褴褛衣服，改扮成一副连狗儿们也要看不起的样子。在这样的乔装之中，我碰见了我的父亲，他的两个眼眶里淋着血，那宝贵的眼珠已经失去了；我替他做向导，带着他走路，为他向人求乞，把他从绝望之中拯救出来；啊！千不该万不该，我不该向他瞒住我自己的真相！直到约摸半小时以前，我已经披上甲胄，因为不知道此行结果如何，请他为我祝福，才把我的全部经历从头到尾告诉他知道；可是唉！他的破碎的心太脆弱了，载不起这样重大的喜悦和悲伤，在这两种极端的情绪猛烈的冲突之下，他含着微笑死了。

爱德蒙　你这番话很使我感动；可是说下去吧，看上去你还有一些话要说。

奥本尼　要是还有比这更伤心的事，请不要说下去了吧；因为我听了这样的话，已经忍不住热泪盈眶了。

埃德加　对于不喜欢悲哀的人，这似乎已经是悲哀的顶点；可是在极度的悲哀之上，却还有更大的悲哀。当我正在放声大哭的时候，来了一个人，他认识我就是他所见过的那个疯丐，不敢接近我；可是后来他知道了我究竟是什么人，他就抱住我的头颈，大放悲声，好像要把天空都震碎一般他俯伏在我的父亲的尸体上；讲出了关于李尔和他两个人的一段最骇人听闻的故事；他越讲越伤心，他的生命之弦都要开始颤断了；那时候喇叭的声音已响过二次，我只好抛下他一个人在那如痴如醉的状态之中。

奥本尼　可是这是什么人？

埃德加　肯特，殿下，被放逐的肯特；他一路上乔装改貌，跟随那把他视同仇敌的国王，替他躬操奴隶不如的贱役。

【一侍臣持一流血之刀上。

侍臣　救命！救命！救命啊！

埃德加　救什么命！

奥本尼　说呀，什么事？

埃德加　那柄血淋淋的刀是什么意思？

侍臣　它还热腾腾地冒着气呢；它是从她的心窝里拔出来的，——啊！她死了！

奥本尼　谁死了？说呀。

侍臣　您的夫人，殿下，您的夫人；她的妹妹也给她毒死了，她自己承认的。

爱德蒙　我跟她们两人都有婚姻之约，现在我们三个可以在一块儿做夫妻啦。

埃德加　肯特来了。

奥本尼　把她们的尸体抬出来，不管她们有没有死。这一个上天的判决使我们战栗，却不能引起我们的怜悯。(侍臣下)

【肯特上。

奥本尼　啊！这就是他吗？当前的变故使我不能对他尽我应尽的敬礼。

肯特　我要来向我的王上道一声永久的晚安，他不在这儿吗？

奥本尼　我们把一件重要的事情忘了！爱德蒙，王上呢？科迪丽娅呢？肯特，你看见这一种情景吗？(众从舁戈纳里尔、里根二人尸上)

肯特　嗳哟！这是为了什么事？

爱德蒙　爱德蒙还是有人爱的：这一个为了我的缘故毒死了那一个，跟着她也自杀了。

**奥本尼**　正是这样。把她们的脸遮起来。

**爱德蒙**　我快要断气了，倒还想做一件违反我的本性的好事。赶快差人到城堡里去，因为我已经下令把李尔和科迪丽娅处死了。不要多说废话，迟一点就来不及啦。

**奥本尼**　跑！跑！跑呀！

**埃德加**　叫谁跑呀，殿下？——谁奉命干这件事的？你得给一件什么东西，作为赦免的凭证。

**爱德蒙**　想得不错；把我的剑拿去给那队长。

**奥本尼**　快去，快去。（埃德加下）

**爱德蒙**　他从我的妻子跟我两人的手里得到密令，把科迪丽娅在狱中缢死，对外面说是她自己在绝望中自杀的。

**奥本尼**　神明保佑她！把他暂时抬出去。（众从舁爱德蒙下）

【李尔抱科迪丽娅尸体，埃德加，军官及余人等同上。

**李尔**　哀号吧，哀号吧，哀号吧，哀号吧！啊！你们都是些石头一样的人；要是我有了你们的舌头和眼睛，我要用我的眼泪和哭声震撼穹苍。她是一去不回的了。一个人死了还是活着，我是知道的；她已经像泥土一样死去。借一面镜子给我；要是她的气息还能够在镜面上呵起一层薄雾，那么她还没有死。

**肯特**　这就是世界最后的结局了吗？

**埃德加**　还是末日恐怖的预象？

**奥本尼**　天倒下来了，一切都要归于毁灭吗？

**李尔**　这一根羽毛在动；她没有死！要是她还有活命，那么我的一切悲哀都可以消释了。

**肯特**　（跪）啊，我的好主人！

**李尔**　走开！

**埃德加**　这是尊贵的肯特，您的朋友。

**李尔**　一场瘟疫染在你们身上，全是些凶手，奸贼！我本来可以把她救活的；现在她再也回不转来了！科迪丽娅，科迪丽娅！等一等。吓！你说什么？她的声音总是那么柔软温和，女儿家是应该这样的。我亲手杀死了那把你缢死的奴才。

**军官** 殿下，他真的把他杀死了。

**李尔** 我不是把他杀死了吗，汉子？从前我一举起我的宝刀，就可叫他们吓得抱头鼠窜；现在年纪老啦，受到这许多磨难，一天比一天不中用啦。你是谁？老实告诉你吧，我的眼睛可不大好。

**肯特** 要是命运女神向人夸口，说起有两个曾经一度被她宠爱，后来却为她厌弃的人，那么其中的一个就在我们的眼前。

**李尔** 我的眼睛太糊涂啦。你不是肯特吗？

**肯特** 正是，您的仆人肯特。您的仆人凯易斯呢？

**李尔** 他是一个好人，我可以告诉你；他一动起性子来就会打人。他现在已经死得骨头都朽烂了。

**肯特** 不，陛下，我就是那个人——

**李尔** 很好很好。

**肯特** 自从您开始遭遇变故以来，一直跟随着您的不幸的足迹。

**李尔** 欢迎欢迎。

**肯特** 不，一切都是凄惨的，黑暗的，阴郁的；您的两个大女儿已经在绝望中自杀了。

**李尔** 嗯，我也想是这样的。

**奥本尼** 他不知道他自己在说些什么话，我们谒见他也是徒然的。

**埃德加** 全然是徒劳。

【一军官上。

**军官** 禀殿下，爱德蒙死了。

**奥本尼** 他的死在现在不过是一件无足重轻的小事。各位勋爵和尊贵的朋友，听我向你们宣示我的意旨：对于这一位老病衰弱的君王，我们将要尽我们的力量给他可能的安慰；当他在世的时候，我仍旧把最高的权力归还给他。(向埃德加、肯特)你们两位仍旧恢复原来的爵位，我还要加赉你们额外的尊荣，褒扬你们过人的节行。一切朋友都要得到他们忠贞的报酬，一切仇敌都要尝到他们罪恶的苦杯。——啊！瞧，瞧！

**李尔** 我的可怜的傻瓜给他们缢死了！不，不，没有命了！为什么一条狗，一匹马，一头耗子，都有它们的生命，你却没有一丝呼吸？你是永不回来的了，永不，永不，永不，永不，永不！请你替我解开这个钮扣；谢谢你，先

生。你看见吗？瞧着她，瞧，她的嘴唇，瞧那边，瞧那边！（死）

**埃德加** 他晕过去了！——陛下，陛下！

**肯特** 碎吧，心啊！我愿你碎吧！

**埃德加** 抬起头来，陛下。

**肯特** 不要烦扰他的灵魂。啊！让他安然死去吧；他将要痛恨那想要使他在这无情的人世上多受一刻酷刑的人。

**埃德加** 他真的去了。

**肯特** 他居然忍受了这么久的时候，才是一件奇事；他的生命不是他自己的。

**奥本尼** 把他们抬出去。我们现在要传令全国举哀。（向肯特、埃德加）——

两位朋友，帮我主持大政，<br>
培养这已经断伤的国本。

**肯特** 不日间我就要登程上道；<br>
我已经听见主上的呼召。

**奥本尼** 不幸的重担不能不肩负；<br>
感情是我们唯一的言语。<br>
年老的人已经忍受一切，<br>
后人只有抚陈迹而叹息。（同下，奏丧礼进行曲）

# 麦克白

朱生豪 译

苏福忠 校

## 背景与提要

《麦克白》大约写作于一六〇六年，主要取材于拉斐尔·霍林舍德的《苏格兰大事纪》；初版于一六二三年的对开本。

苏格兰的詹姆斯六世于一六〇三年登上英格兰的王位不久，对莎士比亚的剧团给予庇护，宫廷大臣剧团变为国王剧团。《麦克白》是莎士比亚的剧本中最能反映出这种特别关系的剧本。剧中所反映的宫廷内幕、王位继承等事件，基本上是赞美态度，合乎詹姆斯意愿的。

《麦克白》的大概情节是这样的：麦克白将军和苏格兰王邓肯平息叛乱后胜利归还，路上碰见了命运三女神(或说巫婆)。她们预言说，麦克白会成为考特爵士，而后成为一国之君；班柯虽做不了国王，但能左右国王的产生。不久，国王果真删封麦克白为考特爵士。这样，麦克白相信了三个女巫的预言，在麦克白夫人的蛊惑下，邓肯国王造访麦克白的城堡时，麦克白把邓肯国王杀害了。邓肯国王的儿子马尔科姆和多纳尔本幸免于难。麦克白虽如愿以偿，登上王位，但始终被邓肯国王的幽灵纠缠着。邓肯的两个儿子为了复仇，在苏格兰招兵买马，首先袭击麦克白的城堡，杀死了麦克白夫人及其子女，最后又把麦克白杀死。马尔科姆最终登上了王位。

这个剧本是献给詹姆斯国王的，莎士比亚自然就不能让王位落于他人之手，因此不管历史事实如何，莎士比亚只能让麦克白落得谋反不轨，下场可悲的结果；而邓肯国王的宝座虽历反复，最终王位还得落在王族后裔的手中。莎士比亚的剧团受了詹姆斯王的庇护，他因此而产生讨好迎奉和由衷感激的复杂心情，是不难理解的。另一方面，莎士比亚在他自己的剧本中，基本上奉行一条传统思想，即君君臣臣，王位应归王族所有。这反映了莎士比亚十分注重秩序的观念，有积极和可取的一面。

从史实上看，莎士比亚所采用的事件，基本上是拉斐尔·霍林舍德关于邓肯和麦克白统治时期的素材，有个别场次的文字都有相似之处。但是，这个剧本的基本结构却是莎士比亚自己创作的。三女巫是他的精彩之笔，麦克白这个人物的复杂性远比霍林舍德塑造的武士国王丰富得多。更有麦克白夫人这个形象，完全不同于历史上的麦克白夫人。

《麦克白》既有观赏性，又内涵丰富，已早被看作研究犯罪哲学和犯罪心理的经典之作。麦克白的自我专注、恐惧、发怒和绝望，和麦克白夫人钢铁般的意志、煽动犯罪的力量以及深藏内心的人情味，无论对读者还是演员，都具有永久的魅力，是永久的挑战。

在莎士比亚的故乡艾汶河畔斯特拉福德镇上，莎士比亚铜像傍有四个他塑造的著名的戏剧人物形象，麦克白夫人就是其中之一。

**苏福忠**

LADY MACDUFF
Boy, son to Macduff
DUNCAN
King of Scotland
his sons
MALCOLM
DONALB
Gentlewoman attending on Lady Macbeth
SEYTON, an officer attending on Macbeth
FLEANCE son to Banquo
LADY MACBETH
MACBETH
BANQUO
Generals of the King's army
MA

A Porter An Old Man

SIWARD, Earl of Northumberland, General of the English forces. Young SIWARD, his son.

A Soldier, An English Doctor, A Scotch Doctor, Gentlemen, Lords, Officers, Soldiers, Attendants, Messengers and Murderers.

HECATE

Three Witches Apparitions

X ROSS MENTEITH ANGUS CAITHNESS
oblemen of Scotland

# MACBETH

## *DRAMATIS PERSONAE*

SCENE: SCOTLAND; ENGLAND

## 剧中人物

邓肯　苏格兰国王

马尔科姆 } 邓肯之子<br>多纳尔本 }

麦克白 } 苏格兰军中大将<br>班柯 }

麦克达夫 }<br>伦诺克斯 }<br>罗斯 } 苏格兰贵族<br>门特斯 }<br>安格斯 }<br>凯士纳斯 }

弗利恩斯　班柯之子

西沃德 } 英国军中大将<br>诺森伯兰伯爵 }

小西沃德　西沃德之子

西登　麦克白的侍臣

麦克达夫的幼子

一英国医士

一苏格兰医士

一军曹

一司阍

一老人

麦克白夫人

麦克达夫夫人

麦克白夫人的侍女

赫卡特及三女巫

贵族，绅士，将领，军士，刺客，侍从，及使者等

班柯鬼魂及其他幽灵等

**地点** 苏格兰；英格兰

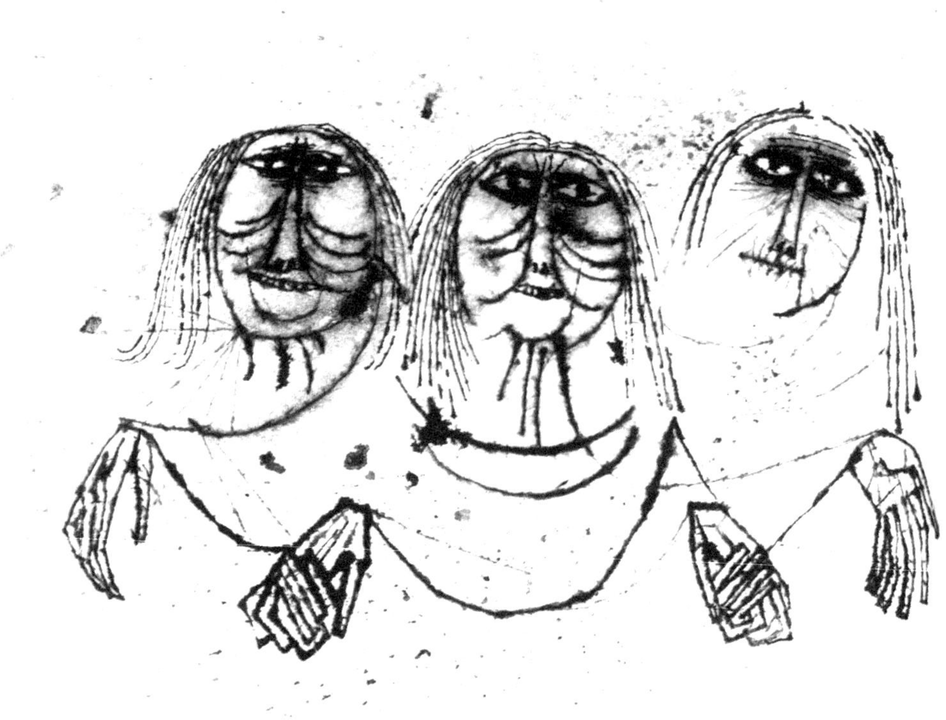

# 第　一　幕

## 第一场　荒野

【雷电。三女巫上。

女巫甲　何时姊妹再相逢，

　　　　雷电轰轰雨蒙蒙？

女巫乙　且等烽烟静四陲，

　　　　军高奏凯歌回。

女巫丙　半山夕照尚含辉。

女巫甲　何处相逢？

女巫乙　荒野遇。

女巫丙　麦克白由此去。

女巫甲　我来了，狸猫精！

女巫乙　癞蛤蟆在叫唤。

女巫丙　来啦。

三女巫　（合）美即丑恶丑即美，

翱翔毒雾妖云里。（同下）

## 第二场　福雷斯附近的营地

【内号角声。邓肯，马尔科姆，多纳尔本，伦诺克斯及侍从等上，与一流血之军曹相遇。

邓肯　那个流血的人是谁？看他的样子，也许可以向我们报告关于乱事的最近的消息。

马尔科姆　这就是那个奋勇苦战帮助我冲出敌人重围的军曹。祝福，勇敢的朋友！把你离开战场以前的战况报告王上。

军曹　双方还在胜负未决之中；正像两个精疲力竭的游泳者，彼此扭成一团，显不出他们的本领来。那残暴的麦克唐沃特不愧为一个叛徒，因为无数奸恶的天性都丛集于他的一身；他已经征调了西方各岛上的轻重步兵，命运也像娼妓一样，有意向叛徒卖弄风情，助长他的罪恶的气焰。可是这一切都无能为力，因为英勇的麦克白不以命运的喜怒为意；挥舞着他的血腥的宝剑，一路砍杀过去，直到了那奴才的面前，也不通一句话，就挺剑从他的肚脐上刺了进去，把他的胸膛划破，一直划到下巴上；他的头已经割下来挂在我们的城楼上了。

邓肯　啊，英勇的堂弟！名不虚传的壮士！

军曹　天有不测风云，我们正在兴高彩烈的时候，却又遭遇了重大的打击。听着，陛下，听着：当正义凭着勇气的威力，正在驱逐敌军向后溃退的时候，挪威国君看见有机可乘，调了一批甲械精良的生力部队又向我们开始一次新的猛攻。

邓肯　我们的将军们，麦克白和班柯有没有因此而气馁？

军曹　是的，像麻雀能使怒鹰却退，兔子能把雄狮吓走的话一样。实实在在的说，他们就像两尊巨炮，满装着双倍火力的炮弹，愈发愈猛地向敌人射击；瞧他们的神气，好像拼着浴血负创，非让尸骸铺满了原野决不罢手似的。可是我的气力已经不济了，我的伤口需要医治。

邓肯　你的叙述和你的伤口一样，都表现出一个战士的精神。来，把他送到军医那儿去。(侍从扶军曹下)

【罗斯上。

邓肯　谁来啦？

马尔科姆　尊贵的罗斯爵士。

伦诺克斯　他的眼睛里露出多么慌张的神色！好像要说些什么古怪的事情似的。

罗斯　上帝保佑吾王！

邓肯　爵士，你是从什么地方来的？

罗斯　从法夫来，陛下，挪威的旌旗在那边的天空招展，把一阵寒风扇进了我们人民的心里。挪威国君亲自率领了大队人马，靠着那个最奸恶的叛徒考特爵士的帮助，开始了一场惨酷的血战；直到那贝娄娜的郎君[①]擐甲而前，和他奋勇交锋，方才挫折了他的傲气；胜利终于属我们所有。——

邓肯　好大的幸运！

罗斯　现在史威诺，挪威的国王，已经向我们求和了；我们责令他在圣戈姆小岛上缴纳一万块钱充入我们的国库，否则不让他把战死的将士埋葬。

邓肯　我们不能再让考特爵士泄漏我们的秘密。把他立刻宣布死刑，他的原来的爵位移赠麦克白。

罗斯　我就去执行陛下的旨意。

邓肯　他所失去的，也就是尊贵的麦克白所得到的。(同下)

## 第三场　荒野

【雷鸣。三女巫上。

女巫甲　妹妹，你从那儿来？

① 贝娄娜，罗马神话中的女战神，战神马尔斯（Mars）的妻子。这里喻指英勇的麦克白。

女巫乙　我刚杀了猪来。

女巫丙　姊姊，你从哪儿来？

女巫甲　一个水手的妻子坐在哪儿吃栗子，啃呀啃呀啃呀地啃着。“给我，”我说。“滚开，妖巫！”这个吃人家剩下来的肉皮肉骨的贱人喊起来了。她的丈夫是猛虎号的船长，到阿勒坡去了；可是我要坐在一张筛子里追上他去，像一头没有尾巴的老鼠，我要去，我要去，我要去。

女巫乙　我助你一阵风。

女巫甲　感谢你的神通。

女巫丙　我也助你一阵风。

女巫甲　　驾风直到海西东。
　　到处狂风吹海立，
　　浪打行船无休息，
　　终朝终夜不得安，
　　骨瘦如柴血色干；
　　年年辛苦月月劳，
　　气断神疲精力销；
　　波涛汹涌鱼龙怒，
　　一叶漂流无定处。

瞧我有些什么东西？

女巫乙　给我看，给我看。

女巫甲　这是一个在归途覆舟殒命的舵工的拇指。（内鼓声）

女巫丙　鼓声！鼓声！麦克白来了。

三女巫　（合）手携手，三姊妹，
　　沧海高山弹指地，
　　朝飞暮返任游戏。
　　姊三巡，妹三巡，
　　三三九转蛊方成。

【麦克白及班柯上。

麦克白　我从来没有见过这样阴郁而又是这样光明的日子。

班柯　到福雷斯还有多少路？这些是考验，形容这样枯瘦，服装这样怪诞，不像是地上的居民，可是却在地上出现？你们是活人吗？你们能不能回答我们的问题？好像你们懂得我的话，每一个人都同时把她满是皱纹的手指按在她的干枯的嘴唇上。你们应当是女人，可是你们的胡须却使我不敢相信你们是女人。

麦克白　你们要是能够讲话，告诉我们你们是什么人？

女巫甲　万福，麦克白！祝福你，格莱密斯爵士！

女巫乙　万福，麦克白！祝福你，考特爵士！

女巫丙　万福，麦克白，未来的君王！

班柯　将军，您为什么这样吃惊，好像害怕这种听上去很好的消息似的？用真理的名义回答我，你们是幻象呢，还是果然是像你们所显现的那个样子的生物？你们向我的高贵的同伴致敬，并且预言他未来的尊荣和远大的希望，使他听得出了神；可是你们却没有对我说一句话。要是你们能够洞察时间所播的种子，知道哪一颗会长成，哪一颗不会长成，那么请对我说；我既不乞讨你们的恩惠，也不惧怕你们的憎恨。

女巫甲　祝福！

女巫乙　祝福！

女巫丙　祝福！

女巫甲　比麦克白低微，可是你的地位在他之上。

女巫乙　不像麦克白那样幸运，可是你比他更为有福。

女巫丙　你虽然不是君王，你的子孙将要君临一国。万福，麦克白和班柯！

女巫甲　班柯和麦克白，万福！

麦克白　且慢，你们这些闪烁其辞的预言者，明白一些告诉我。西纳尔死了以后，我知道我已经晋封为格莱密斯爵士；可是怎么会做起考特爵士来呢？考特爵士现在还活着，他的势力非常火亘赫；至于说我是未来的君王，那正像说我是考特爵士一样难于置信。说，你们这种奇怪的消息是从什么地方来的？为什么你们要在这荒凉的旷野用这种预言式的称呼使我们止步？说，我命令你们。（三女巫隐去）

班柯　水上有泡沫，土地也有泡沫，这些便是大地上的泡沫。她们消失到什么地方去了？

**麦克白** 消失在空气之中，好像是有形体的东西，却像呼吸一样融化在风里了。我倒希望她们再多留一会儿。

**班柯** 我们正在谈论的这些怪物，果然曾经在这儿出现吗？还是因为我们误食了令人疯狂的草根，已经丧失了我们的理智？

**麦克白** 您的子孙将要成为君王。

**班柯** 您自己将要成为君王。

**麦克白** 而且还要做考特爵士；她们不是这样说的吗？

**班柯** 正是这样说的。谁来啦？

【罗斯及安格斯上。

**罗斯** 麦克白，王上已经很高兴地接到了你的胜利的消息；当他听见你在这次征讨叛逆的战争中所表现的英勇的勋绩的时候，他简直不知道应当惊异还是应当赞叹，在这两种心理的交相冲突之下，他快乐得说不出话来。他又知道你在同一天之内，又在雄壮的挪威大军的阵地上出现，不因为你自己亲手造成的死亡的惨影而感到些微的恐惧。报信的人像密雹一样接踵而至，异口同声地在他的面前称颂你的保卫祖国的大功。

**安格斯** 我们奉王上的命令前来，向你传达他的慰劳的诚意；我们的使命只是迎接你回去面谒王上，不是来酬答你的功绩。

**罗斯** 为了向你保证他将给你更大的尊荣起见，他叫我替你加上考特爵士的称号；祝福你，最尊贵的爵士！这一个尊号是属于你的了。

**班柯** 什么！魔鬼居然会说真话吗？

**麦克白** 考特爵士现在还活着；为什么你们要替我穿上借来的衣服呢？

**安格斯** 原来的考特爵士现在还活着，可是因为他自取其咎，犯了不赦的重罪，在无情的判决之下，将要失去他的生命。他究竟有没有和挪威人公然联合，或者曾经给叛党秘密的援助，或者同时用这两种手段来图谋颠覆他的祖国，我还不能确实知道；可是他的叛国的重罪，已经由他亲口供认，并且有了事实的证明，使他遭到了毁灭的命运。

**麦克白** （旁白）格莱密斯，考特爵士；最大的尊荣还在后面。（向罗斯、安格斯）谢谢你们的跋涉。（向班柯）她们叫我做考特爵士，果然被她们说中了；您不希望您的子孙将来做君王吗？

**班柯** 您要是果然相信了她们的话，也许做了考特爵士以后，还想把王冠

攫到手里。可是这种事情很奇怪；魔鬼为了要陷害我们起见，往往故意向我们说真话，在小事情上取得我们的信任，然后我们在重要的关头便会堕入他的圈套。两位大人，让我对你们说句话。

**麦克白** （旁白）两句话已经证实，这是我有一天将会跻登王座的幸运的预告。（向罗斯、安格斯）谢谢你们两位。（旁白）这种神奇的启示不会是凶兆，可是也不像是好兆。假如它是凶兆，为什么用一句灵验的预言，保证我未来的成功呢？我现在已经做了考特爵士了啊。假如它是好兆，为什么那句话会在我脑中引起可怖的印象，使我毛发悚然，使我的心全然失去常态，勃勃地跳个不住呢？想象中的恐怖远过于实际上的恐怖；我的思想中不过偶然浮起了杀人的妄念，就已经使我全身震憾，心灵在疑惑的猜测之中丧失了作用，把虚无的幻影认为真实了。

**班柯** 瞧，我们的同伴想得多么出神。

**麦克白** （旁白）要是命运将会使我成为君王，那么也许命运会替我加上王冠，用不到我自己费力。

**班柯** 新的尊荣加在他的身上，就像我们穿上新衣服一样，在没有穿惯以前，总觉得有些不大适合身材似的。

**麦克白** （旁白）无论事情怎样发生，最难堪的日子也是会过去的。

**班柯** 尊贵的麦克白，我们在等候着您的意旨。

**麦克白** 原谅我；我的迟钝的脑筋刚才偶然想起了一些已经忘记了的事情，两位好大人，你们的辛苦已经铭刻在我的心版上，我每天都要把它翻开来诵读。让我们到王上那儿去。想一想最近发生的这些事情；等我们把一切详细考虑过了以后，再把各人心里的意思彼此开诚相告吧。

**班柯** 很好。

**麦克白** 现在暂时不必多说。来，朋友们。（同下）

## 第四场　福雷斯；王宫中的一室

【喇叭奏花腔。邓肯，马尔科姆，多纳尔本，伦诺克斯及侍从等上。

**邓肯** 考特的死刑有没有执行完毕？监刑的人还没有回来吗？

**马尔科姆** 陛下，他们还没有回来；可是我曾经和一个亲眼看见他死的人谈过话，他说他很坦白地供认他的叛逆，请求您宽恕他的罪恶，并且表示深切的悔恨。他的一生行事，从来不曾像他临终的时候那样值得钦佩；他抱着视死如归的态度，抛弃了人的最宝贵的生命，就像它是不足介意的琐屑一样。

**邓肯** 世上还没有一种方法，可以从一个人的脸上探察他的居心；他是我所曾经绝对信任的一个人。

【麦克白，班柯，罗斯，及安格斯上。

**邓肯** 啊，贤卿！我的忘恩负义的罪恶，刚才还重压在我的心头。你的功劳太超越寻常了，飞得最快的报酬都追不上你；要是你多少有点名不副实，那么也许我可以按照适当的名分，给你应得的感谢和酬劳；现在我只能这样说，一切的报酬都不能抵偿你的伟大的勋绩。

**麦克白** 为陛下尽忠效命，它的本身就是一种酬报。接受我们的劳力是陛下的名分；我们对陛下的责任，正像子女和奴仆一样，为了尽我们的敬爱之忱，无论做什么事都是应该的。

**邓肯** 欢迎你回来；我已经开始把你栽培，我要努力使你繁茂。尊贵的班柯，你的功劳也毫不逊色，让我把你拥抱在我的心头吧。

**班柯** 要是我能够在陛下的心头生长，那收获是属于陛下的。

**邓肯** 我的洋溢在心头的盛大的喜乐，想要在悲哀的泪滴里隐藏它自己。吾儿，各位国戚，各位爵士，以及一切最亲近的人，我现在向你们宣布封我的长子马尔科姆为坎伯兰亲王；不仅仅是他一个人受到这样的光荣，广大的恩宠将要像繁星一样，照耀在每一个有功者的身上。陪我到因弗内斯去，让我再叨受你一次盛情的招待。

**麦克白** 要不是为陛下效力，休息也是劳作；让我做一个前驱者，把陛下光降的喜讯先去报告我的妻子知道；现在我就此告辞了。

**邓肯** 我的尊贵的考特！

**麦克白** （旁白）坎伯兰亲王！这是一块横在我的前途的阶石，我必须跳过这块阶石，否则就要颠仆在它的上面。星星啊，收起你们的火焰！不要让光亮照见我的黑暗幽深的欲望。（下）

**邓肯** 真的，尊贵的班柯；他的英勇真是名不虚传，我已经饱听人家对他的赞美，那对我就像是一桌盛筵。他现在先去预备款待我们了，让我们跟上

去。真是一个无比的国戚。(喇叭奏花腔。众下)

## 第五场　因弗内斯；麦克白的城堡

【麦克白夫人上，读信。

麦克白夫人　“她们在我胜利的那天迎接我；我从可靠的传说上知道，她们是具有超越凡俗的知识的。当我燃烧着热烈的欲望，想要向她们详细询问的时候，她们已经化为一阵气不见了。我正在惊奇不置，王上的使者就来了，他们都称我为‘考特爵士’；那一个尊号正就是这些神巫用来称呼我的，而且她们还对我作这样的预示，说是‘祝福，未来的君王’；我想我应该把这样的消息告诉你，我的最亲爱的有福同享的伴侣，好让你不至于因为对于你所将要得到的富贵一无所知，而失去了你所应该享有的欢欣。把它放在你的心头，再会。”你现在已经一身兼格莱密斯和考特两个显爵，将来还会达到预言所告诉你的那样高位。可是我却为你的天性忧虑；它充满了太多的人情的乳臭，使你不敢采取最近的捷径；你希望做一个伟大的人物，你不是没有野心，可是你却缺少和那种野心相联属的奸恶；你希望用正直的手段，达到你的崇高的企图；一方面不愿玩弄机诈，一方面却又要作非分的攫夺；你有非分之想，伟大的葛莱密斯，内心分明在呼喊：“你要想图谋，就必须这样干；你没有事后的追悔，却太多事前的顾忌。”赶快回来吧，让我把我的精神倾注在你的耳中；命运和玄奇的力量分明已经准备把黄金的宝冠罩在你的头上，让我用舌尖的勇气，把那阻止你得到那顶王冠的一切障碍驱扫一空吧。

【一使者上。

麦克白夫人　你带了些什么消息来？

使者　王上今晚要到这儿来。

麦克白夫人　你在说疯话吗？主人是不是跟他在一起？要是在一起的话，一定会早就通知我们准备准备的。

使者　禀夫人这话是真的。我们的爵爷快要来了；我的一个伙伴比他早到了一步，他奔得气都喘不过来，好容易告诉了我这个消息。

麦克白夫人　好好看顾他；他带来了重大的消息。(使者下)报告邓肯要走

进我这堡门来做送死的乌鸦，它的叫声是嘶哑的。来，注视着人类恶念的魔鬼们！解除我的女性的柔弱，用最凶恶的残忍自顶至踵贯注在我的全身；凝结我的血液，不要让悔恨通过我的心头，不要让天性中的恻隐摇动我的狠毒的决意！来，你们这些杀人的助手，你们无形的躯体散满在空间，到处找寻为非作恶的机会，进入我的妇人的胸中，把我的乳水当作胆汁吧！来，阴沉的黑夜，用最昏暗的地狱中的浓烟罩住你自己，让我的锐利的刀瞧不见它自己切下的伤口，让青天不能从黑暗的重衾里探出头来，高喊着："住手，住手！"

【麦克白上。

**麦克白夫人**　伟大的格莱密斯！尊贵的考特！比格莱密斯更伟大，比考特更尊贵的未来的统治者！你的信使我飞越蒙昧的现在，我已经感觉到未来的搏动了。

**麦克白**　我的最亲爱的爱人，邓肯今晚要到这儿来。

**麦克白夫人**　什么时候回去呢？

**麦克白**　他预备明天回去。

**麦克白夫人**　啊！太阳永远不会见到那样一个明天。您的脸，我的爵爷，正像一本书，人们可以从那上面读到奇怪的事情。你要欺骗世人，必须培训出和世人同样的神气；让您的眼睛里，您的手上，您的舌尖，随处流露着欢迎；让人家瞧您像一朵纯洁的花朵，可是在花瓣底下却有一条毒蛇潜伏。我们必须准备款待这位贵宾；您可以把今晚的大事交给我去办；凭此一举，我们今后就可以永远掌握君临万民的无上权威。

麦克白　我们还要商量商量。

麦克白夫人　泰然自若地抬起您的头来；恐惧往往是误事的根源。一切都包在我的身上。（同下）

## 第六场　同前；城堡之前

【高音笛奏乐。火炬前导；邓肯，马尔科姆，多纳尔本，班柯，伦诺克斯，麦克达夫，罗斯，安格斯及侍从等上。

邓肯　这座城堡的位置很好；一阵阵温柔的和风轻轻地吹拂着我们微妙的感觉。

班柯　这一个夏天的客人，巡礼庙宇的燕子，也在这里筑下了他的温暖的巢居，这可以证明这里的空气有一种诱人的香味；檐下梁间墙头屋角，都是这鸟儿安置它的吊床和摇篮的地方，凡是它们生息繁殖之处，空气总是很甘美的。

【麦克白夫人上。

邓肯　瞧，瞧，我们的尊贵的主妇！到处跟随我们的挚情厚爱，往往使我们窘于致谢。那么按照这个礼数，我们给你带来了麻烦，你还是应该感谢我们，祈祷上帝保佑我们。

麦克白夫人　我们的犬马微劳，即使加倍报效，比起陛下赐给我们的深恩广泽来，也还是不足挂齿的；我们只有燃起一瓣心香，为陛下祷祝上苍，报答陛下过去和新近加于我们的荣宠。

邓肯　考特爵士呢？我们想要追到他的前面，趁他没有到家，先替他预备设筵洗尘；不料他的骑马的本领十分了得，他的一片忠心使他急如星火，帮助他比我们先到了一步。高贵贤淑的主妇，今天晚上我要做您的宾客了。

**麦克白夫人** 只要陛下吩咐，您的仆人们随时准备把他们自己和他们所有的一切捐献在陛下之前，抵偿他们对您所负的重债。

**邓肯** 把您的手给我；领我去见我的居停主人。我很敬重他，我还要继续眷顾他。请了，夫人。（同下）

## 第七场 同前；堡中一室

【高音笛奏乐，室中遍燃火炬。一司膳及若干仆人持肴馔食具上，自台前经过。麦克白上。

**麦克白** 要是干了以后就完了，那么还是快一点干；要是凭着暗杀的手段，可以攫取美满的结果；要是这一刀砍下去，就可以完成一切，终结一切，解决一切——可在这人世上，仅仅在这人世上，在时间这大海的浅滩上，那么来生我也就顾不上了。可是在这种事情上，我们可以看见冥冥中的裁判；我们进行餐肉饮血的教导，教别人杀人，教唆杀人的人，结果反而自己被人所杀；把毒药投入酒杯里的人，结果也会自己饮鸩而死，这就是一丝不爽的报应。他到这儿来是有两重的信任：第一，我是他的亲戚，又是他的臣子，按照名分绝对不能干这样的事；第二，我是他的居停主人，应当保障他的身体的安全，怎么可以自己持刀行刺？而且，这个邓肯秉性仁慈，处理国政，从来没有过失，要是把他杀死，他的生前的美德，将要像天使一般发出喇叭一样清澈的声音，对抗这种不仁不义的毒手；还有恻隐之心，如同一个乘风而行的赤裸的新生婴儿，或者如天上御风而驰的天使，会把这段惨事吹到每个人的眼里，使眼泪淹没了天风。没有一种力量可以鞭策我实现自己的意图，可是我的跃跃欲试的野心，却不顾一切地驱着我去冒颠踬的危险。——

【麦克白夫人上。

**麦克白** 啊！什么消息？

**麦克白夫人** 他快要吃好了；你为什么跑了出来？

**麦克白** 他有没有问起我？

**麦克白夫人** 你不知道他问起过你吗？

**麦克白** 我们还是不要进行这一件事情。他最近给我极大的尊荣；我也好容易从各种人的嘴里博到了无上的美誉，我的名声现在正在发射最灿烂的光彩，不能这么快就把它丢弃了。

麦克白夫人　难道你把自己沉浸在里面的那种希望，只是醉后的妄想吗？它现在从一场睡梦中醒来，因为追悔自己的孟浪，而吓得脸色这样苍白吗？从这一刻起，我要把你的爱情看作同样靠不住的东西。你不敢让你在自己的行为和勇气上跟你的欲望一致吗？你宁愿像一头畏首畏尾的猫儿，顾全你所认为生命的装饰品的名誉，不惜让你在自己眼中成为一个懦夫，让“我不敢”永远跟随在“我想要”的后面吗？

麦克白　请你不要说了。只要是男子汉做的事，我都敢做；没有人比我有更大的胆量。

麦克白夫人　那么当初是什么畜生使你把这一种企图告诉我呢？是男子汉就应当敢作敢为；要是你敢做你所不能做的事，那才更是一个男子汉。那时候无论时间和地点都不曾给你下手的方便，可是你却居然会决意实现你的愿望；现在你有了大好的机会，你又失去勇气了。我曾经乳哺过婴孩，知道一个母亲是怎样怜爱那吮吸她乳汁的子女；可是我会在他看着我的脸微笑的时候，从他的柔软的嫩嘴里摘下我的乳头，把他的脑袋砸碎，要是我也像你一样曾经发誓下这样毒手的话。

麦克白　假如我们失败了呢？

麦克白夫人　我们失败！只要你集中你的全副勇气，我们决不会失败。邓肯睡熟时——赶了这一天辛苦的路程，一定会睡得很死——我再去陪他那两个侍卫饮酒作乐，灌得他们头脑模糊，记忆化成了一阵烟雾；等他们烂醉如泥，像死猪一样睡去以后，我们不就可以把那毫无防卫的邓肯随意摆布了吗？我们不是可以把这一件重大的谋杀罪案，推在他的酒醉的侍卫身上吗？

麦克白　愿你所生育的全是男孩子，因为你的无畏的精神，只应该铸造一些刚强的男性。要是我们在那睡在他寝室里的两个人身上涂抹一些血迹，而且就用他们的刀子，人家会不会相信真是他们干下的事？

麦克白夫人　等他的死讯传出以后，我们就假意装出号啕痛哭的样子，这样还有谁敢不相信？

麦克白　我的决心已定，我要用全身的力量，去干这件惊人的举动。去，用最美妙的外表把人们的耳目欺骗；奸诈的心必须罩上虚伪的笑脸。（同下）

# 第　二　幕

## 第一场　因弗内斯；堡中庭院

【班柯及弗利恩斯上，一仆人执火炬前行。

班柯　孩子，夜已经过了几更了？

弗利恩斯　月亮已经下去；我还没有听见打钟。

班柯　月亮是在十二点钟下去的。

弗利恩斯　我想它要到十二点钟以后方才下去呢，父亲。

班柯　把我的剑拿着。天上也讲究节俭，把灯烛一起熄灭了。把那个也拿着。催人入睡的疲倦，像沉重的铅块一样压在我身上，可是我却一点不想去睡。慈悲的神明！抑制那些罪恶的思想，不要让它们潜入我的睡梦之中。

【麦克白上，一仆人执火炬随从。

**班柯**　把我的剑给我。——那边是谁？

**麦克白**　一个朋友。

**班柯**　什么，爵爷！还没有安息吗？王上已经睡了；他今天非常高兴，赏了你家仆人许多的东西。这一颗金刚钻是他送给尊夫人的，他称她为最殷勤的主妇。无限的愉快笼罩着他的全身。

**麦克白**　我们因为事先没有准备，恐怕有许多招待不周的地方。

**班柯**　好说好说。昨天晚上我梦见那三个女巫；她们对您所讲的话倒有几分应验。

**麦克白**　我没有想到她们；可是等我们有了工夫，不妨谈谈那件事，要是您愿意的话。

**班柯**　悉如尊命。

**麦克白**　您听从了我的话，包您有一笔富贵到手。

**班柯**　为了觊觎富贵而丧失荣誉的事，我是不干的；要是您有什么见教，只要不毁坏我的清白的忠诚，我都愿意接受。

**麦克白**　那么慢慢再说，请安息吧。

**班柯**　谢谢；您也可以安息啦。（班柯、弗利恩斯同下）

**麦克白**　去对太太说要是我的酒预备好了，请她打一下钟。你去睡吧。（仆人下）在我面前摇晃着、它的柄对着我的手的，不是一把刀子吗？来，让我抓住你。我抓不到你，可是仍旧看见你。不祥的幻象，你只是一件可视不可触的东西吗？或者你不过是一把想像中的刀子，从谵热的脑筋里发出来的虚妄的意匠？我仍旧看见你，你的形状正像我现在拔出的这一把刀子一样明显。你指示着我所要去的方向，告诉我应当用什么利器。我的眼睛倘不是受了其他知觉的愚弄，就是兼领了一切感官的机能。我仍旧看见你；你的刃上和柄上还流着一滴一滴刚才所没有的血。没有这样的事；杀人的恶念使我看见这种异象。现在在半个世界上，大自然似乎已经死去，罪恶的梦景扰乱着平和的睡眠，作法的巫觋在向惨白的赫卡特[①]献祭；形容枯瘦的杀人犯，听到了替他巡风的豺狼的嗥声，悄然抬起塔昆[②]欲念勃发的脚步，像一个鬼似的向他的目的地蹑足跨

---

① 赫卡特(Hecate)，司幽冥及巫术之女神。

② 塔昆(Tarquin)，古罗马暴君之子，强奸卢克丽丝，酿成祸端，莎翁的长诗《卢克丽丝受辱记》专写这一著名事件。

步前进。坚固结实的大地啊，不要听见我的脚步声音，知道它们是到什么地方去的，我怕路上的青石会泄漏了我的行踪。我正在这儿威胁他的生命，他却在那儿活得好好的；在紧张的行动中间，言语是多么软弱无力。(钟声)我去，就是这么干；钟声在招引我。不要听见它，邓肯，这是召唤你上天堂或者下地狱的丧钟。(下)

## 第二场　同前

【麦克白夫人上。

**麦克白夫人**　酒把他们醉倒了，却提起了我的勇气；浇熄了他们的馋焰，却燃起了我心头的烈火。听！不要响！这是夜鸮的啼声，它正在鸣着丧钟，向人道凄厉的晚安。他在那儿动手了。门都开着，那两个醉饱的侍卫用鼾声代替他们的守望；我曾经在他们的乳酒里放下麻药，瞧他们熟睡的样子，简直分别不出他们是活人还是死人。

**麦克白**　(在内)那边是谁？喂！

**麦克白夫人**　嗳哟！我怕他们已经醒过来了，这件事情还没有办好；不是行为的本身，是我们的企图搅乱了我们。听！我把他们的刀子都放好了；他不会找不到的。倘不是我看他睡着的样子，活像是我的父亲，我早就自己动手了。我的丈夫！

【麦克白上。

**麦克白**　我已经把事情办好。你没有听见一个声音吗？

**麦克白夫人**　我听见鸮啼和蟋蟀的鸣声。你没有讲过话吗？

**麦克白**　什么时候？

**麦克白夫人**　刚才。

**麦克白**　我下来的时候吗？

**麦克白夫人**　嗯。

**麦克白**　听！谁睡在隔壁的房间里？

**麦克白夫人**　多纳尔本。

**麦克白**　(视手)好惨！

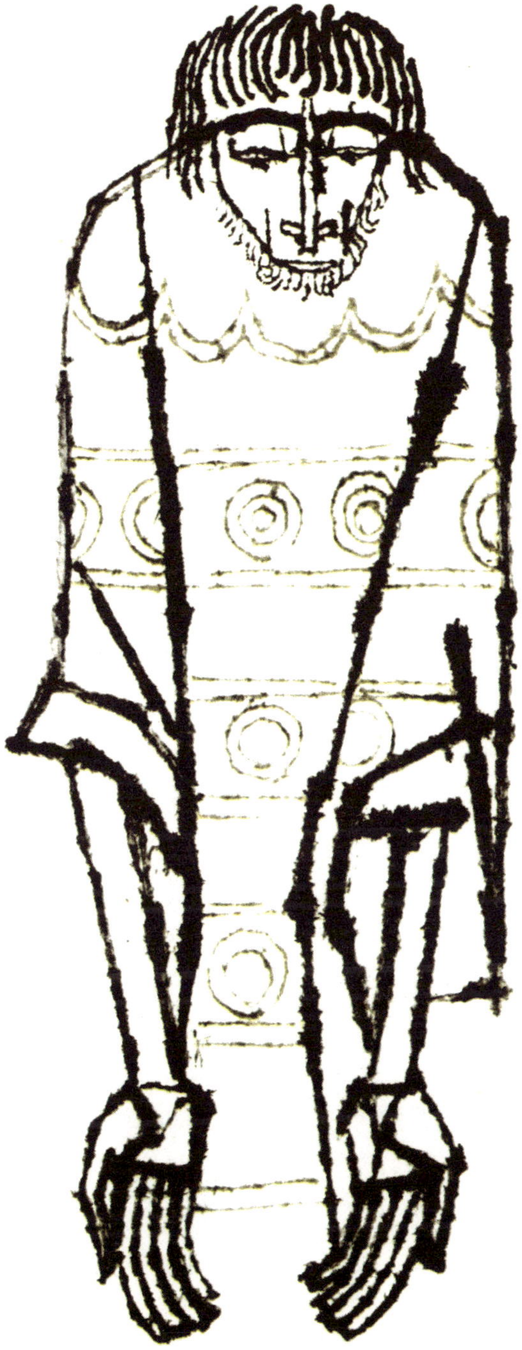

麦克白夫人 别发傻，惨什么。

麦克白 一个人在睡梦里大笑，还有一个人喊“杀人啦！”他们把彼此惊醒了；我站定听他们；可是他们念完祷告，又睡了过去了。

麦克白夫人 一对宝货！

麦克白 一个喊，“上帝保佑我们！”一个喊，“阿门！”好像他们看见我高举这一双杀人的血手似的。听着他们惊慌的口气，当他们说过了“上帝保佑我们”以后，我想要说“阿门”，却怎么也说不出来。

麦克白夫人 不要把它放在心上。

麦克白 可是我为什么说不出“阿门”两个字来呢？我才是最需要上帝垂恩的，可是“阿门”两个字却哽在我的喉间。

麦克白夫人 我们干这种事，不能尽往这方面想下去；这样想着是会使我们发疯的。

麦克白 我仿佛听见一个声音喊着，“不要再睡了！麦克白已经杀害了睡眠，”那清白的睡眠，把忧虑的乱丝编织起来的睡眠，那日常的死亡，疲劳者的沐浴，受伤的心灵的油膏，大自然的最丰盛的菜肴，生命的盛筵上主要的营养，——

麦克白夫人 你这种话是什么意思？

麦克白 那声音继续向全屋子里喊着：“不要再睡了！格莱密斯已经杀害了睡眠，所以考特将不再得到睡眠，麦克白将不再得到睡眠！”

麦克白夫人 谁喊着这样的话？唉，我的爵爷，您这样胡思乱想，是会妨害您的健康的。去拿些水来，把您手上的血迹洗洗干净。为什么您把这两把刀子带了来？它们应该放在那边。把它们拿回去，涂一些血在那两个熟睡的侍卫身上。

麦克白 我不愿意再去了；我不敢回想刚才所干的事，更没有胆量再去看它一眼。

麦克白夫人 意志动摇的人！把刀子给我。睡着的人和死了的人不过和画像一样；只有小孩子的眼睛才会害怕画中的魔鬼。要是他还流着血，我就把它涂在那两个侍卫的脸上；因为我们必须让人家瞧着是他们的罪恶。（下。内敲门声）

麦克白 那打门的声音从什么地方来的？究竟怎么一回事，一点点的声音都会吓得我心惊肉跳？这是什么手！吓！它们要挖出我的眼睛。伟大的海龙王的大洋里所有的水，能够洗净我手上的血迹吗？不，恐怕我这一手的血，倒要把一碧无垠的海水染成了一片殷红呢。

【麦克白夫人重上。

**麦克白夫人**　我的两手也跟你的同样颜色，可是我的心却不像你这样惨白。（内敲门声）我听见有人打着南面的门；让我们回到自己房间里去；一点点儿的水就可以替我们泯除痕迹；不是很容易的事吗？你的魄力不知道到哪儿去了。（内敲门声）听！又在那儿打门了。披上你的睡衣，也许人家会来找我们，不要让他们看见我们还没有睡觉。别这样痴头痴脑地呆想了。

**麦克白**　要知道我所干的事，最好还是不要知道我自己。（内敲门声）用你打门的声音把邓肯惊醒了吧！我希望你能够惊醒他！（同下）

## 第三场　同前

【内敲门声。一司阍上。

**司阍**　门打得这样利害！要是一个人在地狱里做了管门人；就是拔闩开门锁这一件事也够把他累老了。（内敲门声）敲，敲，敲！凭着魔鬼的名义，谁在那儿？一定是个守财的富农，碰上丰收年份无法贩卖高价粮，因此上吊了。赶快进来吧，多预备几方餐巾；这儿有的是大鱼大肉，你流着满身臭汗都吃不完呢。（内敲门声）敲，敲！凭着还有一个魔鬼的名字，是谁在那儿？哼，一定是什么讲起话来暧昧含糊的家伙，他会同时站在两方面，一会儿帮着这个骂那个，一会儿帮着那个骂这个；他曾经为了上帝的缘故，干过不少欺心事，可是他那条暧昧含糊的舌头却不能把他送上天堂去；啊！进来吧，暧昧含糊的家伙。（内敲门声）敲，敲，敲！谁在那儿？哼，一定是什么英国的裁缝，要想到这儿来从一支法国的袜子里偷些什么回去；进来吧，裁缝；你可以在这儿烤你的鹅肉。（内敲门声）敲，敲；敲个不停！你是什么人？你要进地狱，这儿太冷呢。我再也不要做这鬼看门人了。我倒很想放进几个各色各样的人来，让他们经过酒池肉林，一直到刀山火焰上去。（内敲门声）来了，来了！请你记着我这看门的人。（开门）

【麦克达夫及伦诺克斯上。

麦克达夫　朋友，你是不是睡得太晚了，所以睡到现在还是爬不起来？

司阍　不瞒您说，大人，我们昨天晚上喝酒，一直闹到第二次鸡啼哩；喝酒这一件事，大人，最容易引起三件事情。

麦克达夫　是哪三件事情？

司阍　呃，大人，酒糟鼻、睡觉和撒尿。至于淫欲，大人，它挑起来又压下去；它挑起你的情欲，又不让你得手。所以喝酒对于淫欲态度暧昧：既促成它，又破坏它；既挑动它，又打击它；既支持它，又反对它；总之，哄它做了一场虚幻的春梦，就离开了它。

麦克达夫　我相信昨晚那酒让你做了一场春梦。

司阍　没错，大人，真是一场春梦；但我不会给它打败，我比它有劲儿，虽然有时它揪住了我的大腿，但我还是瞅空子把它撂倒了。

麦克达夫　你的主人有没有起来？

【麦克白上。

麦克达夫　我们的打门把他闹醒了；他来了。

伦诺克斯　早安，爵爷。

麦克白　两位早安。

麦克达夫　爵爷，王上有没有起来？

麦克白　还没有。

麦克达夫　他叫我一早就来叫他；我几乎误了时间。

麦克白　我带您去看他。

麦克达夫　我知道这是您所乐意干的事，可是有劳您啦。

麦克白　我们所喜欢的工作，可以使我们忘记劳苦。这门里就是。

麦克达夫　那么我就冒昧进去了，因为我奉有王上的命令。（下）

伦诺克斯　王上今天就要走吗？

麦克白　是的，他已经这样决定了。

伦诺克斯　昨天晚上刮着很利害的暴风，我们所住的地方，烟囱都给吹了下来；他们还说空中有哀哭的声音，有人听见奇怪的死亡的惨叫，还有人听见一个可怕的声音，预言着将要有一场绝大的纷争和混乱，降临在这不幸的时代。不知名的怪鸟整整地吵了一个漫漫的长夜；有人说大地都发热而战抖起来了。

麦克白　果然是一个可怕的晚上。

伦诺克斯　我们年轻的经验里唤不起一个同样的回忆。

【麦克达夫重上。

麦克达夫　啊，可怕！可怕！可怕！不可言说，不可想象的恐怖！

麦克白<br>伦诺克斯　什么事？

麦克达夫　混乱已经完成了他的杰作！大逆不道的凶手打开了上帝的圣殿，把它的生命偷了去了！

麦克白　你说什么？生命？

伦诺克斯　你是说陛下吗？

麦克达夫　到他的寝室里去，让一幕惊人的惨剧昏眩了你们的视觉吧。不要向我追问；你自己去看了来说。(麦克白、伦诺克斯同下)醒来！醒来！敲起警钟来。杀了人啦！有人在谋反啦！班柯！多纳尔本！马尔科姆！醒来！不要贪恋温柔的睡眠，那只是死亡的假象，瞧一瞧死亡的本身吧！起来，起来，瞧瞧世界末日的影子！马尔科姆！班柯！像鬼魂从坟墓里起来一般，过来瞧瞧这一幕恐怖的景状吧！把钟敲起来！(钟鸣)

【麦克白夫人上。

麦克白夫人　为什么要吹起这样凄厉的号角，把全屋子睡着的人唤醒？说，说！

麦克达夫　啊，好夫人！我不能让您听见我嘴里的消息，它一进到妇女的耳朵里，是比利剑还要难受的。

【班柯上。

麦克达夫　啊，班柯！班柯！我们的主上给人谋杀了！

麦克白夫人　嗳哟！什么！在我们的屋子里吗？

班柯　无论在什么地方，都是太惨了。好达夫，请你收回你刚才说过的话，告诉我们没有这么一回事。

【麦克白及伦诺克斯重上。

麦克白　要是我在这件变故发生以前的一小时死去，我就可以说是活过了一段幸福的时间；因为从这一刻起，人生已经失去它的严肃的意义，一切都不过是儿戏；荣名和美德已经死了，生命的美酒已经喝完，剩下来的只是一些无味的渣滓。

【马尔科姆及多纳尔本上。

多纳尔本　出了什么乱子了？

麦克白　你们出大事了，你还不知道吧：你们的血液的源泉已经切断了，你们的生命的本根已经切断了。

麦克达夫　你们的父王给人谋杀了。

马尔科姆　啊！给谁杀的？

伦诺克斯　瞧上去是睡在他房间里的那两个家伙干的事；他们的手上脸上都是血迹；我们从他们枕头底下搜出了两把刀，刀上的血迹也没有揩掉；他们的神色惊惶万分；谁也不能把他自己的生命信托给这种家伙。

麦克白　啊！可是我后悔一时卤莽，把他们杀了。

麦克达夫　你为什么杀了他们？

麦克白　谁能够在惊愕之中保持冷静，在盛怒之中保持镇定，在激于忠愤的时候，保持他的不偏不倚的精神？世上没有这样的人吧。我的理智来不及控制我的愤激的忠诚。这儿躺着邓肯，他的白银的皮肤上镶着一缕缕黄金的宝血，他的创巨痛深的伤痛张开了裂口，像是一道道毁灭的门户；那边站着这两个凶手，身上浸润着他们罪恶的颜色，他们的刀上凝结着刺目的血块；只要是一个尚有几分忠心的人，谁不要怒火中烧，替他的主子报仇雪恨？

麦克白夫人　啊，什么人来扶我进去！

麦克达夫　快来照料夫人。

马尔科姆　（向多纳尔本旁白）这是跟我们切身相关的事情，为什么我们一言不发？

多纳尔本　（向马尔科姆旁白）我们身陷危地，不可测的命运随时都会吞噬我们，还有什么话好说呢？去吧，我们的眼泪现在还只在心里酝酿呢。

马尔科姆　（向多纳尔本旁白）我们沉重的悲哀也还没有阻碍我们的行动。

班柯　照料这位夫人。（侍从扶麦克白夫人下）等我们把自然流露出来的无遮饰的弱点收藏起来以后，让我们举行一次会议，详细彻查这一件最残酷的血案的真相。恐惧和疑虑使我们惊惶失措；站在上帝的伟大的指导之下，我一定要从尚未揭发的假脸具下面，探出叛逆的阴谋，和它作殊死的奋斗。

麦克达夫　我也愿意作同样的宣告。

众人　我们也都抱着同样的决心。

麦克白　让我们赶快振起我们钢强的精神，大家到厅堂里商议去。

众人　很好。（除马尔科姆、多纳尔本外均下）

马尔科姆　你预备怎么办？我们不要跟他们在一起。假装一副悲哀的脸孔，是每一个奸人的拿手好戏。我要到英国去。

多纳尔本　我到爱尔兰去；我们两人各奔前程，对于彼此都是比较安全的办法。我们现在所在的地方，人们的笑脸里都暗藏着利刃；我们的血统离国王越近，就越有可能被人喝血。

马尔科姆　杀人的利箭已经射出，可是还没有落下，避过它的目标，是我们唯一的活路。所以赶快上马吧；让我们不要斤斤于告别的礼貌，趁着有便就溜出去；明知没有网开一面的希望，就该及早逃避弋人的罗网。（同下）

## 第四场　同前；堡外

【罗斯及一老翁上。

老翁　七十多年来我记忆犹新，惊心动魄的日子经过得不少，希奇古怪的事情也看到过不少，可是像这样可怕的夜晚，我却还是第一次遇见。

罗斯　啊！好老人家，你看上天好像恼怒人类的行为，在向这流血的舞台发出恐吓。照钟上现在应该是白天了，可是黑夜的魔手却把那盏在天空中运行的明灯遮蔽得不露一丝光亮。难道黑夜已经统治一切，还是因为白昼不好意思抬起头来，所以在这应该有阳光遍吻大地的时候，地面上却被无边的黑暗笼罩？

老翁　这种现象完全是反常的，正像那件惊人的血案一样。在上星期二那天，有一头雄踞在高岩上的猛鹰，被一只逮老鼠的猫头鹰飞上去把它啄死。

罗斯　还有一件非常怪异可是十分确实的事情，邓肯有几匹躯干俊美，举步如飞的骏马，的确是不可多得的良种，忽然野性大发，撞破了马棚，冲了出来，倔强得不受羁勒，好像要向人类挑战似的。

老翁　据说它们还彼此相食。

罗斯　是的，我亲眼看见这种事情，简直不敢相信自己的眼睛。麦克达夫来了。

【麦克达夫上。

罗斯　局势现在变得怎么样啦？

麦克达夫　啊，您没有看见吗？

罗斯　有没有知道谁干了这件残酷得超乎寻常的行为？

麦克达夫　就是那两个给麦克白杀死了的家伙。

罗斯　唉！他们干了这件事可以希望得到什么好处呢？

麦克达夫　他们一定受人的教唆。马尔科姆和多纳尔本，王上的两个儿子，已经偷偷地逃走了，这使他们也蒙上了嫌疑。

罗斯　那更加违反人情了！反噬自己的命根，这样的野心会有什么好结果呢？看来大概王位要让麦克白登上去了。

麦克达夫　他已经受到推举，现在到斯贡即位去了。

罗斯　邓肯的尸体在什么地方？

麦克达夫　已经抬到戈姆基尔，他的祖先的陵墓上。

罗斯　您也要到斯贡去吗？

麦克达夫　不，大哥，我还是到法夫去。

罗斯　好，我要到那边去看看。

麦克达夫　好，但愿您看见那边的一切都是好好儿的，再会！怕只怕我们的新衣服不及旧衣服舒服哩！

罗斯　再见，老人家。

老翁　上帝祝福您，也祝福那些把恶事化成善事，把仇敌化为朋友的人们！（各下）

# 第 三 幕

## 第一场 福雷斯；王宫中一室

【班柯上。

**班柯** 你现在已经如愿以偿了：国王，考特，格莱密斯，一切符合女巫们的预言；你得到这种富贵的手段恐怕不大正当；可是据说你的王位不能传及子

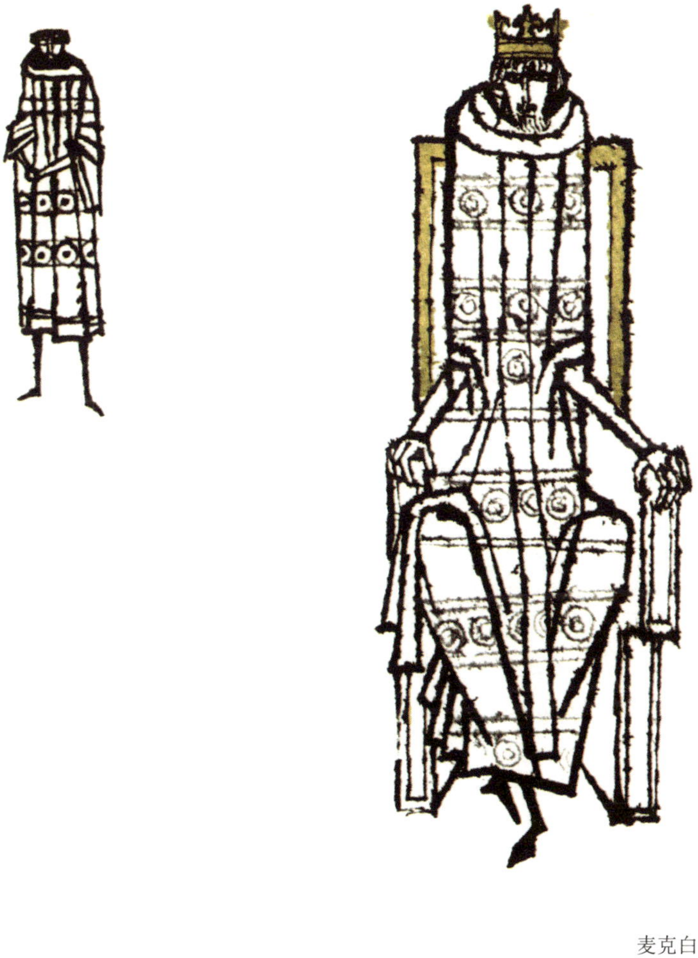

孙，我自己却要成为许多君王的始祖。她们的话既然已经在你麦克白身上应验，那么难道不也会成为对我的启示，使我对未来发生希望吗？可是闭口！不要多说了。

【喇叭奏花腔。麦克白王冠王服；麦克白夫人后冠后服；伦诺克斯，罗斯，贵族，贵妇，侍从等上。

**麦克白** 这儿是我们主要的上宾。

**麦克白夫人** 要是忘记了请他，那就要成为我们盛筵上的绝大的遗憾，一切都要显得寒伧了。

**麦克白** 将军，我们今天晚上要举行一次隆重的宴会，请你千万出席。

**班柯** 谨遵陛下命令；我的忠诚永远接受陛下的使唤。

**麦克白** 今天下午你要骑马去吗？

**班柯** 是的，陛下。

**麦克白** 否则我很想请你参加我们今天的会议，贡献我们一些良好的意见，你的老谋深算，我是一向佩服的；可是我们明天再谈吧。你要骑到很远的地方吗？

**班柯** 陛下，我想尽量把从现在起到晚餐时候为止这一段时间在马上消磨过去；要是我的马不跑得快一些，也许要到天黑了以后一两小时才回来。

**麦克白** 不要误了我们的宴会。

**班柯** 陛下，我一定不失约。

**麦克白** 我听说我那两个凶恶的王侄已经分别到了英国和爱尔兰，他们不承认他们的残酷的杀父重罪，却到处向人传播离奇荒谬的谣言；可是我们明天再谈吧，有许多重要的国事要等候我们两人共同处理呢。请上马吧；等你晚上回来的时候再会吧。弗利恩斯也跟着你去吗？

**班柯** 是，陛下；时间已经不早，我们就要去了。

**麦克白** 愿你四蹄轻快，一路平安。再见。(班柯下)大家请便，各人去干各人的事，到晚上七点钟再聚首吧。为要更能贪图到嘉宾满堂的快乐起见，我在晚餐以前，预备一个人独自静息静息；愿上帝和你们同在！(除麦克白及侍从一人外均下)喂，问你一句话。那两个人是不是在外面等候着我的旨意？

**侍从** 是，陛下，他们就在宫门外面。

**麦克白** 带他们进来见我。(侍从下)单单做到了这步是不算的，总要把现状确定巩固起来才好。我对于班柯怀着深切的恐惧，他的高贵的天性中有一种使我生畏的东西；他是个敢作敢为的人，在他的无畏的精神上，又加上深沉的智虑，指导他的胆勇在确有把握的时机行动。除了他以外，我什么人都不怕，只有他的存在使我惴惴不安；据说安东尼在恺撒的手下，他的天才完全被恺撒所掩盖，我在他的雄才大略之下，情形也是这样。当那些女巫们最初称我为王的时候，他呵斥她们，叫她们对他说话；她们就像先知似地说他的子孙将相继为王，她们把一顶不结果的王冠戴在我的头上，把一根没有人继承的御杖放在我的手里，然后再从我的手里夺去。要是果然是这样；那么我玷污了我的手，只是为了班柯后裔的好处；我为了他们暗杀了仁慈的邓肯；为了他们我良心上负着重大的罪疚和不安；我把我的永生的灵魂给了人类的公敌，只是为了使他们可以登上王座，使班柯的种子登上王座！不，我不能忍受这样的事，宁愿接受命运的挑战！是谁？

【侍从率二刺客重上。

麦克白　你现在到门口去，等我叫你再进来。(侍从下)我们不是在昨天谈过话吗？

刺客甲　回陛下的话，正是昨天。

麦克白　那么好，你们有没有考虑过我的话？你们知道从前都是因为他的缘故，使你们屈身微贱，虽然你们却错怪到我的身上。在上一次我们谈话的中间，我已经把这一点向你们说明白了，我用确凿的证据，指出你们怎样被人操纵愚弄，怎样受人牵制压抑，人家对你们是用怎样的手段，这种手段的主动者，以及一切其他的种种都可以使一个半痴的疯癫的人恍然大悟地说，“这些都是班柯干的事”。

刺客甲　我们已经蒙陛下开示过了。

麦克白　是的，而且我还要更进一步，这就是我们今天第二次谈话的目的，你们难道有那样的好耐性，能够忍受这样的屈辱吗？他的铁手已经快要把你们压下坟墓里去，使你们的子孙永远做乞丐，难道你们所受到的教诲，却还要叫你们替这个好人和他的子孙祈祷吗？

刺客甲　陛下，我们是人总有人气。

麦克白　嗯，你们也是算作人类的，正像家狗，野狗，猎狗，叭儿狗，狮子狗，杂种狗，癞皮狗，统称为狗一样；它们有的灵敏，有的迟钝，有的狡猾，有的可以管门，有的可以打猎，各自按照造物赋与它们的本能而分别价值的高下，在广泛的总称之上，得到特殊的名号；人类也是一样。要是你们在人类的行列之中，并不属于最卑劣的一级，那么说吧，我就可以把一件事情信托你们，你们照我的话干了以后，不但可以除去你们的仇人，而且还可以永远受我的宠眷；他一天活在世上，我的心病一天不能痊愈。

刺客乙　陛下，我久受世间无情的打击和虐待，为了向这世界发泄我的怨恨起见，我什么事都愿意干。

刺客甲　我也是这样，一次次的灾祸逆运，使我厌倦于人世，我愿意拿我的生命去赌博，或者从此交上好运，或者了结我的一生。

麦克白　你们两人都知道班柯是你们的仇人。

二刺客　是的，陛下。

麦克白　他也是我的仇人；而且他是我的肘腋之患，他的存在每一分钟都威胁着我生命的安全；虽然我可以老实不客气地运用我的权力，把他从我的眼前扫去，而且这样做在我的良心上并没有使我不安的地方，可是我却还不能就这么干，因为他有几个朋友同时也是我的朋友，我不能招致他们的反感，即使我亲手把他打倒，也必须假意为他的灭亡悲泣；所以我只好借重你们两人的助力，为了许多重要的理由，把这件事情遮过一般人的眼睛。

刺客乙　陛下，我们一定照您的命令做去。

刺客甲　即使我们的生命——

麦克白　你们的勇气已经充分透露在你们的神情之间。最迟在这一小时之内，我就可以告诉你们在什么地方埋伏，在什么时间动手；因为这件事情一定要在今晚干好，而且要离开王宫远一些，你们必须记住不能把我牵涉在内；同时为了免得留下形迹起见，你们还要把跟在他身边的他的儿子弗利恩斯也一起杀了，他们父子两人的死，对于我是同样重要的，必须让他们同时接受黑暗的命运。你们先下去决定一下；我就来看你们。

刺客乙　我们已经决定了，陛下。

麦克白　我立刻就会来看你们；你们进去等一会儿。（二刺客下）班柯，你的命运已经决定，你的灵魂要是找得到天堂的话，今天晚上你就该去找了。（下）

## 第二场　同前；王宫中另一室

【麦克白夫人及一仆人上。

**麦克白夫人**　班柯已经离开宫廷了吗？

**仆人**　是，娘娘，可是他今天晚上就要回来的。

**麦克白夫人**　你去对王上说，我要请他允许我跟他说几句话。

**仆人**　是，娘娘。（下）

**麦克白夫人**　费尽了一切，结果还是一无所得，我们的目的虽然达到，却一点不感觉满足。要是用毁灭他人的手段，使自己置身在充满着忧疑的欢娱里，那么还不如那被我们所害的人，倒落得无愁无虑。

【麦克白上。

**麦克白夫人**　啊，我的主！您为什么一个人孤孤零零的，让最悲哀的幻想做您的伴侣，把您的思想念念不忘地集中在一个已死者的身上？没有挽回的事，只好听其自然；事情干了就算了。

**麦克白**　我们不过刺伤了蛇身，却没有把它杀死，它的伤口会慢慢平复过来，再用它的原来的毒牙向我们复仇。可是让整个宇宙完全解体，让宇宙崩裂，让天地毁灭吧。为什么我们要在忧虑中进餐，在每夜使我们惊恐的恶梦的虐弄中睡眠呢？我们为了希求自身的平安，把别人送下坟墓里去享受永久的平安，可是我们的心灵却把我们磨折得没有一刻平静的安息，使我们觉得还是跟已死的人在一起，倒要幸福得多了。邓肯现在睡在他的坟墓里；经过了一场人生的热病，他现在睡得好好的，叛逆已经对他施过最狠毒的伤害，再没有刀剑，毒药，内乱，外患，可以加害于他了。

**麦克白夫人**　算了算了，我的好丈夫，把您的烦恼的脸孔收起；今天晚上您必须和颜悦色地招待您的客人。

**麦克白**　正是，爱人；你也要这样。尤其请你对班柯曲意殷勤，用你的眼睛和舌头给他特殊的荣宠。我们的地位现在还没有巩固，必须把我们的尊严濡染在这种谄媚的流水里，用我们的外貌遮掩着我们的内心，不要给人家窥破。

**麦克白夫人**　您不要多想这些了。

麦克白　啊！我的头脑里充满着蝎子，亲爱的妻子；你知道班柯和他的弗利恩斯尚在人间。

麦克白夫人　可是他们并不是长生不死的。

麦克白　那还可以给我几分安慰，他们是可以侵害的；所以你快乐起来吧。在蝙蝠完成它黑暗中的飞翔以前，在振翅而飞的甲虫应答着赫卡特的呼召，用嗡嗡的声音摇响催眠的晚钟以前，将要有一件可怕的事情干好。

麦克白夫人　是什么事情？

麦克白　你暂时不必知道，最亲爱的宝贝，等事成以后，你再鼓掌称快吧。来，使人盲目的黑夜，遮住可怜的白昼的温柔的眼睛，用你的无形的毒手，撕毁那使我困顿的重大的束缚吧！天色在朦胧起来，乌鸦都飞回到昏暗的林中；一天的好事开始沉沉睡去，黑夜的罪恶的使者，却在准备攫捕他们的猎物。我的话使你惊奇；可是不要说话；以不义开始的事情，必须用罪恶使它强固。跟我来。（同下）

## 第三场　同前；苑囿，有一路通王宫

【三刺客上。

刺客甲　可是谁叫你来帮我们的？

刺客丙　麦克白。

刺客乙　他不必不信任我们，他已经把我们的任务和怎样动手的方法都指示给我们了。

刺客甲　那么就跟我们站在一起吧。西方还闪耀着一线白昼的余辉；晚归的行客现在快马加鞭，要来找寻宿处了；我们守候的目标已经在那儿向我们走近。

刺客丙　听！我听见马声。

班柯　（在内）喂，给我们一个火把！

刺客乙　一定是他；别的客人们都已经到了宫里了。

刺客甲　他的马在兜圈子。

刺客丙　差不多有一里路；可是他正像许多人一样，常常把从这儿到宫门口的这一条路作为他们的跑道。

刺客乙　一个火把，火把！

刺客丙　是他。

刺客甲　站好。

【班柯及弗利恩斯持火炬上。

班柯　今晚恐怕要下雨。

刺客甲　让它下吧。(刺客等向班柯攻击)

班柯　啊，阴谋！快逃，好弗利恩斯，逃，逃，逃！你也许可以替我报仇。啊，奴才！(死。弗利恩斯逃去)

刺客丙　谁把火灭了？

刺客甲　不应该灭火吗？

刺客丙　只有一个倒下；那儿子逃去了。

刺客乙　我们工作的重要的一部分失败了。

刺客甲　好，我们回去报告我们工作的结果吧。(同下)

## 第四场　同前；王宫中的大厅

【厅中陈设筵席。麦克白，麦克白夫人，罗斯，伦诺克斯，群臣及侍从等上。

麦克白　大家按着各人自己的品级坐下来；总而言之一句话，我竭诚欢迎你们。

群臣　谢谢陛下的恩典。

麦克白　我自己将要跟你们在一起，做一个谦恭的主人，我们的主妇现在还保持着她的尊严，可是我就要请她给你们殷勤的招待。

麦克白夫人　陛下，请您替我向我们所有的朋友表示我欢迎的诚意吧。

【刺客甲上，至门口。

麦克白　瞧，他们用诚意的感谢答覆你了；两方面已经各得其平。我将要在这儿中间坐下来。大家不要拘束，乐一个畅快；等会儿我们就要合席痛饮一巡。(至门口)你的脸上有血。

**刺客甲** 那么它是班柯的。

**麦克白** 我宁愿你站在门外，不愿他置身室内。你们已经把他结果了吗？

**刺客甲** 陛下，他的咽喉已经割破了；这是我干的事。

**麦克白** 你是一个最有本领的杀人犯；可是谁杀死了弗利恩斯，也一样值得夸奖；要是你也把他杀了，那你才是一个无比的好汉。

**刺客甲** 陛下，弗利恩斯逃走了。

**麦克白** 我的心病本来可以痊愈，现在它又要发作了；我本来可以像大理石一样完整，像岩石一样坚固，像空气一样广大自由，现在我却被恼人的疑惑和恐惧所包围拘束。可是班柯已经死了吗？

**刺客甲**　是，陛下；他安安稳稳地躺在一条泥沟里，他的头上刻着二十道伤痕，最轻的一道也可以致他死命。

**麦克白**　谢天谢地。大蛇躺在那里；那逃走了的小虫，将来会用它的毒液害人，可是现在它的牙齿还没有长成。走吧，明天再来听候我的旨意。（刺客甲下）

**麦克白夫人**　陛下，您还没有劝过客；宴会上倘没有主人的殷勤招待，那就不是在宴请，是在掏腰包吃饭了，倒不如在家用餐自便；既然不在家里，就要有礼节充当作料；宴会上没有周到的礼节，食之无味呢。

**麦克白**　亲爱的，不是你提起，我几乎忘了！来，请放量醉饱吧，愿各位胃纳健旺，身强力壮！

**伦诺克斯**　陛下请安坐。

【班柯鬼魂上，坐麦克白座上。

**麦克白**　要是班柯在座，那么全国的英俊，真可以说是荟集于一堂了；我宁愿因为他的疏怠而嗔怪他，不愿因为他遭到什么意外而为他惋惜。

**罗斯**　陛下，他今天失约不来，是他自己的过失。请陛下上坐，让我们叨陪末席。

**麦克白**　席上已经坐满了。

**伦诺克斯**　陛下，这儿是给您留着的一个位置。

**麦克白**　什么地方？

**伦诺克斯**　这儿，陛下。什么事情使陛下这样变色？

**麦克白**　你们哪一个人干了这件事？

**众臣**　什么事，陛下？

**麦克白**　你不能说这是我干的事；别这样对我摇着你的染着血的头发。

**罗斯**　各位大人，起来；陛下病了。

**麦克白夫人**　坐下，尊贵的朋友们，王上常常是这样的，他从小就有这种毛病。请各位安坐吧；他的癫狂不过是暂时的，一会儿就会好起来。要是你们太注意了他，他也许会动怒，发起狂来更加厉害；尽管自己吃喝，不要理他。你是一个男子吗？

**麦克白**　噢，我是一个堂堂男子，可以使魔鬼胆裂的东西，我也敢正眼瞧着它。

**麦克白夫人** 啊，这才说得不错！这不过是你的恐惧所描画出来的一幅图像；正像你所说的那柄引导你去行刺邓肯的空中的匕首一样。啊！要是在冬天的火炉旁，听一个妇女讲述她的老祖母告诉她的故事的时候，那么这种情绪的冲动，恐惧的伪装，倒是非常合适的。不害羞吗？你为什么扮这样的怪脸？你瞧着的不过是一张凳子罢了。

**麦克白** 你瞧那边！瞧！瞧！瞧！你怎么说？哼，我什么都不在乎。要是你会点头，你也应该会说话。要是殡舍和坟墓必须把我们埋葬了的人送回世上，那么我们的坟墓都要变成鸢鸟的胃囊了。

**麦克白夫人** 什么！你发了疯，把你的男子气都失掉了吗？

**麦克白** 要是我现在站在这儿，那么刚才我明明瞧见他。

**麦克白夫人** 啐！不害羞吗？

**麦克白** 在人类不曾制定法律，保障公众福利以前的古代，杀人流血是不足为奇的事；即使在有了法律以后，惨不忍闻的谋杀事件，也随时有得发生。从前的时候，一刀下去，当场毙命，事情就这样完结了；可是现在他们却会从坟墓中起来，他们的头上戴着二十件谋杀的重罪，把我们推下座位。这种事情是比这样一件谋杀案更奇怪的。

**麦克白夫人** 陛下，您的尊贵的朋友们都因为您不去陪他们而十分扫兴哩。

**麦克白** 我忘了。不要对我惊诧；我的最尊贵的朋友们；我有一种怪病，认识我的人都知道那是不足为奇的。来，让我们用这一杯酒表示我们的同心永好，祝各位康健！你们干了这一杯，我就坐下。给我拿些酒来；倒得满满的。我为今天在座众人的快乐，还要为我们亲爱的缺席的朋友班柯尽此一杯；要是他也在这儿就好了！来，大家请干杯。

**众臣** 敢不从命。

【鬼魂重上。

**麦克白** 去！离开我的眼前！让土地把你藏匿了！你的骨髓已经干枯，你的血液已经凝冷；你那向人瞪望的眼睛里也已经失去了光彩。

**麦克白夫人** 各位大人，这不过是他的旧病复发，没有什么别的缘故；累各位扫兴，真是抱歉得很。

**麦克白** 别人敢的事，我都敢；无论你用什么形状出现，像粗暴的俄罗斯大熊也好，像披甲的犀牛，赫卡尼亚[①]的猛虎也好，只要不是你现在的样子，我的坚定的神经决不会起半分战栗；或者你现在死而复活，用你的剑向我挑战，要是我会惊惶胆怯，那么你就可以宣称我是一个少女怀抱中的婴孩。去，可怕的影子！幻妄的揶揄，去！（鬼魂隐去）吓，他一去，我的勇气又恢复了。请你们安坐吧。

**麦克白夫人** 你这样疯疯颠颠的，已经打断了众人的兴致，扰乱了今天的良会。

**麦克白** 世上会有这种事情，像一朵夏天的黑云遮在我们的头上，怎么不叫人吃惊呢？我吓得脸无人色，你们眼看着这样的怪象，你们的脸上却仍然保持着天然的红润，这才怪哩。

**罗斯** 什么怪象，陛下。

**麦克白夫人** 请您不要对他说话；他越来越疯了；你们多问了他，他会动怒的。对不起，请各位还是散席了吧；大家不必推先让后，请立刻就去，晚安！

**伦诺克斯** 晚安；愿陛下早复康健！

**麦克白夫人** 各位晚安！（群臣及侍从等下）

**麦克白** 他们说，流血是免不了的；流血必须引起流血。据说石块曾经自己转动，树木曾经开口说话；鸦鹊的鸣声里已经预示着阴谋作乱的人。夜过去了多少了？

**麦克白夫人** 差不多到了黑夜和白昼的交界，分别不出谁是谁来。

**麦克白** 麦克达夫藐视王命，拒不奉召，你看怎么样？

**麦克白夫人** 你有没有差人去叫过他？

**麦克白** 我在路上听人这么说；可是我要差人去唤他。他们这一批人家里谁都有一个被我买通的仆人，替我侦视他们的动静。我明天就要去访那三个女巫，听她们还有什么话说；因为我现在非得从最妖邪的恶魔口中，知道我的最悲惨的命运不可。为了我自己的好处，只好把一切置之不顾。我已经两足深陷于血泊之中，要是不再涉血前进，那么回头的路也是同样使人厌倦的。我想起了一些非常的计谋，必须在不曾被人觉察以前迅速实行。

---

① 赫卡尼亚，古波斯和马其顿国的一个省名。

**麦克白夫人** 一切有生之伦，都少不了睡眠的调剂，可是你还没有好好睡过。

**麦克白** 来，我们睡去。我的疑鬼疑神，出乖露丑，都是因为未经历炼，心怀恐惧的缘故；我们在行事上太缺少经验了。（同下）

## 第五场 荒野

【雷鸣。三女巫上，与赫卡特相遇。

**女巫甲** 嗳哟，赫卡特！您在发怒哩。

**赫卡特** 我不应该发怒吗，你们这些放肆大胆的丑婆子？你们怎么敢用哑谜和有关生死的秘密和麦克白交通；我是你们魔法的总管，一切的灾祸都由我主持支配，你们却不通知我一声，让我也来显一显我们的神通？而且你们所干的事，都只是为了一个刚愎自用，残忍忮刻的人；他像所有的世人一样，只知道自己的利益，一点不是对你们存着什么好意。可是现在你们必须补赎你们的过失：快去，天明的时候，在阿契隆[1]的地坑附近会我，他将要到那边来探询他的命运；把你们的符咒魔蛊和一切应用的东西预备齐整，不得有误。我现在乘风而去；今晚我要用整夜的工夫，布置出一场悲惨的结果；在正午以前，必须完成大事。月亮角上挂着一颗湿淋淋的露珠，我要在它没有堕地以前把它摄取，用魔术提炼以后，就可以凭着它呼灵召鬼，让种种虚妄的幻影迷乱了他的本性；他将要藐视命运，唾斥死生，超越一切的情理，排弃一切的疑虑，执着他的不可能的希望；你们都知道不知忧患是人类最大的仇敌。（内歌声，“来吧，来吧……”）听！他们在叫我啦；我的小精灵们，瞧，他们坐在云雾之中，在等着我呢。（下）

**女巫甲** 来，我们赶快；她就要回来的。（同下）

---

① 阿契隆（Acheron），希腊神话中的一条冥河，这里指地狱。

## 第六场　福雷斯；王宫中一室

【伦诺克斯及另一贵族上。

伦诺克斯　您现在才想起我从前的话，那些话是还可以进一步解释的；我只觉得事情有些古怪。仁厚的邓肯被麦克白所哀悼；邓肯是已经死去的了。勇敢的班柯不该在深夜走路，您也许可以说，要是您愿意这么说的话，他是被弗利恩斯杀死的，因为弗利恩斯已经逃匿无踪；人总不应该在夜深的时候走路。哪一个人不以为马尔科姆和多纳尔本杀死他们仁慈的父亲，是一件多么惊人的巨变？万恶的行为！麦克白为了这件事多么痛心：他不是乘着一时的忠愤，把那两个酗酒贪睡的溺职卫士杀了吗？那件事干得不是很忠勇的吗？嗯，而且也干得很聪明；因为要是人家听见他们抵赖他们的罪状，谁都会怒从心上起的。所以我说他把一切事情处理得很好；我想要是邓肯的两个儿子也给他拘留起来，——上天保佑他们不会落在他的手里，——他们就会知道向自己的父亲行弑，必须受到怎样的报应；弗利恩斯也是一样。可是这些话别提啦，我听说麦克达夫因为出言不逊，又不出席那暴君的宴会，已经受到贬辱。您能够告诉我他现在在什么地方吗？

贵族　被这暴君篡逐出亡的邓肯世子现在寄身在英格兰宫廷之中，谦恭的爱德华对他非常优待，一点不因为他处境颠危而减削了敬礼。麦克达夫也到那边去了，他的目的是要请求贤明的英王协力激励诺森伯兰和好战的西沃德，使他们秉承王命，出兵相援，帮助我们恢复已失的自由，使我们仍旧能够享受食桌上的盛馔和酣畅的睡眠，不再畏惧宴会中有沾血的刀剑，让我们能够一方面输忠效信，一方面安受爵赏而心无疑虑；这一切都是我们现在所渴望而求之不得的。这一个消息已经使我们的王上大为震怒，他正在那儿准备作战了。

伦诺克斯　他有没有差人到麦克达夫那儿去？

贵族　他已经差人去过了；他的话说得很干脆："先生，我不回去！"。那面有忧色的使者没有明白告诉我他回答些什么话，只是转身吟哦，好像说，"你给我这样的答复，看着吧，你一定会自食其果。"

伦诺克斯　那很可以叫他留心，远避当前的祸害。但愿什么神圣的天使飞到英格兰的宫廷里，预先把他的信息带来给我们，让上天的祝福迅速回到我们这一个在毒手压制下备受苦难的国家！

贵族　我愿意为他祈祷。（同下）

# 第　四　幕

## 第一场　山洞；中置沸锅

【雷鸣。三女巫上。

**女巫甲**　斑猫已经叫过三声。

**女巫乙**　刺猬已啼了四次。

**女巫丙**　怪鸟在鸣啸；时候到了，时候到了。

**女巫甲**　　　绕釜环行火融融，
　　　　　　毒肝腐脏置其中。
　　　　　　蛤蟆蛰眠寒石底，
　　　　　　三十一日夜相继，
　　　　　　汗出淋漓化毒浆，
　　　　　　投之鼎锅沸为汤。

**三女巫**　（合）不惮辛劳不惮烦，
　　　　　　釜中沸沫已成澜。

**女巫乙**　　　沼地蟒蛇取其肉，
　　　　　　脔以为片煮至熟；
　　　　　　蝾螈之目青蛙趾，
　　　　　　蝙蝠之毛犬之齿，
　　　　　　蝮舌如叉蚯蚓刺，
　　　　　　蜥蜴之足鸮之翅，
　　　　　　炼为毒蛊鬼神惊，
　　　　　　扰乱人世无安宁。

**三女巫**　（合）不惮辛劳不惮烦，
　　　　　　釜中沸沫已成澜。

**女巫丙**　　貙狼之牙巨龙鳞；
千年巫尸貌狰狞；
海底抉出鲨鱼胃；
夜掘毒芹根块块，
杀犹太人摘其肝；
剖山羊胆汁潺潺；
雾黑云深月蚀时，
潜携斤斧劈杉枝，
娼妇弃儿死道间，
断指持来血尚殷；
土耳其鼻鞑靼唇，
烈火糜之煎作羹；
猛虎肝肠和鼎内，
炼就妖丹成一味。
**三女巫**　（合）不惮辛劳不惮烦，
釜中沸沫已成澜。
**女巫乙**　　炭火将残蛊将成，
猩猩滴血蛊方凝。
【赫卡特上。
**赫卡特**　　善哉尔曹功不浅，
颁赏酬劳利泽遍。
于今绕釜且歌吟，
摄人魂魄荡人心。（音乐，众唱幽灵之歌）
**女巫乙**　　拇指怦怦动，
必有恶人来；
既来皆不拒，
洞门敲自开。
【麦克白上。
**麦克白**　啊，你们这些神秘的幽冥的夜游的婆子！你们在干些什么？
**众巫**　（合）一件没有名义的行动。

麦克白　凭着你们的职业，我吩咐你们回答我，不管你们的知识是从哪里得来：即使你们的嘴里会放出狂风让它们向教堂猛击；即使汹涌的波涛会把航海的船只颠覆吞噬；即使谷物的叶片会倒折在田亩上，树木会连根拔起；即使城堡会向它们的守卫者的头上倒下；即使宫殿和金字塔都会倾圮；即使大自然所孕育的一切灵奇完全归于毁灭，我也要你们回答我的问题。

女巫甲　说。

女巫乙　你问吧。

女巫丙　我们可以回答你。

女巫甲　你愿意从我们嘴里听到答复呢，还是愿意让我们的主人们回答你？

麦克白　叫他们出来；让我见见他们。

女巫甲　　母猪九子食其豚，
　　血浇火上焰生腥；
　　杀人恶犯上刑场，
　　汗脂投火发凶光。

众巫　(合)鬼王鬼卒火中来，
　　现形作法莫惊猜。

【雷鸣。第一鬼魂出现，为一戴盔之头。

麦克白　告诉我，你这不可思议的力量，——

女巫甲　他知道你的心事；听他说，你不用开口。

鬼魂甲　麦克白！麦克白！麦克白！留心麦克达夫；留心法夫爵士。放我回去。够了。(隐入地下)

麦克白　不管你是什么精灵，我感谢你的忠言警告；你已经一语道破了我的忧虑。可是再告诉我一句话，……

女巫甲　他是不爱命令的。这儿又来了一个，比第一个法力更大。

【雷鸣。第二鬼魂出现，为一流血之小儿。

鬼魂乙　麦克白！麦克白！麦克白！——

麦克白　我要是有三只耳朵，我的三只耳朵都会听着你。

鬼魂乙　你要残忍，勇敢，坚决；你可以把人类的力量付之一笑，因为没有一个在妇人腹中生长的人可以伤害麦克白。(隐入地下)

麦克白　那么尽管活下去吧。麦克达夫；我何必惧怕你呢？可是我要使确定的事实加倍确定，从命运手里接受切实的保证；我还是要你死，让我可以斥胆怯的恐惧为虚妄，在雷电怒作的夜里也能安心睡觉。

【雷鸣。第三鬼魂出现，为一戴王冠之小儿，手持一树。

麦克白　这是什么，他的模样，像是一个王子，他的幼稚的头上还戴着统治的荣冠？

众巫　静听，不要对它说话。

鬼魂丙　你要像狮子一样骄傲而无畏，不要关心人家的怨怒，也不要担忧有谁在算计你。麦克白永远不会被人打败，除非有一天勃南的树木会向邓西嫩高山移动。（隐入地下）

麦克白　那是决不会有的事；谁能够命令树木，叫它从泥土之中拔起它的深根来呢？幸运的预兆！好！勃南的树林不会移动，叛徒的举事也不会成功，我们巍巍高位的麦克白将要尽其天年，在他寿数告终的时候奄然物化。可是我的心还在跳动着想要知道一件事情；告诉我，要是你们的法术能够解释我的疑惑，班柯的后裔会不会在这一个国土上称王？

众巫　不要追问下去了。

麦克白　我一定要知道究竟；要是你们不告诉我，愿永久的咒诅降在你们的身上！告诉我。为什么那面釜沉了下去？这是什么声音？（吹高音笛）

女巫甲　出来！

女巫乙　出来！

女巫丙　出来！

众巫　（合）一见惊心，魂魄无主；
如影而来，如影而去。

【作国王装束者八人次第上；最后一人持镜；班柯鬼魂随其后。

麦克白　你太像班柯的鬼魂了；下去！你的王冠刺痛了我的眼球。怎么又是一个戴着王冠的，你的头发也跟第一个一样。第二个过去了，第三个又跟第二个一样。该死的鬼婆子！你们为什么让我看见这些人？第四个！跳出来吧，我的眼睛！什么！这一连串戴着王冠的，要到世界是末日才会完结吗？又是一个？第七个！我不要再看了。可是第八个又出现了，他拿着一面镜子，我可以从镜子里面看见许许多多戴王冠的人；有几个还拿着两重的宝球，三头的御

杖。可怕的景象！啊，现在我知道这不是虚妄的幻象，因为血污的班柯在向我微笑，用手指点着他们，表示他们就是他的子孙。（众幻影消灭）什么！真是这样吗？

女巫甲　嗯，这一切都是真的；可是麦克白为什么这样呆如木鸡？来，姊妹们，让我们鼓舞鼓舞他的精神，用最好的歌舞替他消忧解闷。我先用魔法叫空中奏起乐来，你们就搀成一个圈子团团跳舞，让这位伟大的君王知道我们并没有怠慢了他。（音乐。众女巫跳舞，舞毕与赫卡特俱隐去）

麦克白　她们在哪儿？去了？愿这不祥的时辰在日历上永远被人咒诅！外面有人吗？进来！

【伦诺克斯上。

伦诺克斯　陛下有什么命令？

麦克白　你看见那三个女巫吗？

伦诺克斯　没有，陛下。

麦克白　她们没有打你身边过去吗？

伦诺克斯　确实没有，陛下。

麦克白　愿她们所驾乘的空气都化为毒雾，愿一切相信她们的言语的人都永堕沉沦！我曾经听见奔马的声音，是谁经过这地方？

伦诺克斯　禀陛下，刚才有两三个使者来过，向您报告麦克达夫已经逃奔英格兰去了。

麦克白　逃奔英格兰去了！

伦诺克斯　是，陛下。

麦克白　时间，你早就料到我的狠毒的行为和无远弗至的恶念，一旦见之事实，就容易被人所乘；从这一刻起，我心里一想到什么，便要把它立刻实行。没有迟疑的余地，我现在就要用行动表示我的意志：我要去突袭麦克达夫的城堡；把法夫攫取下来；把他的妻子儿女和一切追随他的不幸的人们一起杀死。我不能像一个傻瓜似的只会空口说大话；我必须趁着我这一个目的还没有冷淡下来以前把这件事干好。可是我不要再看见什么幻象了！那几个使者呢？来，带我去见见他们。（同下）

## 第二场　法夫；麦克达夫城堡

【麦克达夫夫人，麦克达夫子及罗斯上。

麦克达夫夫人　他干了什么事，要逃亡国外？

罗斯　您必须安心忍耐，夫人。

麦克达夫夫人　他可没有一点忍耐；他的逃亡全然是发疯。我们的行为本来是光明坦白的，可是我们的疑虑却使我们成为叛徒。

罗斯　您还不知道他的逃亡究竟是明智的行为还是无谓的疑虑。

麦克达夫夫人　明智的行为！他自己高飞远走，把他的妻子儿女，他的第宅尊位，一起丢弃不顾，这算是明智的行为吗？他不爱我们；他没有天性之情；鸟类中最微小的鹪鹩也会奋不顾身和鸱玢争斗，保护她巢中的众雏。他心里只有恐惧没有爱；也没有一点智慧，因为他的逃亡是完全不合情理的。

罗斯　好嫂子，请您节制一下自己；讲到尊夫的为人，那么他是高尚明理而有识见的，他知道应该怎样见机行事。我不敢多说什么；现在这种时世太冷酷无情了，我们自己还没有知道，就已经蒙上叛徒的恶名；一方面恐惧流言，一方面却不知道为何而恐惧，就像在一个风波险恶的海上漂浮，全没有一定的方向。现在我必须向您告辞；不久我会再到这儿来。最恶劣的事态总有一天告一段落，或者逐渐恢复原状。我的可爱的侄儿，祝福你！

麦克达夫夫人　他虽然有父亲却和没有父亲一样。

罗斯　我是这样一个傻子，要是我再逗留下去，会叫人家笑话我，还要带累您心里难过；我现在立刻告辞了。（下）

麦克达夫夫人　小子，你爸爸死了；你现在怎么办？你预备怎样过活？

麦克达夫子　像鸟儿一样过活，妈妈。

麦克达夫夫人　什么！吃些小虫儿飞虫儿吗？

麦克达夫子　我的意思是说，我得到些什么就吃些什么，正像鸟儿们一样。

麦克达夫夫人　可怜的鸟儿！你从来没有想到有人在张起网儿，布下陷阱，捉了你去哩。

麦克达夫子　我为什么要怕这些，妈妈？他们是不会算计可怜的小鸟的。我的爸爸并没有死，虽然您是这么说。

麦克达夫夫人　不，他真的死了。你没了父亲怎么好呢？

麦克达夫子　您没了丈夫怎么好呢？

麦克达夫夫人　嘿，我可以到随便哪个市场上去买二十个丈夫回来。

麦克达夫子　那么您买了他们回来，还是要卖出去的。

麦克达夫夫人　这刁钻的小油嘴；可是也亏你想得出来。

麦克达夫子　我的爸爸是个反贼吗，妈妈？

麦克达夫夫人　嗯，他是个反贼。

麦克达夫子　怎么叫做反贼？

麦克达夫夫人　反贼就是起假誓扯谎的人。

麦克达夫子　凡是反贼都是起假誓扯谎的吗？

麦克达夫夫人　起假誓扯谎的人都是反贼，都应该绞死。

麦克达夫子　起假誓扯谎的都应该绞死吗？

麦克达夫夫人　都应该绞死。

麦克达夫子　谁去绞死他们呢？

麦克达夫夫人　那些正人君子。

麦克达夫子　那么那些起假誓扯谎的都是些傻瓜，他们有这许多人，为什么不联合起来打倒那些正人君子，把他们绞死了呢？

麦克达夫夫人　嗳哟，上帝保佑你，可怜的猴子！可是你没了父亲怎么好呢？

麦克达夫子　要是他真的死了，您会为他哀哭的；要是您不哭，那是一个好兆，我就可以有一个新的爸爸了。

麦克达夫夫人　这小油嘴真会胡说！

【一使者上。

使者　祝福您，好夫人！您不认识我是什么人，可是我久闻夫人的令名，所以特地前来，报告您一个消息。我怕夫人目下有极大的危险，要是您愿意接受一个微贱之人的忠告，那么还是离开此地，赶快带着您的孩子们避一避的好。我这样惊吓着您，已经够残忍的了；要是有人再要加害于您，那真是太没有人道了。上天保佑您！我不敢多耽时间。（下）

**麦克达夫夫人** 叫我逃到哪儿去呢？我没有做过害人的事。可是我记起来了，我是在这个世上，这世上做了恶事才会被人恭维赞美，做了好事反会被人当作危险的傻瓜；那么，唉！我为什么还要用这种婆子气的话替自己辩护，说是我没有做过害人的事呢？

【刺客等上。

**麦克达夫夫人** 这些是什么人？

**众刺客** 你的丈夫呢？

**麦克达夫夫人** 我希望他是在光天化日之下，你们这些鬼东西不敢露脸的地方。

**刺客** 他是个反贼。

**麦克达夫子** 你胡说，你这蓬头的恶人！

**刺客** 什么！你这叛徒的孽种！（刺麦克达夫子）

**麦克达夫子** 他杀死我了，妈妈；您快逃吧！（死。麦克达夫夫人呼“杀了人啦！”下，众刺客追下）

## 第三场 英国；王宫前

【马尔科姆及麦克达夫上。

**马尔科姆** 让我们找一处没有人踪的树荫，在那边把我们胸中的悲哀痛痛快快地哭个干净吧。

**麦克达夫** 我们还是紧握着利剑，像好汉子似的大踏步跨过我们颠覆了的身世吧。每一个新的黎明都听得见新孀的寡妇在哭泣，新失父母的孤儿在号啕，新的悲哀上冲霄汉，发出凄厉的回声，就像哀悼苏格兰的命运，替她奏唱挽歌一样。

**马尔科姆** 我要为我所相信的痛哭，我所知道的，我相信是真的；我所能补救的，只要有机会，我定会补救上。您说的话也许是事实。一提起这个暴君的名字，就使我们切齿腐舌，可是他曾经有过正直的名声；您对他也有很好的交情；他也还没有加害于您。我虽然年轻识浅，可是您也许可以利用我向他邀功求赏，把一头柔弱的羔羊向一个愤怒的天神献祭，不失为一件聪明的事。

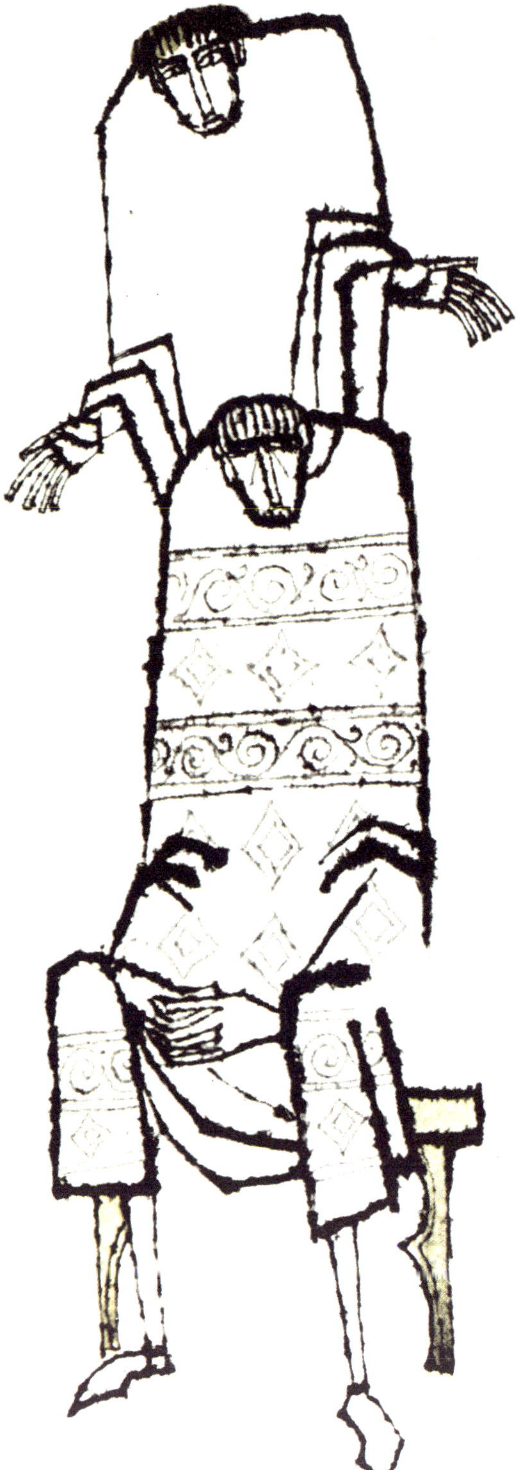

麦克达夫　我不是一个奸诈小人。

马尔科姆　麦克白却是的。在尊严的王命之下，忠实仁善的人也许不得不背着天良行事，可是我必须请您原谅；您的忠诚的人格决不会因为我用小人之心去测度它而发生变化；最光明的天使也许会堕落，可是天使总是光明的；罪恶虽然可以遮蔽美德，美德仍然会露出它的光辉来。

麦克达夫　我已经失去我的希望。

马尔科姆　也许您的希望就失去在使我发生怀疑的地方。你为什么不告而别，丢下您的妻子儿女，那些生活中的宝贵的原动力，爱情的坚强的联系，让他们担惊受险呢？请您不要把我的多心引为耻辱，为了我自己的安全，我不能不这样顾虑。不管我心里怎样想，也许您真是一个忠义的汉子。

麦克达夫　流血吧，流血吧，可怜的国度！不可一世的暴君，奠下你的安若泰山的基业吧，因为正义的力量不敢向你诛讨！忍受你的屈辱吧，这是你的已经确定的名分！再会，殿下；即使把这暴君掌握下的全部土地一起给我，再加上富庶的东方，我也不愿做一个像你所猜疑我那样的奸人。

马尔科姆　不要生气；我说这样的话，并不是完全为了不放心您。我想我们的国家呻吟在虐政之下，流泪，流血，每天都有一道新的伤痕加在旧日的疮痍之上；我也想到一定有许多人愿意为了我的权利奋臂而起，就在这友好的英格兰，也已经有数千义士愿意给我助力；可是虽然这样说，要是我有一天能够把暴君的头颅放在足下践踏，或者把它悬挂在我的剑上，我的可怜的祖国却要在一个新的暴君的统治之下，滋生更多的罪恶，忍受更大的苦痛，造成更加分歧的局面。

麦克达夫　这新的暴君是谁？

马尔科姆　我的意思就是说我自己；我知道在我的天性之中，深植着各种的罪恶，要是有一天暴露出来，黑暗的麦克白在相形之下，将会变成白雪一样纯洁；我们的可怜的国家看见了我的无限的暴虐，将会把他当作一头羔羊。

麦克达夫　踏遍恐怖的地狱也找不出一个比麦克白更万恶不赦的魔鬼。

马尔科姆　我承认他嗜杀，骄奢，贪婪，虚伪，欺诈，躁急，凶恶，一切可以指名的罪恶他都有；可是我的淫逸是没有止境的：你们的妻子，女儿，妇人，处女，都不能填满我的欲壑；我的猖狂的欲念会冲决一切节制和约束；与其让这样一个人做国王，还是让麦克白统治的好。

**麦克达夫**　无限制的纵欲是一种虐政，它曾经颠覆了不少王位，推翻了无数君王。可是还不必担心，谁也不能禁止您满足您的份内的欲望；您可以一方面尽情欢乐，一方面在外表上装出庄重的神气，世人的耳目是很容易遮掩过去的。我们国内尽多自愿献身的女子，无论您怎样贪欢好色，也应付不了这许多求荣献媚的娇娥。

**马尔科姆**　除了这一种弱点以外，在我的邪僻的心中还有一种不顾廉耻的贪婪，要是我做了国王，我一定要诛锄贵族，侵夺他们的土地；不是向这个人需索珠宝，就是向那个人需索房屋；我拥有的越多，我的贪心越不知道餍足，我一定会为了图谋财富的缘故，向善良忠贞的人无端寻衅，把他们陷于死地。

**麦克达夫**　这一种贪婪比起少年的情欲来，它的根是更深而更有毒的，我们曾经有许多过去的国王死在它的剑下。可是您不用担心，苏格兰有足够您享用的财富，它都是属于您的；只要有其他的美德，这些缺点都不算得什么。

**马尔科姆**　可是我一点没有君主之行，什么公平，正直，俭约，镇定，慷慨，坚毅，仁慈，谦恭，诚敬，宽容，勇敢，刚强，我全没有；各种罪恶却应有尽有，在各方面表现出来。嘿，要是我掌握了大权，我一定要把和谐的甘乳倾入地狱，搅乱世界的和平，破坏地上的统一。

**麦克达夫**　啊，苏格兰，苏格兰！

**马尔科姆**　你说这样一个人是不是适宜统治？我正是像我所说那样的人。

**麦克达夫**　适宜于统治！不，这样的人是不该让他留在人世的。啊，多难的国家，一个篡位的暴君握着染血的御杖高踞在王座上，你的最合法的嗣君又亲口吐露了他是这样一个可咒诅的人，辱没了他的高贵的血统，那么你几时才能重见天日呢？你的父王是一个最圣明的君主；生养你的母后每天在死中过活，她朝晚都在屈膝跪求上天的垂怜。再会！你自己供认的这些罪恶，已经把我从苏格兰放逐。啊，我的胸膛，你的希望永远在这儿埋葬了！

**马尔科姆**　麦克达夫，只有一颗正直的心，才会有这种勃发的忠义之情，它已经把黑暗的疑虑从我的灵魂上一扫而空，使我充分信任你的真诚。魔鬼般的麦克白，耍尽了花招，想要把我诱进他的网罗，所以我不得不着意提防；可是上帝鉴临在你我二人的中间！从现在起，我委身听从你的指导，并且撤回我刚才对我自己所讲的坏话，我所加在我自己身上的一切污点，都是我的天性中所没有的。我还没有近过女色，从来没有背过誓，即使是我自己的东西，我也没有贪得的欲念；我从不曾失信于人，我不愿把魔鬼出卖给他的同伴，我珍爱忠诚不亚于生命；刚才我对自己所作的诽语，是我第一次说谎。那真诚的我，是准备随时接受你和我的不幸的祖国的命令的。在我还没有到这儿来以前；年老的西沃德已经带领了一万个战士，向苏格兰出发了。现在我们就可以把我们的力量并合在一起；我们堂堂正正的义师，一定可以成功。您为什么不说话？

**麦克达夫**　好消息和恶消息同时传进了我的耳朵里，使我的喜怒都失去了自主。

【一医士上。

**马尔科姆**　好，等会儿再说。请问一声，王上出来了吗？

**医士**　出来了，殿下；有一大群不幸的人们在等候他的医治，他们的疾病使最高明的医士束手无策，可是上天给他这样神奇的力量，只要他的手一触，他们就立刻痊愈了。

**马尔科姆**　谢谢您的见告，大夫。（医士下）

**麦克达夫**　他说的是什么疾病？

**马尔科姆**　他们都把它叫做恶病；自从我来到英格兰以后，我常常看见这位善良的国王显示他的奇妙无比的本领。除了他自己以外，谁也不知道他是怎样祈求着上天；可是害着怪病的人，浑身肿烂，惨不忍睹，一切外科手术所无法医治的，他只要嘴里念着祈祷，用一枚金章亲手挂在他们的颈上，他们便会霍然痊愈；据说他这种治病的天能，是世世相传永袭罔替的。除了这种特殊的本领以外，他还是一个天生的预言者，而且具有各种值得讴歌的美德。

**麦克达夫**　瞧，谁来啦？

**马尔科姆**　是我们国里的人；可是我还认不出他是谁。

【罗斯上。

**麦克达夫**　我的贤弟，欢迎。

**马尔科姆**　我现在认识他了。好上帝，赶快除去使我们成为陌路之人的那一层隔膜吧！

**罗斯**　阿门，殿下。

**麦克达夫**　苏格兰还是原来那样子吗？

**罗斯**　唉！可怜的祖国！它简直不敢认识它自己。它不能再称为我们的母亲，只是我们的坟墓；除了浑浑噩噩、一无所知的人以外，谁的脸上也不曾有过一丝笑容；叹息，呻吟，震撼天空的呼号，都是日常听惯的声音，不再能引起人们的注意；剧烈的悲哀变成一般的风气；葬钟敲响的时候，谁也不再关心它是为谁而鸣；善良人的生命往往在他们帽上的花朵还没有枯萎以前就化为朝露。

*麦克达夫*　啊！太巧妙，也是太真实的描写！

*马尔科姆*　最近有什么令人痛心的事情？

*罗斯*　一小时以前的变故，在叙述者的嘴里就已经变成陈迹了；每一分钟都产生新的祸难。

*麦克达夫*　我的妻子安好吗？

*罗斯*　呃，她很安好。

*麦克达夫*　我的孩子们呢？

*罗斯*　也很安好。

*麦克达夫*　那暴君还没有毁坏他们的平和吗？

*罗斯*　没有；当我离开他们的时候，他们是很平安的。

*麦克达夫*　不要吝惜你的言语；究竟怎样？

*罗斯*　当我带着沉重的消息，预备到这儿来的时候，一路上听见谣传，说是许多有名望的人都已经纷纷去位；这种谣言照我想起来是很可靠的，因为我亲眼看见那暴君的肆虐。现在是应该援手的时候了；你们要是在苏格兰出现，可以使男人们个个变成军士，使女人们愿意为了从她们的困苦之下获得解放而奋斗。

*马尔科姆*　我们正要回去，让这消息作为他们的安慰吧。友好的英国已经借给我们西沃德将军和一万兵士，所以基督教的国家里找不出一个比他更老练更优秀的军人。

*罗斯*　我希望我也有同样的好消息给你们！可是我所要说的话，是应该把它在荒野里呼喊，不让它钻进人们耳中的。

*麦克达夫*　它是关于哪方面的？还是和大众有关的呢？还是一二个人的单独的不幸？

*罗斯*　天良未泯的人，对于这件事谁都要觉得像自己身受一样伤心，虽然你是最感到切身之痛的一个。

*麦克达夫*　倘然那是有关于我的事，那么不要瞒过我；快让我知道了吧。

**罗斯**　但愿你的耳朵不要从此永远憎恨我的舌头，因为它将要让你听见你有生以来所听到的最惨痛的声音。

**麦克达夫**　哼，我猜到了。

**罗斯**　你的城堡受到袭击；你的妻子和儿女都惨死在野蛮的刀剑之下；要是我把他们的死状告诉你，那么不但他们已经成为猎场上被杀害的驯鹿，就是你也要痛不欲生的。

**马尔科姆**　慈悲的上天！什么，朋友！不要把你的帽子拉下来遮住你的额角；用言语把你的悲伤倾泄出来吧；无言的哀痛是会向那不堪重压的心低声耳语，叫它裂成片片的。

**麦克达夫**　我的孩子也都死了吗？

**罗斯**　妻子，孩子，仆人，凡是被他们找得到的，杀得一个不存。

**麦克达夫**　我却必须离开那里！我的妻子也被杀了吗？

**罗斯**　我已经说过了。

**马尔科姆**　请宽心吧；让我们用壮烈的复仇做药饵，治疗这一段惨酷的悲痛。

**麦克达夫**　他自己没有儿女。我的可爱的宝贝们都死了吗？你说他们一个也不存吗？啊，地狱里的恶鸟！一个也不存？什么！我的可爱的鸡雏们和他们的母亲一起葬送在毒手之下了吗？

**马尔科姆**　放出丈夫的气概来。

**麦克达夫**　我要放出丈夫的气概来；可是我是个人，这让我不堪承受。我怎么能够把我所最珍爱的人置之度外，不去想念他们呢？难道上天看见这一幕惨剧，而不对他们抱同情吗？罪恶深重的麦克达夫！他们都是为了你的缘故而死于非命。我真该死，他们没有一点罪过，只是因为我自己不好，无情的屠戮才会降临到他们的身上。愿上天给他们安息！

**马尔科姆**　把这一桩仇恨作为磨快你的剑锋的砺石；让哀痛变成愤怒；不要让你的心麻木下去，激起它的怒火来吧。

**麦克达夫**　啊！我可以一方面让我的眼睛里流着妇人之泪，一方面让我的舌头发出大言壮语。可是，仁慈的上天，一刻也不要再等了，让我跟这苏格兰的恶魔正面相对，使我的剑能够刺到他的身上；要是我放他逃走了，那么上天饶恕他吧！

**马尔科姆** 这几句话说得很像个汉子。来，我们见国王去；我们的军队已经调齐，一切齐备，只待整装出发。麦克白气数将绝，天诛将至；振作起满怀信心吧。黑夜无论怎样悠长，白昼总会到来。（同下）

# 第　五　幕

## 第一场　邓西嫩；城堡中一室

【一医士及一侍女上。

医士　我已经陪着你看守了两夜，可是一点不能证实你的报告。她最后一次晚上起来行动是在什么时候？

侍女　自从王上上了战场，我曾经看见她从床上起来，披上睡衣，开了橱门上的锁，拿出信纸，把它铺展开来，在上面写了字，读了一遍，然后把信封好，再回到床上去；可是在这一段时间里，她始终睡得很熟。

医士　这是心理上的一种重大的搅乱，一方面入于睡眠的状态，一方面还能像醒着一般做事。在这种睡眠不安的情形之下，除了走路和其他动作以外，你有没有听见她说过什么话？

侍女　大夫，那我可不能背着她告诉您。

医士　你不妨对我说，而且应该对我说。

侍女　我不能对您说，也不能对无论什么人说，因为没有一个见证可以证实我的话。

【麦克白夫人持烛上。

侍女　您瞧！她来啦。这正是她往常的样子；凭着我的生命起誓，她现在睡得很熟。留心看好她；站隐蔽一些。

医士　她怎么会有那支蜡烛？

侍女　那就放在她的床边；她的寝室里通宵点着灯火，这是她的命令。

医士　你瞧，她的眼睛睁着呢。

侍女　嗯，可是她的视觉却关闭着。

医士　她现在在干什么？瞧，她在搓她的手。

侍女　这是她的一个惯常的动作，好像在洗手似的。我曾经看见她这样搓了足有一刻钟的时间。

**麦克白夫人** 可是这儿还有一点血迹。

**医士** 听！她说话了。我要把她说的话记下来，免得忘记。

**麦克白夫人** 去，该死的血迹！去吧！一点，两点。啊，那么现在可以动手了。地狱里是这样幽暗！呸，我的爷，呸！你是一个军人，也会害怕吗？既然谁也不能奈何我们，为什么我们要怕被人知道？可是谁想得到这老头儿会有这么多的血？

**医士** 你听见没有？

**麦克白夫人** 法夫爵士从前有一个妻子；现在她在哪儿？什么！这两只手再也不会干净了吗？算了，我的爷，算了；你这样大惊小怪，把事情都弄糟了。

**医士** 说下去，说下去；你已经知道你所不应该知道的事。

**侍女** 我想她已经说了她所不应该说的话；天知道她心里有些什么秘密。

**麦克白夫人** 这儿还是有一股血腥气；所有阿拉伯的香料都不能叫这小手变得香一点。啊！啊！啊！

**医士** 这一声叹息多么沉痛！她的心里蕴蓄着无限的凄苦。

**侍女** 我不愿为了身体上的尊荣，而让我的腔子里装着这样一颗心。

**医士** 好，好，好。

**侍女** 但愿一切都是好好的，大夫。

**医士** 这种病我没有法子医治。可是我知道有些曾经在睡梦中走动的人，都是很虔敬地寿终正寝。

**麦克白夫人** 洗净你的手，披上你的睡衣；不要这样脸无人色。我再告诉你一遍，班柯已经下葬了；他不会从坟墓里出来的。

**医士** 有这等事？

**麦克白夫人** 睡去，睡去；有人在打门哩。来，来，来，来，让我搀着你。事情已经干了就算了。睡去，睡去，睡去。（下）

**医士** 她现在要去上床了吗？

**侍女** 就去上床。

**医士** 外边很多骇人听闻的传说。反常的行为引起了反常的纷扰；良心负疚的人往往会向无言的衾枕泄漏他们的秘密；她需要教士的训诲甚于医士的诊视。上帝，上帝饶恕我们一切世人！留心照料她；避免一切足以使她烦恼的根源，随时注视着她。好，晚安！她扰乱了我的心，迷惑了我的眼睛。我心里所想到的，却不敢把它吐出嘴唇。

侍女　晚安，好大夫。（各下）

## 第二场　邓西嫩附近乡野

【旗鼓前导，门特斯，凯士纳斯，安格斯，伦诺克斯及军士等上。

门特斯　英格兰军队已经迫近，领军的是马尔科姆，他的叔父西沃德和麦克达夫三人，他们的胸头燃起着复仇的怒火；即使奄奄垂毙的人，这种痛入骨髓的仇恨也会激起他流血的决心。

安格斯　在勃南森林附近，我们将要和他们相见；他们正在向那条路上走过来。

凯士纳斯　谁知道多纳尔本是不是跟他的哥哥在一起？

伦诺克斯　我可以确实告诉你，将军，他们不在一起。我有一张他们军队里高级将领的名单，里面有西沃德的儿子，还有许多初上战场，乳臭未干的少年。

门特斯　那暴君有什么举动？

凯士纳斯　他把邓西嫩防御得非常坚固。有人说他疯了；对他比较没有什么恶感的人，却说那是一个猛士的愤怒；可是他不能使自己的罪恶事业置于自身之中，却是一件无疑的事实。

安格斯　现在他已经感觉到他的暗杀的罪恶紧黏在他的手上；每分钟都有一次叛变，谴责他的不忠不义；受他命令的人，都不过听令而行，并不是出于对他的忠诚；现在他已经感觉到他的尊号罩在他的身上，就像一个矮小的偷儿穿了一件巨人的衣服一样拽手绊脚。

门特斯　他自己的灵魂都在谴责它本身的存在，谁还能怪他的昏乱的知觉怔忡不安呢。

凯士纳斯　好，我们整队前进吧；我们必须认清谁是我们应该服从的人。我们去迎接拯救国难的良药，为了拔除祖国的沉痼，让我们准备和他共同流尽我们的最后一滴血。

**伦诺克斯** 否则我们也愿意喷洒我们的热血，灌溉这一朵国家主权的娇花，淹没那凭陵它的野草。向勃南进军！（众列队行进下）

## 第三场 邓西嫩；城堡中一室

【麦克白，医士及侍从等上。

**麦克白** 不要再告诉我什么消息；让他们一个个逃走吧；除非勃南的森林会向邓西嫩移动，我是不知道有什么事情值得害怕的。马尔科姆那小子算得什么？他不是妇人所生的吗？预知人类死生的精灵曾经这样向我宣告："不要害怕，麦克白；没有一个在妇人腹中生长的人可以加害于你。"那么逃走吧，不忠的爵士们，去跟那些饕餮的英格兰人在一起吧。我的头脑，永远不会被疑虑所困扰，我的心灵永远不会被恐惧所震荡。

【一仆人上。

**麦克白** 魔鬼罚你变成炭团一样黑，你这脸色惨白的狗头！你从哪儿得来的这一副呆鹅的蠢相？

仆人 有一万——

**麦克白**　一万头鹅吗，狗才？

**仆人**　一万个兵，陛下。

**麦克白**　去刺破你自己的脸，把你那吓得毫无血色的两颊染一染红吧，你这鼠胆的小子。什么兵，蠢才？该死的东西！瞧你吓得脸孔像白布一般。什么兵，不中用的奴才？

**仆人**　禀陛下，是英格兰兵。

**麦克白**　不要让我看见你的脸。（仆人下）西登！——我心里很不舒服，当我看见——喂，西登！——这一次的战争也许可以使我从此高枕无忧，也许可以立刻把我倾覆。我已经活得够长久了；我的生命已经日就枯萎，像一张凋谢的黄叶；凡是老年人所应该享有的尊荣，爱敬，服从，和一大群的朋友，我是没有希望再得到的了；代替这一切的，只有低声而深刻的咒诅，口头上的恭维，和一些违心的假话。西登！

【西登上。

**西登**　陛下有什么吩咐？

**麦克白**　还有什么消息没有？

**西登**　陛下，刚才所报告的消息，全都证实了。

**麦克白**　我要战到我的全身不剩一块好肉。给我拿战铠来。

**西登**　现在还用不到哩。

**麦克白**　我要把它穿起来。加派几匹马，到全国各处巡回视察，要是有谁嘴里提起了一句害怕的话，就把他吊死。给我拿战铠来。大夫，你的病人今天怎样？

**医士**　回陛下，她并没有什么病，只是因为思虑太过，继续不断的幻想扰乱了她的神经，使她不得安息。

**麦克白**　替她医好这一种病。你难道不能诊治一个病态的心理，从记忆中拔去一桩根深蒂固的忧郁，拭掉那写在脑筋上的烦恼，用一种使人忘却一切的甘美的药剂，把那堆满在胸间，重压在心头的积毒扫除干净吗？

**医士**　那还是要仗病人自己设法的。

**麦克白**　那么把医药丢给狗子吧；我不要仰仗它。来，替我穿上战铠；给我拿指挥杖来。西登，把我的命令传出去。——大夫，那些爵士们都背了我逃走了。——来，快去。——大夫，要是你能够用全国的水替她洗去病根，使她回复原来的健康，我一定要使太空之中充满着我对你的赞美的回声。——喂，把它脱下了。——什么大黄肉桂，什么清泻的药剂，可以把这些英格兰人驱走呢？你听见关于他们的消息吗？

**医士**　是的，陛下；您的森严的防卫告诉了我们一些消息。

**麦克白**　你要是听见了什么就来告诉我。除非勃南森林会向邓西嫩移动，我对死亡和毒害都没有半分惊恐。

**医士**　（旁白）要是我能够从邓西嫩远远离开，高官厚禄再也诱不动我回来。（同下）

## 第四场　勃南森林附近的乡野

【旗鼓前导，马尔科姆，西沃德父子，麦克达夫，门特斯，凯士纳斯，安格斯，伦诺克斯，罗斯及军士等列队行进上。

**马尔科姆**　诸位贤卿，我希望大家都能够安枕而寝的日子已经不远了。

**门特斯**　那是我们一点没有疑惑的。

**西沃德**　前面这一座是什么树林？

**门特斯**　勃南森林。

**马尔科姆**　每一个军士都砍下一根树枝来，把它举起在各人的面前；这样我们可以隐匿我们全军的人数，让敌人无从知道我们的实力。

**众军士**　得令。

**西沃德**　我们所得到的情报，都说那自信的暴君仍旧在邓西嫩深居不出，等候我们兵临城下。

**马尔科姆**　这是他的唯一的希望；因为在他手下的人，不论地位高低，一找到机会都要叛弃他，他们接受他的号令，都只是出于被迫，并不是自己心愿。

**麦克达夫**　让我们用坚毅的战士精神，执行我们惩凶诛暴的正义的使命。

**西沃德**　我们这一次的胜败得失，不久就可以分晓。口头的推测不过是一些悬空的希望，实际的行动才能够产生决定的结果，大家奋勇前进吧！（众列队行进下）

## 第五场　邓西嫩；城堡内

【旗鼓前导，麦克白，西登及军士等上。

麦克白　把我们的旗帜悬挂在城墙外面，到处仍旧是一片“他们来了”的呼声；我们这座城堡防御得这样坚固，可以嘲弄他们的围攻：让他们到这儿来，等饥饿的瘟疫来把他们收拾去了吧。倘不是我们自己的军队也倒了戈跟他们联合在一起，我们尽可以挺身出战，把他们赶回老家去。(内妇女哭声)那是什么声音？

西登　是妇女们的哭声，陛下。(下)

麦克白　我简直已经忘记了恐惧的滋味。从前一声晚间的哀叫，可以把我吓出一身冷汗，一根头发的落下，都会使我惊惶惴恐，好像它的里面藏着我的生命一样。现在我已经饱尝无数的恐怖；我的习惯于杀戮的思想，再也没有什么悲惨的事情可以使它惊悚了。

【西登重上。

麦克白　那哭声是为了什么事？

西登　陛下，王后死了。

麦克白　她应该迟一点再死；现在不是应该让我听见这一个消息的时候。明天，明天，再一个明天，一天接着一天地蹑步前进，直到最后一秒钟的时间；我们所有的昨天，不过替傻子们照亮了到死亡的土壤中去的路。熄灭了吧，熄灭了吧，短促的烛光！人生不过是一个行走的影子，一个在舞台上指手划脚的拙劣的伶人，登场了片刻，就在无声无臭中悄然退下；它是一个愚人所讲的故事，充满着喧哗和骚动，找不到一点意义。

【一使者上。

麦克白　你要来播弄你的唇舌；有什么话快说。

使者　陛下，我应该向您报告我以为我所看见的事，可是我不知道应该怎样说起。

麦克白　好，你说吧。

使者　当我站在山头守望的时候，我向勃南一眼望过去，好像那边的树木都在开始行动了。

**麦克白** 说谎的奴才！

**使者** 要是没有那样一回事，我愿意悉听陛下的惩处；在这三里路以内，您可以看见它向这边过来；一座活动的树林。

**麦克白** 要是你说了谎话，我要把你活活吊在树上，让你饥饿而死；要是你的话是真的，我也希望你给我吊死了吧。我的决心已经有些摇动，我开始怀疑起那魔鬼所说的似是而非的暧昧的谎话了；“不要害怕，除非勃南森林会到邓西嫩来；”现在一座树林真的到邓西嫩来了。披上武装，出去！他所说的这种事情要是果然出现，那么逃走固然逃走不了，留在这儿也不过坐以待毙。我现在开始厌倦白昼的阳光，但愿这世界早一点崩溃。敲起警钟来！吹吧，狂风！来吧，灭亡！就是死我们也要捐躯沙场。（同下）

## 第六场 同前；城堡前平原

【旗鼓前导，马尔科姆，老西沃德，麦克达夫等率军队各持树枝上。

**马尔科姆** 现在已经相去不远；把你们树叶的幕障抛下，现出你们威武的军容来。尊贵的叔父，请您带领我的兄弟，您的英勇的儿子，先去和敌人交战；其余的一切统归尊贵的麦克达夫跟我两人负责部署。

**西沃德** 再会。今天晚上我们只要找得到那暴君的军队，一定要跟他们争一个你死我活。

**麦克达夫** 把我们所有的喇叭一起吹起来；鼓足了你们的衷气，把流血和死亡的消息吹进敌人的耳中。（同下）

## 第七场 同前；平原上的另一部分

【号角声。麦克白上。

**麦克白** 他们已经缚住我的手脚；我不能逃走，可是我必须像熊一样挣扎到底。哪一个人不是由女人生下的？除了这样一个人以外，我还怕什么人。

【小西沃德上。

**小西沃德** 你叫什么名字？

**麦克白** 我的名字说出会吓坏了你。

**小西沃德** 即使你给自己取了一个比地狱里的魔鬼更炽热的名字，也吓不倒我。

**麦克白** 我就叫麦克白。

**小西沃德** 魔鬼自己也不能向我的耳中说出一个更可憎恨的名字。

**麦克白** 他也不能说出一个更可怕的名字。

**小西沃德** 胡说，你这可恶的暴君；我要用我的剑证明你的说谎。（二人交战，小西沃德被杀）

**麦克白** 你是女人所生的；女人生下的男人挥动的刀剑与武器，我只会笑对，只会嘲讽。（下）

【号角声。麦克达夫上。

**麦克达夫** 那喧声是在那边。暴君，露出你的脸来；要是你已经被人杀死，等不及我来取你的性命，那么我的妻子儿女的阴魂一定不会放过我。我不能杀害那些被你雇佣的倒霉的士卒；我的剑倘不能刺中你，麦克白，我宁愿让它闲置不用，保全它的锋刃，把它重新插回鞘里。你应该在那边；这一阵高声的呐喊，好像是在宣布什么重要的人物上阵似的。命运，让我找到他吧！我没有此外的奢求了。（下。角号声）

## 第八场 同前；平原上的另一部分

【马尔科姆及老西沃德上。

**西沃德** 这儿来，殿下；那城堡已经拱手纳降。暴君的人民有的帮这一面，有的帮那一面；英勇的爵士们一个个出力奋战；您已经胜算在握，大势就可以决定了。

**马尔科姆** 我们曾经看见敌人阵中，有的在那儿自相残杀。

**西沃德** 殿下，请进堡里去吧。（同下。号角声）

【麦克白重上。

**麦克达夫**　转过来，地狱里的恶狗，转过来！

**麦克白**　我在一切人中间，最不愿意看见你。可是你回去吧，我的灵魂里沾着你一家人的血，已经太多了。

**麦克达夫**　我没有话说；我的话都在我的剑上，你这没有一个名字可以形容你的狠毒的恶贼！（二人交战）

**麦克白**　你不过白费了气力；你要使我流血，正像用你锐利的剑锋在空气上划一道痕迹一样为难。让你的刀刃降落在别人的头上吧；我的生命是有魔法保护的，没有一个由女人生的人可以把它伤害。

**麦克达夫**　不要再信任你的魔法了吧；让你所信奉的神告诉你，麦克达夫是没有足月就从他的母亲的腹中堕下来的。

**麦克白**　愿那告诉我这样的话的舌头永受咒诅，因为它使我失去了男子汉的勇气！愿这些欺人的魔鬼再也不要被人相信，他们用模棱两可的话愚弄我们，虽然句句应验，却完全和我们原来的期望相反。我不愿跟你交战。

**麦克达夫**　那么投降吧，懦夫，我们可以饶你活命，可是要叫你在众人的面前出丑；我们要把你当作一头稀有的怪物一样，把你缚在柱上，涂上花脸，下面写着，"请看暴君的原形"。

**麦克白**　我不愿投降，我不愿低头吻那马尔科姆小子足下的泥土，被那些下贱的民众任意唾骂。虽然勃南森林已经到了邓西嫩，虽然今天和你狭路相逢，你偏偏不是由女人自然生下的，可是我还要擎起我的雄壮的盾牌，尽我最后的力量。来，麦克达夫，谁先喊"住手，够了！"的，让他永远在地狱里沉沦。（二人且战且下）

【吹退军号。喇叭奏花腔。旗鼓前导；马尔科姆，老西沃德，罗斯众爵士及军士等重上。

**马尔科姆**　我希望我们所失去的朋友，都能够安然到来。

**西沃德**　总有人免不了成为牺牲；可是照我看见眼前这些人说起来，我们这次重大的胜利所付的代价是很小的。

**马尔科姆**　麦克达夫跟您的英勇的儿子都失踪了。

**罗斯**　老将军，令郎已经尽了一个军人的责任；他刚刚活到成人的年龄，就用他的一往无前的战斗精神证明了他的勇力，像一个男子汉似的死了。

**西沃德**　那么他已经死了吗？

罗斯　是的，他的尸体已经从战场上搬走。他的死是一桩无价的损失，您必须勉抑哀思才好。

西沃德　他的伤口是在前面的吗？

罗斯　是的，在他的胸前。

西沃德　那么愿他成为上帝的军士！要是我有像头发一样多的儿子，我也不希望他们得到一个更光荣的结局；这就作为他的丧钟吧。

马尔科姆　他是值得我们更深的悲悼的，我将向他致献我的哀思。

西沃德　他已经得到他最大的酬报；他们说，他死得很英勇，他的责任已尽；愿上帝与他同在！又有好消息来了。

麦克达夫　携麦克白首级重上。

麦克达夫　祝福，吾王陛下！瞧，篡贼的万恶的头颅已经取来；无道的虐政从此推翻了。我看见全国的英俊拥绕在你的周围，他们心里都在发出跟我同样的敬礼；现在我要请他们陪着我高呼：祝福，苏格兰的国王！

众人　祝福！苏格兰的国王！（喇叭奏花腔）

马尔科姆　多承各位拥戴，论功行赏，在此一朝。各位爵士国戚，从现在起，你们都得到了伯爵的封号，在苏格兰你们是最初享有这样封号的人。在这去旧布新的时候，我们还有许多事情要做；那些因为逃避暴君的罗网而出亡国外的朋友们，我们必须召唤他们回来；这个屠夫虽然已经死了，他的魔鬼一样的王后，据说也已经亲手杀害了自己的生命，可是帮助他们杀人行凶的党羽，我们必须一一搜捕，处以极刑；此外一切必要的工作，我们都要按照着上帝的旨意，分别处理。现在我要感谢各位的相助，还要请你们陪我到斯贡去，参与加冕的盛典。（喇叭奏花腔。众下）

# 暴风雨

朱生豪 译

苏福忠 校

## 背景与提要

《暴风雨》的题材是关于古罗马的：米兰公爵普洛斯佩罗被其弟安东尼奥逐下王位，带着孩子米兰达在海上漂流多日，来到一孤岛。这岛上是精灵的囚禁地，普洛斯佩罗因深谙魔法，把精灵都释放出来，为他和米兰达服务。普洛斯佩罗和米兰达在孤岛生活了十二年后，篡位者安东尼奥和王子费迪南德乘船出海，普罗斯佩罗施展魔法，使船遇难。船上的人都得救了，唯有费迪南德失踪；大家以为费迪南德被淹死，而费迪南德则以为别人都葬身大海。费迪南德和米兰达相遇后，旋即陷入爱河，山盟海誓。普洛斯佩罗命精灵们和安东尼奥恶作剧，把他吓得赶紧和普洛斯佩罗捐弃前嫌，重新修好。

国王剧团在一六一一年十一月一日为庇护人詹姆斯一世上演了《暴风雨》。这个剧本的主要背景是突尼斯和那不勒斯之间的一座荒凉的孤岛。至于其他细节，莎士比亚似乎是从阅读旅游文学作品中获得了不少。比如，一六〇九年六月二十九日，一艘名为“海上历险”的旗舰在百慕大海岸触礁。人们以为它沉没了，然而转年五月二十三日，船上的乘客安全到达弗吉尼亚的詹姆斯敦，因他们在百慕大岛上找到了栖息地，通力制造出多艘小船，使他们的航程终于完成。毫无疑问，莎士比亚从这一事件获得了灵感，并于一六一一年或一六一二年期间，写出了《暴风雨》。正式印刷出版，是一六二三年的对开本。

《暴风雨》还得益于莎士比亚的古典文学的阅读，如亚瑟·戈尔丁的翻译作品、奥维德的《变形记》，还有维吉尔的《埃涅伊德》。剧本的主要情节是莎士比亚自己创作的，剧中的细节和内容是他对类似文学多年来运用和钻研的结果；这时他对在喜剧中制造浪漫气氛、酿造情节冲突、利用超自然的力量等手法，已经到了信手拈来运用自如的地步。但不管怎样，《暴风雨》是莎士比亚所有剧本中创作成分最多、借用成分最少的一个。

《暴风雨》是莎士比亚自己独立完成的最后一个剧本。此后他还和别人合写过个别剧本，但因没有更突出的成就，所以人们一般把《暴风雨》认定为他的最后一个剧本。有趣的是，《暴风雨》里暴风雨的场面并不很有名，至少比起《李尔王》里的那场著名的暴风雨，要逊色得多。另一点值得一提的是，《暴风雨》虽是莎士比亚几乎算作最后的剧本，却因在一六二三年的对开本中被排在第一个，故后来的绝大多数版本也沿袭了这一排序。究其根源，这恐怕与《暴风雨》从内容到形式都相对独立有关系。

**苏福忠**

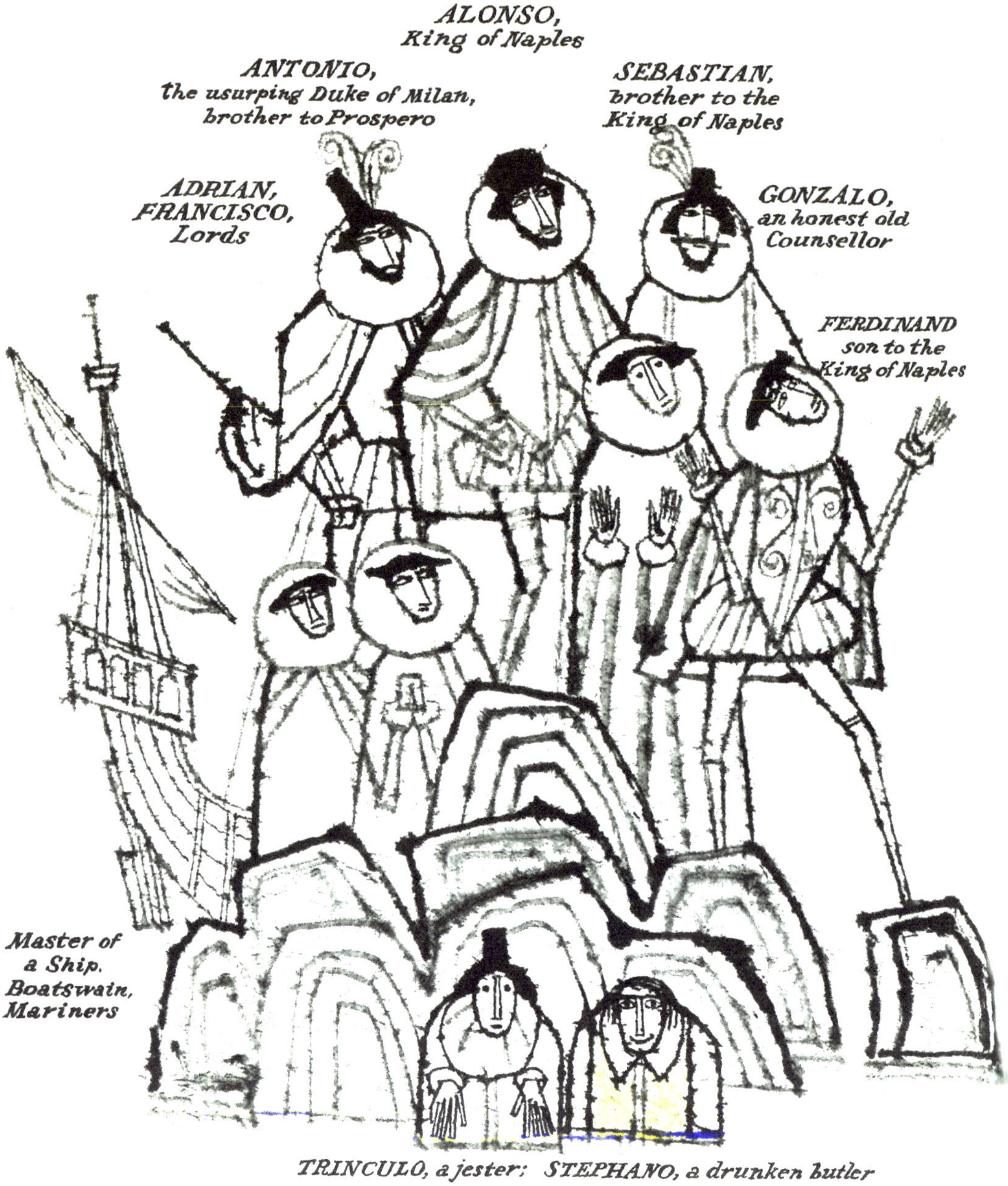


SCENE: A SHIP AT SEA; AN ISLAND

# THE TEMPEST

*DRAMATIS PERSONAE*

## 剧中人物

阿朗索　那不勒斯王
塞巴斯蒂安　其弟
普洛斯佩罗　旧米兰公爵
安东尼奥　其弟，篡位者
费迪南德　那不勒斯王子
冈萨罗　正直的老大臣
艾德里安 } 侍臣
弗朗西斯科 } 侍臣
卡列班　野性而丑怪的奴隶
特林鸠罗　弄臣
斯蒂芬诺　酗酒的膳夫
船长
水手头目
众水手

米兰达　普洛斯佩罗之女

爱丽儿　缥缈的精灵
伊里斯 } 由精灵们扮演
刻瑞斯 } 由精灵们扮演
朱诺 } 由精灵们扮演
水仙女们 } 由精灵们扮演
众刈禾人 } 由精灵们扮演
其他伺候普洛斯佩罗的精灵们

**地点**　海船；海岛

# 第　一　幕

## 第一场　在海中的一只船上；暴风雨和雷电

【船长及水手头目上。

船长　老大。

头目　有，船长。什么事？

船长　好，对水手们说：出力，手脚麻利点儿，否则我们要触礁啦。出力，出力！（下）

【众水手上。

头目　喂，弟兄们！出力，出力，弟兄们！赶快，赶快！把上樯帆收进！留心着船长的哨子。——尽你吹着怎么大的风，只要我们掉得转头，就该让你吹去吧！

【阿朗索，塞巴斯蒂安，安东尼奥，费迪南德，冈萨罗及余人等上。

阿朗索　好头目，小心哪。船长在哪里？放出勇敢来！

头目　我劳驾你们，请到下面去。

阿朗索　老大，船长在哪里？

头目　你不听见他吗？你们妨碍了我们的工作。好好儿待在舱里吧；你们简直是跟风浪来和我们作对。

冈萨罗　哎，大哥，别发脾气呀！

头目　你叫这个海不要发脾气吧。走开！这些波涛们那里管得什么国王不国王？舱里去，安静些！别跟我们麻烦。

冈萨罗　好，但是请记住这船上载的是什么人。

头目　随便什么人我都不放在心上。你是个堂堂枢密大臣，要是你有本事命令风浪静下来，叫眼前大家都平安，那么我们愿意从此不再干这拉帆收缆的营生了。把你的威权用出来吧！如果你做不到，那就感谢你好歹活了这么大，

赶快钻进船舱等待不测风云，没准说来就来了。——出力啊，好弟兄们！——快给我走开！（下）

冈萨罗　这家伙给我很大的安慰。我觉得他脸上一点没有该当淹死的记号；他的相貌活是一副要上绞架的神气。慈悲的运命之神啊，不要放过了他的绞刑啊！让绞死他的绳索作为我们的锚缆，因为我们锚缆全然抵不住风暴！如果他不是命该绞死的，那么我们就倒霉了！（下）

【水手头目复上。

头目　把中樯放下来！赶快！再低些，再低些！把大樯横帆张起来试试看。（内呼声）遭瘟的，喊得这么响！连风暴的声音和我们的号令都给遮得听不见了。——

【塞巴斯蒂安、安东尼奥、冈萨罗复上。

头目　又来了？你们到这儿来干么？我们大家放了手，一起淹死了好不好？你们想要淹死是不是？

塞巴斯蒂安　愿你喉咙里长起个痘疮来吧；你这胡言乱语出口伤人没有心肝的狗东西！

头目　那么你来干一下，好不好？

安东尼奥　该死的贱狗！你这下流的骄横的喧哗的东西，我们才不像你那样害怕淹死哩！

冈萨罗　我担保他一定不会淹死；虽然这船不比果壳更牢硬，可水漏得像一个浪狂的娘儿一样。

头目　紧紧靠着风行驶！扯起两面大帆来！把船向海中开出去！

【众水手浑身淋湿上。

众水手　完了完了！求求上天吧！求求上天吧！什么都完了！（下）

头目　怎么，我们非淹死不可吗？

冈萨罗　王上和王子在那里祈祷了。让我们跟他们一起祈祷吧，大家的情形都是一样。

塞巴斯蒂安　我真按捺不住我的怒火。

安东尼奥　我们的生命全然被醉汉们在作弄着。——这个大嘴巴的恶徒！但愿你倘使淹死的话，十次的波涛冲打你的尸体！

冈萨罗　他总要被绞死的，即使每一滴水都声势汹汹地要把他一口吞下去。

【幕内嘈杂的呼声：——“可怜我们吧！”——“我们遭难了！我们遭难了！”——“再会吧，我的妻子！我的孩儿！”——“再会吧，兄弟！”——“我们遭难了！我们遭难了！ 我们遭难了！”——

安东尼奥　让我们大家跟王上一起，沉没吧！（下）

塞巴斯蒂安　让我们去和他作别一下。（下）

冈萨罗　现在我真愿意用千顷的海水来换得一亩荒地；草莽荆棘，什么都好。愿上天的旨意成全吧！但是我真愿望一个干燥的死。（下）

## 第二场　岛上；普洛斯佩罗所居洞室之前

【普洛斯佩罗及米兰达上。

米兰达　亲爱的父亲，假如你曾经用你的法术使狂暴的海水兴起这场风浪，请你使它们平息了吧！天空似乎要倒下发臭的沥青来，但海水腾涌到天的脸上，把火焰吐了出来。唉！我瞧着那些受难的人们，我也和他们同样受难：这样一只壮丽的船，里面一定载着好些尊贵的人，一下子便撞得粉碎！啊，那呼号的声音一直打进我的心里。可怜的人们，他们死了！要是我是一个有权力的神，我一定要叫海沉进地中，让它不会把这只好船和它所载着的人们一起这样吞没了。

普洛斯佩罗　安静些，不要惊怖！告诉你那仁慈的心，一点灾祸都不会发生。

米兰达　唉，不幸的日子！

普洛斯佩罗　不要紧的。凡我所做的事，无非是为你打算，我的宝贝！我的女儿！你不知道你是什么人，也不知道我从什么地方来；你也不会想到我是一个比普洛斯佩罗，一所十分寒伧的洞窟的主人，你的微贱的父亲，更出色的人物。

米兰达　我从来不曾想到要知道得更多一些。

普洛斯佩罗　现在是我该更详细地告诉你一些事情的时候了。帮我把我的法衣脱去。好，（放下法衣）躺在那里吧，我的法术！——揩干你的眼睛，安心吧！这场凄惨的沉舟的景象，使你的同情心如此激动，我曾经借着我的法术的力量非常妥善地预先安排好：在这船里你听见他们呼号，看见他们沉没，但没有一个人会送命，即使随便什么人的一根头发也不会损失。坐下来；你必须知道得更详细一些。

**米兰达** 你常常刚要开始告诉我我是什么人，便突然住了口，对于我的徒然的探问的回答，只是一句“且慢，时机还没有到”。

**普洛斯佩罗** 这时机现在已经到了，就在这一分钟它要叫你撑开你的耳朵。乖乖地听着啦。你能不能记得在我们来到这里之前的一个时候？我想你不会记得，因为那时你还不过三岁。

**米兰达** 当然我记得的，父亲。

**普洛斯佩罗** 你怎么会记得？什么房屋？或是什么人？告诉我随便什么留在你脑中的影象。

**米兰达** 那是很辽远了；虽然我的记忆对我说那是真实，但它更像是一个梦。不是曾经有四五个妇人服侍过我吗？

**普洛斯佩罗** 是的，而且还不止此数呢，米兰达。但是这怎么会留在你的脑中呢？你在过去时光的幽暗的深渊里，还看不看见到其余的影子？要是你记得在你未来这里以前的情形，也许你也能记得你怎样会到这里来。

**米兰达** 但是我不记得了。

**普洛斯佩罗** 十二年之前，米兰达，十二年之前，你的父亲是米兰的公爵，并且是一个有权有势的国君。

**米兰达** 父亲，你不是我的父亲吗？

**普洛斯佩罗** 你的母亲是一位贤德的妇人，她说你是我的女儿；你的父亲是米兰的公爵，他的唯一的嗣息是一位堂堂的郡主。

**米兰达** 天啊！我们曾经遭到了怎样的奸谋而离开那里呢？还是那算是幸运一桩？

**普洛斯佩罗** 都是，都是，我的孩儿。如你所说的，因为奸谋我们才离开那里，因为幸运我们才飘流到此。

**米兰达** 唉！想到我给你的种种劳心焦虑，那些是存在于我的记忆中的，真使我心里难过得很。请再讲下去吧。

**普洛斯佩罗** 我的弟弟，就是你的叔父，名叫安东尼奥。听好，世上真有这样奸恶的兄弟！除了你之外，他就是我在世上最爱的人了；我把国事都托付他管理。那时候米兰在所有列邦中是最雄长的一邦，而普洛斯佩罗是最出名的一个公爵，威名传播人口，在学问艺术上更是一时无两。我因为专心研究，便把政治放到我弟弟的肩上，对于自己的国事付之不问。你那坏心肠的叔父——你在不在听我？

**米兰达** 我在非常热切地听着，父亲。

**普洛斯佩罗** 学会了怎样接受或驳斥臣民的诉愿，谁应当拔擢，谁因为擢迁过快就当贬抑；把我手下的人重新封叙，迁调的迁调，改用的改用；大权在握，使国中所有的人心都要听从他的喜恶。他简直成为一株常春藤，掩蔽了我参天的巨干，而吸收去我的精华。——你不在听吗？

**米兰达** 啊，好父亲！我在听着。

**普洛斯佩罗** 听好。我这样遗弃了俗务，在幽居生活中修养我的德性，因为和世间隔绝了，我把那事看得格外重要，谁知却引起了我那恶弟的毒心。我给与他的无限大的信托，正像善良的父母产出刁顽的儿女来一样，得到的酬报只是他的同样无限大的欺诈。他不但握有我的岁入的财源，更僭用我的权力从事搜括。像一个说了谎话的人，自己相信自己的欺骗一样，他俨然以为自己便是一个不折不扣的公爵。处于代理者的位置上，他用一切的威权铺张着外表上的庄严：他的野心于是便逐渐旺盛起来，——你在不在听我？

**米兰达** 你的故事，父亲，具有发聋振聩的力量。

**普洛斯佩罗** 为要撤除横隔在他野心之间的屏障，他自然要希望自己成为米兰大权独揽的主人翁。我呢，一个可怜的人，书斋便是我广大的公国，他以为我已没有能力执行世间的政事。因为觊觎着大位，他便和那不勒斯王协谋，甘愿臣服每年献贡，把他自己的冠冕俯伏在他人的王冠之前。唉，可怜的米兰！一个从来不曾向别人低首下心过的邦国，这回却遭到了可耻的卑屈！

**米兰达** 天哪！

**普洛斯佩罗** 听我告诉你他所缔结的条款，以及此后发生的事情，然后再告诉我那算不算得是一个好兄弟。

**米兰达** 我不敢冒渎我的可敬的祖母，然而美德的娘亲有时却会生出不肖的儿子来。

**普洛斯佩罗** 现在要说到这条约了。这位那不勒斯王因为跟我有根深蒂固的仇恨，答允了我弟弟的要求；那就是说，以纳贡称臣作为交换的条件，我还不知道会交纳多少贡品，他当立刻把我和属于我的人撵出国境，而把大好的米兰全部奉送给我的弟弟。因此在命中注定的某夜，一队暴兵被召集起来，安东尼奥开开了米兰的国门；在寂静的深宵，阴谋的执行者便把我和哭泣着的你赶走。

米兰达　唉，可叹！我记不起那时我是怎样哭法，但现在不禁又要哭泣起来。这是一件太叫人想起来伤心的事。

普洛斯佩罗　你再听我讲下去，不久我便要叫你明白眼前这一回事情；因为否则这故事是一点不相干的。

米兰达　为什么那时他们不把我们杀害呢？

普洛斯佩罗　问得不错，孩子；谁听了我的故事都会发生这个疑问。亲爱的，他们是没有胆量，因为我的人民十分爱戴我，而且也不敢在这件事情上留下太重大的污渍；他们希图用比较清白的颜色掩饰去他们的毒心。一句话，他们把我们押上船，驶出了十几里以外的海面；在那边他们已经预备好一只朽腐的破船，帆篷、缆索、桅樯，什么都没有，就是老鼠一见也会自然而然地退缩开去。他们把我们推到这破船上，听我们向着周围的怒海呼号，望着迎面的狂风悲叹；那同情于我们的风的叹息，反而更加添了我们的危险。

米兰达　唉，那时我是怎样讨你的烦累呢！

普洛斯佩罗　啊，你是个小天使，幸得有人我才不致绝望而死！上天赋与你一种坚忍，当我把热泪向大海溅掷，因心头的怨苦而呻吟的时候，你却向我微笑；为了这我才生出忍耐的力量，准备抵御一切接踵而来的祸患。

米兰达　我们是怎样上岸的呢？

普洛斯佩罗　靠着上天的保佑，我们有一些食物和清水，那是一个那不勒斯的贵人冈萨罗——那时他被任命为参预这件阴谋的使臣——出于善心而给我们的；另外还有一些好衣裳，布帛和各种需用的东西，使我们受惠不少。他又知道我爱好书籍，特意把我的书都让我带走，那些是我看得比一个公国更宝贵的。

米兰达　我多么希望能见一见这位好人！

普洛斯佩罗　现在我要起来了。（把法衣重新穿上）静静地坐着，听我讲完了我们海上的惨史。后来我们到达了这个岛上，就在这里，我亲自作你的教师，使你得到比别的公主小姐们更丰富的知识，因为她们大部分的时间都花在无聊的事情上，而且她们的师傅也决不会这样认真。

**米兰达**　真感谢你啊！现在请告诉我，父亲，为什么你要兴起这场风浪？因为我的心中仍是惊疑不定。

**普洛斯佩罗**　你已经知道了这么一段情节；现在由于奇怪的偶然，我亲爱的闺女，慈惠的天意眷宠着我，已经把我的仇人们引到这岛岸上来了。我借着预知术料知福星正在临近我命运的顶点，要是现在轻轻放过了这机会，以后我的一生将再没有出头的希望。别再多问啦，你已经倦得要睡去；放心睡吧！我知道你身不由主。（米兰达睡）出来，仆人，出来！我已经预备好了。来啊，我的爱丽儿，来吧！

【爱丽儿上。

**爱丽儿**　万福，尊贵的主人！威严的主人，万福！我来听候你的旨意。无论在空中飞也好，在水里游也好，向火里钻也好，腾着云头也好，凡是你有力的吩咐，爱丽儿愿意用全副的精神奉行。

**普洛斯佩罗**　精灵，你有没有按照我的命令指挥那场风波吗？

**爱丽儿**　桩桩件件都没有忘失。我跃登上国王的船上；一会儿在船头上，一会儿在船腰上，一会儿在甲板上，每一间船舱中我都煽起了恐慌。有时我分身在各处放起火来，中樯上哪，帆桁上哪，斜桅上哪，都一一燃烧起来；然后我再把各个身体合拢来，即使是天神的闪电，那可怕的震雷的先驱者，也没有这样迅速而炫人眼目；火光和硫磺的轰炸声似乎在围攻那摇挥着威风凛凛的三

叉戟的海神，使他的怒涛不禁颤抖。

普洛斯佩罗　我的能干的精灵！谁能这样坚定，在这样的骚乱中不会惊惶失措呢？

爱丽儿　没有一个人不发疯似地干着一些不顾死活的勾当。除了水手们之外，所有的人都逃避了火光融融的船上而跳入泡沫腾涌的海水中。王子费迪南德头发像海草似地耸乱着，是第一个跳水的人；他高呼着，“地狱开了门，所有的魔鬼都出来了！”

普洛斯佩罗　啊，那真是我的好精灵！但是这回乱子是不是就在靠近海岸的地方呢？

爱丽儿　就在海岸附近，主人。

普洛斯佩罗　但是他们都没有送命吗，爱丽儿？

爱丽儿　一根头发都没有损失；他们穿在身上的衣服也没有一点斑迹，反而比以前更干净了。照着你的命令，我把他们一队一队地分散在这岛上。国王的儿子我叫他独个儿上岸，把他遗留在岛上一个隐僻的所在，让他悲伤地绞着两臂，坐在那儿望着天空长吁短叹。

普洛斯佩罗　告诉我你怎样处置国王船上的水手们和其余的船舶？

爱丽儿　国王的船安全地停泊在一个幽静的所在；你曾经某次在半夜里把我从那里叫醒起来前去采集永远为波涛冲打的百慕大群岛上的露珠：船便藏在那个地方。那些水手们在力竭精疲之后，我已经用魔术使他们昏睡过去，现今都躺在舱口底下。其余的船舶我把它们分散之后，已经重又会合，现今在地中海上；他们以为他们看见国王的船已经沉没，国王已经溺死，都失魂落魄地驶回那不勒斯去了。

普洛斯佩罗　爱丽儿，你的差使干得一事不差；但是还有些事情要你做。现在是什么时候了？

爱丽儿　中午已经过去。

普洛斯佩罗　至少已经过去了两个钟头了。从此刻起到六点钟之间的时间，我们两人必须小心不要让它白白过去。

爱丽儿　还有讨厌的工作吗？你既然这样麻烦我，我不得不向你提醒你所允许我而还没有履行的话。

普洛斯佩罗　怎么啦！生起气来了？你要求些什么？

**爱丽儿**　我的自由。

**普洛斯佩罗**　在限期未满之前吗？别再说了吧！

**爱丽儿**　请你想想我曾经为你怎样尽力服务过；我不曾对你撒过一次谎，不曾犯过一次过失，也不曾发过一句怨言；你曾经答应过我缩短一年的期限的。

**普洛斯佩罗**　你忘记了我从怎样的苦难里把你救出来吗？

**爱丽儿**　不曾。

**普洛斯佩罗**　你一定忘记了，而以为踏着海底的软泥，穿过凛冽的北风，在被霜冻结着的地下水道中为我奔走，便算是了不得的辛苦了。

**爱丽儿**　我不曾忘记，主人。

**普洛斯佩罗**　你说谎，你这坏蛋。你忘记了那个恶女巫希考拉克斯，因为年老而恶毒，全身都弯得像一个环状的妖妇吗？你忘记了她吗？

**爱丽儿**　不曾，主人。

**普洛斯佩罗**　你一定已经忘记了。她是在什么地方出世的？对我说来。

**爱丽儿**　在阿尔及尔，主人。

**普洛斯佩罗**　噢！是在阿尔及尔吗？我必须每个月向你覆述一次你的来历，因为你一下子便要忘记。这个万恶的女巫希考拉克斯，因为作恶多端，她的妖法无人听见了不害怕，所以被逐出阿尔及尔；他们因为她曾经行过某件好事，因此不曾杀死她。是不是？

**爱丽儿**　是的，主人。

**普洛斯佩罗**　这个眼圈发青的妖妇被押到这儿来的时候，正怀着孕，水手们把她丢弃在这座岛上。你，我的奴隶，据你自己说那时是她的仆人，因为你是个太柔善的精灵，不能奉行她的龌龊的邪恶的命令，因此违拗了她的意志，在一阵大怒中她借着她的强有力的妖役的帮助，把你幽禁在一株有坼裂的松树中。在那松树的裂缝里你挨过了十二年痛苦的岁月；她在那时候已经死了，便把你一直遗留在那儿，你像水车轮拍水那样急速地、不断地发出你的呻吟来。那时这岛上除了她所生产下来的那个儿子，一个生满着斑痣的妖妇贱种之外，就没有一个人类。

**爱丽儿**　是的，那是她的儿子卡列班。

**普洛斯佩罗**　那个卡列班是一个蠢物，现在被我收留着作苦役。你当然知道得十分清楚，那时我发现你处在怎样的苦难中：你的呻吟使得豺狼长嗥，哀鸣刺彻了怒熊的心胸。那是一种沦于永劫的苦恼，就是希考拉克斯也没有法子把你解脱；全亏了我的法术，才使那株松树张开裂口而放你出来，当我到了这岛上而听见你的声音的时候。

爱丽儿　我感谢你，主人。

普洛斯佩罗　假如你再要叽咕的话，我要劈碎一株橡树，把你钉住在它多节的内心，直到你再呻吟着熬过十二个冬天。

爱丽儿　饶恕我，主人，我愿意听从命令，好好地执行你的差使。

普洛斯佩罗　好吧，你倘然好好办事，两天之后我就释放你。

爱丽儿　那真是我的好主人！你要吩咐我做什么事？告诉我你要我做什么事？

普洛斯佩罗　去把你自己变成一个海中的仙女，除了我之外不要让别人的眼睛看见你。去，装扮好了再来。去吧，用心一点！（爱丽儿下）醒来，心肝，醒来！你睡得这么熟；醒来吧！

米兰达　（醒）你的奇异的故事使我昏沉睡去。

普洛斯佩罗　清醒一下。来，我们要去访问访问我的奴隶卡列班，他是从来不曾有过一句好话回答我们的。

米兰达　那是一个恶人，父亲，我不高兴看见他。

普洛斯佩罗　虽然这样说，我们也缺他不得：他给我们生火，给我们捡柴，也为我们做有用的工作。——喂，奴才！卡列班！你这泥块！言语一声。

卡列班　（在内）里面木头已经尽够了。

普洛斯佩罗　跑出来，对你说；还有事情要你做呢。出来，你这乌龟！还不来吗？

【爱丽儿复上，作水中仙女的形状。

普洛斯佩罗　出色的精灵！我的伶俐的爱丽儿，过来我对你讲话。（耳语）

爱丽儿　主人，一切依照你的吩咐。（下）

普洛斯佩罗　你这毒恶的奴才，魔鬼和你那万恶的老娘合生下来的，给我滚出来吧！

【卡列班上。

卡列班　但愿我那老娘用乌鸦毛从不洁的沼泽上刮下来的毒露一齐倒在你

们两人身上！但愿一阵西南的恶风把你们吹得浑身青紫！

**普洛斯佩罗**　记住吧，为着你的出言无礼，今夜要抽你的筋，刺你的腰，叫你喘得透不过气来；所有的刺猬们将在漫漫的长夜里折磨你，你将要被刺得遍身像蜜蜂窠一般，每刺一下都要比蜂刺难受得多。

**卡列班**　我必须要吃饭。这岛是我老娘希考拉克斯传给我，而被你夺了去的。你刚来的时候，抚拍我，待我好，给我有浆果的水喝，教给我白天亮着的大的光叫什么名字，晚上亮着的小的光叫什么名字：因此我以为你是个好人，把这岛上一切的富源都指点给你知道，什么地方是清泉盐井，什么地方是荒地和肥田。我真该死让你知道这一切！但愿希考拉克斯一切的符咒，癞蛤蟆，甲虫，蝙蝠，都咒在你身上！本来我多么自由自在，现在却要做你的唯一的奴仆；你把我关禁在这堆岩石的中间，而把整个岛给你自己受用。

**普洛斯佩罗**　满嘴胡扯的贱奴！好心肠不能使你感恩，只有鞭打才能教训你！虽然你这样下作，我也曾用心好好待遇你，让你住在我自己的洞里，谁叫你胆敢想要破坏我孩子的贞操！

**卡列班**　啊哈哈哈！要是那时上了手才真好！你倘然不曾妨碍我的事，我早已使这岛上住满着大大小小的卡列班了。

**普洛斯佩罗**　可恶的贱奴，不会学一点好，坏的事情样样都来得！我因为看你的样子可怜，才辛辛苦苦地教你讲话，每时每刻教导你这样那样。那时你这野鬼连自己说的什么也不会懂得，只会像一只野东西一样咕噜咕噜；我教你怎样用说话来表达你的意思，但是像你这种下流的坯子，即使受了教化，天性中的顽劣仍是改不过来，因此你才活该被关禁在这堆岩石的中间；实在单单把你囚禁起来也还是宽待了你。

**卡列班**　你教我讲话，我从这上面得到的益处只是知道怎样骂人；但愿血瘟病瘟死了你，因为你要教我说你的那种话！

**普洛斯佩罗**　妖妇的贱种，滚开去！去把柴搬进来。识相的话，赶快些，因为还有别的事要做。你在耸肩吗，恶鬼？要是你不好好做我吩咐你做的事，或是不情不愿的话，我要叫你浑身抽搐，叫你每个骨节里都痛转来；叫你在地上打滚咆哮，连野兽听见你的呼号都会吓得发抖。

**卡列班**　啊不要，我求求你！（*旁白*）我不得不服从，因为他的法术有很大的力量，就是我老娘所礼拜的神明塞蒂普斯也得听他指挥。

**普洛斯佩罗**　贱奴，去吧！（卡列班下）

【爱丽儿隐形复上，弹琴唱歌；费迪南德随后。

**爱丽儿**　（唱）

来吧，来到黄沙的海滨，
　把手儿牵得牢牢，
深深地展拜细吻轻轻，
　叫海水莫起波涛——
柔舞翩翩在水面飘扬；
可爱的精灵，伴我歌唱。
　听！　听！　（和声）
汪！　汪！　汪！　（散乱地）
　看门狗儿的狺狺，（和声）
汪！　汪！　汪！（散乱地）
　听！　听！　我听见雄鸡
　昂起了颈儿长啼，（啼声）
喔喔喔！

**费迪南德**　这音乐是从什么地方来的呢？在天上，还是在地上？现在已经静止了。一定的，它是为这岛上的神灵而弹唱着的。当我正坐在海滨，思念我的父王的惨死而重又痛哭起来的时候，这音乐便从水面掠了过来，飘到我的身旁，它的甜柔的曲调平静了海水的怒涛，也安定了我的感情的激涨；因此我跟随着它，或者不如说是它吸引了我，——但它现在已经静止了。啊，又唱起来了。

**爱丽儿**　（唱）

五㖊的水深处躺着你的父亲，
　他的骨骼已化成珊瑚；
　他眼睛是耀眼的明珠；
他消失的全身没有一处不会
　受到海水神奇的变幻，
　化成瑰宝，富丽而珍怪。
海的女神时时摇起他的丧钟，（和声）

叮！咚！

听！我现在听到了叮咚的丧钟。

费迪南德　这支歌提起了我的溺毙的父亲。这一定不是凡间的音乐，也不是地上来的声音。我现在听出来它是在我的头上。

普洛斯佩罗　抬起你的被睫毛深掩的眼睛来，看一看那边有什么东西。

米兰达　那是什么？一个精灵吗？啊上帝，它是怎样向着四周瞧望啊！相信我的话，父亲，它是生得这样美！但那一定是一个精灵。

普洛斯佩罗　不是，女儿，它也会吃也会睡，和我们有同样的各种知觉。你所看见的这个年轻汉子就是遭到船难的一人；要不是因为忧伤损害了他的美貌，你确实可以称他为一个美男子。他因为失去了他的同伴，正在四处徘徊着寻找他们呢。

米兰达　我简直要说他是个神圣；因为我从来不曾见过宇宙中有这样出色的人物。

普洛斯佩罗　（旁白）哈！有几分意思了；这正是我心中所乐愿的。好精灵！为了你这次功劳，我要在两天之内归还你的自由。

费迪南德　再不用疑惑，这一定是这些乐调所奏奉的女神了！——请你俯允我的祈求，告诉我你是否属于这个岛上；指点我怎样在这里安身；我的最后的最大的一个请求是，神奇的女郎啊！请你告诉我你是不是一位人间的女子？

米兰达　不是神奇的人，先生；我确实是一个凡间的女儿。

费迪南德　天啊！她说着和我同样的言语！唉！要是我在我的本国，在说这种言语的人们中间，我要算是最尊贵的人。

普洛斯佩罗　什么！最尊贵的？假如给那不勒斯的国王听见了，将怎么说呢？请问你是何等样的人？

费迪南德　我是一个孤独的人，如同你现在所看见的，但我惊异着听你说起那不勒斯；因为我正是那不勒斯王位的继承者，亲眼看见我的父亲随船覆溺：我的眼泪到现在还不曾干过。

米兰达　唉，可怜！

费迪南德　是的，溺死的还有他所有的大臣，其中有两人是米兰的公爵和他的卓越的儿子。

普洛斯佩罗　(旁白)现在假如是适当的时机，米兰的公爵和他的更卓越的女儿就可以把你操纵在手掌之间。才第一次见面他们便已在眉目传情了。可爱的爱丽儿！为着这我要使你自由。(向费迪南德)且慢，老兄，我觉得你有些转错了念头！

米兰达　(旁白)为什么我的父亲说得这样暴戾？这是我一生中所见到的第三个人；而且是第一个我为他叹息的人。但愿怜悯激动我父亲的心，使他也和我抱同样的感觉才好！

费迪南德　(旁白)啊！如其你是个还没有爱上别人的闺女，我愿意立你做那不勒斯的王后。

普洛斯佩罗　且慢，老兄，有话给你讲。(旁白)他们已经彼此情丝互缚了；但是这样快的工程我需要给他们一点障碍，因为恐怕太不费力的获得会使人看不起他的追求的对象。(向费迪南德)一句话，我命令你用心听好。你在这里僭窃着不属于你的名号，到这岛上来做密探，想要从我这海岛的主人的手里把这岛盗了去，是不是？

费迪南德　凭着堂堂男子的名义，我否认。

米兰达　这样一座殿堂里是不会容留邪恶的；要是邪恶的精神占有这么美好的一所宅屋，善良的美德也必定会努力把它争夺过来。

普洛斯佩罗　(向费迪南德)跟我来。(向米兰达)不许帮他说话；他是个奸细。(向费迪南德)来，我要把你的头颈和脚枷锁在一起；给你喝海水，把淡水河中的贝蛤，干枯的树根和橡果的皮壳给你做食物。跟我来。

费迪南德　不，我要抵拒这样的待遇，除非我的敌人有更大的威力。(拔剑，但为魔术所制不能动)

米兰达　亲爱的父亲啊！不要太折磨他，因为他温和而不可怕。

普洛斯佩罗　什么！小孩子倒管教起老人家来了不成？——放下你的剑，奸细！你只会装腔作势，但是不敢动手，因为你的良心中充满了罪恶。不要再想抵抗了，走过来吧，因为我能用这根杖的力量叫你的武器落地。

米兰达　我请求你，父亲！

普洛斯佩罗　走开，不要拉住我的衣服！

米兰达　父亲，发发慈悲吧！我愿意做他的保人。

普洛斯佩罗　不许说话！再多嘴我不恨你，也要骂你了。什么！帮一个骗子说话吗？嘘！你以为世上没有和他一样的人，因为你除了他和卡列班之外不曾见过别的人；傻丫头！和大部分人比较起来，他不过是个卡列班，他们都是天使哩！

**米兰达**　真是这样的话，我的爱情的愿望是极其卑微的；我并不想看见一个更美好的人。

**普洛斯佩罗**　（向费迪南德）来，来，服从吧；你已经软弱得完全像一个小孩子一样，一点力气都没有了。

**费迪南德**　正是这样，我的精神好像在梦中似的，全然被束缚住了。我的父亲的死亡，我自己所感觉到的软弱无力，我的一切朋友们的丧失，以及这个将我屈服的人对我的恫吓，对于我全然不算什么，只要我能在我的囚牢中每天一次看见这位女郎。让地球的每个角落里都充满了自由吧，我在这样一个牢狱中已经觉得很宽广的了。

**普洛斯佩罗**　（旁白）事情进行得很顺利。（向费迪南德）走来！——你干得很好，好爱丽儿！（向费迪南德）跟我来！（向爱丽儿）听我吩咐你此外应该做的工作。

**米兰达**　宽心吧，先生！我的父亲的性格不像他的说话那样坏；他向来不是这样的。

**普洛斯佩罗**　你将要像山上的风一样自由；但你必须先执行我所吩咐你的一切。

**爱丽儿**　一个字都不会弄错。

**普洛斯佩罗**　（向费迪南德）来，跟着我。（向米兰达）不要为他讲情。（同下）

# 第　二　幕

## 第一场　岛上的另一处

【阿朗索、塞巴斯蒂安、安东尼奥、冈萨罗、艾德里安、弗朗西斯科及余人等上。

冈萨罗　大王，请不要悲伤了吧！您跟我们大家都有应该高兴的理由；因为把我们的脱险和我们的损失较量起来，我们是十分幸运的。我们所逢的不幸是极平常的事，每天都有一些航海者的妻子，商船的主人，和托运货物的商人，遭到和我们同样的逆运；但是像我们这次安然无恙的奇迹，却是一百万个人中间也难得有一个人碰到过的。所以，陛下，请您平心静气地把我们的一悲一喜称量一下吧。

阿朗索　请你不要讲话。

塞巴斯蒂安　他厌拒安慰好像厌拒一碗冷粥一样。

安东尼奥　可是遭他厌拒的却不肯就此甘休。

塞巴斯蒂安　瞧吧，他把心智的钟表上紧了发条；不久他那口钟又要敲起来啦。

冈萨罗　大王，——

塞巴斯蒂安　钟鸣一下：数好。

冈萨罗　人如果把每种临到他身上的忧愁都容纳进他的心里，他就要有所得——

塞巴斯蒂安　得一块钱。

冈萨罗　没错，得一块钱；你比你打算的说得真实。

塞巴斯蒂安　你比我料想的有心计。

冈萨罗　所以，大王——

安东尼奥　咄！他多么浪费他的口舌！

阿朗索　请你把你的言语节省点儿吧。

冈萨罗　好，我已经说完了；不过——

塞巴斯蒂安　他还要讲下去。

安东尼奥　我们来打赌一下，他跟艾德里安两个人，这回要谁先开口？

塞巴斯蒂安　那只老公鸡。

安东尼奥　我说是那只小鸡儿。

塞巴斯蒂安　好，赌些什么？

安东尼奥　输者大笑三声。

塞巴斯蒂安　算数。

艾德里安　虽然这岛似乎很荒凉，——

塞巴斯蒂安　哈！哈！哈！给你赢去了。

艾德里安　不能居住，而且差不多无路可通，——

塞巴斯蒂安　然而——

艾德里安　然而——

安东尼奥　这两个字是他缺不了的得意之笔。

艾德里安　然而气候一定是很温和而可爱的。

安东尼奥　气候是一个可爱的姑娘。

塞巴斯蒂安　而且很温和哩；照他那样文质彬彬的说法。

艾德里安　吹气如兰的香风飘拂到我们的脸上。

塞巴斯蒂安　他说得似乎风也有呼吸器官，而且有的风是口臭的。

安东尼奥　又像沼泽地给它洒上了香粉一样。

冈萨罗　这里具有一切对人生有益的条件。

安东尼奥　不错，除了生活的必需品之外。

塞巴斯蒂安　那简直是没有，或者非常之少。

冈萨罗　草儿望上去多么茂盛而蓬勃！多么青葱！

安东尼奥　地面实在只是一片黄土色。

塞巴斯蒂安　加上一点点的绿。

安东尼奥　他的话不算十分说错。

塞巴斯蒂安　错是不算十分错，只不过完全不对而已。

冈萨罗　但最奇怪的是，那简直叫人不敢相信，——

塞巴斯蒂安　无论是谁夸张起来总是这么说。

冈萨罗　我们的衣服在水里浸过之后，却是照旧干净而有光彩；不但不因咸水而褪色，反而像是新染过的一样。

安东尼奥　假如他有一只衣袋会说话，它会不会说他撒谎呢？

塞巴斯蒂安　嗯，但也许会很不老实地把他的谣言包得好好的。

冈萨罗　克拉莉贝尔公主跟突尼斯王大婚的时候，我们在非洲第一次穿上这身衣服；我觉得它们现在正就和那时一样新。

塞巴斯蒂安　那是一桩美满的婚姻，而且我们所得的好处也真不少。

艾德里安　突尼斯从来没有娶过这样一位绝世的王后。

冈萨罗　自从狄多寡妇[①]之后，他们的确不曾有过这样一位王后。

安东尼奥　寡妇！该死！怎样搀进一个寡妇来了呢？狄多寡妇，嘿！

塞巴斯蒂安　也许他还要说出鳏夫埃涅阿斯[②]来了呢。大王，您能够容忍他这样胡说八道吗？

艾德里安　你们说的是狄多寡妇吗？照我考查起来，她是迦太基的，不是突尼斯的。

冈萨罗　这个突尼斯，足下，就是迦太基。

艾德里安　迦太基？

冈萨罗　确实告诉你，它便是迦太基。

塞巴斯蒂安　他的说话简直比神话中所说的竖琴[③]还神奇；他还挪动了城墙和房舍呢。

安东尼奥　他还要行些什么不可能的奇迹呢？

塞巴斯蒂安　我想他也许要想把这个岛揣在口袋里，带回家去赏赐给他的儿子，就像给他一个苹果一样。

安东尼奥　再把这苹果核种在海里，于是又有许多岛长起来啦。

冈萨罗　嚯。

安东尼奥　呃，不消多少时候。

冈萨罗　（向阿朗索）大王，我们刚才说的是我们的衣服新得跟我们在突尼

---

① 狄多 (Dido)，为创立迦太基 (Carthage) 城之女王；冈萨罗误迦太基为突尼斯 (Tunis)。

② 埃涅阿斯 (Aeneas) 即维吉尔 (Vigil) 史诗中之主人公；狄多恋之遂而自杀。

③ 希腊神话中安菲翁 (Amphion) 弹琴而造成底比斯城。

斯参加公主的婚礼时一样；公主现在已经是一位王后了。

安东尼奥　而且是那里从来不曾有过的第一位出色的王后。

塞巴斯蒂安　除了狄多寡妇之外，我得请你记住。

安东尼奥　啊！狄多寡妇；对了，还有狄多寡妇。

冈萨罗　我的紧身衣，大王，不是跟第一天穿上去的时候一样新吗？我的意思是说有几分差不多新。

安东尼奥　那“几分”你补充得很是周到。

冈萨罗　不是吗，当我在公主大婚时穿着它的时候？

阿朗索　你唠唠叨叨地把这种话塞进我的耳朵里，把我的胃口都倒尽了。我真希望我不曾把女儿嫁到那里！因为一离开了那边之后，我的儿子便失去了；在我的感觉中，她也同样已经失去，因为她离开得意大利这么远，我将永远不能再看见她一面。唉，我的儿子，那不勒斯和米兰的储君！你葬身在哪一头鱼腹中呢？

弗朗西斯科　大王，他也许还活着。我看见他击着波浪，将身体耸出在怒潮的上面，而把他那壮健的臂膊以有力的姿势将自己划近岸边；海岸似乎在俯向他那和波涛战乏了的躯体，要把他援救起来。我确信他是平安地到了岸上。

阿朗索　不，不，他已经死了。

塞巴斯蒂安　大王，您可以庆幸您自己不把您的女儿留着赐福给欧洲的人，而宁愿把她捐弃给一个非洲人；因为至少她已经不在您的眼前，可以免得您格外触景伤情了。

阿朗索　请你别再说了吧。

塞巴斯蒂安　我们大家都曾经跪求着您改变您的意志；她自己也处于怨恨和服从之间，犹豫不决应当迁就哪一个方向。现在我们已经失去了您的儿子，恐怕再没有看见他的希望了；为着这一回举动，米兰和那不勒斯又加添了许多寡妇，她们本来是盼望我们带着她们的男人回去安慰她们的：一切的过失全是在您的身上。

阿朗索　但我也受到最严重的损失。

冈萨罗　塞巴斯蒂安大人，您说的自然是真话，但是太苛酷了点儿，而且现在也不该说这种话；应当敷膏药的时候，你却去触动痛处。

塞巴斯蒂安　说得很好。

安东尼奥　而且真像一位大夫的样子。

冈萨罗　当您为愁云笼罩的时候，大王，我们也都是一样处于阴沉的天气中。

塞巴斯蒂安　阴沉的天气？

安东尼奥　阴沉得很。

冈萨罗　如果这块岛是我的殖民地，大王——

安东尼奥　他一定要把它种满了荨麻。

塞巴斯蒂安　或是酸模草，锦葵。[1]

冈萨罗　而且我是这岛上的王的话，请猜我将要做些什么事？

塞巴斯蒂安　使你自己不致喝醉，因为无酒可饮。

冈萨罗　在这共和国中我要实行一切与众不同的设施；我要禁止一切的贸易；没有地方官的设立；没有文学；富有，贫穷和雇佣都要废止；契约，承袭，疆界，区域，耕种，葡萄园，都没有；金属，谷物，酒，油，都没有用处；废除职业，所有的人都不做事；妇女也是这样，但她们是天真而纯洁；没有君王，——

塞巴斯蒂安　但是他说他是这岛上的君王。

安东尼奥　他的共和国的后面的部分把开头的部分忘了。

冈萨罗　大自然中一切的产物都须不用血汗劳力而获得；叛逆，重罪，剑，戟，刀，枪炮以及一切武器的使用，一律杜绝；但是大自然会自己产生出一切丰饶的东西养育我那些纯朴的人民。

塞巴斯蒂安　他的人民中间没有结婚这一件事吗？

安东尼奥　没有的，老兄；大家闲荡着，净是娼妓和无赖。

冈萨罗　我要照着这样的理想统治，足以媲美往古的黄金时代。

塞巴斯蒂安　上帝保佑吾王！

安东尼奥　冈萨罗万岁！

冈萨罗　而且，——您在不在听我，大王？

阿朗索　算了，请你别再说下去了吧！你对我净是说些没意思的话。

冈萨罗　我很相信陛下的话。我的本意原是要让这两位贵人把我取笑取笑，他们的天性是这样敏感而伶俐，常常会无缘无故发笑。

---

① “殖民地”原文 plantation 一词，兼有“种植场”之义，故云。

**安东尼奥** 我们笑的是你。

**冈萨罗** 在这种取笑讥讽的事情上，我在你们的眼中简直不算什么东西，你们还是自顾自地笑下去吧。

**安东尼奥** 好一句利害的话！

**塞巴斯蒂安** 可惜不中要害。

**冈萨罗** 你们是血气奋发的贵人们，假使月亮连续五个星期不生变化，你们也会把它撵走。

【爱丽儿隐形上，奏庄严的音乐。

**塞巴斯蒂安** 对啦，我们一定会把它撵走，然后在黑夜里捉鸟去。

**安东尼奥** 呦，好大人，别生气哪！

**冈萨罗** 放心吧，我不会的；我不会这样不知自检。我觉得疲倦得很，你们肯不肯把我笑到睡去？

**安东尼奥** 好，你睡吧，听我们笑你。（除阿朗索、塞巴斯蒂安、安东尼奥外余皆睡去）

**阿朗索** 怎么！大家一会儿都睡熟了！我希望我的眼睛安安静静地合拢，把我的思潮关闭起来。我觉得它们确实要合拢起来了。

**塞巴斯蒂安** 大王，请您不要拒绝睡神的好意。他不大会降临到忧愁者的身上；但倘使来了的时候，那是一个安慰。

**安东尼奥** 我们两个人，大王，会在您休息的时候卫护着您，留意着您的安全。

**阿朗索** 谢谢你们。倦得很。（阿朗索睡；爱丽儿下）

**塞巴斯蒂安** 真奇怪大家都这样倦！

**安东尼奥** 那是因为气候的关系。

**塞巴斯蒂安** 那么为什么我们的眼皮不垂下来呢？我觉得我自己一点儿也不想睡。

**安东尼奥** 我也不想睡；我的精神很兴奋。他们一个一个倒下来，好像预先约定好似的，又像受了电击一般。可尊敬的塞巴斯蒂安，什么事情也许会……？啊！什么事情也许会……算了，不说了；但是我总觉得我能从你的脸上看出你应当成为何等样的人。时机全然于你有利；我在强烈的想象里似乎看见一顶王冠降到你的头上。

**塞巴斯蒂安** 什么！你是醒着还是睡着？

**安东尼奥** 你不听见我说话吗？

**塞巴斯蒂安** 我听见的；但那一定是你睡梦中说出来的呓语。你在说些什么？这是一种奇怪的睡状，一面睡着，一面却睁大了眼睛；站立着，讲着话，行动着，然而却睡得这样熟。

**安东尼奥** 尊贵的塞巴斯蒂安，你徒然让你的幸运睡去，竟或是让它死去；你虽然醒着，却闭上了眼睛。

**塞巴斯蒂安** 你清清楚楚在打鼾；你的鼾声里却蕴藏着意义。

**安东尼奥** 我在一本正经地说话，你不要以为我跟平常一样。你要是愿意听我的话，也必须一本正经；听了我的话之后，你的尊荣将要增加了三倍。

**塞巴斯蒂安** 噢，你知道我是心如止水。

**安东尼奥** 我可以教你怎样让止水激涨起来。

**塞巴斯蒂安** 你试试看吧；但习惯的惰性只会教我退落下去。

**安东尼奥** 啊，要是你知道你心中实在怎样在转着念头，虽然外表上这样取笑着！越是排斥这思想，这思想越是牢固在你的心里。向后退的人，为了他们自己的胆小和因循，总是出不出头来。

**塞巴斯蒂安** 请你说下去吧：你的眼睛和脸颊的神气显示出有些特殊的事情在你心头，你是产妇难产似地很吃力地要把它说出来。

**安东尼奥** 我要说的是，大人：我们那位记性不好的弗朗西斯科，——这个人要是去世之后，别人也会把他淡然忘却的，——他虽然已经把王上劝说得几乎使他相信他的儿子还活着，——因为这个人唯一的本领就是向人家唠叨劝说，——但王子不曾死这一回事是绝对不可能的，正像在这里睡着的人不会游泳一样。

**塞巴斯蒂安** 我对于他不曾溺死这一句话是一点希望都不抱。

**安东尼奥** 哎，不要说什么没有希望啦，你自己的希望大着呢！从那方面说是没有希望，反过来说却正是最大不过的希望，野心所以企及而无可再进的极点。你同意不同意我说费迪南德已经溺死了的话？

**塞巴斯蒂安** 他一定已经送命了。

**安东尼奥** 那么告诉我，除了他应该轮到谁承继那不勒斯的王位？

**塞巴斯蒂安** 克拉莉贝尔。

安东尼奥　她是突尼斯的王后；她住在远离人世的蛮邦；她和那不勒斯没有通信的可能：月亮里的使者是太慢了，除非叫太阳给她捎信，那么直到新生婴孩柔滑的脸上长满了齐刷刷的胡须的时候也许可以送到。我们从她的地方出发而遭到了海浪的吞噬，虽然一部分人幸得生全；这是命中的注定，以往的一切都只是个开场的引子，以后的正文该得由我们来干一番。

塞巴斯蒂安　这是什么话！你怎么说的？不错，我的哥哥的女儿是突尼斯的王后，她也是那不勒斯的嗣君；在两地之间是相隔着好多路程。

安东尼奥　这路程是这么长，每一步的距离都似乎在喊着，“克拉莉贝尔怎么还能回头走过我们而回那不勒斯去呢？不要离开突尼斯，让塞巴斯蒂安兴奋起来吧！”瞧他们睡得像死去一般；真的，就是死了也不过如此。总有人会治理那不勒斯像一个瞌睡的人一样治得好；也总不会缺少像这位冈萨罗一样善于唠叨说空话的大臣，就是乌鸦我也能叫它讲得比他有意思一点。啊，要是你也跟我一样想法就好了！这样的昏睡对于你的高升真是一个多么好的机会！你懂不懂我的意思？

塞巴斯蒂安　我想我懂得。

安东尼奥　那么你对于你自己的好运气有什么意见呢？

塞巴斯蒂安　我记得你曾经篡夺过你哥哥普洛斯佩罗的位置。

安东尼奥　是的；你瞧我穿着这身衣服多么称身；比从前神气得多了！本来我的哥哥的仆人和我处在同等的地位，现在他们都是在我手下了。

塞巴斯蒂安　但是你的良心上过得去吗？

安东尼奥　哎，大人，良心在什么地方呢？假如它是像一块冻疮那么样，那么也许会害我穿不上鞋子；但是我并不觉得在我的胸头有这么一位神明。让二十个良心，梗在我和米兰之间的，都麻木起来吧！这儿躺着你的兄长，像泥土一样动都不动，看上去就像死了一般；我用这柄称心如意的剑，只要轻轻刺进三寸那么深，就可以叫他永远安静。同时你照着我的样子，也可以叫这个老头子，这位老成持重的老臣，从此长眠不醒，再也不会来啰啰指责我们。至于其余的人，只要用好处引诱他们，就会像猫儿舐牛奶似的贪馋不去；假如我们说是黄昏，他们也不敢说是早晨。

塞巴斯蒂安　好朋友，我将把你的情形作为我的榜样；如同你得到米兰一样，我也要得到我的那不勒斯。抽出你的剑来吧：只要这么一下，便可以免却

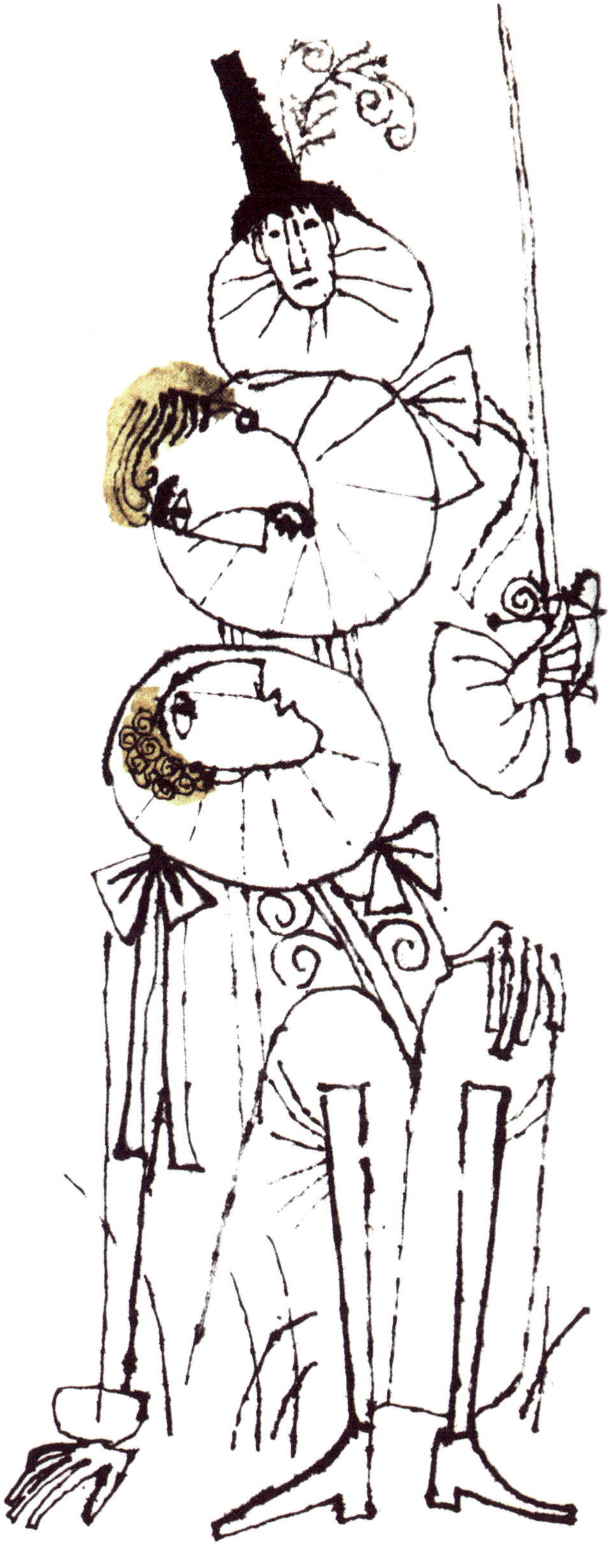

你以后的纳贡；我做了国王之后，一定十分眷宠你。

安东尼奥　我们一起抽剑吧；当我举起手来的时候，你也照样把你的剑对准冈萨罗的胸口。

塞巴斯蒂安　啊！且慢。（二人往一旁密议）

【音乐；爱丽儿隐形复上。

爱丽儿　我的主人预知你，他的朋友，所陷入的危险，因此差我来保全你的性命，因为否则他的计划就要失败。（在冈萨罗耳边唱）

当你酣然熟睡的时候，
眼睛睁得大大的“阴谋”，
　正在施展着毒手。
假如你重视你的生命，
不要再睡了，你得留神；
　快快醒醒吧，醒醒！

安东尼奥　那么让我们赶快下手吧。

冈萨罗　天使保佑王上啊！（众醒）

阿朗索　什么？怎么啦？喂，醒来！你们为什么拔剑？为什么脸无人色？

冈萨罗　什么事？

塞巴斯蒂安　我们正站在这儿看护您的安息，就在这时候忽然听见了一阵大声的狂吼，好像公牛，不，狮子一样。你们不是也被那声音惊醒了的吗？它使我听得害怕极了。

阿朗索　我什么都没听见。

安东尼奥　啊！那是一种怪兽听了也会害怕的咆哮，大地都给它震动起来。那一定是一大群狮子的吼声。

阿朗索　你听见这声音吗，冈萨罗？

冈萨罗　凭着我的名誉起誓，大王，我只听见一种很奇怪的蜜蜂似的声音，它使我惊醒转来。我摇着您的身体。喊醒了您。当我一张开眼睛，便看见他们的剑拔出鞘外。有一个声音，那是真的。最好我们留心提防着，否则赶快离开这地方。让我们把武器预备好。

阿朗索　带领我们离开这块地面，让我们再去找寻一下我那可怜的孩子。

冈萨罗　上天保佑他不要给这些野兽害了！我相信他一定在这岛上。

**阿朗索** 带路走啊。（率众人下）

**爱丽儿** 我要把我的工作回去报告我的主人；

**国王** 呀，安心着前去把你的孩子找寻。（下）

## 第二场 岛上的另一处

【卡列班荷柴上，雷声。

**卡列班** 愿太阳从一切泥沼、沼泽、平原上吸起来的瘴气都降在普洛斯佩罗身上，让他的全身没有一处不生恶病！他的精灵会听见我的话，但我非把他咒一下不可。他们要是没有他的吩咐，是不会拧掐我，显出各种的怪相吓我，把我推到烂泥里，或是在黑暗中化做一团磷火诱我迷失了路的；但是只要我有些什么，他们便想出种种的恶作剧来摆布我：有时变成猴子，向我呲着牙齿扮鬼脸，然后再咬我；一下子又变成刺猬，在路上滚作一团，我的赤脚一踏上去，便把针刺竖了起来；有时我的四面围绕着毒蛇，吐出分叉的舌头来，那咝咝的声音吓得我发了狂。

【特林鸠罗上。

**卡列班** 瞧！瞧！又有一个他的精灵来了！因为我柴捡得慢，要来给我吃苦头。让我把身体横躺下来；也许他不会注意到我。

**特林鸠罗** 这儿没有丛林也没有灌木，可以抵御任何风雨。又有一阵大雷雨要起来啦，我听见风在呼啸，那边那堆大的乌云像一只臭水袋，就要把水倒下来的样子。要是这回再像不久以前那么响着大雷，我不晓得我该把我的头藏到什么地方去好；那块云准要整桶整桶地倒下水来。咦！这是什么东西？是一个人还是一条鱼？死的还是活的；一定是一条鱼；他的气味像一条鱼，有些隔宿得发霉了的鱼腥气，不是新腌的鱼。奇怪的鱼！我从前曾经到过英格兰；要是我现在还在英格兰，只要把这条鱼染上一些颜色，包管那边无论哪一个假期里没事做的傻瓜都会掏出整块的银洋来：在那边很可以靠这条鱼发一笔财；随便什么希奇古怪的畜牲在那边都可以作成一注好生意。他们不愿意丢一个铜子给跛脚的叫化，却愿意拿出一角钱来看一个死了的印第安红人。嘿，他像人一样生着腿呢！他的翼鳍多么像是一对臂膀！他的身体还是暖的！我说我弄错了，这不是鱼，是一个岛上的土人，刚才被天雷轰得那样子。（雷声）唉！雷雨又来了，我只得躲到他的衫子底下去；别的再没有躲避的地方了：一个人倒运起来，就要跟妖怪一起睡觉。让我躲在这儿，直到云消雨散。

【斯蒂芬诺唱歌上，手持酒瓶。

斯蒂芬诺　（唱）

我将不再到海上去，到海上去，
我要老死在岸上。——

这是一支送葬时唱的难听的调子。好，这儿是我的安慰。（饮酒）

（唱）

船长，船老大，咱小子和打扫甲板的，
　还有炮手和他的助理，
爱上了毛儿，梅哥，玛丽安和玛格丽，
　但凯德可没有人欢喜；
　因为她有一副绝顶响喉咙，
　见了水手就要嚷，“送你的终！”
焦油和沥青的气味薰得她满心烦躁，
可是裁缝把她浑身搔痒就呵呵乱笑：
　海上去吧，弟兄们，让她自个儿去上吊！

这也是支难听的调子；但这儿是我的安慰。（饮酒）

卡列班　不要折磨我，喔！

斯蒂芬诺　什么事？这儿有鬼吗？叫野人和印第安人来跟我们捣乱吗？哈！海水都淹不死我，我还怕四只脚的东西不成？古话说得好，一个堂堂的人，不会见了四足的东西而退却：只要斯蒂芬诺鼻孔里还透着气，这句话还是要照样说下去。

卡列班　精灵在折磨我了，喔！

斯蒂芬诺　这是这儿岛上生四条腿的什么怪物，照我看起来像在发虐疾。见鬼，他跟谁学会了我们的话？为了这，我也得给他医治一下子；要是我医好了他，把他驯伏了，带回到那不勒斯去，可不是一桩可以送给随便哪一个脚踏牛皮的皇帝老官儿的绝妙礼物。

卡列班　不要折磨我，求求你！我愿意赶紧把柴背回家去。

**斯蒂芬诺**　他现在寒热发作，乱话三千。他应当尝一尝我瓶里的酒；要是他从来不曾沾过一滴酒，那很可以把他完全医好。我倘然医好了他，把他驯伏了，我不要怎么狠心需索；他该得重重报偿他的恩主的。

**卡列班**　你还不曾给我多少苦头吃，但你就要大动其手起来了；我知道的，因为你在发抖：普洛斯佩罗的法术在驱使你了。

**斯蒂芬诺**　给我爬过来，张开你的嘴巴；这是会得叫你说话的好东西，你这头猫！张开嘴来；这会把你的战抖完完全全驱走，我可以告诉你。（*给卡列班喝酒*）你不晓得谁是你的朋友。再张开嘴来。

**特林鸠罗**　这声音我很熟悉，那像是——但他已经淹死了。这些都是邪鬼。老天保佑我啊！

**斯蒂芬诺**　四条腿，两个声音，真是一个有趣不过的怪物！他的前面的嘴巴在向他的朋友说着恭维的话，他的背后的嘴巴却在说他坏话讥笑他。即使医好他需要我全瓶的酒，我也要给他出一下力。喝罢。阿门！让我再把一些酒倒在你那另外一张嘴里。

**特林鸠罗**　斯蒂芬诺！

**斯蒂芬诺**　你另外的那张嘴在叫我吗？天哪！天哪！这是个魔鬼，不是个妖怪。我得离开他去；跟魔鬼打交道我可不来。

**特林鸠罗**　斯蒂芬诺！如果你是斯蒂芬诺，请你过来摸摸我，跟我讲几句话。我是特林鸠罗；不要害怕，你的好朋友特林鸠罗。

**斯蒂芬诺**　你倘然是特林鸠罗，那么钻出来吧。让我来把那两条小一点的腿拔出来；要是这儿是有特林鸠罗的腿的话，这一定不会错。嗳哟，你果真是特林鸠罗！你怎么会变成这个妖怪的粪便？他能够泻下特林鸠罗来吗？

**特林鸠罗**　我以为他是给天雷轰死了的。但是你不是淹死了吗？斯蒂芬诺？我现在希望你不曾淹死。雷雨过去了吗？我因为害怕雷雨，所以才躲在这个死妖精的衫子底下。你还活着吗，斯蒂芬诺？啊斯蒂芬诺，两个那不勒斯人脱险了！

**斯蒂芬诺**　请你不要把我旋来旋去，我的胃不大好。

**卡列班**　（*旁白*）这两个人倘然不是精灵，一定是好人。那是一位英雄的天神；他还有琼浆玉液。我要向他跪下去。

**斯蒂芬诺**　你怎么会逃命了的？你怎么会到这儿来？凭着这个瓶儿起誓，

你是怎么到这儿来的？凭着这个瓶儿起誓，我自己是因为伏在一桶白葡萄酒的桶顶上而不致淹死；那桶酒是水手们从船上抛下海的；这个瓶是我被冲上岸之后自己亲手用树干刳成的。

卡列班　凭着那个瓶儿起誓，我要做您的忠心的仆人；因为您那种水是仙水。

斯蒂芬诺　嗨，起誓吧，说你是怎样逃了命的。

特林鸠罗　游泳到岸上，像一只鸭子一样；我会像鸭子一样游泳，我可以起誓。

斯蒂芬诺　来，吻你的《圣经》[①]。(给特林鸠罗喝酒)你虽然能像鸭子一样游泳，可是你的样子倒像是一头鹅。

特林鸠罗　啊，斯蒂芬诺！这酒还有吗？

斯蒂芬诺　有着整整一桶呢，老兄；我在海边的一座岩穴里藏下我的美酒。喂，妖精！你的寒热病怎么样啦？

卡列班　您不是从天上掉下来的吗？

斯蒂芬诺　从月亮里下来的，实实在在告诉你；从前我是住在月亮里的。

卡列班　我曾经看见过您在月亮里；我真喜欢您。我的女主人曾经指点给我看您和您的狗和您的柴枝。传说谓昔有人于安息日樵柴，上帝罚处月中，负荆棘而牵犬，盖因月中黑影附会而云然。

斯蒂芬诺　来，起誓吧，吻你的《圣经》；我会把它重新装满。起誓吧。

特林鸠罗　凭着这个太阳起誓，这是个蠢得很的怪物；可笑竟会害怕起他来！一个不中用的怪物！月亮里的人，嘿！这个可怜的轻信的怪物！好啊，怪物！你的酒量真不小。

卡列班　我要指点给您这岛上每处肥沃的地方；我要吻您的脚。请您做我的神明吧！

特林鸠罗　凭着太阳起誓，这是一个居心不良的嗜酒的怪物；一等他的神明睡了过去，他就会把酒瓶偷走。

卡列班　我要吻您的脚；我要发誓做您的仆人。

斯蒂芬诺　那么好，跪下来起誓吧。

特林鸠罗　这个头脑简单的怪物要把我笑死了。这个不要脸的怪物！我心

---

① 吻《圣经》为起誓时表示郑重之仪式，此处斯蒂芬诺用以指饮其瓶中之酒。

里真想把他揍一顿。

**斯蒂芬诺** 来，吻着。

**特林鸠罗** 但是这个可怜的怪物是喝醉了；一个作孽的怪物！

**卡列班** 我要指点您最好的泉水；我要给您摘浆果；我要给您捉鱼，给您打很多的柴。但愿瘟疫降临在我那暴君的身上！我再不给他搬柴了；我要跟着您走，您这了不得的人！

**特林鸠罗** 一个可笑可气的怪物！竟会把一个无赖的醉汉看做了不得的人！

**卡列班** 请您让我带您到长着野苹果的地方；我要用我的长指爪给您掘出落花生来，把木坚鸟的窝指点给您看，教给您怎样捕捉伶俐的小猕猴的法子；我要采成球的榛果献给您；我还要从岩石上为您捉下海鸥的雏鸟来。您肯不肯跟我走？

**斯蒂芬诺** 请你带着我走，不要再噜哩噜嗦了。特林鸠罗，国王和我们的同伴们既然全都死去，这地方便归我们所有了。来，给我拿着酒瓶。特林鸠罗老朋友，我们不久便要再把它装满。

**卡列班** （醉吃地唱）

再会，主人！再会！再会！

**特林鸠罗** 一个喧哗的怪物！一个醉酒的怪物！

**卡列班** 不再筑堰捕鱼；

不再捡柴生火，

硬要听你吩咐；

不再刨木板；

不再洗碗盏；

班，班，卡——卡列班，

换了一个新老板！

自由，哈哈！哈哈，自由！自由！哈哈，自由！

**斯蒂芬诺** 啊，出色的怪物！带路走呀。（同下）

# 第　三　幕

## 第一场　普洛斯佩罗洞室之前

【费迪南德负木上。

费迪南德　有一类游戏是很费力的，但兴趣会使人忘记了他的辛苦；有一类卑微的工作是用艰苦卓绝的精神忍受着的，最低陋的事情往往指向最高大的目标。我这种贱役对于我应该是艰重而可厌的，但我所奉侍的女郎使我生趣勃发，觉得劳苦反而是一种愉快。啊，她的温柔是十倍过于她父亲的乖愎，而他则浑身都是暴戾！他严厉地吩咐我必须把几千根这样的木头搬过去堆叠起来；我那可爱的姑娘见了我这样劳苦，竟哭了起来，说从来不曾见过像我这种人干这等卑贱的工作。唉！我把工作都忘了。但这些甜蜜的思想给与我新生的力量，即使在我忙得简直不能思想的时候。

【米兰达上；普洛斯佩罗潜随其后。

米兰达　唉，请你不要太辛苦了吧！我真希望一阵闪电把那些要你堆叠的木头一起烧掉！请你暂时放下来，坐下歇歇吧。要是这根木头被烧起来的时候，它一定会想到它所给你的劳苦而悔恨的。我的父亲正一心一意地读书；请你休息休息吧，在这三个钟点之内，他是不会出来的。

费迪南德　啊，最亲爱的姑娘，在我还没有把我必须做的工作努力做完之前，太阳就要下去了。

米兰达　要是你肯坐下来，我愿意代你搬一会儿木头，请你给我吧；让我把它搬到那一堆的上面去。

费迪南德　怎么可以呢，珍贵的人儿！我宁愿毁损我的筋骨，压折我的背膀，也不愿让你干这种下贱的工作，而我空着两手坐在一旁。

米兰达　要是这种工作配给你做，当然它也配给我做。而且我做起来心里更舒服一点；因为我是自己甘愿，而你是被迫的。

普洛斯佩罗　（旁白）可怜的儿，你已经为情颠倒了！从这次访问上可以明白看得出来。

米兰达　你瞧上去很疲乏。

费迪南德　不，尊贵的姑娘！当你在我身边的时候，黑夜也变成了清新的早晨。我恳求你告诉我的名字，好让我把它放进我的祈祷里去。

米兰达　米兰达。——唉！父亲，我已经违背了你的叮嘱，把它说了出来啦！

费迪南德　可赞美的米兰达！真是一切仰慕的最高峰，值得世界上一切最珍贵的事物！我的眼睛曾经关爱地盼睐过许多女郎，许多次她们那柔婉的声调使我的过于敏感的听觉对之倾倒：为了各种不同的美点，我曾经欢喜过各种不同的女子；但是从不曾有过一个具有完全美满的灵魂，总有一些缺点损害了她那崇高的优美。但是你啊，这样完美而无双，是把每一个人的最好的美点集合起来而造成的！

米兰达　我不曾见过一个和我同性的人，除了在镜子里见到自己的脸孔以外，我不记得任何女子的相貌；除了你，好友，和我的亲爱的父亲以外，也不曾见过其余可以称为人类的男子。我不知道别处地方人们生得都是什么样子，但是凭着我最可宝贵的贞洁起誓：除了你之外，在这世上我不企望任何的伴侣；除了你之外，我的想象也不能再产生出一个可以使我喜爱的形象。但是我的话讲得有些太越出界限，把我父亲的教训全忘记了。

费迪南德　我在我的地位上是一个王子，米兰达；或许竟是一个国王，——但我希望我不是！我不能容忍一只苍蝇沾污我的嘴角，更不用说挨受这种搬运木头的苦役了。听我的心灵向你诉告：当我第一眼看见你的时候，我的心就已经飞到你的身边，甘心为你执役，使我成为你的奴隶；只是为了你的缘故，我才肯让自己当这个辛苦的运木头的工人。

米兰达　你爱我吗？

费迪南德　天在顶上！地在底下！为我作证这一句妙音。要是我所说的话是真的，愿天地赐给我幸福的结果；如其所说是假，那么请把我命中注定的幸运都转成恶运！超过世间其他一切事物的界限之上，我爱你，珍重你，崇拜你！

米兰达　我是一个傻子，听见了心中欢喜的话而流起泪来！

普洛斯佩罗　（旁白）一段难得的良缘的会合！上天赐福给他们的后裔吧！

费迪南德　你为什么哭起来了呢？

米兰达　因为我是太平凡了，我不敢献给你我所愿意献给你的，更不敢从你接受我所渴想得到的。但这是废话；越是掩饰，它越是显露得清楚。去吧，羞怯的狡猾！让单纯而神圣的天真指导我说什么话吧！要是你肯娶我，我愿意做你的妻子；不然的话，我将到死都是你的婢女：你可以拒绝我做你的伴侣；但不论你愿不愿意，我将是你的奴仆。

费迪南德　我的最亲爱的爱人！我永远低首在你的前面。

米兰达　那么你是我的丈夫吗？

费迪南德　是的，我全心乐愿着，如同受拘束的人乐愿自由一样。握着我的手。

米兰达　这儿是我的手，我的心也跟它在一起。现在我们该分手了，半点钟之后再会吧。

费迪南德　那时间可是无尽地悠长呢！（分别下）

普洛斯佩罗　我当然不能比他们自己更为高兴，而且他们是全然不曾预先料到的；但没有别的事可以比这事更使我快活了。让我到书斋里，因为在晚餐

之前，我还有一些事情须得做好。（下）

## 第二场　岛上的另一处

【卡列班持酒瓶，斯蒂芬诺及特林鸠罗同上。

斯蒂芬诺　别对我说；要是酒桶里的酒完了，然后我们再喝水；只要还有一滴酒剩着，让我们总是喝酒吧。来，一！二！三！努把力！妖怪奴才，向我祝饮呀！

特林鸠罗　妖怪奴才！这岛上特产的笨货！他们说这岛上一共只有五个人，我们已经是三个；要是其余的两个人跟我们一样聪明，我们的江山就不稳了。

斯蒂芬诺　喝酒呀，妖怪奴才！我叫你喝你就喝。你的眼睛简直呆睁睁地生牢在你的头上了。

特林鸠罗　眼睛不生在头上倒该生在什么地方？要是他的眼睛生在尾巴上，那才真是个出色的怪物哩！

斯蒂芬诺　我的妖怪奴才的舌头已经在白葡萄酒里淹死了；但是我，海水也淹不死我：凭着这太阳起誓，我在一百多里的海面上游来游去，一直游到了岸边。你得做我的副官，怪物，或是做我的旗手。

特林鸠罗　还是做个副官吧，要是你真心希望的话；他做不了旗手。

斯蒂芬诺　我们不必这样奔跑，怪物先生。

特林鸠罗　也不必走了，还是像条狗那么地躺下来；一句话不说。

斯蒂芬诺　妖精，说一句话吧，如果你是个好妖精。

卡列班　请老爷安！让我舐您的靴子。我不要服侍他，他是个懦夫。

特林鸠罗　你说谎，一窍不通的怪物！我打得过一个警察呢。嘿，你这条荒唐的鱼！像我今天一样喝了那么多白酒的人，还说是个懦夫吗？因为你是一只一半鱼一半妖怪的荒唐东西，你就要撒一个荒唐的谎吗？

卡列班　瞧！他多么取笑我！您让他这样说下去吗，老爷？

特林鸠罗　他说“老爷”！谁想得到一个怪物会是这么一个蠢才！

卡列班　喏，喏，又来啦！我请您咬死他。

**斯蒂芬诺** 特林鸠罗，好好地堵住你的嘴！如果你要选择，就把你吊死在那株树上！这个可怜的怪物是我的人，不能给人家欺侮。

**卡列班** 谢谢大老爷！您肯不肯再听一次我的条陈？

**斯蒂芬诺** 依你所奏；跪下来说吧。我立着，特林鸠罗也立着。

【爱丽儿隐形上。

**卡列班** 我已经说过，我屈服在一个暴君，一个妖道的手下，他用诡计把这岛从我手里夺了去。

**爱丽儿** 你说谎！

**卡列班** 你说谎，你这插科打诨的猴子！我希望我的勇敢的主人把你杀死。我没有说谎。

**斯蒂芬诺** 特林鸠罗，要是你在他讲话的时候再来缠扰，凭着这只手起誓，我要敲掉你的牙齿。

**特林鸠罗** 怎么？我一句话都没有说。

**斯蒂芬诺** 那么别响，不要再多话了。(向卡列班)讲下去。

**卡列班** 我说，他用妖法占住了这岛，从我手里夺了去；要是老爷肯替我向他报仇，——我知道您一定敢，但这家伙决没有这胆子，——

**斯蒂芬诺** 那是自然。

**卡列班** 您就可以做这岛上的主人，我愿意服侍您。

**斯蒂芬诺** 用什么方法可以把这事实现呢？你能不能把我带到那个人的地方去？

**卡列班** 可以的，可以的，老爷。我可以乘他睡熟的时候把他交付给您，您就可以用一根钉敲进他的脑袋里去。

**爱丽儿** 你说谎，你不敢！

**卡列班** 这个穿花花衣裳的蠢货！这个混蛋！请老爷把他痛打一顿，不要让他拿这酒瓶；他没有酒喝之后，就只好喝海里的咸水了，因为我不愿告诉他清泉在什么地方。

**斯蒂芬诺** 特林鸠罗，别再自讨没趣啦！你再说一句话打扰这怪物，凭着这只手起誓，我就要不顾情面，把你打做一条鱼干了。

**特林鸠罗** 什么？我得罪了你什么？我一句话都没有说。让我再跑得远一点儿。

斯蒂芬诺　你不是说他说谎吗？

爱丽儿　你说谎！

斯蒂芬诺　我说谎吗！吃这一下！（打特林鸠罗）要是你觉得滋味不错的话，下回再试试看吧。

特林鸠罗　我并没有说你说谎。你头脑昏了，连耳朵也听不清楚了吗？该死的酒瓶！喝酒才把你搅得那么昏沉沉的。愿你的怪物给牛瘟病瘟死，魔鬼把你的手指弯断了去！

卡列班　哈哈哈！

斯蒂芬诺　现在讲下去吧。——请你再站得远些。

卡列班　狠狠地打他一下子；停一会儿我也要打他。

斯蒂芬诺　站远些。——来，说吧。

卡列班　我对您说过，他有一个老规矩，一到下午就睡觉；那时您先把他的书拿去了，就可以捶碎他的脑袋，或者用一根木头敲破他的头颅，或者用一根棍子搠破他的肚肠，或者把您的刀割断他的喉咙。记好先要把他的书拿到手；因为他一失去了他的书，就是一个跟我差不多的大傻瓜，也没有一个精灵会听他指挥：这些精灵们没有一个不像我一样把他恨如刺骨。只要把他的书烧了就是了；他还有些出色的家具，预备造了房子之后陈设起来的；但第一应该放在心上的是他那美貌的女儿。他自己说她是一个上得无双谱的人；我从来不曾见过一个女人，除了我的老娘希考拉克斯和她之外；可是她比起希考拉克斯来，真要好看得不知多少倍了，正像天地的相差一样。

斯蒂芬诺　是这样一个出色的姑娘吗？

卡列班　是的，老爷；我可以担保一句，您跟她困觉是再合适也没有的啦，她会给您生下出色的小子来。

斯蒂芬诺　怪物，我一定要把这人杀死；他的女儿和我做国王和王后，上帝保佑我们陛下！特林鸠罗和你做总督。你赞成不赞成这计策，特林鸠罗？

特林鸠罗　好极了。

斯蒂芬诺　让我握你的手。我很抱歉打了你；可是你活着的时候，总以少开口为妙。

卡列班　在这半点钟之内他就要入睡；您愿不愿就在这时候杀了他？

斯蒂芬诺　好的，凭着我的名誉起誓。

爱丽儿　我要告诉主人去。

卡列班　您使我高兴得很，我心里充满了快乐。让我们畅快一下。您肯不肯把您刚才教给我的轮唱曲唱起来？

斯蒂芬诺　准你所奏，怪物；凡是合乎道理的事我都答应。来啊，特林鸠罗，让我们唱歌。

（唱）

嘲弄他们，讥讽他们，

讥讽他们，嘲弄他们，

　思想多么自由！

卡列班　这调子不对。

【爱丽儿击鼓吹箫，依调而奏。

斯蒂芬诺　这是什么声音？

特林鸠罗　这是我们的歌的调子，在空中吹奏着呢。

斯蒂芬诺　你倘然是一个人，像一个人那样出来吧；你倘然是一个鬼，也随你显出怎样的形状来吧！

特林鸠罗　饶赦我的罪过呀！

斯蒂芬诺　人一死什么都完了；我不怕你。但是可怜我们吧！

卡列班　您害怕吗？

斯蒂芬诺　不，怪物，我怕什么？

卡列班　不要怕。这岛上充满了各种声音和悦耳的曲调，使人听了愉快，不会伤害人。有时成千叮叮咚咚的乐器在我耳边鸣响。有时在我酣睡醒来的时候，听见了那种声音，又使我沉沉睡去；那时在梦中便好像云端里开了门，无数珍宝要向我倾倒下来；当我醒来之后，我简直哭了起来，希望重新做一遍这样的梦。

斯蒂芬诺　这倒是一个出色的国土，可以不费钱白听音乐。

卡列班　但第一您得先杀死普洛斯佩罗。

斯蒂芬诺　那事我们不久就可以动手；我记得很牢。

特林鸠罗　这声音在走开去了；让我们跟着它，然后再干我们的事。

斯蒂芬诺　领着我们走，怪物；我们跟着你。我很希望见一见这个打鼓的家伙，他奏得挺不错的样子。

特林鸩罗　来吗？我跟着你走，斯蒂芬诺。（同下）

## 第三场　岛上的另一处

【阿朗索，塞巴斯蒂安，安东尼奥，冈萨罗，艾德里安，弗朗西斯科及余人等上。

冈萨罗　天哪！我走不动啦，大王；我的老骨头在痛。这儿的路一条直一条弯的，完全把人迷昏了！要是您不见怪，我必须休息一下。

阿朗索　老人家，我不能怪你；我自己也心灰意懒，疲乏得很。坐下来歇歇吧。现在我已经断了念头，不再自己哄自己了。他一定已经淹死了，尽管我们乱摸瞎撞地找寻他；海水也在嘲笑着在岸上的我们的无益的寻觅。算了吧，让他死了就完了！

安东尼奥　（向塞巴斯蒂安旁白）我很高兴他是这样灰心。一刻也别忘了你所决心要干的那件事。

塞巴斯蒂安　（向安东尼奥旁白）下一次的机会我们一定不要错过。

安东尼奥　（向塞巴斯蒂安旁白）就在今夜吧；他们现在已经走得很疲乏，一定不会，而且也不能，再有那么好的精神来警戒着了。

塞巴斯蒂安　（向安东尼奥旁白）好，今夜吧。不要再说了。

【庄严而奇异的音乐。普洛斯佩罗自上方隐形上。下侧若干奇形怪状的精灵扛了一桌酒席进来；他们围着它而跳舞，且作出各种表示敬礼的姿势，邀请国王以次诸人就食后退去。

阿朗索　这是什么音乐？好朋友们，听哪！

冈萨罗　神奇的甜美的音乐！

阿朗索　上天保佑我们！这些是什么？

塞巴斯蒂安　一幅活动的古怪的画图！现在我才相信世上有独角的麒麟，阿拉伯有凤凰所栖的树，上面有一只凤凰至今活着。

安东尼奥　麒麟和凤凰我都相信；要是此外还有什么难于置信的东西，都来告诉我好了，我一定会发誓说那是真的。旅行的人决不会说谎话，足不出门的傻瓜才嗤笑他们。

风萨罗　要是我现在在那不勒斯，把这事告诉了别人，他们会不会相信我呢？要是我对他们说，我看见岛上的人民是这样这样的——这些当然一定是岛上的人民罗——虽然他们的形状生得很奇怪，然而倒是很礼貌，很和善，在我们人类中也难得见到的。

普洛斯佩罗　（旁白）正直的老人家，你说得不错；因为在你们自己一群人当中，就有几个人比魔鬼还要坏。

阿朗索　我觉得对他们并不怎样吃惊；虽然不开口，但他们的那种形状，那种手势，那种音乐，都表示出一种很明白的意思。

普洛斯佩罗　（旁白）且慢称赞吧。

弗朗西斯科　他们消失得很奇怪。

塞巴斯蒂安　不要管他，既然他们把食物留下，我们有肚子就该享用。——您要不要尝尝试试看？

阿朗索　我可不想吃。

冈萨罗　真的，大王，您无须胆小。当我们还是孩子的时候，虽肯相信有一种山居的人民，喉头长着肉袋，像一头牛一样？谁又肯相信有一种人的头是长在胸膛上的？可是我们现在都相信每个旅行的人都能肯定这种话不是虚假的了。

阿朗索　好，我要吃，即使这是我的最后一餐；有什么关系呢？我的最好的日子也已经过去了。贤弟，公爵，我们一起来吃吧。

【雷电。爱丽儿化怪鸟[①]上，以翼击桌，筵席顿时消失——用一种特别的机关装置。

爱丽儿　你们是三个有罪的人，操纵着下界一切的天命，为了你们的缘故而掀起了贪馋的怒海来吞咽你们；在这没有人居住的岛上，你们在一切人中间是最不适于生存的。你们已经发狂了。（阿朗索、塞巴斯蒂安等拔剑）即使像你们这样勇敢的人，也没有法子免除一死。你们这辈愚人！我和我的同伴们都是命运的使者；你们的刀剑不能损害我们身上的分毫，正像把它砍向呼啸的风，刺向汹涌的水波一样。而且即使它们能够把我们伤害，现在你们也已经没有力量把臂膀举起来了。好生记住吧，我来就是告诉你们这句话，你们三个人是在米兰把善良的普洛斯佩罗篡逐的恶人，你们把他和他的无辜的婴孩放逐

① 原文为 harpy，是神话中一种女面鸟身的怪物。

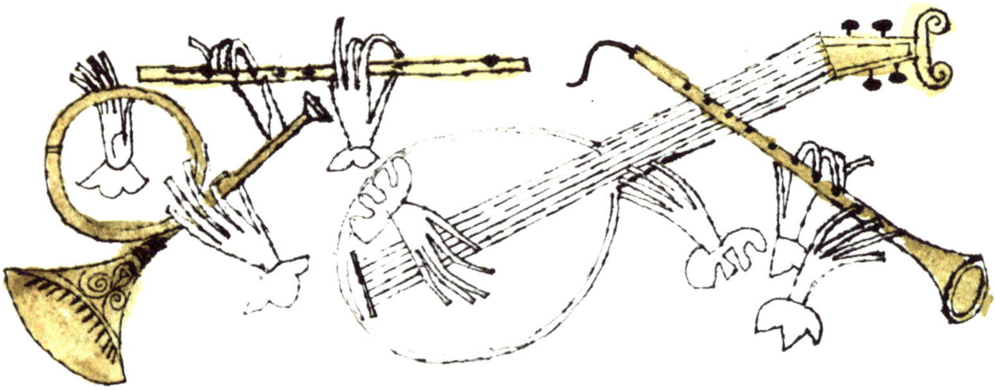

在海上，如今你们也受到同样的报应了。为着这件恶事，上天虽然并不把惩罚立刻加在你们身上，却并没有轻轻放过，已经使所有的海，所有的陆地以及一切有生之伦，来和你们作对了。你，阿朗索，已经丧失了你的儿子；我再向你宣告，活地狱的痛苦，一切死状合在一起也没有那么惨，将要一步步临到你生命的程途中；除非痛悔前非以后洗心革面，做一个清白的人，否则在这荒岛上面，天谴已经迫在眼前了！

【爱丽儿在雷鸣中隐去。柔和的乐声复起；精灵们重上，跳舞且作揶揄状，把空桌扛下。

**普洛斯佩罗** （旁白）你把这怪鸟扮演得很好，我的爱丽儿，有一种非凡的

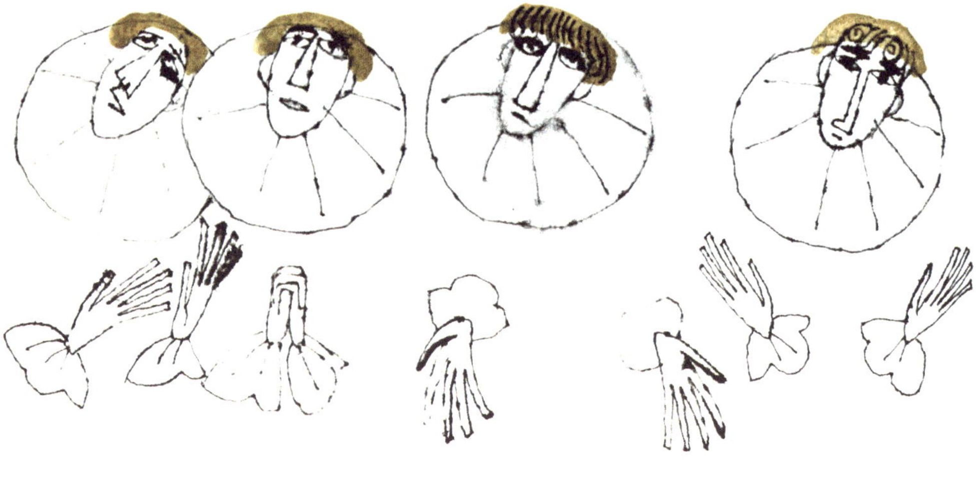

气势，我叫你说的话你一句也没有漏去；就是那些小精灵们也个个非常出力。我的神通已经显出力量，这些我的仇人们已经惊惶得不能动弹；他们都已经在我的权力之下了。现在我要在这种情形下面离开他们，去探视他们以为已经淹死了的年轻的费迪南德和他的也是我的亲爱的人儿。(自上方下)

冈萨罗　凭着神圣的名义，大王，为什么您这样呆呆地站着？

阿朗索　啊，那真是可怕！可怕！我觉得海潮在那儿这样告诉我；风在那儿把它唱进我的耳中；深沉而可怕的雷鸣在向我震出普洛斯佩罗的名字，它用洪亮的低音宣布了我的罪恶。这样看来，我的孩子是一定葬身海底的软泥之下了；我要到深不可测的海底去寻找他，跟他睡在一块儿！(下)

塞巴斯蒂安　要是这些鬼怪们一个一个地来，我可以打得过他们。

安东尼奥　让我助你一臂之力。(塞巴斯蒂安、安东尼奥下)

冈萨罗　这三个人都有些不顾死活的神气。他们的重大的罪恶像隔了好久才发作的毒药一样，现在已经在开始咬啮他们的灵魂了。你们是比较善于临机应变一些的，请快快追上去，阻止他们不要作出什么疯狂的举动来。

艾德里安　你们跟我来吧。(同下)

# 第 四 幕

## 第一场 普洛斯佩罗洞室之前

【普洛斯佩罗，费迪南德及米兰达上。

**普洛斯佩罗** 要是我曾经给你太严厉的刑罚，你也已经得到补偿了，因为我已经把我生命的一部分给了你，我是为了她才活着的。现在我再把她交给你的手里；你所受的一切苦恼都不过是我用来试验你的爱情的，而你能异常坚强地忍受它们；这里我当着天，许给你这个珍贵的赏赐。费迪南德啊，不要笑我这样把她夸奖，因你自己将会知道一切的称赞比起她自身的美好来，都是瞠乎其后的。

**费迪南德** 我绝对相信您的话。

**普洛斯佩罗** 既然我的给与和你的获得都不是出于贸然，你就可以娶我的女儿了。但在一切神圣的礼式没有充分给你许可之前，你不能侵犯她处女的尊严；否则你们的结合将不能得到上天的美满的祝福，而冷淡的憎恨，白眼的轻蔑和不睦却将使你们的姻缘中长满令人嫌恶的恶草。所以小心一点吧，许门[1]的明灯将照引着你们！

**费迪南德** 我希望的是以后在和如今一样的爱情中享受着平和的日子、美秀的儿女和绵绵的生命，因此即使在最幽冥的暗室中，在最适宜的地方，有了伺隙而来的魔鬼的最强烈的煽惑，也不能使我的廉耻化为贪欲，而轻轻地越过了名分上的界限；不过我会以为太阳神的坐骑跑累了而不前，或者黑夜被拴在冥城了。

**普洛斯佩罗** 说得很好。坐下来跟她谈话吧，她是属于你的。喂，爱丽儿！我的勤劳的仆人，爱丽儿！

【爱丽儿上。

---

① 许门（Hymen），希腊罗马神话中人物，司婚姻之神。

爱丽儿　我的威严的主人有什么吩咐？我在这里。

普洛斯佩罗　你跟你的小伙计们把刚才的事情办得很好；我必须再差你们做一件这样的把戏。去把你手下的小喽罗们召唤到这儿来；叫他们赶快装扮起来；因为我必须在这一对年轻人的面前卖弄卖弄我的法术，我曾经答应过他们，他们也在盼望着。

爱丽儿　即刻吗？

普洛斯佩罗　是的，一眨眼的时间内就得办好。

爱丽儿　　你来去还不曾出口，
　　你呼吸还留着没透，
　　我们早脚尖儿飞快，
　　扮鬼脸大伙儿都在，
　　主人，你爱我不爱？

普洛斯佩罗　我很爱你，我的伶俐的爱丽儿！在我没有叫你之前，不要就来。

爱丽儿　好，我知道。（下）

普洛斯佩罗　当心保持你的忠实，不要太恣意调情。血液中的火焰一燃烧起来，最坚强的誓言也就等于草秆。节制一些吧，否则你的誓约就要守不住了！

费迪南德　请您放心，老人家；皎白的处女的冰雪，早已抑伏了我胸中的欲火。

普洛斯佩罗　好。——出来吧，我的爱丽儿！不要让精灵们缺少一个，多一个倒不妨。轻轻快快地出来吧！大家不要响，只许静静地看！

【柔和的音乐；假面剧开始。精灵扮伊里斯①上。

伊里斯　刻瑞斯②，最丰饶的女神，我是天后的虹使，传旨请你离开你那繁荣着小麦，大麦，黑麦，燕麦，野豆，豌豆的膏田；离开你那羊群所游息的茂草的山坡，以及饲牧它们的满铺着刍草的平原；离开你那生长着立金花和蒲苇的堤岸，多雨的四月奉着你的命令而把它装饰着的，在那里给清冷的水仙女们备下了洁净的新冠；离开你那为失恋的情郎们所爱好而徘徊其下的金雀花的

---

① 伊里斯 (Iris)，希腊神话中诸神之信使，又为虹之女神。

② 刻瑞斯 (Ceres)，罗马神话里司农事及大地之女神。

薮丛；你那牵藤的葡萄园；你那荒瘠埼确的海滨，你所散步游息的所在：请你离开这些地方，到这里的草地上来，和尊严的天后陛下一同游戏；她的孔雀已经轻捷地飞翔起来了，请你来陪驾吧，富有的刻瑞斯！

【刻瑞斯上。

刻瑞斯　万福，你永远服从着天后命令的，五彩缤纷的使者！你用你的橙黄色的翼膀常常洒下甘露和清鲜的阵雨在我的花朵上面，用你的青色的弓的两端为我的林木丛生的地亩和没有灌枝的高原披上了富丽的肩巾：敢问你的王后唤我到这细草原上来，有什么吩咐？

伊里斯　为要庆祝一对真心的爱情的结合，大量地赐福于这一双有福的恋人。

刻瑞斯　告诉我，天虹，我知不知道维纳斯或她的儿子是否也随侍着天后？自从他们用诡计使我的女儿陷在幽冥的狄斯的手中以后，我已经立誓不再见她和她那盲目小儿的无耻的脸孔。[1]

伊里斯　不要担心会碰见她；我遇见她的灵驾正冲着云向帕福斯[2]而去，她的儿子驱着白鸽随在她后面。他们因为这里的这一对男女曾经立誓在许门的炬火未燃以前不得同衾，因此想要在他们身上干一些无赖的把戏，可是白费

① 狄斯 (Dis)，罗马神话中人物，即希腊神话中的普路托 (Pluto)，幽冥之王，掠刻瑞斯之女普西芬妮 (Persephone) 为妻；后者即春之女神，每年一次被释返地上。维纳斯之子即小爱神丘比特 (Cupid)，因俗语云爱情是盲目的，故云“盲目的小儿”。

② 帕福斯 (Paphos)，塞浦路斯 (Cyprus) 岛西海岸城名，维纳斯神庙所在地，相传她在海中诞生后首临于此。

了心机；马斯的宠人[1]已经满心暴躁地回去；她那发恼的儿子已经弯断了他的弓，发誓以后不再射人，只是跟麻雀们开开顽笑，安排做一个好孩子了。

刻瑞斯　最高贵的王后，伟大的朱诺[2]来了；从她的步履上我辨认得出来。

【朱诺上。

朱诺　我的丽饶的贤妹安好？ 跟我去祝福这一对璧人，让他们一生幸福，产出美好的后裔来。

（唱）

富贵尊荣，美满良姻，
百年偕老，子孙盈庭；
幸福朝朝，欢娱暮暮，
朱诺向你们恭贺！

刻瑞斯　（唱）

田多落穗，积谷盈仓，
葡萄成簇，摘果满筐；
秋去春来，如心所欲，
刻瑞斯为你们祝福！

费迪南德　这是一个最神奇的幻景，这样迷人而谐美！我能不能猜想这些都是精灵呢？

普洛斯佩罗　是的，这些是我从他们的世界里用法术召唤来表现我一时的空想的精灵们。

费迪南德　让我终老在这里吧！有着这样一位人间希有的神奇而贤哲的父亲，这地方简直是天堂了。

【朱诺与刻瑞斯作耳语，授命令于伊里斯。

普洛斯佩罗　亲爱的，莫作声！朱诺和刻瑞斯在那儿严肃地耳语，将要有一些另外的事情。嘘！不要开口！否则我们的魔法就要破解了。

伊里斯　戴着蒲苇之冠，眼光永远是那么柔和的，住在蜿蜒的河流中的仙女们啊！离开你们那涡卷的河床，到这青青的草地上来答应朱诺的召唤吧！前来，冷洁的水仙们，伴着我们一同庆祝一段良缘的缔结，不要太迟了。

---

① 马斯（Mars）即战神，钟爱维纳斯。

② 朱诺（Juno），月神，又为天后。

【若干水仙女上。

伊里斯　你们在八月的日光下蒸晒着的辛苦的刈禾人，离开你们的田亩，到这里来欢乐一番；戴上你们麦秆的帽子，一个一个地来和这些清艳的水仙们跳起乡村的舞蹈来吧！

【若干服饰齐整的刈禾人上，和水仙女们一齐作优美的跳舞；临了时普洛斯佩罗突起发言，在一阵奇异的，幽沉的，杂乱的声音中，众精灵悄然隐去。

普洛斯佩罗　（旁白）我已经忘记了那个畜生卡列班和他的同党想来谋取我生命的奸谋，他们所定的时间已经差不多到了。（向精灵们）很好！现在完了，去吧！

费迪南德　这可奇怪了，你的父亲在发着很大的脾气。

米兰达　直到今天为止，我从来不曾看见过他狂怒到这样子。

普洛斯佩罗　王子，你瞧上去似乎有点惊疑的神气。高兴起来吧，我儿；我们的狂欢已经终止了。我们的这一些演员们，我曾经告诉过你，原是一群精灵；都已化成淡烟而消散了。如同这段幻景的虚妄的构成一样，入云的楼阁，瑰伟的宫殿，庄严的庙堂，甚至地球自身，以及地球上所有的一切，都将同样消散，就像这一场幻景，连一点烟云的影子都不曾留下。我们都是虚构中的人物，我们的一生是在酣睡之中。王子，我心中有些恼乱，原谅我不能控制我的弱点；我的衰老的头脑有些昏了。不要因为我的烦恼而不安。假如　你们愿意，请回到我的洞里休息一下。我将略作散步，安定安定我焦躁的心境。

费迪南德<br>米兰达　愿你安静啊！（下）

普洛斯佩罗　赶快来！谢谢你，爱丽儿，来啊！

【爱丽儿上。

爱丽儿　永远准备着执行你的意志。有什么吩咐？

普洛斯佩罗　精灵，我们必须预备着对付卡列班。

爱丽儿　是的，我的命令者；我在扮演刻瑞斯的时候就想对你说，可是我生恐触怒了你。

普洛斯佩罗　再对我说一次，你把这些恶人们安置在什么地方？

爱丽儿　我告诉过你，主人，他们喝得醉醺醺的，勇敢得不了得；他们怒打着风，因为风吹到了他们的脸上，痛击着地面，因为地面吻了他们的脚；但总是不忘记他们的计划。于是我敲起小鼓来；一听见了这声音，他们便像狂野的小马一样，耸起了他们的耳朵，睁大了他们的眼睛，掀起了他们的鼻孔，似乎音乐是可以嗅到的样子。这样我迷惑了他们的耳朵，使他们像小牛跟从着母牛的叫声一样，跟我走过了一簇簇长着尖齿的野茨、咬人的刺金雀和锐利的荆棘丛，把他们可怜的胫骨刺穿。最后我把他们遗留在离开这里不远的那口污水池中，在那里他们手舞足蹈把一池臭水都搅了个满身。

普洛斯佩罗　干得很好，我的鸟儿。你仍旧隐形前去，把我室内的华丽的衣服拿来，好把这些恶贼们诱上了圈套。

爱丽儿　我去，我去。（下）

普洛斯佩罗　一个魔鬼，一个天生的魔鬼，教养也改不过他的天性来；在他身上我一切好心的努力都是全然白费。他的形状随着年纪而一天丑陋似一天，他的心也一天一天腐烂下去。我要把他们狠狠惩治一顿，直至他们痛苦而呼号。

【爱丽儿携带许多华服等上。

普洛斯佩罗　来，把它们挂起在这根绳上。

【普洛斯佩罗与爱丽儿隐身留原处。卡列班、斯蒂芬诺、特林鸠罗三人浑身淋湿上。

卡列班　请你们脚步轻些，不要让瞎眼的鼹鼠听见了我们的足声。我们现在已经走近他的洞窟了。

斯蒂芬诺　怪物，你说你那个不会害人的仙人简直跟我们开了一个不大不小的顽笑。

特林鸠罗　怪物，我满鼻子都是马尿的气味，把我恶心得不得了。

斯蒂芬诺　我也是这样。你听见吗，怪物？要是我向你一发起恼来，当心点儿——

特林鸠罗　你不过是一个走投无路的怪物罢了。

卡列班　好老爷，不要恼我，耐心些；因为我将要带给您的好处可以抵偿过这场不幸。请你们轻轻讲话；大家要静得好像在深夜里一样。

特林鸠罗　呃，可是我们的酒瓶也落在池里了。

斯蒂芬诺　这不单是耻辱和不名誉，简直是无限的损失。

特林鸠罗　这比浑身淋湿更使我痛心；可是，怪物，你却说那是你的不会害人的仙人。

斯蒂芬诺　我一定要去把我的酒瓶捞起来，即使我必须没头没脑钻在水里。

卡列班　我的王爷，请您安静下来。瞧这里，这便是洞口了；不要响，走进去。把那件大好的恶事干起来，这岛便是属您所有的了；我，您的卡列班，将要永远舐您的脚。

斯蒂芬诺　让我握你的手；我开始动了杀人的念头了。

特林鸠罗　啊，斯蒂芬诺大王！大老爷！尊贵的斯蒂芬诺！瞧这儿有多么好的衣服给您穿呀！

卡列班　让它去，你这蠢货！这些不过是废物罢了。

特林鸠罗　哈哈，怪物！什么是旧衣庄上的货色，我们是看得出来的。啊，斯蒂芬诺大王！

斯蒂芬诺　放下那件袍子，特林鸠罗！凭着我这手起誓，那件袍子我要。

特林鸠罗　请大王拿去好了。

卡列班　愿这傻子浑身起水肿！你老是恋恋不舍这种废料有什么意思呢？让我们先去行刺。要是他醒了，他会使我们从脚心到头顶遍体鳞伤，把我们弄成不知像一个什么样子。

斯蒂芬诺　别开口，怪物！——绳太太，这不是我的短外套吗？这下短外衣掉下绳来；好吧，短外衣，你看样子要掉绒毛，变成光光的短大衣了。

特林鸠罗　妙极妙极！大王高兴的话，让我们横七竖八一齐偷了去。

斯蒂芬诺　你这句话说得很妙，赏给你这件衣服吧。只要我做这里的国王，聪明人总不会被亏待的。“横七竖八偷了去”是一句绝妙的俏皮话，再赏你一件衣服。

特林鸠罗　怪物，来啊，涂一些胶在你的手指上，把其余的都拿去了吧。

卡列班　我什么都不要。我们将要错过了时间，大家要变成蠢鹅或是额角低得难看的猴子了！

斯蒂芬诺　怪物，别连手都不动一动；给我把这件衣服拿到我那放着大酒桶的地方去，否则我的王国境内不许你立足。去，把这拿了去。

特林鸠罗　还有这一件。

斯蒂芬诺　呃，还有这一件。

【幕内猎人的声音。若干精灵化作猎犬上，将斯蒂芬诺等三人追逐；普洛斯佩罗和爱丽儿嗾着它们。

**普洛斯佩罗** 嗨！莽丁，嗨！

**爱丽儿** 雪狒！那边去，雪狒！

**普洛斯佩罗** 飞雷！飞雷！那边，铁龙！那边！听，听！（卡列班、斯蒂芬诺、特林鸠罗被驱下）去叫我的妖精们用利害的痉挛折磨他们的骨节；叫他们的肌肉像老年人那样抽搐起来，叫他们满身的伤痕比豹子或山猫身上的斑点还多。

**爱丽儿** 听！他们在呼号呢。

**普洛斯佩罗** 让他们被痛痛快快地追一下。此刻我的一切仇人们都在我手掌之中了；不久我的工作便可完毕，你就可以呼吸自由的空气，暂时你再跟我来，帮我一些忙吧。（同下）

# 第　五　幕

## 第一场　普洛斯佩罗洞室之前

【普洛斯佩罗穿法衣上；爱丽儿随上。

普洛斯佩罗　现在我的计划将告完成；我的魔法毫无差失；我的精灵们俯首听命；一切按步就班顺利地过去。是什么时候了？

爱丽儿　将近六点钟。你曾经说过，主人，在这时候我们的工作应当完毕。

普洛斯佩罗　当我刚兴起这场暴风雨的时候，我曾经这样说过。告诉我，我的精灵，国王和他的从者们怎么样啦？

爱丽儿　按照着你的吩咐，他们仍旧照样囚禁在一起，如同你离开他们的时候一样，在荫蔽着你的洞室的那株大菩提树底下聚集着这一群囚徒；你要是不把他们释放，他们便一步路也不能移动。国王，他的弟弟，和你的弟弟，三个人都疯了；其余的人在为他们悲泣，充满了忧伤和惊骇；尤其是那位你所称为“善良的老大臣冈萨罗”的，他的眼泪一直从他的胡须上淋了下来，就像从茅檐上流下来的冬天的雨滴一样。你在他们身上所施的魔术的力量这么大，要是你现在看见了他们，你的心也一定会软了下来。

普洛斯佩罗　你是这样想吗，精灵？

爱丽儿　如果我是人类，主人，我会觉得不忍的。

普洛斯佩罗　我的心也将会觉得不忍。你不过是一阵空气罢了，居然也会感觉到他们的痛苦；我是他们的同类，跟他们一样敏锐地感到一切，和他们有着同样的感情，难道我的心反会比你硬吗？虽然他们给我这样大的迫害，使我痛心切齿，但是我宁愿压伏我的愤恨而听从我的更高尚的理性；道德的行动较之仇恨的行动是可贵得多的。要是他们已经悔过，我的唯一的目的也就达到终点，不再对他们更有一点怨恨。去把他们释放了吧，爱丽儿。我要给他们解去我的魔法，唤醒他们的知觉，让他们仍旧恢复本来的面目。

**爱丽儿** 我去领他们来，主人。（下）

**普洛斯佩罗** 你们山河林沼的小妖们；踏沙无痕，追逐着退潮时的海神，而他一转身来，便又倏然逃去的精灵们；在月下的草地上留下了环舞的圈迹，使羊群不敢走近的小神仙们；以及在半夜中以制造菌蕈为乐事，一听见肃穆的晚钟便雀跃起来的你们：虽然你们不过是些弱小的孩儿，但我借着你们的帮助，才能遮暗了中天的太阳，唤起了作乱的狂风，在青天碧海之间激起了浩荡的战争：我把火给与震雷，用乔武大神的霹雳劈碎了他自己那株粗干的橡树；我使稳固的海岬震动，连根拔起了松树和杉柏；因着我的法力无边的命令，坟墓中的长眠者也被惊醒，打开了墓门而出来。但现在我要捐弃这种狂暴的魔术，仅仅再要求一些微妙的天乐，化导他们的心性，使我能得到我所希望的结果；以后我便将折断我的魔杖，把它埋在幽深的地底，把我的书投向深不可测的海心。

【庄严的音乐。爱丽儿复上；他的后面跟随着神情狂乱的阿朗索，由冈萨罗随侍；塞巴斯蒂安与安东尼奥也和阿朗索一样，由艾德里安及弗朗西斯科随侍；他们都步入普洛斯佩罗在地上所划的圆圈中，被魔法所禁，呆立不动。

**普洛斯佩罗** 庄严的音乐是对于昏迷的幻觉的无上安慰，愿它医治好你那在煎炙着的失去作用的脑筋！站在那儿吧，因为你们已经被魔法所制服了。圣人一样的冈萨罗，可尊敬的人！我的眼睛一看见了你，便油然堕下同情的眼泪来。魔术的力量在很快地消失，如同晨光悄悄掩袭暮夜，把黑暗消解了一样，他们那开始抬头的知觉已经在驱除那蒙蔽住他们清明的理智的迷糊的烟雾了。啊，善良的冈萨罗！不单是我的真正的救命恩人，也是你所跟随着的君主的一位忠心耿耿的臣子，我要在名义上在实际上重重报答你的好处。你，阿朗索，对待我们父女的手段未免太酷辣了！你的兄弟也是一个帮凶的人。你现在也受到惩罚了，塞巴斯蒂安！你，我的骨肉之亲的兄弟，为着野心，忘却了怜悯和天性；在这里又要和塞巴斯蒂安谋杀你们的君王，为着这缘故他的良心受罚是十分利害的；我宽恕了你，虽然你的天性是这样刻薄！他们的知觉的浪潮已经在渐渐激涨起来，不久便要冲上了现在还是一片黄泥的理智的海岸。在他们中间还不曾有一个看见我，或是会认识我。爱丽儿，给我到我的洞里去把我的帽子和佩剑拿来。（爱丽儿下） 要显出我的本来面目，重新打扮做旧时的米兰公爵的样子。快一些，精灵！你不久就可以自由了。

【爱丽儿复上，唱歌，一面帮助普洛斯佩罗装束。

爱丽儿　（唱）

蜂儿吮啜的地方，我也在那儿吮啜；
在一朵莲香花的冠中我躺着休息；
我安然睡去，当夜鸮开始它的鸣咽。
骑在蝙蝠背上我快活地飞舞翩翩，
快活地快活地追随着逝去的夏天；
　快活地快活地我要如今
　向垂在枝头的花底安身。

普洛斯佩罗　啊，那真是我的可爱的爱丽儿！我真舍不得你；但你必须有你的自由。——好了，好了。——你仍旧隐着身子，到国王的船里去：水手们都在舱口下面熟睡着，先去唤醒了船长和水手头目之后，把他们引到这里来！快一些。

爱丽儿　我乘风而去，不等到你的脉搏跳了两跳就回来了。（下）

冈萨罗　这儿有着一切的迫害，苦难，惊奇和骇愕；求神圣把我们带出这可怕的国土吧！

普洛斯佩罗　请您看清楚，大王，被害的米兰公爵普洛斯佩罗在这里。为要使您相信对你讲话的是一个活着的邦君，让我拥抱您；对于您和您的同伴们，我是竭诚欢迎！

阿朗索　我不知道你真的是不是他，或者不过是一些欺人的鬼魅，如同我不久以前所遇到的。但是你的脉搏跳得和寻常血肉的人一样；而且自从我一见你之后，那使我发狂的精神上的痛苦已减轻了些。如果这是一件实在发生的事，那定然是一段最希奇的故事。你的公国我奉还给你，并且恳求你饶恕我的罪恶。但是普洛斯佩罗怎么还会活着而且在这里呢？

普洛斯佩罗　尊贵的朋友，先让我把您老人家拥抱一下；您的崇高是不可以限量的。

冈萨罗　我不能确定这是真实还是虚妄。

普洛斯佩罗　这岛上的一些蜃楼海市曾经欺骗了你，以致使你不敢相信确实的事情。——欢迎啊，我的一切的朋友们！（向塞巴斯蒂安、安东尼奥旁白）

但是你们这一对贵人，要是我不客气的话，可以当场证明你们是叛徒，叫你们的王上翻过脸来；可是现在我不想揭发你们。

塞巴斯蒂安 （旁白）魔鬼在他嘴里说话吗？

普洛斯佩罗 不。讲到你，恶人，称你是兄弟也会沾污了我的齿舌，但我饶恕了你的最卑劣的罪恶，一切全不计较了；单单我要向你讨还我的公国，那我知道你是不得不把它交还的。

阿朗索 如果你是普洛斯佩罗，请告诉我们你的遇救的详情，怎么你会在这里遇见我们。在三小时以前，我们的船毁没在这海岸的附近；在这里，最使我想起了心中惨痛的，我失去了我的亲爱的儿子费迪南德！

普洛斯佩罗 我很悲伤听见这消息，大王。

阿朗索 这损失是无可挽回的，忍耐也已经失去了它的效用。

普洛斯佩罗 我觉得您还不曾向忍耐求助。我自己也曾经遭到和您同样的损失，但借着忍耐的慈惠的力量，使我安之若素。

阿朗索 你也遭到同样的损失！

普洛斯佩罗 对我正是同样重大，而且也是同样新近的事；比之您，我更缺少任何安慰的可能，我所失去的是我的女儿。

阿朗索 一个女儿吗？天啊！要是他们俩都活着在那不勒斯，一个做国王，一个做王后，那将是多么美满！真能这样的话，我宁愿自己长眠在我的孩子现今所在的海底。你的女儿是什么时候失去的？

普洛斯佩罗 就在这次的暴风雨中。我看这些贵人们因为太惊奇着这次的遭遇，迷惑得不能相信他们眼睛所见的是真实，他们嘴里所说的是真的言语。但是，不论你们心里怎样迷惘，请你们相信我确实便是普洛斯佩罗，从米兰被放逐出来的公爵；因了不可思议的偶然，恰恰在这儿你们沉舟的地方做了岛上的主人。关于这事现在不要再多谈了，因为那要好多天才讲得完，不是一顿饭的时间所能叙述得了，而且也不适宜于我们这次初次的相聚。欢迎啊，大王！这洞窟便是我的宫廷，在这里我也有寥寥的几个从者，此外再没有别的臣民了。请您向里面探望一下。因为您给还了我的王国，我也要把一件同样好的礼物答谢您；至少也要献出一个奇迹来，使它给与您安慰，正像我的公国安慰了我一样。

【洞门开启，费迪南德与米兰达在内对弈。

米兰达　好人；你在安排着作弄我。

费迪南德　不，我的最亲爱的，即使给我整个的世界我也不愿欺弄你。

米兰达　是的，你不能强辩；除非你在赌着二十个王国，那么也许我会说这是一场公正的游戏。

阿朗索　倘使这不过是这岛上的一场幻景，那么我将要两次失去我的亲爱的孩子了。

塞巴斯蒂安　不可思议的奇迹！

费迪南德　海水虽然似乎那样凶暴，然而却是仁慈的；我错怨了它们。（向阿朗索跪下）

阿朗索　让一个快乐的父亲的所有的祝福拥抱着你！起来，告诉我你是怎么会到这里来的。

米兰达　神奇啊！这里有多少好看的人！人类是多么美丽！啊，新奇的世界，有这么出色的人物！

普洛斯佩罗　对于你这是新奇的。

阿朗索　和你一起玩着的这女郎是谁？你们的认识顶多也不过三个钟点罢了。她是不是就是把我们拆散了又使我们重新聚合的女神？

费迪南德　父亲，她是凡人，但借着上天的旨意她是属于我的；我选中她的时候，无法征询父亲的意见，而且那时我也不相信我还有一位父亲。她就是这位著名的米兰公爵的女儿；我常常听见说起过他的名字，但从没有看见过他一面。从他的手里我得到了第二次的生命；而现在这位女郎使他成为我的第二个父亲。

阿朗索　那么我也是她的父亲了；但是，唉，听起来多么使人奇怪，我必须向我的孩子要求宽恕！

普洛斯佩罗　好了，大王，别再说；让我们不要把过去的不幸重压在我们的记忆上。

冈萨罗　我的心中感激得说不出话来，否则我早就开口了。天上的神明们，请俯视尘寰，把一顶幸福的冠冕降临在这一对少年的头上；因为把我们带到这里来相聚的，完全是上天的主意！

阿朗索　让我跟着你说"阿门"，冈萨罗！

冈萨罗　米兰的主人被逐出米兰，而他的后裔将成为那不勒斯的王族吗？啊，这是超乎寻常喜事的喜事，应当用金字把它铭刻在柱上，好让它传至永久。在一次的航程中，克拉莉贝儿在突尼斯获得了她的丈夫；她的兄弟费迪南德又在他迷失的岛上找到了一位妻子；普洛斯佩罗在一座荒岛上拾回了他的公国；而我们大家呢，在每个人迷失了本性的时候，重新寻着了各人自己。

阿朗索　（向费迪南德、米兰达）让我握你们的手：谁不希望你们快乐的，让忧伤和悲哀永远占住他的心灵！

冈萨罗　愿如大王所说的，阿门！

【爱丽儿重上，船长和水手头目惊愕地随在后面。

冈萨罗　瞧啊，大王！瞧！又有几个我们的人来啦。我曾经预言过，只要陆地上有绞架，这家伙一定不会淹死。——喂，你这谩骂的东西！在船上由得你指天骂日，怎么一上了岸响都不响了呢？难道你没有把你的嘴巴带到岸上来吗？说来，有什么消息？

头目　最好的消息是我们平安地找到了我们的王上和同伴；其次，在三个钟点以前我们还以为已经撞碎了的我们那条船，却正和第一次下水的时候那样结实完好而齐齐整整。

爱丽儿　（向普洛斯佩罗旁白）主人，这些都是我去了以后所做的事。

普洛斯佩罗　(向爱丽儿旁白)我的足智多谋的精灵！

阿朗索　这些事情都异乎寻常；它们越来越奇怪了。说，你怎么会到这儿来的？

头目　大王，要是我自己觉得我是清清楚楚地醒着，也许我会勉强告诉您。可是我们都睡得像死去一般，也不知道怎么一下子，都给关闭在舱口底下了。就在不久之前我们听见了各种奇怪的响声，怒号，哀叫，狂呼，铛锒的铁链声，以及此外许多可怕的声音，把我们闹醒。立刻我们就自由了：我们看见壮丽的王船丝毫无恙，明明白白在我们的眼前；我们的船长一面看着它，一面手舞足蹈。忽然一下子莫名其妙地，我们就像在梦中一样糊里糊涂地离开了那边，被带到这里来了。

爱丽儿　(向普洛斯佩罗旁白)干得好不好？

普洛斯佩罗　(向爱丽儿旁白)出色极了，我的勤劳的精灵！你就要得到自由了。

阿朗索　这真叫人堕入五里雾中！这种事情一定有一个超自然的势力在那儿指挥着；愿神明的启迪给我们一些指示吧！

普洛斯佩罗　大王，不要因为这种怪事而使您心里迷惑不宁；不久我们有了空暇，我便可以简简单单地向您解答这种种奇迹，使您觉得这一切的发生未尝不是可能的事。现在请高兴起来，把什么事都往好的方面着想吧。(向爱丽儿旁白)过来，精灵；把卡列班和他的伙伴们放出来，解去了他们身上的魔法。(爱丽儿下)怎样，大王？你们的一伙中还缺少几个人，一两个为你们所忘怀了的人物。

【爱丽儿驱卡列班、斯蒂芬诺、特林鸠罗上，各人穿着他们所偷得的衣服。

斯蒂芬诺　让各人为别人打算，不要顾到自己，因为一切都是命。勇气啊！出色的怪物，勇气啊！

特林鸠罗　要是装在我头上的眼睛不曾欺骗我，这里的确很堂皇的样子。

卡列班　塞提怕斯呵！这些才真是出色的精灵！我的主人真是一表非凡！我害怕他要责罚我。

塞巴斯蒂安　哈哈！这些是什么东西，安东尼奥大人？可以不可以用钱买的？

安东尼奥　大概可以吧；他们中间的一个完全是一条鱼，而且一定很可以卖几个钱。

普洛斯佩罗　各位大人，请瞧一瞧这些家伙们身上穿着的东西，就可以知道他们是不是好东西。这个奇丑的恶汉的母亲是一个很有法力的女巫，能够指挥月亮，掌控潮汐，作出种种不可能的事来。这三个家伙作贼偷了我；这个魔鬼生下来的杂种又跟那两个东西商量谋害我的生命。那两人你们应当认识，是你们的人；这个坏东西我必须承认是属于我的。

卡列班　我免不了要被揍得死去活来。

阿朗索　这不是我的酗酒的膳夫斯蒂芬诺吗？

塞巴斯蒂安　他现在仍然喝醉着；他从那儿来的酒呢？

阿朗索　这是特林鸠罗，看他醉得天旋地转。他们从那儿喝这么多的好酒，把他们的脸孔染得这样血红呢？你怎么会变成这种样子的？

特林鸠罗　自从我离开了你之后，我的骨髓也都浸酥了；我想这股气味可以薰得连苍蝇也不会下卵在我的身上了吧？

塞巴斯蒂安　喂，喂，斯蒂芬诺！

斯蒂芬诺　啊！不要碰我！我不是什么斯蒂芬诺，我不过是一堆动弹不得的烂肉。

普洛斯佩罗　狗才，你要做这岛上的王，是不是？

斯蒂芬诺　那么我一定是个倒霉的王爷。

阿朗索　这样奇怪的东西我从来没有看见过。(指卡列班)

普洛斯佩罗　他的行为跟他的形状同样都是天生的下劣。——去，狗才，到我的洞里去；把你的同伴们也带了进去。要是你希望我饶恕的话，把里面打扫得干净点儿。

卡列班　是，是，我就去。从此以后我要聪明一些，学学讨好的法子。我真是一头比六头蠢驴合起来还蠢的蠢货！竟会把这种醉汉当做神明，向这种蠢才叩头膜拜！

普洛斯佩罗　快滚开去！

阿朗索　滚吧，把你们那些衣服仍旧归还到原来寻得的地方去。

塞巴斯蒂安　什么寻得，是偷的呢。(卡列班、斯蒂芬诺、特林鸠罗同下)

普洛斯佩罗　大王，我请您的大驾和您的随从们到我的洞窟里来；今夜暂时要屈你们在这儿过宿一夜。一部分的时间我将消费在谈话上，我相信那种谈话会使时间很快溜过；我要告诉您我的生涯中的经历，以及一切自从我到这岛上来之后所遭遇的事情。明天早晨我要带着你们上船回到那不勒斯去；我希望我们所疼爱的孩子们的婚礼就在那儿举行；然后我要回到我的米兰，在那儿等待着瞑目长眠的一天。

**阿朗索** 我渴想听您讲述您的经历，那一定会使我们的耳朵着了迷的。

**普洛斯佩罗** 我将从头到尾向您细讲；并且答应您一路上将会风平浪静，有吉利的顺风吹送，可以赶上已经去远了的您的船队。（*向爱丽儿旁白*）爱丽儿，我的小鸟，这事要托您办理；以后你便可以自由地回到空中，从此我们永别了！——请你们过来。（同下）

# 收场诗[1]

【普洛斯佩罗致辞：

现在我已把我的魔法尽行抛弃，
剩余微弱的力量都属于我自己；
横在我面前的分明有两条道路，
不是终身被符箓把我在此幽锢，
便是凭藉你们的力量重返故郭。
既然我现今已把我的旧权重握，
饶恕了迫害我的仇人，请再不要
把我永远锢闭在这寂寞的荒岛！
求你们解脱了我灵魂上的系锁，
赖着你们善意殷勤的鼓掌相助；
再烦你们为我吹嘘出一口和风，
好让我们的船只一齐鼓满帆篷。
而今我已撒开了我空空的两手，
不再有魔法迷人，精灵供我奔走；
我的结局将要变成不幸的绝望，
除非依托着万能的祈祷的力量，
它能把慈悲的神明的中心刺彻，
赦免了可怜的下民的一切过失。
正如你们旧日的罪恶不再疵求，
让你们大度的宽容给我以自由！

① 收场诗，一般认为是后人所加，多数人断定为本·琼森 (Ben Jonson) 所作。

**图书在版编目（CIP）数据**

莎士比亚十大经典戏剧 ：全2册 /（英）莎士比亚著；
朱生豪译. -- 北京 ：中国友谊出版公司，2016.4（2018.8重印）
书名原文：Shakespeare ten great plays
ISBN 978-7-5057-3705-1

Ⅰ. ①莎… Ⅱ. ①莎… ②朱… Ⅲ. ①剧本－作品综
合集－英国－中世纪 Ⅳ. ①I561.33

中国版本图书馆CIP数据核字(2016)第057683号

书名 莎士比亚十大经典戏剧
著者 [英] 莎士比亚
译者 朱生豪
校订 苏福忠
出版 中国友谊出版公司
发行 中国友谊出版公司
经销 新华书店
印刷 北京中科印刷有限公司
规格 710×1000毫米 16开
60.25印张 900千字
版次 2016年6月第1版
印次 2018年8月第2次印刷
书号 ISBN 978-7-5057-3705-1
定价 198.00元（全2册）
地址 北京市朝阳区西坝河南里17号楼
邮编 100028
电话 （010）64668676

出 品 人：许　永
责任编辑：许宗华
封面设计：海　云
内文制作：黄　吴
　　　　　许宗华
印制总监：蒋　波
发行总监：田峰峥

投稿信箱：cmsdbj@163.com
发　　行：北京创美汇品图书有限公司
发行热线：010-53017389　59799930

创美工厂
微信公众平台

创美工厂
官方微博